新人文

# 鬼境

刘学林

自选集

河南大学出版社

**图书在版编目(CIP)数据**

鬼境:刘学林自选集/刘学林著. 一郑州:河南大学出版社,2016.3

ISBN 978-7-5649-2343-3

Ⅰ.①鬼… Ⅱ.①刘… Ⅲ.①中国文学一当代文学一作品综合集 Ⅳ.I217.2

中国版本图书馆 CIP 数据核字(2016)第 055357 号

**责任编辑** 陈林涛
**责任校对** 贺 达
**封面设计** 郭 灿

**出 版** 河南大学出版社
地址:郑州市郑东新区商务外环中华大厦 2401 号 邮编:450046
电话:0371－86059701(营销部) 网址:www.hupress.com
**排 版** 郑州市今日文教印制有限公司
**印 刷** 郑州瑞光印务有限公司
**版 次** 2016 年 5 月第 1 版 **印 次** 2016 年 5 月第 1 次印刷
**开 本** 787mm×1092mm 1/16 **印 张** 31.25
**字 数** 528 千字 **定 价** 58.00 元

作者访问印度

# 目　　录

## 长篇小说　鬼境

## 中短篇小说

## 散文随笔评论

长篇小说

# 鬼境

# 第一章

## 1. 盲人·恩人

送走省雕塑艺委会主席杨清泉，她驾车驶上桃园路。

她喜欢自己驾车，喜欢自己驾车在桃园路上徐徐行驶，尤其是在这柳绿桃红的小阳春。马路两边的绿化带中，垂柳新绿，柳丝粲粲，仿佛少女飘逸的秀发；桃花含羞，欲开未开，犹如少女饱满的红唇。正是赏花的最佳时节。桃花盛开就不好了，盛极必衰，给人一种江郎才尽或老之将至之感，只有含苞欲放的桃花最叫人心动。

霞光流溢，春心荡漾，满树的桃花红唇微绽，仿佛在和美丽的夕阳贪婪地接吻，点滴如血。

她忽然觉得眼前的桃花有几分凄美，有几分妖气。

她就这样驾着自己的宝马，由西向东徐徐地行驶，直到无花可赏时才拐上田园路。

刚进挡加速，一个背着一把坠胡的瞎眼老人迎面走来。老人精瘦干枯，面无表情。也就一闪而过了。然而就在这一闪而过的瞬间，她觉得这个瞎眼老人有点面熟，甚至不是一般的面熟。在哪儿见过？在哪儿？在哪儿！蓦然，明静辽远的坠胡声响起来，那是八年前铭刻在她记忆中的坠胡声。

难道会是他吗？

她犹豫了一下，还是调转了车头。超过了瞎眼老人之后靠路边停住，钻出汽车，迎着瞎眼老人站在车旁，看着瞎眼老人手中探路的竹竿一路敲过来。老人虽老瘦，却不龙钟，腰杆挺直，脚步利落，清癯中透出一种大喜大悲之后的淡定，一种饱经沧桑之后的通脱。一点不错，这一位瞎眼老人就是那一位瞎眼老人。

“老人家，您是在裕元里自由市场——”她拦住了老人，斟酌该怎样表达，“拉琴的吗？”

瞎眼老人站定，无语。

“老人家，您还记得，八年前，您让一个乡下姑娘多拿几块钱的事情吗？”

“闺女，您认错人了吧。”老人说。

瞎眼老人手中的竹竿又向前探出，以盲人特有的轻稳起步走。

她有点惘然，一动不动地看着老人的身影飘飘然渐渐远去，那淡远空明的坠胡曲调却渐渐地清晰起来。

她重新上路，车开得很慢，坠胡的曲调时远时近，时弱时强，八年前的情景又回映眼前……

她出生在豫东平原上的张许村。张许村虽不算很大，也有两百多户，一千余口人。只有她一家姓战，绝对的孤门独户。父亲为了让她挺直腰杆做人，给她起名战如松。好在她娘是本村许姓的闺女，干爹张天强又是村支书，村里两大姓都有亲戚，倒没有什么人欺负她们家。

如松9岁那年，父亲一走再没有回来。她问母亲，母亲说父亲出门做生意了，可她影影绰绰听别人说她父亲是一个盗墓贼，因为盗墓时杀了人出逃在外。父亲是不是盗墓贼她不知道，她只记得从小父亲就非常疼爱她，给她捏能当哨子吹的泥泥狗玩，她要什么他就给她捏什么。她过5岁生日，父亲给她捏了一匹生肖马，她至今还珍藏着。她还知道父亲特别喜爱用泥巴捏东西，尤其喜爱捏泥人。她经常看到父亲拿回家一些土腥气很重的陶人陶马什么的，父亲把它们叫作陶俑，有好看的他就照样子捏塑，之后再把它们卖掉。父亲说那些东西是他走乡串户收来的，难道是父亲从古墓里挖出来的吗？一想到古墓她就想到了飘忽不定的点点鬼火，觉得阴森可怖，那种鬼魂出没的地方怎么能和慈爱俊朗的父亲联系到一起呢？

她不相信父亲是一个盗墓贼，更不相信父亲是一个杀人犯。

如松和母亲都非常想念父亲。她有时想很了就哭一场，不像母亲总是无声地饮泣。

母亲一心一意供她读书，希望她能考上大学。如松学习很刻苦，可高考还是落榜了。和她同时落榜的还有她同村的好朋友许小杏。她很沮丧，躲在家里不愿意见人。许小杏想得开，她的母亲久病在床，家里连弟弟的学费都交不起，就经人介绍到郑州打工去了。春节许小杏从郑州回来，花枝招展的，完全一个城里人，走路的样子都变了，高跟鞋一踮一踮的，长腿一摽一摽的，屁股蛋儿一错一错的，说是“T”型台上的模特步，也叫作什么“猫步”。她很羡慕，问小杏干什么工作，过了年能不能带她一起去。小杏答应了她。可过了年小杏连招呼也没打就走了。她怨小杏太自私，连同学朋友情谊也不讲。外出打工的念头一萌芽，她就再也放不下了，脑子里老想着外出打工的好处，能挣钱，能过城里人的生活，甚至想到说不定还能碰见久无音讯的父亲呢。好处越想越多。反正她留有小杏的工作单位和电话，她决定到郑州找小杏。多年的交情了，又是同村同学，她赖也要赖上她。

春暖花开的一天，如松辞别母亲一大早就上路了，当天下午就到了郑州。好不容易找到了许小杏工作的龙阳大酒店，到营业厅一问，总台说根本就没有许小杏这个人。如松不相信，拿出小杏留的工作单位和电话给她们看。一个营业员接过去看了看，又递给另一个，说"是不是……"两人相视笑了笑，神秘兮兮的。

如松一头雾水，说："能不能借用一下你们的电话？"

电话很快打通了，如松由迷惘转而兴奋，说："是许小杏吗？我是如松，我在你们酒店总台……"

"你怎么不打声招呼就来了？"小杏说。

"我……你……"

"就这吧，你在酒店大门前等我，我马上过去。"

她本来想小杏一听说她如松来了，肯定会非常激动，非常热情，不料小杏不但没有非常激动，非常热情，反而责备她不该来，连一点热乎气儿也没有。如松由一头雾水换成了一头冷水。小杏这是怎么了，挺好的一个人，挺要好的朋友，怎么进城不到一年就变了。

如松走出酒店，站在大门外一个显眼的地方。她有点后悔自己不该贸然来找小杏，甚至马上回去的念头都有了。唉，来已经来了，总不能不见小杏一面就走吧，何况小杏已经来接自己了。也许是自己太敏感了，对小杏的期望值太高了；也许正赶上这两天小杏心情不好，是工作不顺利还是和男朋友闹意见？想到这里如松自己笑了——还不知道小杏有没有男朋友呢。

半小时左右，许小杏来了，是坐出租车来的。小杏在出租车里就看到了如松，一下车就喊着"如松、如松"朝如松跑去；如松也随即看到了小杏，也喊着"小杏、小杏"向小杏奔来。热热合合地拥抱了，小杏让如松上了出租车。如松从来没有坐过小轿车，第一次坐感觉自然特新奇，刚才那点不痛快找都找不着了。看来小杏真是挣到钱了，出门都坐得起小轿车了；看来自己真是敏感了，误会小杏了。多亏自己没有走，要是走了，以后还怎样再和小杏见面呢？

如松坐在出租车里，用乡下人第一次进城的目光注视着窗外繁华的城市。郑州真大呀！高楼真高呀！汽车真多呀！如松想到了"车水马龙"这个词，在学校老师还让用这个词造过句。那时没来过郑州，要是来过郑州，这句还用得着造吗？

已经是下午6点了，小杏带着如松回住处之前，先请如松吃了一餐麦当劳，说是让如松开一开洋荤。如松倒没觉得怎么好吃，第一感觉仍是新奇。如松对周围的一切都感觉新奇。

小杏在一个都市村庄里租住了一套小房子。五楼，一小间房，厨房、卫生间也很小，如松感觉就像一个小匣子。一床，一桌，一椅，一个衣柜，衣柜还带拉链。如松觉得衣柜的用料很像蛇皮编织袋，用手摸一摸，果然就是编织布。真新鲜，城里的衣柜用布做，带拉链。

小杏陪如松聊了一会儿，问了家乡亲人的情况，然后就开始化妆，换衣服，说她这一段时间值夜班。临出门之前，又认真地教会如松怎样使用煤气罐，怎样使用热水淋浴器，并让如松演示了一遍，让如松洗个澡自己先睡，不要等她。

等小杏一走，如松就找出自己的换洗衣服，准备打开热水淋浴器洗澡。在乡下，她还没有在这么明亮的灯光下脱光衣服洗过澡，脱衣服的时候心里跳跳的，羞羞的，总担心什么地方藏着一双偷看的眼睛，尽管她知道小杏一走，这小匣子里就剩下了她一个人。如松长得确实美丽，从男人贪馋的目光里，如松也知道自己长得美丽。然而她还没有欣赏甚至没有完全看到过自己的胴体，所以当她脱光衣服的时候，竟然下意识地用手去遮掩自己曼妙的乳房和阴部。她的身材修长健美，小腰软软的，屁股翘翘的，乳房就像两枚刚刚成熟的水蜜桃。她调试好水温，让水流惬意地冲洗自己的胴体，两手轻轻地搓洗自己粉嫩的皮肤，仿佛稍一用力就会搓破了皮。

如松舒舒服服地洗了澡，钻进小杏香水味浓郁的被窝。她睡不着，就躺在被窝里想事情。小杏究竟干什么工作呀？小杏说在酒店当服务员，可酒店总台为什么不认识她呀？城市工作好找吗？自己将来会干什么工作呢？……想着想着，不知道什么时候睡着了，而且睡得很香，连小杏什么时候回来都不知道。

住不了几天，如松的新鲜感就有点麻木了，就催着小杏快点给她介绍工作。小杏就搪塞说，你以为城里的工作那么好找？你以为我是谁？省委书记？省长？公司老总？我无非是一个农村打工妹！

当然，最本质的话小杏没办法说出口。小杏干什么工作？她在酒店当按摩小姐，化名“拉拉”，总台怎么会认识她？她也不会什么按摩，她的小姐妹们也都不会什么按摩，她们从事的工作叫“特殊服务”。每到夜晚，她们打扮得一个比一个美，一个比一个俏，坐在一个房间里，等着老板安排。老板会一个客房一个客房打电话：“请问先生需要服务吗？需要的话请打1688。”“请问先生需要服务吗？好的，好的，10分钟到。”当然，也有熟客点名要的，也有客人亲自来她们按摩部挑选的。每当有客人来挑选，她们一个一个便俏眉莹目，秋波涟涟，媚眼流星般抛向客人，希望客人能选中自己。

从事这样的工作，小杏当然不愿意让村里人知道，也不愿意让她的好朋友如松知道，这就是她春节后不带如松进城的原因。可现在如松自己找来了，她既不能如实相告，也不能放下脸面赶如松走，实在叫她左右为难，不知道怎么办才好。如松一个劲催她找工作，她总不能一直搪塞下去吧，即便是可以一直搪塞下去，如松这样住下来，影响她的生意不说，如松迟早总会知道她的真实处境的。

当然，如果如松也心甘情愿地干这一行，那就另当别论了。

想一个妥善的办法试探一下如松吧。

这天上午11点，小杏刚刚起床，就接到一个电话，小杏一连串地说了几声“好”。挂断了电话，小杏对如松说：“有希望了，你的工作有希望了。尚老板马上就到，他说他能帮你找工作。”

如松又高兴又激动，心跳怦怦的，不知道尚老板能帮自己找一个什么样的工作。

果然不一会儿尚老板就到了。尚老板40多岁，腋下夹着一个黑色的皮包，身体胖胖的，举止却很利落。小杏介绍说：“这是尚老板，这是我的小妹战如松。”尚老板哈哈一笑，说声“好漂亮的小妹”，很豪爽地向如松伸出胖手。如松一时不知怎么好，想伸手又未伸手，羞怯地低着头，脸蛋上洇出了红晕。正是如松的这一情态，让稍后的尚老板欲火难遏，勇往直前而不肯罢手，破坏了小杏的整个计划。

小杏让尚老板坐，又给他点上烟，然后说：“你们俩先谈着，我去买点菜，委曲尚老板在这儿吃点便饭吧。”

小杏刚一出门，尚老板就掐灭了烟，走向坐在床沿上的如松，靠如松坐下，伸手拦上如松的肩膀，说：“小妹第一次来郑州吧?”如松本能地弹起来，仍然低着头，越发羞怯。尚老板站起身，从自己的黑色皮包里取出一摞人民币放到桌子上，说“五千块钱”。然后回身就拦住了如松的腰，另一只手轻车熟路地、利落地捂住了如松的乳房。“你……你干什么!”如松又害羞，又吃惊，又害怕，又愤怒，用力推开尚老板，脸涨得通红，“你不是给我找工作嘛！”

按照小杏的意思，这时候尚老板就该戛然而止了，就该扮演正面角色了，就该说“我是考验考验你，怕你作风不好。看来你是一个好姑娘，咱们就谈一谈工作的事情吧”。

可是，这时候尚老板的欲火和贪婪已经无法遏止了。尚老板嫖过无数小姐，从来没有像今天这样亢奋过，从来没有像今天这样燃起他非占有不可的欲望和激情。这小妹生得太动人了，太馋人了，太天然了，太纯真了，绝对的处子，可比许小杏有味多了，我无论如何也要占有她，今天得不到，恐怕以后再也碰不到这么可人的女孩了。何况，凭尚老板的经验，在金钱面前，还没有哪一个女人不肯就范的。

尚老板饿虎扑食一样，抱起如松就按到床上。如松拼命反抗，可是身子被尚老板胖壮的身体死死压住，动弹不得，她想大喊救命，可又不敢，她不知道在这大都市会引出什么后果。她咒骂着，伸手去撕他的脸，然而她的手也被他紧紧抓住了。尚老板压住如松，一只手捉紧她的两只手，另一只手伸进她的内衣玩弄她的乳房。尚老板知道，再贞洁的姑娘，只要捉住了她的乳房她就会软下来，也就成功一半了。随后开始脱她的裤子。如松感觉自己就要无力反抗了，就要瘫软了，就要被征服了，她的裤子已经被脱了下来。她意识到她挣不脱这个又胖又壮的家伙，因此当他扒她内裤的时候，她突然改变了态度。

如松说：“老板你得答应我一个条件，要不我死也不从。”

“小妹你说，什么条件我都答应。”

“钱太少了，我一个大闺女的身子就值五千块钱？”

尚老板高兴了，我当是什么条件呢原来是嫌钱少，我尚老板有的是钱。男人好色，女人爱钱，这话一点不错。尚老板放开如松，又从皮包里拿出一摞人民币，说：“一万。”又说：“只要小妹让尚老板高兴，再加一万都行。”

如松说：“我得上一趟卫生间。”

如松进了卫生间，用冷水擦了一把脸，让自己镇静镇静，然后找家伙。小小的卫生间一目了然，只有一把刷马桶的刷子，带着一尺多长的塑料柄。如松拿起来，藏在身后。

如松走出卫生间时，尚老板的上身已经脱光了，正在褪裤子。等尚老板脱光了衣服，如松终于瞅准一个机会，攒足了劲，对准尚老板直翘直翘的龟头就是一刷子。尚老板惨叫一声，一屁股坐到地板上，双手捂着龟头，痛苦得浑身直颤。如松赶紧穿上裤子，掂上自己的提包，打开房门，冲了出去。

如松来到大街上，拦了一辆出租车。来到郑州几天，她已经学会了搭出租车。她直接赶到长途汽车站，决定坐最快的一趟车回家。售票厅里人很多，每一个窗口都排着队，她选择了一个人少一点的窗口站过去。当她排到窗前掏钱付款的时候，她的心一下子弹了起来，一股冷气沿脊背而下。她发现自己的钱包没有了。刚才下出租车的时候还有呀，她记得清清楚楚，当时付了款就装在右边这个口袋里。她找遍了身上所有的口袋，没有。又打开提包翻找，没有。哪里也没有。没有了，丢了，钱包丢了，一分钱也没有了。

她在售票厅的连椅上坐下来，心中一点儿主意也没有了，只想痛痛快快哭一场。她就这样脑袋空空地坐着，从下午坐到天黑，从天黑坐到天亮。肚子又开始叫起来，她已经整整一天没有吃饭了。这时候她才真真切切地感到钱是多么的重要，尤其是在大城市，没有钱寸步难行，没有钱就会受冻挨饿，甚至被饿死。她想到了尚老板的一万块钱，她甚至有点后悔那样对付尚老板。要不要回头再去找小杏？不，不行，就是昨天的事情重演一遍，自己还会那样做，重演十遍自己还会那样做，就是饿死也不能走上那一步呀！

总不能坐在这里等死呀，出去走走吧，只管出去走走吧，不是说“天无绝人之路”吗？

如松走出售票厅，走出汽车站，盲目地走，大同路，德化街，走着走着走进一条小巷。全是卖小吃的。后来她才知道这条小街叫裕元里，人称小吃一条街。也许她就是被裕元里各种小吃的香味引导过来的。黄焖鱼的气味，羊肉汤的气味，胡辣汤的气味，烧饼的气味，葱油饼的气味，油条的气味，水煎包子的气味，卤面的气味，粉浆面条的气味，残忍无情地折磨着她的肠胃。向大妈讨一碗粉浆面条喝喝吗？她鼓了几次勇气也没有张开口。

就是在这个时候，她听到了瞎眼老人淡远明静的坠胡声，也看到了坐在前方一条小巷巷口操琴的瞎眼老人。老人不是那种睁眼瞎，该长眼睛的部位陷进去两个深坑。老人面如荒漠，坐在闹市就像坐在渺无人迹的荒原上。老人面前放着一个铁盒子，圆形的破旧的铁皮盒子，盒子里有不少零票子，一角的、两角的、一元的、两元的，她看得清清楚楚还有两张五元的，一张十元的。她的眼睛一亮，心也随之慌慌跳起来。我只拿一张五元的，只拿一张五元的，只拿一张五元的。不，不行，我怎么能拿一个瞎眼老人的钱呢？我的手怎么能伸得出去呢？然而她实在太饿了，残忍的饥饿迫使她放弃她最宝贵的尊严和良知。可是我怎么拿呢？人群熙来攘往，要是有人看到我拿一个瞎眼老人的钱，会出现什么后果呢？

她依然犹犹豫豫的，从瞎眼老人面前走过去，又从瞎眼老人面前走过来。这样走了两趟，她终于想出了一个遮人眼目的办法。当她再一次从老人面前走过的时候，她装作一不小心把老人盛钱的盒子踩翻了。她说声“对不起”，连忙蹲下去给老人捡钱，借机把一张五元的票子握在了手心。正在她准备起身走开的时候，瞎眼老人开口说话了。老人的声音像他的琴声一样空明淡定、无哀无怨、无喜无怒。

瞎眼老人说：“闺女，多拿几块吧。”

## 2. 村姑·保姆·经理

宁静明亮的坠胡声伴随她回到名苑小区。如松把汽车锁进车库，上四楼回到自己的家。所谓家，其实只是一套四室两厅的豪华住宅而已，她还没有成家。

经历了那一段穷苦磨难之后，如松脚下的路忽然柳暗花明了。

如松拿了瞎眼老人的五元钱，用一元钱买了一碗浆面条。卖浆面条的大妈热心肠，看她一副落魄疲惫的样子，猜她八成是身在难处，就和她聊。如松说她是进城找工作的，工作没找到，钱也用完了，问大妈能不能帮帮她，哪怕帮大妈卖粉浆面条也行。大妈笑了，说你这么俊俏个姑娘，看样子也有学问，哪能卖浆面条！你到劳务公司呀，到劳务公司登个记，像你这样的，肯定能找到一份好工作。如松心里豁然一亮，忙问劳务公司是干什么的，在什么地方。大妈说劳务公司就是专门给人介绍工作的，二马路就有一个，离这儿不远，你从这裕元里向西，到福寿街右拐，到正兴街左拐，就到二马路了。

劳务公司的工作人员看了她填的表格，又上上下下打量她，说：“正好一个退休的老干部家里需要一名保姆，你的条件很合适，报酬是一个月 300 元工资，管吃管住。你愿意去吗？”

“愿去愿去。”如松连忙说，一个劲点头，生怕慢一点这工作就被别人抢了去。果然是天无绝人之路呀。

这样，战如松由一个乡下妹成了一名都市小保姆。

老干部姓林，名一木，退休前任文化厅厅长。如松真是一个优秀的小保姆，忠诚、敬业、勤快、和气、有眼色、不笑不说话。不久又学会了做菜和简单的按摩，伺候得厅长老两口别提多高兴了，就是节假日才回来的厅长的子女们也把她当成了家里的一口人。

老厅长家里的客人不算多，但都是有头有脸的人物，有老厅长的同学、同乡、同事和部下，还有如松仰慕的文化名人。一次，一个老厅长曾经关照过的文化公司的刘经理来拜访，聊起来正好是如松的老乡，刘经理开玩笑说："如松呀，我看你公关方面有天才，当我们公司的公关部长吧。"如松说："不行呀，我可舍不得离开家！"

说者无心，听者有意，刘经理的一句话提醒了老厅长：这么好的一个闺女，总不能让她一辈子当保姆呀。于是，老厅长经过认真的考察和分析，利用多年的关系网，帮助如松成立了一家公司——"奔流文化传播有限责任公司"，并把如松认作自己的干女儿。

这样，战如松由一个优秀的小保姆，摇身一变成了一名公司女经理。也许是因为她干爹的尽力支持和帮助，也许是因为她本来就有经商的天赋，她的"奔流文化传播有限责任公司"就像施足了肥料的春苗又逢甘霖，很快就发展得有模有样儿了。三年之后，她的文化公司已具有相当的实力，她也成为这个领域中颇有头脸的企业家。

她不想做饭，随便吃了两块冷藏的"消闲派"，冲了一杯加奶咖啡。

她靠在沙发上，闭上眼睛，瞎眼老人那淡定空寂的形象便浮现在她的眼前，辽远明静的坠胡声在她的耳边不绝如缕。如果说她在路上拦住那位瞎眼老人只是出于一个偶发的念头，那么，这时候她要报答瞎眼老人的愿望竟是如此的强烈和急切。

第二天，如松早早来到公司的时候，经理助理许小杏正在给她打扫办公室。见她进来，许小杏忙恭立问候："经理早上好！"如松笑了，说："算了小杏，没人的时候你还是叫我如松吧。"

8 点 30 分，准时召开部门经理例会，如松听取了各部门工作进展情况，安排了几项当天必办的事务。刚刚散会，板台上的手机响了。

她接通手机，是省雕塑艺术委员会的主席杨清泉。

杨清泉说："战经理，你昨天要的图片我已经发过去几幅，你看到了吗？"

"还没有。我马上看，看完我联系你。"如松说，"小杏你把杨主席发的图片邮件找出来。"

图片很快找到了，一共 8 幅。小杏点开图片 1，如松的目光马上被粘在了图片上。她公司下属的奔流艺术馆也多次举办过雕塑艺术展，可她还从未见过如此高品格的雕塑艺术品。作品表现的是一个拉坠胡的民间说唱老艺人，老艺人竟然也是一个瞎子。瞎眼老艺人坐在石鼓上，左腿屈膝支撑琴箱，右腿向右前方长长地伸出，躯体和琴身向左 45 度角倾斜，脸颊几乎贴在长长的琴身上；左手伸过头顶按着琴弦，五根手指暴突有力；右手向右上方奋力扯出，指掌如钩，有力拔千钧之势。整个作品既古朴，又现代，极度地夸张变形，却又极度地逼近真实；琴在老人心中，老人即琴，老人的肢体就是音乐，这音乐悠远苍劲，贯通古今，无边无际。

只有这样的作品才配得上“鬼斧神工”这四个字。

她又看了看其他几张图片，题材基本上都是表现三教九流的小人物，背景、立意、姿态、表情各不相同，每一件雕塑作品都具有极强的艺术感染力。

“太好了！”如松当即给杨清泉打通电话：“杨主席，这次展览我们接了，场地费全免，布展及其他费用也由我们公司承担，愿意展多久就展多久。”

如松还没有这样豪爽过。她不但被作品的艺术魅力所打动，而且对作品还有一种天然的亲切感。这种亲切感如根系于土，如血脉相连，尤其是那幅《操琴的说唱艺人》。如松也感到很奇巧，昨天她刚遇到一位于她有恩的瞎眼老人，今天就看到一位瞎眼老人的雕塑图片，两位瞎眼老人都是以一把坠胡为生，都是一副饱经风霜的样子，只不过一个是阅尽人世后的淡定超脱，一个是饱经沧桑后的激昂慷慨，一个的琴声空灵明净，一个的琴声悲壮苍凉。这其中会不会有什么上苍设置的玄机呢？

挂断了杨清泉的电话，她看了看记事簿，又打了两个必要的电话，就带着许小杏，驾车直接去了当年被称作“小吃一条街”的裕元里，她一定要找到有恩于她的那位瞎眼老人。

在当年瞎眼老人拉琴卖艺的那条小巷口，如松没有找到那位瞎眼老人。会不会是自己记错了位置？于是她从小街的这一头一直走到另一头，又从另一头走到这一头，可仍然没有找到那位瞎眼老人。

她问旁边卖黄焖鱼的一位大叔，大叔想了半天，才想起确实有过一个瞎眼老人在这里拉琴，可都是几年前的事情了。她又打听了几个人，有的还能记起，有的根本就不知道有这么一位拉琴的瞎眼老人。

此后，只要是在公司，如松每天下班回家总是从桃园路拐上田园路。当然已经不是意在观赏桃花了，而是为了寻找那位背着坠胡的瞎眼老人。

桃花已谢，绿柳成荫，她依然坚持寻找，她相信迟早总会找到他。

终于，一天傍晚，她如愿以偿等到了那位瞎眼老人。

她像上次一样拦住他，口气就像对待至亲的亲人：

“老人家，以后您不要再去街头卖艺了。”

瞎眼老人站定，瞎眼向天，漠然无语。

“这是一万块钱，您先用着。请您告诉我您的住址，我会定期给您送去生活费用的。”

"这是从何说起?"老人在傍晚的夕阳下径直走去。

她跟上老人:"八年前您对我有恩,虽然只是几块钱。滴水之恩当涌泉相报,希望您能成全我。"

"我一个瞎子能对谁有恩? 闺女你肯定记错人了。"

瞎眼老人说,并没有回头,也没有停步。

事情往往就是这样,如果瞎眼老人坦然接受了这一万元钱,而且非常高兴,可能在如松心理上就会如释重负,不再愧对老人。那样的话,也许如松就会慢慢地把老人淡忘了。可是偏偏老人不肯承认,很有点"善欲人知即非真善"的境界,这就愈叫如松不肯罢手。

如松安排许小杏,悄悄地跟着瞎眼老人,不要让老人发觉,一定要找到老人的住处。如松不相信找不到报答老人的机会。

## 3. 昔日盗墓贼

瞎眼老人竟然视金钱如粪土,他小步快捷,轻若无骨,面无表情,飘然离去。可当年,他是多么需要金钱哪! 正是因为金钱,才失去了他那一双朗若星辰的让女人着迷的眼睛。人哪,有时候,一步路,一件事,一个念头,就足可以决定或改变其一生的命运了……

夜色正浓,大约是三更时分。鬼火点点,飘忽游走。覆斗式坟墓像一座山丘,坟墓上草木森森,猫头鹰偶尔一叫,让人心惊肉跳。黑魆魆的盗洞像是鬼魂出没的通道。

孙大哥点燃蜡烛,把蜡烛从洞口吊下去。蜡烛没有熄灭。停了一会儿,蜡烛仍然还亮着。这就是说可以下人了。

他拿起麻绳就揽在腰间。

"兄弟,我下,我身子轻巧。再说,你没有经验也根本干不了。"孙晶说着就抢过他手中的麻绳。孙大哥长得矮小敏捷,上下从不用"蜈蚣挂山梯",是干这一行的老手,绰号"土行孙"。

他没有再争。他刚入道不久,人称土行孙的孙晶是他结拜不久的金兰兄弟。他多是干一些打盗洞撬墓门等力气活,还没有"拱过堂"。他也真有点不敢下去,比如这一次,就是他连砸带撬弄开的墓门,墓门一开,一股阴冷怪诞的黑雾扑面而出,连吓带呛他差一点背过气去。孙大哥说不用怕,他盗墓多年还没有遇到过鬼魂,那是"藏气",所以打开墓门不能立即拱堂,弄不好会死人的。打开墓门尚且如此瘆人,撬开棺材肯定更加可怖! 他很想跟孙大哥一起拱堂,历练历练,可孙大哥不许,孙大哥说必须留一个人"招高儿”，以防不测。

他看着孙大哥系好麻绳，掖好斧头、撬杠和宝袋，就握紧麻绳的另一端，把孙大哥放下去。

他守候在穴口。秋风萧瑟，四野的鬼火行走无声，远了，近了，近了，远了，时快时慢，时有时无，缥缥缈缈，忽忽悠悠；猫头鹰的叫声像鬼魂哭泣又像老人的冷笑，挟一股阴森之气。他感到皮肤一紧一紧的时候汗毛也就乍起来了。

他想壮壮胆，俯向洞口叫：“大哥，怎么样啊？”忽然想起孙大哥说过干这一行有很多忌讳，这个时候别犯了忌，就闭上了口。

土行孙掂着一盏防风灯，通过墓道，进入第一道墓门。两侧的耳室里摆放着许多陶俑，陶马陶灯陶餐具陶酒具什么的，还有一座三进的院落，有的带釉，有的不带釉，带釉的多是三彩，也有法华器，一看就是典型的明代山西长治窑口烧制的器物。这类明器他是不会在意的，既不好带又不值钱。过了第二道墓门，便进入墓藏的后室。后室的中间是一张巨大的石床，石床上放着一口巨大的木棺，又黑又亮仿佛刚漆过一样。有没有珍宝就看这口棺材了。

他动手开棺。土行孙年纪不大，却是干这一行的老手，对历朝历代的墓葬都了如指掌，要撬开一具明代的木棺算不得什么难事。棺盖刚一开启，便有五彩光芒微微透出，土行孙心中大喜，猛一用劲，棺盖“咣当”一声，碰到石床弹落到地面。

只见棺木内仰面平躺着一个珠光宝气的女子。女子年纪不大，可能是一位早逝的公主或者少夫人。女子盖着银色绣花丝绸，面目安详，脂粉鲜艳；头部上方放着一个作为魂瓶的“凤穿花”纹饰青花将军罐，左边放着一个包金玉粉盒，右边放着一尊玉观音，佩戴的凤冠金簪闪闪发光。土行孙的胸口怦嗵怦嗵跳起来。历经数百年甚至数千年仍然完好无损的尸身他不是没有见过，却不像今天所看到的如此栩栩如生，像刚刚睡着了一样。他深深吸气，徐徐吐出，让自己沉静下来，说声“大姐请原谅，打搅您了”，开始动手。

他先把她枕边的玉观音和包金玉粉盒拿出来，揭开盖在她身上的丝绸，露出了她胸前的组玉佩，组玉佩由各色宝石、羊脂白玉、红翡绿翠做成，用金丝金链穿戴。单这一件就价值连城了，何况她的身体两边还放置着数十件金银首饰和玉器。土行孙大喜过望。他把她身边的金银玉器取出来，然后跳进棺材，骑在她的胯部，先激动不已又轻手轻脚地摘下她的镶金翡翠耳环、红宝石金戒指和羊脂玉手镯，然后用一条准备好的用朱砂染过的红麻绳，先套住自己的脖子，再俯身套住女尸的脖子，直起身，女尸就和他脸对脸地连带坐起来。接着，他摘下她的玉钗、金簪和凤冠，这才小心翼翼摘下她价值连城的组玉佩。之后，他看到她的衣服上嵌着红宝石的金扣子，金线银线绣的花边，还镶缀着珍珠，便动手解她的红宝石金扣子，想把她的上衣脱下来。

此时，他眼前一恍，忽然产生一种幻觉，好像怀中抱着的不是一具女尸，而是一个活生生的美人，又似乎是拥着弟妹张文翠。他感觉到了她肌肤的温润，便怦然心动，阳具勃起。不好，还是快点儿离开这鬼地！他在恍惚中一惊，连忙停下手，掴了自己两个耳光，强迫自己冷静。阴尸吸纳阳精还阳的故事他不止一次听说过，书中也有记载，他可不能以命试之。再说，我土行孙虽然歹毒缺德，做事情也不能做太绝了。他又给她系好了扣子，俯下身，放她平躺下去，解开把他们两个套在一起的红绳子。我拿她的宝物已经太多太多了，不能过分地打搅了，真的不能过分打搅了……

他守在洞口已经一个时辰了，孙大哥在下面仍然没有动静。蓝色的鬼火悠悠的就在眼前，猫头鹰的哭哭笑笑撕扭着他的神经，他觉得他就置身在无数的鬼魂之中。孙大哥会不会发生什么意外，他愈加感到阴森恐怖。终于，他手中的麻绳摇动了。他拽动麻绳，先出的一段没有重量，然后拽起了一件重物。

土行孙很利落地从洞口爬上来，他先解去腰间的麻绳，再解下背上的宝袋，把从墓中盗得的宝物展示给他看，说："兄弟，这次咱们发大财了！"

"大哥这，很值钱吗？"他说。

"价值连城，价值连城啊！"

于是，他看着这些在星光下闪烁的金银玉器，目光被直直地焊死了，由于狂喜，脑袋中一时空空洞洞，只有一片虚幻的金光和银光。

土行孙开始脱衣服，脱一件抖一抖衣服上的泥土，脱一件抖一抖衣服上的泥土，一边脱一边抖一边说："兄弟看清了，你大哥身上可没私藏一件货。"

他说："大哥！"

"亲兄弟，明算账，咱们不能坏了这一行的规矩。"

他们稍事休息，土行孙说："大哥有点累，兄弟你背着吧。"

他背起宝袋就往前走。

土行孙说："且慢。兄弟你走后边，我走前边。记着，背货的人走后边，空手的人走前边，这也是干咱们这一行的规矩。"

他知道这规矩，这规矩是害怕货重的时候，空手的人从背后下毒手。他相信孙大哥，孙大哥救过他们，对他和文翠有救命大恩，孙大哥绝不会干出这种图财害命的事。

土行孙在前，他在后，他们上路了。其实根本没有路，有的只是黑夜中的荒原、坟地、树林、乔木、灌木、葛藤、草莽、沟坎、小河、鬼火和猫头鹰。他一点也不感到恐怖了，一是有孙大哥同路，二是有了肩上价值连城的财宝。金钱便是胆量，便是腰杆，便是一切。上路之后，他的大脑才慢慢地开始了正常有序的思维，进入了对未来小日子的设计和构想：翠儿，我的心肝翠儿，我心头的肉肉翠儿，有了这一笔钱，咱们再也不用去老坟岗卖艺了；翠儿，咱们再也不用去给那些官僚财主唱堂会了；翠儿，咱们再也不用受那些坏人恶人的调戏欺辱了；翠儿，咱们可以过上安定富足的小日子了；翠儿，咱们可以夫妻双双把家还了；翠儿，你的父母也会原谅你跟我私奔的过错，认下你这个女儿我这个女婿了，翠儿……

星星稀下来的时候他们走进了一片密林，在一棵大树旁边停住。这是一棵阅世极深的老树，不知几百几千岁的老树，有磨盘粗细，它站立在几千几万个季节的风雪雨霜雷电中，斑斑驳驳，伤痕累累，扭曲变形，枝断柯残，却仍然倔强地活着，见证着这片密林沧桑的旅途和古老的岁月。

土行孙说："歇歇吧兄弟。"

他们捡了一堆干树枝，用火镰火石点着了火。火势很旺，明亮的火光映出一个个一层层阴森森跳动的黑影，黑影的后面，黑暗就更加浓重了。他们烤了一些干粮吃下去。孙晶拿出一个少数民族风格的精致的银制小扁壶，自己先喝了几口，然后递给他，说："兄弟，挡几口解解乏，驱驱寒气。"他就接过来喝了几口。他不怎么会喝酒，感到嗓子热辣辣的。

之后，他们面向火堆，背靠那棵古老的大树，闭上了眼睛。

他是满怀着喜悦和迫不及待的心情回到家里的。翠儿好像知道他这一天这个时辰到家似的，笑嘻嘻地站在门口迎他。他把她抱进屋，嘴唇贴在她耳边说："翠儿，咱们有钱了！"翠儿像蛇一样缠住他说："我不要钱，我只要你。"他们互相缠绕着滚到床上，衣服无声地滑落。他们如饥似渴地做爱，死去活来地做爱。他舒服得就要融化了，迷醉在一种如痴如梦飘飘欲仙的境界里……

他醒来的时候感到两眼疼痛，确切地说他是在疼痛中醒过来的。疼痛，剧烈的疼痛，他试图睁开眼睛的时候那疼痛更是钻心透骨，立刻涌出一身冷汗。他触摸眼睛，眼睛上紧紧地缠裹着绷带。他不知道发生了什么事情，向旁边摸索着喊："大哥，大哥！"

土行孙正在吃干粮，听到喊声从火堆旁站起来，回身看着他，说："兄弟，你到底醒过来了。"

"大哥，我的眼睛，我的眼睛！"

"兄弟，我已经给你上了创伤药。"

"我的眼睛怎么了？"

"对不起兄弟，我也是迫不得已，不得不抠了你的招子，要是让它们亮着，你迟早会认出我来的。"

他想了想才明白过来此前发生了什么事，他不敢相信又不能不相信，他的孙大哥在酒里下了蒙汗药。他发疯似的扑向土行孙，然而他扑空了，扑进了火堆里。土行孙伸手把他拽出来。

"你这个人面畜生，你为什么要这样？你想独吞就明说，金银财宝都给你，可你为什么要弄瞎我的双眼？你还不如把我杀了！"

"我本来是想把你杀了，可咱们毕竟远日无怨，近日无仇，何况还是结拜兄弟，不好下手，想想还是留兄弟一条命吧。"土行孙说，"也怪你长着一双让女人着迷的大眼睛。"

"你……"气恨、愤怒、痛苦、绝望让他说不出话来。

"现在说什么都晚了。我也该上路了，兄弟以后怎么样就看兄弟你的造化了。"土行孙说，"大哥我先行一步，兄弟多多保重。"

真是宿命呀！父亲母亲都是瞎子，他却天生一双明亮的大眼睛。可现在，即便能侥幸活下来，他也只能像他的爹娘一样当一辈子瞎子了。真是宿命呀！

他历尽千辛万苦才摸回自己的家——一间在郑州北大街租住的民房，他回到家里的时候他的翠儿已经不知去向了。他一动不动地坐在床上，像白痴，像坐禅，无所不思又一无所思，无所不想又一无所想。第三天他的心中渐渐地变得平静和明净。他有一种想拉琴的欲望，他到柜子上边摸索，自己的坠胡还在。他端坐床边，调了调琴弦，运起了琴弓。琴声中，过去的那种缠绵悱恻，那种激越澎湃，那种铿锵，那种怨怒之气，那种烦躁之气，无声无息地离弦而去了，他的琴技达到了一种淡远空明的大境界。

## 4. 好一个"美髯公"

给马来西亚籍华人雕塑艺术家纪国宝接风的宴会，安排在黄河迎宾馆，因为纪国宝就下榻在这里，于客人方便。

宴会定于下午6点半开始，战如松带着许小杏提前10分钟来到迎宾馆贵宾厅。不管和什么人约见，如松总是提前10分钟到达，她从来不让客人等自己。再小的事情也要讲究一个诚信，这就是如松的作风，也是她公司发展最基本的宗旨。何况，她非常喜爱这位艺术家的雕塑作品，很想早一点见到这位艺术大师级的人物。

现在，有什么应酬如松经常带上许小杏。经过她三年的调教，如今的许小杏从仪态举止到气质品行，已经由一个酒店的按摩小姐变成一名优秀的公司白领了。

同车到来的还有如松的干爹文化厅老厅长林一木。在公司没有官方出席的一些宴会上，如松也经常请干爹作主陪，一则干爹毕竟是文化界的老领导，二来也是请干爹出门散散心。

三年前春节，如松自己驾车回张许村看望母亲。那时候，在偌大的张许村，她差不多已经是人人仰慕的角色了。街坊邻居都来看她，她家里人来人往，门庭若市。除夕夜，她正在刷牙准备睡觉时有人叫门，她没想到来找她的竟然是许小杏。许小杏一见她就抹眼泪，一口连声地说“对不起”，并哭哭啼啼的企图解释当初她让她见尚老板的本意。如松制止住她，推心置腹说：“小杏你别再解释了，我知道你不会存心害我，事情也早已过去了。我只是劝你以后别再自己糟践自己了，那种青春饭吃不得。你要是愿意，就到我们公司干吧。”过了春节，如松就把她带走了。可让她去哪个部呢？她什么也不会，去哪个部都不合适。如松只好先把她留在身边，又让她到文秘、礼仪之类的培训班进修。小杏呢，不但把如松当作领导，也把她当作姐妹和恩人。她洗心革面，抱着感恩报恩的思想，如饥似渴地拼命学习和工作，很快就能协助如松处理一些日常事务了。

几家媒体的记者相继到来，随后，省美术家协会副主席兼秘书长刘英杰和雕塑艺委会主席杨清泉陪着雕塑家纪国宝进了门。如松他们起身相迎，目光不由都集中到那位雕塑家身上。纪国宝五十多岁，中等偏高的身材，穿着笔挺的黑色西裤，上身却着一件非常流行的唐装；因为有点歇顶，显得脑门大，脸长，浓眉细目，鼻梁挺直；最引人注目的是他的一副好胡须，五缕，长有尺许，一丝不乱，舒展流畅，潇洒飘逸，典型的美髯公，看上去颇像三国演义中的关羽。

好一个美髯公！

雕塑艺术家就像是一块磁石，一下子把如松吸引住了。忽然，如松心中萌生出一种难以遏制的欲望，一种冲过去热切地拥抱他亲吻他的欲望，一种渴盼已久不容错过的欲望，一种许多年来梦寐以求的欲望，这种欲望如电光石火般突兀，如飓风海啸般不可抗拒。

如松目光痴痴的，刹那间竟然有点儿神不守舍。

然而，如松毕竟是一个轻易不为感情所动的人，她压抑住了这种突然而至难以压抑的欲望，很快就平静下来。

杨清泉介绍了雕塑艺术家纪国宝，再向纪国宝一一介绍来宾。他首先介绍了老厅长林一木，然后引领纪国宝来到如松面前。

“奔流文化传媒公司经理战如松——这次雕塑艺术展的赞助人。”

“您好！”她伸出手。

战如松？战如松！纪国宝呆住了。他看着如松，顷刻，沉积多年的苦辣酸甜的情感滋味涌上心头，难以遏止，鼻根一酸，眼泪就要流下来了。小松，是你吗小松？真的是你吗小松！他真想抱着她痛痛快快哭一场。可是不能，纪国宝，你不能感情用事，你曾经发过誓永不再回张许村；何况，你虽然有了马来西亚国籍，可在国内你还是负罪之身，还是一名在逃的盗墓贼和杀人犯。你原来的计划是办完展览后再做两件事，一是到洛阳打听狐狸的消息，二是寻找当年被打成右派的公孙老师。他极力压抑着喷涌欲出情感，努力让自己平静下来。他没有想到，第一次回国就见到他的小松，而且竟然是他雕塑艺术展的赞助人，这难道是上帝的安排吗？

他克制住了自己，没有让眼泪流出来。

他只是紧紧地握住她的手，左手拍了拍她的肩膀，说：“谢谢你，如松，谢谢你！”

按照如松的安排，老厅长坐主陪席，纪国宝坐主宾席，然后刘英杰、杨清泉、几位记者以次入座，如松自己坐在刘英杰的下首。

老厅长发表了热情洋溢、实实在在、老得掉牙的欢迎词，接风宴席就算是开始了。气氛不算热烈但很祥和，酒过三巡，杨清泉把话题引到这次展览上来。

目前在中国，求人办事总是先请人喝酒，酒席上说事，这种风气就慢慢地延展开来，不少事情都是在宴席上敲定的，不少协议也是在宴席上草拟的。他们商定，“纪国宝雕塑艺术展”于 4 月 30 日上午 9 时开幕，展出时间由原定的 3 天增加至 7 天，正好是“五一”长假期间；然后商议开幕式主持人、仪程、邀请的专家、领导以及剪彩的人员等一系列事务。如松让许小杏把大家的提议一一记录下来，之后希望新闻媒体热情支持，在展前和展出期间尤其是展前加强宣传力度，最好能把纪先生雕塑精品的图片提前刊登出来。

纪国宝心潮澎湃，站起身对大家深深一躬，对大家的热情相帮和奔流文化传媒公司解囊相助表示诚心的感谢。

如松也站起身，说："纪先生，我有一个请求，不知道纪先生肯不肯答应?"

纪国宝深情地看着如松，心中说小松，你属马，今年已经 28 岁了，离别已近 20 年了……

如松说："展出结束后，我希望纪先生能留几件作品给我们奔流艺术馆作为镇馆之宝，包括《操琴的说唱艺人》在内。前提是，第一我们绝不强纪先生所难；第二我们必须按其市场价值付款。"

纪国宝说："如果如松喜欢我的作品，如果我的作品能给你们艺术馆增加一点颜色，那么，展出后，我把这次展出的作品全部赠送给奔流艺术馆，分文不取。"

全场一片静寂，片刻，掌声和赞叹声同时响起来。

"那我们就不敢也绝对不能接受了。"如松说，"不过，就冲纪先生的这份侠义心肠和厚爱，我敬纪先生三杯酒，谢谢纪先生!"

如松端着酒杯走到纪国宝身边，许小杏执壶相随。

许小杏斟满一杯，如松双手捧起恭恭敬敬送到纪国宝面前，纪国宝接过，一饮而尽；许小杏斟满第二杯，如松仍然双手捧起恭恭敬敬送到纪国宝面前，纪国宝又是一饮而尽；许小杏斟满第三杯，如松依旧双手捧起恭恭敬敬送到纪国宝面前，然后端起自己的酒杯，和纪国宝碰杯同饮。

放下酒杯，纪国宝已是泪流满面，泪水浸湿了他美丽的长髯……

# 第二章

## 1. 发现春秋邓国墓

这里属于豫西南伏牛山的余脉，楚汉文化的交融地带，平原和山岭交错，相拥相抱，亲密无间。一条小河从山区流出，绕山岭择平川，审时度势，避重就轻，弯曲盘旋，但大政方针仍然是向东，或者说流向东方是它的总路线。

一辆长途大巴沿着弯弯曲曲的乡间公路行驶。正是小满时节，春老夏嫩，山青水绿，气候宜人。小麦正在灌浆，一片片麦田被山岭环抱，就像一汪汪的湖水；暖风吹过，波翻浪涌，少妇似的麦田就会发出欢快的惬意的呻吟。车内很安静，乘客有的在闭目养神，有的已进入梦乡，有的在浏览窗外的景色。当大巴刚离开一个集镇，行驶在一个北面是山岭、南面是河流的地方时，坐在后排的一个乘客突然大喊："师傅请停一下车，我要下车！"

前边的乘客都回头看，只见后边一个40来岁的中年人，戴着一顶杏黄色遮阳旅行帽，帽檐下架一副茶色太阳镜，穿着一件到处都是口袋的屎黄色夹克衫，肩上背着一个黑挎包，脖子上套着一架照相机，一边往车门处走一边喊："师傅请停一下车，我要下车！"

长途大巴靠路边停住，中年人跳下车，冲司机摆摆手。

长途大巴扬尘远去，把他一个人抛洒在路边，就像大巴拉出来的一粒屎。

这个摄影家模样的中年人原名叫战野，乳名叫苦子，现在身份证上用的名字叫李予，他口袋中装有一本省摄影家协会会员证，上边的名字也是李予，在他的盗墓团伙内大家则称他"大哥"。

战野半途突然下车，是因为他闻到了一缕古墓的气息。对于古墓藏，他似乎具有特异功能般的感觉。

战野站在路边，举目打量周围的环境。路南是一片洼地，小河流经洼地，形成一片水塘，水塘不大，俯视就像一只大鸟的形状，小河流进时仿佛形成大鸟起飞时长长的腿，小河流出时则仿佛形成了大鸟长长的颈。路北是一片麦田，麦田被一架环形的山岭所拥抱。再端详那架山岭，并不险峻但也起起伏伏，跌跌宕宕，龙游虎伏，岭后又突起一岭，在云气中缓起缓落，势若龟背。

好一块藏龙卧虎的风水宝地！战野兴奋不已，激动不已。这是典型的“左青龙，右白虎，前朱雀，后玄武”，好风水，好风水！这一片麦田中必有古代帝王将相的大墓，依据这风水走势，战野基本上就能断定大墓的所在位置。

这是一条乡村公路，西边就是龙阳镇，也是龙阳镇镇政府的所在地。公路上车辆虽然算不上密集，但也接连不断地有大巴、卡车、吉普、小轿车、小四轮、农用三轮车、手扶拖拉机、自行车和行人来来往往，人们不时地用好奇的目光注视他。战野举起照相机，拍北边的山岭和麦田，拍南边的小河和水塘，也拍路上的行人和车辆。

战野目测了一下，公路离北边的山岭也就 200 米左右，还可以看到一处没有生长林木的石壁。他点上一支烟，沿着一条田埂，穿越麦田，向山岭走去。

麦浪在他的身边起伏荡漾。杜鹃鸟的叫声饱满嘹亮，从北边的山岭而来，穿越他所在的上空，他举头寻觅，蓝天刺目，竟然没有找到那只鸟。杜鹃这种鸟也奇怪，夏日来，秋天去，老听到它“咣咣咣咕、咣咣咣咕”的叫声，却看不到它的身影，更见不到它的巢，仿佛它的声音就是它的存在形式，仿佛它是一个在永远飞翔的幽灵。

做一只杜鹃也不错。他想。

他不一会儿就来到山脚下，发现那处石壁不是自然形成而是人力开凿的，石壁下堆着大大小小的石块，像是一个废弃的采石场，石质属于一般的大理石。

他顺着一条小径登上石壁上边的山包，向下俯视，这一片麦田尽收眼底。他开心地笑了。他刚才的判断一点不错，这片麦田下面果然隐藏着一座大型的古墓，甚至连古墓的位置也和他的判断一模一样。这么好的一块风水宝地，如果下面没有大型古墓那才是咄咄怪事。

在常人的眼中，这里的环境似乎并没有什么特别，山岭就是平常的山岭，麦田就是平常的麦田，然而在对阴阳风水和古代墓藏进行过深入研究并有大量实践经验的战野眼中，显现的却是一块风水宝地。他站在山包上看到了什么？麦田在山岭的环抱中像一洼湖水，有风时波涌浪翻，无风时一平如镜。可是战野一眼就看透了其中的玄机。在麦田的中央，有一处麦子的长势与整个麦田稍有差异，有风的时候无法辨识，无风的时候细看可以看出那一处麦子微微发黄，不如周围那么浓绿，也稍矮，形成了不易察觉的劣势，也就是说，生长不如周围的麦子旺盛。那处麦子大致呈方形，南边突出一些，仿佛春秋战国时期的一枚巨型古币“空首布”。也就是说，这一座古墓坐北面南，单墓道，大墓整体为“甲”字形。

由此，战野自然可以判断出墓道和墓室的位置。

战野审视四周，再一次记下古墓的方位。脚下的山岭呈半圆的弧形，他现在正好站在石壁的上方，也正好是弧顶的位置。弧顶正好对着公路南边的水塘，如果从弧顶穿过公路到水塘画一条直线，那么，古墓的位置基本上在距弧顶三分之一处，如果以公路为标志，则大致在公路和弧顶的正中间。

为了精准无误，战野决定实地步量一次。他从小山上下来，从山脚向回走，到他认定的墓室中心是 108 步。他停下来看了看土质，确定这座古墓从未被盗过。再从墓室中心走到路边，则是 100 步。

战野没有再流连，顺着公路向镇里走，一边走一边看表，已经是中午 12 点半了。

进镇的时候他意外地发现这里还是一座古镇，他看到了一段残缺的老寨墙，凭墙根的老砖判断应该建于明代。

他在镇政府附近找了一家餐馆，要了两个凉菜，一小瓶二两半装的二锅头，一碗鸡蛋面条，面条要服务员晚会儿上。他想了解更多有关这座古墓的背景信息，他一边慢慢地喝一边打量周围的食客，奢望能找到一个可以攀谈的对象。果然是奢望，他也知道老年人一般是不会到饭馆吃饭的，尤其是乡下的老年人。

吃过饭他在大街上走了走，大概是背集，人并不多。倒是有几条闲狗在逛街，这里闻闻，那里嗅嗅，有的对他不感兴趣，有的见他过来就举头相望，虽有疑问也没有吠叫。他在一家打着“名烟名酒”招牌的商店里买了两盒好烟，便拐进了背街。

果然是一座古镇，战野在镇的西北角看到了不少古老的民居，多是清代和民国的，少数可以到明代。有一座清代的院落保存得还相当完好，门前还有上马石，墙根的基石上还有牛鼻状的系马孔，脊檩上排列着残缺的蹲兽，两端雕有鸱吻，门楣上的砖雕线条非常精美。看来它初始的主人还是一个有相当身份相当官阶的人物，最起码是一个“鹌鹑”。何为鹌鹑？清代官员的官服上前后缀有方型的“补子”，武官的补子上绣走兽，文官的补子上绣飞禽，七品文官的补子上绣的是鹌鹑，鹌鹑乃七品知县也。

他终于物色到了一个比较理想的攀谈对象。在一座老宅院的门楼下，他看到一个年逾古稀的老人，老人蓄着白中泛黄的山羊胡子，稀疏的白发留到耳根，衣服虽旧，却干干净净，正坐在一把和他的年龄相仿的太师椅上闭目养神。

他走上前，恭恭敬敬说："老大爷，打搅您了。"

老人睁开眼。老人看似老朽，老人的目光却炯炯有神，老人的身体还非常健康。

"您抽支烟，老大爷。"他敬上一支烟。

老人摆摆手："不会抽烟，谢谢。"

"我是省摄影家协会会员，搞摄影的，就是，就是，"他举了举手中的照相机，"专门照相的。我是下来采风的，就是想了解一些咱们这里的民俗传统、风土人情什么的。"

"幸会，幸会。你请坐，院内有凳子。"老人欲起身。

"我自己来。"他扶了扶老人的双肩，仍让老人坐好，自己进去搬了一把小凳子，放到老人对面，"我先给老大爷照两张相。"

他很认真地给老人照了相，然后在老人对面坐下来。

片刻的接触，战野已断定古稀老人也是乡间古稀的文化人，民国时期肯定读过私塾或者本人就是一个私塾先儿，或许也上过废除科举后的新学堂。这是战野最理想的"访谈"对象。

这样的访谈战野已经驾轻就熟。他一般都是先从风土民情入手，有什么民间工艺没有，有什么古庙会没有，历史上出过什么帝王将相没有等等。这一次情况更加简单，先从镇上的古老民宅、古寨墙说起，直接就可以进入古镇的地方史志。

大概老人平常非常寂寞，满肚子文化却找不到交谈对象，有一种怀才不遇的委屈，第一次遇见这么一个不但耐得住性子听他说话，而且还虚心向他请教的晚辈后生，所以谈兴很浓，不知不觉夜幕就降下了。老人热情挽留战野在家里吃饭住宿，战野"不便打搅、不便打搅"地客气一番，也就在老人家里住下了。

## 2. 洛阳·"盗墓"公司

第二天下午，战野乘长途大巴返回洛阳，他在洛阳老城区马市街附近租住了一套房子，4 楼顶层，非常安静。

战野很得意、兴奋、激动、跃跃欲试，踌躇满志。接下来就是行动了。当然，行动之前需要制定一个完整缜密的规划方案。这是他入道以来最大的一次行动，也许就是他一生最大的一次行动，也许他的后半生就靠这次行动了。可这也是一次风险极大的行动，一个难度极大规模极大的工程，所以这个方案必须非常科学、严谨、严密，出不得半点差错。因为时在公元一九九一年立夏，所以他把这次最大的工程定名为“1991”工程。

他立即通知书生、狐狸、大欢、小蛋儿这四名成员，晚上到他的住处开会，商议、部署“1991”工程行动方案。

正是因为战野发现的古代大墓，又在龙阳镇那名古稀老人所讲的背景信息中得到了证实，才让他兴奋激动，踌躇满志。

龙阳镇是一个历史悠久的古镇，县志上可以追溯到商周时期，当然那时候不叫镇，称镇是隋唐之后的事。镇北边的环形山岭叫作龙屏山，绕镇而过的小河叫端河。龙阳镇历史上属于古邓国，与楚国相邻。商武丁时期，分封诸侯，武丁将其叔父“曼”封于邓地，建立曼姓邓国。后殷商为西周所灭，邓国又依附西周，春秋时期被楚国所灭。司马迁的《史记·楚世家》记载：“文王二年，伐申过邓，邓人曰‘楚王易取’，邓侯不许也；”“文王十二年，伐邓，灭之。”这两段文字是说，楚文王（熊赀）二年，也就是周庄王九年，公元前688年，楚国的军队征伐申国时路过邓国，邓国大夫劝国君借机杀掉楚文王，邓国国君不知道因为什么原因没有许可。邓国大夫竟然想借招待楚王的机会杀掉楚王，这说明当时的邓国还是有一定实力的。可时间仅仅过去10年，即楚文王十二年，也就是周釐王四年，公元前678年，楚国出兵征伐邓国，把邓国灭掉了。这说明当时的邓国虽然有一定的实力，可比起楚国仍然是小巫见大巫。

依据这座古墓所占的风水走势与其规模，再加上老人所提供的背景信息，战野认为，这座古墓极有可能是春秋时期邓国某一个国君的墓藏，并且，龙阳镇一带很可能有一个商周和春秋时期的古墓群。

狐狸收到战野传呼的时候正在朋友家和人打牌，她站起身，说：“很抱歉，不能奉陪三位了。”她的上首有点不高兴，说：“胡姐今天就你手气好，一吃三，你好意思说走就走嘛。”狐狸说：“我真的有点急事，咱们改天再打吧。”她的下首说：“胡姐真有事就算了，改天再让她加倍吐出来。”

狐狸从朋友家里出来，找到一个公用电话给战野回过去，电话一通就说：“战哥你好久没有呼我了，把小妹给忘了吧。”

战野说：“好久是多久？十天前还见呢。”

狐狸说："十天前是多少？十年前也是十天前！"

战野笑了："你还真能钻空子，狐狸精！好了好了，晚饭后到我这里打牌，亲一家，狗撵兔。"

"晚饭我请了，就请你一个。6点半，老地点，绿牡丹酒楼。不见不散。"狐狸说完就挂断了电话。

战野又打来传呼，狐狸不再理睬。

狐狸今年30岁，老天生就一幅狐媚相，一举一动都让人爱怜，使个小性子也让人心疼；苗苗条条的身材，却长了一对结实饱满的大奶子，她还偏偏爱挺着胸脯招摇过市，让男人一见就盯住不放；尤其是她那一双大眼睛，毛茸茸甜丝丝的，两洼秋水尽是涟漪，哪怕是她无意地看你一眼，你也会以为她在和你眉目传情，以为她在撩拨你，挑逗你，勾引你，让你想入非非，让你灵魂出窍。狐狸这样有魅力，却没有拴住她老公。他们夫妻俩都是生意人，狐狸开了一家古玩店，她老公开了一家小公司。她老公想让她把古玩店盘出去，在家里专意伺候他，做一个贤妻良母，可狐狸偏偏喜欢古玩这一行，说什么也不愿待在家。她老公的生意越做越大了，人也长得帅，就有了许多花花柳柳的风流事，这样夫妇之间的裂痕就越来越深，很难弥合了。协议离婚时，狐狸就要了一套三居室的房子和一部丰田轿车。

不过，尽管狐狸天生一幅狐媚相，却也并不是一个水性杨花的女人。爱她喜欢她想吃她的豆腐占她的便宜的男人太多了，可她除了钟情于战野之外，还真没有别的相好或者说情人。而战野呢，却并没有为其所动，更没有投桃报李，他对狐狸也很亲和，甚至像兄妹，可就是不往那条风景奇异的小径上走。战野越是这样，狐狸就越是喜欢战野，想战野，想得疯狂，疯狂地想。

有句俗话叫"哪有猫儿不吃腥"，其内容是把男人比作猫，把女人比作了鱼。其实并不完全准确。猫和鱼的比喻对象应该是不固定的，可以互相置换的，有的时候女人反而成了猫，男人反而成了鱼。

狐狸请战野吃饭，就是想和战野单独待一会儿。

绿牡丹酒楼坐落在洛河河畔，环境清幽，离马市街不远，狐狸第一次请战野吃饭就是选在绿牡丹。他们要了四个菜，一瓶干红葡萄酒。她给他斟酒，给他布菜，不时地看着他吃喝，就有了一种小情人或者小妇人的感觉，这种感觉对于她来说很温馨，很美好，很奇妙，也很珍贵。他们共事很长时间了，她也暗恋他很长时间了，她却一直读不懂这个男人。他看似文质彬彬，小心谨慎，其实机智果断，胆大妄为；他有时寡言少语，有时又口若悬河，但对自己的家庭和身世却从来一字不提。狐狸常想，他的内心深处一定有什么难言的苦衷，这么英俊的一个男人，只有他伤害女人，难道还会受过什么女人的伤害吗？她几次想问他都被他用别的话题岔开了。

晚上9点，大欢最后一个来到战野的住处，一进门就说："大哥召我们，又要干大活了吧。"

"那还用说，大哥一叫，好事必到。"躺在床上的小蛋儿说。他们议事从来不在客厅，都在战野的卧室。

书生说："小蛋儿你坐好，都坐好，听大哥说。"

战野说："不错，确实有一宗大活，这宗活如果干好了，也许我们就可以金盆洗手了。不过干这个活风险很大，有可能坐牢，甚至杀头，你们都说说，干还是不干。"

"当然干了，活越大越刺激！"大欢说。

"该死屌朝上，谁也不是孬种！"小蛋儿说。

"你这样说话不对，狐狸可没有那玩意儿。"大欢说完大笑。

狐狸挖他一眼："就你坏，一肚子坏水儿！"

"要说，咱们也挺冤的。煤炭、矿藏和文物一样，不都是国家的地下资源吗？为什么开发地下煤矿、金矿的叫作企业家，开发地下古墓的就是盗墓贼？太不公道了吧！"大欢说。

"是呀，是呀！"小蛋儿、狐狸也随声附和。

"窃国者为王，盗墓者为贼，自古如此。"书生说完摆了摆手，"好了好了，言归正传。大哥你发话吧，干咱们这一行哪有不冒风险的！"

"当然，杀头也只会杀我的头，因为我是主谋。"战野说。

战野就把发现古墓的过程和在龙阳镇访问到的背景信息讲了一遍。之后说："我判断，这是春秋时期邓国某一个国君的墓藏。这可是一个非同一般的大墓，我们从来没有干过这么大的活。所以我们必须注意几点：第一，绝对保密，不能对任何人透露半个字；第二，我把这宗大活定名为'1991'工程，互相通话时如果实在回避不开，就这样说；第三，干了这项工程，影响肯定很大，一旦惊动官方，公安也会介入，你们要有思想准备；第四，只能成功，不能失手。因此我们必须制定一个科学严谨、万无一失的施工方案。"

战野从皮包里拿出一张图纸在桌子上摊开，说："你们先看一看这一张图纸，了解一下周围的地理环境。"

四个人都围拢上来。这是战野认真绘制的一张地形图。图纸上，公路、小河、龙阳镇、环形的龙屏山岭、古墓以及废弃采石场的具体位置、方向，互相间的距离都标示得清清楚楚。

战野点上一支烟，慢慢地抽完，一边在烟灰缸内拧烟头一边说："都看清楚了吧。现在来商量施工方案，都说说。"

有人挠头，有人点烟，房间里一时很静。

要发掘这座古墓确实极难。古墓临着公路，几乎就在镇边，人进人出车来车往；古墓周围都是平地，一点遮挡也没有。如果是一座小墓，等到夏秋青纱帐形成时，也许三五个通宵就能把活干了，可这是一座非同一般的大墓，而且又是一座春秋时期的大墓。为防盗掘，春秋时期帝王将相的墓藏多为"积沙积石"墓，充填极厚的流沙和石块。要发掘这样的墓藏，可不是三天五天十天八天就能干得了的，在这样的环境原处盗掘等于送死。

小蛋儿问："大哥，环形山岭的这一边有没有隐蔽的山坳什么的？"

战野说："没有。即便有也不可能从山坳里下手，从山坳挖掘地道肯定会碰上地下石层，要打通石层绝不可能。"

书生指点着图纸说："离古墓最近的地方是这个废弃的采石场，咱们能不能在这里盖一所房子遮人眼目？"

"你是想用盗掘虢国墓的办法，这倒对我们很有启发。"战野说，"不过，情况不同，盗掘虢国墓是租用现成的房子，可我们有什么理由经当地政府许可在这里建一处房子呢？进一步说，即便可以建房子，从房子里下手起码需要两个月，堆积大量土方，谁能保证两个月内村民不来串门呢？"

战野所说的"虢国墓被盗案"发生在河南省三门峡市。那次盗掘难度极大。被盗的虢国墓藏就在三门峡市郊的虢国博物馆院内，白痴也不会到博物馆院内盗掘。博物馆附近有一座废弃的仓库，盗墓贼以做化工生意为由租了下来，从仓库内打洞，用了4个月的时间，打了一条2公里长的盗洞，然后采用挤压式爆破手段，进入虢国墓的墓室。直到盗取的文物在陕西交易时被查获，才知道这座位于虢国博物馆院内的虢国墓藏已遭盗掘。

狐狸说："咱们能不能把那块地皮租下来呢？"

战野说："好，离我的设想越来越近了。"

"原来大哥早有方案了，就别让我们瞎摆活了。"小蛋儿说，"大哥你就直说吧，大哥你指到哪里，我们就打到哪里。"

战野往椅背上靠了靠，坐得更舒服一点："我说一说我的想法，你们看有没有什么漏洞要补。首先，我们要注册一家公司，正儿八经到工商局注册，最好到省工商局，我想这一步难度不大。名字我也想好了，就叫'大地开发实业有限责任公司'如何？"

狐狸大笑："高，高，实在是高！东汉末年的曹操设立的盗墓机构叫'发丘''摸金'，咱们就成立一个'开发大地'的公司，经营范围可比曹操大多了。"

书生想了想，说："大哥，咱们整一个港台的什么公司不更能唬人吗，何必正儿八经地注册公司？"

战野说："我不是没想过。可咱们学闽、粤方言难度太大，学一句两句可以，说多了肯定露馅儿。所以我选择了在本省注册——必须正规注册，要经得起调查。咱们的方案必须天衣无缝。"

战野继续说："目前，国家改革开放步子迈得很大，各地都在招商引资，从省市到县乡都在大搞经济开发区。招商引资的成果已经成为各级领导的重要工作政绩，已经成为考察领导干部是否有工作能力和魄力、是否能够晋升的一个重要方面。这个时候我们公司到一个偏远的乡镇投资，镇政府当然求之不得。这样，我们公司就可以采取租用的方式、最好采取双方合资的方式，征用那片土地。只要我们公司拥有了那片土地的使用权，什么时机发掘、采用什么方式发掘就比较简单了。"

大欢和小蛋儿听得一愣一愣的，又兴奋又激动，忍不住就摩拳擦掌。谁能设计出这种盗墓方法？大哥太伟大了，太有才了！

书生提醒说："偏远的乡镇很少有企业去投资，咱们去了，别说镇领导，就是县领导也会高度重视，如果他们把咱们当神敬，会不会影响到咱们的行动？"

"要的就是这种效果。他们越是重视，越是不会往别处想，他们做梦也想象不到我们公司的真实目的。这就叫'出其不意，攻其不备'。当年诸葛亮使用空城计，看似极其凶险，其实是当时情况下最安全的办法。出奇才能制胜。"战野侃侃而谈，"当然我们还是要选择最合适的时机和手段，倍加小心才是。"

狐狸一直深情地看着战野，眼睛中的涟漪一波一波的。她钟情于战野，不只是因为他英俊的外表，他的足智多谋，他的刚毅果决，他的言谈举止，都让狐狸为之倾倒。

"都想想，动动脑子，还有没有什么考虑不周的地方。"战野又点上一支烟。

都说没有什么可说的了。

"既然都同意这个方案，咱们就开始第一阶段的工作。"战野开始分配任务，"书生、狐狸，你们两个负责注册'大地开发实业有限责任公司'，注册资金暂时借用也好，搞假银行证明也好，那是你们的事，反正现在社会上的皮包公司比比皆是。公司法人就注册我‘李予’，风险由我来担。‘李予’的身份证是现成的。公司成立后，我李予就是经理，书生是办公室主任，狐狸是公关部主任，大欢是工程部主任，小蛋儿是治安室主任，都要起一个化名。每个人不但要记牢自己的化名和职务，还要记牢其他人的化名和职务；每个人不但要熟知自己的职责和权限，还要熟知本部室的业务和管理。千万马虎不得，稍有疏忽，到时候就有可能露出自己的蹄爪和尾巴。”

四个人都乐得笑起来，他们谁也没有当过官，一时间都互相喊“主任”，好像一个个当真都成了小干部。

战野继续说：“大欢、小蛋儿，在和龙阳镇的合同正式签订之前，基本上没有你们两个什么事儿，你们就抓紧时间掌握土建机械，尤其要能够熟练操作挖掘机。具体到哪里学，你们自己想办法，但是，无论如何也不能让别人觉察出咱们的半点意图来。”

“保证完成任务！”两个人挺像那么回事地喊一声，然后说，“骆驼尻象——真要大弄了。”

## 3. 考察龙阳古镇

一辆黑色丰田小轿车驶进龙阳古镇，吸引了一街人好奇的目光。小轿车路过镇政府门口时停下来，从车上下来一个美丽的女子，款款地走向传达室。看门的是一个有点驼背也有占跛脚的大叔，他已经看到了停在大门外的高级小轿车，慌忙迎出来。

女子楚楚动人又彬彬有礼：“大叔，听说镇上有一处明清时期的民居群，怎么走呀？”

“你说的是过去的老房子吧？”

“对对，就是有年头的老住房。”

“就在西北角，你们开车向西走，第二个胡同向北拐进去，就到了。”跛脚大叔很热情，“你们是上边的领导吧？你等一等，我去给镇里的领导说一声。”

“不用了大叔。我们去看看那片老房子，看看有没有什么开发价值，如果有开发价值，我们会来找你们领导的。谢谢大叔了。”

女子又上了车，丰田小轿车缓缓向西驶去。

跛脚大叔坐不住了。“县里干部两头挺（小轿车），乡镇干部帆布篷（吉普车），村里干部铁丝拧（自行车）”。我们的曹书记才坐一辆破吉普，田乡长想坐还坐不上。这么高级的小轿车，里面坐的肯定不是一般的人物。

跛脚大叔快步向镇党委办公室走，驼背身子一歪一歪就像踩着一溜小坑。跛脚大叔把情况汇报给办公室主任马腾云。马主任听了，就去找镇党委书记曹大宋。曹书记正在接电话，“好好”“是是”地应答着，态度很恭顺。马主任想，对方八成是上边的领导，他就小心地站在一边恭候着。

肯定是对方先挂断了，曹书记又“喂喂”了两声，才把话筒压在电话机上。

电话一挂断，曹书记的脸说变就变了：“乡镇也非让搞经济开发区，开发个球！也不看看有没有条件，像咱们镇咋球开发？马腾云你不是能腾云驾雾吗？你说咋球开发？”

马主任觉得自己来得不是时候，又正是时候。

“是没什么可开发的。”马主任说，“不过曹书记，刚才来了一辆高级小轿车，车上的人去考察咱们镇上的老房子了，还说什么看看有没有什么开发价值。”

“你说什么？”

“他们去看咱们镇上那片老房子了，说是看看能不能开发。”

“他们是什么人？”

“看门的老邓说像上边的领导，我觉得也可能是什么公司的。”

“当真？”

“当真。”

“咱们快去看看，别让他们走球了。”曹书记说。

曹书记和马主任立即赶到镇西北角的明清民宅区。在一座清代民居前，他们看到了那辆小轿车和三男一女四个人，四个人正在指指点点地议论那所老房子。

这四个人当然是战野、书生、狐狸和大欢。战野现在叫李予，大地开发实业有限责任公司经理；书生现在叫王森，公司办公室主任；狐狸现在叫蓝影，公司公关部主任；大欢现在叫乐天，工程部主任，今天充当司机。

马主任快步走在前边，热情地打招呼，说：“这是我们镇党委书记曹大宋同志，听说你们来了，赶来看看你们。请问你们是……？”

蓝影不卑不亢地伸出手来，说：“我们是大地开发实业有限责任公司的，这是我们的李予经理。”

于是，李予经理和曹大宋书记紧紧地握住手，一个连说“贵客，贵客”，一个连说“失敬，失敬”。

蓝影一一作了介绍，又说："我们之所以没有提前拜访书记，是因为我们经理说基层领导工作忙，不让随便打扰您，如果有了意向再登门拜访。请多包涵。"

"不客气，不客气，你们这样的贵客我们请都请不来。"曹大宋说，"请到我们镇党委坐一坐，也让我们尽一尽地主之谊。"

李予迟疑说："不便打搅吧。"

"哪里，哪里，"马主任说，"我们请都请不来呢。"

"那，就恭敬不如从命吧。"李予说。

马主任前边引路，李予经理和曹大宋书记并行，蓝影、王森随后，乐天驾驶空车缓缓跟着。今天镇上逢集，大街上人很多，街两边摆满了叫卖瓜果蔬菜、衣物布匹、日用百货的摊贩，人声嘈杂，不时有人和马主任、曹书记打招呼。一只大黄狗十分通透，橐橐橐地跑在马主任前头，一直把他们带进镇政府大院。原来是镇政府食堂养的一只看家护院狗。看来龙阳镇还相当贫困，作为办公室的两排平房看样子还是五六十年代的建筑。第一排是各种职能部门的办公室，书记、镇长的办公室和党委会议室设在第二排。

一行人来到龙阳镇党委会议室，在谦谦让让中落座。马主任亲自上茶，曹书记一一敬烟。随后曹书记吩咐马主任：派人去买一些时鲜水果，要好的；预定中餐，一定要在龙阳镇最好的饭店——山花酒楼。马主任悄悄问中午吃饭请不请田乡长，曹书记说你看着办。马主任心里很清楚，"看着办"的意思就等于说"没必要"。

李予说："常言说无功不受禄，初次见面曹书记您就这样破费，我们实在是担当不起。"

"球！龙阳镇再穷，管顿饭还管得起。"曹大宋稍一熟识或者稍不留心就带出了口头语，虽然不雅，倒显得豪爽大气。

"看得出，曹书记也是一个性情中人，很豪爽，也很有魄力。"蓝影不失时机地夸奖了一句。

"哈哈哈，粗人，粗人，粗人一个！"曹大宋借坡下驴，"李经理对我们龙阳镇印象如何？"

"不错，龙阳镇有山有水有平原，物产丰富，人杰地灵。"李予说。

"那片老房子有开发价值吗？"曹大宋直奔主题。

"那片老房子嘛——"李予缓缓地说，"实不相瞒，我们就是在寻找投资项目的，听说龙阳镇有一片明清民居，就来看一看。"

曹大宋把两只耳朵都竖了起来。

“那片明清民居——”李予吸饱了一口烟，缓缓吐出，拧死烟蒂，说：“直说吧曹书记，我们觉得开发价值不大，主要是规模不够大，其次是建筑也不够精美，没有独特的建筑风格，缺少一处地标式的或者说招牌式的建筑。不像山西的平遥、云南的丽江、安徽的西递村、浙江的乌镇、江苏的周庄，各有自己的独到之处。”

曹大宋非常失望。他喝了一口茶水，心里琢磨，好不容易有人上门了，一定要想办法把他们抓住，机会难得呀。刚才县委来电话问龙阳镇的经济开发区进展怎么样了，并说某某乡已经建起来了，某某镇招商引资的成果也不错。球！还不都是虚而不实的花架子，我曹某人不搞那一套，要来就来点真格的。

“李经理说得不错，那片老房子太一般了。”曹书记说，“不过龙阳镇有的是资源，我陪李经理再走走，再看看，如果贵公司能来小镇投资，就算给这一方百姓造福了。”

说话间马主任带人送来了桃子、葡萄和西瓜，洗得干干净净放在果盘里，西瓜也切得一牙一牙，规规整整。

曹书记热诚让客。李予拿了一块西瓜正要吃，闷闷的电话铃声响起来，王森从提包中取出一部移动电话机递给李予，李予“喂喂”地接通了，说：“下午？下午回不去，最早也到夜间了，你让他明天到公司。”这时候，曹书记和马主任的眼睛都是一眨不眨，全神贯注地盯着李予手中的移动电话机。他们也听说过有一种新式电话，不要电话线，可以随身携带，走到哪里都能接能打，说是叫作什么“大哥大”，一部得一两万。今天算是开了眼界，这个像哑铃似的玩意儿可真神奇！

李予挂断电话说：“请问曹书记，镇上还有什么企业吗？”

曹大宋还盯着李予手中的“大哥大”，很想拿过来摆弄摆弄，甚至打一个电话试试，可还是忍住了。

曹大宋说：“哪有什么企业呀！上一任整球了一个采石场，不到一年就倒闭了，现在还欠着贷款呢。”

“是啊，没有乡镇企业，单靠种地，能达到温饱就不错了。”停了一会儿，李予问，“你刚才说的采石场是怎么回事？怎么会倒闭呢？”

“产品打不开销路呗。”

李予若有所悟，说：“也许那个采石场开得早了点儿，时机未到，如果现在开，也许产品的销路就不愁打不开了。”

“你是说？”曹大宋不大明白。

“改革开放以来，城里人富了，住房开始讲究装修了，不像过去有了房子搬进去就住。现在最起码也要包一包门窗铺一铺地板砖什么的，生产大理石地板砖肯定热销。”李予说，“曹书记，带我们去看一看那个倒闭的采石场好吗?”

曹大宋的心情一下子由阴转晴，说:“其实也没啥可看的，厂房早扒球了，设备也早卖球了，就剩下了一堆大石头。”

“我们主要去看看石头质量和交通环境。”

“那也得先吃饭。”曹大宋看看表，“该吃午饭了，吃了饭我陪李经理和诸位去。来咱们先吃点儿水果。”

山花酒楼就在乡政府的斜对面。说是龙阳镇最好的酒楼，也就相当于大城市的一个小菜馆，好在楼上还有两个包间。曹书记说镇上条件差，实在是委屈诸位了;李予他们说挺好的，真的挺好的。曹书记说的是真心话，害怕对贵客招待不周;李予他们说的也是真心话，他们虽说有钱，其实并没进过什么高级大酒店，平常吃饭也根本不讲究，遇到紧着干活时，就啃一点干粮，喝一口凉水，甚至忍饥挨饿也是常有的事，能受到镇委书记的热情款待他们当然很知足了。曹书记一个劲劝酒，可他们谁也不敢放开喝，倒是曹书记自己把自己灌高了，高声大嗓地说李予他们不够意思，不把他曹某人当朋友。

午饭后，曹书记带他们一起去看那个早已废弃的采石场。战野第一次来的时候小麦正在灌浆，星移斗转，季节更替，如今，“李予经理”身份的战野看到的是正在扬花的秋玉米，还有已经结荚的大豆。他们认真看了那堆大理石的纹理后，李予又让王森主任带两块石头回去，说是让地质研究所化验一下，看看含不含什么对人体有害的放射性元素。如果不含放射性元素，公司就准备在这片山岭环抱的土地上投资，第一个项目就是大理石制品厂。

曹大宋书记很高兴，红光满面的，让马主任准备几份木耳蘑菇之类的土特产，送李经理他们作为礼物。

### 4. 马主任嫖娼

送走大地开发实业有限责任公司的客人，曹大宋回到自己的书记办公室，抽了一支烟，喝了两杯绿茶，酒劲也就下去了。曹书记看上去大大咧咧，其实是一个粗中有细的人。他叫来办公室主任马腾云，交代说:“过几天你去省城一趟，先到省工商局了解一下大地开发实业有限责任公司的注册情况，再按照注册地址去看一看他们公司的门面。能了解到他们的业务经营情况更好，但是千万不能进他们的公司，让他们认球出来就不好了。”

“曹书记，你是害怕？”马主任问。

曹大宋说：“眼下是市场经济的初期阶段，什么欺诈行为都可能发生，也不是没有这样的先例。社会上不是流行一句话吗：‘除了娘是真的其他都不能完全相信；只有天气预报想说真话还老说球不准。’”

“还是书记想得周到。”

“当然，退一万步说，即便他们真是骗子，也骗不了咱们个球毛。咱们除了地皮一分钱也不会投进去，地皮他们也搬球不走。”曹大宋说，“可咱们起码得做到心中有数，不能猫咬尿泡瞎喜欢，更不能让人站在干地儿看笑话。”

马主任连连点头，他当然知道曹书记所说“站在干地儿看笑话”的人指谁。

对于马腾云来说，这是一趟美差。马腾云很喜欢出差。龙阳镇地处偏远，别说是省城，他们所在的市里也很少去，去一趟就等于一次公费旅游。马腾云所以喜欢出差还有另外的原因。他在镇里当办公室主任，是个伺候人的角色，党委和政府其实就一个办公室，他既要伺候书记又要伺候镇长，就像走钢丝，和哪一个近了远了真不好把握，这不，最近和曹书记走得近了点儿，田镇长就给他脸色看。只有出差在外他才感到轻松一点，一出差他就可以暂时不想这些烂事儿了，身心也就暂时自由了，而且还有一种优越感。他是因公出差，吃饭有补贴，坐车住店可以公费报销。这可不是每一个出门在外的人都能享受的，那感觉，就比不能报销的人高出了一级或者两级。

去年冬天，马腾云曾经到郑州出差，晚上住在龙阳大酒店。他之所以住宿龙阳，原因之一就是“龙阳”正好和他们镇同名。郑州的一个酒店怎么正好和他们镇同名呢？一打听，原来酒店经理的祖籍就在龙阳，怪不得叫龙阳大酒店，于是又多了一点亲切感和安全感。

晚上10点钟，马腾云洗完澡准备睡觉时，电话铃响了。我在这里又没有熟人谁会给我打电话呢？他拿起话筒，听到一个女孩子非常温柔的声音：“请问先生需要按摩吗？”他只听说过城市有异性按摩服务，觉得那离自己很遥远很遥远，怎么按摩也按摩不到自己身上，现在忽然就来到了自己身边，只要自己说声需要，就可以享受异性按摩的滋味了吗？他的心脏有点承受不了地怦怦跳起来。他多么想享受一次异性按摩的滋味啊，可是，可是贵不贵呢？让人知道了怎么办？这时候，那温柔的声音又重复了一遍：“请问先生需要按摩吗？”他小声问：“多少钱？”他觉得自己的声音发干、发哑、发颤，神经像要绷断了。“一般按摩48元，请问先生需要吗？”他不敢说需要，又不想说不，又舍不得放下话筒，就那么举着。对方猜透了他的心理，一般的男人初次都这样，又想吃鱼又怕鱼刺扎了喉咙，就说："这样吧先生，我叫一个小姐过去，你觉得不合适呢再叫她回来，没关系的。"对方挂了电话他才放下话筒，自我开脱地想，不就是按摩吗，反正也不是我叫的，是她自己要来的。然而他的思想斗争依然很复杂，很矛盾，希望她不要来又希望她来，心情惴惴地又心无旁骛地注意着门口的动静。门口静静的。正当他觉得她不会来了的时候门被轻轻地敲响了。他像做贼一样放轻脚步，心跳怦怦地打开门，进来了一位又年轻又漂亮的小姐，小姐一进来就回身锁好了门。这么年轻漂亮的小姐他怎么舍得让她走呢，况且让她走不是太伤人家的自尊心了吗？他不但没有让她走，还在她的诱惑下花了 200 元钱，忐忑不安地接受了她的特殊服务。其实他自己心里也清楚，不管是他的意识或是潜意识里，都是多么地渴望这样的诱惑啊。

尽管他内心矛盾重重，但整个过程都是顺水推舟、顺流而下的，如果说他在言行上有什么推阻和迟疑，也仅仅是在按摩小姐脱衣服的时候他怯怯地问：你们这里，安全吗？

小姐走了之后他冲了个澡躺进被窝，开始反思自己的行为。他觉得自己变得很肮脏，很下流，且不说对不起自己任劳任怨、又黑又瘦的农村老婆，自己今后再也不敢理直气壮地说自己是正人君子了。回到镇上，有几天时间他都不敢正对书记、乡长甚至同事们的目光，害怕他们察觉出他心灵的阴暗面。然而也就是几天，几天之后他就处之泰然了，甚至有了一种成就感，一种优越感。除了自己的老婆，他毕竟和另一个女人而且是一个年轻漂亮的小姐有了肌肤之亲。他甚至经常想起那个小姐，经常回味那个小姐的容貌、动作和滋味，再向老婆"交公粮"的时候就显得软弱无力，甚至必须闭上眼睛，把又黑又瘦的农村老婆想象成那个又年轻又漂亮的小姐。

一个星期后，马腾云一大早就乘长途大巴到郑州去了。到郑州的时候已近中午，就近吃了一碗羊肉烩面算是午餐。他几乎没怎么犹豫就到龙阳大酒店登记了一个房间，并且自问是不是想重温旧梦呢？

马腾云对待工作还是非常认真非常敬业的，登记完房间他就赶到了省工商局。机关还没有上班，他就坐在门前的台阶上候着，等人家一上班他便直奔企业注册处。工作人员查到了大地开发实业有限责任公司，企业法人李予，他还特意看了照片，就是到他们龙阳镇的李予李经理。注册资金 120 万。天哪，120 万哪，看来还真是一家有相当实力的公司！公司注册地址是翠花路58号附2号。他从省工商局出来，就打听翠花路在什么地方，可是问了几个人都不知道。他后悔在车站应该买一幅郑州地图了，一块钱一张，就因为没有发票他当时才没有买。看来，曹书记让他勘察公司门面的指示今天是没有办法完成了。正好利用这段时间逛一逛亚细亚大商场，再顺便拐到火车站买一张郑州地图。上一次来郑州他就想逛一逛这个驰名全国的亚细亚，可惜没有抽出时间。

晚上他回到龙阳大酒店，洗完澡斜靠在床上，看了看床头柜上的电话机，和上次住的房间里的电话机一模一样，不知道今天晚上还会不会打电话来。真是奇了怪了，自从曹书记说要让他来郑州，时不时就总是想起那档子事。干这种事是不是就像抽鸦片，明知道有毒还偏要抽。上一次是几点钟打来的电话呢？似乎是10点左右。他看了看表，9点40分。已经10点了，电话仍然没有响。不响好，不响好，不响自己就肯定不会再犯错误了。可是自己之所以选择这家酒店，不就是希望听到那个电话吗？不就是想来一个年轻漂亮的小姐吗？不就是想再犯一次错误吗？这时候他的注意力全在这部电话机上，其实一晚上他的注意力就在这部电话机上，电话是不是坏了呢？就在他伸手去拿话筒准备验证一下电话是否坏了的时候，电话铃突然响起来。这突然而起的铃声着实把他吓得心惊肉跳。熊货，又不是机关枪响你怕个球！可他还是镇定了一下，才拿起了话筒。

进展程序几乎和上一次一模一样，不同的地方有两点：第一是进来的小姐比上一次的还要年轻还要漂亮，让他心头窃喜；第二是当他正在兴奋地大做特做简谐运动的时候突然响起了急促的敲门声，让他灵魂出窍。他从小姐身上爬下来，还没来得及登上裤子，门就被踹开了。闯进来两个公安人员，其中一个端了一架照相机“咔哧咔哧”地拍照。完了，全完了！这一刻，他的头脑里只有这一个意念；这一刻，马腾云才真真切切地体会到什么叫“上天无路，入地无门”。

“穿好你的衣服，跟我们走一趟！”没端照相机的公安人员说。

这时候他才发现自己还是赤身露体的，他战战兢兢哆哆嗦嗦地穿好衣服，扑通就给公安人员跪下了。

“饶了我这一次吧，我身上的钱全给你们。”

“我们可做不了这个主，有话你给我们所长说。”

年轻漂亮的小姐不知道什么时候已经溜掉了，他心里反而踏实了一点。他跪在地上不肯起来，两个公安人员架起他往外走，他一边挣扎一边求饶。

他被拖出了房间，一出房间他就不再挣扎了，他害怕招人出来看热闹。

可人还是被招来了，七八个人已经走出自己的房间。迎面有人走过来，口中说："干什么吵吵闹闹的，影响别人休息！"

他听着声音好熟悉，偷偷看一眼，竟然是他们龙阳镇的镇长田有光。马腾云彻底蔫了。他原本还是抱有一线希望的，那就是到派出所争取"私了"，罚多少钱他都可以认下来。如今竟然碰上田镇长，而这一段因为他跟曹书记跟得紧了点儿，田镇长一再给他脸色看，这一来可真是死人挨枪子儿——死透透了，没有一点活路了。

田有光镇长也看到了他，吃惊得睁大了眼睛："怎么是你！你、你这是怎么了？"

马腾云难以启齿，声音微弱："田镇长，我……我犯错误了。"

这时候，已经有几个人好奇地凑上来，也有酒店的服务员。田有光对一个服务员小声说："快去喊你们经理！"然后对两个公安人员又赔笑脸又让烟："鄙人田有光，是他的领导。有话好说，有话好说。"

"有话好说到派出所说！"公安人员的态度有所缓和，可还是坚持要带人。

"交个朋友嘛，交个朋友多条路嘛！"田有光说。

正在相持不下的时候，服务员领来了酒店经理。经理声随人到，"哟，小刘小赵呀，好久没来酒店指导工作了，走走走，到我的办公室坐坐，喝一杯茶。"说着拉起两个公安就走。

马腾云不知道该不该跟着走，木鸡般呆站着。田有光瞪他一眼，说："还不快回房间，丢人现眼的！"

马腾云回到房间，虚掩上门。门锁被踹坏了，也只能虚掩了。他颓然坐到床上，脑袋里面木木的，痴痴的，翻来覆去重复一个问题：我该怎么办？我该怎么办？我该怎么办？渐渐地，他的思维清晰了一些，感觉田镇长的态度和处理办法，似乎并不是要把他置于死地。不但不想置他于死地，好像还是在帮他，想把他从死亡线上拯救下来。但愿吧，但愿！

不知过了多长时间，也许几分钟，也许几个小时，田镇长进来了。田镇长一句话不说，坐到茶桌旁的椅子上抽烟，脸色阴沉，又气又恨又恼又怒的样子。

马腾云不知道自己该干什么，该说什么，想到自己好不容易从农村考上大学，筚路蓝缕，刻苦勤奋，然而最终还是没有能够留到城市，回到了离老家只有10多里的龙阳镇，勤勤恳恳兢兢业业地干了将近10年，才熬了个办公室主任，括号副科级，不容易呀！都是自己没成色，在镇里没有胆量找情人，害怕影响自己的名誉和前途，只好跑这么老远找小姐，谁知……怎么就这样倒霉呀！别说组织上怎么处分了，就是说出去，自己还有脸见人吗？要是没了脸，活着还有什么意思呢……

马腾云想到伤心处，竟然呜呜地哭了起来。

田镇长说："哭个球啊哭！有胆量做出来，就没胆量担起来？"

马腾云不哭了，说："我对不起党对我的培养，也对不起您对我的栽培。田镇长，您怎么处分我都行，只求您别说出去。"

"怎么处分你？你说怎么处分你？这么丢人的球事，怎么往党委会的桌面上摆？摆出来你还能站立人前吗？连我这个当镇长的都觉得丢人！"

"那……"马腾云又哭出了声。

"我看算球了吧，你知我知天知地知，这件事就到此为止吧。"田镇长说，站起身准备走。

马腾云怔了怔，似乎没听懂或者没想到，当他明白了田镇长的意思后，发自内心的感动让他"扑通"一声跪倒在田有光面前："田镇长，从今往后，您就是我的再生父母！"

"你这是干什么，男人有泪不轻弹，男人膝下有黄金，你给我站起来！"田镇长说，"我田有光可不是图报答。谁球不犯错误？犯了错误就处分？人家鞍前马后地跟着你干犯点儿错误就处分？这可不是我田有光的为人，我田有光从来都是千方百计保护我部下的。"

马腾云站起身，感动得不知说什么好。

"要说这也算不上啥球事儿，大男人哪个不喜欢年轻漂亮的女人？哪个不想干这事儿？我也想！可想归想，就是不能干。"

田有光说着又要走，马腾云忽然说："田镇长您再坐一坐，我给您汇报一个事儿。"

"明天再说吧。"

"下一步我还得请示您该怎么办呢。"

田有光又坐下来，马腾云便把大地开发实业有限责任公司的李予经理如何带人到龙阳镇考察，曹书记如何招待他们，他们已经有了初步的投资意向，曹书记如何让他了解该公司的情况，他这一次到省会就是来了解该公司情况的，并把自己了解到的情况向田镇长一一作了汇报。

田镇长听了，很高兴，说："好事嘛，好事嘛，有人到咱们这穷困偏远的小镇投资是好事嘛，曹书记考虑得也很周到。只是这个曹操，这么大的事情也不和我打个招呼。"

"田镇长，还有一点，他们公司的注册地址是翠花路58号附2号，可是我问了好多人都不知道翠花路，我又买了一张郑州地图，也没有找到翠花路。"马腾云说着拿起桌子上的地图，准备展开。

"找不着就算球了。"田镇长说，"这么大个郑州你去哪儿找？再说，郑州发展这么快，一天一个样，说不定是一条新建的路，地图上还没有标出来。人家工商局都注册了，还能有假？"

"我听田镇长的。"

田镇长想了想，又说，"马主任，有一条咱们必须明确，那就是极力让曹书记办成这件事。这毕竟是一件好事，是一件造福一方的大好事，是一件有利于龙阳镇经济发展的大好事，因此，向曹书记汇报情况的时候你可要动动脑子。"

"我听田镇长的。"马腾云说。

"快12点了。"田镇长看了看表，再次站起身，"马主任，你也安生地睡觉吧，派出所那边我已经摆平了。"

田有光走后，马腾云仍然久久不能入睡。这场大难虽然田镇长帮他度过去了，想一想依然觉得心惊胆战的，总担心还会有什么余震发生。要不是田镇长及时现身，什么前途啊荣誉啊，整个就完球了。田镇长真是大人大量宰相肚里撑舟船啊。有怨报怨，有恩报恩，我这下半辈子就是田镇长的人了。怎么会这么巧呢？会不会是田镇长给我设的局下的套子呢？不可能。田镇长怎么会知道我来郑州？怎么会知道我住龙阳大酒店？怎么会知道我要找小姐？所以不可能。我不能以小人之心度君子之腹，我不能把人家的侠肝义胆当作狼心狗肺。

也许，这就叫作无巧不成书吧。

## 5. 玉米林里的试探

就在马腾云到省会调查李予他们公司情况的那天夜间，就在他夜间嫖娼被抓个正着的时候，化名李予的战野正领着他的手下在龙阳镇那片山岭环抱的玉米地里干得汗流浃背呢。

七天前战野他们告别曹书记，带着曹书记送的土特产，高高兴兴往回返。他们的"1991"工程已迈出了第一步，而且迈得很机巧，也很扎实，为以后的顺利施工夯实了稳固的基础。途中他们议论起下一步的行动。

书生说："大哥，你能百分之百断定这座古墓没有被盗过吗？"

战野说："是的，我看过墓藏上面地表的土壤，能够断定确实没有被盗掘过。”

书生说：“大哥，我相信你的眼力，可咱们这次行动非同一般，我觉着还是要‘捣捣窑儿’，捣一捣心里更踏实。”

狐狸说：“大哥，我觉着书生说得也有道理。”

书生是一个胆大心细的人，看上去文质彬彬像个书生，其实贼胆包天。在和战野认识之前，他一直和一个叫“艮儿”的青年搭伴。一次，他们盗掘一座元代的小墓，墓门打开的瞬间，两股黄光一闪呼啸着射过来。艮儿吓得一屁股坐到地上，屎尿拉了一裤裆，他却没事人一样，一个人掂着马灯进了墓室。他又特别心细，进了墓室并没有马上开棺，而是举着马灯细心寻找黄光的来源，终于在墓室的一角找到了动物栖息的痕迹，并且闻到了一股腥臊气味，原来是在墓室作窝的两只土獾作怪。

战野分外看重书生，也分外重视书生的意见，尽管有时候觉得他过于细心，但是干这一路，宁可过于细心也不可稍有粗忽。

就说：“好吧，近期咱们再来一趟。”

正在开车的大欢插进来：“叫我说，咱们也别这样劳神费力的了，正好地里种的是玉米，藏几个人还不容易，咱们多熬几个夜，把活干了算了，省得老惦着急死个人。”

狐狸说：“找死吧你！这又不是小孩子偷玉米，喊里喀嚓掰几穗拔腿就跑。”

书生说：“如果是春秋积沙积石墓，一个月也拿不下来。那样干，连一成的把握也没有。”

大约是马腾云从省工商局出来的时候，战野他们也从洛阳出发了，过洛阳桥，顺龙门大道向南，再过伊河龙门桥，经白居易香山墓园，直奔西南。仍然是四个人，不过这一次换成了小蛋儿开车，主要是让他也熟悉一下环境。因为只是“捣窑儿”，所以事前准备也比较简单，食品、饮料、手电和两套“洛阳铲”。

他们在路上吃的晚饭，计算着时间，赶到龙阳镇时将近夜间 10 点钟。汽车关掉了车灯，在古墓所在的玉米地地头的路边停住，书生先下车，听听周围没有动静，才让战野和狐狸下车，三个人猫着腰钻进了玉米林。汽车又向前开去，开出去二三里路才停到路边，等黎明前听到战野的传呼再来接他们。

夏秋之交，露水很重，野草和庄稼叶子都是湿漉漉的，沾到身上凉凉的，不一会儿衣服和鞋子都被露水打湿了。虫子的叫声长短不齐，绵绵软软的，好像也被露水打湿了。没有月亮，密密麻麻的星星晶莹透亮，像一颗颗水晶悬在夜空。他们在玉米林穿行，玉米叶子拉得他们的皮肤似痒似疼。战野凭着微微的星光和他尺子一样准确的脚步和他对古墓藏特异功能一样的感觉，领着书生和狐狸找到古墓，选定紧靠墓门的墓道位置。

书生连接好带着套丝的洛阳铲的铲柄，捣进第一铲。

洛阳铲，是我国考古工作者进行文物探测时使用的最基本也是最主要的工具。根据不同深度土质的变化来掌握地下墓藏的情况，是我国考古工作者的一门独特的技术。然而，这种在我国考古界鼎鼎有名的洛阳铲，这种在考古界普遍使用、不可或缺的洛阳铲所以叫作“洛阳铲”，因为它是洛阳一带的盗墓贼最早发明的。

民国初年，洛阳邙山的马坡村，有一个从小就以盗墓为生的盗墓贼叫李鸭子，是他最早发明并使用的洛阳铲。这种铲头宽仅两寸呈半圆形的工具，使用起来轻巧灵便，得心应手，每一铲下去，都能带出不少土来，对于眼观鼻嗅地下土质变化、探测没有封土堆的地下古墓效果极佳，很快便被盗墓贼们普遍使用。后来，洛阳铲又被不断改进，分出提铲和重铲。原来的铲柄太长，既不方便携带又容易暴露，于是铲柄改制成为螺纹套丝钢管，每节半米左右，可节节相套，平时拆解装进提包，用时取出并可随意调节长短。

书生刚捣下去有一米来深，一直像警犬一样竖着耳朵的战野突然轻轻“嘘”了一声，示意他们安静。三个人连忙原地蹲下，细辨周围动静。只听稍远处有人在玉米林里钻行的“窸窸窣窣”声，三个人大气也不敢出，狐狸借机悄悄地靠在战野身上。这次来“捣窑儿”，战野本来不想让她参加，是她非来不可。她就是想跟随战野，形影不离地跟随战野。窸窣声渐行渐近。正当战野考虑是否悄悄溜掉的时候，窸窣声停住了，又添加了另一种声音，仔细分辨，似乎是一男一女热烈的拥抱声和接吻声。三个人的心稍稍安定下来，原来是一对情人到玉米林里野合的。接下来似乎是急不可耐互相撕扯衣服的声音，随后“哗啦”一声响，显然是一片玉米被他们压倒了，只听女的轻轻地叫了一声，此后便是女的爽意的呻吟声，男的节奏鲜明的有力度的喘息声，还有男女撞击出来的频率越来越快的叽叽叽叽声。

书生用气声说：“我靠，原来也是‘捣窑儿’的！”

狐狸觉得自己就要瘫倒了，下身又湿又热，她的手不由自主地伸向战野的胸脯，她感到战野的身子僵僵的，颤颤的，心跳怦怦的快而有力。战野不敢出声更不敢有所动作，她的手便在战野的胸脯上抚摸，游走，慢慢地滑向腹部、小腹、裆部。她感到她的手被一截坚挺的东西有力地敲了一下，然后被强硬地支撑在那里。她忍无可忍，一下子把那东西握在手中，感觉出一股跃跃勃动的力道。她浑身酥软，同时也明白了，战野并不是坐怀不乱的柳下惠，也不是不喜欢她狐狸，一定是有什么心理障碍阻隔在他与她之间，一定是此前有过什么让他刻骨铭心、不愿触及的伤痛。

狐狸手中的东西直翘直翘的。这一刻，狐狸觉得非常幸福。她很感谢那对野合的男女，是他们给她提供了这次机会并给了她灵感，机不可失，她觉得她已经借机把战野的防线攻破了。

那对男女如饥似渴的野合持续了有30分钟，前前后后耽误了他们一个小时，等绝对安全之后他们才继续干活。

"我来吧。"战野从书生手中接过洛阳铲，亲自操作，他怕书生经验不足，他要凭洛阳铲吃土时的手感，判断所进土层是生土、五花土，还是被盗后回填的粗松的杂土，洛阳铲探进这三种土层时的手感是不一样的。为更准确的判断，每下探一截战野便从铲凹里抓一把土，闻一闻土的气味，搓一搓感觉土的质量和成分。耕土层下面是五花土，五花土下面探到了沙土。当探到4米多深时战野的手被震了一下，洛阳铲探到了石头上，手感告诉他，那不是地下原始的石层，而是为保护墓藏填充的石块。在墓室的的周围填充石块和沙土是春秋时期墓藏的特点之一，也是预防盗墓的一种效果极佳的手段。

"放心，绝对没有被盗掘过。"战野说。

书生说："大哥，你歇歇，我另捣一个窑儿，全当学一学。"

战野把洛阳铲交给书生，掏出一支烟，捂在衣服里点燃。他们在干活时尤其是夜间在地面干活时，抽烟是很有讲究的，点烟要用衣服捂严，不能露出一丝火光；点燃后要把香烟倒拿，把燃着的一端握在拳心，抽时甚至要用双手捂上。

下半夜露水更重，各种虫子不再鸣叫，周围一片死寂，偶尔从公路上驶过的汽车灯光如剑，声震四野。

古墓确实没有被盗掘过。下弦月升上来的时候他们开始了收尾工作，他们把掏出来的土再回填到圆形的小洞中，用铲柄捣实，然后再用周围的干土伪装，尽管不大可能被发现，即便发现了也不可能知道其意图，但还是要尽量不留下一点儿蛛丝马迹。

也许是刚才那一男一女激情野合时，狐狸的行为全被书生看到或觉察到了，因此书生说："我看这样吧，我先到旁边歇一会儿，狐狸和大哥在这上面也捣一家伙，留下的痕迹保险比任何伪装都自然。”

“你个死书生，也跟着他们学坏了！”狐狸有点恼，拿洛阳铲捅书生裤裆，嘴上恼，内心反而挺惬意。

战野用“大哥大”呼过小蛋儿，三个人便开始悄悄往路边走。直到汽车安安全全驶离了龙阳镇，他们才感觉出已经饥渴难耐了，于是拿出准备的食品和饮料，疯狂吃起来。

## 6. 送哥一个瓷娃娃

战野他们再一次来到龙阳镇的时候已经是秋尽冬初了。

亦然是四个人，亦然是大欢开车。当然，他们这一次的身份不是盗墓团伙，他们的身份又转换成大地开发实业有限责任公司的经理李予，办公室主任王森，公关部主任蓝影，工程部主任乐天了。

其实，他们完全可以早一点前来进行这一程序的。

当初，龙阳镇党委书记曹大宋派办公室主任马腾云，到省会了解大地开发实业有限责任公司的情况，第二天便接到马主任的电话，说该公司在省工商局注册，颇有实力，请示书记还有没有其他任务。曹书记说没有其他事情，让他抓紧时间赶回来。当曹书记当面听了马主任的详细汇报之后，心里更加乐观，巴不得早一点与大地开发公司签合同，巴不得大地开发公司早一点动工，早一点见成效。这样，他不只是可以向县领导报喜请功，为自己早日升迁创造条件，更主要的是他终于为龙阳镇做了一件实事，一件好事。常言说为官一任，造福一方，他也真心地想为龙阳镇人民做一点好事。他曾经想亲自去一趟郑州，敲定这件事情，又觉得条件还不够成熟，急不得，再加上自己那部老态龙钟、痨病缠身、气喘咳嗽、动不动就休克的破吉普根本跑不了长途，搭乘公共汽车又觉得太没面子，还是采取了电话联系。战野他们呢，其实是有意地往后拖。曹书记第一次打电话，战野说大理石样品中含不含对人体有害的放射性元素还没有检测出来。第二次打电话，战野说正在对大理石成品进行市场考察。战野有战野的思考和计划，一是拖一拖对他们有好处，拖一拖就更能够牵着曹大宋的鼻子走；最主要的是，战野要对工程作一个整体的严密的规划和部署，要选择对己方最合理、最有利的时间段，让每一步的行动都能够水到渠成。

曹书记比上一次更热情，亲自率领领导班子的主要成员到公路上迎接他们，亲自把他们请进党委会议室，亲自给他们上茶、让烟、递水果。他们稍稍在会议室里坐了坐，李予经理便提出来再到他们即将开发的现场看一看。

于是一群人簇拥着李经理和曹书记，来到镇东北那道山岭环抱的土地上。

此时此地又是另一番景致。天高气爽，山岭上的树木野草被寒霜涂染得色彩格外丰富，深红、绛紫、橘红、杏黄、褐红、莲青，五彩斑斓，悦人眼目，只有路南河畔的几棵柳树还是一派老绿。田野上，夏秋时候的青纱帐已荡然无存，大面积的小麦已经破土。春夏秋冬，季节轮回，它们承载的已经是农民来年的希望了。

蓝影一个劲赞叹这里环境好，风光好，有山有水，山清水秀，紧靠公路，交通便利；李予则指指点点，说计划厂房就建在这山脚下，向南50米建厂部办公室，又指着古墓的方位，说为了职工的身体健康，住宅楼要建得离厂房远一点，之后问："曹书记你看行不行?"曹书记高兴得合不拢嘴，说李经理你们只管放开手脚大胆地干，有什么问题就找我曹某人，我曹某人保证做好后勤服务工作。此时，曹书记胸中也有了一幅蓝图，只要李经理他们在这里干出点名堂，就可能引来其他投资者，那么，这一片被山岭环抱的土地，就可以搞成一个名副其实的"龙阳镇经济开发区"了。

《合同书》签得很顺利。关于这份合同，关于双方的权利和责任，进一步如何，退一步如何，他们各自心中已反复推敲了无数遍。说穿了其实就一点：关于资金投入。战野当然不想投入资金，他本来就是醉翁之意不在酒，花费的成本越少越好，最好是空手套白狼；曹书记呢，压根就没打算投进去一分钱，镇上本来就没有钱，即便有钱也不会投进去，他的目的就是借鸡下蛋，借肚子生孩儿，成功了得利润，失败了让对方担风险。他的投入就是资源和土地，资源和土地是亏损不了的。经过双方协商，很快达成协议，主要内容是：甲方(龙阳镇党委、政府)，负责提供原材料资源、土地资源、水电资源；要维护企业利益，时时处处为企业提供方便，保证道路畅通；如果企业和镇民发生纠纷，负责协调解决；不承担任何经济和刑事上的法律责任。乙方(大地开发实业有限责任公司)，负责厂房、办公楼、宿舍楼建设、厂区道路修筑、设备购置、招聘员工等所有的资金投入；承担所有经济和刑事上的法律责任。利润分成，企业一旦盈利，甲方得利润的40%，乙方得利润的60%。

中午是庆贺合同签订宴会，依然在山花酒楼举行。宴会下午1点才正式开始，先是曹书记致词，再是李经理答谢，气氛非常热烈，共同庆贺，互相庆贺，宾主纷纷举杯敬酒。宴会一直到下午3点，镇上的干部一个个都喝得满面红光。镇长田有光也参加了上午的合同签字仪式和中午的宴会，主要充当给曹书记捧场的角色，他面含微笑，言语不多，看上去颇有城府的样子。

回去的时候，狐狸要驾车，并提前坐到了驾驶座位上。三个男人都多多少少喝了酒，也只有她驾车最安全。开车不一会儿，坐在后排的书生和大欢就睡着了，呼噜打得震天响，尤其是书生，平常斯斯文文的，可打起呼噜来竟然花样百出，时而像闷雷，时而像长笛，时而如老鼠磨牙，时而若老驴放屁。战野没有睡，他的头脑中又在过电影，而且每一个细节都是慢镜头。这已经形成了习惯，准备阶段的每一次行动后，他都要细细地回忆一遍，有没有什么地方做得不到位？有没有什么破绽露出来？狐狸没有打搅他，只是在换挡的时候有意无意地在他的大腿上抚一下。

回到洛阳的时候已经是晚上了。她先送书生和大欢，一个一个把他俩赶下车，然后开车驶向自己的家。他们所用的这部丰田车就是她离婚时得到的那部车。这是因为战野的提议，需要的时候他们可以动用这部车，回报条件是汽车的所有费用由他们共同承担。狐狸欣然同意，只要是站野的意思，她没有不同意的。于是他们又搞了一个“豫 A”的假牌照，需要的时候换上去，用完之后再换下来。

战野发现行车路线有点儿不对头，说：“错了错了，你应该先把我送回去。”

狐狸说：“哥哥你不是最喜欢陶俑瓷俑吗？小妹我刚刚到手一件歌舞俑，拿不准是什么时期的，哥哥你去给小妹我掌掌眼，断断代，哥哥要是喜欢就送给哥哥。”

狐狸住在老城区操场街附近新开发的一个住宅小区。狐狸把汽车开进车库，领着战野回到自己家。狐狸动作很利落，战野进洗手间洗了一把脸，狐狸已经换上了一件绿底碎花的丝质睡袍；战野坐在客厅沙发上一支烟刚抽完，狐狸就烧开了一壶水，冲好两杯铁观音，一杯端给战野，一杯留给自己。

战野喝了几口热茶，感到精神颇清爽，说：“你的歌舞俑呢？拿出来让我欣赏欣赏吧。”

“哥哥你坐好了，小妹这就给你看。”

狐狸说着站起来，走到客厅中间，模仿敦煌壁画上的姿态跳起唐代风格的舞蹈，突然定格成一件唐代造型的歌舞俑，说：“哥哥你看这一件怎么样？”

战野没想到狐狸还有这一手。可惜了，可惜她没有学跳舞，要是她从小学跳舞，说不定又是一个杨丽萍，可惜了。

战野很矜持地说：“欣赏品评文物嘛，主要从四个方面：一是造型精美；二是品相完美；三是存世稀少，孤品为最；四是必须到代。前三项都有了，可惜不到代，是一件现代仿制品。”

狐狸一旋身子又开始跳舞，由唐代风格转换为汉代风格，夸张、粗犷而不失优雅，突然又定格成了一件汉代造型的歌舞俑，说："哥哥你再看这一件如何？"

战野说："仍然是一件现代仿制品。"

狐狸挺起身子开始走猫步，走了两趟，绿底碎花的丝质睡袍溜肩滑落至腰部，露出胭脂红色的内衣，两手拤着小腰，回眸一笑，摆了一个 pose，犹如一朵出水欲放的芙蓉，说："哥哥，这一件呢？"

狐狸的模特步走得似模特又似非模特。模特就是模特，表情淡然，旁若无人，而狐狸却走得一身狐媚，花枝摇曳，尤其是那回眸一笑，勾魂摄魄，鬼魅不及。战野不知道杨贵妃的"回眸一笑百媚生"是什么样子，也没有见过貂蝉的"红唇一点如樱桃，回眸一笑把人的真魂勾掉"是什么样子，他想，应该就是狐狸这种样子的吧。

战野忽然萌生一种感觉，仿佛进入嫦娥独舞的仙境，又依稀是蒲松龄老先生笔下的鬼境。

真是个妖精啊！战野看得呆了，一时竟处于失语状态。狐狸让睡袍滑落在地，走向战野，一屈身滑落在战野怀中，搂着战野的脖子，说："送哥一个'瓷娃娃'，无论是造型、胎质、釉色和包浆，绝对都是一流的，哥哥你要不要？"

战野根本控制不住自己了，他的阵线彻底瓦解了。其实，那天夜间在龙阳镇的玉米林里探测古墓的时候，他的阵线就已经被狐狸攻破了。女人追男人一张纸，男人追女人一堵墙。今天晚上狐狸让他到她家里看歌舞俑，不用洛阳铲他就已经探测到了她的用意，就像他准确地探测古墓一样，同时也预感到了事情的结果。他可以不来的，可是他来了，鬼使神差地来了，潜意识里，甚至希望狐狸再一次像那天夜间在玉米林里一样，向他发起猛攻。

可是此刻，他怀抱着温润如玉却又激情似火的狐狸，嘴上依然违心地坚持："狐妹别这样，真的别……"

没等战野说完，狐狸就用自己滚烫的嘴唇封住了他的嘴，一边亲吻一边呻唤："好哥哥，亲哥哥，情哥哥，想死我了我的亲哥哥……"

像浇上汽油的干柴，战野的激情被点燃了，他剥开她的内衣，吮吸着她的乳房，泪水濡湿了她的胸脯。那天夜间发生在玉米林里野合的一幕，如今在狐狸家客厅的沙发上上演了，狐狸在战野的身下扭动着，不停地尖叫："抱紧我，抱紧我亲哥哥，再紧点，唉哟！舒服死我了亲哥哥，我受不了了亲哥哥……"

激情过后，他们喘息着相拥着躺在沙发上。过了一会儿，狐狸起身打开热水淋浴器，洗了澡，也让战野洗了澡。他们都感到有点饿了。狐狸走进厨房，不一会儿就端出来两碗高汤素面，战野面前的碗中还卧着两只荷包蛋。

吃了饭已经是午夜12点了，战野没有走，狐狸也不会让他走。他们身贴身躺在床上却没有睡意。狐狸折起身，趴在战野的胸脯上，抚弄着战野的脸颊，问："哥哥，你说心里话，喜欢小妹吗？"

战野说："喜欢。"

"真喜欢？"

"真喜欢。"

"那你为什么假正经，人模狗样，装得像个坐怀不乱的柳下惠？"

"也不都是装，我这个人不喜欢逢场作戏。"战野缓缓地说，"你知道，我这个人干什么事情都特别认真，特别专注，特别投入。就像这盗墓，明知道是犯罪，可还是认认真真地盗，兢兢业业地盗，尽心尽力地盗。对你也一样，我没有资格作你的丈夫，尽不到一个作丈夫的责任，所以就竭力克制自己。"

"谁让你尽丈夫的责任了？我喜欢你就要你！"

"老话说，瓦罐常在井台破，将军难免阵上亡，常在河边走哪有不湿鞋的。"战野抚着狐狸的后背，"狐妹子，干完这一宗大活，咱们就洗手不干了吧。"

"你说不干就不干。"狐狸向上移了移身子，让自己的胸脯贴着战野的胸脯，脸颊贴着战野的脸颊，说"哥哥，看你总是心思很重的样子，光知道你有家庭，可谁也不知道你家庭的情况。哥哥，小妹想知道，你给小妹说说吧。"

"不说也罢。"战野说。

"可小妹想知道！"

"可哥哥不想说。"

"小妹真的想知道！"

"哥哥真的不想说。"

佯装生气的狐狸折起身，抚在他胸部的温润绵软的小手，蛇一样溜到他的下身，似嗔却娇："你说不说？你说不说？你不说我把它给揪下来！"

"不说不说就不说，看你把我怎么样？"战野的激情又被点燃了，一翻身又把狐狸压在了下面，"看我不把你的小窑儿捣透了！"

# 第三章

## 1. 陈州·太昊陵庙会

鸡刚叫三遍，张文翠就把苦子喊醒了。苦子是战野的乳名。战野出生时没有起乳名，母亲说他是苦命的孩子，老喊他苦子，就喊成了乳名。今天是农历二月初二，是“龙抬头”的日子，也是人祖庙庙会的第一天。她要领着苦子去赶庙会，给伏羲爷和女娲奶上香，愿人祖保佑她母子平安，保佑小苦子百病不生，长大成人，尤其保佑他爹战光明平安无事，早日归来。庙会的第一炷香他们是烧不上的，可总要赶在庙会的第一天给人祖爷上香。上完香再到会场卖一些泥泥狗，换一点油盐酱醋钱。张许村距县城北关的太昊陵20多里，他们需要早一点动身。

她做了两碗甜面汤，给苦子打了两个荷包蛋，自己吃了一个剩锅饼。这时候天已经麻麻亮了，可以看清院内小杏树枝头上的花苞了。她一手牵着苦子，一手挎着一个元宝形的大篮子，篮子里装着泥泥狗、香、纸钱和中午的干粮，那是她昨天晚上准备好了的。

他们出门的时候村子里还很安静，只有左邻右舍“呼哒呼哒”的风箱声在柴草燃烧的焦香中来往碰撞。

路上还没有行人。二月的早晨天还挺冷，麦田里还结着一层薄薄的霜，麦苗看上去毛茸茸的。小西风迎面吹来，针扎一样。他们走得很快，走着走着，身上的寒意便被体内的热气驱散了。

太阳悄悄地从他们的背后升了上来，原野马上精神了，容光焕发，显得更加辽阔。他们母子的影子也显现出来，很长很长，苦子挣脱母亲的手，往前面跑，好像要追赶自己的影子。文翠在后面喊：“苦子，慢点走，路还远着呢。”

苦子跑一阵，看母亲拉远了，就站下来等母亲。这时候，麦苗上的薄霜溶化了，路上的行人和车辆也多起来。每一条路上都有人，连通外县、外省的大道上人更多，挎包袱的，背褡裢的，挎篮子的，挑担子的，推独轮车的，赶太平车的，赶马车的，应有尽有了。道路不同，目的地一致，都是到太昊陵赶庙会的。

路程刚刚过半，苦子果然有点累了，文翠的步子也慢了下来。他们张许村已经有人赶上了他们，超过了他们。身后由远及近地传过来“叮叮当当”的骡马的銮铃声。一定是许老五家的马车，全张许村只有这一辆马车了。这辆马车本来是文翠娘家的，娘家是地主，土改的时候，骡子分给了许老五，马车分给了许老二，许老二是个好吃懒做的老光棍，要一辆马车没有用，又作价卖给了许老五。

文翠拉着苦子闪到路边。果见许老五赶着马车，马车上老老少少坐满了人。当马车驶过他们身边的时候，车上一个小女孩伸着脖子冲他们喊：“苦子哥，苦子哥！”

“娘，是谷雨。”苦子说。

“爹，停一停，让苦子哥上来！”马车已经过去了，谷雨仍在叫。谷雨娘脸一阴，在谷雨的屁股上拧了一把，谷雨却不管不顾，“爹，你快停一停呀，让苦子哥上来呀！”

许老五小声说：“娘儿俩也怪可怜的，要么让他们上来吧？”

“你想把咱家的骡子累死呀！”谷雨娘说，“你想闻她的腥臊味儿不是？我们可不想闻，我还怕把咱家的马车弄脏呢！”

“人家说，这马车还是苦子哥舅家的呢！”谷雨说。

“啪！”谷雨娘扇了谷雨一巴掌。谷雨呜呜地哭起来。

等马车走远了，谷雨的哭声也消失在明亮的朝霞中。文翠这才牵着苦子继续往前走，苦子走得越发少气无力了。

不时地有人超过他们，有的和他们打招呼，有的不和他们打招呼。快到十里铺的时候，他们听到一个男孩子在后面喊：“苦子，苦子，等等我！”他们扭回身，看到一辆四头牛拉的太平车赶上来，太平车上也坐满了人，赶车的是文翠还没有出五服的本家哥哥张文富。

苦子高兴了，说：“娘，是天强，是天强哥！”

太平车在他们身边停下来，天强伸着手叫苦子：“苦子苦子快上来，翠姑你也上来！”

文翠看车上人多，说：“我就不上了吧。”

“挤一挤，挤一挤，赶庙会还不是图个热闹。”张文富说，“小翠你赶庙会咋不说一声，让孩子跑这么远的路！”

一上车苦子就和天强挤在一起，两个孩子叽叽喳喳说个没完。文翠不怎么说话，别人也不怎么和她说话。

越往前走路上的人越多，终于，太昊陵就遥遥在望了。

恢宏古雅的太昊陵建于明初洪武年间，是洪武帝朱元璋钦命徐达负责建造的。元代时，伏羲庙是一个很小的小庙，朱元璋在这一带要饭的时候常住在这座小庙里。后来，朱元璋举兵反元。一次，朱元璋兵败，只身逃命，被元兵穷追不舍，途经这座小庙。那时的小庙更加破败，连门上也结满了蜘蛛网。朱元璋仓仓皇皇躲进去，虔诚地祈祷：人祖爷保佑，保佑我大难不死！日后我朱元璋作了皇帝，一定把您老人家的庙宇建得和我的金銮殿一样。说来也奇，这时，被朱元璋撞破的蜘蛛网又被两只蜘蛛重新结上了。元兵追到伏羲庙，看到门上满结了蜘蛛网，不可能有人躲进去，就放弃了搜查。后来，朱元璋当了皇帝，自然要还愿，便命徐达监工建成这座宏伟的伏羲庙——太昊陵。其建筑布局果真颇似朱元璋南京的金銮殿，从午朝门进去，沿中轴线依次为道仪门、先天门、太极门、统天殿、显仁殿、太始门，最后是伏羲的陵墓。此后，到这里上香求子的，祈福祈禄祈祷的，祈康复祈平安祈团圆的，非常灵验。许愿还愿的人越来越多，逐渐形成了农历二月二到三月三、影响广远、每年长达月余的太昊陵庙会。

这时候庙会上的人群已熙熙攘攘、如涌如潮。他们已经看到了生意人搭起的连成一片的帆布篷，高高竖直的招牌，鹤立鸡群一样的戏台，应有尽有，让人眼花缭乱；听到了上香时燃放的鞭炮声，还愿时请的响器班子高亢的唢呐声，戏台上的锣鼓家伙声，生意人高低不一、长短不齐的叫卖声，喧嚣嘈杂，让人血热耳鸣。

张文富选了一个比较背静的地方停下太平车，说后晌煞戏的时候往回走，让大家就到这里来坐车。

天强想让苦子和他一起玩，文翠不放心。她是第一次带着苦子赶庙会，人太多，她害怕苦子走丢了。文翠拉着苦子的手在人群中挤，她要先到庙里给人祖爷上香，给苦子和苦子他爹祈福祈平安。苦子第一次看到这么热闹的场面这么多的人，又兴奋又紧张，也有点胆怯，紧紧拉着娘的手。

庙内人更稠，混杂着浓烈的香火味。从午朝门至太极门，人群还能慢慢地走动，一接近统天殿和显仁殿，就更难走了，因为统天殿供奉着伏羲爷，显仁殿供奉着女娲奶奶。文翠的胸脯贴着前边人的脊背，脊背又被后边人的胸脯拥挤着，一点一点往前挪。

好不容易文翠才牵着苦子给伏羲爷和女娲奶奶上了香。伏羲爷坟前有一棵老柏树，树身上天生出一只惟妙惟肖的大耳朵，都说上完香再趴到耳朵上默默祈祷许愿更灵验，文翠又拉着苦子挤进去，趴到大耳朵上默默许了愿。这时候太阳已经错午了。

文翠拉着苦子来到庙会的市场上，她还要先把带来的泥泥狗卖出去，太晚了害怕不好卖。市场上，卖黄花菜的，卖蒲菜的，卖城湖鱼的，卖洋布的，卖杈箢扫帚牛笼嘴的，把能摆摊的地方都占完了，卖泥泥狗的尤其多，鸡狗猪羊，虎猴牛马，形形色色花花绿绿的摆了一排溜儿。这时候，正好有几个担经挑的老斋公表演完了，文翠连忙占了一块地方蹲下来，从篮子里选了几件泥泥狗摆到地上。不一会儿，便有人过来问价钱。

"一个一千。"她说。

"恁贵？人家的一个才五百。"问价钱的人又走了。

问价钱的人很多，来一个走一个，走一个来一个，都嫌她卖得贵。她正想降低价钱的时候又来了一个中年人，来人只扫了一眼她摆在地上的泥泥狗，便在她的前面蹲下来。

"大妹子，张许村的张青山是你什么人？"来人问。

"是俺爹。"她说。

"怪不得呢。"来人拿起一个泥泥狗玩赏着，"人家的泥泥狗大都土俗中带着妖气和鬼气，只有张家的泥泥狗是朴拙中透着灵气和神气。好久没看到张青山家神韵独具的泥泥狗了。"

"俺爹他不在人世了。"文翠黯然神伤，一股苦涩、辛辣的滋味涌上心头。爹的去世和她的背叛家庭有着直接的关系，也可以说爹是让她给气死的。

张青山家的泥泥狗在陈州是颇有名气的，这是他们家祖传的手艺，可以上溯到十七代。那时候是大明朝永乐年间。他的上十七代祖先名叫张发。虽名字叫"发"，其实穷得地无一垄，房无一间，靠给窑场打土坯挣几个苦力钱为生。因为常年和泥土打交道，所以对泥土的感觉特别好，只要看上一眼或者抓一把一握，就知道土质如何，适合不适合打坯，用多少水和泥，多高的温度烧制才会不烂不裂，造出好砖。他也特别热爱泥土，工余时间，别的窑工大多都去赌博喝酒逛窑子，他却用泥巴捏狗呀鸡呀猪呀猴呀什么的，捏了毁，毁了捏，特别满意的存下来，自做自赏。后来，一个来订烧砖瓦和鸱吻的顾主看到了，大加赞赏，说他捏的动物夸张拙朴又神采飞扬，并花钱把他捏的狗呀鸡呀的全买走了。他发现自己捏的东西能卖钱，就更加用心地捏起来。东家就对他不满意，经常数落他不务正业，他便离开窑场自己去谋生计。他一边讨饭一边捏这些泥人泥狗什么的，卖一点钱便积攒起来。后来，竟然用卖泥泥狗挣得的钱，买了二亩地，盖了两间房，娶妻生子了，并且创出了独具一格的“张家泥泥狗”。

张家的泥泥狗一代一代传下来，一代更比一代强，传到张青山这一代，已经到了“中华民国”，张家在张许村一带也早已是数一数二的富户了。富尽管富，毕竟还是泥腿子，有时也难免受欺负，张青山就让儿子张文举从小读私塾，如果能谋个一官半职，他觉得比捏泥泥狗更能光宗耀祖，真不行了再传他手艺也不迟。谁知这时候“土地改革”开始了，张文举既没能“入仕”，也没有学到手艺。这样，张家泥泥狗到张文举这一代手艺就失传了。好在张文翠常到作坊里干活，耳濡目染，竟然也能制作出张家泥泥狗的神韵来。

见她伤神，来人沉默了好一会儿，等她平静了，才说，“过去我经常买你们张家的泥泥狗。大妹子，这样吧，我也是生意人，你让一让价，咱们一个蒸馍掰开吃。”

“大哥你说个价吧。”

“八百一个，我都要了。”

文翠挺高兴，她的一篮子泥泥狗卖了两万多(建国初币值，一万相当于货币改革后的人民币 1 元，一千相当于 1 角，一百相当于 1 分)。更高兴的是苦子，因为苦子制作的 5 个泥泥狗也一起卖成了钱。

他们的肚子都饿了，各种食品的香味更具有了强烈的诱惑性。文翠先拿出带来的两个煮鸡蛋让苦子吃，又花了一千五百给苦子买了一碗西华逍遥镇胡辣汤、一个周口炸糖糕、一个沈丘小花馍。等苦子吃饱了，她才一百钱买了一碗大碗茶，拿出自带的锅饼和糖蒜，有滋有味地吃起来。真是货物卖成钱，吃啥都香甜。

几台大戏正唱得热闹，张文翠吃完饭就领着苦子看戏去了。

## 2. 童年·斗花生

桃花点点的时候天气就暖和了。小麦返青已过，铆足了劲头准备拔节，柳树枝头嫩叶如眉，豫东平原一派新绿。

也正是野菜最丰富最好吃的季节。

“咣咣咣咕，咣咣咣咕！”

苦子听到了谷雨模仿杜鹃鸟的叫声，这是苦子最熟悉不过的声音，也是苦子最喜欢听到的声音。谷雨娘不让谷雨跟苦子玩，见了苦子总是横鼻子竖眼的，所以他从来不去找谷雨，都是谷雨来找他。谷雨找他也不明着找，就在他家的院子外边学杜鹃叫。

苦子正在帮娘捏泥泥狗，听到了院子外边的杜鹃叫，对娘说：“娘，我下地挖野菜了啊。”就提了一个小篮，掂了一把小铲出了门。

果见谷雨正远远地站着向这边望，胳膊上也扛着小篮子。

“苦子哥，咱去哪儿?”谷雨问。

“今天你说吧。”

“还去汉家坟吧。”

汉家坟在村子的东南方，因为有两个大土堆，说是汉代的两座坟，人们便把那一带叫作汉家坟。汉家坟离村子比较远，还有不少柳树林，谷雨不想让娘看到她和苦子在一起。

他们朝着东南走。麦苗已经埋到了脚脖子。他们一路走一路寻，看到能吃的野菜就挖到篮子里。荠荠菜、面条菜、野苋菜、扫帚苗儿、水萝卜，都是他们爱吃的野菜，尤其是荠荠菜，连根带叶洗净了下到面条里可香可香了。乌鸦被他们惊起来，飞不远又落到麦田里，它们也向着东南飞，苦子和谷雨走近了它们又飞起来，飞不远又落到麦田里。走到汉家坟的时候，苦子的小篮已经装满了。他又帮着谷雨挖，不一会儿，谷雨的篮子也装满了。

他们选了一片干净的沙地坐下来。已经是半下午的时候，太阳照得大地暖洋洋的。谷雨从口袋里掏出一把花生给苦子，两个人开始玩“斗花生”。“斗花生”是豫东乡下儿童的一种游戏。花生的头部不是长有一个像鸡喙一样尖尖的嘴吗，游戏的双方各自挑选一个饱满的、嘴坚而利的花生，让两个花生相互嘴钩着嘴用力啄，谁的花生嘴破了算谁输。赢家为君，输家为臣，输家就把这个破了嘴的花生剥好，把花生仁儿喂到赢家嘴里让赢家吃，表示臣服。

苦子和谷雨正在斗花生，听到有人大声喊谷雨。抬头一看，只见村西头的面贵、磙子和土改正朝他们走过来。

“谷雨，跟俺们一块去玩儿吧。”面贵说。

“谷雨，跟俺们一块去玩儿吧。”磙子说。

“谷雨，跟俺们一块才好玩儿!”土改说。

谷雨没再抬头，说:“没看见我正跟苦子哥斗花生呢。”

面贵三个就站在旁边看。看了一会儿，面贵也掏出来一把花生，说:“谷雨，咱们两个斗花生，别跟这个野种斗。”

“你才是野种!”苦子说。

“你是野种！你没爹你不是野种你是啥?”面贵说。

“你是野种！你是野种!”苦子说。

“你娘是个小浪逼!”面贵说。

“你娘是个小浪逼！”苦子站起来，冲面贵瞪着眼，握着拳。

谷雨也站起来，冲面贵说：“你们走吧，走得远远的，我不跟你们玩儿，不想跟你们玩儿！”

面贵比礤子和土改大，是他们的头儿，他趴在礤子和土改耳朵上嘀咕一阵，然后领着头喊：“苦子他娘——”

礤子和土改接上去喊：“小浪逼！”

“苦子他娘——”

“小浪逼！”

苦子发疯一样扑上去打面贵。“看我不骟了你！”面贵恶狠狠说，和苦子打起来。礤子和土改也帮着面贵打苦子，三个打一个，不一会儿，就把苦子打倒在地上。面贵骑在苦子身上，礤子和土改转着圈对苦子拳打脚踢。

“别打了！别打了！”谷雨也发了疯一样拉面贵，拉不动就用小拳头捶面贵。

面贵骑在苦子身上就是不下来，问：“说！你妈是不是小浪逼？”苦子骂：“你妈是小浪逼！”面贵就照苦子脸上打一拳。然后再问，苦子再骂，面贵再打，问一声，骂一句，打一拳，周而复始。

谷雨拉也拉不动，打也打不开，呜呜地哭起来。

这时候，只见天强向这里急急地跑过来。

苦子和谷雨一起出村的时候天强在街上看到了，他也想和他们一起下地挖野菜，可这会儿娘让他到西头小卖部去买盐，说二姨捎信今天要来走亲戚。他买盐回来时，看到面贵、礤子和土改也在往东南方向走。他知道过去面贵最喜欢和谷雨一起玩儿，现在谷雨又老喜欢和苦子一起玩儿，他们要是碰到一起，别因为争谷雨打起架来。说不定面贵他们就是去找碴儿的。于是天强买了盐也忙着赶了来。

天强一把把面贵从苦子身上拉下来，就势一掀把面贵掀了个狗吃屎，说：“你们三个打一个，不要脸！”

面贵爬起来，对地上吐了几口，说：“尻你妈天强，他又不是你家的人，关你屌蛋事！”

“路见不平，拔刀相助，我管定了！”这是天强听说书学来的一句话，也是他最喜欢的一句话，他像个侠客一样挺着胸，一拳把面贵打得后退了两三步。

苦子的眼眶也被打青了，鼻子也被打破了，脸上脖子上都是血，他爬起来，又恶狼一样扑向面贵。

“好天强，你等着，下回再拾掇你！”面贵看大事不好，况且已经占了大便宜，对碴子和土改说声“走”，扭身就跑。

谷雨掏出手绢儿给苦子擦鼻血，苦子挣着还要追，天强说：“算了苦子，再见面我饶不了他们！”

太阳快要落山了，脸蛋变得红红的，把原野映得红红的。苦子不敢回家，他害怕娘见了伤心。他经常和村里的孩子打架，吃亏的时候多，占便宜的时候少。占了便宜人家的大人就会领着孩子找上门，不依不饶；吃了亏娘却只会暗自伤心。他先跟天强回去洗了洗脸，等到天落黑了才回家。

可娘还是一眼就看出来他挨打了，他左边的眼眶已经肿起来了，嘴唇也破了一块皮。文翠把他揽在怀里，察看着他的伤，说：“又和人家打架了？”

“他们骂俺。”苦子说。

“苦儿子，骂叫他们骂呗，骂骂也不疼也不痒，也骂不掉一层皮，咱又打不过人家。”文翠轻抚着他的眼眶，“能忍者自安，乖，听娘的，以后别再跟人家打架了。”

“他们还骂娘。”苦子说。

“让他们骂吧，反正娘也听不见。”

“不，不让他们骂，谁也不能骂俺娘！”

文翠鼻子酸酸的，轻轻叹了一口气，说：“乖儿子，不说了，吃饭吧，饭都要凉了。”

“娘，他们都说俺没爹。人家都有爹，俺为啥没有爹？”苦子一直想问娘，今天终于问出了口。

文翠知道苦子早晚会问起这件事，以后她也会把事情的真实情况告诉苦子，可现在不行，现在苦子还小，他还不能理解大人的一些事情，尤其是男女情感方面的事情。文翠说：“乖儿子，你有爹，你怎么会没有爹呢？在你还没有出生的时候，你爹就出门做生意去了，谁知一去就没有回来，现在娘也不知道你爹在哪里？是死还是活？”

在外面怎么挨打也从来不哭的苦子，趴在娘怀里哭了。

晚上，张文举来了，还用手巾兜了 10 个生鸡蛋，说是月秀让给苦子带来的。他是听张文富说外甥又挨了打，过来看一看。苦子已经睡觉了，兄妹俩坐在外间，一时谁也不说话。

张文举抽了几袋烟，才说：“妹呀，我看，还是找个合适的人家嫁了吧，这样下去也不是回事呀，你才二十大一点儿，今后的路还很长很长呀。”

文翠说：“哥，这件事我也不是没想过。俺知道俺现在名声不好，可再嫁人又成了‘二婚头’，苦子也成了带‘犊子’，名声更不好。要是找到一个好人还凑合，要是找到一个不通情理的人，对苦子再不好，我这以后的日子就更没法过了。”

文举觉得妹妹说的也有道理，叹了一口气，弯下腰在鞋底上磕旱烟袋，又往烟锅里按烟末。

文翠说：“再说，苦子他爹只是被人弄瞎了眼，可能还没有死，我要是找了人家，他要是万一再摸回来咋办呢？”

“只是你们娘儿俩太苦了。”文举说。

“再苦俺也能承受，俺只是可怜苦子这孩子。”文翠说，“哥，俺也想好了，这辈子也不再找人了，能把苦子拉扯大，再苦再累俺也就知足了。”

兄妹俩不再说话，默默地坐着，文举不时地叹气。煤油灯一闪一闪的，文翠看到哥的脸色很憔悴，哥才刚刚三十岁，已经完全没有了过去的精气神儿。

文举陪妹妹坐了一会儿，站起身，说：“翠呀，哥也照护不了你们了，今后自己多保重吧。”

“哥，您也多保重。”

送走了哥哥，文翠没有马上回屋。她站在院子里，看夜空疏朗的星星，看偏西的下弦月。星星晶莹而亲切，月亮素洁又温馨，看着看着，她的心情慢慢地就舒畅了许多。几年来，她都是用这种办法来消解自己苦闷的心情的。

## 3. 公孙老师

二十世纪五十年代下半页，豫东平原和全国广大农村一样，劳动形式、分配形式、生产关系正在发生着一场天翻地覆的变化，其影响之大不亚于土地改革。也算是“分久必合，合久必分”吧，只是土地的占有者和占有形式不同罢了。土地改革把地主的土地分给了贫、雇农，把富人的财产分给了穷人，基本上拉平了贫富差别。然而几年下来，勤者智者自富，懒者愚者自贫，渐渐地，贫富差别又像日月经天、江河行地一样显现出来。可社会主义是要让人民共同富余的，是要让人民共同过上幸福生活的，于是，互助组、合作社、人民公社就应运而生了。农业生产合作社把家家户户的土地收归集体所有，把马车、牛车、骡马牛驴、耧犁杈耙等等主要生产资料收归集体所有，农民变成了社员，社员集体劳动，凭工分按劳分配；人民公社干脆把按劳分配也取消了，公社下边是生产大队，队队都成立了大食堂，大群干活，大锅吃饭，把广大农民的生活完全拉到了一个水平线上。

农业生产合作社成立的那一年，苦子上学了。

入学考试很简单，老师伸出一个手掌问是几个(指头)，伸出两个手掌问是几个，再翻过来问是几个，然后让辨认赤橙黄绿青蓝紫。入校后上的第一节语文课是《开学了》，第二课是《我们来上学》。张许村和苦子一起上学的还有天强、谷雨、面贵、土改、解放、桃花，一共6名。磙子他爹说磙子心闷，不识数，学不成个子丑寅卯，不如在家割把草，没让他上。

张许村没有学校，他们上学要到平衔集，距张许村两华里，学校的名字叫“平衔完小”。平衔集历史悠久，东周时期叫平丘，春秋早期各路诸侯曾经在这里会盟过。

他们的班主任公孙宇老师给苦子起名叫战野，其他孩子前边加上姓，就成了学名。战野的学习最好，语文、算术，作业、考试，总是得5分。当时是5分制，5分就是满分了。尽管老师提问时战野不爱举手，公孙老师仍然很喜欢他。

许谷雨仍然很喜欢和战野一起玩，战野也同样喜欢许谷雨，再加上张天强，上学，放学，总是他们三人一路同行。后来，张桃花也爱和他们一路走。这样6个孩子自然地分成了两伙儿，另一伙儿只有许面贵和许土改。

面贵的心里很不平衡，甚至很气愤。原来桃花还和他们一路走，面贵心里还稍微舒坦些，桃花一离开，他们身边连一个女孩子也没有了。村里这一茬女孩子，面贵最喜欢谷雨，可谷雨偏偏喜欢战野。面贵就有些恼谷雨，你谷雨姓许，不姓战也不姓张，为什么老追在他们的屁股后面跑？恼归恼，却恨不起来，他最恨的当然是战野，都是战野这个野种把谷雨给抢走了。

面贵就在班里偷偷地散布说，战野没有爹，战野是野种，还说连老师都知道战野是野种，要不为啥给他起名叫战野？一传十，十传百，其实用不了十传百，他们班总共48个人，不久，全班都知道了战野没有爹，是个野种，甚至扩散到了其他班。于是，战野就有了一个外号——野种。有的孩子甚至当面叫他“野种”，这样，战野就难免经常和同学骂架和打架。公孙老师很快知道了，就在班会上讲，讲同学之间应该互相尊重、互相关心、互相帮助，讲同窗情谊，讲一代同学三代亲，讲给同学起外号是不道德的行为，不许给同学起外号，谁再给同学起外号或者喊外号，学校就要找他的家长。

面贵知道老师是在批评他，越发恨战野，很想在校外找个机会打战野一顿，可战野和天强他们总是一路来，一路走，没有机会下手。他其实有点儿怯天强。一次天强家里盖房子，天强爹要天强在家帮忙，给天强请了三天假。面贵觉得机不可失，就在放学的路上找战野的茬儿，天不怕地不怕的战野当然不示弱，于是双方就在路上打起来。桃花胆小，远远地站着看，谷雨也毕竟是女孩子，上去帮战野，被面贵一扨扨老远。等于是面贵、土改两个打战野一个，战野自然吃了大亏。等天强假满上学了，谷雨把战野挨打的事告诉了天强。于是天强和战野也在放学的路上找面贵和土改的茬儿，天强对面贵，战野对土改，又把面贵和土改结结实实揍了一顿。

面贵更加恨战野和天强，恨到了骨髓里，可他又打不过天强，就想找人收拾站野和天强。他们班有个孩子叫李保，就是学校所在的平街人。李保从小顽劣，爱打架，自称黑旋风李逵，村里的孩子大多都怕他或者不愿去招惹他。上了学依然如此，面贵和土改也成了他的追随者。星期六这天，上午做完课间操，面贵在厕所门口找到了李保，让李保看他脸上的伤，他的前额上有一块青。

李保问："谁打的?"

面贵说："还能有谁，野种和天强。"

"你肯定又喊人家外号了。"

"谁喊了？让我喊我也懒得喊。"

"那为啥打你?"

"还不是因为你!"

"因为我?"

"他俩骂你，我不让他俩骂，就打起来了。"面贵说，"他们俩打我一个，要是一个对一个，我才不怕呢!"

"骂俺？骂俺啥?"李保这才上了劲。

"骂你、骂你……"

"你说！骂俺啥?"

"他俩骂你、骂你是'斑秃'，所以天天戴帽子。"

李保头上有两片柿饼大的秃斑，有的孩子背后提起他称他'斑秃'，当面谁也不敢叫。李保平常总戴着帽子，最忌讳的就是别人在他面前提起"秃"字，听面贵一说，当时就咬牙切齿的。

"是真的?"

"不信你问土改，土改可以作证。"面贵说，"我骗谁也不能骗李保哥!"

"走，你领俺找他俩，俺给你出气!"李保拉着面贵要去找人。

"现在不中，公孙老师向着他们!"面贵说，然后趴在李保耳朵上嘀咕了好半天。

这天下午放了学，战野、天强、谷雨、桃花刚走出平街村口，李保带着三个校外的孩子斜刺里插过来，一人手中掂着一根一尺多长的棍子，怒气冲冲地拦住了战野和天强，走在他们前边的面贵和土改也重新折回来。

“你们俩为啥骂俺？”李保问。

“谁骂你了？”天强说。

“你！还有野种！”李保说。

“你才是野种！”战野说。

“你个野种还犟嘴！”李保说着就一棍子抡上来。

话说不及几个人便打在一起，面贵和土改站在旁边喊：“打，使劲打！打死野种！打死天强个龟孙！”

谷雨一看这阵势不得了了，拔腿就往学校跑，桃花也在后面跟着跑。谷雨以她最快的速度跑到学校，找到公孙老师，又领着公孙老师往回跑。

公孙老师赶来的时候几个孩子还在打。面贵最先看到赶过来的公孙老师，喊了一声：“老师来了，李保快跑！”随即和土改跑得像被狗撵的兔子一样。李保听面贵喊老师来了，也招呼其他三个孩子快跑。他听到了公孙老师在后面喊他的名字，让他站住，他还是不管不顾地跑，英雄不吃眼前亏，先溜掉再说。

现场只剩下了天强和战野，战野的前额被打破了，天强的鼻子被打出了血。公孙老师看到两个孩子都是满脸血污，吃惊、气愤、担心、爱怜，几种感情同时涌上心来。他顾不上讯问他们为什么打架，急忙带他们到集上的卫生所，找医生清洗血污，包扎伤口。谷雨和桃花也跟随着他们。

好在两个孩子的伤都不很严重。公孙老师讯问了事情发生的经过，心中便大致掌握了情况。天已经黑下来了，公孙老师要送他们回家，天强和战野都说他们自己能回家，他们不怕。公孙老师坚决要送，他们毕竟还是几个孩子，晚上走路他放心不下，再说，孩子都受伤了，他也要给家长一个交代。

公孙老师把四个孩子一一送回家，当他送战野回去的时候，看到战野的母亲正伫立在大门外张望。见老师亲自送孩子回来，又看到孩子头上的纱布，文翠的心中已明白了大半。公孙老师简单地说了情况，并说，明天他要对当事的几个学生依次进行家访，这件事情他一定要调查清楚，校方也一定会严肃处理。

第二天是星期天。公孙老师先在平街走访了李保家，然后便来到了张许村。他上午逐次到面贵、土改、桃花、谷雨家进行了家访，中午赶回学校吃饭；下午先去天强家，再到战野家。他有意把战野家安排在最后，他感觉，他可能会在战野家里多待一点时间。公孙老师带这个班快一年了，那么多孩子欺负战野，可战野的学习依然很好，他觉得战野的身上有一种神秘色彩，这个聪明、懂事却又非常倔强、任性、天王老子也不惧怕的孩子，一定有一个非同一般的家境和出身。他喜欢这个孩子，关心这个孩子，也想帮助这个孩子，多了解一些情况对孩子的教育会有好处。

公孙老师从天强家出来，天强要送公孙老师到战野家，公孙老师没让天强送，说自己能记住战野的家。见公孙老师来了，文翠忙把公孙老师让进屋，给他倒茶。战野回答了公孙老师提出的问题，便懂事地出去了，他知道公孙老师和母亲一定有话要说。

战野一出去，文翠显得有点儿拘谨。公孙老师是一位年轻的男人，文翠除了自己的哥哥，已经多年没有和年轻男人单独相处过了。公孙老师经常家访，什么样的场面都能从容面对，可是今天见文翠拘谨，自己也不免拘谨起来，好像"拘谨"可以传染一样。

这时，公孙老师看到了当门几案上摆放的花花绿绿的泥泥狗，他起身走过去，拿起来一个细细欣赏，由衷地赞叹说："呀，我从来没见过这么有神韵有灵气的泥泥狗！这是您做的吗？"

"是俺做的。"文翠说，"也有战野做的。"

"做得太好了，'大巧若拙'呀！"公孙老师没想到战野的母亲还有这一手绝活，真有点爱不释手。

"公孙老师，您要喜欢，就挑几个吧。"文翠说。

"那可不行。"公孙老师把手中的泥泥狗放回原处，"您是跟谁学的手艺呀？"

"俺娘家祖宗十几代都是做泥泥狗的。"文翠说。

这样聊了几句，公孙老师和文翠都放松下来。公孙老师重新坐下，这才抬眼打量战野的母亲。战野的母亲文静端庄，气质优雅，绝非一般的农村妇女。尽管战野已上小学，尽管她容颜憔悴，一脸沧桑，可她的年龄也就是二十多岁，而且曾经是一个非常美丽的女子。公孙老师忽然发现，战野身上的神秘色彩其实并不在战野身上，战野身上的神秘色彩其实来源于他的母亲，真正具有神秘色彩的不是战野，正是这位年轻貌美的母亲。

"不知道该如何称呼您，就叫您嫂子吧。"公孙老师说，"战野是一个很不错的孩子，他的学习很好，很聪明，也很懂事。"

"还不是老师您教导有方。"文翠说，"孩子也经常提到您，说公孙老师对他好，关心他。"

“这是老师应尽的责任。”公孙老师说，“今天我想和您谈一谈，怎么说呢，战野他在学校——”

见公孙老师吞吞吐吐的，文翠已经意识到他想说什么了。公孙老师真要问，自己说不说呢？怎么说得出口呢？

公孙老师喝了几口水，思考了一下，接着说：“在学校，在战野班上，有一些学生背后议论战野，甚至给他起外号，我害怕影响孩子的学习，更害怕影响孩子心理的健康成长。所以，所以，方便的话，我想了解一下孩子父亲的情况。”

果然是这样，果然是她最不想去触及的话题，文翠黯然神伤地低下了头。

屋子里一时很静，公孙老师意识到，面前这个神色忧郁满面沧桑的女子，一定有一肚子难言的苦衷。

“哪些是战野做的泥泥狗，让我也看看战野的手艺。”公孙老师站起身，想把话题岔开。

“公孙老师，您坐下吧。”文翠抬起头，像完全变了一个人，显示出她消失已久、少女时才有的果决、刚毅和胆气，“公孙老师，您是个好人，俺说给您听，不管您听了会怎么看俺，俺全说给您听，即使您听了看不起俺，俺也讲给您听。”

“是我不该提到这个话题。”公孙老师说。

“不，今天俺想说，想对您说，您那么关心俺战野，今天不对您说俺心里憋得慌，也许说出来俺心里会好受些。”

于是，公孙老师听到了一段一个女子的真实经历，一段他只有在文学作品中才能读到的充满传奇色彩的爱情故事。公孙老师不敢相信，面前这个看似柔弱的女子，少女时代竟然有一身的胆气，他不由不对面前这个女子——战野的母亲，心生感佩。

# 第四章

## 1. 民间说唱艺人

收完大秋，种上小麦，就到了农闲季节。会点儿手艺的做点儿手艺活儿，捏个泥泥狗、编个筐筐篓篓、打个苇席什么的；会点儿小生意的出门做点儿小生意，贩卖点儿黄花菜、蒲菜什么的；特别勤快的老年人背着个粪筐跑老远老远拾点儿粪；大多数人除了赶赶闲集之外则无事可干，便心安理得地猫在屋子里打打牌，吹吹牛，聊聊天，松松散散地消磨时光。

农闲季节可是说唱艺人最忙的季节，什么评书、坠子、道情，都要提前预订。这些说唱艺人尤其是有些名望的说唱班子，往往一个村子还没有唱完，第二个村子就已经定下了，甚至第三个村子也已经挂上了号，从头一年的入冬直到第二年的太昊陵庙会。

张许村今年轮到张青山张三爷家“请书”。“请书”就是请说唱艺人到村里说书。

张许村原来请书，都是选一个在村中有声望的人出面作主事，每家每户收一点儿钱或粮食，由主事家安排招待。“民国”三十年，整个豫东年景不好，不少家庭食不果腹。那一年正好选张三爷出面主事请书，张三爷善心大发，不再让家家户户兑钱或粮食，而是把所有的费用都自己承担下来。张三爷开了个头，许姓的两家大户自然也不愿意丢份儿，第二年第三年也都照此办理。自此，张许村每年的农闲季节请书就由张三爷、许二爷、许秀才三家大户轮流坐庄了。这样下来，这三家大户不但没有怨言，反而觉得是一种荣誉，一种威望，一种身份，一种自豪，每年都要请一个颇像样子的说唱班子，只有这样才有面子，仿佛说唱班子的水平就代表着他们的水平，乡亲们对说唱班子的评价就是对他们的评价。

今年，村人们向张三爷建议，希望还能请到去年冬天请来说唱坠子书的战瞎子。战瞎子一家三口，战瞎子、瞎女子、还有他们十七八岁的儿子战光明。战瞎子的那个大弦儿（坠胡，也叫坠琴、胡琴、民间叫大弦儿）拉得呀，那真是，要多好听有多好听。人语、鸟鸣、狗汪汪、狗恋蛋、鸡打鸣、鸡压蛋儿、猫呼噜、猫叫春儿、猪哼哼、猪跑圈儿，什么声音都能学，学什么像什么。瞎女子三十多岁，虽双目失明，长得却不赖，俊俊朗朗、白白净净的；她伶牙俐齿，说说唱唱，堪称一绝，声音甜润、饱满、亮丽，情感丰富逼真，抑扬顿挫，快慢有致，有板有眼，吐字清晰，别说是道白，就是唱词，也没有一个字听不清楚的。反正是呀，在张许村，还没有来过比战瞎子他们更受欢迎的说唱艺人了。尤其是每天晚上正书说完后，大老爷儿们就把听书的大闺女撵回家，要瞎女子说唱黄段子，瞎女子声音的那个酸溜溜的浪呀，滋滋的能浪出水来，那个娇滴滴的媚呀，媚得让大老爷儿们直痒痒！好在是瞎子，要不，还不得把人浪死！去年冬天瞎女子给大老爷儿们说了一个段子叫《偷牌》，其中的警句，至今还是他们大老爷儿们打牌时久说不厌的流行语。

段子的全文是这样的——

（战瞎子拉过门，瞎女子唱）说一个大哥他已过十八岁呀，表一个大姐她刚刚十七，大哥他长得那个排场呀是百里难找呀，大姐她长得那个俊俏呀是千里挑一。（念白）可惜呀，可惜！（战瞎子对）大姐你可惜什么呀？（瞎女子念白）可惜是一对瞎子呀。（战瞎子对）那不和咱俩一样了吗。（战瞎子拉过门，瞎女子唱）他二人结成鸳鸯倒是挺般配呀，你也不嫌我，我也不嫌你，和和美美的一对好夫妻，小日子他过得呀如糖似蜜。（道白）小两口新婚燕尔，如胶似漆，喜行房事。可双目失明，多有不便，为了心思更加一致，房事更加和谐，小夫妻约定了一个暗语，把行房事叫作“打牌”。一方想了，便问：“打一牌？”对方如果同意，就应：“打一牌就打一牌。”于是双方就脱衣上床，行云布雨。

有一天，小夫妻走娘家。春暖花开，芳香相伴，回来的路上，男的忽然很想打牌，便问道：“娘子打一牌？”女的也已花心萌动，就应道：“打一牌就打一牌。”于是他们摸到一片柳树丛间，女的脱光衣服，仰面躺下，可男的突然想大便，只好让妻子稍等片刻。他又怕臭味薰了妻子，就走得远了一点儿。

真是无巧不成书，正好一个打柴的小伙子路过此地，忽觉眼前一亮，便看到了树丛间躺着一个赤条条的女子，只见她——（唱）：白生生的脸蛋，白生生的肩臂，白生生的一对大蜜蜜！白生生的胳膊，白生生的肚皮，白生生的大腿水灵灵的那个呀——（战瞎子问）水灵灵的那个啥呀？（瞎女子唱）水灵灵的那个呀咿呀哎呀——（战瞎子追问）到底水灵灵的啥呀？（瞎女子佯装恼怒答）你个龟孙的嘴！（战瞎子摸着自己的嘴委屈地说）我的嘴没长错地方呀。(瞎女子道白)那个打柴的小伙子看着这又白又嫩的赤身女子,如干柴烈火,哪里忍耐得住!麻利脱去衣服,扑上去一番大弄。那小伙子弄完刚走,男瞎子解完大便回来了。男瞎子趴到女瞎子身上刚要开牌,女瞎子“吞儿”地笑了。男瞎子问道:“娘子为何发笑?”女瞎子说道:“你个龟孙今天怪有劲哩,刚打了一牌,又打一牌。”男瞎子一愣,大叫一声:“靠靠靠,有人偷牌!大事不好了呀——”

这个段子说得呀,说得女人们洇湿了屁股下坐着的土坯,说得男人们站不起身子。有的男人甚至都萌动了深夜到土地庙偷袭瞎女子的心思,极想品尝一下“偷牌”的滋味,如果不是她还有一个眼睛明亮的儿子,这心思恐怕就变成行动了。

从此,张许村的男人们在一起打牌,动不动就嚷:“靠靠靠,有人偷牌!大事不好了呀——”

张三爷派了一个能办事的长工陈宽去请战瞎子,并叮嘱说一定要请到战瞎子,让张许村的乡亲们满意。陈宽打听到战瞎子一家三口正在十五里外的赵家砦说书,连忙赶过去。战瞎子果然抢手,他们要去的下一站大王村已经定下了,张许村只好排在了大王村的后边。

陈宽把战瞎子一家请到张许村的时候,已经到了农历十一月下旬了。陈宽领着战瞎子,把他们简单的行李安置到土地庙里,然后领他们到张三爷家吃中午饭。土地庙坐落在村东南的路口上,除了逢年过节族人们到这里给土地爷上上供,谁家有了丧事孝子们到这里给亡灵送送盘缠之外,平时没有什么香火,再加上庙前有一片空场子,正是说书听书的好场地,还可以顺便也让土地爷听一听书。所以,每年请来的说唱艺人都是让他们住在土地庙里。

太阳错午,陈宽把战瞎子三口领到了家中的时候,张三爷一家已经吃过饭了。尽管说唱艺人也属于下九流,可张三爷对他们还是表示出了应有的尊重,请到家中的第一顿饭和送行前的最后一顿饭,张三爷总要在制作泥泥狗的作坊里摆上一张餐桌,让家里给他们做几个菜,备上一壶酒,让有脸面的长工陈宽作陪。

张三爷的内人娘家姓曾,随夫姓张,称张曾氏。张曾氏领着儿媳月秀和女儿文翠进厨房给战瞎子他们做饭。要做什么都已经提前准备好了,做起来倒也不费什么事。

文翠先把一盘凉菜送去。刚到作坊门口,坐在餐桌边的战光明便瞄见了，他连忙站起身，满面笑容地迎上来，甜甜地说："大姐，怎敢劳您的大驾，我来，我来。"

文翠脸一红，慌忙低下了头，一颗心竟然不由自主地狂跳起来。

文翠只看了一眼，就发现这个战光明比去年来时又高了一些，也壮实了一些，少了一点孩子气，多了一点男人味。

实际上，张许村的人都觉得不可思议，战瞎子和瞎女子，一对瞎夫妻，竟然养了一个这么俊美的儿子。他身材偏高，肩宽腰细，四肢修长；皮肤白皙细润，脸型清俊，鼻直口方；尤其是那一双眼睛，又大又亮，眼睫毛又长又密，把一双大眼映衬得如两池清泉，波光潋滟。人们都说，老天爷还是公平的，因为他父母都是瞎子，老天爷就让他们的儿子生就了一双特别俊美的大眼睛，把父母的缺陷在其儿子的身上超量地弥补了。这孩子还特别懂事，特别乖巧，特别有眼色，特别懂礼貌，见人就甜甜地喊爷爷、奶奶、大叔、大妈、大哥、大嫂、大姐，不笑不开口。何况，尽管他年少，拉大弦儿却也不亚于他爹，说唱也不亚于他娘，所以人们特别待见他。没有地位和身份的乡下人，仿佛在他亲切恭顺的称呼声里，才找到了作为一个乡下人的人格和尊严。去年冬天，张许村不少大闺女小媳妇到土地庙去听说书，主要的目的都是想去看一看这个俊美的小伙子，张文翠就是其中的一个。

文翠头一天晚上到土地庙确实是去听说书的，可自从看到了战光明，她的心思就不一样了，听书也就不专注了。她场场不拉，目光总也离不开战光明，有时看着看着，自己的心就跳了，脸就热了，仿佛自己的心思被人发现了，慌忙把目光移开，可是不一会儿，目光便又不由自主地回到战光明身上。她明知道自己看了也是白看，想了也是白想，可不看也是白不看，不想也是白不想，看一看想一想，心里也能美一会儿，这就是少女的情思和春梦吧。

饭菜已经做齐了，文翠还是有点儿舍不得离开。文翠原来没想到，今年自己家里主事请书，请的竟然还是战瞎子他们一家人。她心里暗自高兴，她有更多的机会可以更方便地接触、欣赏，甚至亲近这个俊美的青年小伙了。她的心情好久没有像今天这样好过了。

可是，她久已不见的好心情马上就被父亲的一句话粉碎了。父亲站在堂屋门前喊她，声音颇威严。她只好走过去。

"你春节就要过门了，也该晓事明礼了，还不回房做女工？"父亲声音不高却不容违抗。

一提起这门亲事，文翠的心里就布满了阴云。文翠没有说什么，文翠又能说什么？

她低着头，绕过父亲，回到了自己的闺房。

## 2. 土地庙·铁了心了

回到自己的闺房，张文翠一屁股坐到床上，把核桃木雕花顶子床坐得“咯吱”响了一声。她的手无意间触到了床边上放着的针线簸箩，针线簸箩里放着她给她未来夫婿做的一双鞋，有一只底子还没有上好，还连着针线。她赌气地用手一推，把针线簸箩推到地上，针头线脑撒了一地，有一只鞋子滚了老远。

每一代人都有每一代人群里方方面面的人尖子，有文才方面的，有武略方面的，有经商方面的，有科技方面的，也有相貌方面的，等等；有世界一级的人尖子，有国家一级的人尖子，有省一级的人尖子，有县一级的人尖子，也有村一级的人尖子。张许村的人们没有办法拿文翠和外国外地的女孩子去比较，起码在张许村这一带，文翠是她们这一茬女孩子中的人尖子。文翠从小便生就了一个美人胚子，如今 16 岁了，果然出落成了一支含苞欲放、人见人爱的花。她不是那种风范翩然的大家闺秀，应该属于灵秀可人的小家碧玉。小场合如街头巷尾，大场面如集市庙会，只要是文翠一出现，便会成为人们目光的焦点。那些男人尤其是无望的青年小伙子，就会在心里酸酸地恨恨地骂：这么美丽的闺女，不知道会便宜了哪个乌龟王八蛋！

文翠出嫁的日子定在腊月二十八，这是男方让县城西关人称“张天师”的算命先儿选的“好儿”，说是“吉日，宜婚嫁、迎娶”。文翠离出嫁的日子满打满算只有 38 天了。

文翠未来的婆家在县城，未来的夫婿名叫彭家昊。文翠没有见过彭家昊，只是听父亲说彭家是县城里的一门大户，彭家昊的叔父在省府开封做官，其他的情况就一无所知了。婚姻大事本来就是父母之命，媒妁之言，文翠没有什么可抱怨的，何况，一个乡下女子能嫁到城里一家大户，又是官宦之家，文翠已经很知足了。对于思春的少女来说，当新娘的日子充满了神秘，充满了诱惑，一定是甜蜜幸福的日子，一定是妙不可言的日子，因此，尽管文翠心里也滋长着即将离别的忧伤和些微的恐惧，仍然向往着身穿嫁衣登上花轿的日子。

如果没有听到哥哥和父亲那一次言词激烈的谈话，恐怕文翠至今仍然沉浸在那种甜蜜、幸福、忧伤、向往的情感之中。可是她听到了哥哥和父亲的那次谈话。她不知道，听到哥哥和父亲的那次谈话是幸运还是不幸。

那一次她从堂屋前经过，听到哥哥说话的声音很大。哥哥秉性文弱，知书达理，不管是和父亲还是和母亲说话，从来都是慢声细语，毕恭毕敬，从来没有用过这么高的声调和不满的语气。她觉得奇怪，就在窗外站下了，随时准备进去劝一劝哥哥。

“爹，您在家里从来说一不二，孩儿也从来没有和您顶过嘴，可这件事关系着妹妹的一生，孩儿不能不说了。爹您这样做，不是把妹妹往火坑里送吗？”哥哥说。

“放肆！做父亲的怎么能把自己的女儿往火坑里送？”父亲说。

“妹妹才16岁，可那彭家昊已经38了，前妻还撇下了两个孩子，您让妹妹去做填房，您让妹妹一进门就当后娘！”哥哥说。

“38怎么啦？做填房怎么啦？”父亲说，“那些当官的，有钱的，有几个不是三妻四妾？五六十岁了还纳十五六岁的小妾，也不是什么稀罕事，做填房总比做小妾好得多！”

“爹您咋能这样说？妹妹又不是长得不好，咱家的家境又不是过不去，为啥非要妹妹去做填房？”哥哥说。

“文举你太不懂事了。去年轮到咱们家出壮丁，为了替你买壮丁，官府硬是让咱家出了一百块现大洋。你知道许秀才家出了多少？人家才出了二十块现大洋。你说为什么？还不是咱家没后台！”父亲说，“再说了，自古以来，嫁女要嫁强似自家的男，娶媳要娶不如自家的女，爹也不是不费心，与咱匹配的人家不一定有合适的青年公子，有年龄合适青年的又多是小户人家，门不当户不对，爹也是迫于无奈呀！”

“就是找一个小户人家，也比去给人作填房强！”哥哥说，“爹您知道彭家昊的前妻是咋死的？根本不是病死的，是上吊死的呀！”

屋子里静了一会儿，仿佛爹轻轻叹了一声，放低了声音：“文举呀，你别钻牛角尖儿了好不好。即便是像你说的，咱也不知道具体原因呀，如果她通情达理，孝敬公婆，相夫教子，丈夫、公婆会故意难为她吗？天底下哪有这样不通情理的人家？”

“蝼蚁尚且惜生，何况是人！”哥哥说，“如果他们家是一个和睦的家庭，是一个积德行善的家庭，如果不是公婆小姑之类过分刁钻刻薄，如果不是丈夫过分粗野残暴，我就不相信，一个已经有了两个孩子的母亲会上吊自杀！”

“不要再说了！”父亲吼了一声，停了一会儿，父亲的声音又低下去，但口气是不容违抗的，“这件事已经没有任何商量的余地了，人家的‘好儿’都定下了，难道你让父亲悔婚不成！”

呆在窗外的文翠，整个成了一个木头人。那感觉也不是五雷轰顶，也不是跌下悬崖，而是从上到下、从里到外，一点一点地变成了一个木头人；或者说是文翠一个人站在冰天雪地里，一点一点地被冻僵，麻木，一点一点地失去了知觉，停止了思维。这个过程很短暂又非常的漫长。直到哥哥文举从屋子里出来，惊呼了一声“妹妹”，扶着她向后院走，她仍然像一个没有意识没有思维的木头人。

文举扶着文翠把她送进闺房，兄妹俩没有说一句话。文举看妹妹一直呆呆的、木木的，便问：“小翠，你不舒服吗？”文翠竟像没有听见一样，一点反应也没有。文举有点害怕了，他扶妹妹在床上躺下，赶紧先去把妹妹的状况告诉了妻子月秀。月秀问他到底发生了什么事情，他说，可能是他和父亲的谈话妹妹都听到了，并把谈话的内容对妻子说了。月秀知道事情有点不妙了。她没有埋怨丈夫，随丈夫来到文翠的闺房。

文翠闭着眼睛，安静地躺在床上。月秀支走了丈夫，在文翠的身边坐下，拉着文翠的手，说：“妹妹，嫂子来看你了。”

文翠不说话，依然静静地躺着。

月秀也不再说话，她一只手仍然拉着文翠的手，一只手轻轻地抚摸着文翠的手臂。这样静静地坐了好长一会儿，月秀才试探地问：“妹妹，你哥的话你都听到了是不是？”

文翠的头微微动了动，细心的月秀察觉出那是在点头。

“妹妹，你不要动，嫂子给你说点儿知心话。”月秀细声慢语地说，“咱们女人命苦呀，在家随父，嫁后随夫，夫不在随子。别说是婚姻大事了，啥事情咱女人也做不了主呀。你嫂子算是命好，摊上了你们这样的好人家，要是摊上一个赖人家，嫂子还不是要受罪？”

月秀先从女人的命说起，然后一点一点、一层一层地劝解和开导，一直都是慢声细语的。她说，哥哥主要是不同意妹妹的婚事，所以和父亲说话说过了头，只说人家的坏处，不提人家的好处；她说，人和人有时候也是相生相克的，也许那人的前妻和他相克，命里本不是一家人，也许他们家能和咱文翠和和美美相处呢；她说，“天有不测之风云，人有旦夕之祸福”，有时候人活得挺美满，说不定啥时候就大祸临头了，有时候人活在黄连里，说不定啥时候就苦尽甘来了……

月秀最后说：“妹妹呀，千万不要想不开，退一万步说，到时候真要过不下去了，嫂子俺就把你接回来，你知道哥哥嫂子都很待见你，咱们照样舒舒坦坦地过日子，没有什么大不了的！”

月秀看到，两滴清泪从文翠的眼睛里流下来。

“好妹妹，想哭你就在嫂子面前哭吧。”月秀俯下身，给文翠轻轻地擦眼泪。

文翠抓紧月秀的手，抬身坐起来，抱紧月秀失声痛哭起来……

从此以后，文翠整个被阴沉沉的乌云罩住了。就像变了一个人，16 岁少女的天真烂漫离她远去了，她很少言笑，也不大出门。有什么话想说就找嫂子说。母亲疼爱她，可母亲是父亲的应声虫，父亲说什么就是什么，没有一点主见。哥哥尽管最疼爱她，可是哥哥毕竟是男人，她不好和哥哥说心里话。嫂子成了她唯一的知心人，只有和嫂子在一起的时候她的心情才稍微舒畅些。对于婚姻再不抱任何甜蜜幸福的梦想了，剩下的只有恐惧，随着出嫁日子的临近，她内心的恐惧也一日甚于一日。

自从战瞎子他们来了，文翠的心情稍微开朗了一点儿，就像满布乌云的天空开了一线缝隙，露出了一点儿天光，当然是在她看到俊朗的青年小伙战光明的时候。她一看到小伙子甜蜜灿烂的笑容，自己的心便也不由自主地甜蜜灿烂起来。这样的时候并不多，只有战瞎子他们回到她家吃饭的时候，因为她不再到土地庙去听说书了，她知道父亲绝对不会再让她去听说书了，离她出嫁的日子越来越近了。她也知道她看到战光明的时间也非常短暂了，他们已经在村里说唱八天了，大后天他们就该到另一个村子说书了，此后她也许就永远看不到他了，等待她的也许就是无边无际的悲苦日子了。

这一天，父亲因为生意上的事情出门了，中午战瞎子他们回来吃饭，文翠就在前院多待了一会儿。她正和嫂子在厨房聊天，战光明端着一摞饭碗进来了，文翠上前去接，战光明用他那甜润悦耳的声音说“大姐，大嫂，你们歇着，我来洗”，说着就自己把碗放到瓷盆里，动手洗起来。

战光明一边洗碗一边问：“大姐，大嫂，怎不见你们去听书呀？”

月秀说：“那么多人，你咋知道俺们没去呀？”

“两位大美人，要是去了，整个书场都会照得亮亮的，还能看不见？”战光明和她姑嫂两个已经熟了，说话也就随便了。

月秀佯怒说：“小毛孩儿少跟大人皮脸！”

文翠问：“说的哪一本书呀？”

战光明说：“《私奔》。”

“私奔?!”仿佛一道闪电在文翠的脑子里划了一下，一颗心忽然狂跳起来。

“私奔？还有这么一本破书？”月秀说。

“有啊。”战光明说，“那可不是一本破书，那是一本好书，就是卓文君和司马相如的故事，很好听的。”

“那你说说是怎么一个故事。”月秀说。

“西汉时期有一个大富豪叫卓王孙，卓王孙有一个女儿叫卓文君，美貌惊人。有一个大才子叫司马相如，想认识卓文君，托他作县令的朋友王吉引见，登门拜访。司马相如酒后抚琴，用琴声表达对卓文君的思慕之意。卓文君也爱慕司马相如的才貌，为司马相如的琴声所动，便夜间偷偷离家，在客栈找到司马相如，两人于是便双飞双栖，留下了一段千古佳话。”战光明说。

文翠独自回到自己的闺房，什么心思也没有了，满脑袋只有两个字——私奔！这两个字像一群蜜蜂一样在她的脑子里嗡嗡地飞，嗡嗡地叫：私奔、私奔、私奔、私奔……她喝了两口凉茶，试图让自己冷静下来。古代的女子都能这样做，而且还作为千古佳话留传了下来，自己为什么不能这样做呢？自己为什么不能也像卓文君那样和自己思慕的男子私奔，和自己思慕的男子双飞双栖呢？难道自己只有一步一步走向哥哥说的那个火坑，去做填房，去当后娘，去忍受粗野残暴的丈夫和刁钻刻薄的公婆小姑子，去忍受那永无尽头的悲苦日子吗？

私奔。——她的心思已定。

也许，在文翠的潜意识里早已萌生类似的念头了，只是没有浮出水面而已，战光明说的《私奔》故事，无非是一根导火索，把文翠潜意识里私奔的念头引爆了。

她着手收拾自己的衣物，选了几件最轻薄的衣服，找出自己值点钱的首饰和有限的体己钱，打了一个小包袱，想了想又将一把剪刀放进去。把包袱放在柜子里锁好，这才在床边坐下来。

可她心里一直七上八下的。到时候如果被人发现了怎么办？如果战光明不敢和她私奔怎么办？如果战光明的瞎子父母阻止怎么办？如果事情败露了怎么办？那样的话自己可真是没法做人了。算了算了，不想那么多了，顾不上那么多了，走一步是一步吧，大不了一死，死了也比到彭家活受罪强。

晚饭后，战光明又要帮她们洗碗刷锅。趁嫂子不在的功夫，文翠含情地看着战光明，大胆试探说：“战光明，俺要是叫你一声哥，你敢答应不？”

“没人的时候我就敢。”战光明说。

“俺让你叫俺一声妹你敢不敢叫？”

“没人的时候我就敢叫。”

“那俺可叫了。”文翠说。随后深情地叫了一声：“哥！”

"妹!"战光明答应了一声,眼睛中忽然就泪光滢滢的。战光明怎么能不感动?别说是富人家这么美貌的大小姐,就是穷人家的女子也没有谁这样对他亲近过呀。

文翠看到了他眼中的泪光,心头一喜,自己眼中也蓄满了泪,索性孤注一掷,再进一步:

"俺要是卓文君,你敢做司马相如吗?"

战光明大吃一惊。

尽管从他的口中不知说唱过多少形形色色的风流故事,也早已懂得了男女风情,说书唱戏,也算是半个风月场中的人了,可是他仍然不敢相信自己的耳朵,不敢相信这样的风流韵事会落到自己头上,更何况还是一位如花似玉的富家小姐。该不是小姐拿自己寻开心吧。然而,从文翠泪水滢滢的目光中,他明明读到了情真意切的爱恋、思慕、渴望甚至乞怜。此时的他已经顾不上考虑后果了,胆一壮,说:

"敢!"

文翠抹了一下眼泪,盯着战光明看了一会儿,没有再说什么,转身向外走,因为嫂子随时都可能走进来。

回到自己的闺房,文翠便早早地躺到床上。她当然睡不着,她在等待,等待下半夜,等待离家出走的时刻。有了今天晚间的对话,她的那颗悬着的心踏实了不少。

响起了轻轻的敲门声。文翠吃了一惊,她坐起身,但没有下床。这时候可千万不敢节外生枝呀!

"妹妹开门,是嫂子呀。"

文翠打开门,嫂子月秀走了进来。姑嫂俩坐到床边上,月秀拉着文翠的手,目不转睛地打量她,说:"翠呀,你瘦了,嫂子可不愿意看到你瘦下去,你该懂得自己保重自己,自己珍惜自己了。"

文翠默默地低下了头。

"翠呀,人活在这个世上不容易,什么样的事情都可能遇上,什么样的日子都可能轮上,听嫂子一句话,将来不管在什么样的情况下,都要自己保重自己,自己珍惜自己,再难也要活下去,只有活下去才有希望过上好日子。"

文翠有一点吃惊,难道嫂子听到了俺和战光明说的话?

"俺记住了,嫂子。"文翠说。

月秀从怀里掏出一个手帕包塞到文翠手上,说:"这是我积攒的一点体己,反正俺也没用,你拿着,说不定将来用得上,俺害怕到你'出门儿'的时候一忙给忘了。”

“嫂子！你……留着吧。”

月秀又从手腕上退下一只翡翠手镯：“这只镯子你也收着，做个念想吧。”

月秀说完就走了，临出门又抱着文翠道了别。文翠眼泪汪汪地看着嫂子的背影。文翠意识到，嫂子八成是猜到了自己的心思和意图，要不怎么会有这样的举动呢，多好的嫂子呀！

一更天，二更天，三更天……文翠又嫌时间过得快又嫌时间过得慢。她希望时间慢一点儿，在这墨一样黑的深夜里，她不知道等在她前边的是吉还是凶，是祸还是福；她希望时间快一点儿，既然决心要走这一步，不管是吉是凶是祸是福，就让它早一点来临吧。

四更天到了。文翠对着门口跪下来，磕了一个头：“爹、娘、哥、嫂，你们的养育之恩、疼爱之心，文翠在这里谢过了。”

文翠拿上准备好的小包袱，蹑手蹑脚地出了闺房，悄悄地绕过堂屋，闪进门楼，轻轻地打开门栓，毅然决然地走出了自家的大门。

时在“民国”三十六年，岁次丁亥，十一月二十八日。

月黑夜，风如刀。

文翠借着星光，来到村东南土地庙前。土地庙紧闭着大门，像一头孤独的巨兽蹲伏在冷风飕飕的黑夜中。土地爷呀，小女子求您保佑了，保佑小女子和战光明平安出逃！

她的心怦怦地跳着，敲响了土地庙的大门。

大门“吱”地一声开了，战光明闪了出来，回身掩上门。书场散了之后他也一直没有睡觉。他在等文翠，尽管他并不敢十分相信文翠真的会来，可他还是一直等着。

文翠扑到战光明怀中，两个人抱在一起，却一个比一个抖得厉害。

“大姐，您、您您真的要……”战光明不知怎么说好。

“俺，已经铁了心了，你、你要是不敢，俺就死在这里。”文翠说着就摸出一把剪刀。

“不是不敢，可俺、俺还有……”

“还有你父母是不是？”

这时候，从土地庙里传出来一个低沉的、清晰的声音：“光明，请张家大小姐进来说话。”

是战光明的父亲战瞎子。两个人一时不知怎么办好。

“请张家大小姐进来说话，外面冷。”战瞎子又说。

文翠随战光明进了土地庙，又把门掩上。

战瞎子说：“光明，把灯点亮。”

不一会儿，灯点亮了。在摇曳的灯影下，文翠看到在土地爷的塑像旁边，用厚厚的麦草打了一个地铺，战瞎子和他的瞎妻子拥着被子，并排坐在铺上。

战光明说：“爹……”

战瞎子用手势制止住他，说：“啥都别说了，爹什么都知道。别看爹是个瞎子，爹的心里跟明镜似的。”

战瞎子说：“张家大小姐，我们可是沿村卖唱的，世人眼中的下九流，说穿了，也就是个巧要饭的，论名声甚至连要饭的都不如。你可是一个富人家的大小姐。张家大小姐，你不嫌弃俺家光明？”

文翠说：“不嫌弃。”

“前前后后你都想好了？”

“想好了。”

“吃多少苦都不后悔？”

“不后悔。”

“铁了心了？”

“铁了心了。”

“承蒙张家大小姐如此看得起我们。”战瞎子说，“土地爷就在你们面前，你们给土地爷磕三个头，让土地爷保佑你们吧。”

张文翠首先跪下了，站光明迟疑了一下也跪下来。他们给土地爷磕了三个头，又给战瞎子夫妇磕了一个头，算是拜了高堂。

站瞎子从怀里摸出一个小小的布袋子，说：“光明，这是咱家所有的积蓄，你全带上，赶快和张家大小姐走，走得越远越好。”

“爹！”战光明再一次跪倒在父母面前，“可您和娘……”

“不要管我们。”战瞎子一摆手拦断战光明的话，说，“快走吧孩子，早一步就能远一步。把我师傅留下的那一把大弦儿也带上，将来谋生用得着。”

战光明又给父母磕了一个头，说：“孩儿不能尽孝了，您二老多多保重！”

文翠也跟着跪下来磕了一个头，并且由衷地喊了一声“爹”，叫了一声“娘”。

## 3. 朱仙镇·遇险

张文翠和战光明离开张许村，披着星光匆匆向北赶路。向西是淮阳县城，如果家里追寻可能会是首选目标，他们必须避开。离天亮还有一段时间，对于他们来说这是一段最宝贵的时间。

文翠像一条挣脱钓钩的鱼，像一只飞出樊笼的鸟，惊恐万状，却喜悦兴奋，不管东南西北，只顾跟着战光明走。黑夜无边无际，不知路在何方，不知奔向何处，但他们的心中燃烧着一炬异常炽热亮丽的火苗，那火苗鼓舞着他们，把这无边无际的黑夜撕开一线缝隙，那缝隙就是他们要走的路。

冬日夜长，天亮的时候他们走出去约有四十里路。夜间赶路太急，他们都出了一身透汗，凌晨的冷风一吹，犹如刀割针刺一般。除了疲乏，饥渴也开始折磨他们，文翠后悔，她应该带上一点干粮了。前方的路边出现了一个村庄，正是做早饭的时候，村庄上空炊烟袅袅。战光明让文翠沿道路先走，自己进村找一点吃的。

“光明哥，我有点怕，咱俩一块去吧。”文翠说。

“好妹子，我片刻也不想离开你，可这一大早的，咱俩一块多有不便。”战光明说，“我走快点儿，你到不了村口我就回来了。”

战光明前边先走，不时回头看一眼文翠，进村时又向文翠挥了挥手。战光明选了一户看上去比较富足的人家，大门开着，他站在门口不敢擅入，轻轻叩响门环：“请问家里有人吗？”

问了两声，从西厢房走出一个四十来岁的妇女，腰间扎着围裙，边走边问：“谁呀？”

战光明上前深深一躬：“大婶，晚辈路经贵地，想讨点吃的，晚辈可以给钱的。”

那大婶看他有点面熟，又见他肩背一个长长的布袋子，似装着一把大弦儿，就认出来了，热情地说：“你是那个战……说书的吧，快进来吧，你们一家在俺娘家村里说过书。”

他跟着大婶走进厨房，大婶拿了两个刚蒸好的杂面锅饼递给他，说：“吃吧吃吧，俺再给你盛碗汤。”

“多谢大婶，汤就不喝了，俺还要赶路。”

战光明要付钱，大婶当时就恼了，说：“俺又不是开店的，你也太看不起人了。”

战光明也就作罢，再次谢过，急急出村，只见文翠站在路边正向村里张望。战光明几乎是奔到文翠身边，递给她一张锅饼，说："他们认出我来了，咱们得赶快走，一边吃一边走吧。"

下午，他们已经走不动了，又累又困，真想大睡一觉，可是他们不能睡，也没有地方可睡。战光明搀扶着文翠，举步艰难。直到傍晚，他们才在柳坪镇找到了一家小客栈，住了下来。他们在客栈休息了一天，第三天才离开柳坪镇。他们该考虑到哪里去了，可是商量来商量去也没有一个合适的去处，只好先走着，先走远了再说。

他们依然向北，经过太康县的独塘、高桥、芝麻洼，通许县的玉皇庙、大岗李、孙营，"腊八"这一天，战光明和文翠来到了中原第一名镇也是中国四大名镇之一——朱仙镇。

朱仙镇是中国历史文化名镇。因贾鲁河穿镇而过，唐宋以来，朱仙镇一直是水陆交通要道和商埠繁华之地。南宋绍兴十年，即公元1141年，岳飞北上抗金，郾城大捷后进驻朱仙镇。正当岳飞大军直指东京汴梁的时候，只想偏安一隅的宋高宗听信了奸相秦桧谗言，下旨召岳飞回朝，并以"莫须有"的罪名将岳飞杀害。朱仙镇，更因为民族英雄岳飞大败金兀术于此而家喻户晓，战光明一家三口就多次说唱过《八锤大闹朱仙镇》这本书。为了纪念敬拜这位民族英雄，后人在镇上修建了规模宏大的岳飞庙，至今香火兴盛。到了明代，汴河淤塞，朱仙镇成为开封唯一的水陆转运码头而迅速繁荣起来，与广东佛山镇、湖北汉口镇、江西景德镇，被称作中国四大名镇。南门外贾鲁河沿岸，码头林立，长达五里，成为朱仙镇八景之一的"运粮河夕照"。镇内有车店街、杂货街、曲米街、油篓街、炮房街、估衣街、京货街等，老店名店竞相争辉，单是生产印制起源于唐代的木版年画的就有300余家。直到清朝末年和民国初期，由于贾鲁河淤塞和京汉铁路的开通，朱仙镇才逐渐没落。

如今，朱仙镇虽然成了一个破落贵族，然而其名镇的风范犹存。

春节临近，过大年的气氛日浓一日，朱仙镇更是热闹非凡。熙熙攘攘，人流拥挤不动；大街两边，店铺林立，门面挨着门面；没有门面的地方搭起了布篷。卖鞭炮的，卖门神春联的，卖年画的，卖香纸的，卖烛台蜡烛的，卖糕点的，卖洋布的，卖各种吃食的，卖瓷盘瓷碗酒壶酒杯的，应有尽有。尤其是朱仙镇的木版年画，因其历史悠久而声名远播，零售批发，最为抢手。

战光明和张文翠找了家名叫"平安"的不起眼的客店住下来。开店的是一对上了年纪的夫妻，无儿无女，以经营小店为生。他们觉得这家小店非常适合他们俩栖身，就打算多住一些时日。第二天，战光明想在镇内转一转，看能不能找一个说书的场子，挣一点儿钱。文翠不太同意，她不想这么快就抛头露面，她还是担心家里人万一找到这里。她觉得他们身上的钱虽然不多，但节省一点维持三五个月还是可以的，不如过了春节再作长远打算。战光明也就作罢。

“腊八祭灶年来到”。腊月二十三晚上，人们把灶糖供在灶王爷面前，烧上一炷香，燃放一把鞭，然后焚烧灶君像，把灶王爷送上天庭，这就叫“祭灶”；直到除夕夜再把灶王爷迎回人间，所以用于灶王爷的春联一般为“二十三日去，初一五更来”或者“上天言好事，下界降吉祥”。祭灶一过，镇街上也就到了热闹的顶峰，一直延续到腊月二十九。“三十儿，还有一个露水集儿”，意思是说大年三十这一天还有一个早市，露水一干，集市马上就散了。店铺关门，客栈打烊，各自回家，团团圆圆、圆圆满满、满堂喜庆过大年了。

好在战光明和文翠他们住的平安客店并没有打烊歇业，因为开店的老夫妻就住在客店的后院。除夕之夜，旅居在外的人恐怕几近于无，可是，在朱仙镇这家小小的平安客店里，除了战光明、张文翠这一对离家私奔的小夫妻外，竟然还有一个身材短小、皮肤黑红的年轻人。他们和他打过几次照面，并没有互相说话。

除夕夜，远远近近的鞭炮声一阵紧似一阵，花炮的闪光不时把客店的百叶窗照亮。战光明点亮为过年准备的一对红蜡烛，摆上简单的供品，点燃一炷香，烧了几张纸，一跪三头，叩拜他们说唱坠子书的神灵“丘祖”。拜过祖师爷，战光明才把一支鲜亮的红绢花戴到文翠发际，两人相拥着坐到床上。过年的气氛越是浓烈，出门在外的人越是觉得凄凉孤单。尽管是心上人互相厮守，尽管是离开亲人刚刚一月，文翠还是背离亲人出逃的，可是在外乡的客店中，在这样的除夕夜，他们的思亲之情还是油然而生。

两个人紧紧相拥，甜蜜又感伤，幸福又孤单。

正当战光明和文翠沉浸在甜蜜、幸福、伤感、忧愁、孤单的情调之中的时候，“咚咚咚”，突然而至的敲门声着实把他们吓了一跳。

“谁呀？”战光明问。

“开门，快开门！”敲门声和叫门声都很粗暴。

文翠吓得紧紧抱着战光明，战光明壮着胆问：“你们是什么人？有事明天再说吧。”

‘哗唧’一声，门被踹开了。闯进来三个年轻男人，为首的一个高高壮壮的，方面大耳，狮鼻鹰眼，一脸络腮胡子，另外两个左边的脸长，右边的脸短，长脸的高一些，瘦一些，短脸的矮一些，胖一些。文翠一看到这三个人就知道大事不好。祭灶那天，文翠唯一的一次跟着战光明逛街曾经遇到过他们，看他们横着膀子走路的样子，看他们老是不怀好意地盯着自己，就赶紧拉着光明回客店了。不知道这除夕之夜他们为什么找到了客店。

“倒问我们是什么人，”络腮胡子说，“你们是什么人？大过年的为什么不回家？肯定不是什么正经男女！”

战光明和文翠意识到，一定是碰上了镇上的地痞无赖地头蛇，他们本来就因为不是明媒正娶的夫妻而理不直，气不壮，此时更是怯懦。战光明抱一抱拳，硬撑着说：“大过年的有劳诸位了，诸位要是短钱过年的话，晚生虽然穷酸，也愿意尽力相助。”

“哈哈哈，老子不要钱，只要色。”络腮胡子大笑，又突然把脸一紧，“直话直说，老子喜欢爽快。识相的话，你给我出去，让爷们儿和这位小娘子快快乐乐地过上一夜，此后咱们便相安无事。”

战光明怒火中烧，却尽量压抑着，此时他知道怕也无用，便把文翠挡在身后，仍一抱拳，说：“士可杀而不可辱！诸位如果是江湖好汉的话，怎能做这种地痞流氓之事？”

“你他娘的，敢骂老子是地痞流氓！”络腮胡子上前一步，挥拳向战光明便打。

战光明平日说书，不知说过多少类似的场面，破解这种简单的进拳更是易如反掌。比如，“见那人来拳凶猛，便把身子轻轻一闪，右腿插在那人身前，右手牵住那人手腕斜后方一带，说时迟那时快，那人扑地便倒。——这叫‘四两拨千斤’。”再如“见那人一拳迎面打来，便用左手向斜上方拨开来拳，左腿弓步向前同时右拳直进那人心窝，说时迟那时快，那人后退几步，踉跄倒地。——这叫‘黑虎掏心’。”等等。岂不知战光明是靠一张嘴皮子吃饭的，卖的全是嘴上功夫，哪里和人真正交过手？如今亲临现场自然手足无措，还没有想好该用哪一招，已被络腮胡子打倒在地了。

络腮胡子哈哈大笑，一步一步逼向文翠。战光明从地上爬起来，疯了一样扑向络腮胡子，被长、短二脸扯到一边，拳脚相加。文翠退到床边，伸手到枕头下边去摸剪刀，却早被络腮胡子擒在怀中。

文翠大喊“救命”，然而那喊声却被一阵紧似一阵的鞭炮声淹没了。

“小娘子，别喊了，谁也听不到的，就是听到了，也没有人敢来管老子的事。”络腮胡子笑着说，开始动手剥文翠的衣服。

文翠拼命反抗，可是没有一点用处，络腮胡子力大无比，竟如猫捉老鼠一样把文翠玩弄于股掌之中。文翠的衣服被一件一件剥落，露出粉嫩的肉体。这时候战光明已被打得躺在地上挣扎，长脸人让短脸人看住战光明，自己也上前给络腮胡子帮忙。

“住手!”随着一声怒喝,只见一个身材矮小、皮肤黑红的人怒形于色地走进来。

文翠认出来,此人正是同住在客店的那位小个子客人,又大喊“救命”。络腮胡子也吃了一惊,回身一看却是这么矮小的一个小人儿,不由“呵呵”笑了,说:“谁的裤裆烂了,露出你这么个屌来? 老二老三,给我打发了!”

长、短二脸便一齐扑向这个身材矮小的来人。没想到来人虽然身材矮小,身手却异常敏捷矫健,三拳两脚便把长、短二脸打翻在地。络腮胡子眼看就要办成的好事被搅扰了,怒不可遏。他放开文翠,一步一步逼到来人身前,挥拳便打。来人并不招架,身子一缩,钻到络腮胡子裆下,来一招“仙人摘桃”,对准络腮胡子的命根子,狠狠攥了一把。

络腮胡子“哎哟”一声大叫,两手捂着裤裆蹲到地上。来人一闪身子迅疾就是一脚,直奔络腮胡子的下巴。络腮胡子哼也没哼一声,便仰面朝天躺在了地上。

长、短二脸赶紧过来扶起络腮胡子,见络腮胡子目光呆滞,站立不稳,就一边一个,架着络腮胡子逃出门去。

这边,文翠已简略穿起衣服,和战光明一起“扑通”一声跪倒在来人的面前,“恩人恩人”地一连声道谢。

来人扶起张文翠和战光明,说:“这里不能住了,咱们还是走为上策。你二人赶紧收拾东西,一刻也不能停留。”

“民国”三十八年除夕之夜,就在这千家万户团团圆圆过大年的时候,在一阵紧似一阵的鞭炮声中,张文翠和战光明跟随着他们的救命恩人逃出了朱仙镇。

## 4. 义结金兰

因为已经亲身经历了刚才惊心动魄的场景,再加上有那身手不凡、身材矮小、黑红皮肤的恩人相伴,这次出逃尽管同样惊慌仓促,文翠和战光明倒不是十分害怕了。他们紧随恩人从背街小巷溜出朱仙镇,没有顺官道奔向省城开封,而是沿小路插向西北。

朱仙镇的鞭炮声渐渐远去,前方村庄的鞭炮声又顺风传来。大约走了七八里路,他们的脚步放慢下来。那黑红矮小的恩人料定,那三个无赖即便纠集一伙人来追,也未必敢追出本镇太远。所谓地头蛇者,无非在自家的一亩三分地称王称霸,横行无忌,出了自家地头也就是泥鳅一条了。

第二天早晨，也是第二年第一天的早晨，大年初一，他们来到了杏花营。这一天讨要饭吃非常容易，新春大吉，没有哪一家不是笑脸相迎，连哪些见了生人就狂吠的狗们似乎也知道今天是个什么日子，见了他们也温顺起来。

吃饱了肚子，他们向西走出村口，看到路南的打麦场有一个很大的麦秸垛，便走到背风向阳的一面，想坐下来休息一会儿。战光明和文翠又给他们的恩人跪下了，战光明说："多谢恩人搭救，请问恩人尊姓大名，晚生夫妇也好铭记在心，一生一世来报答恩人。"

"出门在外，理应互相照应，什么报答不报答的。"那人连忙搀扶，哈哈一笑说，"鄙人姓孙，名晶；孙猴子的孙，三日的晶。因为生得矮小，人家也叫我'土行孙'。你们二位呢？"

战光明说："恩人，晚生姓战，小姓，名叫光明；娘子姓张，名叫文翠。这次多亏恩人……"

"别老恩人恩人的挂在嘴上。我虽长得矮小，恐怕也年长你几岁，要是不嫌我个子小，就叫我一声大哥吧。"孙晶说。

大哥！——战光明的心头突然一亮，一个念头便油然而生：恩人孙晶如此侠义率真，又一身本事，如果能和恩人结拜为金兰兄弟，举目无亲的自己和文翠也会有所依靠，那真是太好不过了。

"大哥，晚生敬仰还来不及呢！"战光明深深一躬，"如果大哥不嫌弃晚生无能，如果能和大哥结拜为兄弟，晚生真是三生有幸。"

"好啊好啊，大哥正求之不得呢。"孙晶说，"大哥独行江湖，无依无靠，能结拜上兄弟和弟妹，也就有了亲人。"

"'大年初一点炷香，离地三尺有神灵'，此时结拜，正是吉日良辰。"战光明说。

于是，他们就在杏花营村口的麦秸垛旁，堆土为炉，插草为香，孙晶和战光明双双跪下，文翠也跪在战光明身边；各自报上生辰八字，战光明己巳年生，19岁为弟，孙晶甲子年生，24岁为兄；又发了一些"有难同当，有福同享"之类的誓言；拜过神灵之后，作为弟弟、弟媳的战光明和张文翠又跪拜了大哥。

自此之后，孙晶和战光明便正式成为结义兄弟，互相以兄弟相称，张文翠自然也随夫称孙晶为大哥。

过了曹操以少胜多大败袁绍的官渡，再涉白沙，经圃田，正月初五这一天，他们辗转到了郑州。

初五又称"破五"，年虽然还没有过完，但是一大早燃放一挂鞭炮，人们就可以劳作了，除了元宵节和正月十七送老天爷返回天宫还有一些风俗之外，也就没有多少禁忌了。

郑州曾经是商代的都城，几段商代的城墙见证着郑州三千多年的历史。然而现在的老城则是唐代武德年间重建的，明代知州陆世又重修了城墙。老城区以四条街道为主，亦即东大街，西大街，南大街，北大街。有一首打油诗大致概括了老郑州居民的分布情况："穷东街，富西街，穿靴戴帽是南街，搽脂抹粉是北街。"意思是说，东大街住的大多是出卖苦力的穷人；西大街住的大多是经商办企业的富人；穿靴戴帽指当官的，当官的大多住在南大街；说唱艺人和风尘女子大多住在北大街，他们化妆需要搽脂抹粉呀。当然也不尽如此，比如著名豫剧艺术家常香玉居住在南大街，她的丈夫陈宪章先生在国民党内做官；而著名作家魏巍先生则出生于东大街。

自唐以降，郑州的规模变化不大。清朝末年，随着蒸汽机火车轰鸣着开进郑州，郑州的版图迅速向西发展，人口也急骤增加。光绪三十年，河南巡抚陈夔龙巡视郑州，看到了火车站一带勃勃的商机，上奏清廷开郑州商埠；光绪三十三年，即公元1908年，清廷正式批准郑州商埠开放。于是在火车站下边，开辟了大同路、德化街、福寿街、正兴街、乔家门和老坟岗一带近20条街道。尤其是老坟岗，除了成为郑州的商业中心外，也成为草根文化、民俗文化、江湖文化荟萃的圣地，与北京"天桥"、天津"三不管"齐名。

孙晶提议就在郑州租上两间民房暂住下来，总不能一直颠沛流离，居无定所。他们在北大街酒糟胡同一个大杂院里租下了两间不大的平房，孙晶住一间，战光明和文翠住一间，又添置了一些被子褥子锅碗瓢勺之类的生活必需用品，这就是他们的"家"了。

在此前匆忙出逃、担惊受怕、颠沛流离的日子里，文翠没有工夫去想其他的事情，一旦稍稍安定下来，文翠便开始想家了。父亲母亲也不知道怎么样了，哥哥嫂子也不知道怎么样了；父亲尽管千不该万不该不该不顾她的感受，包办她的婚姻，可是父亲在其他方面对她还是很疼爱的，她离家出逃父亲一定很生气，会不会气病呢？哥哥嫂子一向对她好，这会儿他们一定正在为她担心吧？

战光明和张文翠出走的时候，战光明虽然带上了一家人所有的积蓄，可说唱艺人能有多少积蓄？文翠的私房钱也很有限。一路上尽管省吃俭用，毕竟是只出不进，再加上金圆券贬值，仍然感觉钱像流水一样流了出去。如今安定下来了，战光明就想靠自己的技艺挣一点钱。他过去虽然没有到过郑州，但知道郑州有一个老坟岗，是江湖艺人会聚谋生的大市场，也是市民及铁路工人等消遣娱乐的场所。说书唱戏的、变魔术的、玩杂耍的、演皮影的、拉洋片的、卖狗皮膏药大力丸的，大多会聚在老坟岗。战光明就想到老坟岗试一试，看能否找到一处立脚谋生之地。

元宵节观灯归来，战光明和孙晶商量："大哥，小弟明天想去一趟老坟岗，看看能不能开一个说书场子，兴许能挣几个钱。"

"兄弟，钱的事你不用操心。大正月的咱不宜远行，等天气暖和了我带你出门，能做成一笔买卖就够咱们吃上个三年五年的。"孙晶大不以为然，说，"兄弟有所不知，老坟岗虽说是三教九流、五行八作会聚谋生的地方，可也是个江湖是非之地，水深得很，想在那里站住脚也并不容易。"

"待着也是待着，挣一个是一个吧。"战光明执意要去，他得学会自己谋生，总不能一辈子指望孙大哥。

第二天，战光明背上师爷留下的坠胡，拿上一个长条凳子出了门，因为是第一天，孙晶和文翠也随他一同去了老坟岗。

# 第五章

## 1. 郑州·民俗圣地老坟岗

老坟岗不仅是郑州的经贸中心和文化中心，更是华夏民俗文化、江湖文化、草根文化的重要荟萃之地。

1963年，笔者从豫东乡下考进郑州一中，曾慕名到老坟岗游玩。当时的老坟岗已非我下文中所描述的昔日老坟岗，然而说书卖艺的依然还在，变魔术的一毛钱教你一招。

作为民俗圣地的后起之秀，并可与北京"天桥"、天津"三不管"齐名的郑州老坟岗，原本是荒郊野外的一片墓地。

300多年前，一群伊斯兰信徒在郑州西郊这片依坡傍水的荒野，埋藏了一位名叫默穆都哈的来自阿拉伯的传教士。传教士被信徒尊之为"真人"。墓碑上的伊斯兰语译成汉文是："啊，墓中人，天使也，得无忧无虑。"神奇而浪漫。回族兄弟敬慕真人的德学，常来此瞻仰拜祭，并争相在其附近动土修墓。经明清两代，这片荒郊野岗便成了回民的义地。这样就有了守墓人。

成百上千的回民长眠于此，前来拜祭真人的，为祖宗坟头添土的，为亲朋好友扫墓的，或近或远，络绎不绝。守墓人在坟茔间搭建了各种形状的草庵，供他们或长或短地居住。来来往往的人要吃喝，要祭品，于是又出现了卖茶卖饭的，卖纸钱香烛鞭炮等祭品的，他们搭起了席棚，开起了饭馆、茶馆和各种店铺。又来了江湖艺人到茶馆里唱堂会，最早到来的是凤阳花鼓，接着是二夹弦……

真正让老坟岗火爆起来是火车开进了郑州之后。到"民国"二十年，老坟岗已有供江湖艺人演出的茶馆20多个，如周洪社茶馆、盛友茶社、马聚保茶社、李相池茶社、忠义茶社、文生茶社、一品香茶馆等；戏院10多个，如大坑戏院、民国戏院、小民国戏院、国盛舞台、小和平戏院、王有明戏院、五虎庙戏院等；有大马戏场和近20个说坠子书、评书、相声的席棚。同时，妓院也相继在西一街、西二街、瑞祥巷、三兴里、杏花里落脚。"民国"三十四年，国民政府又向西扩充老坟岗地盘，搭建起500多间大席棚，东边卖日用百货，西边供江湖艺人表演说唱、拉洋片、变戏法、耍武术等，名之为“国民市场”。老坟岗，一个并不雅观的地理概念，变成了一个城市的商业和文化中心。北京天桥的江湖老大，天津三不管的说唱艺人，湖北的江湖头子，开封的坠子和相国寺的乞丐，安徽的凤阳花鼓，尉氏的武术，洛阳的三弦书，以及上海、南京的妓女等，潮水般涌进老坟岗。

江湖独霸的老坟岗，势必鱼龙混杂，泥沙俱下，三教九流，五行八作，一句“江湖卖当”囊括了民俗艺术的所有行当和生意买卖。无论是经商还是卖艺，乞丐还是娼妓，按其江湖“切口”分为八大类，即：十五金、十八汉、九俐、十疃、六风、十二马、十恋、十八绰。此外还有数不胜数的不入流的小寡门。

战光明、文翠、孙晶三人来到老坟岗，看到一个果然非同一般的大市场。老坟岗完全不同于人山人海的集市和庙会，那就是，它上上下下、里里外外、边边角角都无微不至地容纳渗透着江湖气。过了妓院集中的三兴里、杏花里、西一街、西二街，便到了国民市场，几百间席棚连成一片，东边卖百货，西边是坠子书书棚、大鼓书书棚、相声、评书等书棚；再向西则是一座座大戏院、马戏场；供说唱艺人演出的茶馆、茶社则相对集中在光明胡同的东边。这其间的空地上，各色人物熙来攘往；左边一个场子，右边一个场子，前边一个场子，后边一个场子，每一个场子都多多少少围着人，这边表演胸脯崩断铁丝的气功，那边叫喊着快来看西洋景，左边老杆上的少女拿大顶，右边传来胡琴梆子声；那些叫卖老鼠药、虱子药、串糖葫芦挖耳勺等小零碎的在缝隙里穿插游走。战光明知道，自己眼下根本不可能在这些书棚、茶馆里说唱，就是这些露天的场子，按照江湖上的规矩，也基本上都是固定的，即便人家因故没有来，你也不可以随便占据。

战光明转了几圈，终于在边沿地带找到了一块勉强能作为场子的地方。孙大哥到旁边逛古玩市场去了，战光明便摆好凳子，调好了琴弦。因为是第一次单独演出，又是这种高手云集之地，未免就有些紧张，他静了静神，调了调气，才拉响了大弦儿。

大概是因为新人新面孔，又是俊男美女，还真是围上来不少人。战光明看看场面差不多了，便站起身来，双手打拱，说道：“在下第一次来到贵地，多谢诸位君子捧场。常言说没有君子不养艺人，有钱帮个钱场，没钱帮个人场，在下这里再一次谢过了。”战光明依次向四周深深鞠躬，重新落座，轻轻拉响大弦儿，又说道：“在下才疏学浅，技艺不精，口齿不清，今天就献丑给诸君说唱一段《偷石榴》——”话音一落，本来轻吟一样的大弦儿声便突然饱满嘹亮起来。

二十七八月黑头，
您说谁见过，
没过门的女婿要去老丈人家偷石榴！
三天前他路过丈母娘的家门口儿哇，
看到了花园里的一树好石榴。
有的石榴刚刚咧开嘴儿，
晶莹的那个红籽儿水兜兜。
馋得个小女婿多么难受哇，
哈喇子顺嘴儿一个劲地往下流……

《偷石榴》，这是战光明精心挑选的唱段，也是他最拿手的唱段之一。他知道，这种零落的临时场子不能说唱大本书，只能选那些精短的唱本。效果还相当不错，竟然收了一大堆金圆券。晚上回去，文翠把她亲手收的钱点了点，差不多挣够了他们两天的伙食钱。

战光明大受鼓舞。你想啊，说唱坠子起码要两个人，一人拉大弦儿、踩脚梆，另一人手打檀木简板说唱表演，而战光明只有一把大弦儿，自拉自唱，挣这么多钱已经很不少了。

战光明的兴致维持了两天。第三天早上，孙大哥说结拜后他还没有给弟妹添过一件首饰、一件衣服，说他在一家店铺里看到了一件旗袍，花色式样都不错，价钱也不贵，想让弟妹跟他去试一试，合身了就给弟妹买下来。孙大哥一片诚心，战光明也知道“受之有愧”，可“却之”也就“不恭”了。

早饭后，文翠和孙大哥一起买衣服去了，战光明便一个人去了老坟岗。战光明拉了半天大弦儿拢场子，竟然没有一个人围上来，倒有零零落落的女客往他跟前走，可站一站也就离开了。战光明明白了，前两天的听众，基本上都是来看文翠的，明白了这一点就有点窝心，可是想一想也就想开了，就连瞎了眼的父母不是还拿自己的身体来调侃以博取听众的开心吗？他心里也清楚，凭自己的相貌也不是不能吸引女客，只是男客不傍边儿，女客是不好意思站下来的。

自此以后，战光明就不单独出场了，他知道“冷场”的次数多了也就“臭”了。他总是和文翠同来同往，每次来多多少少都会有人捧场，多多少少都能挣到一点钱。后来，竟然也有人请他们到家里唱“堂会”了。年轻貌美是他们的优势。战光明想，如果让文翠学会说唱坠子书，他们二人一定可以珠联璧合，不说大红大紫，起码可以小有名气，打出自己的一小片天地应该是没有问题的。

当然，由于文翠的如花容颜，一些风流男子的撩拨、调戏、勾引也是免不了的，好在还没有造成不堪收拾的麻烦。比如一次文翠收钱的时候，一名男子借付钱的机会握住她的手，说："小娘子，干这一行太浪费你的资源了，做我的相好吧！"对于一般的风尘女子来说，这种事情太好对付了，可是文翠竟然气得回到家里直抹眼泪。战光明劝她说："翠儿，这种事情当不得真，本来就是逢场作戏，你随便应付他一下也就行了。常言说，'世界大舞台，人生小天地，同是演戏人，何必真生气？'"文翠气鼓鼓说："你叫我怎么随便应付？"战光明说："办法太多了，比如你就说，'拿来黄金十万两，白银十万两，我就做你的相好'，他拿得出来吗！"

一眨眼就过了"二月二，龙抬头"的日子。从二月二到三月三，又是文翠的老家赶太昊陵庙会的日子，文翠不由自主地回忆起父亲带着她赶庙会卖泥泥狗的情景。父亲风风光光地赶着马车，车上装载着泥泥狗，她则很自豪地坐在马车上，沐浴着微微变暖的春风。到了庙会上，她家的泥泥狗总是最受欢迎，最先卖完。到了中午，周口的炸糖糕、沈丘的小花馍、逍遥镇的胡辣汤，想吃什么随她挑，她挑什么父亲就给她买什么，那一段日子她是多么幸福呀！三个月没有见到亲人了，二老的身体还好吗？

唉，真如嫂子所说，人生在世，命运难测，谁承想现如今竟然跟在夫君的身边卖唱呢？好在她很爱夫君，夫君也对她百般疼爱。唉，平平安安就好，说不定什么时候就苦尽甘来了。

## 2. 盗墓贼"土行孙"

杏花败了，桃花开了，大杂院中间的一棵老榆树上满挂着一串一串的榆钱。孙晶大哥就要带着战光明出远门做大买卖了。

头天晚上，文翠和战光明你叮嘱我一句，我叮嘱你一句，缠绵悱恻，一夜没有入眠。自从那天夜间离开张许村的土地庙，他们的命运就紧紧连在一起了，也从来没有分开过。文翠不想让他出门，战光明也不想出门，他们实实在在地不愿意离开，可是孙大哥说的买卖太诱惑人了。孙大哥说做成一笔买卖就够他们花上三年五载的，运气好了，说不定一辈子就不用愁钱花了。他们没有问是做什么买卖，对于做生意做买卖也一窍不通。孙大哥豪侠仗义，是他们的大恩人，孙大哥说的还有假吗？不相信孙大哥还能相信谁呢？他们太需要钱了，只有有了钱，他们才能过上真正幸福美满的小日子，他们太想过上幸福美满的小日子了！

文翠和战光明不知道，这是他们在一起的最后时刻，此后他们直到老死再也没有见过面。如果知道，他们宁愿饿死也不会分开的。这一天是“民国”三十七年，岁次戊子，三月六日，出门大吉。

文翠和战光明并不知道孙大哥的真实身份。

孙晶出生于豫东项城县大营村，是民国初年几乎无人不知的袁世凯的同乡。他自幼习武，生性顽劣，父亲早丧，母亲改嫁，11 岁就跟着他一个远门的表叔盗墓，从此以盗墓为生。因为身材矮小，善于掘土打洞，故同行都叫他“土行孙”。

13 岁那年，他和表叔盗得一个汉代大墓，盗洞打了十几米深。藏气散尽之后，表叔用绳子把他放下去，让他拱堂。墓室里的宝物太多了，青铜器，玉器，单是墓主人垫背的金饼就有 29 枚。他把这些器物让表叔一次一次地吊上去，最后吊他上去的时候，他万万没有想到，当把他吊到洞口的时候，那远门的表叔却突然迎头给了他一铲，手一松把他摔回盗洞。他还没有反应过来是怎么回事，便人事不知了。他不知道过了多长时间才醒了过来，他醒过来的时候身子被埋在厚厚的土中。好半天他才弄清楚自己的处境，表叔为了独吞宝物，竟然对他下了毒手。多亏他自幼习武，有着超强的生命力，一个 13 岁的孩子，他竟然在洞壁上掏成一个一个小坑，靠着顽强的意志和毅力一步一步地攀爬出来。他恨透了那个远门的表叔，养精蓄锐之后，他携带一把匕首，借夜色掩护潜入表叔家中，趁表叔不备，对着表叔的肚子一连捅了十几刀，然后逃离家乡，从此再没有回去过。直到今日，他也不知道那个远门的表叔是死还是活。

所以说，孙晶虽然年龄不大，也算得上名副其实的老江湖了。东南西北，有古墓的地方就有土行孙的足迹，山东、山西、陕西、湖北、洛阳邙山，是他行走最多的地方。因为那一次死里逃生的经历，他也不再与人结伙，总是独往独来，自诩“独行侠”。因为独往独来，也就难以盗取大墓。

这一次孙晶带上战光明，是他十年来第一次与人结伙。他既是他的救命恩人，又是他的结义兄弟。他看准了，战光明绝对在他的掌控之中，百分之二百的可靠。凭他的经验，他也拿得准，他们一定能够盗得一个宝藏一样的大墓。

孙晶当然不会错。当战光明知道孙大哥是带他一块去盗掘古墓时，心里一百个不情愿。可是孙大哥说的话他必须听，孙大哥让他做的事他必须做，理解的要执行，不理解的也要执行，不听孙大哥的他还能听谁的呢？何况，他太需要钱了。孙大哥说，要想富，挖古墓。既没有本钱又想发大财，只有这一条路可走。

盗掘了几个小型墓藏之后，他们终于在山西境内找到了一座明代的大墓……

自从丈夫和孙大哥出门，文翠完全陷进了孤独、思念、担心、惶惑之中，一日深似一日。她甚至不敢多看那一对对双飞双栖的小燕子。

桃花谢了，榆钱落了，枝头的叶子渐渐成荫，可丈夫和孙大哥依然没有一点音讯。

在和战光明私奔之前，文翠除了随父亲或哥哥进过县城之外，从来没有出过远门，更不要说单独远行了。自从这次离家，战光明就成了她的依托，她的主心骨。她思念丈夫，朝思暮想，日思夜想，无时不在思念；她也思念家人，思念父亲和母亲，思念哥哥和嫂嫂。

她发现自己已经怀了身孕，她也开始为肚子里的孩子担心。物价飞速上涨，国民政府发行的金圆券急骤贬值，丈夫和孙大哥给她留下的钱已经告罄，别说为了肚子里的孩子吃点好的，就是粗茶淡饭也难以为继了。如果丈夫和孙大哥再不回来，她也只能到当铺典当她那几件首饰了。

“民国”三十七年亦即一九四八年，六月，华东野战军攻克了河南省会开封，然而马上又撤离开封东进，协同中原野战军备战淮海战役。

兵荒马乱的，她更加思念丈夫，也更为丈夫担心，惶惶不可终日。万一丈夫有个三长两短，她可怎么活下去呢？昨天夜间她梦见了丈夫，她和丈夫行走在荒野上，好像仍然在出逃；昏昏冥冥的，似白天又似黑夜，从树林里窜出来一帮人，手持大刀长矛，要捉拿他们；她和丈夫没命地跑；跑着跑着，丈夫就不见了，那帮人也不见了，她不知道丈夫是被抓走了还是和她跑散了，她一个人坐在荒天野地哭了起来；哭着哭着哭醒了，枕头湿了一片，她止不住泪水，便接着哭，一直哭到了天亮。

就是在这一天，孙晶孙大哥一个人回来了。

快中午的时候，文翠正准备做饭，听见了敲门声。打开门看到了孙大哥，又高兴又激动，可是孙大哥身后并没有自己的丈夫，一颗心立马悬了起来。是不是丈夫落后了几步？她向大院门口望去，大院门口也没有丈夫的影子。她的心更慌了，忙问：“大哥，光明呢？”

孙晶神色黯然，很伤感的样子。

“大哥，你快说，光明呢？”

“弟妹，你先坐下，大哥慢慢给你说……”

文翠已心急如焚：“大哥，光明他怎么了？”

“一言难尽哪……”孙晶伤心地靠门蹲下来。

“光明他到底怎么了？”

“弟妹，你别急，大哥从头给你说起吧。”孙晶说，“咱们原来本不相识，在朱仙镇客店，你们遇到了歹人，我当时出于义愤，出手救了你们。我从来没有问过你们，可是，我能看出你们一定是离家出逃在外的一对情男情女，而且你是一个富家小姐，他是一个说唱艺人。看得出来，你们不但当时的处境艰难，以后的生活也不会有着落……”

“大哥，你先说光明他？”文翠有点急不可耐。

“好弟妹，我得从头说起。”孙晶双手搓了搓脸，说，“我这个人，从来也没有做过什么好事。这一次在朱仙镇出手救了你们，你们对我千恩万谢，让我第一次体会到帮助别人的自豪和愉快。我想，我既然当了一次好人，就当到底吧，正好光明也有意，我就和光明结拜成兄弟，这样，我就更有理由和责任照顾和帮助自己的兄弟和弟妹了。

“到了郑州，当然要先找房子安顿下来。此后，兄弟要带弟妹到老坟岗说唱挣钱，大哥原不同意的，当时大哥说等天暖和了我可以带光明一起出门挣钱。还有一个原因大哥没有说，像弟妹长得这么好看，别说在老坟岗，就是在整个说唱艺人中也是少有的，一些纨绔子弟、地痞流氓一定会起歹心，不知弟妹碰到过没有？即便一时没遇到，时间长了肯定会闹出事来，说不定还会出大事，朱仙镇客店里发生的事情就是先例。大哥不能再让弟妹受那样的污辱，因此就更是下定了决心，一定要帮助兄弟和弟妹挣到一大笔钱，让弟妹和兄弟一辈子用不完，一辈子过上富富足足美美满满的好日子。”

“可是，”孙晶顿了一下，接着说，“大哥是干什么的，恐怕兄弟和弟妹怎么也不会想到。”

文翠只好强耐住如焚的心情，疑惑地看着孙大哥。

“说出来弟妹不要吃惊，大哥其实是靠挖古墓卖古董为生的。大哥其实并不缺钱花，大哥就是想帮助兄弟和弟妹挣上一大笔钱。干我们这一行的尽管外人瞧不起，可只要能碰上一座大墓，就足够弟妹和兄弟花一辈子了。

“大哥这次和兄弟出门，在山西境内挖到了一座明代的大墓，里边的金银珠宝，真是价值连城。大哥高兴坏了，大哥帮助兄弟和弟妹的目的达到了，兄弟和弟妹这一辈子再也不用愁吃愁穿愁钱花了。谁知乐极生悲，也怨大哥高兴得晕了头，粗心大意了。大哥过去挖墓从来没有遇到过麻烦，这一次大概是挖了附近村庄家族先祖的老坟，被村里的老百姓给抓住了。”

这时候，紧张和恐惧让文翠浑身战栗，把一条手帕死死地咬在口中。

孙晶继续说：“族长下令把我们押到他们家族的祠堂里，绑到两根柱子上，召集几个老人商议是把我们送交官府还是就地处置。到下半夜，大哥见看守我们的人睡着了，就挣开了绳子，又帮光明兄弟解开了绳子，一起逃出了祠堂。谁知还是被他们发现了，又是敲锣，又是呐喊，围追堵截，全族人都出动了。大哥我侥幸逃了出来，不幸光明兄弟又被他们抓了回去。”

文翠颤声问：“那、那光明他？”

“大哥我哪里放心得下？又哪里能独自逃生？”孙晶说，“第二天早晨，大哥我又悄悄地溜到村边，看能不能打听一下情况，想办法救兄弟出来。在村边看到了一个孩子，就问他：‘昨天夜里，你们村吵吵嚷嚷的，干什么呀？’那孩子说：‘抓盗墓贼。’我问：‘抓到没有？’那孩子说：‘抓到一个，跑了一个。’我问：‘抓到的一个现在哪里？我还没有见过盗墓贼，能不能领我去看看啥样子？’那孩子说：‘怕他再跑，活埋了。’……”

文翠只觉得眼前一片黑暗，晕倒在地，便人事不知了。

孙晶没有想到文翠会昏迷过去，他想着她可能会大哭一场。可惜呀，可惜文翠是为战光明晕倒在地的，她要是为了自己晕倒那该多好！孙晶轻轻地从地上抱起文翠，轻轻地，仿佛害怕把她弄醒一样。他终于可以把文翠抱在怀中了。

在朱仙镇的客店里，孙晶第一次看到文翠，便为之心动。要说，孙晶此前并不是一个好女色的男人，不知道为什么一见到文翠便动了心，他所以一直住在那家客店，也是为了多看文翠几眼。除夕晚上，他并不知道那三个歹徒的武功稀松平常，可他还是毅然出手相救，即便明知那三个歹徒武功高强他也要出手相救，也不是什么行侠仗义，主要的因素只是为了救下文翠。此后他们结伴而行，战光明和文翠对他感激涕零，战光明又提出和他结拜为兄弟，的确让他第一次体验到救人于危难的自豪和快乐，唤醒了他的良知。那一段时间，他也的确想做一个真正的好人，真心地想帮助战光明和文翠，做一个真正的好大哥。可是，时间越长，他越觉得文翠不但长得甜润可人，而且贤惠、温柔、体贴，就越加喜爱文翠。每当他看到文翠对战光明体贴入微的细节时，他的心里就会酸溜溜的，就会滋生出一种鸠占鹊巢、取而代之的非分之想；每当滋生这种非分之想的时候，他又会用“朋友妻，不可欺”之类的江湖信义来克制自己。在他的体内，善良与邪恶两种思想、两种信念一直在辩论不休，争斗不休，他的灵魂一直在善良与邪恶的边境线上徘徊游荡。

直到他带着战光明盗掘了这一座明代大墓后，这种争斗才最终分出了胜负，让孙晶弃善行恶，由人境踏入鬼境。

在这件事情上，如果说孙晶是鬼上身的话，那么，在他骑在那女尸身上剥她衣服的那一刻，就已经鬼上身了。这鬼，便是色欲和贪欲连体的恶鬼，也是最容易上身的恶鬼之一。是色欲和贪欲主宰了孙晶的灵魂和心智。

那天夜间，当孙晶进入那座明代墓藏的墓室，撬开棺木，看到那么多贵重的金玉翡翠，不由为之头晕目眩，怦然心动。他自幼随表叔盗墓，之后又独行江湖，发丘无数，可从来还没有见过这么贵重的随藏品。在他的眼中，那不是金玉翡翠，那是金钱，数不胜数的金钱，那是财富，价值连城的财富。随后，当他骑在那栩栩如生的女子身上，用绳套让她和他脸对脸坐在棺中，摘下她的金冠头饰和项上的组玉佩，解开她的扣子欲脱她的衣服时，他忽然产生一种幻觉，觉得是拥抱着文翠，那种激动、亢奋、欢娱的感觉真是无以言表。其实在孙晶的身体内，那时候恶与善的对峙局面已经彻底发生了变化，由于巨额财富的出现和介入，由于怀抱女子的奇妙感觉，恶的阵容已经处于绝对强势，善的力量已经外强中干，只是双方还没有决战，孙晶也还没有清晰地意识到决战在即且胜负已定而已。

当孙晶和战光明离开那座墓藏，当孙晶在前边大步穿行在荒野和林莽之间的时候，善与恶的决战在孙晶的体内开始了。

恶对孙晶说：财富啊，价值连城的财富啊，只要拥有了这笔财富，你孙晶就不是原来的孙晶了，你孙晶就是一个人人敬重的大富翁了。

是啊，如果我孙晶成为一个众人仰慕的大富翁，哪该是怎样惬意的一种人生啊？这笔财富太大了，大得让人乱了方寸，别说分出去一半，就是三分之一也叫人心疼啊。

善对孙晶说：孙晶你要警惕了，你孙晶不是自诩独行侠吗？你不能违背侠义之道。何况，你只要拥有了这笔财富的一半，你也就一辈子吃喝不愁了。

恶对孙晶说：你不是喜欢文翠吗？你孙晶不是非常非常喜欢文翠吗？你碰到过那么多女人你孙晶都不动心，只有见到了文翠你才动了真情！你如果分给战光明一半财富，那么，文翠和战光明的小日子可就真正幸福美满了，你这一辈子再也别打算得到文翠了。如果你得不到自己心爱的女人，你要那一半财富又有什么意义呢？

是啊，文翠太让我心动了！孙晶在古墓棺木中怀抱女尸犹如怀抱文翠的幻觉再一次出现，那是一种他从未经历过的美妙的感觉，如果那种幻觉变为真实，他觉得就是死，也值得了。

善对孙晶说：孙晶，你可不能违背江湖道义，那样你孙晶岂不成了一个恶人，一个坏人，你孙晶还怎么立足江湖呢？

恶对孙晶说：腐儒之见，妇人之见！什么江湖道义？只有没有机遇的穷人和拥有巨额财富的富人才说江湖道义，面对拥有巨额财富机遇的穷人是不会讲江湖道义的，人人如此，古今一理。孙晶，有句古训叫“机不可失，时不再来”，孙晶你一定要把握住这一次机遇！

机不可失，时不再来！

由于双方实力悬殊，决战未满三个回合，善的一方便落花流水地败下阵来。

孙晶和战光明进入一片树林，在那棵扭曲变形枝断柯残的千年老树旁停了下来，生上一堆火，开始吃干粮。孙晶拿出小酒壶，就像《智取生辰纲》中的好汉那样，自己先喝了几口，然后悄悄下了蒙汗药，递给战光明，说：“兄弟，挡两口，解解乏。”当战光明靠在老树上人事不知的时候，孙晶掏出了随身携带的匕首。孙晶本来是要把他干掉的，可是就在孙晶要取他性命的那一刻，在他体内败下阵来的善又说话了：孙晶，你看看他那张纯真的脸，他还是个大孩子呀，他天天跟着你大哥大哥地叫，你忍心吗？孙晶于是把刀尖从他的咽喉移向他的眼睛。孙晶，你要是心慈手软，总有一天你会后悔的。他体内的恶提醒他。这一次善恶交锋，他体内的善取得了局部战役的胜利。也就是说，孙晶体内的良知还没有完全彻底地泯灭，他还不愿意做一只灭绝人性的豺狼。

此刻，孙晶抱着昏迷不醒的文翠，轻轻地把她放到床上，轻轻地吻了吻她的脸蛋儿和嘴唇，好像害怕把她弄疼了一样。然后他起身给她倒了一碗开水，守在她身边轻轻地呼唤：“弟妹，弟妹！”

文翠终于醒过来了。

“弟妹，喝一点水吧。”他轻轻地扶她坐起身来，端着碗送到她的嘴边。

文翠摇了摇头，良久，两行清泪慢慢流了下来。

“大哥，你说，光明他，真的……回不来了？”

孙晶说：“大哥也不知道那孩子的话是真是假。大哥本来想在那地方再待一段，把兄弟的下落彻底弄清楚，可是眼下物价长得厉害，金圆券不当钱用，我又担心家里的钱用完了，弟妹的生活没有着落，就赶回来了，也好和弟妹商量商量。”

文翠说：“我一个弱女子能有什么主意，光明的事全靠大哥了。”

孙晶说："弟妹，你不要着急，大哥一走家里就剩下弟妹一个人，住在这大杂院里大哥也不放心。明天大哥再去找一个好的住处，弟妹先搬过去，大哥给弟妹多留下点钱，然后大哥再去山西一趟，一定会打听清楚光明兄弟的下落。"

"今后该怎么办，全靠大哥了。"

此时的文翠已是六神无主，泪流不止。尽管光明被活埋的消息孙大哥只是从一个孩子口中听说的，并不是孙大哥亲眼所见，看来光明也是凶多吉少啊。挖人家祖坟可不是一件小事情，跟杀了人家的亲人也差不了多少，何况还是人家一个家族的祖坟，自古以来众怒难犯啊。孙大哥怎么能带着光明去干这种缺德的事情呢？可事到如今还能说什么呢？又不能埋怨孙大哥，何况孙大哥也是一片好心，孙大哥也是想让她和光明过上好日子啊！

晚上，文翠要给孙晶做饭，孙晶说："弟妹，你今天心情不好，咱们下馆子吧，大哥陪你下馆子，也散散心。"

文翠说："大哥，弟妹哪有心思下馆子啊。"

"那也不能不吃饭呀。"孙晶说，"弟妹保重身体要紧。"

文翠只好跟着孙晶，到北大街进了一家餐馆，只是粒米未进。

这天夜里，文翠一直睡不着觉，她思念光明，一闭眼她就会看到光明，时而是他第一次到张许村说书的样子，时而是他在她家里吃饭甜甜喊她大姐的样子，时而是他把她拥在怀中百般温存的样子……她不相信光明会死，他才 19 岁，好好的一个人，怎么说死就死了呢？昏昏沉沉，似睡非睡之间，竟然又进入了昨天夜间的梦幻之境。似夜非夜，似昼非昼，阴风习习，她和光明行走在荒野上，从树林里冲出一群人要捉拿他们，他们拼命奔逃，跑着跑着光明不见了，那群人也不见了，她不知道光明是被那群人抓走了还是跑散了，她六神无主，便一个人坐在荒野里哭……

第二天上午，孙晶给文翠打了招呼，准备出门去找好一点的住处，文翠却说："大哥，我看咱们暂时不要搬家了吧。光明要是回来了，我担心咱们搬了家他找不到咱们。"

"弟妹说的也是。"孙晶想了想，说，"其实也没什么，咱们搬了家，把住址告诉房东，光明兄弟回来了也会找到咱们。"停了停又说，"要不这样吧，大哥给弟妹留点钱，大哥明天就动身到山西，大哥多带点钱，如果能找到光明兄弟，大哥一定想办法把他带回来。"

现在，孙晶当真有点儿后悔了。他不是后悔自己的狠毒，而是后悔当时自己还是不够狠毒，如果当时把战光明杀死、吊死、烧死或者干脆埋进古墓里，那样的话，他照样可以嫁祸于村民，而且更容易洗刷自己，也杜绝了后患；那样的话，也就彻底断绝了文翠的念想，早一天晚一天，文翠终究会成为自己的妻子。如今，尽管战光明回来的可能性几乎没有，可是毕竟还存在着一个“万一”，万一战光明摸回来了呢？

看来，自己还是把事情想得太简单了。他原来想，即便战光明死不了，即便战光明能够侥幸摸回郑州，起码也要半年，到那时候，他孙晶早已带着文翠比翼双飞远走别乡了。

孙晶更没有想到，正是因为当初他的心还不够狠毒，后来竟然断送了他自己的性命。

## 3. 寻人启事

孙晶这次出门寻找战光明，不到两个月就回来了。

他是真心实意去找战光明的。当然，如果能找到战光明，他不是要把他领回来，而是要结果他的生命，以绝后患。他极想找到战光明，可是下了很大工夫也没有找到战光明。临汾、侯马、长治、晋城、济源、焦作等，他觉得战光明有可能到的豫晋交界的城镇他都到了，就连他们盗墓时经过的荒野林莽他也走到了，既没有找到战光明的尸体，也没有找到活人。大千世界，茫茫人海，要找一个人无异于大海捞针。

文翠见又是孙大哥一个人回来了，又失望又伤心，问：“大哥，没有找到光明吗？”

孙晶把寻找战光明的经过一一说给文翠，只是最后他又添加了一个关键情节。他说，他已经没有办法在那个出事的村镇露面，就花钱雇了“包打听”前去打听消息，有了确切的消息他再想办法救光明兄弟。可是，包打听回来说，光明兄弟确实是被活埋了，而且就埋在那座被挖开的古墓里，说是让光明兄弟给他们的先人殉藏，给他们的先人做奴仆以谢罪。

孙晶说着双手捂着脸蹲在地上哭起来：“弟妹，是大哥害了光明兄弟，大哥不配做大哥，大哥对不起兄弟和弟妹……”

文翠心里痛苦难言，泪流满面。这一次文翠已经有了心理准备，她已经有了一种预感，说不清为什么，她觉得孙大哥是不可能把光明找回来的。她说：“大哥别难过了，都是弟妹命苦，大哥原本也是一片好心……”

“我对不起光明兄弟，对不起弟妹……”孙晶哭着哭着竟然动了真情，泪流满面。

此后的几天，文翠白天强打精神，夜间往往以泪洗面。孙晶暂时没有再提搬家的事。他百般劝解、安慰文翠，陪着文翠到老坟岗散心，大坑戏院、民国戏院、国盛舞台、小和平戏院、王有明戏院、五虎庙戏院、木兴马戏班，一家一家地看；看完戏就一家一家地品尝精品小吃，牛家火烧、王家豆沫、白家烧鸡、李长庚羊肉汤、马大胖胡辣汤……但是，孙晶绝对不领着文翠到书棚听说坠子书，他怕勾起她的往事让她伤心。

这样过了一段时间，文翠的心情慢慢平静下来。

孙晶见文翠的心情慢慢好转，偶尔脸上也有了笑意，心里特别高兴。农历七月初九，是文翠17岁生日，孙晶领着文翠到德化街“老蔡记”餐馆给文翠过生日，孙晶多喝了几杯酒。这一天，文翠穿着孙晶给她买的绣着牡丹凤凰的粉色丝绸旗袍。晚上回到家中，孙晶变戏法似的从身上拿出一个精美的首饰盒子，说：“大哥给弟妹买了一件生日礼物，不知道弟妹喜不喜欢?”

孙晶打开首饰盒子，一条精美的红宝石金项链晶莹闪光。

文翠眼睛一亮，有点不敢相信，有点不敢承受，说：“大哥，弟妹哪里配戴这么贵重的首饰!”

“弟妹要是不配，世界上就没有人配得上了。”孙晶说，“来，让大哥给你戴上。”

孙晶踮着脚，双手环着文翠的脖子，给文翠戴项链，文翠有点不好意思，微微闭上了眼睛，两腮便有点潮红。孙晶看着文翠细腻粉嫩的脸蛋儿，白如凝脂的脖子，颤着手给文翠戴上项链，前胸便触到了文翠饱满温热的乳房。孙晶再也把持不住自己了，再加上几杯酒壮胆，趁势便把文翠紧紧地抱住了，疯狂地亲吻文翠的脸蛋儿和脖子。

“翠儿，你太美了，大哥实在受不了了!”孙晶含混不清地说着。

太突然了，文翠一时竟没有反应过来。就在她还没有反应过来不知道该怎么办才好的时候，便已经被孙晶抱到床上，压在身下。她的乳房已经被孙晶抚摸着，亲吻着，她觉得自己的身子酥软下来。

“大哥，别这样！你不能这样!”她说。

“翠儿，你跟了大哥吧，大哥会一辈子保护你，一辈子对你好，大哥一定让你过上富足的好日子。”孙晶亲吻着她，一边动手解开她旗袍的扣子。

“大哥，真的别这样，弟妹还不想这样!”

这时候，文翠的乳房已坦露出来，孙晶把她的乳头含在口中。文翠一点挣扎的力量也没有了，她已经准备听天由命了，已经准备接受这种不知道是苦是甜的结果了。然而，就在这个时候，她腹中的胎儿突然动了一下。

这是她怀孕之后的第一次胎动，却恰恰在这样一个关键时候。

"大哥!"文翠高叫了一声,"大哥,别压坏了俺的孩子!"

孙晶停下来。

"大哥,俺已经……"

孙晶慢慢地直起上身,他这才发现文翠的小腹已经微微鼓了起来。他跪在文翠身前,轻轻扶起文翠,说:"翠儿,对不起,大哥一时莽撞,大哥也是太喜欢翠儿了。"

文翠慢慢地掩上怀,说:"弟妹知道大哥对俺好,可是,可是俺已经是光明的人了,俺已经怀上了光明的孩子。"

"大哥也知道这样不好,可是,大哥就是控制不住自己。翠儿,相信大哥,将来以后,大哥会像对待自己亲生的孩子一样对待光明的孩子。"孙晶诚心诚意说,"大哥要是说话不算话,让大哥不得好死!"

"大哥别这样说!"文翠已经扣好了扣子,两手拢了拢头发,"事到如今,弟妹想说几句话,大哥看怎么样?"

"你只管说吧翠儿。"

"俺和光明毕竟夫妻一场,一日夫妻还百日恩呢。光明不在了,弟妹怎么能够这么快就跟随大哥呢?再说,大哥毕竟也没有见到光明的尸首,万一光明回来了呢?那样的话,弟妹和大哥还怎么做人呢?大哥你看这样行不行,咱们再等光明三个月,如果三个月还是没有光明的消息,那肯定就是回不来了,弟妹也就死心塌地跟随大哥了。"

"大哥听翠儿的。"孙晶心里暗自高兴。

"还有,"文翠有点羞赧地低下头,"有了今天这件事,弟妹有点不好意思面对大哥。大哥不是说要再找一处房子吗?大哥能不能……"

"翠儿只管说,大哥都依你。"孙晶说。

"大哥能不能现在就找一处房子,大哥先搬过去住,让弟妹自个待上三个月。如果是光明真的不在了,也算是弟妹给光明守孝。三个月之后,大哥就回来把弟妹接过去。"

"大哥明天就去办。"

孙晶为了让文翠高兴,第二天就在书院街找好了房子,当天晚上就雇了一辆黄包车把简单的行李搬了过去。

文翠又开始一个人过日子。随着她腹中的第一次胎动,她的心情开朗了许多,也充实了许多,对未来似乎有了盼头,有了指望。她不再像过去那样闭门不出、以泪洗面、愁肠百结了,也经常到德化街一带逛逛商店,到老坟岗看看杂耍什么的;也为了腹中的孩子,尽量多吃一点儿,吃好一点儿。

这天上午，文翠简单地化了一下妆，锁上门，走出酒糟胡同。在北大街的拐角处，有两个人站在那里微仰着脸往墙上看。文翠走过去的时候，感觉胸口突然跳了一下，仿佛心脏被人揪了一把，便不自觉地停下了脚步。

文翠往回走了两步，便看到了墙上贴着一张写着黑字的白纸，标题醒目地写着《寻人》。文翠看了一遍，心里顿时痛楚如潮，眼泪如泉水一样涌出来，怎么也止不住。

**寻　　人**

张文翠胞妹：自从你离家，胞兄一直在找你，几乎走遍了豫东所有的城镇。二老已为你卧病在床，兄嫂也盼望早日骨肉团聚。胞妹如若看到此帖，速到老坟岗西二街百顺客店找我。

此外，有从中帮助者定当重谢。

胞兄张文举

中华民国三十七年七月十八日

文翠一边擦眼泪，一边急急地赶往老坟岗。好在她曾经陪丈夫战光明到老坟岗卖艺，前一段孙晶大哥经常带她到老坟岗看戏，之后她自己也常到老坟岗散心，对老坟岗一带已经非常熟悉，所以很容易就找到了西二街那家百顺客店。

历经艰辛，兄妹相逢，抱头痛哭。

哭了良久，兄妹互相劝慰，方止住了哭声。兄妹俩相互打量对方，离别之情，思念之苦，不知道有多少话要诉说。

文翠让哥哥先说说家里的情况。文举说，家里知道了妹妹随战光明离家出走后，一开始父亲非常生气，可是冷静下来想一想，毕竟是自己的亲生女儿，也就作罢，只是二老很想念她，身体一天不如一天了，都盼着她早点儿回去；说嫂子生了一个女孩，是五月份出生的；还说有的解放区都要实行土改了，划分家庭成分，把地主富农家的土地和财产都分给了贫雇农；所以家里希望她和战光明早点儿回去，哥哥已经给她另盖了一所院子，等她和战光明回去就把家分了，这样土改的时候也会少一点儿损失。

作为兄长的张文举没有敢对妹妹完全说出实情，其实父亲张青山已经不在人世了。父亲一听说女儿和一个下九流的说唱艺人私奔，当时就气晕过去。在张许村，他张三爷是个有头有脸有身份的人，也是一个自尊心极强的人，他张三爷怎么能丢得起这个人，一病不起，未出正月便与世长辞了。

张文举说到希望文翠和战光明早点儿回家的时候，文翠伤感地说："战光明他回不去了。"

"战光明他……他怎么了?"张文举问。

"哥，妹妹俺命苦呀!"文翠又忍不住啜泣起来。

"妹妹你别哭，你一哭哥也想哭。"张文举起身给妹妹倒了一杯水，也给自己倒了一杯，"妹妹，先喝点儿水，慢慢说，战光明他，他到底怎么了?"

"一言难尽……"文翠长叹一声。

于是，文翠把她离家之后的经历对哥哥说了一遍：怎样为了逃婚和战光明深夜私奔；怎样在朱仙镇的客店里遇到歹人，恩人孙晶怎样出手相救；战光明怎样和恩人孙晶结为金兰兄弟；他们怎样来到郑州租下房子安定下来；她怎样陪着战光明到老坟岗卖唱；孙大哥为了帮助他们挣到大钱，怎样带着战光明出远门盗掘古墓；怎样挖到了一个大家族的祖坟，孙大哥和战光明怎样被抓，怎样逃跑，结果只有孙大哥一个人逃回来，而战光明又被抓了回去；后来孙大哥怎样再去搭救，可战光明他已经被人家活埋了……

张文举听了，陷入了沉思，半天没有说话。

"妹妹，"张文举终于说，"哥随你去收拾收拾，这就跟哥一起回家吧。"

"可是，"文翠说，"孙大哥对俺也很好，他也提出来让俺跟他过。俺让他再等三个月，要是三个月还是没有光明的消息，俺也只有跟着孙大哥了。"

张文举心中突然跳了一下："这个孙大哥怎样对你好?"

"孙大哥这次回来，为了让俺散心解闷儿，天天陪着俺看戏，吃馆子，还给俺买衣服，买首饰。"文翠说着亮出脖子上的项链，"哥哥你看，这条项链就是俺生日那天，孙大哥给俺买的。"

张文举看到了那条项链，晶光闪闪的，确是一条一般人不敢问津的红宝石金项链。

"这个孙大哥很有钱?"张文举又问。

"孙大哥说他能让俺一辈子过上好日子。"文翠说。

"妹妹，哥对妹妹好不好?"

"哥最疼爱妹妹了。"

"哥会不会害妹妹?"

"谁害妹妹哥也不会害妹妹。"

"听哥一句话。"张文举断然说，"尽管我没有见过这个什么孙大哥，可妹妹你无论如何也不能跟这个孙大哥!"

"可是，"文翠说，"妹妹已经是嫁出去的闺女泼出去的水，如今又成了寡妇，孙大哥对俺还那么好，俺不跟孙大哥还能跟谁呢？”

“妹妹是当局者迷，哥哥是旁观者清呀！”张文举喝了两口水，尽量让自己心平气和，“妹妹呀，你不知道，盗墓这一行是天底下最缺德的行当，而且盗墓贼大多心狠手辣，他们之间也往往会发生图财害命的事。妹妹你想一想，那个孙大哥哪来那么多钱，他们一定是盗掘了一座大墓，得到了很多金银珠宝。为什么只有孙大哥一个人回来了？为什么战光明回不来？那个孙大哥给你说的，很可能都是他编的假话，八成是他为了独占这一大笔财富，把战光明给害了……”

张文举的一番话像一道剑光，让黑云密布的天空裂开了一线缝隙，那缝隙透进来的亮光就特别刺目，刺得文翠头晕目眩。文翠不由得毛骨悚然，大热天的竟然感到周身发冷。那剑光一闪一闪，一会儿映出一个行侠仗义的孙大哥，一会映出一个险恶歹毒的盗墓贼。

“还有，”张文举继续说，“那个什么孙大哥很可能早就看上了妹妹，他害死战光明，就可以一举两得了。”

“可是，可是……”文翠半天说不出话来，“孙，孙大哥他对俺和光明确实很好呀！”

“他要是对你们不好，战光明能和他一块去盗墓吗？妹妹能那么快答应跟他过吗？”

“哥，妹妹心里乱得很，妹妹该怎么办呀？”

“赶快回去收拾东西，今天就跟哥哥回家。”

这一天是“民国”三十七年七月二十日，文翠跟着哥哥张文举离开了她居住了半年多的郑州。走到北大街拐角的地方，张文举顺手撕下了他亲手贴上去的那张《寻人》启事。

“民国”三十七年八月二十五日，即公元1948年9月27日，晚上，一个年轻的瞎子摸进了郑州北大街酒糟胡同。战光明竟然奇迹般地回来了。三天后的夜间，从他和文翠曾经度过三个月美好时光的那间破败的屋子里，飘出一曲清纯明净的胡琴声。听到琴声的人们说，那天夜间没有月亮，那琴声像月光一样在院子里流淌，也像月光一样素雅清亮。

那时候，刘邓大军正在进逼郑州，郑州的解放就在旦夕；毛泽东亲自指令邓小平：为了顺利解放全中国，攻打郑州时一定要保护好黄河大桥。

# 第六章

## 1. 刺你一脸尿

文翠知道战光明还活在人世的时候，已经到了第二年的中秋，“开国大典”刚刚在北京天安门城楼举行，举国还洋溢在欢庆之中。

张文举领着文翠回到了张许村后，尽管最终还不知道战光明是死是活，因为马上要进行“土地改革”，再加上文翠已有身孕，张文举还是和文翠分了家，让文翠在新建的宅子另过了。因为乡下的风俗孩子只能在自己家里出生，文翠已经是战家的人了；也因为分了家土地和财产就是两家人的了，土改时也许少一些损失。来年二月，文翠生下了一个男孩，这样，张许村就有了一家战姓，真正的单门独户。

文翠收到那封信的时候她正在捏泥泥狗。那封信不知道在路上辗转了多长时间，到她手上信封已经非常破旧了，信封只有收信人地址，没有发信人地址。文翠打开读了，本已淡远了的悲苦辛酸再一次涌上心头。信，竟然是战光明写的——当然是他委托以代写书信讼状为生的先生代笔的。

文翠：

还不知你能否收到这封信。所以给你写信有两个目的：其一，自从离别之后，不知道你又见到过孙晶孙大哥没有？也不知道你是否和他在一起？我只想告诉你，千万不要再相信他，他是一个人面兽心的东西。他原来是一个很有名的盗墓贼，人称“土行孙”。他带我出门是去盗墓的，我们盗了一座大墓，到手的东西价值连城。他为了独占这笔财富，竟然给我下了迷魂药，弄瞎了我的双眼。其二，咱们不可能生活在一起了，是我命不好，没有福气，尽管我的瞎子父母给我起名“光明”，可是我命里还是瞎子，就像我的父母一样。我对不起你。我虽未出家，但心已遁入空门。千万不要找我，也找不到我，昔日的战光明已不在人世了。我唯一的愿望是你能珍惜自己，再找一个好人家，好好地过日子。

既没有落款，也没有写信的时间。

逝去的时光又一幕一幕地浮现在文翠的眼前，想到那些虽然清苦，小夫妻却如糖似蜜、如胶似漆的日子，文翠的心都要碎了。真是“人心隔肚皮”呀，看上去那么忠厚侠义的孙大哥，怎么会是一个人面畜生呢？自己差一点就要和他生活在一起了，想一想就后怕。难道当初他在朱仙镇出手相救，当真就是另有所图吗？

文翠失去了丈夫，心灵上的悲苦已经够重了，自从回到家乡，又感受着村人们的闲言碎语和轻蔑鄙视的眼光，这所有的悲苦都要她一个人承受。哥哥嫂嫂对她再好也没有办法替她分担，只能开导她，宽慰她，鼓励她，劝她不要看别人的脸色和目光，人活着是活给自己的，为了孩子也要好好地活下去。是哥嫂给了她好好活着的信心和希望，更是孩子给了她好好活着的信心和希望。开始是腹中的孩子，然后是怀中的孩子，一出生就没有父亲的苦命的孩子。现在她明白了事情的真相，也知道了战光明还没有死。她找哥哥和嫂子商量，想去郑州寻找战光明，她不想让孩子没有父亲，何况他们夫妻一场、感情至深呢。可是，哥哥看了那封信，态度非常明确，哥哥说：“看信中的意思，经历了这场大难，他已经万念俱灰，或者心如止水。如果不是这样，他迟早会找回来的；如果是这样，你也找不到他，即便找到了，他也不会跟你回来了。”

是孙晶让她失去了丈夫，是孙晶让她的孩子一出生就没有父亲，是孙晶造成了她所有的悲苦，她本该对孙晶恨之入骨、恨不能碎尸万段的，然而她对孙晶仅仅只是心存怨恨。在她的心灵深处，她总觉得有情有义的孙大哥和心狠手辣的盗墓贼是两个人，有情有义的孙大哥怎么会干出这么绝情寡义、畜生不如的事情呢？

文翠一个人带着孩子，承受着心灵上的悲苦和生活中的艰辛，承受着村人的冷眼和恶语，像一个长途跋涉的旅人，艰难、顽强地从过去走来，向未来走去。除了哥哥一家，没有人真正知道她的悲苦，没有人知道她想些什么。她把所有的悲苦吞咽下去，深深地埋藏在心底。八年来，她的内心几乎与世隔绝。如果不是为了苦子，如果不是公孙老师对苦子那么好，如果她没有认准公孙老师是一个难得的好人，她是不会向公孙老师敞开心扉提起往事的。

公孙宇老师认为，战野的家庭成分不应该划为地主。既然他的父亲战光明是一个说唱坠子书的江湖艺人，既然他的父亲战光明还活在世上，他的家庭成分就应该随他的父亲。一个江湖说唱艺人实际上就是一个“巧要饭”的，没有一寸土地，农村又不兴划什么自由职业者，所以说还是应该划成贫农或雇农。

公孙老师对战野更好了，他很同情文翠母子，他觉得把战野划为地主出身实在是有点儿冤枉。他关心战野的学习，也关心战野的生活，经常在班会上表扬战野学习用功，成绩优秀，他甚至买了一本《小学生字典》，趁家访的时候悄悄地送给了战野，感动得文翠不知道说什么好。由于公孙老师的态度，再加上学校对调拨离间的许面贵和打伤战野的李保给予了严厉批评，很少再有学生故意找碴儿欺负战野了。

公孙宇老师对文翠母子的同情和关心，和他同室办公的老师都看出来了。他们背后议论，觉得在公孙老师和文翠之间，很有可能会发生一段类似柔石笔下的《二月》那样的浪漫故事，于是心态各异地关注着故事情节的进展。

然而，什么故事也没有发生，或者说，还没有来得及发生什么故事。

正当公孙宇老师觉得战野的地主家庭成分有点儿冤枉的时候，他自己也遭遇上了他人生中最冤枉的一件事，而且一冤就是 20 年。

大规模的“反右”运动轰轰烈烈地在全国展开，豫东的这一所乡村小学也在所难免。公孙老师是一个不关心政治的人，也不会向组织上提什么意见，可还是没有躲过这一劫。主要原因就是“阶级阵线不清，替剥削阶级鸣冤叫屈”。批斗大会是在学校的操场上召开的，当时的情景战野一辈子都记得清清楚楚。操场的西端是一个半人高的四周垒砖中间填土的方形台子，演节目的时候便是舞台，开大会的时候便是主席台。先是有关领导站在主席台上讲话，讲反右的意义和成果，接着宣布把右派分子押上来，宣读他们反党反社会主义的罪状。一共押上来四名右派，公孙老师站在最后边。一群高年级的学生跑到台上，连推带打把右派分子推下台子，于是人群一拥而上，把右派分子打翻在地……站在后边的战野只能听到拳脚砸在人休上的钝响和人的哀鸣，那时候，战野对“右派”的概念还不很明了。

这一天放学后回到家，战野哭着把公孙老师被打成右派的事情告诉了母亲，母亲长叹了一声，说：“公孙老师，好人哪……”

接踵而来的是轰轰烈烈的“大跃进”和“三年自然灾害”。

战野、天强、谷雨就是在这个时候考上黄陵中学的。学校位于黄陵公社的所在地，离张许村 8 里路。学校里有学生食堂，可是许多学生害怕食堂做的馍不够量，仅带少量面粉交给学校食堂，换一点饭票留作喝稀饭，每星期再回家拿两次馍。最困难的时期每人每天的口粮仅仅 7 两红薯渣(红薯提取粉芡后的碎渣)。战野吃不饱，谷雨经常省下自己的口粮给他吃。

在学习上战野依然是尖子，每次年级通考，成绩从来没有下过前三名。

升上二年级的时候，从外校转来一个学生插进了他们班，名叫吴剑锋。吴剑锋长得挺帅气，衣着也讲究，穿的都是从商店买的成衣，不像战野他们从头到脚都是母亲的手工活。班主任为了让战野在学习方面帮助吴剑锋，特意安排他俩坐同桌。后来他们才知道，原来吴剑锋是公社书记吴言的儿子。战野经常给吴剑锋讲解数理化应用题，帮他做作业；作为回报，吴剑锋也间或从公社食堂给他带个花卷馍甚至白面馍、油馍什么的，站野总是和天强、谷雨分着吃，这可是他们就连过年也难得吃上的好食品。

政策相对放宽了，自由市场开放了，工余时间，文翠又开始制作泥泥狗拿到集市上卖，天强的石匠父亲又开始给人"碫磨"了，谷雨的木匠父亲也把偷偷埋在地下的斧、凿、锛、刨挖了出来。然而"运动年年有，不在三九在四九"，钱还没有挣到手，就开始"割资本主义尾巴"了。文翠成分不好，被当作"资本主义尾巴"的典型，进行批斗、游街，把色彩艳丽的泥泥狗用绳子绑成串，游街批斗的时候像佛珠一样挂在她的脖子上。游街不光在本村游，还到外村游，到公社游。

战野他们班每星期三下午是劳动课。节令已过霜降，正是生产队刨红薯、出萝卜的时候，学校安排老师带着学生到地里捡拾红薯叶、萝卜缨。红薯叶和萝卜缨可是好东西，可以搀到面里蒸菜馍或者下到锅里搅咸汤，还可以晒干了留到冬天食用。

他们稀稀拉拉的队伍走到黄陵街上的时候，正好碰上"割资本主义尾巴"的游街示众的队伍。游街的队伍也是稀稀拉拉的，敲着锣，喊着口号。被游街示众的有三个人，两男一女，那女的正是战野的母亲张文翠。文翠走在那三个人中间，面无表情地垂着头，脖子上挂着一大串花花绿绿的泥泥狗。战野不敢表露心中的痛楚，他害怕母亲看到他，也害怕同学知道那就是他的母亲，便向路边扭过脸。两支队伍相错的时候，为吸引学生的注意，铜锣声和口号声突然变得很响亮。这种场面见多了，学生们并不是很在意，可是有一个叫靳胜利的男学生却弯腰抓起一把土，冲着文翠的面部掷过去，弄得文翠头上脸上全是土。文翠也不擦，仍然面无表情地低头向前走。

这情景全被战野看到了，他恨不得当时就冲上去，可他还是把愤怒压住了，他早已学会了动心思。岂不知，战野看似背着脸，可他眼睛的余光一刻也没有离开他母亲；他不但关注着他母亲，他还关注着看押他母亲的人，他要把他们记在心里，一旦有机会，他绝对不会放过这些人。他竟然在看押他母亲的人中看到了许面贵。

班主任带领同学们来到了东干渠旁边的一块红薯地。当然，红薯生产队已经刨过了，红薯秧也已经拉走了。学生们分散开，捡拾落下来的红薯叶，有的学生还用手刨泥土，看能不能找到遗漏的红薯。班长和劳动委员各掂了一条大麻袋，把捡拾到的红薯叶装起来。

战野一边捡拾红薯叶，一边注意着靳胜利。终于，他看到靳胜利走向地头的东干渠。等靳胜利翻过渠埂，身子一截一截变短的时候，战野便随后跟了过去。

"大跃进"期间，为了实现水利化，在豫东平原上挖了很多条水渠，纵横交错如棋盘，可是并没有水源，常年没有水的水渠成了社员们天然的大茅厕。战野爬上渠埂，看到靳胜利正露着屁股蹲在渠道里。靳胜利面向北，因为冷风从北方吹来。

"拉屎?"战野说着走过去。

"风还挺凉的。"靳胜利说，"你也拉屎?"

"尿。"

战野走到靳胜利脸前，站在上风头，掏出来鸡巴就尿，一边尿一边抖，故意把尿线抖散，弄出喷水的效果。阵阵凉风刮来，把战野故意摇散的尿线吹成细碎的尿星子。

靳胜利感觉像下了一阵毛毛雨，淋了一脸尿星子，一股呛人的尿臊味钻进靳胜利的鼻孔。靳胜利吼道："你他妈不会站远点儿!"

战野反而往他的脸前移了移，鸡巴一歪，刺了靳胜利一脸尿。

"妈那逼，看老子我不骗了你!"靳胜利大怒，屁股也没有擦，就站起身来系裤子。

战野所以跟过来，就是因为靳胜利往母亲脸上撒了一把土，就是想找茬儿把他揍一顿，也不说话，对准他的脸部就是一拳。

两个人便在渠道里打起来。

战野憋足劲想替母亲出这口气，可是真打起来，也并不怎么占上风。正当两个人打得不可开交的时候，张天强赶来了。张天强看到战野跟着靳胜利下了渠道，猜想战野肯定是要找茬儿打架的，因为天强也看到了靳胜利往翠姑脸上撒了一把土。然而靳胜利的身体比战野还壮实些，他害怕战野吃亏，也跟了过来。

"别打了，都是同学咧打啥打!"张天强上前拉架，可他光拉靳胜利，不拉战野，还在脚底下偷偷使绊子。

这样一来靳胜利就吃了亏，他大骂张天强："靠你娘你拉偏架!"

“俺是学雷锋，做好事，咋会拉偏架？”

张天强也不恼，依然在暗处帮战野。靳胜利越打越吃亏，鼻口直流血，竟然委屈得大哭起来。

“勇敢点嘛，哭什么哭，男子汉大丈夫还兴哭？”张天强说。

张天强没想到靳胜利会哭，连忙拉开了战野。然而吃了大亏的靳胜利却不依不饶，追着战野还要打。这时候，他的哭声惊动了班上的同学，先是有两个同学跑过来，不一会儿全班的同学都来了，班主任老师也来了。

此前，学生吵嘴打架的事也不是没有，大不了班主任批评一顿。可这场架却把事情打大了，第二天校领导便知道了这件事，班主任老师想瞒都瞒不住。校方（包括领导和老师）的态度分成了两大派，一派认为，战野虽然学习上是尖子，但是“只专不红”，算不上好学生，应该严厉处分；因为靳胜利出身贫农，是共青团员，战野是地主出身，个别人甚至说战野是“阶级报复”。另一派是同情战野的，认为战野是能为学校争得荣誉的学习尖子，不应该处分太重，何况一个巴掌拍不响，打架是两个人的事；再说他们都还是孩子，批评一下也就算了。持这种看法的大多是业务上的骨干包括校长在内。

两种意见相持不下。

最后还是战野的同桌吴剑锋告诉了他的书记爸爸，并说多亏战野的帮助，他的学习才有了明显的进步。吴言书记给学校打了招呼，这件事才算是不了了之。

## 2. 捡来的汉代陶俑

战野他们上中学的小路旁边有一片柳树林，柳树林里有一个坑，村里人都叫“老坟坑”。老坟坑离张许村有一里多路，传得很神秘也很恐怖，别说村里的孩子，就是大人也很少去那里。说是那里不净，经常闹鬼。还说前两年那里死了一个老头儿，是夜间路过那里碰到了“鬼打墙”，走不出去累死的。刚考上中学的时候，他们不敢走这条小路，总是绕到平街走大路。可是小路毕竟近许多，后来，如果是晚上赶路他们就绕道走大路，如果是白天走路就壮着胆子走小路。头几次走小路，路过老坟坑的时候他们心里还有点发虚，走过几次之后他们的胆量就壮起来，再后来就是晚上他们也不再绕道了。

经常从老坟坑路过，也没有看到什么鬼，也没有见老坟坑兴过什么风，作过什么怪，他们的胆量就越来越大了。有几次战野都想拐进那片柳树丛，看看老坟坑是个啥样子，可天强和谷雨不想去，说是老坟坑有啥好看的。一个星期六的下午，老师都到县里开会了，学生早早地放了学。路过老坟坑的时候，战野又说要去看，这一次天强和谷雨同意了。

的确有点可怖。树丛繁茂，蒿草长得有一人多高，可比周围大田里的庄稼茂盛多了。战野走在前边，天强为了显示自己的汉子气争着走在前边，于是两个人并排将蒿草拔掉或踩倒，开出一条道，谷雨紧紧地跟在后边。快到老坟坑的时候，脚下出现了乱七八糟的大青砖，有半截的，也有完整的，大都半埋在土里。

终于到了坑边。其实也就二十几米的距离。坟坑大致呈矩形，坑底呈坡状，南边浅北边深，更多的灰色大砖半埋在地下，砖头间也长着蒿草；北面又深又陡，似乎是一堵墙，细看有的地方果然露出了灰砖砌成的墙体；墙的下部有一个洞，洞口的灰砖更多，仿佛是一个塌陷的门洞。

"苦子哥，你看！"谷雨突然惊叫了一声，伸手抓住了战野的胳膊。

"看啥？"战野和天强几乎同时问。

"人头！人头！"

"人头？哪有人头？"战野和天强也紧张起来。

"洞底下，靠西边！"谷雨一只手指着，一只手仍然抓住战野的胳膊不放。

顺着谷雨的手指，战野和天强看到了一个圆圆的东西半埋在土里，大小像小孩玩的皮球。

"我当是啥呢，一惊一乍的。我下去看看。"战野一纵身跳进了坑里。天强也紧随着跳了进去。

战野顺着坑底的斜坡下到洞口，弯腰捡起那个圆圆的东西，果然是一个皮球大的人头。灰陶制成的，就像老砖老瓦的颜色；脖子齐齐的，里边是空的，被泥土填实了；好像做成就是这样，不像是后来断掉的；脸上涂了一层石灰，头发和眉毛是用墨涂的，还用朱砂涂了口红，因为年代久远，颜色已经很淡，而且斑斑驳驳的。战野把人头擦干净了，不知道为什么，竟有点爱不释手。

"让我看看。"天强说着接过来看了看，随手扔到地上，还顺便踢了一脚，"原来是这玩意儿，前几年东地不是挖出来好多吗？"

人头往坡上滚了滚，又顺坡往下滚。战野连忙捡起来，仔细看了看，还好没有被踢烂。

天强说的是"大跃进"时期，生产队在村东试验田深翻土地，说是翻得越深打粮食越多，就挖出来一堆陶人、陶马、陶狗、陶房子什么的，有人说这些都是鬼用的东西，不吉利，于是统统砸了个稀巴烂。正好天强到东地找父亲，砸的时候也围在旁边看。

天强和战野从坑里爬上来，战野手里还拿着那个陶人头。

“要这干啥呀，怪吓人的，扔了吧。”谷雨说。

“就是，砸了算了。”天强说。

战野却舍不得砸也舍不得扔。他舅舅家祖祖辈辈捏泥泥狗，他也从小就跟着母亲捏泥泥狗，从感情上他很喜爱这类用泥土捏塑的工艺品。再说这可不是现在的泥泥狗，这东西也不知道是哪个朝代的，也不知道在地下埋了几百几千年，这可是老祖宗做的东西啊！

从此以后，战野总是惦着那个老坟坑，惦着老坟坑里北墙底下的那个既神秘又恐怖的洞。那洞里会是什么样子呢？那洞里还会有什么东西吗？

初级中学的功课已经结束，毕业考试战野又是年级第一。离升高中考试时间只有一个月了，同学们都投入了紧张的复习，不少同学天不亮就起来背政治、背语文、背俄语单词，熄灯之后还要偷偷地学习。战野倒不在乎，老师找的练习题都难不住他，他觉得，只要不受家庭出身的影响太大，考上县一中不成什么问题。再说，班主任老师也偷偷告诉他，学校给他写的评语很不错。倒是帮助谷雨、天强和吴剑锋复习占用了他不少时间，尤其是同桌吴剑锋，简直离不开他。除了老师布置的练习题，吴剑锋不知从哪儿找了许多往年升学的试卷，让战野帮他做。战野也乐意帮助吴剑锋，战野觉得他不像干部子弟，他不但没有高人一等的做派，而且很好相处，能理解人，有同情心。自从吴剑锋插到他们班，两年下来，他们已经成了亲密无间的好朋友。

升学考试是在县一中进行的。学校找了两辆大卡车，把他们拉到了县一中。不少学生都是第一次坐汽车，尽管荡得一头一脸都是土，仍然很兴奋。县一中真大呀！他们原来觉得公社中学已经够大了，可是和县一中一比，公社中学就成了土包子。大操场、大礼堂、一排排大树、一池池花草……尤其是晚上，吊在天花板上的电棒一开，整个教室亮如白昼。他们在物理课程里也学到了电，安装电灯什么叫“并联”呀，什么叫“串联”呀，都是纸上谈兵，因为他们的学校还没有用上电。上晚自习时，他们每人点上一盏自备的煤油灯，下晚自习时每人的鼻孔里都能抠出一团黑油烟。

他们都很羡慕一中的环境，可谁也舍不得在校园里面逛一逛。就剩下最后一个晚上了，抓紧再抓紧，一寸光阴一寸金，明天上午就要荷枪实弹上考场了。

天气又闷又热，考试气氛紧张得让人喘不过气来。听说第一场考试，冯村公社的一名学生就晕倒在了考场上。考得好也罢，坏也罢，哭也罢，笑也罢，交上最后一张考卷，每个学生的身心都一下子松弛下来。吴剑锋感觉自己考得不错，心情特好，非要请战野下馆子吃一顿不可，当然也要叫上天强和谷雨。战野、天强和谷雨都是第一次进馆子。餐桌上，吴剑锋很慷慨，很豪爽，要了几个菜，还买了一瓶“老白干”，把家里给他的钱差不多都花光了，还说了一些“苟富贵，无相忘”之类的话。

在等待录取通知的日子里，战野几乎天天下地割草，有时自己去，有时约上天强一块去。割了草交到生产队饲养室，十斤草一个工分，一天能割几十斤草，也差不多顶上母亲挣的工分了。有时候天强和谷雨也来找他玩，谷雨自己也来过。其实，他很想和谷雨单独在一起。他越来越喜欢谷雨了。他从小就喜欢和谷雨一起玩，又一起上学，由童年到少年，随着生理、心理的发育趋于成熟，“喜欢”的内涵也发生了变化。小时候在一起只是一种天真纯洁的欢娱，现在更多的则是一种少男对少女的爱恋，一种情欲，一种性欲，一种贪欲，一种占有欲，总想把谷雨紧紧地抱在怀中，压在身下。

有一天晚上，他特别想谷雨，几次走出家门想去找谷雨，几次又回到家中。他知道，她们家尤其是谷雨的母亲非常讨厌他。他只去过谷雨家一次，那是很小的时候，他去找谷雨玩，谷雨娘一看到他走进院子，就拿起一把笤帚轰院子中的一条黄狗，连狗带他一块轰出了家门，一边轰一边骂：“滚滚滚，谁家的野狗跑到俺家了，快滚出去！”其实那本来是她自家的一条狗。他也知道，他即使见到谷雨，自己也做不了什么。小时候他和谷雨在一起，他们可以随随便便地手拉着手，随随便便地搂抱，“过家家”时像小夫妻一样睡在一起，甚至装模作样地行夫妻之事。然而现在，他单独和谷雨在一起的时候反而有些紧张，有些害怕，他的内心对谷雨的身体产生了一种神秘感，一种敬畏感，就像面对观世音菩萨只能敬仰不可亵渎一样。

可是那天晚上他就是想谷雨，想入非非，难以遏制，情不自禁地手淫了。他没有想到，片刻的快感之后，随之而来的竟是那样的失落、空虚、迷惘、灰暗和郁闷，他觉得自己的身心不再洁净了，他亵渎了谷雨、对不起谷雨、配不上谷雨了。

这种灰暗、郁闷、失落、迷惘的情绪一直持续到第二天，为了排遣这种情绪，他一大早便拿上篮子和草铲出门下地了。

他决定到北地他们上学路上的老坟坑那儿去，他要钻到那个既神秘又恐怖的洞里看一看，看看洞里到底什么样，看看洞里还有没有陶人陶马什么的。上次在老坟坑捡回的陶人头他格外喜爱，经常拿出来自己欣赏。尽管他不知道出自何朝何代，但是肯定非常古老，他看着他就像面对自己的先人，就像和自己的祖先对话。他一直惦着那个老坟坑，一直想钻到那个洞里看一看。可是一个人去他总觉得有点儿瘆得慌，有点儿胆怯。本来打算哪一天约上天强、谷雨一起去的，可不知道为什么，经历了昨天晚上的事，一夜之间他忽然觉得自己什么也不害怕了，一夜之间他觉得就像变成了另外一个他，他就想一个人去老坟坑，一个人钻到那神秘的洞里去看一看。

对，一个人去，就像书中的孤胆英雄一样。

初升的太阳已锋芒毕露，照耀着豫东平原，天空又亮又蓝，偶尔有鸟儿一划而过，清脆的叫声吐珠溅玉。秋庄稼长得并不茂盛，却依然把原野装扮得光鲜亮丽，魅力十足。晚秋作物还在绿着，早秋作物已近成熟。该绿的绿，该白的白，该黄的黄，该红的红，“锦绣大地”这个词一定是指大平原秋季的田野了。

战野的心情变得开朗起来。他把篮子挎在背上，走得很快，不一会儿就走到了四队社员的自留地。自留地都是一小块一小块的，地界分明，种的多是玉米、红薯等高产作物，也有花生和大豆。自留地的庄稼长得格外好，和生产队大田里的庄稼一比，真是旗帜鲜明，立场坚定，划然两个境界。各个地方都是这样，不管走到哪个村哪个队，看一眼就知道这块地是社员的自留地还是生产队的大田。

在自留地的那一头，有两个女人在翻红薯秧，一个穿红布衫的女孩儿好像是谷雨，另一个穿灰布衫的好像是谷雨她娘。战野故意放慢了脚步，希望谷雨能够看到他。

战野希望谷雨能看到他，能偷偷地来找他。他走过一块高粱地，回头看了看，谷雨没有跟上来，走过一片大豆地和花生地的时候他又回头看了两次，仍然没有看到谷雨的身影。看来谷雨没有看到我，他想。这时候，他已经走出了张许村的地界，可以看到老坟坑所在的那片茂密的林丛了。

战野自认为自己胆大了，什么也不害怕了，可是当他走近那片林丛的时候，还是感到了胆怯。上一次毕竟是他们三个人，三个人结伴和一个人独行感受是不一样的。老坟坑经常闹鬼的传闻再一次在他的头脑里反映，三个人的时候鬼魂没有出现，面对他一个人的时候鬼魂会不会出现呢？这样一想，他一个人面前的林丛就愈加显得神秘、诡谲和恐怖。

草木森森，上一次他们踩出来的小道已被蒿草合拢、复原，不见痕迹。战野没有退缩，仍然从他们进去过的地方很小心地往里走。刚走了几步，只听头上“扑啦啦”几声响，吓得战野毛骨悚然，头皮一麻一麻的，起了一身鸡皮疙瘩。他壮着胆原地站住，抬头看见两只猫头鹰飞出丛林。他让自己冷静了一会儿，才继续往前走。

老坟坑还是原来的样子，只是杂草已经结籽，草色有些发黄。战野从南面下去，顺斜坡走到北边的洞口。人死后到底有没有鬼魂呢？这洞内有没有鬼魂呢？上一次没有遇见什么是不是因为我们没有进洞没有惊动他们？既然是老坟坑，里面会不会有棺材呢？会不会有古人的尸骨呢？还有，洞中会不会有什么野物呢？比如毒蝎大蛇之类？刚才树上不是就卧着两只猫头鹰吗？他这样想的时候，身上不由得一阵阵发冷，头皮一阵阵发麻。

他有点后悔自己不应该一个人来这里了，他还是应该叫上天强一块来，即便天强不进洞起码也可以给自己壮壮胆。不过，那样的话也就不够刺激了，也就没有什么英雄的意味了。战野想，所谓孤胆英雄，也许不是"不害怕"，而是"不怕"。一字之差，含义不同。硬撑也要撑下去，明知洞有鬼，偏向鬼洞行。现在，即使洞中真的有鬼，也要硬着头皮进去看看鬼到底是个什么样子。

战野把篮子放到洞口，手握一把铁铲，以备不测。进洞之前，他先捡了一块烂砖扔进洞去，没有什么动静；又捡了一块烂砖扔进去，仍然没有什么动静。他用铲子把洞口的蜘蛛网清除干净，这才猫着腰，一步一步钻进洞中。

洞内光线很暗，他站下来，握紧铲子，警惕四周，让眼睛适应洞中的环境。渐渐地，他看清楚了。其实并不是一个洞，四四方方的更像是一间没有窗户的房子，四壁也是用灰砖砌的，有的砖上还有图案；房顶也是用灰砖砌的，不过不是平的，形状就像一个倒扣的锅。他没有看到棺材，也没有看到什么鬼魂或者野物出没的迹象，只是阴森森的仍然让人心里发憷。

此时的战野还不知道这就叫"墓室"。乍一看，墓室里空空荡荡的，似乎徒有四壁，仔细看看战野就兴奋起来，他看到了他希望看到的东西。墓室的中间都是平坦的淤积的泥土，靠墙的地方就不一样了。迎面的墙根处有两个盘口、圆肚子、似罐似壶的东西，三分之一露出地面，三分之二埋在土里；东西两边，他看到了陶房子、陶人和一些叫不出名字的陶器，杂乱无章，也是大半部分埋在土里，有的陶人只露出半个脑袋或者半边肩膀。

战野只顾高兴，早忘记了什么叫害怕。他看东边露出来的陶人比较多，就走到东边墙下，先从一个露出来小半个身子的陶人下手。他害怕碰坏了陶人，用铲子很小心地挖。土是比较松软的湿湿的沙质泥土，不一会儿就挖出一个完完整整的陶人来。他简单清除了一下陶人身上的泥土。陶人有一尺来高，腰细，下身像喇叭状张开，就像穿着拖地的裙子，却看不清陶人的眉眼，分不清是男是女。和上次捡的人头一样，也是墨染的头发，脸上也是涂满了石灰，也是斑斑驳驳的样子。战野欣赏了一会儿，又动手挖另一个。

半晌的时候，战野已经挖出了 9 个陶人，9 个陶人形状不同，姿态不一，表情各异。尽管墓室阴凉，然而空气滞闷污浊，战野还是出了一身汗。陶人又湿又沉，里边的泥土一时也不好完全清除，他估摸了一下，这九个陶人已经足够他拿的了。

战野先把陶人一个一个拿出洞外，放在坑中晾晒着。坑内都是艾蒿、驴尾巴蒿什么的，没有牛羊可吃的草。他爬出坟坑，钻出丛林，到外边割了虚虚的一篮子草，又回到丛林。然后把陶人再从坟坑里拿上来，放到篮筐里，上边装上青草。

战野赶在母亲下工之前回到了家。他不想让母亲看见，不想让母亲知道这件事，他害怕母亲和别人一样认为这些坟坑中的东西不吉祥，不让他往家里拿。他找了一个没有用的柳条筐，把陶人放进去，上面盖上他用过的课本和作业本，塞到了自己的床底下。

此后，他又陆续去了老坟坑四次，一共挖出来 26 个陶人，两只陶鸡，两头陶猪，一条陶狗。其他的陶罐、陶房子、陶猪圈还有一些叫不上名字的东西他没有往家里拿，不是他不喜欢，而是家里没地方可藏匿，拿太多了难免母亲会发现。

战野经常趁母亲上工的时候，把柳条筐从床底下拉出来，把陶人陶鸡什么的一件一件地摆出来，一边用竹签清除其中的泥土，一边欣赏。陶人有立有坐，姿态各异，有的肚子很大四肢粗壮像在运功，有的挥扬两手张口鼓腮像在说唱，有躬腰作揖的，有切下胳膊的……他们的头颅、躯干、四肢的大小、长短、粗细大多不成比例，夸张变形，可看上去却是那样的自然生动，形非而神似，朴拙而浪漫。战野也非常喜欢那条卧着的陶狗，制作非常粗略，简直就是拿一坨泥巴一团一抓而已，既没有鼻子，也没有眼睛，然而却形神兼备。略去细节粗粗一捏连眼睛鼻子都没有，却能让其神韵超常，可谓大巧若拙，鬼斧神工，老祖宗是怎么做出来的呢！

一天夜间，战野睡不着，又在想谷雨。说不清为什么，考上考不上高中他倒不怎么想，就是老想谷雨。反正是睡不着，就点亮灯，拿出来他最喜欢的几件陶俑，摆在桌子上。正在欣赏，突然听到母亲在外间问："苦子，咋还没有睡？"

他连忙吹灭灯，说："已经睡了，娘。"

"苦子，你的屋里是不是有啥东西发霉了，咋老有一股气道？"

“没有什么气道呀。”战野说。

“我怎么闻着有啊。”

“好吧，我明天找一找。”

战野知道，母亲所说的气味就是他的陶人陶狗散发出来的，晴天还好些，一到阴天气味就更重了。我得趁母亲不在家的时候，把这些陶器拿到院子里晒干，战野想。

### 3. 你就会说“谷雨”

战野的录取通知书是吴剑锋亲自送来的。这家伙还真讲义气，还给战野娘买了两盒点心。吴剑锋当然也被录取了，要不然他也不会来给战野送录取通知书，也不会有这么好的心情，骑着他爹的自行车，一路把车铃按得当啷啷响。

同学相见，格外亲热。一见面吴剑锋就向战野表示祝贺：“你小子考了全县第一名，了不起呀！”

战野很高兴，却尽量压抑着，问：“那你呢？”

“中不溜。反正也被录取了。”吴剑锋说，“多亏和你坐同桌，要不然恐怕我就够呛了。”

战野又问张天强、许谷雨被录取了没有，吴剑锋遗憾地摇了摇头。战野的心头不由生出一种孤单感，被录取的高兴劲头顿时被冲淡了许多。他们三个从小在一起玩，又一起上小学，上中学，他们之间的感情超过了一般的朋友，现在却只有他自己考到了县城，以后他们在一起的时间恐怕就少了。

“咱们黄陵中学一共考上了 17 人，除了县一中的初中部，就数咱们学校最多了，远远超出了其他公社。”吴剑锋说，“我爸爸也要调到县城工作了，调令刚下。”

“又高升了？祝贺你爸爸！”战野说。

“也没有高升，是平调，就是位置重要一些——到县教育局当局长。”吴剑锋说。

“那就直接管学校了，太好了！”战野说，“我用一下你的自行车，叫俺娘回来给咱做饭。”

“别，别。待一会儿我骑车带你去公社。”吴剑锋说，“我爸说他还想见见你呢。”

“那也得给俺娘说一声呀。”

战野骑上自行车，歪歪扭扭地出了门。天强家买了一辆破旧的自行车，他刚刚陪着天强学会骑，所以就特别想骑一骑吴剑锋的自行车。吴剑锋来了，给不给天强、谷雨说一声呢？都是同学，不说一声也不好。说吧，也不好，俗话说“报喜不报忧”，说了他们肯定不会有好心情。唉，要是我们三个都考上就好了。还是说一声吧，反正早晚也得让他们俩知道。战野这样想着就拐到了天强家。

天强正在往家里拉土垫猪圈，一抬头看到战野骑了一辆八成新的自行车，笑着说：“哟，咱村没有这么好的自行车呀！谁家新买的？”

“吴剑锋来了。天强哥，你先去俺家陪陪他，我下地里叫俺娘。”战野说，“你也给谷雨说一声。”

文翠正和社员们在东地扦高粱，男社员在前边杀，女社员在后边扦。在豫东，都把收割高粱叫作杀高粱，“杀”就是把高粱连根挖掉，“扦”就是把高粱穗切下来。战野骑的新自行车引起了社员们的注意，都停下手中的活路往这边看。

战野站在地头喊：“娘，家里来客了！同学来给我送录取通知书，你快回家吧！”

“你说啥？”文翠把手掌遮在耳后，害怕听不清楚。

“我考上高中了，同学来送通知书！”

文翠听真切了，心里比儿子还激动，急急往地头走，走了几步又回头给队长请假。听说战野考上了县城的高中，社员们议论纷纷。有的说苦子这孩子聪明，从小就看着有出息；有的说文翠养了个好儿子，说不定还能享上儿子的福呢；有的则怀疑或不解，说地主羔子怎么也能到县城去上学？

文翠和战野又拐到自留地，摘了一把豆角，割了一捆韭菜，战野还特意拔了几棵花生和毛豆。战野要用自行车带母亲，文翠不让，说是害怕。战野想早一点回去，也想显摆显摆本事，非要母亲上车，文翠只好纵身坐到后座上。文翠上车猛了一点儿，自行车拐了几拐，格外清脆地摔倒在路边。战野尴尬极了，连忙爬起来去扶母亲。文翠难得有今天的好心情，反而被这一跤摔乐了，笑起来。

回到家的时候，天强、谷雨和剑锋正坐在院子里的槐树阴凉里说话，看到战野和他的母亲，都站起来打招呼。战野拉着吴剑锋给母亲介绍，吴剑锋很有礼貌地叫了声：“大婶，您好！”高兴得文翠一连声说：“好好好！”又说：“你们几个先坐着，俺去给你们做饭。”

吴剑锋说：“别忙了大婶，我和战野到公社吃。”

“那可不行。”文翠说，“都快晌午了，俺乡下可不兴放客人走，人家会说俺不实诚。”

“俺娘说得对，你第一次来，孬好也得吃顿饭。”战野说，“要不这样吧，今天中午天强、谷雨也在这儿吃，咱们四个也算聚一聚。下午我再和剑锋去公社。”

他们就算是说定了。谷雨要帮文翠做饭，文翠高低不让，战野便把从自留地带回来的蔬菜之类拿到槐树阴凉里，有的摘花生，有的摘毛豆，有的择韭菜，倒也挺愉快。天强说有事回家一趟，不一会儿就回来了，一手掂着一手巾兜鸡蛋，一手端着一大瓢白面。

天强和谷雨没有考上高中，战野本来还担心他们心情不好，倒也看不出什么来。其实，他们对于升学也真是看得不太重，考上了就去上，考不上就不去上，考上了更好，考不上也好，考上考不上也差不到哪里去。天强爹是生产队长，本来就打算过两年让天强去参军，他们家的成分好，天强又有文化，姨夫又在县武装部，要参军也是手拿把掐的事。谷雨因为长得好看，她父母唯一的想法就是把她嫁到城里去，能找个干部最好，找不到干部找个工人也中，有个初中文化也就不错了。谷雨的心思则全在战野身上，把战野的前途看得比自己的前途还要重得多，听说战野考了个全县第一名，她由衷地高兴，比自己考上还高兴。

午饭做好了，饭桌就摆在槐树下。韭菜炒鸡蛋、凉拌豆角、煮新花生、煮青毛豆、葱花油饼、蒜汁捞面，全是时令菜蔬，农家便饭，吃得吴剑锋一个劲儿叫好。

下午吴剑锋带着战野来到公社，谁知道吴言书记又有急事上县了。吴剑锋提议再到他们的母校看看，见见在校的老师，恐怕以后回校的机会就少了。战野也正有此意。于是两人又一起去了学校。学校还没有开学，任课的老师还没有返校。不过他们也并不扫兴，就去看自己上过课的教室，住过的寝室，打过篮球的操场，一边看一边津津乐道地谈论同学之间的往事。

当天晚上，舅舅张文举和妗子月秀来了，他们是来给妹妹和外甥道喜的。张文举在村里的地位还不如文翠，他是不折不扣的地主分子，大队的管制对象。村里总是让他干最苦、最累、最脏的活，工分还最低，所以平常他心里总是苦楚楚的，难得像今天晚上这么开心。

“苦子这孩子有出息，比舅舅强多了，舅舅从小也读书，也没读出个什么名堂。”张文举说，“苦子考上了高中，要搁过去，就是中举了。举人呀！下一步就该赶考状元了。”

“哥!”文翠忙说，“啥举人状元的，到外面可不敢胡乱说。”

“那是，那是。”张文举嘿嘿笑着。

临走的时候，月秀掏出5元钱给文翠，说：“妹子，苦子就要到县里上学了，这么大的喜事，也没啥送给苦子的，这5块钱就给苦子添件衣服吧。”

文翠好像怕这钱烫了手，说啥也不接：“嫂子，这可不行。俺侄女如许还没有一件像样的衣服，侄女也大了，给她添件衣服吧。”

“拿着吧，拿着吧。在家日日好，出门步步难，在外边不比在家里。”张文举在旁边说，“咱们家就指望苦子啦。”

文翠只好接下了，感觉手上沉甸甸的，心里热辣辣的。还是哥哥嫂嫂亲哪。

9月1日县一高正式开学，战野准备8月31日天一亮上路，中午之前赶到学校报到。

头一天晚上，战野刚把换洗的衣服打进行李卷，天强就来了。天强说他去找谷雨，谷雨有事儿，说晚一会儿再来送行。战野嘴上说放假就回来了，送什么行呀，心里却暗自高兴。这一走要几个月才能回来，他极想单独和谷雨在一起待一会儿。谷雨肯定也有这个意思，因此才找个借口没有和天强一块来。他和天强坐在院子里的芦席上，他们虽然是好朋友，可几乎天天见面，并没有多少话要说。天强走了之后，母亲半是叮嘱、半是传授地说了一些朴素的人生处世之道，什么“害人之心不可有，防人之心不可无”呀，什么“人敬我一尺，我敬人一丈”呀，什么“火要虚心，人要实心”呀，什么“什么大了都值钱，就人大了不值钱”呀……其实这些道理战野已经听母亲讲过好多遍了。

参星已经偏南了，谷雨还没有来。母亲又到厨房给他准备干粮了，让他早点儿睡，他说睡不着，想在院子里坐一会儿。他知道谷雨一定会来，可心里还是着急。他注视着门口，想早一点儿看到谷雨的身影，竖直耳朵，静等着谷雨的脚步声。

谷雨终于来了。谷雨姗姗来迟，谷雨向他款款走来。星光下，谷雨的身影是那样的柔和美好。

谷雨不是那种大家闺秀，也不是那种小家碧玉，谷雨就是一个耐人品味的乡下姑娘。谷雨不是那种天香国色的牡丹，也不是那种香气四溢的水仙，谷雨是春天农家院子里的一棵小桃树，是秋季原野上一株亭亭玉立的红高粱，身上散发着大地的芳香。谷雨的身材不高，甚至有一点小巧，可那小巧的身材是那样迷人，让人看一眼就没办法把目光移开。谷雨的皮肤也不是以白取胜，而是“润”，湿润、水润、细润、温润、柔润，润如和田“羊脂玉”，尤其是那一双毛嘟嘟水灵灵的大眼睛，像两洼清泉，滋润着全身。正应了《红楼梦》中贾宝玉的一句话：女儿都是水做的身子。

他太想谷雨了，以至于当谷雨向他款款走来的时候，他竟然兴奋得有些紧张。其实，自从他内心对谷雨由儿时的喜欢发育成爱恋、爱情，滋生出情欲、性欲、占有欲以来，他每次单独见到谷雨的时候都有一点紧张。

他站起身，说："谷雨!"

谷雨走到他身边，把一个白毛巾裹着的包塞给他："苦子哥，给你。"

"这是?"

"俺试着给你做了一双鞋，不知道合不合脚。"谷雨说，"毛巾是我给你买的，留着到学校用。"

"谷雨!"他的手就有些发颤。谷雨让他试试，他打开毛巾，拿出一只鞋，先把手伸进鞋内撑一撑，却摸到一支钢笔。

"苦子哥，你不是说俺这只钢笔好用吗，一块儿给你吧。"谷雨笑了，说，"我害怕忘了，就放到了鞋旮旯里。"

两个人坐在席子上试鞋。战野穿上鞋，站起身，谷雨蹲在他身边，后边摸摸，前边捏捏，不大不小正合适。

"谷雨!"战野就有一种战栗的感觉。

"你就会说'谷雨'!"谷雨说。

"谷雨……"战野说。

谷雨笑起来，战野也笑起来。

两个人都有一肚子话要说，又都说不出口，坐在席子上你看看我，我看看你。下露了。节气已近白露，露水已有凉意。星星很稠，星光水灵灵的，也好像被露水打湿了。一颗流星划亮夜空，又突然裂为几颗，就像一束亮丽的烟花……

"苦子哥，咱们，到外边走走吧。"谷雨说。

"走!"战野站起身，冲厨房大声说，"娘，我出去一会儿。"

谷雨在前，战野在后，两个人走出院子，走出村口，向着东南走。他们从小挖野菜就爱向着东南走。村东南有一个沙土岗子，小时候他们经常在那里玩耍。村人也常到那里拉沙土垫牛棚，垫猪圈，沙土岗子越来越小了。他们翻过沙土岗，在背村一面的岗坡上坐下来。

夜已深，露很凉，秋虫的大合唱也停歇下来，偶尔有一两声被露水打湿的鸣叫，似乎只是为了衬托夜的寂静，渗透了些许伤感情绪。密密麻麻的、水灵灵的星星把夜空坠得很低，仿佛站到岗子上蹦一蹦就能摘下来一颗。

谷雨往战野身边靠了靠，欲贴未贴的样子。谷雨说："苦子哥，你将来要是进城当了干部，还会记得俺吗？"

"谷雨！"战野说。

"你就会说'谷雨'！"谷雨说。

"谷雨……"战野说。

谷雨笑起来。这一次战野没有笑，战野说："我不知道该咋说嘛！"

"想咋说就咋说。"谷雨说。

"谷雨！"战野说。

"又是'谷雨'！"谷雨说。

"谷雨，我，我——"战野鼓足了勇气，"我就想永远和你在一起！"

"真的？"谷雨一把抓住了战野的手，两个人的手都在打颤，谷雨说，"苦子哥，你说的是真心话？"

"要不是真心话，让我不得好死……"

"苦子哥！"谷雨投到战野怀里，"我不让你赌咒，你要是真心，你就抱抱我，亲亲我！"

战野一下子紧紧地抱住了谷雨，像饥饿的孩子寻找母亲的奶头，喘着气，在谷雨的额头、眼睛、两腮、耳朵、鼻子疯狂地吻着，然后锁定谷雨的嘴唇，贪婪地吮吸。谷雨也箍紧了战野，十指恨不得抠进战野的脊背。春潮在他们的体内汹涌，一浪高似一浪。谷雨温润如玉的肌肤越发让战野激情勃发，亢奋得难以遏制。战野感觉自己的下身就要胀破了，一用力就把谷雨压到了身下，两个人紧抱着从岗坡上滚了下来。

战野疯了。

谷雨也疯了。

战野剥下谷雨的上衣，手忙脚乱地撕扯谷雨的腰带，扒谷雨的裤子……

这时候，文翠正站在沙土岗上，借着星光，看到了这一幕。

文翠是过来人，且是有过沧桑经历和体验的过来人，对于战野和谷雨之间的情感，简直是洞若观火，一清二楚。她知道战野和谷雨是两情相悦，真心相爱，然而他们越是真心相爱，越是让她忧虑重重。她也非常喜欢谷雨，认为谷雨是个好姑娘。可是，她心如明镜，她知道谷雨的爹娘看不起他们母子，甚至鄙视、厌恶他们母子。如果战野考不上大学，当不上干部，谷雨的爹娘是绝对不会同意这门亲事的；如果战野考上了大学，进城当上了干部，随着环境和视野的变化，他的观念和情感也可能改变；一切都会改变，人世间，只有你想不到的事情，没有不可能发生的事情；到那时候，他还会一如既往地爱着谷雨这个乡下姑娘吗？如果有变，不就害了谷雨吗？所以，当战野对她说“出去一会儿”的时候，她本想把他叫到身边提醒几句的，又觉得他们阅世太浅，他们还不懂得世事人心的复杂，不懂得人生人世的变化莫测，也就不会理解做母亲的良苦用心。

从来不干预儿子隐私的文翠，只好采取了她最不愿意采取的下下策。她悄悄地跟着他们，害怕战野万一遏制不住自己的情感，破了谷雨的女儿身。在儿子和谷雨身上，她依稀看到了当年战光明和自己的影子，她不愿意看到在下一代的身上再上演一幕情感悲剧。

现在，她担心的“万一”果然就要发生了。

她要阻止他们，又害怕惊吓了他们，更不想让他们知道她看到了这一幕，使他们难为情。便装作没有看到他们，站在土岗子上，用试探的口气叫：“苦子，你在哪儿呢？天不早了，赶快回家睡觉吧，你明天还得起早赶路呢！”

## 4. 两个人的兵团

考上高中之后，战野度过了将近一年的心情舒畅的学习生活。

“开学典礼”在一中的大礼堂隆重举行，学校特意请来县教育局局长吴言同志给学生作报告。

吴言面带笑容，很和蔼、很平易，也很春风得意的样子。他首先讲形势，讲国际形势、国内形势，着重讲了“中国第一颗原子弹试验成功”。他说，这是遵照伟大领袖毛主席“我们不但要有更多的飞机和大炮，而且还要有原子弹”的指示，顶着帝国主义和修正主义的压力，克服重重困难，仅用了两年时间就研制成功；他说，我们中国发展核武器，正是为了打破帝国主义的核垄断，最终消灭核武器；他说，我们中国保证不首先使用核武器，但是如果帝国主义首先使用核武器，那么我们也就不客气了。然后讲了学生的主要任务就是要“好好学习，天天向上”，要“又红又专”，不能“只红不专”或者“只专不红”。只红不专不行，你政治思想再好，没有科学技术，怎么能造出原子弹呢？只专不红也不行，你科学技术再好，政治思想不好，却去给帝国主义造原子弹，危害岂不更大吗？所以要又红又专。什么是又红又专，雷锋就是又红又专，所以我们要听毛主席的话，“向雷锋同志学习”！

让战野万万没有想到的是，吴局长讲怎样看待阶级出身这个问题的时候，竟然提到他战野的名字。吴局长说，我们讲成分，但不唯成分；家庭出身不能选择，但是人生道路可以选择；家庭出身不好的同学，只要能和剥削阶级思想划清界限，努力改造世界观，积极要求进步，竖立“为人民服务”的思想，就是好学生。我们六五级的新生有一个叫战野的出身就不好，初中时的政治表现却很好，全县又考了个第一，难道不是好学生吗？

由于教育局长的这次讲话，地主出身的战野不但没有受到歧视，反而受到了学校领导的重视和同学们的尊重，在班上担任学习委员，不久又加入了中国共产主义青年团。他和吴剑锋依然在一个班，依然坐同桌，关系也依然很好。

和自己的童年、小学、初中时期的生活相比，战野觉得格外舒心，他终于可以和其他同学平等相处，和其他同学一样堂堂正正地做人了。他也暗下决心，刻苦学习，争取考上一个名牌大学，毕业后能够在城市工作，把母亲和谷雨接到城市，过上甜甜美美的幸福日子。

可惜，战野心情舒畅的学习生活和学习环境持续了不足一年，便被席卷全国的“文化大革命”中断了。

县一中的“文化大革命”，是 1966 年 6 月上旬开始的，比起首都北京，慢了半拍或者一拍。

与北京的大专院校和中学有所不同，县一中的“文化大革命”，起始阶段是在工作组和文化革命委员会领导下进行的。教育局局长吴言把工作组送进学校，工作组选择出身好、能力强的师生成立了文化革命委员会。在全校师生大会上，吴局长宣布停课一星期，开展文化大革命，联系学校实际批判《海瑞罢官》《燕山夜话》及《三家村札记》；一星期到了，吴局长又来到一中，说根据革命需要，停课两星期；两星期到了，吴局长又来到一中，说根据革命需要，停课一个月；一个月到了，仍然没有复课，吴局长也没有再来。吴局长再一次来到一中的时候，就不是吴局长了，而是戴着纸做的高帽子，作为走资本主义道路的当权派被教育局的革命群众押送到学校了。

尽管学生还没有开始串联，但是“两报一刊”和中央人民广播电台早已把北京的信息传了下来，部分学生早已跃跃欲试。一宣布停课开展“文化大革命”，不到两个星期，大礼堂的里里外外，办公楼及教学楼的墙壁，所有显眼醒目的地方全都贴满了大字报。大字报的指向先是对准有历史问题和污点的教职员工，随之是资深望重的老教师、班主任、校领导。工作组和文化革命委员会经过筛选，揪出一批“牛鬼蛇神”，戴上高帽子，挂上大牌子，进行批斗。然而很快，工作组就控制不住局面了。学生们激情如潮，思维活跃，不满足于揪斗“死老虎”，他们要打倒“还在走的走资本主义道路当权派”，便直接给党委书记和校长剃了阴阳头，戴上高帽子，押上批斗台。书记的反动言论是:“不要事事都讲毛泽东思想的伟大胜利,比如我们国家的小球(乒乓球)打赢了,是毛泽东思想的伟大胜利,大球(篮球)打输了,怎么讲呢?”校长的反动言论是:“鲁迅他老人家活到现在,说不定也是右派分子,他老人家对什么都看不惯,对什么都骂的。”

吴剑锋是革命干部子弟,积极地投入了“文化大革命”。战野就不同了。战野还是颇有自知之明的,他知道自己出身不好,没有“造反”的资本,便采取了不即不离的态度,每天以看大字报为主。他只希望运动快一点结束,恢复正常的学习生活。

7月的一天,战野正在大礼堂前浏览大字报,随着一阵“打倒”“砸烂”的口号声,从学校大门涌进来一支游行队伍,队伍前边押着一个“走资派”。战野近前一看,竟然是教育局长吴言。战野心里一惊一沉:连吴局长也被揪出来了?!吴言的高帽子与众不同,不是尖尖的圆锥体,而是舞台上文官官帽的形状,脑后象征官阶的帽翅是一根一米多长的旧拖把,拖把上悬贴一张牛皮纸大字报。大字报的标题是《撕掉教育局长吴言的画皮》。大字报说,“吴言是披着羊皮的狼,画着人皮的鬼。吴言的名字就是反党反社会主义反毛泽东思想的,‘无(吴)言’,为什么无言?这不是讽刺共产党不让人讲话吗?这不是表明对共产党无话可说吗?”大字报还说,“作为教育局局长,吴言培养的不是无产阶级的革命接班人,而是地主资产阶级的接班人,他在一中竟然把一个地主出身的学生树为典型……”

战野像是挨了当头一棒,本来还算平静的心情突然变得冰凉、灰暗和沉重,且有了一种潜在的危机感。大字报虽然没有点出“一个地主出身的学生”的名字,但战野心里非常清楚,那指的就是他战野,恐怕凡是参加去年开学典礼的师生也都清楚指的是他战野。

8月初,“红五类”出身的学生私下串联,成立了“红卫兵造反司令部”,简称“红造司”。后来学校的对立派称“红早死”。“红造司”派代表进京串联,正赶上8月18日毛泽东第一次接见红卫兵代表,百万红卫兵把天安门广场变成了波澜壮阔的“红海洋”,也把对毛泽东的崇拜推上了一个新高峰。“红造司”的代表从北京带回了谭力夫鼓吹“血统论”,煽动性极强的《讲话》,于是“红造司”在大礼堂召开了批斗会,批斗“黑七类”出身的学生。红卫兵耀武扬威,高喊着“龙生龙,凤生凤,老鼠生来会打洞”“老子英雄儿好汉,老子反动儿混蛋”等口号,威逼“黑七类”出身的学生自己承认自己是混蛋。

出身“黑七类”的学生站成一排,红卫兵一个一个逼问:“你是不是混蛋?”当问到战野的时候,战野死活不说话,宁愿被揪着头发反拧着胳膊“坐喷气式飞机”也不说话。

战野从小就受人歧视，从小就生活在或浓或淡的受人歧视的氛围之中。虽说那种氛围也是社会造成的，毕竟还是属于个体的无组织的歧视，他可以采取“拼命”的方式来维护自己的尊严，而现在则是群体的、有组织的、堂而皇之的歧视，战野觉得无力反抗了。外表的尊严已无法维护了，他只能坚守自尊，坚守自尊的唯一办法只有沉默。他不明白，人们怎么会突然变得这样亢奋，这样激烈，这样疯狂，简直像鬼上身一样，就连同学之间也成了敌人；社会怎么突然会变得这样是非颠倒，杂乱无章。他也想过是不是回村待上一段，可是母亲问起来怎么说呢？

形势真是千变万化，学校又成立了一个“井冈山造反兵团”。“井冈山造反兵团”的发起者，基本上都是那些被“红造司”打入“另册”的“黑七类”出身的学生。他们发起的时候也找过战野，战野没有参加。说不清为什么，战野隐隐约约感觉，或者说潜意识感觉，这样闹腾下去是不会有好结果的。别看他们现在一个个意气风发，斗志昂扬，甚至意得志满，耀武扬威，最终是不会有什么好结果的。

“井冈山”刚成立的时候势力薄弱，但他们和省会有名的造反组织“二七公社”挂上了钩，并加入了“二七公社”。“井冈山”的势力很快壮大起来，甚至超过了“红造司”。他们夺了实际上已名存实亡的“文化革命委员会”的权，占领了学校的办公楼和广播站。“红造司”则加入了省会早期的造反组织“河造总”。双方都标榜自己是代表“毛主席无产阶级革命路线”的“革命造反派”，谩骂对方是站在“刘少奇资产阶级反动路线”上的“保皇狗”。

“文化大革命”进入了以派性斗争为主要表现形式的阶段，两大派群众造反组织互不相让，互相攻击，并由“文斗”转向“武斗”。

此时，早已开始的“全国大串联”的队伍更加庞大了。一些早期造反后来因父母被打倒而失势的红卫兵，一些早期受压抑后来又自由了的“黑七类”子弟，一些头脑冷静下来不想再投身造反的造反派学生，全都加入了大串联的行列。大串联的实质内容也发生了变化，由原来的互通信息、互相激励的激情革命，变成了变相的参观旅游或者干脆游山玩水。

一天，因父亲被打倒久未露面的吴剑锋突然来到学校，找到战野，说要和他结伴外出串联。吴剑锋说全国各地都成立了红卫兵接待站，说无论到全国什么地方，乘坐火车、汽车、轮船都不要钱，住宿、吃饭也不要钱，不串白不串。

“可是，我听说要有革命群众组织的介绍信，红卫兵接待站才会接待呀。”战野说。

“那还不好办?”吴剑锋说,“咱俩也成立一个嘛!”

战野有些犹豫:“就咱俩?”

“对,两个人的兵团。”

“那会行?”

“谁也没有权力不让咱革命,谁也没有权力不让咱造反,谁也没有规定两个人就不能成立革命造反兵团!”吴剑锋毕竟是干部子弟,虽说父亲被打倒了,可干部子弟的感觉和胆识还在。

于是两个人商量了一下,革命造反组织的名字定为“东方红野战兵团”。上街刻了一枚革命群众造反组织印章,贴出去一张公告,“东方红野战兵团”就宣告成立了。

吴剑锋回去给战野找了一个军用挎包,一顶军帽,两人佩戴着毛主席像章,携带着语录本、介绍信和印章,便加入了大串联的队伍。因为随身携带着组织印章,所以他们比其他串联的学生要方便得多,想去哪里随时就可以开一张介绍信。

他们首先坐汽车到了郑州,再从郑州乘火车到了北京。既然是革命串联,大学还是要去的,他们先到北大、清华看了看大字报,然后瞻仰了天安门、人民英雄纪念碑,游览了景山、北海、颐和园、八达岭,然后从北京直接串到了武汉。在武汉,他们参观了长江大桥、位于珞珈山的武汉大学。珞珈山脚下就是东湖,有一个渔家妇女划着小船在湖边摆渡,每人一毛钱就可以从武汉大学摆渡到东湖风景区,他们当然不会放过乘坐一叶扁舟观赏湖光山色的机会。从武汉到上海乘坐的是轮船,他们乘坐的轮船正好是“东方红号”,吴剑锋和战野站在甲板上,面对朝阳,兴奋地大叫:“哈哈,东方红!我们的轮船,我们东方红野战兵团的轮船!”

这次串联让他们大开了眼界,大长了见识。尤其是战野,别说是北京、武汉、上海,此前连地区所在地周口都没有去过。美中不足的是,在离开上海的时候,在上海火车站排队进站的时候,战野头上戴的军帽被人抢走了。战野心中不快,吴剑锋却不当回事,说:“抢了就抢了,我回去再给你找一顶。”

在回程的火车上,战野说:“咱们要是能和天强、谷雨一块去串联,该多好啊。”

吴剑锋说:“那还不好办,下一次叫上他们。”

“可他们又不是红卫兵。”战野说。

“咱们有大印在手，说他们是，他们就是。”吴剑锋说。

“那不是浑水摸鱼了吗？”

“就是浑水才能摸鱼，水清了你还摸个屌！”

第二次外出串联他们当真叫上了天强和谷雨。这一次是沿陇海铁路向西，到洛阳、西安。逛了西安往回返的时候，他们没有挤上火车。车厢内的走道上、靠背上、座位下面、行李架上、厕所里全挤满了人。他们半夜就起来排队，结果还是没有挤上火车。他们看到这列火车的后面停着一辆空车，就商量说只管先上去睡一觉，开到哪儿算哪儿。晚上火车才晃晃荡荡地开了，第二天早上把他们拉到了宝鸡。他们索性从宝鸡继续西行，又去了兰州、嘉峪关和敦煌，一直到中央发出了结束串联，返回本地进行“文化大革命”的通知，他们才回到了学校。

就在吴剑锋和战野他们串连期间，全国各地两大派组织之间的武斗逐步升级，不少地区甚至动用了枪炮。

到1968年秋天，教育系统仍然是一片混乱，全国的大专院校和中等学校根本不可能复课。“中国的赫鲁晓夫”“中国最大的走资本主义当权派”“资产阶级司令部的黑司令”刘少奇已被打倒，且百病缠身。造反组织感到失去了战斗目标，更加把精力放在了派与派之间的争权夺利上。然而，“文化大革命”已经进行了两年多，不少学生对没完没了的派性斗争感到了厌倦，他们热得发晕的头脑一旦冷静下来，也开始了对这场“史无前例的无产阶级文化大革命”的思考，尽管他们还不敢说出自己的思考。教育系统瘫痪了，学校瘫痪了。中学生失去了升学的机会，连大学生的分配都没有着落，他们更是就业无望。上学不能上学，工作不能工作，成百上千万学生无所事事，他们已经成为社会的负担，甚至于一种灾难。

整个“文化大革命”的局面，已经只有毛泽东一个人可以左右了。于是，毛泽东又挥了挥手，发出了伟大号召：

“知识青年到农村去，接受贫下中农的再教育，很有必要。要说服城里的干部和其他人，把自己初中、高中、大学毕业的子女，送到乡下去，来一个动员。各地农村的同志应当欢迎他们去。”

于是，一批接一批的红卫兵被送到了贫困的农村、山区和边疆。在全国各大城市的火车站，随时可以看到男男女女的红卫兵，或背着行李或掂着箱子和家长告别的悲壮或悲凄场面。这时候，他们胸中高亢的革命激情已经基本燃尽了，内心灰蒙蒙的，因前途未卜而感到困惑和迷茫。

也就是从这时起，“红卫兵”变成了“知识青年”，煊赫一时的“红卫兵”，逐渐被“知识青年”的称谓所取代。

像战野这种户口本来就在农村的学生，则称为“返乡知青”或“回乡知青”。1968 年冬天，战野拿到了一张印有“最高指示”的高中毕业证书，作为“返乡知识青年”回到了张许村。

# 第七章

## 1. 画像风波

战野回到了张许村，成了一名一般的社员。城里下乡的知识青年有安家费和半年的口粮补贴，回乡知识青年什么也没有，和村里的青年农民没有任何区别。战野“考上名牌大学，将来把母亲和谷雨接到城里”的愿望成了泡影，心里难免充满沮丧和失落。战野也知道，这不是自己一个人的沮丧和失落，这是一代青年的沮丧和失落。

头两天战野没有到生产队里干活，觉得自己没有颜面，害怕村里人的闲言碎语和嘲讽的目光。天强在他回乡之前已经参军走了，战野又不好意思找谷雨，整天憋在家里，连个说话的人也没有。

第三天晚上，谷雨来了。

谷雨是听面贵说战野回来当农民了。面贵因为强梁，当上了村里的民兵队长、治安委员。面贵是怀着幸灾乐祸的心理说给谷雨的：“学习再好有屁用？一个野种，一个地主羔子，还想吃上商品粮？别做梦了，照样得回来打土坷垃，踩牛屎！”

谷雨又高了一些，原来小小的胸脯现在高高地翘了起来，小屁股也发育得圆鼓鼓的，显现出青年女子曲线的柔美和曼妙。谷雨完全长成了一个大姑娘，就像树上红了嘴儿的水蜜桃。

其实，战野自己也已经长成了一个英俊的小伙子。

“谷雨。”战野看了一眼谷雨，便低下头，不敢面对谷雨秋水滢润的眼睛。

谷雨长得越是好看，战野心里越是失落和伤感。

战野心里也很清楚谷雨父母的态度，如果他考上了大学，当上了干部，他娶谷雨不会有什么问题；如果他回来当了农民，谷雨的父母是绝对不会同意这门亲事的。可战野太喜欢谷雨了，他觉得，他之所以那么认真地读书，那么想考上大学，一半是为了谷雨，一半是为了母亲。现在他又回村当了农民。是这场无产阶级文化大革命让他丧失了升大学的机会，是这场无产阶级文化大革命让他回村当了农民，因此他格外仇恨这场无产阶级文化大革命，当然，这种仇恨只能埋藏在心底。

所以，看着谷雨出落得越来越水润，越来越可人，战野心里越发不是滋味。他不敢想象，如果他得不到谷雨，如果谷雨和别的男人结了婚，他这一生该怎样度过？除了心痛、忌妒、酸苦、空落、无奈，他这一生还会有什么呢？

谷雨说："苦子哥，你回来了也不说一声儿！"

"谷雨。"战野说。

"是不是把俺忘了？"谷雨说。

"谷雨！"战野说。

"你就会说'谷雨'。"

战野特别喜欢听谷雨说这句话，娇嗔中含着亲密和甜润，让正在伤感中的战野竟然忍不住流下两行泪。这眼泪是热的也是凉的，有感动也有感伤。

"苦子哥！"谷雨从未见战野流过泪，小时候受那么多欺负，挨那么多打，也从来没有流过泪，如今见战野流泪，自己的心里酸酸的，也想流泪，"你怎么了苦子哥？"

谷雨掏出手绢给战野擦泪。战野意识到了自己的失态，笑了笑，说："没什么，谷雨，你坐吧。"

"苦子哥你得想开点儿。"谷雨说，"全中国的高中生都不能考大学了，又不是咱一个。就连城里的学生也得上山下乡当农民，他们不是更委屈？更难受？"

"谷雨，不是，不是因为这。"

"那是因为啥？"

"因为，因为，"战野没办法对谷雨说出自己的真情实感，便说，"因为见了谷雨激动的。"

"骗人吧你！"谷雨冷不丁就钻进了战野的怀里，搂着战野的脖子，小声说，"亲亲我！"

战野怔了一下，便把谷雨紧紧地抱住了，亲着谷雨的耳垂，喘着气，轻轻地说："别让俺娘看见了。"

"是咱娘！"谷雨小声说，"咱娘还没有睡？"

"你听！"战野说。

战野和谷雨屏息静气，便听到东头的隔间里传来"哧——哧——"纳鞋底的声音。两个人不再说话，紧紧地拥抱着，热切地亲吻着。

第二天，战野到生产队出工了。间或有社员和他打招呼。

“苦子回来了？”

“回来了。”

“还走不？”

“不走了。”

“那不白上了？”

“白上了。”

时令已是冬季，农活不多。社员到齐之后，会计张天生领着社员举行了向毛主席“早请示”的仪式。然后由生产队长张文富分派活路，战野被指派跟着车把式装粪、卸粪。

无产阶级文化大革命虽然也“革”到了农村，但是依然非常贫穷的农村没有什么权力好夺，大部分农村基本是形式上跟进，没有多少实质内容。张许村没有组织跳“忠字舞”，养“忠字猪”，也没有出现“刘奶奶”那样的典型。就是在战野回乡的那一天，即1968年12月5日，《光明日报》刊登了某生产队贫农老大娘刘奶奶的事迹：刘奶奶学毛主席著作，日间读，夜里睡不着觉也读，忘了就喊人教。孙女玉珍跟她睡，每夜要喊起问十来遍，闹得孙女睡不好觉。刘奶奶亲切地对孙女说：“玉珍，你教奶奶多读一个字，就是向毛主席多献一份忠心，就是向刘少奇多射一颗子弹！”张许村只是在开始的时候，把张文举等几个地主分子拉出来斗了斗；“破四旧”时扒掉了村东南的土地庙；临街的墙壁用石灰水粉白，用红颜料写上“将无产阶级文化大革命进行到底！”“横扫一切牛鬼蛇神！”“打倒刘少奇，保卫毛主席！”之类的标语；再就是上工、下工的时候由会计领读几段毛主席语录，领呼一遍“敬祝我们伟大的领袖、伟大的导师、伟大的统帅、伟大的舵手毛主席万寿无疆！万寿无疆！敬祝我们的林副统帅身体健康！永远健康！”的祝词。上午干活之前叫作向毛主席“早请示”，下午收工之前叫作向毛主席“晚汇报”。

1969年4月，中共中央召开了第九次代表大会，林彪作为“毛泽东同志的亲密战友和接班人”写进了《党章》。张许村也照例敲锣打鼓，组织“热烈庆祝‘九大’召开”的游行，刷标语，还要破例画宣传画。二队的队部正好在进出张许村的大路的村口，村革委会让在临大路的屋山山墙上画一幅大型宣传画。山墙粉刷好，准备上县请人画。可是在经费上出现了问题。生产队让村大队出钱，村大队让生产队自力更生，并且说“忠不忠，看行动”。可生产队连犁铧、缰绳这些基本的农具坏了都没钱买，哪里有钱请画家。

队长张文富找到了战野，问：“苦子，会不会画毛主席像？”

“要说也能画。”战野想了想，“可我不敢画。”

“那为啥？”张文富问。

“要是人家硬挑点毛病，还不得打我一个现行反革命！这种先例也不是没有过。”战野说。

“你小子只管画，这又不是在城里，你文富舅还担不起这责任？”张文富哈哈一笑，“你说都需要啥？”

“广告色、排笔、铅笔、拐尺。铅笔我家里有，就不用找了。拐尺要有机玻璃的。”

于是，张文富一边安排劳力搭架子，一边叫会计张天生到村革委会借广告色、拐尺和排笔。

战野可不是夸口，他很有把握画好毛主席像和林彪像。最初，他在城里看到那些巨幅的毛主席画像，画得那么好，对那些画家很是羡慕和敬佩。一次，他在县城的十字街口的一堵墙壁前，见一个画家正站在架子上画毛主席像，便站在后边认真看。反正他除了看看大字报也没有什么事，此后便天天来，一直到那幅《毛主席接见红卫兵》的巨幅画像竣工。原来，第一步先在样画和墙壁上打出同样多的方格子，就像围棋的棋盘，接下来用铅笔按比例在墙壁上勾勒出画像的轮廓，然后再比照样画的色彩填上广告颜料。

竟然这么简单！

战野受命要画的，是毛主席和林副主席身着军装并肩站在天安门城楼上的画像。战野按照他见到过的工序，先用铅笔在原画上打成小方格，又在山墙上打上同样多的方格，然后勾勒人物。先是招引来一些孩子观看和玩耍，当毛主席和林彪的容貌逐渐显现出来的时候，不少社员也站在后面看，一边看一边议论。

经过半个多月认真绘画，这幅巨幅宣传画终于完工了。不但队长和会计啧啧称赞，全队的社员没有不说好的。文翠也很惊奇，不知道苦子什么时候学会了画画。谷雨看了是又吃惊又高兴，她原先光知道她的苦子哥学习好，也不知道他会画画。就连战野自己也没有想到自己竟然画得这样好，嘴上不说，其实心里美滋滋的，充满了一种自豪感和成就感。

这幅画像还真是差一点给战野引来祸端。画像画好没几天，画像上不知怎么弄上去几点子牛屎。有人怀疑是阶级敌人搞破坏，告诉了队长张文富，张文富连忙找来抹布擦拭清理。张文富正在擦拭清理的时候，民兵队长兼治安委员许面贵带着两个民兵来了。许面贵十分肯定地说是现行反革命行为，是阶级斗争新动向，让张文富保留作案现场，并且怀疑是战野所为，要把战野带到革委会审问。

张文富大怒，质问许面贵："你咋知道是战野？你亲眼看到了？"

许面贵反问："那你说是谁？"

张文富说："我没看到我就不能瞎说！"

许面贵说："你们二队就战野出身不好，我总不能怀疑贫下中农！"

这时候，二队的社员都围上来，一边看热闹，一边七嘴八舌地议论。除了孤门独户的战野，二队的社员都姓张，尽管战野家里成分不好，可毕竟还是张门的外甥，所以大部分社员都向着张文富，少有人向着许姓的许面贵。

张文富说："这领袖像是战野画的，难道他会给自己亲手画的画上摔牛屎？"

"这正是阶级敌人的狡猾所在。"许面贵作出一副很干练很有经验的样子，"他要是不画出这副领袖像，他还没办法发泄他对伟大领袖的刻骨仇恨呢！"

"许面贵，你再敢瞎联系，我就敢咬死是你干的，是我昨夜里亲眼看见的。"张文富说。

"你你你，你包庇现行反革命……"

正吵得不可开交，会计张天生来了。张天生领着饲养员张麦囤，张麦囤牵着一头又老又瘦的黑犍子。

"别吵了，别吵了，现行反革命找到了，现行反革命找到了。"张天生说。

听说现行反革命找到了，现场马上安静下来，都等着看看谁是现行反革命。

张天生说："麦囤叔，你说说谁是现行反革命？"

张麦囤嘿嘿笑了笑，指了指那头又老又瘦的黑犍子，说："就是它！"

一头老黑牛怎么会反革命？还是现行的！人们大惑不解。

张麦囤说："这头黑犍子拉稀，拉得尾巴上都是屎，俺今早上牵牲口打这儿过，这黑犍子一甩尾巴，就甩上去几个屎点子。"

人们轰的一声大笑起来。

许面贵不相信，他走到黑犍子屁股后边看了看，黑犍子果然在拉稀，尾巴上果然贴满了屎。说来也怪巧，这时候黑犍子好像验证自己正是要找的现行反革命似的，尾巴又一甩，几点子牛屎正好落到许面贵的褂子上。

人们又哄然笑起来。

张天生说："许队长，许治安，你把这头现行反革命牵走吧，想游街游街，想批斗批斗，判个十年八年有期无期都行，就是枪毙它，俺们也没意见，只是尸体得还给我们队,我们要剥了反革命分子的皮、吃了反革命分子的肉才解恨!”

许面贵哭笑不得,十分尴尬,在一片哄笑声中带着两个民兵悻悻而去。

因为这幅宣传画正好在村口、在大路边,进出张许村、路过张许村的人都要从这里经过,这幅画便成了张许村的门面。一天,小王庄的支书骑着自行车路过这里,下车看了一会儿,询问饲养员张麦囤这幅画是谁画的。饲养员说是村里的高中生战野画的。王支书说能不能给他们村也画一幅,饲养员说那得找队长,便找来了队长张文富。村干部们一见面一般都是先递烟,再说事儿。张文富一口答应,但又说不能白干。

“你说你说,说说条件。”小王庄的王支书说。

“第一,管吃管住;第二,一天一块钱工钱。”张文富说。

“吸烟吸烟。”王支书又递上一支烟,张文富接过来夹在耳朵上。王支书说,“管吃管住不用说,工钱多了点儿。”

“不多!”张文富说,“你想想,买一个工八毛钱,人家辛辛苦苦地画,能不让人家落俩? 不多!”

“中啊中啊。”王支书明知对方打了埋伏,也不太计较,“你叫他明天就到小王庄找我。”

这样,战野画的巨幅宣传画倒成了宣传他自己手艺的广告。“一生二,二生三”,此后两年多的时间里,不断有其他村的革委会请战野去画毛主席像。直到 1971 年 9 月 13 日林彪坐飞机出逃摔死在温都尔汗之后,这种画主席像的热劲才逐渐凉了下来。

战野有才有艺,人又长得帅气,在外地画毛主席像期间,难免有大姑娘小媳妇对他言语挑逗,眉目传情,甚至投怀送抱。在顺河集画主席像的时候,他被派在一对小夫妻家里吃饭。有一次男的不在家,那小媳妇特意炒了两个菜,打了半斤酒。吃饭的时候,那小媳妇又是摸他的脸蛋,又是用胸脯蹭他的脊背,还要和他喝交杯酒,就差在他面前脱衣服了,弄得他饭没吃饱就跑了出来。在水口镇画主席像的时候,有一个叫水莲的女孩子主动和他谈情说爱,他说自己已经订了婚。过去碰到这种情况,他只要说自己订了婚,女孩子也就罢了。可是水莲这个女孩子仗着自己长得漂亮,格外痴情。后来战野画完主席像离开了水口镇,水莲竟然骑了几十里路自行车,找到了战野家。战野没动心,文翠倒有点动心了。

文翠知道战野的心思,可还是试探着劝战野:“苦子啊,你也老大不小了,娘看水莲这孩子不错,不知道她家里啥态度。咱们家成分不好,能娶上水莲做媳妇也算是祖上积德了。”

“娘——”战野说，“我现在还不想说这事。”

“苦子啊，娘不是个糊涂人，娘心里跟明镜似的，清楚得很，娘知道你心里装着谷雨，谷雨心里也装着你。其实娘也很喜欢谷雨的，也巴不得谷雨能给俺做儿媳妇。可是，”文翠深深地叹了口气，“唉，难哪，谷雨她娘对咱们的成见太深了。”

“娘，小时候娘教我唱童谣，不是说‘花喜鹊，尾巴长，娶了媳妇忘了娘’吗，我一辈子不娶媳妇，就能一辈子守着娘了。”

“尽说傻话！娘宁可让俺苦子忘了娘，也不能让俺苦子打光棍。”文翠笑了笑，说：“娘这一段老是感到心口疼，就想让俺苦子快点成个家。只要看着俺苦子把媳妇娶进门，娘就是有个三长两短，在九泉之下也能瞑目了。”

“娘，俺明天陪娘到公社卫生院看看吧。”战野说。

“看啥呀，老毛病了，不耽吃不耽喝的，省下来俩钱，留着给俺苦子娶媳妇用吧。”

## 2. 生米做成熟饭

谷雨的大姨又给谷雨介绍了一个对象。

在农村，虽说晚婚和计划生育政策也很严格，然而农村有农村的实际情况，农村有农村的游戏规则，祖祖辈辈同村住着，村干部也只好睁一只眼闭一只眼，女孩子很少 20 多岁还没有结婚出嫁的。谷雨已经 25 岁了，这在农村已经是让村人关注的老姑娘了。

早已急坏了谷雨的爹娘。从谷雨 18 岁那一年开始，她的爹娘就四处托人给谷雨介绍对象。谷雨长得好看，本来用不着托人，只是谷雨的爹娘要求高，一心一意要把谷雨嫁到城里，最起码也要找一个拿国家工资的，吃国家商品粮的。

这几年，谷雨的七大妗子八大姨一起上阵，也给谷雨介绍过不少对象，有的条件还相当不错，可谷雨见一个吹一个，一个也没有看中。其实许老五和谷雨娘心里也知道，谷雨心中已经有了人，而且可能就是苦子。街坊邻居一直风言风语的，许老五和谷雨娘怎么会一点不知道呢？可他们就是和谷雨硬捌着，尤其是谷雨娘，觉得文翠和苦子娘儿俩，简直就是狗屎一堆，臭不可闻。

这样一晃就是七年。

谷雨的大姨给谷雨介绍的这一个对象，说是条件好得不能再好了。小伙子是县城百货大楼的会计，父亲是县供销社主任，家里“三转一响”早就准备好了，说是只要咱谷雨同意，人家马上就送一千块钱的彩礼过来。“三转一响”是有钱人家娶亲才置得起的，三转就是自行车、手表、缝纫机，一响就是收音机。谷雨娘高兴得合不拢嘴，屁颠儿屁颠儿的，又是给老姐姐买烟，又是给老姐姐烧鸡蛋茶。老姐姐抽着香烟，喝着鸡蛋茶，又说，美中不足的只有一点儿，就是一条腿长一点儿，一条腿短一点儿。就一点儿，啥也不影响。

谷雨娘的脸上暗淡了一下，不过马上又活泛起来，因为老姐姐接着说：“大妹妹呀，有一点儿缺点儿说不定是好事哩！你想想，因为有这一个缺点儿，人家还不得把咱家谷雨当观音一样敬着，咱谷雨算是掉到福窝窝里了，说不定妹妹你也跟着享大福啰！”

谷雨娘越想越觉得就是这么个理儿。人家那么好的条件，再十全十美了，哪里轮得到咱谷雨，恐怕城里的姑娘就挤破了头。即便是轮得到咱谷雨，将来以后人家还不得拿俺谷雨当丫头使唤，有了这一个缺点儿就会把俺谷雨当神敬。有一条“最高指示”怎么讲，想起来了，叫作“金无足赤，人无完人”，还说“好事可以变成坏事，坏事可以变成好事”。

事不宜迟，姐妹俩商定，后天也就是农历玖月初六，好日子，让谷雨到县城和男方见面。

许老五下工回来，谷雨娘跟他说了，许老五说了句“我说了也是白说，只要谷雨愿意就行”，便坐到当院的捶布石上抽旱烟。

吃过晚饭，谷雨正要出门，被娘喊住了。

“又去哪儿？碗一撂就走！”

“去找天强哥。”谷雨说。

张天强已经从部队复员了，因为在部队表现好，入了党，回村当上了大队党支部副书记。谷雨想去找站野的时候，总是用“找天强哥”来作借口和掩体。

谷雨娘心里动了一下，这闺女是不是看上了天强？尽管天强也不符合她的要求，总比苦子那野种要强得多。

“你先别走，娘有事跟你说。”

谷雨便在屋门口站了下来。

“你大姨又在县城给你介绍了一个对象，这一家条件可好了，小伙子在百货大楼当会计，爹是供销社主任，家里‘三转一响’早就准备好了，只要你答应人家立马就送两千块钱过来，还说一过门就给你在城里安排工作。”谷雨娘把老姐姐的话又说了一遍，只是隐瞒了男方“一条腿长一点儿、一条腿短一点儿”的事实，把一千元彩礼修改成了两千元，并且增添了一过门就给谷雨安排工作，“说好了后天到县城见面，你也得有个准备。”

谷雨到县城相亲可不止一次两次了，有一次还坐长途去了周口，男方要么就是年龄大，要么就是死了老婆，有的甚至还带着孩子，要么就是丑得不能看，要么就是身体有残疾，因此，一提“介绍对象”“见面”什么的，谷雨就心烦，就头疼。

“娘，我说过多少次了，这件事情不用你们二老操心！”

“男大当婚，女大当嫁，古往今来，天经地义。”谷雨娘的嗓门高了起来，“像你这么大的闺女，人家孩子都有两三个了，哪个像你？咱们村找不出第二个！”

“谁想去谁去，反正我不去。”

“你敢不去！”谷雨娘动了高腔。

“谷雨，去见见吧，行不行去见见吧。”许老五说。

“我再说一遍，我自己的事情不用您二老操心。”谷雨顿了顿，接着说，“干脆说明吧，我的心里早已有人了。”

“谁？你说的是谁？”谷雨娘急急问。

“就是战野，就是村南的苦子哥。”谷雨说。

“当真是那个野种呀！”谷雨娘气得脸煞白，“不中，绝对不中，要嫁给那个野种，除非恁娘死了！”

谷雨心一横，说：“不中也得中，反正生米已经做成了熟饭，我已经是他的人了。”

“你说啥？你再说一遍！”谷雨娘不相信自己的耳朵，伸着耳朵往前凑凑，再凑凑。

“我说生米已经做成了熟饭，我已经是他的人了。”谷雨大声说。

谷雨娘呆了，谷雨娘懵了，谷雨娘傻了！少时，谷雨娘突然一蹦老高，一屁股坐到地上，双手拍打着大腿，嚎哭起来：“活不了了呀，你气死我了呀！谷雨你个死妮子气死我了呀……”

“小声点儿吧我的祖奶奶！”许老五忽然醒悟过来，架起谷雨娘就往堂屋拖，“家丑不可外扬，叫人家听见了，咱们家还做不做人了？你就不怕人家戳咱的脊梁骨？还要不要这两张老脸了？”

“她死妮子都不要脸了，我还要脸干啥呀！我活都活不了我还要脸干啥呀……”谷雨娘说是不怕，可声音还是小了下来，又嚎了几声，便抹了抹眼泪不嚎了。

“死谷雨你听好了，娘不和你一般见识。你想嫁给那野种也行，得答应娘一个条件。”谷雨娘见事已至此，来硬的已不可能有什么效果了，便改变了战略。

“还是俺娘体贴女儿。”谷雨见娘改变了态度，真是大喜过望，连忙上前搀扶娘，“什么条件？你说吧娘！”

“娘的条件也不高。”谷雨娘说，“你大姨说的那一家，只要咱一应承，人家立马就送两千块钱作见面礼。前边有车，后边有辙，只要他也能拿出两千块钱作见面礼，娘我就不再管你们的事。”谷雨娘心想多亏刚才我把一千块钱见面礼说成了两千块钱。

两千块钱哪！这对于战野家来说，就是砸锅卖铁、剔骨卖肉也值不了两千块钱哪！别说是战野家，张许村哪一家也拿不出两千块钱，就是大队革委会也拿不出两千块钱来。谷雨娘所以这样做，其实还是为了堵死谷雨和战野的路，你苦子个野种不是能耐吗，能耐就拿来两千块钱，要是拿不出这个钱，那就别怪老娘我无情了。尽管谷雨娘狮子大张口，喊出一个天文数字，喊出一个让农村人望而却步或者说不可能实现的数字，可是谷雨还是有点儿大喜过望，因为娘毕竟松了口，给了谷雨和战野希望，给谷雨和战野指明了奋斗的方向和前进的目标。

“娘你这话当真？”

“当真。”

“算数？”

“算数。”

“那咱们三击掌，说死了！”三击掌是谷雨看戏时学来的。

“什么三击掌不三击掌，娘说了就算。”

谷雨很认真，非要和娘击掌为凭。随即出门，先找战野，又和战野去找天强。

谷雨一走，谷雨娘就对倚门而坐的许老五说：“老头子，我这会儿咋觉着，刚才那死丫头是骗咱俩，故意说她已经是人家的人了，堵死咱们的路。”

“我也觉着不大对劲。”许老五说，“不过，就是假的也不能说，说出去就成真的了，咱们的老脸可就没地方搁了。再说了，他战野去哪弄两千块钱！”

谷雨出了家门，先到战野家里找到战野，把她家里发生的事情从头到尾说了一遍。

和谷雨预料的一样，尽管战野也觉得两千块钱是一个天文数字，但还是激动得把谷雨紧紧地抱了起来。两个人疯狂了一阵，便开始谋划怎样弄到这两千块钱。战野原来给人家画主席像的收入文翠都替他攒着，总共106块，谷雨攒了38块，加起来是144块，离两千块钱的数目相距太遥远了呀。

谷雨建议战野一块儿去找天强哥，让天强哥也帮助出出主意，想想办法。天强哥打小就有主心骨，从部队复员回来更加成熟了。谷雨经常找天强，很多事情都找天强商量，很看重天强的。天强也总是把谷雨和战野的事当作自己的事。天强说他的复员费还有一百多块，可以先给战野用。又帮战野出主意说，现在村里穷得叮当响，干一年除了分点儿口粮，也分不到现金，干脆村里给战野出一张证明信，让战野还到外边给人家画画吧，多多少少还能落几个。

两人觉得这个主意还不错。战野便又备好了画夹、画笔、颜料，告别母亲和谷雨出了门。

和过去出门画画不同的是，过去都是外村的村干部主动请他去画，有吃有喝有住有落的，现在是他走街串乡自己找活干；过去画的都是向阳花、红太阳、主席像之类的宣传画，顺便也写大标语，现在是宣传画、大标语、中堂、肖像、对子、家书，什么杂七杂八的都可以画，都可以写。

这时候，全国正在“反击右倾翻案风”。尽管运动天天有，街头村口的宣传画、大标语需要不断更新，但是因为运动过多，大多农村干部已经疲沓了，甚至厌烦了，那些宣传画、大标语也就懒得更换了，因此战野的活路也并不太好找。其实，自从《党章》规定的接班人林彪副统帅乘机外逃，摔死在温都尔汉，画主席像的热浪就已经过去了。为了尽快挣够两千块钱，在无画可画无字可写的时候，就连垒鸡窝、修猪圈、垛院墙、盖厕所这些又脏又累的力气活，战野也不放过。一次在朱砦村，他竟然给人家拓了几天土坯，挣了3块钱。

俗话说“天有不测之风云”。

初冬的一天下午，战野正在沙河镇给一位老人画肖像，张天强的堂弟张天生急急匆匆地找进了门，看到战野就迫不及待说：“苦子哥，可找到你了！”

战野不知道发生了什么事，说：“天生你先喝口水，马上就画完了。”

“别画了苦子哥，家里有急事，天强哥叫你马上回去。”天生说。

“啥事呀这么急？”

“天强哥让先不给你说。”天生意识到自己说漏了嘴的时候，已经晚了。

战野心头突然一个冷战，生出一种不祥的预感。他站起身，盯着天生问：“到底发生了什么事？”

“天强哥说等你回去……”

“天生你快说!”

“俺文翠姑她……她……她病了!”

战野手中的画夹滑落到地上,他没有去捡,对面前正襟危坐的老大爷说声“对不起了老人家,改日再给您画”,便火急火燎地迈出了老大爷家大门。

战野大步流星地在前边走,张天生一溜小跑地跟在后面,呼呼哧哧说:“天强哥派出了10个棒劳力,一个村一个村地找你,他自己在大队部一个村一个村地打电话……”

战野越走越快,恨不能一步迈回家中。他知道,娘肯定不是一般地病了,如果病得不重的话,天强哥和谷雨就可以照顾护理,绝对不会这么急迫地找他回去。娘啊,您总是说苦子命苦,可苦子知道,您的命比苦子还苦一千一万倍啊!

战野回到家的时候,舅舅、妗子、表姐、天强、谷雨都在,娘却已经走了,永远走了。战野的心像被揉搓撕扯一样疼痛,他跪倒在娘的床前,抱着娘的身体号啕大哭起来……

文翠的丧事是天强主持操办的。办完文翠的丧事,战野家里积攒的106块钱连同这一次外出挣的26块钱,就花得一分不剩了。

### 3. 陶俑的价值

公元一九七六年是非同寻常的一年,它必将和一九一一年辛亥革命、一九四九年中华人民共和国建立一样,被载入中国历史的史册。这一年,东北降落陨石雨,老百姓说是“将星”陨落了;这一年,唐山大地震,老百姓说是“天塌地陷”了。这一年的元月八日、七月六日、九月九日,周恩来、朱德、毛泽东三位伟人相继逝世;这一年的十月五日,华国锋、叶剑英、李先念等在总参所在地西山,召开了除王洪文、张春桥、江青、姚文元之外的政治局会议,一致同意采取果断措施,逮捕王、张、江、姚,并决定由中央警卫局局长兼中共中央办公厅主任的汪东兴执行;十月六日凌晨,汪东兴率领8341部队到钓鱼台逮捕了王洪文、张春桥、江青和姚文元。

以王洪文、张春桥、江青、姚文元“四人帮”的被捕为标志,终结了长达十余年的“无产阶级文化大革命”。

公元一九七七年,邓小平复出,一位小个子的伟人屹立在了世界的东方。

农历四月,新绿成荫,气候宜人,张许村里槐花如雪,花香弥漫。春播已经结束，麦收还没有开始，地里的活路并不是很多。战野便来到舅舅张文举家，帮舅舅把倒塌的一段院墙垛起来。阳光灿烂得有点耀眼。为了让院墙结实一点，战野先把碎麦秸和到泥巴中，再一锹一锹往墙上垛，不一会儿就汗流浃背了。战野索性脱去了上衣，光着膀子大干。

"小兄弟，抽支烟歇会儿吧。"

"谢谢，不会。"

"小兄弟，寻口水喝喝吧。"

战野抬起头，隔着院墙的缺口，看到了一个精瘦短小的男人。男人戴着一顶草帽，有五十多岁的样子，皮肤黑红，精神矍铄，一手扶着一辆自行车，自行车座的两边绑挂着两个方形的柳条筐；一手举着一盒香烟。

战野不知道，这个精瘦短小的男人，正是他的生父战光明义结金兰的大哥孙晶，人称"土行孙"的孙晶。

"院里有，你进来自己倒吧。"战野并没有停下手中的活路。

孙晶推着自行车进了院子。捶布石上放着一个竹壳暖水瓶和一个白瓷茶缸。他扎好自行车，倒了半缸水，在一只矮凳子上坐下来，一边喝水，一边抽烟，一边看战野兢兢业业地垛墙，一直看着战野把和好的一大堆泥巴垛完。

孙晶忽然觉得这个小伙子有点儿面熟，越看越像是他的一个故人。不会吧，不会这么巧吧。他还是拉了拉草帽让帽檐遮住眼睛。

"歇会吧小兄弟。"

战野这才放下铁锹向他走来，一边走一边擦汗。

"真不会抽烟？"孙晶又问。

"真不会。"战野说。

"小兄弟，家里有老东西卖吗？"

"什么老东西？"

"老盘子老碗儿、老瓶子老罐儿、老茶壶、老香炉、老烛台、老家具、老首饰，只要是老的东西，什么都行，越老越好。"

战野的心里动了一下，想到了自己藏了多少年的陶俑。他重新打量了一下这个短小精悍的人，问："你是？"

"收古董的。"

这时候，月秀从堂屋里走出来。

"妗！来了个收古董的，"战野说，"有老东西要卖吗？"

月秀说："哪里还有啥老东西呀。"

孙晶站起身，看到堂屋当门的桌子上摆放着一对青花花瓶，有一尺多高，就问："那一对花瓶卖不卖？"

其实，孙晶进院的时候就已经看到那对花瓶了，不动声色而已。这个孙晶当然不简单，乍一看他走乡串户的似乎在瞎串，其实经验丰富，眼睛毒得很，凡是他迈进的门槛，家里边八八九九都会有古董。

"哪一对花瓶呀？"月秀说。

"就是桌子上摆的那一对。"孙晶用手指了指。

"不卖不卖。"月秀说，"那是上一辈留下来的东西，多多少少是个念想吧。"

孙晶有点失望，但并不灰心，笑呵呵说："其他老东西也行呀，老首饰、老烛台，盘盘碗碗的都行呀！"

"哪有呀！"月秀说，"您还是到别人家里看看吧。"

月秀是个念旧的人。尽管刚解放分浮财的时候家里值钱的东西都分给了穷人，但有一些心爱的东西月秀还是偷偷地藏了起来，比如说，现在他们家的老坟地里还埋着一罐金银首饰呢。然而这些东西留下来不易，哪能说卖就卖了呢，再说了，她现在也还不敢挖出来。

孙晶推着自行车走出院门的时候，战野和月秀打了声招呼，跟上了孙晶。

"老师傅，挖土挖出来的东西收不收？"战野小声问。

"收啊。"孙晶看了看战野，越看越觉得很像自己的一个故人，便试探着问，"小兄弟，家里都有什么人啊？"

"就我自己。"战野说。

战野领着孙晶来到家里，领进堂屋，让孙晶当门坐下来。战野从里间拿出来两个陶人，一个呈坐姿，双手捧着一个排箫样的乐器在吹；一个强壮得十分夸张，却少了一条手臂，又不像是残断的，似乎是做的时候故意用刀齐齐切下来似的。

孙晶的眼睛不易觉察地亮了一下，却并不上手，说："就两个？"

"还有。"战野把两件陶人放到孙晶面前。

"都拿出来看看。"

"先说说价钱吧。"

"小兄弟你说吧。"

"还是你说吧。"战野坚持不说价，因为他根本不知道这种东西能值多少钱。

孙晶不屑地拿起一件，说："这种灰陶不值钱，要是带釉就贵多了。这样吧，咱们第一次打交道，我给你一个好价钱，5 块钱一个。"

战野心里一喜，这比他预想的值钱多了。但战野不动声色，长时间的走乡串户给人家画画挣钱，他早已学会了不露声色。这个人张口就给 5 块钱一个，那么，它们的价值恐怕远远不止 5 块钱。

战野说："老师傅，您给得太便宜了。"

孙晶说："不便宜了，这个价格不便宜了。"

战野说："不卖。"

"小兄弟，那你说个价。"

"10 块钱一个。"战野说。

"小兄弟，你开的价格已经顶到天上了。我这么大年纪，骑个自行车一天跑上百里路，小兄弟你总得让我赚几个辛苦钱吧！"

"10 块钱一个。"战野说，"说句心里话，要不是急着用钱，我才舍不得卖呢。"

孙晶面有难色，觉得一开始价格还是出高了。僵持了一会儿，孙晶一咬牙说："10 块就 10 块，今天咱第一次打交道，今天就是赔钱我也认了。赔干赔净，沙河一蹦，不死再挣吧！地老天荒，人海茫茫，咱俩能坐到一起谈生意也算是缘分了。"

战野到里屋把他保存了 10 多年的陶人陶狗什么的全部拿了出来。孙晶数了数，一共 29 个，然后掏出钱包，点给战野 290 块钱。战野接过这厚厚的一沓钱，手就有点颤抖。从记事起，20 余年，他还从来没有拥有过这么多钱呢！

孙晶看出来战野是个生手，估计他对这些东西根本不懂。所以，尽管今天价格出得有点高，心里觉得还是挺值得的。今后，小伙子很可能会成为他的又一条供货途径，他就有可能从小伙子这里捡到大"漏儿"，赚到大钱。所谓捡"漏儿"，大都是从外行那里捡来的，要想从内行手里捡"漏儿"，那可是太难了。

"小兄弟，认识这些东西吗？"孙晶问。

战野摇了摇头，说："正想请教老师傅。"

"看小兄弟也是个好学的人，我就倚老卖老卖弄一下吧。"孙晶说，"这些都是汉代的陶俑，大开门儿，都是明器。"

"等一下老师傅，"战野说，连忙起身给孙晶泡了一杯茶，"什么叫'大开门儿'？什么叫'明器'？"

“大开门儿就是一眼货，就是瞄一眼就知道是到代的真东西，不用怀疑。明器就是陪葬品，就是墓藏里出土的东西。”

战野听得专心致志。

孙晶继续说：“看这陶质和风格造型，他们应该是一坑的东西，也就是说出自同一个汉代墓藏。这个吹奏乐器的叫作‘乐俑’；这个鼓腹运气的叫作‘气功俑’；这个没有手臂的叫作‘断臂俑’；这个鼓腮张臂的叫作‘说唱俑’；这个残的应该是一个‘杂技俑’，你看他的两条腿向后面曲着，脸向后面仰着，明显是一个拿大顶的倒立姿势，可惜两条手臂断掉了。”

战野不知道这里边还有这么多学问，一下子被这个古董贩子的言谈吸引住了，听得津津有味，甚至有点如饥似渴。真是个行家呀！他那矮小的身体，是不是这一类文化的浓缩，浓缩成了一件古董？这些知识可都是历史教科书上涉及不到的，战野不由得对这个短小的古董贩子产生了几分敬意。

“老师傅，接着说嘛！”战野很想了解这方面的知识，连忙又给孙晶续上茶，“陶俑还有这么多名堂？”

“你这才有几种呀，还多得很呢！就说人物俑吧，还有汉代的划船俑，哺乳俑，北魏的风帽俑、执盾俑、骑射俑，唐代的舞蹈俑、胡人俑、侏儒俑、文士俑、武士俑、仕女俑、天王俑，宋代的相扑俑，元明的仪仗俑，等等，还多得很呢；尤其是秦汉的兵马俑，一坑就出土几千个，像军队一样列成方阵，秦陵的兵马俑竟然制作得和真人一样大小。”

“老师傅，您说古人做这么多陶俑埋到墓里做什么用呢？”

孙晶自己点了一支烟，接着说：“古人特别注重厚藏，尤其是汉代，‘侍死如侍生’，也就是说，对待死去的亲人要和对待活在世上的亲人一模一样。他们认为，人死之后就到另一个世界生活了，所以，死者生前拥有的东西死后也应该拥有。可是，总不能把死者生前所拥有的统统带走吧，只能做成各种陶范也就是模型埋进死者墓中。这些陶俑就是用来伺候墓主人，保卫墓主人，供墓主人享乐的。我不知道你这些陶俑是从哪里来的，如果是墓藏出土的话，肯定还会有一些陶壶、陶瓿、陶鼎、陶炉、陶灶，甚至陶院落、陶楼阁、陶猪圈什么的。不过，这还是一般的富余人家的墓藏，如果能是帝王将相、王公贵族，哪怕是他们亲属的墓藏，那里面的东西可就值大钱了。”

“好了好了，不说了。”孙晶喝了几口茶，站起身，“小兄弟，帮我把这些东西装一装。”

“老师傅，你后边说的东西也要吗？”

“要啊。”

战野找了些麦草，帮孙晶把陶俑装到自行车上的柳条筐内。临出门时孙晶又说："小兄弟，咱们就算是认识了。我姓孙，就叫我老孙吧。咱们后会有期。以后再弄到这一类东西给我老孙留着，我老孙不是夸口，别人谁也不会出这么高的价钱，不信你试试。"

孙晶走后，战野关上门又把钱数了一遍，29 张"大团结"，10 乘 29，290 块一分不少。

战野又激动又兴奋。战野之所以激动和兴奋，不单单是因为他无意间挣到了这一笔钱，而是他无意间找到了一个挣钱的门路，而是他看到了把谷雨娶进门的美好前景。这一带古代的墓藏很多，老百姓挖地基，挖红薯窖，挖渠修路，挖土脱坯，有时候就能挖出来这些陶人、陶马、陶房子什么的。人们说是坟墓里的东西不吉利，大部分当场砸碎了。可他们却把挖出来的老砖拉回家中盖厕所、垒猪圈，这一带不少老百姓家里的厕所、猪圈、鸡窝都是用汉砖垒成的。也有个别把这些陶人陶马等拿回家里的，战野走乡串户给人家画画的时候，不止一次看到有的人家把这些陶罐、陶狗什么的扔在院墙的角落里。这些东西老百姓是给钱就卖的，说不定你递给人家一支烟，人家就会送给你。如果把这些东西收回来，再加价卖给老孙师傅，要不了多长时间，谷雨娘要的两千块钱彩礼就可以攒够了，他就可以把谷雨娶回家来，小两口恩恩爱爱、热热火火地过日子了。

战野的眼前一片光明。

## 4. 娘，咱一起吃年夜饭

当天下午，战野就把舅舅家的院墙垛好了。第二天，战野首先来到了他们上学路上的那个老坟坑。老坟坑里的东西不需要一分钱的本钱，只需费点力气挖出来拿回家，然后卖成钱，等于是捡钱，不捡白不捡，傻瓜才不捡。

老坟坑所在的柳树林一片翠绿，新生的蒿草已没膝盖。战野跳下墓坑，钻进北边的墓室。墓室内，和十多年前的情景几乎没有什么变化，只是被雨水冲进来的淤沙更深了，他十多年前挖掘的痕迹也被淤平了。没有近期被挖掘的痕迹，看来人们还不知道这些东西可以换钱。现在，战野连一丝一毫的阴森和恐怖也感觉不到了，一是战野已经长成了一条货真价实的男子汉，二是他这一次来与其说是挖陶器，不如说是来挖钱的，对于急需用钱的战野来说，钱的能量可以盖压一切魑魅魍魉、妖魔鬼怪。

战野适应了一下墓室内的光线，便动手挖起来。

这次挖掘战野用了两天时间。碎不成形的东西除外，战野挖出了两个陶壶、一座陶楼、一眼陶井、一个陶仓、一个陶豆、两个陶鼎、两个博山炉、一只陶猪、一只陶鸡，并且又意外地挖到了两个气功俑。当然，大多数东西是他后来才知道名字的。战野分期分批把它们运回了家中。

两件气功俑仍然按10块钱一件的价格卖给了孙师傅，其他器物孙师傅说没有人物俑值钱，按5块一件。这一次卖了80块钱，加上第一次卖的290块钱，现在，战野手中已经有了370块钱了。

此后，战野又开始走乡串户了，不过不再给人家画画，而是当上了古董贩子的角色。

贩卖古董可比不得给人画画，给人画画只需背上画夹，带上颜料，轻轻松松的，而且人家还管饭。贩卖古董的活就繁重得多了，无论收到多么重的东西都要一步一步地背回来。有一次在扁担杨村，他收到的东西足足装了两编织袋，直到深夜他才回到了家中，连晚饭也没有吃。尽管战野年轻气盛，还是累得瘫倒在床上。战野就想到了天强的那辆破自行车。第二天找到天强一说，天强答应得非常爽快："骑走吧，反正我也不怎么用。"

这样，战野就和老孙一样骑着自行车走乡串户了，并且学着老孙的样子，也在后面衣架的两边绑挂了两个方形的柳条筐。不同的是老孙收到的东西放到自己的店里卖，战野收到的东西还要卖给老孙，相当于老孙的供货商。

别看天强的自行车破旧得除了闸不灵哪都灵，除了铃不响哪都响，可对于战野来说真是既方便又省力气，感觉特别好。

战野从小就是一个刻苦好学的人，每当老孙上门取货的时候，凡是没有见过的东西，他总要问个一清二楚：什么年代的？叫什么名称？做什么用的？这样，战野在这方面的知识快速丰富；战野的记性好，又特别上心，鉴赏能力也快速提高了。不久，战野就懂得了这些东西的文化价值、文物价值、研究价值、收藏价值，尤其是市场经济价值。综合起来主要在其四个方面：一是品相完好；二是精美好看；三是存世稀少，最好是孤品；四是必须到代。

战野也真心喜欢上了这些古代遗存下来的器物，包括传世的和地下出土的。每当收到一件喜爱的器物，他总是精心地清洗干净，然后在灯光下久久地欣赏，如果是陶器就用泥巴复制一件样品，如果是瓷器或其他器物，就比葫芦画瓢，用画笔把它们画下来。有的他真舍不得把它们卖掉，可又必须把它们卖掉。因为任何心爱的东西也无法和他的谷雨相提并论，因为他向往过上美好富余的幸福日子，他首先要攒够谷雨娘要的两千块钱彩礼，再攒够结婚用的花销，把他心爱的谷雨娶回家中。

腊月初八，战野特意上县城买了10盒高级点心，用红带子捆作四捆，准备两盒送给舅舅和妗子，两盒送给天强的父母，两盒过年时祭奠母亲用，另外四盒送给谷雨家。

晚上，战野带着六盒点心来到天强家，先拿出两盒点心给天强。

天强就不高兴，说："谁让你给我家买了？你战野有钱了不是？显摆了不是？"

战野说："我是孝敬文富舅舅和妗子的，又不是让你吃的。"

战野又拿出来两千块钱，全是从银行换的10块一张的新票子，让天强代他连同另外四盒点心送到谷雨家。

天强又觉得好笑："我说苦子呀，你怎么不亲自给谷雨家送去？是你去求亲，又不是我去求亲！"

"天强哥，你知道我从小就害怕谷雨娘，从小就不敢去谷雨家。"

"谁不知道你苦子胆大，你苦子连老坟坑都敢拱，还怕见丈母娘！"天强大笑，"再说你总不能一辈子不见丈母娘吧？"

"你一口一个丈母娘，一口一个丈母娘，我倒是想叫丈母娘，可谁知道叫成叫不成丈母娘？"战野有点不好意思，"天强哥，我就是害怕谷雨她娘再节外生枝，所以才让你去，万一有什么变化，你也可以替我做做工作，天底下也只有你能替我做工作了。"

"好吧，我这就去，你就在家里静候佳音吧。"

战野回到家，心里有点忐忐忑忑的，坐卧不安，从屋里走到屋外，从屋外走到屋里。盼着天强回来，害怕天强回来；盼着天强带回好消息，害怕天强带回坏消息。点上一支烟，也抽不出什么滋味。在收古董的过程中他已经学会了抽烟。乡村习惯，先递烟，再递话，递上一支烟，双方的距离就近了，也就好说话了。

不是度日如年，简直是度时如年了。天强怎么还不回来？是不是谷雨娘变卦了，天强在给她做思想工作？正在战野胡思乱想的时候，天强进门了。

看到天强没有把点心掂回来，战野心里暗自高兴。

可是天强却说："钱和点心人家倒是收下了，可谷雨娘提出来，再追加两千块钱。"

"什么？"

"再追加两千块钱！"

战野慢慢地蹲到地上，感到心里一片灰暗。

天强哈哈大笑。

战野意识到天强是在骗他，突然鱼跃而起，一头顶向天强的肚子，就像足球运动员的冲顶攻门。天强没有防备，四仰八叉地倒在地上。

换成战野哈哈大笑了。

“你想顶死我呀你!”天强从地上爬起来，说，“顶死我看谁给你主持婚礼?”

天强对战野说了他去谷雨家的全过程。天强说，谷雨的爹娘见到这两千块钱和四盒点心，就没有再说什么。其实，谷雨的爹娘也想让谷雨早点结婚，毕竟谷雨也老大不小了。他之所以在谷雨家待了这么长时间，是在和谷雨的爹娘商量，给你和谷雨定“好”的。

“苦子，我可是替你做主了，腊月二十八迎娶，正月初二‘回门’。满意不满意就这了。”天强说。

“多谢天强哥!”战野像江湖侠客一样双拳一抱。

“常言说‘洞房花烛夜，金榜题名时’，这是人生的一件大事。”天强说，“今天是腊八，满打满算还有 20 天，你得抓紧时间准备了。首先房子得收拾一下，该清理的清理，该添置的添置，总得像个新房的样子，人手不够，我让你嫂子过来帮忙。床上的铺盖你不用管了，哥给你‘添箱’。”

“那怎么行!”战野说。

“你得给谷雨添置两身新衣服，你自己也添置一身，别让人家说咱穷气。婚宴嘛，也没必要铺张，咱也铺张不起，你和谷雨的近亲请到也就行了。”

临走的时候，天强又掏出 150 元钱给战野，说：“宽备窄用，以后有钱了再还我。”

腊月二十八日，在鞭炮声和唢呐喜庆的乐声中，战野如期如愿把谷雨娶回了家中。婚礼和婚宴都是天强主持的。双方的近亲坐了 8 桌，满满当当一院子。院子西南角，新垒了两台巨大的锅灶，锅中的蒸汽和灶下的烟气缭绕着饭菜的香味，厨师把“忙工”吆喝得马不停蹄、来往穿梭。

夜间，战野和谷雨如胶似漆，如饥似渴，紧紧地抱在一起谁也不愿意松开，仿佛害怕一松手对方就飞走了一样。

腊月小，第二天便是除夕。战野和谷雨带着供品来到母亲张文翠的坟前。点上香蜡，摆上供品，焚化纸钱，燃放鞭炮，之后双双跪倒在母亲坟前。

“娘，苦子把您的儿媳妇谷雨娶回家了，娘，今天除夕了，苦子和谷雨来和您一起吃年夜饭……”

一句话没说完，战野便止不住泪流满面，谷雨也已经泣不成声。

# 第八章

## 1. 村里人都叫俺小蛋儿

战野又邀天强到家里喝酒。

现在战野的日子好过了，小两口恩恩爱爱甜甜蜜蜜，战野又能挣钱，不愁吃不愁喝不愁花。借用天强的那辆旧自行车已经旧得不能再旧、破得不能再破，就像一个风烛残年的老人喘得不能上路了。可新自行车是计划供给，需要凭票证购买。战野弄不到票证，便买了两辆八成新的自行车，一辆自己骑，一辆送给了天强。

昨天下午，战野又卖掉几件古董，价钱不错，一高兴便把谷雨抱起来放倒在床上，结结实实地压在身下。

谷雨却说："你小心点儿，以后不能再在我身上撒野了。"

战野咬着谷雨的耳垂儿问："为什么？"

"我……有了。"谷雨很幸福的样子。

"有了？有什么？"战野一时没有明白。

"傻子！我有喜了。"

战野愣怔了一下，突然搂着谷雨狂吻，然后跳下床振臂高呼："我要当爸爸了！我战野要当爸爸了！"

战野太高兴了，一高兴就想找天强喝几杯，让心中的快乐更浓烈，更香醇。

此时，张天强已当上了张许村的党支部书记。

公元一九七七年六月，即将重新出山的邓小平，向中央推荐万里到安徽任省委第一书记，说"好钢要用在刀刃上"，让万里在农村的改革中杀出一条血路。翌年，在安徽省凤阳县小岗村，以生产队长严宏昌为首的18名社员，冒着坐牢风险签下了土地"大包干"的生死状。同年十二月，中国共产党召开了十一届三中全会，否定了"以阶级斗争为纲""无产阶级专政下继续革命"的理论，作出了把工作重点转移到社会主义现代化建设上来的战略决策。之后，小岗村这种被称作“大包干”的土地联产承包责任制，开始由安徽、四川向全国推广。因为万里是安徽省委第一书记，赵紫阳是四川省委第一书记，所以“要吃粮，找紫阳；要吃米，找万里”已成为一句民间谚语。而张许村的老支书则认为，“大包干”是倒退，态度强硬地抵触分田到户，公社便决定改选张许村领导班子，撤掉了老支书，复员军人张天强被选为张许村的党支部书记。

三杯酒下肚，两个人的话便多起来。谈起改革开放市场经济的时候，战野把话题扯到他贩卖古董上来，说他的师傅老孙已经在周口市关帝庙旁边的三义街，开了一家叫作“真宗阁”的古玩店，说他再在乡下折腾一段日子，钱攒够了也准备到周口开一家古玩店。天强却不以为然，不但不以为然，还劝他以后不要再干这一行了。

“我说苦子，”天强说，“谷雨你也娶到家了，咱们农村也不再是‘大锅饭’的年代了，土地都分到了各家各户，你再这样跑，你们家的责任田谁种？你让谷雨一个人种？”

“那三五亩地能有多大油水，种一年也收入不了几个钱，我跑一年，能抵得上在地里折腾好几年。”战野说，“天强哥，来，喝酒，不说这些了，喝酒。”

两个人端起酒杯一饮而尽，战野掂起酒壶先给天强斟满，再给自己斟满。

天强还是不想撤离这个话题，就说：“现在改革开放了，各行各业都开始活泛起来。可是，我也说不出为什么，总觉得你干的这个活路不太正道，也不会有多大出息。真要想发家致富，你还是干点正儿八经的营生，做生意也做点正儿八经的生意。”

“哈哈，”战野笑了，“天强哥，听说北京的琉璃厂、潘家园又开放了古玩市场，咱们省会郑州虽然还没有形成规模，可每到星期天，卖古玩的小摊小贩也摆满了金水河的一段河堤。放心吧天强哥，古玩行业自古都有，我干的这一行也是正当职业，而且，我又特别喜爱经手这些古董，看到这些东西我的心里就特别舒服。来，再干一杯！”

“可是，国家的文物政策并没有变啊，地下出土的文物还是应该归国家所有啊。我觉着你倒腾的那些个玩意儿，有不少都像是地下出土的东西。”

“要不怎么叫改革开放呢。天强哥，喝酒喝酒！”

战野当然不会听天强的劝告。谁的劝告战野也不会听的，首先是他干这一行挺来钱；其次是他太爱这一行了，确切地说是他太爱这些文物了，彻头彻尾地爱，由表及里地爱，爱到着迷的程度。只要是上了岁数的东西，不管是几千年、几百年甚至几十年，他都由衷地喜爱。只要听说什么地方有什么古董或是出土了什么文物，他都会在第一时间赶过去，哪怕披星戴月，弄到手了心里会非常欣慰，被别人抢先了心里会觉得遗憾。一如既往，凡是非常精美的文物，他总是在家里存放一段时间再出手，在欣赏的同时，用泥巴捏塑出一件仿制品，或者用画笔画出来。这时候也是他非常惬意、非常心醉、非常幸福的时候。他陶醉于发现、购买、欣赏、出手、赚钱的整个过程之中。尽管不能终生占有，只要拥有过他也就心满意足了。

不过，他感到这些东西越来越不好收了，有时候需要骑车跑很远的路，即便如此有时候也难免空手而归。

初秋的一天，他到沙河旁边的古陈砦收购文物，转了半天只收到十几枚汉代的铜钱，还没有什么值钱的，有“五铢”“货全”和王莽时期的“大泉五十”，就有点儿扫兴。中午，他在村头的小饭馆里吃了一碗捞面条，便坐在沙河边的一棵柳树下休息。刚点上一支烟，他看到一个白白的、瘦瘦的青年迟迟疑疑地向他走来。

战野看青年的体态有点面熟。不错，刚才在古陈砦村里见过他，他收购古钱币的时候他就站在他的旁边。

青年在他的面前站住，仍然迟迟疑疑，想说不说、不说想说的样子。战野便抽出一支烟递给他。

“俺不会吸。”青年没接。

“你坐吧。”战野说。

青年便坐下来。

这青年肯定有什么事情。战野想，便问：“是不是家里有什么老东西要卖？”

“不是。”

战野便不再问，青年也不说话。这样坐了一会儿，青年终于说：“俺想……问你一点事情。”

“你说吧。”

“你，挖过古墓吗？”

战野愣了一下，战野没有想到青年会问这样一个问题，停了停，说：“没有。”

“你，敢不敢挖？”

“不敢。”战野说。

“噢。”青年又不说话了，坐了一会儿便站起身，仍然迟迟疑疑的样子，未走欲走，欲走未走。

看来，这个青年一定知道什么地方有古墓藏。战野这样想的时候，大脑皮层忽然亮了一下，一个念头脱颖而出：为什么不可以挖墓？为什么不可以挖墓？现在的东西越来越不好收了，为什么不可以挖墓？自己收的一些东西，有的不也是人家从古墓里挖出来的吗？那可是只需要力气不需要本钱的买卖！而且，听说只要运气好，碰着一个大墓，里边的东西就可以价值连城、享受终生了！

就说："再坐一会儿吧。"

青年又原地坐了下来。

"你叫什么名字？"战野问。

"俺叫冯元旦，村里人都叫俺小蛋儿。"

"你们村里有古墓？"

"有。"小蛋儿说，"去年秋罢俺在东地挖红薯窖，挖出来一个大洞，俺爹说是挖到了古墓。"

"进去看了吗？"。

"俺不敢进去，再说俺爹也不让俺进去，说是里边不干净，有鬼魂，进去了出不来，出来了也会鬼上身。"小蛋儿说。

战野的内心深处有一种跃跃欲试的冲动。过去他钻进老坟坑里挖陶器，那毕竟只是露出地面的一个坑，而且之前他和天强、谷雨还跳进去过，真正的地下墓藏是个什么样子呢？那一定更阴森更恐怖，更具有神秘性、挑战性和危险性，也一定更刺激。

战野压抑着内心的亢奋和激动，问："那你找我什么意思？"

"俺是想，"小蛋儿说，"要是你胆大，俺就领你去挖，挖开洞口你走前边，俺在后边跟着。只是别让俺爹知道。"

战野又点上一支烟，故作思考状，停了一会儿才说："好吧。不过事先说好，挖不出来东西就算了，如果挖出来东西，卖成钱，咱们两个'二一添作五'，一人一半。怎么样？"

"俺要一小半就中。"小蛋儿说。

"还有，这件事不光不能让你爹知道，也不能让任何人知道，绝对不能让任何人知道。"

"那是，我对谁也不说。"

"你先领我去看看在啥地方吧。"

小蛋儿领着战野顺河堤向东，到一个路口下河堤向北，走了一百多步小蛋儿停下来，指着路东的一片玉米林说："这是俺家的责任田，俺说的古墓就在这玉米地。"

战野扎好自行车，跟着小蛋儿钻进玉米林。刚走了十几步小蛋儿就站住了，指了指前边洼陷的地面，说："这儿。"

这片洼地呈长方形，有一领席大小，大概是因为红薯窖的回填土不实，雨水一浸又陷了进去。在豫东，红薯窖有'明窖'和'井窖'两种。明窖是挖一个长方形的深坑，上面棚上木棍、秫秸、蒿草，再压上土，类似地窨子；井窖就是像打井一样垂直打一个洞，再在底部向两边横向掏洞。这是一个'明窖'，看来这座古墓埋得不是很深。

战野打量了一下周围的环境：西边是古陈砦村，南边是沙河，东边和北边都是绿茫茫的大田；离村子倒是还有百十步远，只是离他们来时走的大路太近了，几乎就在路边。如果白天干活，尽管有玉米林遮掩，也会被来往的路人发现。

战野问："你真想挖？"

"想。"小蛋儿说，"你挖俺就跟你挖，俺自己可不敢。"

"白天不行，白天容易被人看见。得夜里挖，你能来吗？"

"能来。俺经常在村头场上睡。"

"那好。你明天天黑以后在这里等我，准备两把铁锹、一个土筐、一条麻绳。"战野想了想，又说，"土筐就算了，太扎眼，用编织袋。"

"俺，俺还是在河堤那棵柳树下边等你吧，夜里俺一个人来，有点儿害怕。"小蛋儿说，"你可一定得来。"

"一言为定，不见不散。"

## 2. 新一代盗墓贼

战野回到家中就开始准备盗墓的工具。因为战野没有真正盗过古墓，对盗墓的知识仅限于收购古董过程中的道听途说，并不清楚究竟都需要什么工具，只能凭着自己的想象去准备。铁锹和绳子是肯定需要的，这些已经由小蛋儿去准备了。听说比较大的古墓都有墓门和棺椁，那么，要打开墓门和棺椁，撬杠和斧头是少不了的。再准备几条结实的编织袋装东西，需要时也可以往外面提土。还需要什么呢？手电和蜡烛。手电用于在墓室中照明，蜡烛用来试探墓室中氧气是否充足。别说是埋藏千百年的古墓了，就是农村挖的井式红薯窖，如果窖口封得时间长了，贸然下去还有可能死人的，所以还要先吊下去一盏油灯，油灯不灭才可以下人拿红薯。

这件事战野当然没有告诉谷雨，他害怕谷雨阻止他，也害怕谷雨替他担心。

第二天夜间，战野在古陈砦村南的沙河河堤上和小蛋儿会面后，便来到小蛋儿家的责任田，钻进了玉米林。没有月亮，星星繁密晶莹。豫东的原野黑黢黢、苍茫茫、无边无际，正是盗墓者的大好时光。

战野静心听了听，各种秋虫的叫声远远近近、密密匝匝、长短不齐。战野招呼一声小蛋儿，让他确定一下墓洞的具体位置，小蛋儿说墓洞靠西边的窖壁，靠西边挖，东边不挖也行。两人便脱去了衬衣，一人一把铁锹向下猛挖。节气虽然已过了立秋，天气依然又闷又热，不一会儿他们就汗流如雨了。好在红薯窖的回填土非常松软，不到两个小时，他们已挖进去三米来深。

"应该到了呀!"小蛋儿说着，按照记忆中的位置又在西边挖了几锹，果然铁锹就碰到了硬物上，"这儿，在这儿!"

战野让小蛋儿站开点儿，自己顺着硬物的边沿向下挖了几锹，再用铁锹向里边铲了几铲，露出了一个拱形的小洞，一股霉腐之气扑面而至。战野让小蛋儿拿来手电，借着手电的亮光，看清楚这只是洞口上边的一小部分。战野继续向下挖掘，很快，一个不很规则的圆形洞口显现出来。

洞口原来在一堵砖砌的拱形顶壁斜面上，或者说在拱顶和墙壁的交界处，洞口不大，直径有半米多的样子，刚好可以容一个人进出。

战野心中忽闪了一下。这难道是前人打的盗洞？战野虽然还没有盗过古墓，但是毕竟贩卖古董久了，有关盗墓的事情他还是听说过不少。如果是前人打的盗洞，那么，这座古墓肯定被盗过，我们今天夜里不是白干了吗？

战野猜测得不错，这个洞口的确是前人打的盗洞。

由于古人相信灵魂的存在，认为亲人死去只是到了另一个世界，所以特别注重厚葬。"侍死如侍生"，亲人生前拥有的东西死后也应该拥有。这样就把大量的金银珠玉、铜器、漆器、瓷器、陶器、锦帛、书简等等几乎人生所能享受和使用到的一应俱全，统统埋进坟墓。尤其是那些帝王将相、皇亲国戚，一座坟墓就是一个价值连城的宝藏。因此也便成就了"盗墓"这一行当。中国盗墓历史悠久，历朝历代层出不穷，直至今日。尽管历朝历代对盗墓者均施以处死、牢狱、刺配、杖疾等重刑，但终因金银财宝的诱惑，盗墓行为屡禁不止。

《吕氏春秋》中就有对盗墓者"以严威重罪禁之"的记载，说明中国的盗墓活动，往晚处说也可以追溯到春秋战国时期。稍后的项羽盗掘秦始皇陵、赤眉军盗掘汉武帝茂陵则已是有史可查的了。如果说这类盗掘属于乱世之举，那么，西汉宣帝年间的广川王刘去尽数发掘其境内古墓就另当别论了。

广川王刘去的封地，在如今德州以西的山东省与河北省交界处，其境内有春秋战国时期的古墓群。刘去率人逐一发掘，将墓中的珍宝归为己有。发掘古墓简直成了刘去病态的嗜好，魏襄王、晋灵公等君主的墓藏无一幸免。刘去在发掘古墓的过程中寻找乐趣，也在发掘古墓的过程中受到不少惊吓。《太平广记》载，刘去盗掘魏王公子墓藏，发现墓室既浅且窄，室内也没有棺椁，只有一面石屏风和一张石床。绕过石屏风，只见石床上躺着一男一女两具尸体，都是二十来岁。他们没有穿衣服也没有盖被子，头东脚西裸体而卧，其皮肤、毛发、姿态、面容、神情皆与活人一模一样。刘去大骇，慌忙退出，并按原貌将墓穴掩埋。刘去盗掘栾书墓时的遭遇更加离奇。栾书墓中的棺椁器物全都朽烂了，却有一只雪白的狐狸从墓室中夺门而出。随从们拔剑去刺，刺伤了白狐的左脚。是夜，刘去做了一梦，见一眉发雪白的男子向他走来，问他“何故伤吾脚?”并“以杖叩王脚”。广川王刘去醒来，发现自己的左脚已肿，并且生了疮，至死未愈。

东汉末年，天下大乱，“黄巾起义”之后更是群雄并起，逐鹿中原。一代枭雄曹操，也把盗掘古墓攫取金银财宝作为其充实军饷的手段之一，特设了“发丘中郎将”“摸金校尉”专司盗墓的官职。既有专司盗墓的官职，那么也应该有一支专司盗墓的“特种部队”了。有名的西汉梁孝王墓便是曹操盗掘的墓藏之一。

豫东永城县芒砀山王陵墓群，安葬着西汉梁国自梁孝王起八代九王、王后及大臣。梁孝王刘武是汉高祖刘邦的孙子，汉文帝刘恒的儿子，汉景帝刘启的胞弟，也是窦太后最宠爱的儿子。刘武绝顶聪明，才干超群，却一生未能登上九五之尊，于是在芒砀山南岭的保安山“斩山作廊，穿山为藏”，建造了一座规模宏大的王陵，希求死后过上皇帝的生活。其时正是“文景之治”的太平盛世，财力雄厚，陪葬的金银珠宝可想而知。梁孝王墓是“穿山为藏”，墓道皆用每块上千公斤的巨石塞死，一般的盗墓贼根本无能为力，即使曹操动用了庞大的军事力量，并亲临指挥，要进入墓室也并非易事。“建安七子”之一的陈琳，在为袁绍攻伐曹操而作的著名檄文中说：“特置发丘中郎将、摸金校尉，所过隳突，无骸不露。”“操帅将吏士，亲临发掘，破棺裸尸，掠取金宝，至令圣朝流涕，士民伤怀。”

曹操究竟从梁孝王墓中盗取了多少财宝，有史料记载说足足让其部队吃用了三年。《水经注疏》中也说：“操引兵入砀，发梁孝王冢，破棺，收金宝数万斤。”即便如此，我国考古工作者在对芒砀山这个东汉末年就开始被盗掘的古墓群进行保护性发掘中，仍然发现金缕玉衣、大型玉璧等珍贵文物两万余件，其中，以青龙、白虎、朱雀、玄武为题材的巨幅彩绘壁画《四神云气图》，被誉为“敦煌前的敦煌”，国内外绝无仅有。如今，其真迹作为河南省博物院的镇院之宝之一，被移植收藏在河南省博物院中。

由于盗墓盗得多了，曹操自然深谙“厚藏易被盗掘，反而尸骨无存”的道理。于是，曹操成为中国历史上第一位提倡“薄藏”的统治者。公元218年，曹操颁布了一道《终令》，提出死后不要厚藏，要把自己埋藏在贫瘠的土地上，陵上不封土，不植树，金玉、珠宝、铜器等物，一概不要随藏。为防后人盗墓，曹操不但主张“薄藏”，还设置了许多“疑冢”。传说，曹操殡藏的那一天，邺城的所有城门全部打开，72具棺材同时从东南西北的城门中抬出。从此，曹操亲自设计的“曹操之墓”的千古之谜，直至2009年12月27日河南省文物局宣布安阳西高穴村发现的砖室大墓考古确认系“曹操高陵，才得以破解”。

两千多年来，历朝历代的皇帝皇后、皇亲国戚和王公大臣的墓藏纷纷遭劫，秦皇汉武，唐宗宋祖，无一幸免。太平盛世，盗墓行为尚且屡禁不止，乱世之秋，盗墓之疯狂更是可想而知。

在中国民间，曾经有一句几乎无人不知的话叫作“生居苏杭，死葬北邙”。这里所说的北邙是指黄河之南、洛阳之北邙山中的一段，约750余平方千米。“北邙山上列坟茔，万古千秋对洛城。”(唐·沈佺期)北邙，拥有古墓的数量之多，面积之大，历史跨度之长，实乃世界罕见。刘秀、元宏等数十位帝王，张仪、樊哙、班超、狄仁杰等数千位将相名流，乃至刘禅、李煜等亡国之君，甚至扶余王等众多外邦国王，都长眠在这片被称之为“风水宝地”的山岭之上。“北邙山头无闲土，尽是洛阳人旧墓。”(唐·王建)“洛阳城北山，古今葬冥客。聚骨朽成泥，此山土多白。”(唐·白居易)“北邙山上朔风生，新冢累累旧冢平。”(明·薛瑄)历史上那么多著名诗人写到邙山墓藏，可见北邙古墓之多。新坟挤老坟、新墓压旧墓，在北邙已成常事。

1905年，清政府向比利时一家公司借款修筑汴洛、洛潼铁路，在北邙施工中挖出了大量文物。中外的古董商纷至沓来“重价求购”，“大索于邙洛之间”。自此，疯狂的大规模的盗墓活动在这里延续了40多年，世所罕见的北邙古墓群遭到了毁灭性的破坏，致使北邙一带“十墓九空”，连墓主人的身份也无法辨别了。数不胜数的珍贵文物流向北京、上海，再流向国外。北京琉璃厂是邙山出土文物的重要集散地之一，当时喜爱古董的中国文人也常到这里购买。《鲁迅日记·1913年2月2日》载:“往琉璃厂,购得北邙所出冥器五具,银六元……又独角人面兽身物一,有翼,不知何名。”

此时,盗墓活动愈演愈烈,全国的盗墓贼集聚北邙,单是邙山以盗墓为业的就有一万多人。他们的盗墓技巧越来越精,作为探测古墓的鼎鼎大名的“洛阳铲”,就是盗墓贼在这个时候发明的,至今仍然是我国的考古工作者必不可少的探测工具。据经历过的老人回忆,每年秋收之后,盗墓者像赶庙会一样,成群结队集聚北邙山,舞锹挥镐,像刨红薯一样遍地挖掘;卖包子、油条、烧饼、烩面、羊肉汤、浆面条的,也像在庙会上一样搭起席棚,招揽生意。挖出来的铜器、玉器、陶器用箩筐抬,用马车拉。据说,当时庞家沟挖出来的文物所卖的钱,可以填满庞家沟。新中国成立后据考古学者不完全统计,这一时期洛阳出土了约5千方历代墓志,按平均十座古墓出土一方墓志计算,被盗掘的古墓约有5万座之多。

清末至民国期间,当然不只是北邙的古墓群被盗,全国的大墓、名墓还有不少遭劫。诸如党玉琨率部盗掘陕西宝鸡戴家沟周、秦诸王公贵族古墓群;鄂士臣、关有仁、李汉光等盗掘清光绪帝之崇陵;程彦斌及其部众盗掘明万贵妃墓等等。最让世人震惊的当数孙殿英率其军队盗掘清东陵慈禧太后、乾隆皇帝诸陵墓了……

战野点上一支烟,和小蛋儿离开洞口坐下歇息,等待墓中的“藏气”跑出来,外边的空气涌进去。

“小蛋儿,这个墓过去被盗过。”战野说。

“被盗过?”小蛋儿不解。

“肯定被盗过!”

“那,里面还会有东西不?”

“兴许还会有一些陶瓷什么的。”战野也不敢肯定,“听说过去的人盗墓,只拣金玉珠宝既贵重又方便携带的东西拿,陶瓷、石雕之类既不好拿,也卖不了多少钱,有时会落在墓里。”

又坐了一会儿,战野觉得差不多可以进人了,便点燃一支蜡烛,用绳子从洞口放下去。其实洞内也就两米多深。借着蜡烛的光亮,战野看到了对边的墙壁和上面的拱形券顶,认定这里是墓道。右边不远就是方方正正的墓室门。战野想,打这个盗洞的老前辈肯定是一个对古墓了如指掌的高人,盗洞正好打在墓道和墓室的交接处,这样,墓道的出口堵得再死也就失去作用了。

蜡烛燃烧得很正常,就是说可以下人了。战野又往洞中看了看,重新估摸了一下古墓深浅，之后穿上衬衣，系上了麻绳。又担心小蛋儿身体单薄拉不动他，就把两把铁锹横在洞口，麻绳的另一头捆住铁锹柄的中部，这样一来，不用小蛋儿帮忙自己就可以借助麻绳爬上爬下。这才把编织袋、斧头和撬杠捌在腰间，叮嘱小蛋儿守在洞口望风和接应。

战野钻进盗洞，抓好绳子，倒了几把，便下到洞底。然而，他没想到洞中又湿又滑，墓道又是斜面，左脚一跐，只听“哗啷”一声，滑倒在墓道里，蜡烛也被他扑灭了，墓中蓦然一片漆黑。战野只觉得一股阴冷之气蜈蚣一样刹那间爬遍全身，毛发顿时扎煞开来。

洞口的小蛋儿以为是墓中有鬼，想跑却挪不动脚，尿液顺着裤裆直往下流。

战野感到手脚冰凉，他让自己冷静了一会儿，这才摸出打火机重新点燃蜡烛。他一手拿着蜡烛，一手紧握斧头，他想看一看，自己刚才滑倒时碰到了什么东西而发出了“哗啷”的响声。这一看不打紧，又让战野惊出一身冷汗。原来，他碰到的竟是一副完整的骨架，人的骨架，这副骨架正躺在盗洞下方稍稍偏右的地方，那骷髅头上的两个黑洞仿佛在幽幽地闪着蓝光，幽幽地看着他，同时，冥冥中他仿佛听到了一声阴冷、伤感、无奈的长长的叹息：哈唉——

周身冰冷的战野又是一阵痉挛。然而他并没有慌乱，久久地盯着那副骷髅，反而感觉自己的胆量忽然壮起来。

这墓道上怎么会有一副完整的人的骨架？而且几乎就在这个盗洞的正下方？战野这样想的时候，大脑中就忽闪了一下：难道他曾听说过的盗墓贼的故事都是真的？

他曾经听说，过去盗墓，合伙人之间一般都有沾亲带故的关系。如果没的亲近关系，尤其是一个老手一个新手合伙，那么，新手千万不要单独下去，否则，对于新手来说就相当危险。尤其是碰到那种心黑手狠的老手，尤其是墓中有非常值钱的宝物。宝物越值钱，危险就越大。墓外人很可能在宝物运上来之后，封死盗洞洞口，把下边的人活活闷死在墓中。这副骨架肯定就是一个盗墓人的骨架，就是那个被闷死在墓中的盗墓人的骨架。战野原来以为这些都是人们编出来的故事，现在看来确有其事。

战野尽管胆大，但毕竟是深更半夜一个人置身墓穴，所以格外小心谨慎。他一手执烛，一手一直紧握着斧头，慢慢往下走。墓室门口左右各有一件器物，黄黄绿绿的，人面兽身，有角有翼，战野认识这种东西叫“三彩镇墓兽”，由此他断定这是一座唐代的墓藏。这确是一座唐代的两室砖墓，即前室和后室，有两间房大小。后室中间，棺椁已经糟朽成一摊木屑，骨殖乱七八糟，骷髅头趴在西北的墙角；墓室两侧，堆放着陶器和瓷器，还有一些陶片瓷片，好像是被摔碎了的陶罐瓷罐之类；墙壁上有彩绘的壁画，大多是一些肥胖的女人。战野把墓室整个巡视了一遍，他知道，珍贵的东西肯定都被过去的盗墓者拿走了，那墙角的骷髅头很可能就是他们翻拣宝物时一脚踢过去的，那些摔碎的陶罐瓷罐也可能是他们想看一看里面是否装有金银珠玉。

尽管没有发现什么特别珍贵的文物，但战野还是非常地兴奋，墓室的阴森恐怖早忘到了九霄云外。他知道，这些陶器瓷器还是能卖不少钱的，尤其是那些眼下很走俏的唐三彩。

战野开始拣选品相比较完好的、造型比较精美的陶器和瓷器。他挑选了两匹三彩马，一把酱釉执壶，一个白釉瓷钵，两个三彩炉子；又挑选了十几个陶俑，有三彩的，有单色釉的，有文官俑，女仕俑，最值钱的被他们称为“枝杈俑”的歌舞俑，却一个也没有拣出来。

战野把这些明器小心翼翼地用三个编织袋装好，分三次让小蛋儿提出墓道，交代小蛋儿一定轻掂轻放，不要磕碰，它们可都是人民币，一破损价钱上就大打折扣了。然后他抓住绳子爬出盗洞。在他向上爬的时候，他不禁又看了一眼那副完整的盗墓人的骨架，心头不由颤悠了一下。仅仅是颤悠了一下，他并不担心小蛋儿居心叵测，因为他看好小蛋儿是一个老实胆小的孩子。他画主席像，贩卖古董，走乡串户十余年，阅人无数，人心的真真假假很难瞒过他的眼睛。他要是看不准小蛋儿，也就不会答应和小蛋儿一起盗墓了。

参星已经高高升起在东南天空，离天亮应该不远了。秋虫早已停止了鸣唱，四周死一般的静寂。露水也已经很凉了。

“小蛋儿，东西都在这里了，现在就分了吧。按事先说好的，一人一半。”战野说，“分了东西，咱们再回填土坑。”

“土坑你就不用管了，回头俺自己填。”小蛋儿说，“只是，只是，俺，俺……”

“有话你就直说，没关系的。”

“俺，俺要了东西也没有地方卖，再说，俺爹还不知道愿意不愿意让我拿回家。”小蛋儿说，“你，你还是……”

战野已经猜透了小蛋儿的心思，是想直接要钱。他拍了拍小蛋儿的肩膀，说：“我估计，这些东西少说也能卖七八千块钱，可我身上现在只有一千多块钱。”

战野想了想，又说："要不这样吧。你要是信得过我，这一千多块钱你先拿着，等我把这些东西卖掉，我再把你该得的钱送来。按事先说好的，一人一半，一分不少。"

"中，中。"小蛋儿大喜过望，对于小蛋儿来说，一千多块钱已经是一个天大的数字了。这一夜太值了，熬夜熬得值，出力出得值，别说吓得尿了一裤裆，尿两裤裆也值。

战野低估了这一坑唐代的陶瓷器，除去他由于特别心爱而暂时留下来的一匹三彩马，还卖了足足一万两千块。战野是一个特别讲信义的人，东西卖掉的第二天，他就赶到了古陈砦，给小蛋儿送去了四千五百块钱。

小蛋儿喜坏了。小蛋儿的爹娘也喜坏了，再也不说什么墓中的东西不干净带有邪气鬼气了。小蛋儿的爹娘就是用这笔钱给小蛋儿定了亲，娶了媳妇。

没想到古墓中的东西这么值钱，小蛋儿真是受益匪浅。从此，本来就不爱做庄稼活的小蛋儿就更加不务正业了。他天天东跑西颠儿的，到处打听哪里有古墓藏，寻找古墓藏，找到了就去告诉战野。

此后，战野也不再是单单收购古董了，而是在收购古董的同时，也附带干起了盗墓的营生。收购古董和盗墓，在他此后20年的人生道路上，就像天平上的两个砝码，前者在慢慢减轻，后者在慢慢加重。渐渐地，收购古董就变成了他盗墓的一个幌子、一个门面、一把保护伞。小蛋儿成了他盗墓的第一个理想的搭档，也是他忠实的追随者。

### 3. 生个女儿"站如松"

战野成了张许村第一个"万元户"。

时逢改革开放之初，曾经被作为资产阶级意识批判的"发家致富"思想，如今成了农村很时尚的口号：发家致富光荣！"万元户"则是他们致富目标的第一站。豫东流行一句顺口溜，叫作："要想富，先修路，养母猪，种果树，三年变成万元户。"这句民间顺口溜让战野忍不住要笑出声来。不是说"实践是检验真理的唯一标准"吗？战野的实践则是："要想富，挖古墓，要是哥们儿运气好，一夜就是万元户。"

当然，战野这个"万元户"只是一个"地下"万元户。战野不喜张扬，也不敢张扬。抽烟还是黄金叶，喝酒还是鹿邑大曲，甚至待人接物也变得谦和有礼了。即使如此，人们还是感觉到战野真是有钱了，尤其是他相继办的两件事，更是让人们觉得战野真是有钱了。有钱没钱就是不一样啊。

第一件事是他给女儿“做九”。中原民间风俗，兴给新生的婴儿“做九”，大概取“生命长久”之意吧。就是在孩子出生的第九天，亲朋好友登门表示祝贺，有的还要给孩子戴长命锁、认干爹干娘什么的，都是希望孩子健康平安、长命百岁的意思。谷雨生了一个女孩儿，小女孩儿出娘胎就是一个美人胚子。战野心里高兴，要排排场场给女儿“做九”。中午摆了九桌，晚上摆了九桌。仍然让天强主持酒宴，还让女儿认天强作干大。酒菜之丰盛起码在张许村是史无前例的。更让人意料不到的是，他竟然请县越调剧团到村里唱了一天大戏。三里五村来张许村看戏的人络绎不绝，戏台下面，人山人海，卖甘蔗的，吹糖人儿的，卖烧饼、油条、胡辣汤的，熙熙攘攘，赶庙会一样。

第二件事是他一下子盖起了七间新瓦房。战野原来住的三间堂屋和一间厨房，还是新中国成立前夕舅舅张文举给他母亲张文翠另立门户盖起来的，几十年没有修缮过，已是墙体裂缝，屋顶漏雨。战野干脆把它们全扒了，一口气盖起了七间新瓦房，统统选用当地最好的砖瓦和木料，而且率先在村里使用了水泥，安装了玻璃窗。三间堂屋一明两暗作为客厅和居室，两间西厢房作为厨房和仓库，两间东厢房则作为他临时存放文物、接待文物贩子和同行的办公室，同时也是他捏塑和绘画的工作间。

战野真是有钱了。

人要是一有钱，那感觉就是不一样，想谦卑都谦卑不下来。战野很想谦卑，可还是觉得自己变大了，长高了，走在村街上或人群中，颇有点“一览众山小”的感觉。他知道这种感觉不好，母亲在世的时候曾不止一次地说过，“看人要往大处看，看己要往小处看”“什么大了都值钱，就人大了不值钱”，所以就有意克制着，可内心深处的自信和自豪还是从他的目光中无法遮掩地流露出来。其实，战野从小就极度地自尊和自傲，甚至自尊自傲得有点自闭。那是原有的生存环境造就的，从他记事起，他们母子就一直被歧视和欺辱，一直生活在最底层。那是由于极度的自卑和压抑，才表现出来的极度的自尊和自傲。倒过来说，那种极度的自傲和自尊的内核，其实是极度的压抑和自卑。现在就不一样了，阶级不再斗争了，战野兜里有钱了，有钱就是大爷了，那种内心的自信和自豪便不期而然地渗进了他的目光。在他给女儿“做九”的宴会上，有一个小学教师文绉绉地问他：“令爱芳名？”战野眉毛一扬，朗声说：“站（战）如松。响亮吗？”单凭战野给女儿起的名字，也可以看出战野此时的心态，战野要挺直腰板做人了。

战野一有钱就要挺直腰板做人了。

战野很少下地干农活，责任田基本上全靠谷雨一个人种，只有在焦麦炸豆的季节才下地干两天。间苗呀锄草呀灌溉呀什么的，倒是天强时不时地过来给谷雨帮点儿忙。天强虽然是村支书，其实并没有多少村务要处理，土地分了，耕牛农具等等杂七杂八的集体财产也分了，支书也和其他村民一样，各自伺候各自的责任田。乡政府（“公社”又改回原来的“乡”）偶尔组织他们到外地参观学习发家致富的经验，给各村村支书下达的任务就是，带领村民发家致富，尽快在村里整出几个“万元户”来。

秋罢的一天中午，谷雨从责任田回来，脸色不太好看，一进大门就愤愤地说：“种地也种得太下三儿了！”

战野正在东厢房搞泥塑，仿制一盏明代的绿色琉璃釉“童子执莲灯”，刚满周岁的如松坐在他旁边的地上玩泥巴。那盏童子执莲灯太精美了，一个光着屁股的童子坐在一面鼓上，歪着头，左手抱着一株莲花，莲花巧妙地作为灯盏，右手玩儿着自己的小鸡鸡，其天真稚气的神态惟妙惟肖。战野的注意力全在这盏童子执莲灯上，以至于谷雨说的什么他根本没有听清楚。

“种地种得也太下三儿了，整整占了咱家一耧地！”谷雨说。

“占了就占了呗。”战野仍然没弄清怎么回事。

“说得轻巧，”谷雨说，“今年占一耧，明年就会占两耧！”

“你说什么？谁占了谁家一耧地？”

“面贵呗，面贵占了咱家一耧地！”

“面贵？你是说面贵？”战野这才停下手中的活，抬起头。

“亏他还是俺本家哥哩！”谷雨说。

土地是农民的饭，是农民的衣，是农民的房屋，是农民的老婆和孩子，是农民生存的根本，也就是农民的命根子。自从责任田分到了各家各户，争地边的事便时有发生。每当谷雨说起谁家和谁家因为地界吵架了，谁家和谁家因为地界打起来了，战野总是不屑地一笑。战野觉得他永远不会和人争地界，更不要说为了地界与人吵架打架了。战野有战野的活法，他根本就不指望那几亩责任田，如果指望那几亩责任田，他也盖不起那七间新瓦房。

可如今占他家土地的偏偏是许面贵！

谁家占他家的地都行，谁家占他家的地他都不会去计较，可就是许面贵不能占，别说是一耧，一丝一毫也不能占。想当年，许面贵仗着出身好，又比他大两岁，比他力气大，动不动就找茬儿欺辱他，还调唆别的孩子欺辱他，尽管有天强哥护着，可他仍然经常被许面贵他们打得头破血流的。小时候的行为还可以说不懂事，“文化大革命”中，身为民兵队长的许面贵仍然想着法儿收拾他，因为主席像上的牛屎，他竟然诬陷自己，要把自己打成现行反革命。还有上初中那一次，母亲被押到公社游斗，许面贵也在看押他母亲的队伍中。直到他和谷雨成亲的那天夜间，许面贵还要想着点子恶心他，竟然在他家的门上摔了一摊屎。当然了，这件事并没有确凿的证据，只是战野的猜测，依据是许面贵家的铁锨上沾有没洗净的屎。如果证据确凿，战野早和许面贵拼命了。

吃过中午饭，战野碗一推便出了村。秋庄稼已经收完，早播的小麦已经出土，豫东大平原更加显得辽阔和敞亮。战野直奔自家的责任田。不用丈量就看出来，许面贵果然多种了自家的地，作为地界的柳树橛子显然被人移动过，因为许面贵家和战野家都是三口人，都是四亩半责任田，可许面贵家的地幅明显比自家的宽一些。许面贵倒是个勤快人，麦苗已经齐刷刷地出来了。为了更准确，战野还是步量了一下。谷雨说得不错，许面贵正好多耩了一耧麦。

战野回到村里，直接来到许面贵家。许面贵正绰起铁锨往猪圈里垫圪囊，看到战野愣了一下，因为战野从不到他家里来。

战野一脸的和气，递上一支烟。许面贵欲接不接的，还是接下了。

“面贵哥，我想跟你商量个事。”战野说。

“跟俺?”

“跟你。”

许面贵越发觉得奇了怪，这个野种和我有什么事情好商量的呢？嘴上却说：“你说，你说。”

“这里不大方便，咱们出去说吧。”

“那好，那好。”

战野在前面走，许面贵在后面跟着，不大一会儿就出了村。

“去哪呀？啥球事儿还要跑恁远?”许面贵心里疑疑惑惑的，便站下了。

“走吧面贵哥，马上就到了。”战野还是很和气。

许面贵只好跟着走，心里越发摸不着大小头。一直走到他们两家相邻的责任田，战野这才站下了。

战野依然一脸的和气，说：“面贵哥，咱俩就在这儿商量吧。”

许面贵的心里就有点儿发毛，有点儿发虚，不过并不害怕，心想现在虽然不讲阶级斗争了，你地主羔子毕竟还是地主羔子，还能把我一个贫农怎么样，就说：“那好，那好。”

“面贵哥，我想让你把咱两家的地界标从这儿——”战野指了指作为地界的被移动过的柳树橛子，又指了指柳树橛子应该在的位置，说，“挪到这儿。然后，你再回家牵上牛，扛上犁，把你家的麦地向这边儿——”战野再指一指自家的责任田，“犁上一耧宽。地界沟犁得深一点儿，要领直，别犁得弯弯曲曲的。”

“你，你这是……”许面贵立马涨得脸通红，连脖子也红透了。

“别红脸面贵哥。现在呢，你回村里牵牛扛犁，我回村里喊人，咱们当着大家伙儿的面儿把这事儿了结了也就算了。”

“你你你，你这是什么意思？”

“面贵哥，什么意思你心里还不清楚？”战野依然心平气和的。

“我清楚啥？我就是按这地界种的地！”许面贵也指了指楔在地上的柳树橛子。

“面贵哥，你步量步量你们家的地，再步量步量我们家的地。”

“我不步量！我没事儿干了？我闲得给狗挠蛋了？就是闲得给狗挠蛋我也不步量，谁想步量谁步量！”

许面贵要走，战野却挡在他面前。

“面贵哥，这么说，这事儿是商量不妥了？”

“商量个屌！欺负人也没有这种欺负法。”

“面贵哥，那咱就用另外一种办法解决？”

“什么办法？”

“就这种办法！”

战野突然变脸，对准许面贵的鼻子就是一拳。

许面贵万万没有想到战野敢动手，完全没有防备，眼前一黑，便四仰八叉地倒在地上，只觉得鼻根酸疼难忍，眼泪直涌，有液体流入口中，咸咸的，知道是自己的鲜血。他缓了缓气才从地上爬起来，鲜血已从鼻孔出发、途经下巴流到了胸前。

“你个野种敢打我！”许面贵简直怒不可遏，扑上去便和战野扭打在一起。

许面贵比战野大两岁，小时候体力上占有的优势很明显，可如今就没有什么优势可言了。如今的战野发育得比许面贵还魁梧，还健壮，力量上完全占了上风，不大一会儿又把许面贵打倒在地。许面贵一边招架，嘴中仍然一口一个“野种”一口一个“野种”地骂。战野从小最不能忍受的，一是人家骂他母亲，一是人家骂他野种。战野也不说话，把多年的仇恨全都凝聚在拳脚上，一拳比一拳重，一脚比一脚狠，简直是在往死里打。

这块地离村子并不远，站在村头就可以看到这里有人在打架。人们陆陆续续从村里跑过来。最先赶到的是几个张姓人。他们见是战野和许面贵在打架，确切地说是战野正在打许面贵，便虚虚地劝架，并不认真去拉，他们大都看不惯许面贵当民兵队长时那种得意忘形、横行霸道的做派。再说呢，战野虽然在张许村是孤门独户，毕竟是张姓的外甥，从感情上比对许姓人还是要亲近一些。

人们成群结队地从村里涌过来，有许姓人也有张姓人。这时候，最先赶到的几个张姓人才把战野架开。

“别打了！你们这是因为啥呀这是?”

“因为啥？在这里打架，除了地界还能因为啥?”有人猜测说。

被打得血头血脸的许面贵已被人从地上扶起来，他浑身发软，嘴中还在歇斯底里地骂:“你个有娘没爹的野种，我要不把你的皮扒下来，我就不是许面贵!”

战野仍觉得不解恨，一挣一挣地还要打，被人们死死地拉住了。

谷雨也抱着孩子赶来了，许面贵的家人也都赶来了。村里人知道的差不多都来了。已经是农闲季节，对于没有多少事情可干的农民来说，热闹场面谁也不肯错过，看打架就像看大戏一样。男男女女老老少少围了一大片，唯独不见支书和村长。有劝架拉架的，有助威喊打的，有趁机挑唆的，有火上加油的，有跟着起哄的，整个场面鱼虾混杂，热闹非凡。

有人喊:“快去叫支书呀!”

“支书到乡里开会了。”

“喊村长!”

“村长也去了。”

“早不开会晚不开会，偏偏今天开，邪了门了!”

这时候，许面贵的两个哥哥许米贵和许油贵冲进了人群，一人手中绰着一把铁锹，他们听说弟弟挨了打，急急忙忙赶来为弟弟报仇……

## 4. 你总得给人留点儿脸

支书张天强和村长许小江确实到乡里开会去了。乡里开村干部会历来都是半天，例来不管饭的，乡里也管不起饭。今天是表彰大会，是改革开放率先发家致富的表彰大会，重点表彰了相邻井李村的支书李五魁，李五魁不但自己率先成了万元户，还带出了一个万元户。张天强和李五魁熟得很，赖着非让李五魁请客不可，于是几个人便到黄陵饭店要了几个小菜，喝了几杯小酒。

张天强和许小江喝得半蒙不蒙的，敞着怀，骑着自行车慢悠悠地往回走。大平原无遮无拦，一望无际。骑到村北地，老远地看见村东地黑鸦鸦一片人。直觉告诉他们一定是发生什么事情了，而且还不是小事，无缘无故的不会聚集那么多的人。

"小江，咱们看看去！"

张天强说着，紧蹬了几脚，率先加快了速度。

张天强和许小江一前一后来到了现场，外圈的人们喊着"支书来了，村长来了"，同时给他们让开了一条路。这时候双方依然是吵骂得不依不饶，不可开交，米贵和油贵握着铁锨，战野梗着脖子，都是拼命的架势，因为人们死死地拉着才没有打成一团。人群嘈杂，心态各异，说什么的都有。张天强看看双方激动的样子，知道这现场根本不是讲理、评理的地方，甚至连真实情况也不可能了解清楚，当务之急便是分开当事人双方，并让人群散开。

"小江，你负责把许面贵一家领回去，弄清楚事情的前因后果；我负责战野这一边，从这一边弄清情况。之后咱们再碰面，拿出一个处理意见。"张天强说。

张天强说完，便拉着战野出了人群。由许姓村长许小江出面做许面贵兄弟三个的工作，比他张天强出面要容易得多。对峙的双方一走，没有了热闹可看，人群很快也就散了。

事情的前因后果其实很简单，就是双方因为争地界而打架。张天强和许小江各自问清情况后，先拿出了一个初步处理意见，随之召开了村领导班子会和村委会，决定：第一，领导班子参加，会计执行，丈量许面贵和战野两家的责任田；第二，如果许面贵没有多占战野的土地，全部责任由战野一方承担，即承担许面贵的医疗费、补养费、误工费，并向许面贵赔礼道歉；第三，如果许面贵确实多占了战野的土地，那么，要恢复原来的地界，此次事件双方各负百分之五十的责任。许面贵错在不该多占战野家的土地，形成事件起因。战野呢，应该到村委会反映情况，错在不该先动手打人，造成事件后果。鉴于许面贵有伤在身，战野应该承担（只承担）许面贵的医疗费用。

测量结果，事实是许面贵确实多占了战野家一耧地。

张天强和许小江首先来到许面贵家，说了村委会的处理意见。许面贵坚决不服，赌咒发誓说那作为地界的柳树橛子不是他挪的，他只是照着那柳树橛子犁的地，耩的麦；赌咒发誓说如果不把战野绳之以法，他非扒了战野那野种的皮不可。他的两个哥哥米贵和油贵也在旁边撸胳膊卷袖子地呐喊助威。

“面贵叔，绳之以法是要构成伤害罪的，是要经过法医鉴定的，不是说随随便便就可以绳之以法的。什么扒皮不扒皮的，面贵叔你可不敢乱来，村委会已经作出了处理意见，再因为你出事你是要负全部责任的。”许小江说。

“负就负，杀人不过头点地！”面贵说。

张天强清楚，许面贵绝对不会承认是自己亲手挪动了地界、多占了战野家土地的，那太丢人了，那等于亲手把自己的脸皮揭下来丢到了粪池里，再也难得有脸了；至于那“扒皮”什么的，那是头脑发热时说的话，人在头脑发热时是什么话都敢说、什么事都敢做的。

张天强说：“我看这样吧，你们呢，先冷静下来认真地想一想，过两天我们再来，有什么意见和要求，只要在理，我们还是可以商量解决的。”

从许面贵家出来，两个人又来到了战野家。战野照样对村委会的处理意见不服气。战野说，全村一千多口人，我为什么不找别人，单单找他许面贵？他要不是多占我的地，我才懒得理他呢。凡事先有因，才有果，事情是他许面贵引发的，为什么让我负百分之五十的责？为什么让我替他出医疗费？再说了，我们两个是打架，我要是打不过他，吃亏的还不得是我？

晚上，张天强又单独进了战野家，进门就嚷嚷着叫谷雨准备两个菜，说要和战野喝两盅。

谷雨很快端上来一个凉拌白菜心，一个凉拌萝卜丝，说：“我再给你们炒个鸡蛋，炸个花生米。”

“够了够了。”天强摇摇手，“无非是就一就，都吃过饭了。”

战野拿出一瓶宋河粮液，一折两半，倒满两大茶杯，与天强相对而坐，“吱儿吱儿”地喝起来，一边喝一边聊。

“战野，”天强说，“许面贵的医疗费你就出了吧。皮肉伤，无非是抹点红汞碘酒什么的，止止疼，消消肿，最多打一针破伤风（预防针），用不了几个钱。”

“天强哥，我战野在乎钱吗？根本不是什么钱不钱的事。”战野说，“小时候，他许面贵经常把我打得头破血流的，他赔过我一分钱吗？”

“那都什么年代的事了。那时候咱不是出身不好吗？咱不是矮人一头吗？”天强说“再说，那都是小时候的事，小时候吵嘴打架是常事。现在都是五尺五高的大男人了，都要脸面了，你总得给他个下台的梯子吧，你总得给人家留点儿脸面见人吧。”

“给你说实话吧天强哥，我才不在乎那一耧地，我就是要让他许面贵丢丢人，我就是要他许面贵没有脸见人。我也不给他留脸面，我也不给他架梯子。”

“算了算了，不说这事了。咱们喝酒。”天强说。

天强清楚，战野说的是实话，他确实不在乎那一耧地，也不在乎那几个钱。战野从小就是一个犟脾气，面贵几个孩子挤住他打他，他就是被打死也不会说一句软话。如今战野赌的就是一口气。

要说，医疗费的事其实也算不了什么事，大不了让谷雨悄悄拿出来，大不了自己悄悄拿出来，就说是战野自愿拿出来的也就行了。

天强今天来的主要目的，是想让战野暂时出门躲几天。许面贵弟兄三个说的要报复战野的话，尽管是在气头上说的话，头脑发热时说的话，可不敢保证完全就是气头上说的话，就是头脑发热时说的话。许姓毕竟是村里的大家族，米贵、油贵、面贵又是一母同胞，站一排齐刷刷的三个大男人，如今老三被孤门独户的战野打成这个样子，实在是颜面扫地了。他们要想把脸从地上拾起来，最好的办法就是逮住战野打一顿。如果他们弟兄三个一起打战野，战野肯定要吃大亏，而类似的事情在农村也是经常发生的，又非常难处理。可是，如果明说是害怕面贵弟兄来寻仇，劝战野出门躲几天，战野这头倔驴绝对不会听他的。

天强想了想，问：“战野，你不是说想在周口开一家古玩店吗？有什么进展吗？”

“还没顾得上。”战野说，“原来谷雨怀孩子走不开，生了孩子还是走不开，前一段又忙着盖房子。正说到周口去看看呢，谁知又出了这档子事。”

“现在的机会倒不错，开放搞活嘛。不过，开古玩店毕竟不是一件简单的事，可得慎重点儿。叫我说你明天就去周口，在周口待几天，认真考察一下古玩市场的情况，有十足赚钱的把握再开店。可不能店开起来了，却像捧着一块烫手的红薯，捧又捧不得，扔又舍不得。”

“天强哥，你说得对。”战野说，“不过我这两天不能走。”

“为什么？”

“许面贵兄弟不是说要扒我的皮吗？我走了，他们还以为我怕了呢！我等着他们，我看他们能把我的鸡巴咬了去！”

天强哈哈大笑说：“气头上的话你也信？我和小江去他家，他们就不再提这话了。我想让你去，倒不是害怕面贵他们报复你，而是因为你如果不在家，这件事情我处理起来更容易一些，就算是给你天强哥一个面子吧。”

天强万万没有想到，战野这一去，不但弄清楚了一件大事情，还惹出了一桩人命大案。如果人长有前后眼，天强是无论如何也不会让战野去周口的。

# 第九章

## 1.“书生”并不是书生

和天强的想法一样，谷雨也很想让战野出门躲几天。谷雨很后悔，后悔不该把面贵占地的事情给战野说。再怎么说，面贵毕竟是她娘家一方的本家哥，如今见面还怎么打招呼？谷雨更知道，面贵弟兄可不是好惹的主儿，和人家吵嘴打架向来没有吃过亏，只有他们欺负别人，别人哪有欺负他们的份儿！如今战野把面贵打成那个样子，他们能善罢甘休吗？所以一回家谷雨就劝战野暂时出门躲几天，可战野根本就听不进去。看来，还是天强哥有办法，人家不愧是村支书。

第二天，战野一大早就骑着自行车出了门。张许村离周口市大约六十多里路，战野本来想坐公共汽车去的，可是坐公共汽车需要步行到县城，还不如骑车方便些。

过去，战野不管是画主席像还是收古董，活动区域主要在县东，县西就去得稀少些。过了淮阳县城，战野的速度明显慢下来，一边骑一边观望路旁的风景，由于职业的习惯吧，也特别关注沿途的风水，是否有什么古墓藏的气息透出来。

西南方向，间间断断有四个高大的土堆。这地方他来过，而且就是冲着这四个土堆来的。他还到附近的村子里访问过几个年逾古稀的老人，老人们说，那四个土堆是曹植的墓及其“疑冢”。战野很吃惊：曹植？就是曹操的儿子曹植吗？就是“建安七子”之一的大才子曹植吗？其中一个老人是个“三国迷”，讲起来滔滔不绝。可不是嘛！曹植自幼聪慧过人，就连曹操也说：若天下才学有一石，子建独占八斗，我和子桓占一斗，剩下一斗让天下英才去分吧。“才高八斗”便由此而来。他的哥哥曹丕忌妒他，害怕他继承王位，便想方设法陷害他。后来，曹丕当上了皇帝，对曹植仍不放过，在一次召见他时说：“昔先君在日，汝常以文章夸示于人，吾深疑汝必用他人代笔。吾今限汝行七步吟诗一首，若果能，则免一死；若不能，则从重治罪，决不姑恕!”曹植叩问以何物为题,丕命他以同胞兄弟手足之情为题。曹植知道兄长是在借机加害自己,哪里还有什么同胞兄弟手足之情?心中悲痛万分,一边行走一边吟出声来:“煮豆燃豆萁,漉豉以为汁;萁在釜下燃,豆在釜中泣;本是同根生,相煎何太急?”恰好七步诗成,便是文人们无人不知的《七步诗》。七步诗情真意切,竟然让想借机加害于他的曹丕也不觉流下泪来,曹植这才躲过一场杀身之祸。然而,事后曹丕对曹植仍不放过,黄初二年贬他为安乡侯,又改为鄄城侯,黄初三年封为鄄城王,黄初四年徙封雍丘。和曹丕一样,曹叡继位后对曹植仍心存疑忌,太和元年徙封曹植于俊仪,太和二年又还封雍丘,太和三年徙封东阿,太和六年再封为陈王。为提防曹植,对其屡徙封地,且待遇减半,并不许与亲友往来。曹植在陈地抑郁而死,年仅四十一岁。为防后人盗墓,殡葬曹植时,四具棺木同时出城,埋了四个坟墓,不知哪个是真哪个是假。老人最后说:“这四个老坟恐怕只是‘衣冠冢’或‘疑冢’,听说真正的曹植墓在山东东阿呢。”战野很惭愧,自己也读过《三国演义》,可竟然不知道曹植曾经为陈王。当然,别说是“衣冠冢”和“疑冢”,就是真正的曹植墓,战野也不会去盗的,战野可以盗皇陵帝陵,可不会去惊扰一个长眠地下的大文豪。

战野正慢悠悠骑着的时候,一辆自行车超越了他。一开始战野并没有在意骑车的人,却注意到那人骑的自行车。准确地说,应该是注意到那自行车货架两边吊着的两个方形柳条筐,竟然和自己收购古董时的两个柳条筐一模一样。看那包装的样子,筐内装的东西很有可能也是文物。难道碰到了同行吗?

战野紧蹬几圈,赶上了那个骑车人。

“哥们儿,去周口?”战野问。

“去周口。”

“我也去周口。”

那人扭头看战野,两个人的目光相遇了。那人文质彬彬的,看上去像个循规蹈矩的民办教师。

战野说:“我第一次去周口。路程还远吗?”

那人说:“大概有三四十里吧。”

这样你一言我一语的,两人便搭上了伴儿。

太阳错午的时候,他们骑到了搬口镇。战野说:“吃点儿东西吧。”于是他们在一家饭馆前停下来,锁好车。战野抢先进了饭馆,到小窗口排队买餐票。那人也随后赶过来,说是他出钱。战野一膀子把他扛到旁边,说让他先去占座位。那人争不过战野，只好作罢。

战野要了四个小菜，一瓶鹿邑大曲，两碗炝锅面；酒菜先上，面最后再下。

中国的酒文化源远流长，可以追溯到原始社会后期，有几千年的历史。“昔者，帝女令仪狄作酒而美，进之禹，禹饮而甘之，曰：‘后世必有饮酒而亡国者。’遂疏仪狄绝旨酒。”然而，酒文化仍然在中国枝繁叶茂地留传和发展。俗话说“无酒不成席”，上至国宴，下到平民百姓的婚丧嫁娶，红白喜事，亲人团圆，朋友聚会，都离不开酒。历朝历代，写到酒的诗文数不胜数，且不少文豪诸如李白、杜甫、曹雪芹等都是嗜酒如命。酒可以成事，也可以败事；酒是许多灾祸的酵母，也是广交朋友的媒介。

三杯酒下肚，一支烟一点，两个人的话就多起来；三三见九杯，两个人便成了无话不谈的朋友。战野首先自报家门，谈了自己的职业和爱好，并说这一次来周口，目的就是想考察一下古玩市场的情况，看看能否开一家古玩店。那人也介绍说自己叫王树生，因为当了几年民办教师，人家都叫他“书生”。他说他本没有上过几年学，识不了多少字，后来高中毕业生一多，人家就不让他当民办教师了，所以叫他书生，只不过看他长得斯文些罢了。他说他也是以收售古玩为生计，不过，他收购的古玩一般不在家里卖，多是送到周口，开始是谁出的价高卖给谁，现在，他主要是与一个叫作“和尚”的店主打交道。他说，等他把这次带的古董出手，就陪战野在周口玩儿两天，给战野当一次义务导游。

喝着聊着，聊着喝着，一瓶酒见底，两个人都喝了个半蒙，等骑着车子走了半里来路，才想起他们要的炝锅面还没上呢，便哈哈大笑。因为一见如故，谈得投机，都很兴奋，蹬起车子也显得格外轻松。

下午3点多钟，他们到了周口。战野除了文化革命大串连路过这里其实并没有来过周口，不认得路，只管跟着书生走。战野对周口的第一印象可真是不咋的，感觉还没有他们的淮阳县城好，只是到了老城区一带，才觉得有了那么一点味道。

周口市原本是一个镇，行署本来也没有设在这里。沙河在这里与颍河交汇，流入颍河，所以周口虽然只是一个镇，却曾经是一个货物集散、商业兴隆的水旱码头。以关帝庙为标致的老镇商业区分桥南、桥北两大区域。桥北有山货街、富强街、三义街、仁和街、德化街、太平街、大油坊、小油坊等；桥南有陈州街、皮坊街、老街、裤裆街、小南街、大十字街、小十字街等。山陕商人云集于此，成立商会，于大清朝康熙年间修建了“山陕会馆”，也就是今天的关帝庙。

战野跟着书生沿着人民路向西，向北折向仁和街，再向西拐上山货街，然后就到了三义街，进了一家叫作“博古斋”的古玩店。进到店里，只见一个白白胖胖的光头男人，歪在柜台后面的一张古旧的罗汉床上，流着口水，发出老牛放屁一样的呼噜声。战野想，大概这个四十多岁的光头男人就是“和尚”了。

“尚师傅!”书生轻轻叫了一声。

呼噜声中止了一下，立马又续上来。

“尚师傅，有人偷东西了!”书生提高了嗓门。

“啊啊!”光头男人一拘挛坐了起来，看清了来人，伸了伸懒腰，活动了一下胳膊腿，“中午喝了两杯，睡着了。”

书生说：“不怕人家偷你的宝贝?”

“没啥值钱东西，没啥值钱东西。”光头说。

“这就是我给你说的尚师傅。”书生对战野说。

“和尚。都叫我和尚。”光头说。

和尚的真名实姓叫“尚和”，姓尚名和。因为他长得白白胖胖的，又爱剃个光头，人们便把他的名字倒了过来，叫作“和尚”，既顺口又形象，他也挺乐意人家叫他和尚。

书生又给和尚介绍：“这是我刚结识的朋友，叫战野。也是同行。”

“坐，坐。”和尚一边递烟，一边打量战野，“这位兄弟有点儿眼生，在哪发财呀?”

“我第一次来周口，孤陋寡闻，还请尚师傅关照。”

“和尚。都叫我和尚。”和尚说。

“战哥主要是坐地钓鱼。”书生补充说，“战哥说，‘真宗阁’的老板孙师傅去得勤一些。”

“你是说‘土行孙’呀。”和尚淡淡说。

土行孙? 战野的心灵轻轻颤了一下。土行孙? 这名字似乎在哪儿听说过，在哪儿呢? 什么时候呢? 战野搜索自己记忆的仓库，却一无所获。然而他又感觉这名字一定在哪里听说过，难道会是在梦里吗? 也许是年代太久远了，点滴波纹难以打开尘封的记忆。

战野帮书生把带来的东西搬进店里。看来书生与和尚太熟悉了，两个人几乎没有讨价还价，便很快成交。

“战哥第一次来，我领战哥去转转。”书生说。

“晚上别走了,我请二位喝酒。”和尚说。

书生和战野出了博古斋,顺着三义街往北走。三义街号称“古玩一条街”,实际上真正的古玩店也就六七家,还有三四家的器物新老参半,其他店面出售的大多是工艺品,有瓷器,料器,铜器,字画,玉器,佛道供器,金银首饰等等。古玩店的生意看上去颇萧条,不说是门可罗雀,起码是廖若晨星,进来的大多也是看一看而已。战野和书生一家一家地转过去,竟然没有看到一个真正的买家。

战野主要是想见一见孙师傅,也就是和尚称作“土行孙”的孙师傅,这是战野此前在周口认识的唯一的一个人。可是孙师傅的“真宗阁”却关着门。真宗阁门脸儿不大,装饰得古香古色,古铜色木雕隶书楹联非常讲究,上联:“古今收藏真为贵”;下联:“买卖全靠义当先”;横批三个大字:“真宗阁”。战野问了问他隔壁的店主,回答说:“不知道,几天不见他人了,可能是下去收东西了。”

书生便领着战野从三义街拐上山货街,沿山货街向西就到了昔日的山陕会馆——关帝庙。

关帝庙始建于大清康熙年间,后经乾隆、道光两朝修缮和扩建,气势恢宏,古香古色,尤其是大殿、戏楼等建筑上的木雕石刻,精美绝伦。可惜这座精美的古建筑、昔日山陕商会供奉关公、聚会议事的庄严场所,“文化大革命”期间竟然鹊巢鸠占,成了区里的一家面粉厂。而且还发生过一场火灾,险些让这一座精美的古建筑毁于一旦,好在火势被及时控制,损失不大。当然,从另外一个角度来看也未必不是好事,如果不是改为面粉厂,“文化大革命中”会不会被红卫兵当作“四旧”毁坏也未可知。如今人们毕竟又认识到保护文物的重大意义,让面粉厂搬迁出去,对关帝庙重新修缮,向游人开放了。

书生带着战野游览关帝庙,对建筑上的木石雕刻赞叹不已,因为都是倒腾古董的人,也对这些雕刻馋涎欲滴。

游览了关帝庙,天也就黑下来了。晚上是书生做东,酒足饭饱后,书生领着战野进了一家“群众旅馆”。战野发现书生和这家旅馆非常熟,几个服务员都认识他。书生说,他每次来周口都是住这家旅馆,干净,价钱便宜,服务员也随和。

两人都乏了,又有几杯小酒催眠,没聊几句便都进入了梦乡。

战野一觉醒来,看到明亮的阳光已经从南边的窗户斜斜地射进房间,看看手表，时针已过八点，忙喊书生起床。书生却伸着懒腰说，不急不急，起早了也没用，你不知道，他们这些古玩店不到九点多十点是不会开门的。

洗漱完毕，书生领着战野到小油坊街喝了逍遥镇的胡辣汤，吃了周口镇的炸糖糕，这才慢悠悠地来到三义街。

果如书生所说，不但他要去的真宗阁没有开门，三义街的古玩店竟然还没有一家开始营业。

"战哥，咱们先到桥南转转吧。"书生说。

战野第一次到周口，当然全听书生的安排。他们过了颍河大桥，转了桥南的陈州街、皮坊街、裤裆街、大十字街、小十字街、小南街等老街区，直到快中午的时候才又来到桥北的三义街。其他的古玩店都开门营业了，唯有孙师傅的真宗阁依然关着门。两人抽着烟等了一会儿，书生便提议先找个地方吃饭。

下午，真宗阁终于开门了。战野和书生推门进店的时候，矮小精干的孙师傅正在拿着鸡毛掸子拂扫货架上的灰尘，看来真宗阁确实有几天没有开门营业了。孙师傅个子虽矮小，动作却麻利，战野不由又想起了和尚所说的"土行孙"的绰号。

"孙师傅，买卖兴隆吧！"战野先打招呼。

孙晶回头看到进店的两个年轻人。大概他绝对没有想到战野会突然出现在他的店里，愣神儿的刹那间，竟然想不起这么熟识的一个年轻人在哪里打过交道。不过随即也就想起来了，热情说："小兄弟，你怎么来了？"又看了看书生，"这位兄弟也很面熟！"

"王树生，也是跑这一行的。"

"欢迎欢迎！"孙晶又是递烟，又是泡茶。

战野发现，孙师傅抽的烟也很一般，喝茶却非常讲究。茶壶、茶托、茶杯，一色的紫砂，而且茶杯小得就像他们农村喝酒的酒盅一样。这对于战野来说非常新鲜，非常新奇。泡茶也有说道儿，又是冲又是滗的，第一道茶还要倒掉，很是浪费。倒茶也有门道儿，孙师傅把三个小杯一字排开，高拎紫砂小壶一气倒上三个半杯，说是"关羽群城"，然后再分别添成七分，说是叫作"韩信点兵"。战野喝了一杯，果然醇香满口，荡气回肠，远非他们家泡的大壶茶可比。战野心想，回头自己也买一套精美的紫砂茶具，和谷雨一块享受享受这品茶的滋味。

战野说："孙师傅，我们昨天就来了。"

"我去了广州一趟，昨天夜间才回来。"孙晶说，"不好意思，让你们等久了。”

抽了一支烟，喝了几杯茶，闲聊了一会儿，战野便试探着问：“孙师傅，古玩店的生意，好做吗？”

“怎么说呢，”孙晶不慌不忙地往紫砂壶中续了水，盖好盖子，又斟上三杯茶，“也好做也不好做，‘有同行没同利’嘛。小兄弟打听这个，莫非也有开店的打算？”

“不瞒您说孙师傅，我这一次来找您，就是想了解一下古玩市场的情况，看能否也开一家古玩店，可是——”战野看孙晶又要让烟，忙拿出自己的香烟每人让了一支，“现在我已经打消了这个念头。”

“哈哈！”孙晶率直地笑了，“小兄弟，我猜想你一定是转了这条街上的古玩店，半天也没看到什么顾客登门，心里肯定琢磨，生意这样萧条，别说赚钱了，还不得把大牙饿掉！”

战野、书生也笑了。

“小兄弟，从第一次见面我就觉得咱们有缘分，我就实话实说了。”孙晶这次去广州，带的几件东西都顺利出了手，而且卖了好价钱，所以今天的心情特别好，“小兄弟，古玩这一行，自古就有‘柜面’生意和‘柜下’生意。柜面上的生意确实赚不了几个钱，交交房租有碗饭吃也就不错了。关键是柜下生意，你得有渠道，有路子，来有来路，去有去路。贵重的文物，一般的小玩儿家和靠工薪吃饭的玩儿家，有几个玩得起？所以，你得结识有实力的大收藏家和喜爱收藏的大企业家、大干部，结识北京、上海、广州等大城市路子更宽的古董商。”

战野和书生听得津津有味。别说战野，就是经常到古玩店送货的书生对更深一层的经营也不甚了了，他经常打交道的和尚也没有给他透露过这些内容。他们也觉得这个孙师傅挺够意思，挺够朋友。尤其是战野，孙师傅第一次到他家里收购陶俑，就给他传授了不少关于陶俑的知识，给他留下了一见如故的良好印象。如今，他已经从孙师傅那里学到了不少出土文物的鉴赏技巧，也可以说，除了他的艺术审美的天赋，他的文物知识和鉴赏能力几乎都是来源于这个孙师傅，正是这个孙师傅启发并导引着他走上了贩卖文物这一条致富之路。

“你们也知道，社会上对古董行业的特点有一句经典的总结，叫作：‘三年不开市，开市吃三年’，听起来有点玄，其实不虚。当然，并不是说这些一般的大路货。”孙晶挥手指了指自己身后的货架上的器物，继续说，“像这些大路货古董，垃圾文物，只能作为店面上的生意，卖给那些一般的收藏爱好者，手指涩儿涩儿的也就走了。可是，如果弄到真正奇货可居的珍贵东西，那就不能轻易出手了，那就要‘待价而沽’了。所谓‘三年不开市，开市吃三年’指的就是这些东西。”

谚语说“长不过五月，短不过十月”，农历十月是白昼最短的时节，才5点多钟，天就麻子眼儿了。孙晶看了看表，豪爽说：“今天晚上我老孙请客。”

“要请也是我请，哪能让孙师傅破费！”战野说。

“怎么，看不起我老孙？”孙晶说，“小兄弟，其实我是拿你的钱请你们。你收别人的货赚别人的钱，我收你的货赚你的钱，说不定呀，你赚别人的钱还没有我赚你的钱多，还不该我请你吗小兄弟？”

战野看孙师傅如此心胸坦荡，以诚相待，颇有几分感动。

吃过晚饭，战野和书生回到群众旅馆，躺到床上无事可干。书生显得很不安分，一会儿躺下，一会儿坐起，一会儿出去，一会儿进来。

“战哥，”书生终于忍不住，说，“战哥，打过‘炮’吗？”

“打炮？打什么炮？”

“你是真不懂还是假正经？”

“我又没当过炮兵！”

“哈哈哈！”书生被逗笑了，“就是嫖娼，嫖妓，这回你懂了吧？”

“嫖妓？难道现在有妓女？”战野第一次听说这种事，觉得挺新鲜，从床上坐了起来。

“有啊。”书生说，“战哥，要不我给你找一个，尝尝野鸡的味道！”

“不要不要。”战野摇了摇头。

“挺便宜的，年轻漂亮的也就二三十块钱，年龄稍大、长相一般的，十块五块就能打一炮，一个陶俑也用不了。”书生说，“今晚我请客，算是我送给战哥的一个见面礼。”

“真的不要。我家里有老婆。”战野又躺下去。

“谁家里没有老婆？这是两码子事。”书生说，“老婆有老婆的味道，妓女有妓女的味道，这是两码子事。”

“你不怕对不起你老婆？”战野没想到，斯斯文文的书生竟然喜欢干这种事。

“战哥，这你就不懂了。”书生说，“叫我说呀，隔三差五地嫖一次娼，还能加深你对老婆的感情呢。”

战野笑了，战野觉得书生说得非常可笑。

"战哥你别笑，"书生颇认真地说，"就拿我来说吧战哥，过去我很讨厌我老婆，我们经常吵架，有时候我还动手揍她。就是因为讨厌老婆，我才在周口第一次找野鸡，可没想到，找了野鸡之后就觉得心中有愧了，就觉得对不起老婆了，我反而对老婆好起来。打那以后，我差不多每来周口送一次货就嫖一次。战哥你想不到吧，现在我对老婆越来越好了，再也不打老婆了，日子也就越来越和睦了。"书生停了停，又说，"再说了，人家卖也是迫不得已，也是为了挣点钱，也是为了生计，你也不嫖，他也不嫖，那人家还怎么挣钱呀。"

真是"天下之大，无奇不有"呀，战野觉得书生的话真是荒谬之极，可再一细想却也入情入理，一时竟然弄不清书生的这种行为是错还是对了。

## 2. 周口·师傅原来是仇人

战野暂时放弃了在周口开一家古玩店的念头。周口之行让他认识到，就凭他目前的经济实力和经营能力，恐怕远远支撑不起一家古玩店。不过去了一趟周口，他就觉得张许村真是太小了；他觉得自己能耐了，和孙师傅一比，自己真是井底之蛙。此后他就经常去周口了。有时候骑自行车去，有时候骑自行车到县城，把自行车寄存到公共汽车站，再坐公共汽车。孙师傅果然很够意思，收购的价格比此前抬高了不少。这样跑了一段，尽管比原来累一些，麻烦一些，可战野还是挺愿意跑周口，倒不全是因为多卖了一点钱，更主要的是开阔了视野，增长了见识，对文物的识别和鉴赏也日见精到。

一次，战野从县城乘公共汽车去周口，汽车在中途上下旅客的时候，看到一辆摩托车从汽车旁边飞驰而过。战野只看到了骑车人的背影，他觉得很像是书生。他想等汽车超过那辆摩托车的时候看一看是不是书生，谁知这辆老迈年高的公共汽车相当疲软，直到周口也没有超过那辆摩托车。

那骑摩托车的年轻人果然是书生。战野下了公共汽车，拎着一个编织袋没有直接去孙师傅的真宗阁，而是先去了和尚的博古斋，他还是想弄清楚那个人究竟是不是书生。当战野看到博古斋前停着一辆摩托车时，他就知道那人果然是书生了。

"书生，你小子鸟枪换炮了，恭喜恭喜！"战野进门就嚷。

"战哥呀，有一段没见了，今天总算又碰上了！"书生很高兴，抓住战野的手使劲摇，"今晚咱们谁也不能回去。"

"有三四个月了吧。"战野也很高兴。尽管书生业余爱好打个"野鸡"什么的，可他为人处世挺慷慨，挺大方，挺讲义气，战野还是挺喜欢他。人无完人嘛，谁没有个臭毛病！

互相问候，让烟。书生看到了战野放在地上的蛇皮袋，知道战野也带了东西来，试探着说："战哥，东西都掂到门里了，要不，这一次就卖给尚师傅？完了咱们去喝酒？"

"那可不行。"战野说，"做人最重要的就是要讲信义，除非孙师傅不再要我的货。"转向和尚，"很抱歉尚师傅。"

"好，好，我就待见兄弟这样的人。"和尚说，"兄弟你先去真宗阁吧，卖完东西再过来，今天中午我请客。"

"不用不用，"战野说，"我下午还想赶回去。"

"这就是兄弟你的不是了。"和尚说，"咋了？你孙师傅的酒能喝我和尚的酒不能喝？我和尚的酒里有毒？看得起我和尚，兄弟你就来，看不起我和尚，兄弟你请自便。"

"战哥你不像话，"书生敲边鼓，"尚师傅也是诚心诚意的。再说，咱弟兄几个月不见了，你不想我我还想你呢！"

已经说到这个份儿上，战野只有恭敬不如从命了。

中午，三人来到"老陈州酒家"，选了一个安静的角落坐下来。和尚点了小烧鸡、城湖鱼、黄花菜等几个陈州风味菜，要了两瓶鹿邑大曲，准备大喝一场。

酒多话稠，机投缘合，谈的多是古玩市场的生意和行情。

"尚师傅，听书生说，博古斋的生意挺不错的！"战野说。

"还可以吧。"和尚的脸色红扑扑的，越加显得皮肤细嫩，他一仰脖子，"唧儿"一声，满满的一杯酒就干了，"咱和尚可不敢吹牛，在周口古玩行，除了真宗阁的土行孙，咱和尚还真不服气谁！"

"你是说孙师傅？"

"那可是个'老黄角'呀！"和尚感叹一声。

民间传说千年的兔子能成精，成了精的兔子叫"老黄角"。传说某村一个猎人在沙河滩打猎，遇到了一只肥大的兔子，那只兔子看上去并不算特别敏捷，可是开了三枪竟然没有打到。那猎人本来是一个神枪手，从来不开第二枪的，于是觉得丢了面子，便与那只兔子较上了劲儿。他悄悄地跟踪那只兔子不放，终于等到了一个机会。那只兔子大概是渴了，趴在沙河边喝水，猎人便举起猎枪再次扣动了扳机。只听"砰"的一声，猎枪炸了膛，猎人被炸瞎了一只眼。那只兔子回头看了看猎人，咂了咂三瓣嘴，眼一眨就不见了。据说那个猎人就是碰上了老黄角。在民间，只有那种经历、经验异常丰富，遇险不惊，随机应变，心智超群的人才被人们喻为“老黄角”，当然这其中也包含老谋深算、老奸巨猾的成分。战野和书生互相看了一眼，没想到和尚对孙师傅竟是这样一个评价。

“怎么，你们两个还不信？”和尚已有几分醉意，一张大圆脸红彤彤的，就连光头也泛出红光，“这个土行孙，你别看长得像个屎壳郎，眼毒得很哪！不只是眼毒，手和鼻子也好使得很。要是在白天，不管是什么东西，人家只要瞄上一眼，就知道是哪朝哪代的，什么地方制作，什么地方出土，价值几何，根本不用上手；如果是夜间，人家用手摸一下，就知道是真是假，是新是旧，用鼻子闻一下，就能分清是汉代的坑口还是唐代的坑口。别说是你们，就是我们开古董店的，哪一个没有拿着器物去找他掌过眼？”

和尚看着战野和书生目光专注、洗耳恭听、又惊奇又感佩的样子，越发说得带劲：“当然，做古玩生意靠的不光是鉴赏能力，还要依仗眼线多，路子广。人家土行孙，不光是在周口，外地区外省市的人都来送货；不但是在北京、上海、广州这些大城市有路子，就连港台的一些古董商都和他有联系。你们说，他土行孙是不是一个老黄角？”

说得两人一愣一愣的。书生感叹说：“真是‘人不可貌相，海水不可斗量’呀！”

“土行孙，土行孙，”战野说，“孙师傅怎么叫个土行孙？”

“肯定是因为长得矮小呗。”书生说，“你看过《封神演义》吗？姜子牙帐前，不是有一个善于地下穿行的矮子叫土行孙吗？”

“是这样，又不完全是这样。”和尚又举杯与战野、书生碰杯，又“唧儿”的一声喝干了，把一张红脸凑上来，神神秘秘地压低声音，“听说，土行孙解放前就是一个赫赫有名的盗墓贼。个子虽小，却有一身功夫，因为他专以掘墓为业，善于打洞，穿行于地下，所以江湖上都称他‘土行孙’。”

土行孙？新中国成立前就是盗墓贼？战野的大脑中又有火花闪了几闪，就像电光石火一般，问：“他，他的真名叫什么？”

“怎么，你们的关系那么近，你，你还不知道他叫什么名字？”和尚说。

“不知道。第一次打交道他让我喊他老孙，我平常就喊他孙师傅，就一直这样喊，后来也没有再问过。”战野说。

“他叫，叫——，我靠，叫什么来着？”和尚说，“我平常当面也叫他孙师傅，背后就叫他土行孙。这名字，让我想想——”和尚一只手转着面前的酒杯，一只手敲着自己泛着红光的光头，眯着眼睛想了一会儿，“叫什么来着？我靠猛一下还真想不起来了！”

"来尚师傅,再干一杯。"书生说。

和尚一仰脖子,又"唧儿"地喝干一杯酒,忽然眼睛一亮,说:"想起来了,我靠他妈的到底想起来了!'靠'不就是'日'吗,日日日,三个日,他的名字叫孙晶,孙晶!"

孙晶,盗墓贼,土行孙。土行孙,盗墓贼,孙晶。战野的心灵在微微地颤抖,一段尘封久远的痛苦记忆,终于带着滋滋的水泡浮上了水面。

那是一段童年的记忆,痛苦的记忆,饱受欺凌的记忆,屈辱的记忆。战野从呱呱坠地就只有母亲,没有父亲;从牙牙学语就只会喊娘,不会喊爹;他享受了母亲怀抱中的温暖,却不知道父爱为何物。不少人把他叫作野种,把他的母亲叫作贱女人、小浪逼。再加上他的地主羔子成分,他的童年就注定要在卑贱和屈辱中度过了。从他懂事的时候起他就问母亲,人家都有父亲为什么自己没有父亲?母亲说他有父亲,说他的父亲在他还没有出生的时候就出门做生意了,谁知一去就没有回来。直到他上了小学,公孙宇老师到他家家访之后,他的母亲才告诉了他事情的真相:当年,他的父亲是被他的结义兄弟孙晶孙大哥以做生意为由骗出了门,谁知那个孙晶原来是一个有名的盗墓贼,绰号"土行孙"。孙晶就是让父亲帮他一起盗墓的。他们盗了一座大墓,墓中的珍宝价值连城。孙晶为了独占财宝并企图占有他的母亲,竟然狠心弄瞎了父亲的双眼……

那天晚上,战野偎在母亲的怀中痛哭不止,直到深夜。第二天,他害怕天长日久忘记了仇人的名字,决定把仇人的名字记下来。可是记到哪里呢?课本上?不行。作业本上?更不行。墙壁上?也不行。记到哪里都不合适,都容易被人发现。后来他忽然想到了一个好地方:正堂靠后墙摆放的条儿。他于是钻到条儿底下,在儿面的反面,用铅笔写下了十个字:"仇人、孙晶、土行孙、盗墓贼。"

20多年过去了,战野早已淡忘了仇人的名字。时间真是无所不能啊,它岂止可以让你淡忘仇人的名字,它还可以把你的肉体以及仇人的肉体化为朽骨,化作泥土。也许,在战野的生活中,"父亲"只是一个虚幻的影子,一个与他童年的痛苦有关的影子,随着时间的进行与消弭,随着改革开放的实施和生存环境的改变,随着母亲的去世,随着谷雨的到来和女儿的出生,他的生活已经发生了沧海桑田般的巨变,他把残害父亲的仇人甚至"父亲"本身,已经完全忘却了。如果不是来到周口,如果没有与和尚在一起喝酒,如果不是和尚说起孙师傅,他哪里知道孙师傅新中国成立前就是一个赫赫有名的盗墓贼,哪里知道孙师傅因为个子矮小并善于打洞盗墓人称"土行孙",哪里知道孙师傅的名字叫孙晶，恐怕他永远也不会想起，他在他家的条儿下面，他还亲手用铅笔写下了十个字。

当天晚上，书生又出去找“野鸡”了。战野独自躺在旅社的房间里，眼前反复浮现土行孙和父亲的身影。奇怪，影子一样的父亲，早已淡忘了的影子一样的父亲，似乎比过去任何时候都真实了。荒郊野外。林莽阴森。老坟如荒丘。天光昏冥。鬼火游走。土行孙的身影。父亲的身影。土行孙和父亲盗墓的画面。土行孙手持利刃走向昏睡的父亲。父亲双眼流出的殷红的血凝固在脸上，张着大嘴像厉鬼一样尖叫，却发不出声音……

战野回到家中已经是第二天中午了，谷雨已把饭做好，正等着他回来。战野却直接进了堂屋，拱到靠后墙摆放的条儿下面，他要验证一下，他亲手写下的仇人的名字，是否真是他一直打交道的孙师傅。他很容易就找到了他小时候亲手用铅笔写下的那十个字：仇人、孙晶、土行孙、盗墓贼。字迹歪歪扭扭却非常清晰，就像昨天刚写上去的一样，竟然没有一点岁月的痕迹。

这时候，女儿如松正好进来喊他吃饭，如松大叫：“爸爸钻桌子了，爸爸钻桌子了！我也要钻，我也要钻桌子！”话音未落便哧溜一下钻了进来。跟进来的谷雨乐了：“你们父女俩干嘛呀？还不快出来吃饭！”战野随机说：“和如松捉迷藏呢！”

战野没有对谷雨说起这件事。其实，就连他的母亲文翠也不知道他在条儿下面写下的这十个字。这是他一个人的秘密，永远是他一个人的秘密。

由于天生的弱势和外界的鄙视，让战野幼小的心灵充填了无限的自卑和自闭，而这种自卑和自闭的表现形式，却是极度的自尊和自强。与生俱来，他总是把屈辱和仇恨深深地埋藏在心底，不让任何人知道，包括他的母亲和他最好的朋友天强哥，然后自己寻机进行报复。当然，在黑暗中生长，格外珍惜透进来的一线光明；在寒冷中度日，对点滴的温暖也会感恩戴德。有恩报恩，有仇报仇，自小的生存环境也赐予了他恩怨分明的人格和秉性。

自从母亲去世以后，他经常在睡梦中梦见母亲，有时在村街上，有时在野外，有时在庙会上，有时就在自己的家中，梦中的结局往往是他找不到母亲了，他伤心地哭着寻找母亲，哭醒的时候枕头往往会湿上一片。然而这一夜他没有梦见母亲，却第一次梦见了父亲。荒郊野外，林莽阴森，老坟如丘，天光昏冥；土行孙领着父亲在坟丘林莽中穿行；手持利刃的土行孙走向昏睡的父亲；父亲双眼流出的殷红的血凝固在脸上，张着大嘴像厉鬼一样尖叫，却发不出声音；父亲似乎在呼喊他，让他别忘了仇人的名字……

战野买了一辆摩托车。

张许村就有了第一辆摩托车，不少人都来战野家里看新鲜。尽管摩托车是烧油而不是烧电的，可农村人却把它叫作“电驴子”。

张天强也来了，进门就嚷：“你小子骑上‘电驴子’啦！”

“二手的。新的不好买。”战野说。

“也八成新了，不错不错。”

“天强哥喜欢就先骑走，赶明儿我再买一辆。”

“那可不行，那不成了行贿受贿了？”天强大笑说。

“咱俩谁跟谁？”战野说，“谷雨，准备俩菜，好久没有和天强哥喝酒了。如松，给你干大搬凳子。”

两个人先在院子里坐下来，一边抽烟一边闲聊。不一会儿谷雨喊他们进堂屋，说酒菜已经摆上了。

天强今天来，可不单是为了看看战野新买的摩托车，他还有话要跟战野说。近几年战野富得太快了。致富是好事，上边正大力提倡发家致富，天强不但希望战野富，也希望全村村民富。他是支书，村民富了他脸上也有光彩。可是，他总怀疑和担心战野走上了邪道。尽管他不知道贩卖古董有多大的利润，然而祖传下来的古董老百姓家里能有多少？天强经常看到战野所贩卖的古董，不能说都是出土文物，起码也占70%～80%。其实，就是贩卖盗墓贼盗掘的文物就已经犯法了。然而，天强最担心的还不是这个，天强最担心的是战野会不会也去偷偷地盗掘古墓。

几杯酒下肚，有些话也就好出口了。天强说：“战野你看报纸了吗，地区公安抓获了一批盗墓贼，十好几个呢。”

“知道。”战野说。

“这就是说，国家虽说开放了古玩市场，可地下文物还是不能随便盗掘的。”天强说。

“知道——”战野说，“天强哥你能不能不说这些，净耽误喝酒。来，干了！”

“喝酒归喝酒，说话归说话。战野你别不耐烦，有些话我当哥的该说还要说。”天强把杯中的酒一口喝干，“战野，咱们可不能干那些违法的事。常在河边走，哪有不湿鞋的，我最担心的就是这一点。”

“放心吧天强哥，我的头脑清醒得很。”

现在的战野，已经是针插不进水泼不入了，一方面是他对文物着魔般的喜爱，更让他着魔的，当然还有超常的经济效益。

有了摩托车，战野的行动更方便了，想去哪里，腿一跨，脚一踹，屁股后面一冒烟,“呼”一家伙就走了。不管去哪里,战野都觉得路程忽然变近了,就是去周口送货,当天去当天回也是轻轻松松的事。

然而,这一段战野的生意却并不景气。这两年整个地区盗墓活动猖獗,公安正在开展“严厉打击盗掘古墓”行动,战野当然要避一避这阵子风头。战野不再盗墓了,只是在白天骑着摩托车四处转。盗墓贼们都暂时停了手。祖传的古董本来就不好收了,一时间战野显得挺清闲。不过战野心里很清楚,这种“严打”也是一阵风,来得猛,去得疾,历来如此。长则半年,短则三个月,风头也就过去了。社会上的大案要案多着呢,公安局哪能天天去抓小小盗墓贼?

战野收到了东西,依然到周口的真宗阁卖给孙师傅。两个人依然如故,亲亲热热,谈笑风生。有什么不懂的战野依然请教孙师傅,孙师傅的教授也依然很真诚。只不过在战野的内心深处,这一个孙师傅已不再是原来那一个孙师傅了。原来的那一个孙师傅就是一个古董行里的孙师傅,现在的这一个孙师傅叫孙晶,绰号“土行孙”,新中国成立前曾经是赫赫有名的盗墓贼,残害父亲的仇人!他让母亲年纪轻轻就失去了丈夫,让自己尚未出生就失去了父亲,也让自己和母亲饱受了人世的艰辛、磨难和屈辱!

就这么一个小矮人,怎么会有那么大的能耐和罪恶呢?

战野不动声色地观察、审视着这个孙师傅,感觉他就像一只忙忙碌碌的老鼠,而自己则像一只等待时机的猫。猫侧目而视,思考着什么时候用什么样的方法吃掉这只老鼠,而老鼠依然忙碌着,却不知道危险就在身边。

### 3. 天赐良机

正如战野预想的那样,“严打”的风头很快就过去了,下面的盗墓活动又逐渐频繁起来。

自有史料记载至今两千多年来,盗墓活动屡禁不止,地下的珍宝真是取之不尽、用之不竭吗?

地下世界的确是一个神秘的、未知的世界。中华民族上下五千年,有多少人生,有多少人死,就像你无法知道天上的星星究竟有多少一样,你根本无法知道地下到底埋藏着多少墓藏,埋藏着多少珍宝。正是这神秘的、不可预知的地下宝藏才吸引了从古至今成千上万的盗墓人,还有清末民国期间一批又一批来中国盗宝的外国人。当然,如今要盗得一件真正价值连城的珍宝也并非易事。地下墓藏虽然星罗棋布,但绝大多数都是平民百姓的墓藏,所以,一些经验不足的盗墓贼,好不容易挖开一座古墓,收获的往往只有几件极不值钱的陶器。而那些帝王将相、皇亲国戚、达官贵人、富商巨贾的墓藏，只要曾经被发现，就往往被盗过，甚至反复多次被盗过。如果真是轻而易举就可以盗得价值连城的珍宝，那么，历朝历代从事盗墓的人一定更多，就不会再是当时人口的“一小撮”了。

在大平原盗墓，也分“闲季”和“忙季”，或者说“淡季”和“旺季”。比如说春耕春播时节，大平原赤裸裸的一览无余，村民都在田野劳动耕作，这个时候是很少会有人盗墓的，这就是盗墓贼的闲季和淡季了；盗墓贼最喜欢的季节就是“立秋”前后。这时节庄稼繁茂，林木葱郁，正是大平原上“青纱帐”最完美的时候。打游击需要青纱帐，盗墓也需要青纱帐。再一点，立秋前后田野里干农活的人最少。“立秋，挂锄勾”，也就是说，到了这个季节已经不用再下地锄草了，而秋庄稼离收割又尚有一段时间。进可以隐，退可以藏，这个时候当然是盗墓贼的忙季和旺季了。

小蛋儿就是在立秋这一天来找战野的。小蛋儿说，他在平丘和张固交界处的一片玉米地发现一个古墓，只是已经被盗了，盗洞是新打的，相当深，看样子像是一座大墓，问战野值不值得去“复水”。“复水”，就是进入刚被盗过的墓藏，盗取前一伙儿盗墓贼因经验不足而遗漏的器物。战野说当然可以了，能捡到一些东西算是咱们运气好，捡不到也费不了咱们多大事儿。

战野稍事准备，当天晚上便用摩托车带着小蛋儿直奔那座古墓。为防万一，快到古墓的时候，战野提前把摩托车熄了火，放到一个既隐蔽又便于撤离的地方，钻进了前边的一片玉米地。这片土地大概适合种玉米，家家户户的责任田里种的全是玉米，又是一样的品种，又没有什么参照物，小蛋儿领着战野在这一片玉米林里转过来转过去，大汗淋漓，直到半夜才找到了那个盗洞。

此时，月亮已经升起来了，农历十七八的月亮，已由圆渐缺。

盗洞黑黢黢的，战野用手电照了照，大约有十几米深。战野看了看周围，四面离大路都很远，全是一人多高的密不透风的玉米林。战野的心里动了一下：别说是夜间，就是大白天在这里作案也是万无一失的。战野把绳子系在腰间，让小蛋儿把自己吊下去。小蛋儿的胆量虽然比过去大多了，可还是不敢一个人单独拱墓室。

他们的运气真不错，战野竟然在墓室的泥水中找到了一件两寸来长的猪形“玉手握”。令人不快的是，战野回到家里，当天下午脚上就起满了红疙瘩，疼倒不疼，就是痒得钻心。

等脚上的红疙瘩完全下去了，战野才带了几件器物和那件玉猪来到了周口真宗阁。

战野先让孙师傅看了看带来的其他几件器物，最后才把那件玉猪拿出来。

“孙师傅，你看看这个东西？”战野把那件玉猪放到柜台上。

“好东西，‘汉八刀’！”孙晶只瞟了一眼，说。

“汉八刀？”战野早就听说过“汉八刀”，也知道“汉八刀”是专指汉代一种刀法简洁、明快却又生动、传神的玉雕，一般玉器八刀即成，故称“汉八刀”。战野经手过那么多古董，也盗过不止一座古墓，却至今还没有上过手，竟然在这次“复水”中意外弄到了。

“玉质还不错，和田青白玉；出土时间也就是七八天；不过，咱们这里很少有水坑，怎么是水坑出土的？”孙晶拿起那件玉猪一边把玩一边说，“小兄弟，你是从哪搞到的？应该还有不少好东西吧，你应该一起弄过来。”

“就这一件。”战野说，“几天前‘复水’捡到的。”

“‘复水’？”孙晶问，“小兄弟你还干这个？”

战野似乎是不小心说漏了嘴，停了一会儿，又无奈地说：“现在下乡收东西越来越难了！”

“是啊，民间的老东西收一件就少一件。”孙晶笑了笑，放下玉猪，给战野递了一支烟，说，“小兄弟，其实我早就知道你干这个，从买你的器物上就可以看出来。”

战野看了看门口，没有人进店，门外来往的行人也不多。

“放心吧小兄弟，你知我知，天知地知。”孙晶说，“不过小兄弟，这种事情可得小心，也不能长干。现在的政策是宽松了，开放古玩市场，提倡民间收藏，说民间收藏是国家收藏的补充，出土文物就堂而皇之地摆在货架上也被默认了。我估摸着，主要是盗墓又杜绝不了，又害怕出土文物再度流失海外。可盗墓毕竟还是犯法的，前一段不是还‘严打’了一批吗！”

“这我知道。”战野说。

“说不清楚。现在的文物政策和市场现状似乎对不上茬口。说你没事就没事，说你有事就有事，你自己千万别出事。”孙晶说，“小兄弟，钱挣得够花就别再干这个了，‘常在河边走，哪能不湿鞋’呀。”

“孙师傅说得是。”战野拿起那件玉猪欣赏古人的刀工，“孙师傅，我数了数，这上边总共雕了十二刀。”

孙晶笑了：“‘汉八刀’是指当时简洁明快的雕刻风格，并不是说每件作品只能雕八刀，不能多也不能少，那不太死板了？”

战野也笑了："我还以为只能雕八刀呢。"

"这可不是一般墓藏中能见到的东西！"孙晶说，"小兄弟，这应该是一座埋藏很深的有相当规模的汉代砖室墓。如果墓室没有塌陷的话，应该有前室、后室和耳室，甚至还会有马厩、厨房和厕所；墓道也是砖铺的，拱形券顶，墓道和墓室的墙壁上还可能有'车马出行图''狩猎图'之类的绘画或砖雕。"

战野非常吃惊。尽管战野早已知道孙晶曾经是一个有名的盗墓贼，也绝对想象不到，他仅凭一件器物就能推断出一座墓藏的规模、形制和结构。孙晶所描绘的，几乎和他亲历的一模一样，只是有两间小型墓室他不知道是不是厨房或者厕所。真是难以置信，他不能不对面前这个矮小的孙师傅佩服得五体投地了。

"神了，孙师傅你真神了！"

"雕虫小技。"孙晶说，"小兄弟，瞒别人我不瞒你，孙师傅解放前也吃过这一行。"

"你也……"战野很是吃惊。

"你想嘛小兄弟，咱们这大平原上哪来的石头，所以发现的古墓无论大小，基本上都是砖室墓；我断定墓藏很深，是因为如果藏得不深，墓室内就不会常年有积水，这件玉猪也就不会有水坑的迹象；再一点，能用上这么好的和田玉陪葬，绝对不是一般人，即便不是帝王诸侯，也是皇亲贵族；每一个朝代的墓藏都有每一个朝代的特点，每一个阶层的墓藏也都有每一个阶层的规模和形制。小兄弟你说，这不是雕虫小技吗？"

"不，你是专家，绝对的专家，比专家还专家。"战野说。

"小兄弟，我建议你再去复一次水。"孙晶诚恳说，"既然你'复水'就能捡到这么好的玉手握，里边可能还会有好东西。前边那伙盗墓人一定没有多少经验，只把看得见的明器拿走了，却不知还有更值钱的东西埋在泥水下面。"

"我可是不去了，满墓室的泥水。"战野把脚伸出来，"孙师傅你看看我的脚，回家就起满了痒疙瘩，前天才见好，再去还不得烂掉了。"

"小兄弟，看来你也是经验不足啊。"孙晶说，"在墓室的泥水中'摸金'，你得准备好胶鞋和胶皮手套。你想啊，几百几千年的积水，泥水中不但含有各种金属锈，还有腐烂的棺椁、衣物和尸骨，没有阴毒那才是怪事呢。"

战野想了想，忽然说："孙师傅，你带我去一趟好不好？要是还有东西全归你，这一件玉猪也送给你，常言说'家有千金不如一技在身'，我只要跟着师傅学点本事就够了！"

“小兄弟，这你就把我老孙看低了。”孙晶就有点儿不高兴，“自从咱第一次打交道，我老孙啥时候亏待过你？”

“那就全当给徒弟传授经验行不行？我知道师傅一向对战野好，什么经验都毫不保留地教给我！”战野期望、乞求、真诚、恳切地看着他的孙师傅。

孙晶有点儿犹豫，也有点动摇，说：“可我，自从解放前夕就已经洗手不干了。”

战野很失望，可还是满眼期冀地看着孙师傅，说：“是啊，我不应该让孙师傅为难。”

“唉，老孙就为你破例一次吧，仅此一次。”孙晶说，“不过小兄弟，还是那句话：你知，我知，天知，地知。”

“师傅放心，信义比生命更重要。”

其实，孙晶所以同意和战野二次“复水”，还有一个就连孙晶自己也不甚明了的原因，甚至是更主要的原因。正所谓江山易改，本性难移。他从小就是一个职业盗墓贼，在他半辈子的盗墓生涯中，最激动最快乐的时刻莫过于在墓藏中找到金银珠宝的时刻。那种激动和快乐，一点不亚于读书人的“洞房花烛夜，金榜题名时”。在他的潜意识里，他也想在平淡的日常生活中寻找一点刺激，他也想重温一下在墓藏中找到金银珠宝时的那种最激动最快乐的时刻。

因为是二次“复水”，墓里墓外的情况战野都很清楚，准备工作就很简单。手电、蜡烛、胶鞋、胶皮手套、绳子，用来横在洞口系绳子的钢管。孙师傅还交代准备两个行军壶，灌上两壶淡盐水，说一是可以饮用；二是如果泥水太深，灌进了胶鞋和手套，也可以作为清洗消毒用。孙师傅又拿出一个少数民族风格的、精美的银制小扁壶，装了一壶白酒。

为了缩小目标，不易引起注意，孙晶没有骑摩托车，坐在战野摩托车的后座上。

他们来到平丘和张固交界处的那片玉米地的时候，已经是晚上十点多钟了。时在公元一九八五年农历六月二十六，正是“月黑头”的日子。战野是个有心人，盗洞的位置记得非常准确。战野在前，孙晶在后，从西边的第三道地界走进去，六十九步向右拐，很容易找到了那个盗洞口。

## 4. 墓中杀人

把钢管横架在盗洞口，系好绳子。孙晶拿出那个银制小扁壶，自己先喝了几口，然后递给战野：“小兄弟，抿两口，下边寒气重。”

说了这句话，孙晶的心“噔”地一跳，仿佛被颠了一下，就像骑摩托车过陡坎儿被颠了一下一样，36 年前的一幕就忽然间浮现在他的面前了。阴风肃杀，林莽丛生，鬼火游走，他和他的结义兄弟战光明盗得一座明代的大墓，在一片林莽中休息的时候，他也是这样拿出一个精美的银制小扁壶，自己先喝了几口，然后递给战光明："兄弟，挡两口解解乏，驱驱寒气！"……

战野接过酒壶喝了两口，说："孙师傅，你先下吧，我在上面放绳子，先下可以省点力气。"

孙晶说："不，你先下，别担心我，我体轻。你下到底晃一晃绳子。"

战野往腰间系绳子。孙晶说不是这样系法，应该留出一段连大腿也系上，随之帮战野系好绳子。战野下了盗洞，感觉孙师傅果然比自己系得好，既牢靠安全，又舒服省力。

因为是第二次“复水”，战野对下面的情况已经很熟悉了。也许正如孙师傅所说，前面的盗墓者还算不上真正的高手，因此这个盗洞打得不是很精确。精确的打法应该打到墓道旁边，然后再打通墓道的墙壁，而这个盗洞是打到了墓道的顶部，直接打穿了墓道的券顶。所以战野一坠入墓道，两条腿就完全失去了支撑，全靠两臂的力量了。

战野下到洞底，点亮了蜡烛，然后晃动了绳子。不一会儿，孙师傅也顺着绳子下来了。战野手执蜡烛走在前面，说："孙师傅您小心点儿，墓道很湿滑。"

墓室里全是泥水，他们在墓室门口穿上胶鞋，戴上胶皮手套。经过马厩和耳室的时候他们顺便看了看，马厩中还有一个陶制的大马槽，耳室中有一些烂了的陶壶、陶瓿和铜器的残片。两个人蹚着脚脖子深的泥水来到后室。

后室内空空荡荡，既没有明器，也没有棺椁，除了墙壁上斑驳的画像砖和地上的泥水什么也没有。孙晶让战野点亮四支蜡烛，分别放在四个方向的壁龛内。这些为墓主人放置灯烛而建的壁龛正好给盗墓贼提供了方便。墓室中马上明亮起来。

“小兄弟，如果按棺椁放置的正常位置，你的那件玉手握应该是在这里或这里摸到的。”孙晶指点着说。

“差不多，我也记不太准确了。”战野说。

“中华民族崇尚玉石，古人尤甚。他们认为玉有灵性，生可养身，保佑平安，故有‘君子玉不离身’‘玉碎人平安’之说；对于死者，说是可以养尸，防止腐烂。所以他们不但让死去的亲人手中握着‘玉握’，口中含着‘玉含’，还在其耳、鼻、肛门中放进‘玉塞’，身下垫上玉璧玉环，汉代有的帝王甚至还要穿上‘金缕玉衣’。玉握一般雕成玉猪，因为玉猪代表财富，玉含一般雕成玉蝉，玉蝉可以引领死者的灵魂升天。”孙晶说，“其实，尸体保存的好坏，主要取决于墓藏的地形土质和下藏时的防腐手段。我见过历经千年依然像活人一样的尸体，但绝大多数尸体都是腐朽得只剩几根骨头，甚至连骨头也化成泥土了，就像这个墓藏的主人一样。”

“我是不是扯远了。”孙晶看战野有点儿发呆，说。

“没有没有，我仔细听着呢。”战野说。他确实听得很认真，起初是为了熟悉古人的藏俗和藏制，听着听着就有了一种“人生苦短”“人生如梦”的感觉。人的一生太短暂了，正像这墓的主人，帝王将相也好，皇亲贵族也罢，无非是几十年最多上百年的荣华富贵，然后就慢慢地化成脏兮兮的泥土，永远在这个世界上消失了。

“小兄弟，我之所以让你再次‘复水’，是因为，按照汉代墓藏的规格和习俗，那些帝王诸侯死后，往往在尸体下面铺有金饼，叫作‘铺金’。少则十几块，多则二十几块，解放前，我就曾经在一具尸骨下面摸到过 29 块金饼。曹操手下专司盗墓的官员叫‘摸金校尉’，我想就是由此得名吧。”孙晶说，“你想啊，他们连那么好的玉握都能漏掉，也可能会漏掉金饼，如果铺有金饼的话。”

孙晶走到墓室中间偏后应该放置棺椁的地方，弯下腰，两手伸进泥水慢慢地摸索。战野也学着孙师傅的样子，在孙师傅的旁边摸起来。如果不是在墓中，如果是在外面的水塘，别人一定以为他们是在摸鱼捉鳖。墓室很静，只有泥水被搅动时发出的“哗唧哗唧”声。

他们还真是摸到了两块金饼，都是孙晶摸到的。孙晶非常高兴，他已经 30 多年没有体会到从墓藏中找到金银珠宝时的激动、兴奋的感觉了。两人舍不得走，又摸了近半个时辰，然而再也没有摸到什么东西。

“看来，前边的同行不像我想象的那么没有经验。”孙晶说。

他们蹚着泥水，回到墓道的盗洞下面。

他们抽了一支烟，稍事休息。

“孙师傅，我先上吧，我先上去好拉你。”战野说。

“还是我先上。我身子轻，我先上更安全，我担心洞口的钢管不够牢靠，以防万一吧。”孙晶说。

战野的心“噔”地一跳，好像被颠了一下，脑海里忽然浮现出他和小蛋儿第一次盗墓时，他看到的盗洞下面那具完整的骨架。为什么此前和小蛋儿一起盗墓时从来没有想到那具骨架呢？为什么这一次那具骨架就突兀地出现在脑际呢？孙师傅会不会因为这两个金饼和我的那件玉猪，上去之后就丢下我不管，或者等我上到洞口再让我摔到洞底，让我在盗洞下面也变成一具完整的骨架呢？还有更可怕的，就像我已经了解了他的底细一样，他会不会也已经知道了我的底细，觉察到我要替父母报仇的心思，故此也要利用这次机会干掉我以斩草除根呢？那样的话，我不单单是浪费了我好不容易等到的机会，我岂不是正中了我自己好不容易设计的圈套了吗？

这都是眨眼之间的思维。

这时候，孙晶从口袋里掏出那两块金饼，递给战野："小兄弟，你拿着。"

"你摸到的，你拿着吧。"战野说。

"不，你拿着。这是规矩。"孙晶说。

话一落音，孙晶的心又像是被颠了一下，"噔"地一跳。36前他和义弟战光明盗墓得手后，他也曾对义弟说："兄弟你走后边，我走前边。背货的人走后边，空手的人走前边。这是规矩。"

孙师傅一定要先上去，这就更让战野觉得孙师傅的心机不纯了，更让战野觉得孙师傅就要对他战野下手了。

孙晶转过身，双手抓牢绳子，发力上攀。刚"噌噌"攀了两下，说时迟，那时快，战野从腰间抽出一根一米多长的尼龙细绳，在空中闪电般一划，套住了孙晶的脖子，再绕上一圈。

这都是眨眼之间发生的事情，这一瞬间，就连战野自己也仿佛丧失了意识，不明白自己都干了些什么，不明白眼前发生了什么。

孙晶双手脱落，从悬挂的绳子上掉了下来，就像树上脱落的果子。战野两手抓紧绳子，却因为中间没有支撑而用不上力，他一扭身把孙晶背在背上，又走回墓室，感觉到孙晶的身体几乎没有怎么挣扎扭动，慢慢地瘫软下来。

他在墓室门口站了一会儿，这才把孙晶扔到墓门里面的泥水中。他看着昏死在泥水中的孙师傅，头脑中一片空白。他根本弄不清事情怎么来得这么突然，弄不清怎么就突然发生了这件事情。

这就算完了？这就算为父母报仇了？这个孙师傅、孙晶、土行孙、昔日有名的盗墓贼就算是死了？不，他没有死，他不会死，他不会这么简单就死了！

战野目不转睛地看着孙师傅，孙师傅似乎在泥水中动了一下。他迟疑着走过去，准备继续紧勒孙师傅的脖子。然而这时候意识已经回到他的身上，他已经完全清醒了，意识清醒的战野已经下不了手了。迟疑了一会儿，他把绳子从孙师傅的脖子上抽了下来，把孙师傅的双手结结实实地反绑了，然后把他提留到墓室和墓道交接的墙角，让他依靠墙角瘫坐着。

他忽然非常希望孙师傅活过来，孙师傅毕竟是他授业解惑的师傅，毕竟对他还不错，他甚至疑惑自己是不是搞错了，孙师傅怎么会是自己的仇人呢。退一步说，起码他也不能让孙师傅这样不明不白地就走了，他很想和他理论清楚，这件事情到底是谁的错？是怨他战野还是怨他孙师傅？必须说清楚。要是不说清楚，他孙师傅还以为我战野是为了贪图这两块金饼呢，我战野可不是那种不讲信义的人！

战野点上一支烟，手有点儿发抖。他等待着孙晶醒过来。

孙晶真的苏醒过来了，眼睛慢慢地睁开了一道缝隙，模模糊糊看见正在面前抽烟的战野。似乎自己正在梦中，那种鬼魇住了的梦，想动一动，却无论如何动弹不了。终于发现自己的双手原来被反绑着。慢慢地，他明白了此前所发生的事情，意识到自己所在的墓室门口，无疑就是一道鬼门，就是阴曹地府的大门，大门里边就是鬼的住室了。立在面前的战野难道就是索命的无常吗？这个汉代大墓难道就是自己的墓穴吗？待遇真高啊，他心中暗暗苦笑。

唉，报应啊！孙晶轻轻叹了口气，想找一条脱身的计策，想来想去也无路可走。

"小兄弟，给我点支烟吧。"孙晶说。

战野又点燃一支烟，塞到孙晶口中，同时问："孙师傅，你知道我为什么要这样吗？"

孙晶深深地吸了一口烟，心想只有以实相告，才可能有一线生机，于是说："知道。"

"为什么？"

"为了替你的父母报仇。"孙晶说。

战野愣住了，孙晶的回答完全出乎站野的意料。他原来知道！他原来真的知道！他是怎么知道的？他是什么时候知道的？刚才多亏没有让他先出去呀！如果让他先出去，那后果……战野感到身上一阵发冷，眼前又浮现出那座唐代墓藏中盗洞下方那具完整的骨架。

停了一会儿，战野问："孙师傅，你怎么知道我的父母是谁？"

"你的父亲叫战光明，你的母亲叫张文翠。"孙晶说，口中的香烟掉到地上，战野捡起来又塞到他口中。

孙晶猛吸几口，把烟蒂吐出去。

“小兄弟——不，我该叫你大侄子，我和你父亲毕竟结拜过兄弟。”孙晶顿了顿，接着说，“大侄子，从第一次见面我就认出了你。你长得太像你的父亲战光明了，简直一模一样。后来又知道了你姓战，战姓又极少，年龄也相符，我就知道你必定是战光明的儿子了。然而，我当时还是不相信有这么巧的事，后来我又暗访了你的身世，这才确定无疑了。不过，你的脾性却一点也不像你那亲和懦弱的父亲，倒有几分像你那性情刚烈、敢作敢为敢担当的母亲张文翠。”

“老天有眼哪！”战野说，“刚才我如果放你先出去，你不就可以借机斩草除根、以绝后患了！”

“大侄子，你错了。”孙晶说了这句话闭上了眼睛，停了一会儿才睁开，“大侄子，有些话我憋在肚里已经30多年了，憋着也难受。大侄子，你如果不急于报仇的话，就让我说出来吧。”

“有话你尽管说。”战野干脆在他的对面坐下来。

“大侄子，你大伯……唉，还是说我老孙吧。我老孙从小父母双亡，便跟着一个远房的表叔以盗墓为生。有一次盗得一个大墓，就是我刚才说摸到29块金饼的那一次。当我把墓中的财富运出后，表叔却见财起意，把我拉到盗洞口的时候却迎头拍我一锹。也算是老天有眼让我死里逃生，醒来后我硬是艰难地爬出了坟墓。从此之后，我就独行江湖，再不相信任何人，再不与任何人结伴。”孙晶缓缓地说，“后来的一个除夕夜，在朱仙镇的一家客栈里，我救了你的父母，那时候，你的母亲因为抗婚而与你父亲私奔流落在外。说句心里话大侄子，当时我也是看你母亲长得美丽才出手相救的。从那时起，你的母亲就进驻了我的心里。我们结伴同行，我和你的父亲结为兄弟，多半也是因为你的母亲。——大侄子，再给我点支烟吧。”

战野又点燃一支烟，放进孙晶口中，孙晶贪婪地猛吸。

“大侄子，你的父母真是好人哪，他们一点也不知道我的身份，拿我当他们的亲大哥。此后，我就以出门做生意为名骗你父亲和我一起去盗墓。我们盗了一座明代的大墓，墓中的财富价值连城。墓主人是个年轻貌美的女子，躺在棺中竟像睡着了的活人一样，我骑在她的身上摘取她的首饰，忽然感觉就像怀抱着你的母亲。在回去的路上，我又想到你的母亲，就是在这个时候我起了歹意：如果没有你的父亲，如果我单独拥有这笔财富，那么，我就肯定可以拥有你的母亲了。你明白了吧大侄子，我之所以对你父亲下毒手，并不是什么贪财忘义，而是为了你母亲，我太喜欢你母亲了。我也不是一个心狠手辣的人，不然我就直接要了你父亲的命，而不只是弄瞎了他的双眼。”孙晶一边回忆一边说，想尽量说得明白些，“我一个人回到家，我骗你母亲说你父亲被人家活埋了，你母亲哭得死去活来，我真是又怜又爱呀！等你母亲平静下来后，我给她买了一条红宝石金项链，趁给她戴项链的机会我把她抱上了床。说实在的，当时，如果不是你母亲已经怀上了你，如果不是你在关键时刻在你母亲腹中动了一下，如果我当时的心肠再硬一点儿，我也就得到了你母亲。可是大侄子，我太喜欢你母亲了，你母亲就是我心目中的圣女，就是我的命，因此对待你母亲，我的心肠怎么也硬不起来。你母亲答应我，再等你父亲三个月，如果三个月还是没有你父亲的消息，你母亲就指定跟我了。谁知没几天，你母亲就无缘无故地失踪了，没多久解放军就打进了郑州城……”

战野抽完一支烟，又点上一支烟，心情很复杂。这段往事母亲是怎么对他讲述的他已经记不真切了，那时候自己太小。只有一幅恐怖的画面深深地留存在他的大脑中：一个面目狰狞的恶人手执尖刀，捅瞎了父亲的双眼，父亲两眼流着血，盲无目的地在荒野狂奔。正是这个恶人害得他尚未出生就失去了父亲，害得他们母子受尽了歧视、鄙视和欺凌。如今这个恶人就在面前，听着他的叙述，怎么就像听一个饱经沧桑的老人在讲述自己经历的故事呢？

“大侄子，30 多年来我一直又愧又悔呀。愧的是我对不起你父亲，也对不起你母亲，那么好的兄弟我怎么就下此毒手呢！悔的是我没有一刀杀了你父亲，总担心他万一还活着，担心他万一再找到你母亲。那样的话我在你母亲眼中就是一个真正的大恶人了，害得我解放后就不敢再继续寻找你的母亲了。见到你之后，我的心理就更加矛盾了。凭良心说我想对你好，以弥补我所犯下的罪。可是我又担心你万一知道了这件事，那不就养虎为患了？我观察了好几年，发现你并不知道这件事，就想把我所有的本事都教给你。大侄子，你信也好，不信也好，我正准备帮助你开一家古玩店，店名我都替你想好了，就叫‘仁宗阁’。”孙晶苦笑一下，继续说，“可是我的心里还是一直不踏实，一直担心，担心你万一发现我就是残害你父亲的仇人，所以始终留着一个心眼儿提防你。这次你求我陪你一块来‘复水’，我本来不打算来，可又想把一些墓藏的知识传授给你；再想一想，即便你已经知道真相也没有什么大不了的，我虽然已经 60 岁了，可凭着我年轻时候的那点功底，你也奈何不了我。只是有一点，那就是，下去的时候我不能先下去，上来的时候我必须先上来。”

“唉——，真是天理昭昭，一报还一报呀！”孙晶长叹了一声，闭上了眼睛，“我没有什么可说了，大侄子你就动手吧。”

战野慢慢地站起身，慢慢地走到孙晶跟前。其实，他的内心也是犹犹豫豫矛盾重重的。自从他弄清楚孙晶就是残害他父亲的仇人后，他就一直思谋着要报仇。有恩报恩，有仇报仇，恩怨分明，这就是战野。可是在交往的过程中，他怎么看孙师傅也不像他想象中的那种大恶人，所以也就很难下决心。直到他发现了这个古墓，孙师傅又同意和他一起来“复水”，他才觉得这是老天给他安排的一次大好机会，天意不可违呀！在墓室中他本可以找机会下手的，然而他还是下不了手。如果不是孙师傅非要先上去，如果不是担心孙师傅借机杀人，他的这一次报仇计划其实已经流产了。可孙师傅非要先出去，并已抓住绳子“噌噌”地向上爬。刻不容缓呀！间不容发呀！你死我活呀！他已经别无选择了，于是他便闪电般地突然出了手。现在怎么办？现在应该如何处置这个一向对自己不错的仇人呢？

然而，孙师傅如此坦诚，这会不会就是孙师傅的脱身之计呢？他说的话到底是真是假呢？或者几分是真几分是假呢？孙师傅如果脱身，会不会找机会加害于我呢？

“孙师傅，你对我的好处，我在这里谢谢了，可杀父之仇我不能不报。”战野说。

“我没有杀死你父亲，我只是弄瞎了他的双眼。”孙晶强调说。

“没有多大区别，甚至更残忍。”战野说，“好吧，念你当年百恶一善，留了我父亲一条性命，今天我也留你一条性命，也不弄瞎你的双眼。不过，能不能活着出去就看你的本事和造化了。”

战野说完走到盗洞下面，抓住绳子，又回头说：“孙师傅，咱们就此别过，师傅你多多保重！”

孙晶闭着眼睛一动不动。他已无话可说。当年他在那片老林中弄瞎战光明的双眼，临别的时候他不也是这样说的吗：“以后怎么样就看兄弟的造化了。大哥我先行一步，兄弟多多保重！”

战野以最快的速度爬出盗洞，解开绳子并让绳子坠入墓道，拿起那根钢管，奋力掷向远方。

# 第十章

## 1. 老同学手下留情

战野手中有了东西依然送到真宗阁，可每次去，真宗阁老是关着门。他问相邻的店主，真宗阁怎么不开门？见到没见到孙师傅？人家都说不知道。战野又到博古斋问和尚，和尚说，他除了有拿不准的古董请土行孙掌掌眼，平时很少打交道。战野没办法，只好暂时先把东西卖给和尚的博古斋。

看来孙师傅没能从那盗洞中爬出来，现在已经静静地躺在墓中了。战野报了仇，可是报了仇的战野并没有感到很痛快，甚至一丝一毫的痛快也没有，反而觉得心中空空荡荡，觉得很失落。失落了什么呢？失落了一个良师益友吗？一个意图占有母亲从而残害父亲的仇人算得上良师益友吗？失落了善良和宽容？不，战野认为自己做得一点儿不过头，他没有杀死他，甚至也没有像他对待自己父亲那样弄瞎他的双眼，他只是把他的命运交给了天地，交给了鬼神。如果天不亡他，地不亡他，鬼神不亡他，他自然可以从那墓藏中爬出来。

战野一点儿也不担心孙晶从那盗洞中爬出来，甚至很希望他从那盗洞中爬出来，尽管他知道他不可能从那盗洞中爬出来。就是一只猿猴也很难从那盗洞中爬出来，除非他是《封神演义》中可以遁地而行的、货真价实的土行孙。可是什么事情都有意外，都有万一，不是说“天无绝人之路”吗？如果他真能从那盗洞中爬出来，说明他不该死，天不让他死，地不让他死，鬼神不让他死。既然天不让他死，地不让他死，鬼神也不让他死，那他战野也没有办法，反正是他该做的他已经都做到了。如果他能从盗洞中爬出来，他也绝不会对任何人提起这件事，沤烂肚子里也不会对人提起这件事，因为他无法对人提起这件事。当然，如果他根本爬不出来，他就更没有办法对人提起这件事情了。所以，战野一点儿也不担心他从那盗洞中爬出来。

这一段时间战野不再考虑盗墓了，有时还和谷雨一起到责任田里干农活。秋庄稼接力赛跑一样地成熟了，先是高粱红了脸，再是绿豆黑了角，谷子黄了穗儿，紧接着春玉米也企盼着人们收割了。该红的红，该黄的黄，该紫的紫，该白的白，美丽的大平原进入了秋收大忙季节。

这一天下午太阳快要落山的时候，霞光普照，繁忙的大平原红黄绿紫，色彩斑斓。秋忙，村民们都还在大田里干活。张天强正在村东的责任田里杀玉米，会计张大有骑着自行车来找他。

“张支书，地区公安局来人了，让你赶紧回去，都在村委会等着呢。”会计站在地头叫。

张天强直起腰，迎着一滴血红的残阳看到了会计：“啥事呀？”

“不知道，看样子挺急的。”

“尽赶忙！”

张天强擦了一把汗，一边往地头走一边想，地区公安局？会是什么事情呢？除了乡派出所来过，就是县公安局也没有来过呀！张许村也就是战野经常跑周口，会不会是这小子惹了什么麻烦？

张天强一路小跑来到地头，一欠身坐到会计的自行车后座上，催着会计猛蹬紧踩，嘀哩咣当地往村里赶。

村委会门前停着一辆装有警灯的白色小型面包车，几个光屁股孩儿拢在一起看稀罕儿。张天强不等会计扎好车，大步流星地走进村委会的办公室。

办公室里坐着四个身着警服的人，两个脸对脸坐在办公桌两边的椅子上，两个坐在靠墙的条凳上。张天强认得坐在条凳上的，一个是乡派出所的钱所长，一个是所里的治安员小巩。

“张支书，我来介绍一下。这是咱们地区公安局刑侦大队的吴队长；这是咱们县公安局刑侦大队的刘队长。”看到天强进来，钱所长站起身，介绍说，“这就是张许村的支书张天强同志。”

热情地握过手后，张天强说：“走走走，到我家里去，都到我家里去，别嫌咱乡下的酒孬！”

钱所长说：“今天不行，今天我们有公务。”

“什么公务私务的，公务也是到我家，私务也是到我家，别人不知道，你钱所长还不知道。”张天强说着拉住钱所长就往外走，一边对愣在门口的会计说，“大有，去让你婶准备几个菜。”

“张支书，酒咱们改日再喝，今天真不行，今天的事情很重要。”钱所长说着又回头招呼会计，“张会计，有事你先忙你的。”

“啥事还不能一边喝酒一边说？”张天强嘟哝说。

等会计出去了，县局的刘队长才说："张支书，你请坐。"

张天强只好和钱所长在条凳上坐下来。

张天强的预感不错，果然是战野出了事。

20天前，即公元一九八五年八月十九日，周口市市民孙好学报案，说其开古玩店的父亲孙晶失踪一个星期了，问遍了亲戚朋友，都说没有见到。公安局帮助查找，没有下落。20天后，淮阳县张固村报案，说是在玉米地的一个墓藏中发现一具尸体。原来，张固村村民张平安在杀玉米的时候，发现了那个盗洞。如果当时张平安把那个洞填上了，那么，孙晶也就在这个地球上蒸发了。可是，现在的村民也大都知道墓里出土的东西能卖钱，就有两个胆大的村民要下去，想看一看盗墓贼还剩没剩下什么东西，并和张平安说好了，如果有东西，卖了钱对半分。结果东西没看到，却看到了一具死尸。两个村民吓得屁滚尿流，大呼小叫地让上面的人赶紧把他们拉上来。

刑侦人员勘察现场的时候，尸体就在盗洞下面靠墓道的墙壁坐着，好像睡着了一样；尸体旁边有几块墓砖和陶瓷碎片，墓砖显然是尸体成为尸体之前挖掉的，陶瓷碎片是其使用的工具；墓室门口有一条磨断了的尼龙绳，一米多长；墓门右边的墙棱上有磨蹭的痕迹。经法医检验，死者脖子和手腕上有明显的勒痕，手腕上还有蹭破的皮肉伤。刑侦人员对现场进行分析后认为：他杀；凶手可能是另一名与死者合伙的盗墓贼；杀人动机可能是为了独占墓中的财宝。作案过程推理：应该是凶手趁死者不备，首先用尼龙绳子勒住死者的脖子直到窒息而死，凶手仍不放心，又用尼龙绳反绑了死者的双手，然后逃离现场；死者果然又慢慢苏醒了，他不甘心坐以待毙，在墓门的墙棱上磨断了尼龙绳，手腕上的皮肉伤也是这时候蹭破的，然后又用陶瓷碎片掏挖盗洞下面墙壁上的砖，想掏成脚蹬攀爬出去，然而，终因筋疲力尽，饥饿而死。

一边是一个失踪20多天的古玩店老板活不见人、死不见尸，一边是一个古墓中的盗墓贼有尸无名，两个案件自然而然对接了茬口。公安局让孙好学前去辨认尸体，果然就是自己失踪多日的父亲孙晶。两案合并，由地区、县公安局刑侦大队联合调查，首先从孙晶的同行和生意上交往密切的人入手，战野便作为嫌疑犯进入了刑侦人员的视野。进一步调查时，有开店的人举报说，孙晶失踪的头一天下午，曾看到孙晶单独和战野在一起，好像在密谋什么事情。于是，犯罪嫌疑人便锁定了淮阳县张许村的战野。

张天强又是添茶又是递烟地应酬，一边琢磨着该怎么办。天已经暗下来了，张天强起身拉了拉开关，没有送电，便点亮了一支备用的蜡烛。怎么办？就这样让公安局把战野带走？那么后果呢？战野怎么会干出这种事情来？

“张支书，我们这次来张许村，首先给你通报情况，然后请你配合我们，抓捕犯罪嫌疑人。”钱所长说。

“这会儿抓人有点儿早，有的人还在地里干活，战野不知道在家不在。”张天强挠挠头，为难地说，“钱所长，要是抓别人，我可以协助，可是抓战野——，钱所长，你知道农村的问题非常复杂，我和战野家的矛盾本来就很深，我再领着你们去抓人，好像是我把人家给弄进去了。”

“张支书，我知道农村的问题挺复杂，可这是原则问题，大是大非问题，协助公安抓捕罪犯也是每一个公民的义务和责任，何况你还是村支书。”钱所长说。

“我知道，我都知道。”张天强说，“钱所长你看这样行不行，我去把村长许小江找来，让他领着你们抓人，这不是两全其美吗？”

“这，这——”钱所长为难地看了看吴队长和刘队长，“你们看这？”

吴队长和刘队长互相看了看，吴队长说：“钱所长，这里是你的地盘，情况你最了解，不管怎么办，只要把事情办好就行。”

“那好吧。”钱所长说，“张支书，事关重大，你可千万不能走漏风声，否则拿你是问。”

“这还用说，我也承担不起这个责任呀。”

张天强走出村委会的时候，天已经黑得严丝合缝了，街上很安静，劳累了一天的人们都在家里吃晚饭。张天强像贼一样悄悄地溜进战野家。战野一家正在院子里吃饭，看到天强，战野说：“天强哥来了，正想找你喝酒呢。”

“喝尿吧你！”张天强恨恨地说，拉着战野进了屋，“公安局来抓你了，就在村委会，因为孙晶的死尸案。你掂量着，如果与你无关，你就老老实实在家里待着，然后跟人家走一趟，把事情说清楚；如果是你干的，先立马给我走人，以后再说，现在没有商量的时间！”

战野一时懵在那里，不知所措。

张天强匆匆离开战野家，马不停蹄地赶到许小江家，拉着许小江就走，一边往村委会赶一边说：“我先给你交个底，战野可能出事了，公安局来人抓他，让咱协助。小江，你知道我是如松的干大，我出面不合适，你就出面吧。我可是对他们说我和战野家矛盾很深，才不便于出面的，你别露了馅。到村委会他们会跟你说，你全当什么都不知道吧。”许小江说：“哟，你唱红脸，让我唱黑脸，你咋恁能咧？”张天强说：“我不是不方便吗？下次你有不方便处理的事，我替你出面还不成！”许小江说：“我跟你说着玩儿的，咱们俩是一根绳上的蚂蚱一个套上的驴，还分什么你我！”

到了村委会，钱所长又对许小江简单介绍了一下案情，让许小江协助公安抓捕战野。地局吴队长安排说：“由刘队长、钱所长、小巩执行抓捕任务，许村长协助。刘队长、钱所长和小巩在大门外守候，许村长单独进去，找借口把犯罪嫌疑人喊到门口，然后实行抓捕。如有意外，可随机应变。”

许村长领着刘队长、钱所长一走，村委会就剩下了吴队长和张天强两个人。吴队长忽然拉下脸，很严肃地说：“张天强，张支书，你好大的胆子！你刚才去找许村长之前，是不是首先通知了犯罪嫌疑人？”

张天强大吃一惊，冷汗都吓得渗了出来，他镇定了一下，郑重其事说：“吴队长，政治玩笑可开不得！”

“这可不是玩笑。”吴队长嘿嘿一声冷笑，说，“张支书，你明明和犯罪嫌疑人关系密切，却说矛盾很深，你意图何在？”

“谁说的？”张天强越发吃惊，难道钱所长背后使了坏？不可能啊，钱所长也不知道我和战野的关系啊，“你可以问一问许村长，看我说的是不是事实。”

吴队长忽然哈哈大笑，语气变得亲切而热烈：“张天强，你个瞎货还没有认出我来呀？”

张天强更是被弄到了云里雾里。

“张天强，看你那眼神儿，才当个屌支书就把老同学给忘了！”

张天强这才认真打量对方，一下子认出来了，激动地大叫一声：“吴剑锋！”

老同学相见，其激动高兴之情难以言表，你往我肩上拍一掌，我往你肩上拍一掌，你再往我肩上拍一掌，我再往你肩上拍一掌，一掌比一掌有力度，好像在比手劲，同时哈哈哈地笑起来。

“有多长时间不见了？快20年了吧！”张天强说。

“18年。”吴剑锋说。

“18年不见面，你又穿一套警服，变得人模狗样的，乍猛的，我去哪儿认得出来呀！”张天强说，“剑锋啊，你怎么干上了公安？”

“七七年恢复高考，侥幸考上了省公安高等专科学校，毕业后分到西华，后来又调到地区公安局。”吴剑锋说，“说实话，当年多亏了战野呀，上中学的时候要不是战野帮我，凭我原来的水平，别说考高专，考个屁专也考不上。我还真得谢谢战野。你是村支书，你怎么让老同学走到这步田地了？”

“要说战野过得不错，他和谷雨结了婚，有了孩子，在张许村也算是最富裕的家庭。我知道他倒腾古董，也怀疑他盗墓，还敲打过他，可并不知道他真的盗墓。”张天强说，“剑锋你得好好查一查，这案中一定有蹊跷。你也知道，战野虽说犟一点儿，可他最重信义，恩怨分明。说他爱财，我信，说他贪财，打死我也不信，战野绝对不会图财害命，这案中一定有蹊跷！”

“我也不相信战野会图财害命。可不管是不是图财害命，这件事只要是战野干的，天强哥，我吴剑锋可是救不了他。”吴剑锋说，“恢复高招那会儿，战野为什么不报考大学呢？当年他学习那么好，他为什么不报考大学呢？”

“咱农村不是消息闭塞嘛。再说当时‘文革’刚完，还没说不讲阶级成分，战野不是出身不好嘛。”

“唉，可惜了，当时战野如果参加高考，肯定能考上一所重点大学。可惜了！”吴剑锋感叹说，“可惜了一个人才。”

“嗨，要不是这件事，让谷雨做几个菜，摆一张小桌子，咱俩和战野在这星光下喝一壶，该多美呀！”

“这样的聚会以后恐怕很难了。”吴剑锋掏出一张名片，递给张天强，“上面有我的地址、单位和电话，以后到周口一定找我，咱两个还可以好好喝一壶，和战野恐怕很难了。”

院子里响起脚步声，吴剑锋和张天强知道是刘队长和钱所长他们回来了，不再说话。

“吴队长，没有抓到。”钱所长进门就说，“他家里人说战野不在家，不知道是真不在家还是闻风逃走了。”

“搜查了吗？”吴剑锋问。

“搜查了，家中没有。”钱所长说，“我们回来向吴队长汇报，派了小巩埋伏下来暗中监视。”

“好。”吴剑锋点了点头，来回踱了几步，说，“我想再去一趟，探一探虚实，做一做其家属的工作，讲明政策，最好能让其家属规劝犯罪嫌疑人主动到公安局自首。”然后看了看张天强，“就让张支书陪我吧。张支书，现在你可以出面了吧？”

张天强知道，吴剑锋还是想去看一看谷雨。想当年，剑锋、战野、谷雨、还有他天强，关系一直很好。现在回想起来，简直就是一个小小的“四人帮”。那时候，他们三个男生其实都很喜欢谷雨的。

## 2. 钱所长和一条醉狗

谷雨心里很苦。

谷雨一开始并没有意识到事情的严重性。那天晚上天强哥匆匆而来，匆匆而去。天强一走，战野便匆匆地往提包里塞了几件衣服和几千块钱，匆匆对她说出事了，他得到外边躲几天，有人问就说我一大早去周口没有回来。不等她再问就匆匆离开了家。

谷雨不知道出了什么事情，心里说躲几天就躲几天吧，前两年因为地界的事打了许面贵，不也是天强哥到家里来让战野出门躲了几天吗？之后村长许小江领着公安局的人来了，她这才感到这一次出的事情恐怕不是一般的打架斗殴了，但仍然没有意识到事情能严重到哪里去。随后天强哥又领着吴剑锋来了。她并没有认出来吴剑锋，天强哥介绍后她才认出了这个中学时代的老同学。那一刻她的心里反而多了一点儿安慰。在学校，吴剑锋和战野的关系可不是一般的好，那真是"拔丝儿"地好。既然吴剑锋在地区公安局，又是刑侦大队的队长，那他一定能够关照战野。张天强领着吴剑锋，与其说是搜捕罪犯，不如说是来看望谷雨的。在战野的工作间，吴剑锋看到了战野用泥巴捏塑的形形色色的人物和动物，有的拙朴，有的灵秀，有的夸张变形，有的逼真写实，个个生动传神，简直是一个泥塑展览馆。吴剑锋原来只知道战野学习好，不知道战野在艺术上也有这么高的天赋，越发为战野前些年没有报考大学而惋惜。临走的时候，吴剑锋没有对谷雨说让战野到公安局主动自首之类的话，只是嘱咐谷雨多保重，无论发生什么事情都要好好地过日子。

谷雨真正意识到事情的严重，是在第二天下午。

第二天上午，张天强让儿子小林领着如松到自家的果园玩，自己到谷雨家的责任田帮谷雨杀玉米。天强家的劳力多，弟弟虽然结婚另过了，可父亲母亲身体结实，百病不生，想让他们闲着很难，妻子也是一个壮壮实实、勤苦耐劳的女人，地里的那一点农活还不够他们干的。何况，天强家承包的土地除了留下的口粮田，大部分都种上了果树，变成了果园，天强也已经是乡里带头致富的准典型了。

天强一边帮谷雨杀玉米，一边考虑怎样把事情的真相告诉谷雨。

昨天晚上天强和吴剑锋来到谷雨家，谷雨一直问他们战野到底犯了什么事，他们都张不开口说出实情。离开谷雨家，吴剑锋对他说，谷雨以后的日子不好过，你是支书，多关照她一点吧。天强说我会关照谷雨的，可我多关照一点谷雨，不如你多关照一点战野。吴剑锋说，我尽力而为吧，凭良心凭感情我都不想抓战野，可是良心和感情加起来，也取代不了法律啊。

因为战野种地不下力，谷雨家的玉米长得不壮实，杀起来比较容易，天强和谷雨一上午就把玉米杀完了。下午，天强又帮谷雨把杀倒的玉米捆成捆，用架子车运回家。

谷雨家那棵老槐树长得更大了，浓荫笼罩了半个院子，树下放着一张八仙桌。天强点上一支烟，在槐树的阴凉里坐下来。谷雨掂来了热水瓶和茶杯，倒了一杯茶放到天强面前。

“天强哥，喝杯茶吧。”谷雨的眼睛红红的。

“谷雨呀，你也坐下来喝杯茶。”

天强实在不想提起战野的事，可是让谷雨蒙在鼓里也不行，谷雨会成夜成夜地睡不好觉。长痛不如短痛，还不如干脆说透了。说透了谷雨会很痛苦，可痛苦一段时间也许就过去了。

“谷雨呀，你也别太难过，既来之，则安之，事情总会过去的。”

谷雨的眼泪就下来了。

谷雨一掉泪，天强的心里也酸酸的。这个死战野，我提醒过你多少次不让你再干这一行，你就是听不进去，鬼上身一样。多好的谷雨呀，多好的如松呀，多好的一家呀！你怎么能不考虑后果呢？不说为你自己考虑，就是为了谷雨，为了如松，为了这个家，你也不能干出这种事情呀！

“天强哥，战野他，他是不是盗墓了？是不是盗墓出事了？咋就惊动了地区公安局？”谷雨问。

“是盗墓的时候出的事，可是，比单纯的盗墓还要严重。”天强低着头抽烟，不敢看谷雨。

“天强哥，你说呀！”

“过去，有一个经常来你家收东西的老孙你还记得吧？”

“你是说那个小矮个，看上去猴精猴精的？”

“他的名字叫孙晶。”天强又接上一支烟，使劲吸一口，“这个孙晶20多天前失踪了。前两天，张固村的村民在一座被盗的古墓里发现了孙晶的尸体。有人举报说，孙晶失踪的头一天，看到战野单独和孙晶在一起谋划什么事情——”

“你是说，战野他，杀了人？”谷雨惊恐地睁大眼睛。

“吴剑锋还能冤枉战野吗？”天强说。

“不，不可能！战野为什么要杀人？你说他为什么要杀人？”谷雨直直地盯着张天强，好像张天强是公安局的办案人员，“你说战野他为什么要杀人?”

“你小点声我的姑奶奶——”天强说，“本来我也不相信，可战野一走我就相信了。”

“不是你让他走的吗?”

“是我让他走的，可我当时真不想看到战野他逃走啊!”天强说，“谷雨呀，你知道我当时怎么给他说的吗？我当时说，‘如果这事与你无关，你就老老实实在家里待着，待会儿和他们走一趟，把事情说清楚；如果真是你干的，你先给我立马走人，以后再说’。我是真不愿意看到战野他逃走啊！如果他不走，不就说明此事与他无关了吗？可战野他还是逃走了。”

“那么说，这是真的了，战野真的杀了人，杀了人……”谷雨的声音越来越低，好像是喃喃自语，身子僵僵地，目光直直的、痴痴的、空空的，傻了一样。

“谷雨，谷雨！你怎么了谷雨?”

谷雨激灵了一下，仿佛从梦中被惊醒了。她的目光渐渐充满了痛楚，眼泪簌簌而下，终于双手捂着脸抽泣起来。这是一种想把痛苦压抑下去却压抑不住的抽泣，一种揪心扯肺的抽泣。

谷雨痛苦的样子让天强心酸、心动、心疼。他真想敞开自己阔大的胸怀把谷雨紧紧地抱在怀中，用自己粗糙的大手细细地轻轻地抚慰谷雨的心灵，让谷雨在自己的怀中平静下来，从而减轻谷雨心中的痛苦。然而他不能，绝对不能，万万不能，无论他的心灵多么纯洁他也不能这样做，他只能眼看着谷雨在痛苦中挣扎而无所作为。

“谷雨，我扶你进屋好不好？想哭咱到屋里哭一场，哭出来也许心里会好受些。”天强扎煞着手，就是不敢碰谷雨。

谷雨不说话，依然伤心地抽泣着。

“谷雨，事情既然来了，谁也没有办法让时光倒流，咱们还是想想怎样帮助战野吧。”

怎样帮助战野呢？有什么办法帮助战野呢？天强忽然觉得自己的话语很苍白，很无力，可又找不到实际有用的话。

昨天晚上，当钱所长让他协助公安抓捕战野时，作为多年的好兄弟好朋友，他唯一想到的就是怎样让战野逃走。逃走了今后还有投案自首的主动性，当场抓获连投案自首的机会也没有了。别说当时，就是现在他自己也不知道应该怎么办。是劝战野投案自首，还是让战野继续逃亡？投案自首会不会判处死刑或死缓？继续逃亡继续到何时是个尽头？逃得过初一逃得过十五吗？连他自己都觉得战野进退维谷、前途无望，他还怎么去劝慰谷雨呢？

谷雨慢慢地止住了抽泣，慢慢地平静下来。天强到水缸那儿打了一盆水，扯了一条毛巾放到水盆里，放到谷雨面前。

谷雨顺从地洗了脸，说："天强哥，战野的事让你操心了。"

"不说这，换成了战野也会这样做。"

"我心里像猫抓一样乱得很。"谷雨说，"天强哥，你说咱们该咋办哪？"

天强两手抱住头，挠得头皮"吱吱"响。

"说实话谷雨，我也想不出什么好办法，也不知道该让战野怎么办。"天强想宽慰谷雨的心，说，"不过我觉得，只要是剑锋经手这个案子，剑锋就不会不想尽办法帮战野。"

"因为他们是关系非同一般的老同学？"

"还有其他的因素。"天强说，"听剑锋的口气，领导对这个案件并不很重视。孙晶的家属报案以后，他们在调查的过程中，发现孙晶新中国成立前就是一个职业盗墓贼，绰号"土行孙"，觉得孙晶本来就是一个没有改造好的坏分子，如今又是在盗墓作案时遭害，也算是天理报应，罪有应得。这种情况，估计孙晶的家属也不会下死劲追究了。剑锋呢，不但不同情孙晶，甚至觉得，战野很可能就是在孙晶的教唆下才参与盗墓的。剑锋也不相信战野会图财害命，到底是怎么回事，只有问了战野才能知道。"

"这么说，战野的处境并不是很危险？"

"剑锋他们临走的时候交代说，一有战野的消息就立即告诉他们。我觉得也是例行公事的话。"天强当然尽量往好的方面说，"叫我看，他们也就是当作一个普通的盗墓案件来侦破的。"

谷雨的心情果然宽慰了些，说："战野啥都好，就是大男子主义，家务之外的事，啥都不和我商量，啥事都背着我。上次找面贵打架，他连个招呼也不和我打；这一次这么大的事，我连个影子也摸不着，他在外面干的什么我统统不知道。"

"俺俩的秉性差不多。"天强说，"他也是怕你替他担心。"

见谷雨的心情好了些，天强也松了一口气。

天强害怕谷雨和如松母女像昔日的文翠和战野母子一样，遭受村人的歧视和欺凌，害怕如松幼小的心灵受到伤害，私下里和村长许小江商量，暂时不要把这件事情说出去。然而这种事情藏是藏不住的，正如俗话说的"好事不出门，坏事传千里”，不到两天时间，村里已经无人不知那天进村的警车是来抓捕战野的。有的说战野提前逃走了，有的说战野好身手，打翻两个警察跳墙逃走了，有的说战野被警察戴上脚镣手铐押上了警车。都说得有鼻子有眼有胳膊有腿的。谷雨开始生活在人们的窃窃私语中和关注的目光中，有同情的，有抚慰的，有歧视的，有鄙弃的，有幸灾乐祸的，有落井下石的。倒是没有什么人公开地欺辱她们母女，都知道战野和支书的关系非同一般，如松还是支书的干女儿。

谷雨感受着这些议论和目光，虽说有点如芒在背，却也并不觉得怎么可怕。在和战野马拉松的恋爱过程中，她什么样的议论和目光没有遭受过？她该下地下地，该上街上街，只是在夜间才默默地掉泪。婚前，在家庭和社会的压力下，她依然非常乐观，因为她有一个心中爱人战野，就有了一个美好的希望，有了一个坚定的信念。可是现在，她的心里却非常灰暗。即便公安永远抓不到战野，难道战野就这样永远逃亡下去吗？这样的日子就永远没有尽头了吗？可又不敢劝他去自首，法庭上如果判了死刑，那还不如永远逃亡呢。

谷雨想战野，尤其是在夜间。白天有活干，有如松在跟前，日子还好过，一到更深人静，这种想念就牵心扯肺难忍难耐了。思心绵绵，她会想到战野的种种好处，想到战野把她拥在怀里的温馨，甚至想到战野把她压到身下的那种狠劲。偶尔她也埋怨战野，埋怨战野有很多事情瞒着她，每当这个时候她就觉得自己并不完全了解战野。她和战野可是真正的青梅竹马，两小无猜，如今成了夫妻，然而，她心目中的战野怎么有时候就像隔着一层浓浓的雾呢？

过了立冬就是小雪。

小雪那天当真下起了小雪。零星的雪花在空中飘来飘去，很不情愿落地，因为一落地就无声地融化了。天快黑了，谷雨正准备做饭，听到自行车的铃声响进了院子。

谷雨走出堂屋，看到是乡派出所的钱所长，钱所长手里还掂着一个崭新的热水瓶。

“谷雨，今天可不是公务，我给你送热水瓶来了。”钱所长说。

钱所长已经是第四次到谷雨家来了。头两次在战野刚刚出逃的那几天，进门就说是执行公务，一是看战野回来没有，二是劝谷雨让战野到公安局自首，争取宽大处理。第三次来比头两次隔的时间稍长些，强调他执行公务也是身不由己，说在他的权限范围内他会对战野尽量关照的，并对谷雨说了一些同情的话。谷雨给他倒茶,钱所长口中说着“我自己来我自己来”,接茶瓶的时候却有意无意地抓住了谷雨的手。谷雨一惊,热水瓶掉在地上摔碎了。钱所长抓着谷雨的手,又是揉又是吹,连声问:“烫着了没有?烫着了没有?”热水瓶掉到了地上有可能烫着脚,怎么可能烫着手呢?钱所长临走的时候说,热水瓶是因为他才打破的,下次来一定给谷雨买一个新的热水瓶。

钱所长很讲信用,果然给谷雨买了一个热水瓶。看到钱所长,谷雨的心里毛毛的,何况天就要黑了呢。不是谷雨敏感,上一次来谷雨就已经感觉到钱所长别有用心了。

谷雨把钱所长让进堂屋,并没有去接他手中的热水瓶。

“我说了不用买不用买,钱所长你还是掂回去自己用吧,我可不能要。”谷雨说。

“我说一不二,”钱所长把热水瓶放到桌子上,半开玩笑半认真地说,“你不要你就摔了它。”

谷雨怎么能把人家要送给她的东西摔了呢。

冬天日短,谷雨看看飘着雪花的昏沉沉的天色,欲送佯留说:“天就要黑了,要不钱所长在这吃饭吧?”

“不用不用。”钱所长嘴上说不用,却一屁股坐到当门的椅子上,摆出一副长坐的架势,自己掏出一包烟,抽出一支,把剩下的放到桌子上,然后才点上抽出的那支烟,消消停停地吸起来。

谷雨感到,今天这尊神她是不好送走了,况且大小是尊神她也是不敢得罪的。谷雨说了声“钱所长先坐着,我去给你做饭”,随后她把如松叫到厨房,小声交代说:

“快去叫你干爹,你就说‘钱所长来家了,俺妈叫你去陪客’。你就在你干爹家里吃,晚上我再去接你。”

如松蹦蹦跳跳出去了。小雪花依然散散淡淡地飘。不一会儿张天强就来了,手里还掂了两瓶酒。他先把酒拿到厨房,然后进了堂屋。堂屋里点着两支蜡烛,烛影摇摇的。

“哟,钱所长来了!怎么来了也不打个招呼?怕我给你灌醉是不是?”张天强一进门就大声嚷。

钱所长抬头看到了张天强,既感到意外,又感到扫兴,还不得不站起来热情地握手打哈哈:“怕你?哈哈,还不知道谁把谁灌醉呢!”

谷雨端上了四个菜:一盘凉拌白菜心,一盘凉拌萝卜丝,一盘油炸花生米，一盘洋葱炒鸡蛋。又摆上酒杯，斟上酒。

张天强便同钱所长五马三枪地喝起来。先是敬酒，为钱所长的光临敬酒，为钱所长的辛劳敬酒，为钱所长的关照敬酒……钱所长是谁？钱所长见得多了！钱所长当然不吃这一套。钱所长非要和张支书“平端”。你一杯我一杯，平端。钱所长说只有平端才最公平，只有平端才能比出来酒量。平端就平端，谁怕谁呀？张天强就和钱所长平端。“滋儿”一杯，“滋儿”一杯……等到谷雨做好了葱油饼端上来，一瓶酒已经喝干了。

“钱所长，吃点儿油饼，垫一垫。”张天强说。

“垫一垫就垫一垫。”钱所长抓起一张油饼，卷巴卷巴往嘴里填。

“平端”没有分出高下，第二瓶酒开始比猜枚。张天强叫谷雨又拿了七个酒杯。一局九杯，九打五胜。九杯酒一字排开，两个人拉一拉手，便“哥俩好”“再好好”“三星高照”“四季发财”地叫起来。开始还互相猜测对方的心思，即所谓“心思枚”，声音也小一些，节奏也慢一些。猜着猜着就顾不得那么多了，节奏渐渐地加快，声音渐渐地升高，不一会儿就像是扯着嗓子叫喊了。钱所长号称“豫东第一枚”，一是枚高，思维敏捷，手指灵动，曲曲伸伸令人眼花缭乱；二是声音与众不同，高亢，嘹亮，节奏感特强，像紫檀木梆子，像原声态山歌。张天强偏不服气，说要舍命陪君子。两个人的喊叫不说是响彻云天，起码是声震屋瓦，响彻了半个村庄。

猜枚的结果钱所长略占上风。张天强说：“钱所长，你敢不敢换一种弄法？”

“你说咋弄就咋弄，老子就不信乡里的弄不过村里的！”钱所长说。

“油馍、狗屎，你吃、我吃！”张天强说，“我喊油馍或狗屎，你同时喊你吃或我吃；你吃到狗屎你喝酒，你吃到油馍我喝酒，我吃到狗屎我喝酒，我吃到油馍你喝酒——”

“少啰嗦！看老子弄你一肚子狗屎！”

于是两人伸出右掌，一击为令，同时开口。张天强大喊一声：“狗屎！”钱所长大喊一声：“我吃！”张天强哈哈大笑说：“不好意思，不好意思，一上来就让钱所长吃了一嘴狗屎！”

谷雨端上了黄花菜鸡蛋汤。

第三瓶酒下去将近一半的时候，张天强意识到不能再喝了，钱所长的舌头已经大了，再喝下去钱所长就真的回不去了。

“钱……所长，我……不能再喝了。真的……不能再喝了。”张天强说。

“张……张支书，你……服不服？”钱所长说。

“您钱……钱所长海量。服，服。”

“真……真服?”

“真……真服。”

“张……张支书，那……那好，今……今晚上，就……就放你一马。”

“钱……所长，天，也不早了，我看你……也喝高了，回不去了，跟我……到村委会，睡觉。”

“屁……屁话！我咋……咋回不去?我骑……骑车，嗖嗖哩!”

张天强和钱所长摇摇歪歪地走出屋门，谷雨在后边跟着，随时准备上前搀扶。雪花依然疏疏朗朗，散散漫漫，地上铺了薄薄的一层。钱所长一出门看到地上白白的，顺口说:“床前明月光。”张天强接着说:“疑是地上雪。”钱所长说“错。疑是地上霜。看来，张……张支书，真是，喝高了。”

谷雨尽管心情不好，也被他们逗笑了。

两个人摇摆摆、摆摇摇的，像走醉拳中的“风摆荷叶步”。谷雨在后面说“钱所长，您的自行车”，便推着自行车跟出大门。钱所长接过自行车，说:“张支书你个……你个狗日的看着，看我骑车……是不是嗖嗖哩!”随后腿一迈骑上去，蹬了两圈，拐了两拐，撞到右边的一棵椿树上，车翻人倒了。

“哈哈，钱……钱所长，我……我说你回不去了，你……你非要说骑车，嗖嗖哩！嗖嗖哩!”张天强去扶钱所长。

“都怨……这棵树，不懂事，”钱所长爬起来，扶起自行车，两腿夹住前轮矫正车把，“张……支书，你派人，把它，砍了！它，吃了豹子胆了，不老实站着，跑来跑去的，敢碰我……钱所长!”

钱所长再一次跨上自行车，仍然拐来拐去像要龙一样，但到底没有再摔下来。看着钱所长渐渐模糊的背影，张天强恢复了常态，说:“敢跟我挺酒，喝死你个龟孙!”

张天强可不是吹牛逼，张天强能喝多少酒，就连张天强自己也不知道，因为他从来没有喝醉过。钱所长能喝一斤多酒，就觉得自己可以闯荡江湖称霸酒坛，实不知天高地厚了。

钱所长确实喝高了，骑自行车又灌了凉风，一出村子就觉得肠胃闹腾起来。离村子一里多路的地方有一条渠沟，渠沟东西走向，常年无水。钱所长越来越难受，胃中的东西直往上涌。勉强骑到渠沟旁边，实在坚持不住了，便丢下自行车，想蹲到渠沟里把酒吐出来。谁知一发而不可收，胃翻肠搅，缸倾盆覆，颇有点儿“四海翻腾云水怒，五洲震荡风雷激”的味道，直到把肠胃中的东西吐了个干干净净。钱所长觉得浑身酸软，没有了一点力气，便想靠在背风的沟坡上休息一会儿，谁知一靠就沉沉地睡着了。

钱所长做了一个美梦，他梦见了谷雨，还和谷雨成就了好事。

像是在月光之下，谷雨看上去朦朦胧胧的，不很真切。他伸手去摸谷雨，谷雨的皮肤又柔又软，感觉真舒服。他欲拉谷雨入怀，谷雨羞羞怯怯的，一点儿也没有反抗。他于是把谷雨揽入怀中，进行那种梦寐以求之好事……黎明的时候他醒来了，他是在那种很舒服的感觉中醒来的。谷雨，好谷雨，你的皮肤好柔软，好温润。他慢慢地睁开眼睛。在他慢慢睁开眼睛的过程中，他感觉谷雨还在他的怀中躺着。然而，当他慢慢睁开眼睛看清了怀中的谷雨时，顿时吓得他心惊肉跳，拘挛一下跳了起来。

原来，他抱着睡觉的哪里是谷雨，竟然是一条还没有醒过来的大黄狗。昨天晚上，在钱所长吐了一大摊秽物沉沉睡去的时候，循着气味跑来了一条大黄狗。大黄狗尽情地、一滴不剩地享用了一顿美餐，不想自己也烂醉如泥地躺在了钱所长身边，在这寒冷的冬夜给钱所长的身上传导了一丝暖意。钱所长在美梦之中便稀里糊涂地把它当作了谷雨，紧紧地搂在了怀中。

钱所长又羞又怒，照准狗头狠狠地踢了一脚，竟然没有把那条大黄狗踢醒。钱所长去扶自己的自行车，看到行李架上缠着一根绳子。钱所长灵机一动，解下那根绳子，把大黄狗的四条狗腿和一张狗嘴捆了个结结实实，夹在自行车的后架上。当他骑上车子的时候，他感觉到裤裆里面凉凉的，湿湿的，这才知道，昨天夜间自己竟然搂着这条大黄狗梦遗了。

钱所长把大黄狗驮回了家，美美地吃了几天狗肉，还落了一张狗皮。这件事情他自己忍不住说了出去，在乡政府大院里被传为佳话。当然，他略去了他抱着大黄狗进行好事的那个美梦。

后来，张天强到乡里开会碰见钱所长，问起此事，钱所长说："还是毛主席他老人家说得对，'好事可以变成坏事，坏事可以变成好事'。"

张天强说："闲了还去俺村喝酒啊，我等你。"

"好啊好啊，"钱所长边走边说，"不过再去你可不能求饶了啊！"

"当然当然。"张天强说。

"张支书，"钱所长走了几步，又折了回来，冲着张天强一脸的坏笑，"听说谷雨早就是你张支书的相好了？"

"没那回事。"张天强说，"我们是干亲，我是她女儿的干爹。"

"什么干亲？一流水儿不就成了湿亲了！"

钱所长说完哈哈大笑。

## 3. 我好怕，好怕好怕

太阳已经错午了，谷雨还在责任田里给花生锄草，也是给花生锄最后一遍草。倒不是谷雨农活多得干不完，就剩下最后一趟了，谷雨是想赶一赶把剩下的一趟锄完，下午就不用再来了。

其实，她不锄天强哥也会帮她锄，天强本来就不让她下地的，说她家那点儿农活他捎带着就给干了。可谷雨还是天天下地干活，她觉得她欠天强哥的太多了，尤其是战野负罪外逃后，天强哥对她家更是百般关照，大事小情都替她想到了。她一个女人家，又不能像战野那样经常陪天强哥喝酒，实在不知道该怎样报答天强哥，只有自己努力多干一点儿，让天强哥少干一点儿。再说，给庄稼锄草也不能图凉快，最好是上午，太阳越毒越好，锄下来的草马上会被太阳晒死。下午锄草尤其是傍晚锄草，效果就会差一些，伏天露水重，有时候，简直像下了一阵牛毛雨，锄下来的草，第二天早上有的就会再活过来。

没有一丝儿风，天气又闷又热，鸟儿们都躲进树荫里乘凉去了，只有蝈蝈的叫声此起彼伏，“吱吱哇哇”，笼盖四野。

谷雨的衣服被汗水湿透了，溻在皮肤上很难受。谷雨没有再擦汗，离地头只有两步远了，她马上就要锄完最后一锄了。就要立秋了，这一锄也是今年的最后一锄了，完成今年“收官”之一锄的好心情在等待着她。

就在这时，远处传来了“隆隆”的雷鸣声。随着这一声雷声，四围的蝈蝈突然不叫了，大平原变得一片死寂。谷雨抬起头，看看响雷的方向，只见苍苍茫茫的乌云从东北方向的天际往上涌。乌云的上边如墨洇润，乌云的下边却形成一条横线，如刀切一般，横线下边垂着一条楔形的黑云，黑云摆动如巨蟒的尾巴。这是一种很少见的云象，这种现象在农村叫作“龙掉尾”。“龙掉尾，淹死鬼”，预示着一场大暴雨就要来临。谷雨的心情变得灰蒙蒙的，如果来一场大雨，她今天锄下来的草可就白锄了。

然而谷雨还是坚持锄完了最后一锄。

乌云铺天盖地，来势凶猛，刹那间就漫过了谷雨的头顶，天光立马暗了下来。再看东北方向，吊下来的龙尾已经变成了一道厚厚的雨墙，就像沧海的海面竖了起来，迅速向谷雨这边推进。

谷雨来不及后悔多锄了几锄，扛起锄头就往家跑。眼前一道光柱夺目，划破云空，垂直而下，照耀四野，“咔扎扎”一声炸响，大雨劈头盖脸地浇了下来。谷雨感到呼吸困难，只好张开嘴像鱼一样吐纳。雨暴云浓，天光晦暗，大中午的宛若夜晚，庄稼、树木全都隐匿在大暴雨之中，只有在闪电亮起的瞬间才能看清四周的环境。谷雨担心着独自留在家里的女儿如松，凭着感觉，顺着流淌着积水的道路往村子里猛跑。

谷雨终于跑回了家中，走进堂屋的那一刻，她竟然有一种大难不死的幸运感。谷雨喘了几口气，雨水从身上流到脚下渍湿了一片。当门的小桌子上，摊着女儿如松的暑假作业本，作业本上放着橡皮和铅笔，却不见女儿的身影。

"如松，如松！"谷雨顾不上脱下水湿的衣服，急着找女儿。

大雨如注，闪电霍霍，雷声滚滚，谷雨的喊声显得那样微弱。谷雨喊着女儿的名字冲进女儿的卧室，看到女儿侧身蜷缩在自己的小床上，身上还裹着一条毛巾被。尽管谷雨非常担心女儿，一颗心毕竟稍微踏实了一点儿。

"如松，如松，你怎么了如松？"屋里光线太暗，谷雨点亮了玻璃罩子灯。

"妈妈……"如松吃力地睁了一下眼睛，又闭上了。灯光下，如松的脸蛋儿红彤彤的。

"如松，你这是怎么了如松？"谷雨摸了一下如松的额头，感觉热得烫手。她怕是因为自己手凉的缘故，又俯身用嘴唇触了触，在她感觉女儿确实是在发高烧的同时，她还听到了女儿嗓子里"嘶嘶噜噜"的气喘声。"如松，你这是怎么了如松？"

"妈妈，没事儿……"如松声音微弱。

谷雨的眼泪下来了，心也一下子乱了。这可怎么办？这可怎么办？她扭头看看窗外，正好一道刺目闪电映出窗外哗哗的雨帘，紧随着"咔啦啦"一声摄人心魄的炸雷。谷雨后悔得直想扇自己的耳光，她不是后悔晚回来了一会儿，而是后悔上午根本不应该去锄草。吃早饭的时候，如松就有点儿咳。农村孩子感冒咳嗽是常见的，她并没有当回事。早知如此，她上午就应该带着女儿到乡卫生院去看一看，还去花生地锄什么草啊！

现在可怎么办？下这么大的雨，又是雷又是闪的，根本没有办法带女儿去看病。死战野又不在家，叫她一个女人家怎么办哪！

"如松，你坚持一下，妈这就去给你请大夫！"

谷雨没有披雨衣，也没有打伞，不管不顾地在大雨中奔跑。她赶到张天强家的时候，天强一家正在吃中午饭。

"天强哥，快，如松她……"谷雨没有进屋，上气不接下气地站在雨中。

张天强一家都吃了一惊，天强丢下饭碗迎上来："如松她怎么了？你别急，慢点儿说。"

“她发高烧，喘，喘得厉害！”

“走，我去看看！”

天强说着冲出屋门，拉着谷雨就跑。路上，天强嫌谷雨跑得慢，丢下谷雨跑到了前边。当谷雨气喘吁吁回到家里时，天强已经从东屋推出了战野的摩托车。

“谷雨，你在家看着如松，先弄一盆温水，拧一条湿毛巾，放在她的额头上降降温。我去乡卫生院请大夫。”天强简单交代了几句，发动了摩托车。

谷雨进了屋，她先兑了半盆温水，找出一条干净的毛巾在温水中投了投，拧干了搭在如松额头上，这才找到一条洗脸毛巾擦了擦满头满脸的雨水，换下了身上的湿衣服。她守在如松的身边，不时地换一换如松额头上的湿毛巾，不时地用嘴唇触一触如松的额头和脸蛋儿，不时地轻轻地说“如松，别怕，你干爹去请医生了”“如松，别怕，医生一会儿就来了”……

此时，谷雨守在女儿身边，心里想的盼的只有一件事，就是天强哥早一点儿把大夫请到家中。她知道，这样的大雨天，别说是摩托车，任何车辆在农村的土路上也无法通行，天强哥肯定要绕道平街，走通向乡里的柏油路，这样就只有这一里多的土路了。她一会儿看一看窗外，希望大雨马上停下来，一会儿看一看桌子上的马蹄表，想着天强哥可能走到什么地方了。窗外的大雨没有停下来的意思，“嘀——嗒，嘀——嗒”的马蹄表走得极慢。她明明觉得天强哥已经走了好长时间了，可看看马蹄表，才过去了十分钟。此时的谷雨，已经不是度日如年，而是度时如年、度分如年、度秒如年了。

如松的喘气声突然变得粗重，且断断续续，谷雨连忙俯下身子，感觉女儿的身子一抽一抽的，呼吸也很困难，好像上不来气一样。谷雨的心也随着女儿的身子一抽一抽地疼。如松，好女儿，你可不能有个三长两短，你要是有个三长两短，娘也就没有活下去的必要了。她把女儿竖着抱了起来，让女儿的头歪在自己的肩膀上。玉皇大帝，让俺的如松好了吧；王母娘娘，让俺的如松好了吧；如来佛祖，让俺的如松好了吧；观音菩萨，让俺的如松好了吧；上帝耶和华，让俺的如松好了吧；圣母马利亚，让俺的如松好了吧；耶稣基督，让俺的如松好了吧；阿弥陀佛，让俺的如松好了吧；太上老君，让俺的如松好了吧；张天师，让俺的如松好了吧……谷雨在心里虔诚地、杂乱无章地祷告着，求遍了她能叫出名字的所有的神灵。谷雨感觉女儿的呼吸顺畅了一些，抽动的次数也少了一些，只是身子依然热得烫人。她抱着女儿走到窗前，期望看到天强哥和大夫的身影。大雨依然哗哗啦啦地下着，透过屋檐下密集的雨帘，能看到院子里的积水像小溪一样向大门外流淌。老天爷，别下了，东海龙王收雨吧，让天强哥快点儿把大夫请来吧……谷雨在心里继续虔诚地祷告。

天强哥怎么还不回来呀？天强哥会不会出什么意外呀？天强哥会不会不小心摔伤呀？会不会在大雨中迷路呀……这样一想谷雨更加紧张更加害怕了。雨终于小下来了，小下来了；雨又大起来了，大起来了；雨小下来了，雨大起来了……

谷雨的精神快要崩溃了。

天强哥回来了！天强哥是推着摩托车走进院子的，他的身后跟着乡卫生院的连成连院长，连院长穿着半透明的塑料雨衣，黑色的塑料凉鞋，裤腿挽到膝盖上边，药箱在雨衣下面鼓突着，隐隐约约能看到药箱上的红十字。

看到连院长，谷雨绷紧的神经松弛下来，她本想迎上前去，却两腿一软坐到了床上。

连成院长是乡卫生院最好的大夫，也是方圆百余里知名的大夫。他家里三代祖传中医，他自己又研习西医，中西医结合医好过不少疑难杂症。

连院长脱下雨衣，就开始给如松看病。他望望谷雨怀中的如松，简单问了一下病情症状，打开药箱，拿出一支体温计让谷雨给如松量体温。高烧41度。连院长又看了看如松的舌苔、咽喉，然后拿出听诊器仔细地听如松的胸部和背部。天强和谷雨看着连院长检查，大气也不敢出。

"上呼吸道感染并发急性肺炎。"连院长说。

"那怎么办？"谷雨紧张地问。

"吊针。"连院长说，"让孩子躺到床上吧，上身垫高一些。"

连院长从药箱内拿出一瓶葡萄糖盐水，两支头孢氨苄针剂和一支退烧针剂，以及针头和输液管，把配好药物的盐水挂在支撑蚊帐的竹竿上，有条不紊地给如松输上了吊针。

谷雨一步不离地守在女儿身边，看着药液一滴一滴地输进女儿的身体，仿佛那不是药液，而是又回到女儿身上的生命。此刻，窗外无论是电闪雷鸣还是大雨如注似乎都与她无关了，与她有关的只有那一滴一滴输进女儿血管内的药液。

"连院长，下这么大的雨，还让您……真是，太谢谢了。"张天强说。他这次到乡卫生院，直接找到连院长。暴雨雷鸣的，他也担心连院长不好请，心里说就是背我也要把你连院长背回去。没想到连院长二话没说，收拾了一下药箱就跟他上路了。

"不谢，做医生本应如此。"

“连院长，您这么大点儿个药箱，装不了几种药，怎么正好都用得上呢?”张天强对连院长的医术很是佩服。

连院长笑了笑，没有说话。其实，就凭张天强在卫生院说的“高烧气喘”这四个字，连院长就已经心中有数了。好的医生出诊，根据来人口述的症状，就应该对患者的病情估计个八八九九，如果再让患者家属返回医院取药，岂不误了大事?

谷雨守着女儿，天强陪着连院长。连院长不抽烟，张天强给连院长泡了一杯茶，陪连院长聊天。先聊今年旱了涝了庄稼收成什么的，聊着聊着聊到了这村那村谁和谁认识、谁和谁家是亲戚、谁是谁的舅姥爷、谁是谁的姑奶奶、谁是谁的姨姥姥，左拐右拐七拐八拐的，张天强竟然和连院长攀上了亲戚，按辈分，张天强还应该给连院长喊一声“表叔”。

吊针打完的时候天色已经麻麻地暗下来，如松也沉沉地入睡了。连院长又给如松开了些药，收拾药箱的时候，张天强对谷雨说:“你炒两个菜吧，我陪咱表叔喝两杯。”

“不麻烦不麻烦，我还是趁雨小回去吧。”连院长说。

天强和谷雨当然说什么也不会放他走。尽管没有提前准备，家中的鸡蛋、黄瓜、辣椒、茄子之类的家常蔬菜还是现成的。谷雨做了几个菜，张天强和连院长一边喝酒一边聊天。主食是葱油饼和甜面叶。谷雨最拿手的就是葱油饼，酥脆可口，每次待客都少不了的，客人吃了总是赞不绝口。

雨暂时停了下来。连院长说不用送了，我自己能回去，张天强却已经发动了摩托车走在前边。连院长临出门又嘱咐说:“明天一定把孩子送到卫生院。”

谷雨千恩万谢，恨不得给连院长跪下来。

张天强把连院长送到乡卫生院，又回到谷雨家里，他对如松的病情还是放不下心来。雨又下起来了。灯光下，谷雨坐在床边，依然愁眉不展地守着女儿。天强看了看沉沉入睡的如松，摸了摸她的额头。如松的烧已经退下去了，嗓子里依然有“嘶嘶”气喘声。

“如松吃饭了吗?”天强问。

“没有。”谷雨说。

“你呢?”

“我吃不下。”

“吃一点儿吧，我看着如松。”天强说，“你可不能再病了，你再病了，谁照看如松呢?”

谷雨勉强喝了大半碗面叶，又回到如松床前。天强看如松的病情已经好转，再看看桌子上的马蹄表，时针已经快指向12了，窗外雨也下得不大，便站起身来。

“我回去了谷雨，有什么事情你赶紧喊我。”天强说。

“天强哥！”谷雨真不想让他走，她害怕，害怕女儿忽然再烧起来。可是她说不出口。如松重病在床，家里只她一个女人，她怎么好张口留他呢。她不知道如何是好。

天强看看谷雨，迟疑了一下，还是坚定地向门口走去。

谷雨把天强送到门口。天强刚迈出屋门，迎面就是一道刺目的闪电，紧随着一声震耳的霹雷，雨声骤然间又爆响起来。

“天强哥，我好怕！”谷雨说。谷雨不是一个胆小怕事的人，可她此时此刻真的好怕，谷雨从来也没有这么害怕过。

天强站在门口，并没有回身，可是他能感觉到谷雨的目光，那目光中的担心、恐惧、悲苦、凄凉、无助，像一根根无形的丝线颤颤地牵扯住了天强的心。

又是一道电光，一声霹雷。

“天强哥，我好怕，好怕好怕！”

谷雨声音微弱，然而却震颤着、穿透着天强的心。这一刻，他所有的禁忌和防线都在这微弱的声音中碎掉了。他回转身把谷雨紧紧地搂在怀中，亲吻着她的前额，抚摸着她的头发、脖颈、肩膀和后背。

“谷雨，不怕，有天强哥在！”

谷雨啜泣着，软软地偎依在天强的怀中。

又是一道闪电，一声霹雷，暴雨如注地倾倒下来……

## 4. 家·七夕之痛

战野决定回一趟家。

战野逃离家乡已经近两年了，还没有回过一次家。他并不怎么担心妻子和女儿的生活问题，他知道，天强哥一定会关照她们。他就是想念她们，想念妻子谷雨，想念女儿如松，尤其是他一个人待在房间的时候，刻骨铭心地想念。春节期间小蛋儿回去了一趟，战野让他顺便到张许村探听一下消息。小蛋儿回来说，除了乡里钱所长偶然去一下，公安上已经不怎么追查了。还说上边之所以不怎么追查，可能因为上边负责这个案件的是吴剑锋。

“吴剑锋？你是说吴剑锋？”战野问，说不上是惊还是喜。

“嫂子说是你的老同学。”小蛋儿说。

“吴剑锋干上公安了?”

“还是地区公安局的刑侦大队长。”

一听说负责此案的竟然是他的老同学吴剑锋,战野精神上立马轻松了不少。

前年秋天的那个晚上,战野拿了几件换洗衣服和几千块钱,匆匆溜出了家门。他先在野外的一片柳树林里坐下来,想一想自己到底该往何处去。县城和周口是肯定不能去了,其他地方也是举目无亲,想来想去想到了小蛋儿。小蛋儿尽管胆小,却是他最死的死党,无论如何也不会出卖他的;而且,虽说小蛋儿经常到他家来,可并没有人知道小蛋儿是哪个村的,包括天强和谷雨在内。他决定先去见一见小蛋儿,再作长远打算。

战野来到古陈砦所在的沙河河堤上的时候已经半夜了。夜露浓重,淋得他身上潮潮的,密密麻麻的星星亮晶晶水汪汪的,那横跨星空的银河也仿佛涨满了水。他没有立即去找小蛋儿,半夜三更的他害怕吓着了小蛋儿,也容易惊动小蛋儿的家人。他来到他和小蛋儿第一次见面的那棵柳树下面,坐靠在柳树上想睡一会儿。几只蚊子搅得他不得安宁,直到天快亮的时候才迷迷糊糊睡着了。

战野睡得很不安稳。朦朦胧胧中,他看到两个警察正在追捕他。他跑上沙河的河堤,拼命地跑,然而两条腿像坠着千斤重石一样迈不动脚步。他藏到一棵柳树的后面,两个警察倒是跑过去了,可后面还有一条黑色的警犬,那条黑色的警犬却正对着他奔了过来。他很害怕,可是那条警犬似乎并没有恶意,在他面前站了下来,用一种带有疑问的、亲和的目光望着他。

战野就是在这个时候醒了过来,他看清了站在他面前的那条黑狗,那条黑狗正疑惑地看着他,仿佛在问,你从哪里来?要到哪里去?怎么会睡在这里?战野觉得这条黑狗有点儿面熟,伸手摸了摸狗头,站起身往村子里走。那条黑狗竟然“橐橐”地跑到了他前边,给他带路。我靠,这不是小蛋儿家的那条“大老黑”吗?战野恍然醒悟。

战野跟在大老黑后边,来到小蛋儿的家。别看小蛋儿四肢不勤五谷不分的,娶了个媳妇却是又勤快又贤惠。小蛋儿一家五口,分工明确,老娘负责做饭和照看孩子;老爹和媳妇负责春种秋收,夏锄冬藏;小蛋儿从不下地干活,责任田分了好几年了,他甚至连自家的责任田都在什么地方也不太清楚。战野到来的时候,负责种地的已经下地了,负责做饭的正在厨房做饭,风箱拉得“呼嗒呼嗒”的,只有小蛋儿还在屋里睡懒觉。大老黑叫了两声,把小蛋儿娘从厨房叫了出来。小蛋儿娘看到战野，连忙搬了只小凳子用袖子擦了擦，让战野坐，然后一溜小跑地去东屋喊小蛋儿。小蛋儿的爹娘其实挺感谢战野的，不管怎么说，小蛋儿跟着战野，总算有了一条挣钱的门路，如果不是战野，他们根本别指望把儿媳妇娶进家门，更不要说抱上孙子了。

小蛋儿走出屋门的时候半醒不醒的，又是打呵欠又是伸懒腰，看到战野才完全醒过来。

“哥，是你呀！”小蛋儿说，又反身进屋，“我去拿烟。”

战野跟着小蛋儿进了东屋，小声说：“蛋儿，哥出事儿了。”

小蛋儿愣了一下：“出事儿了？出啥事儿了？”

“一句话两句话说不清楚。”战野说，“反正是哥不能在家待了，哥在你这儿睡一觉，晚上就走。”

“有这么严重？”

战野点点头。

小蛋儿找出一盒烟，抽出一支给战野，又给他点上，说：“哥，我不管哥出了什么事，哥就放心在小蛋儿家里住着，哪儿也别去。”

“不，哥必须走。”战野说。

“哥不相信小蛋儿？”

“绝对相信。”

“那为啥不留下来？”

“小蛋儿，这不是一天两天三天五天可以躲过去的事儿，你想，哥要是一直憋在家里，还不得把哥憋疯了？所以哥必须走。”

“倒也是。”小蛋儿说。

小蛋儿也点上一支烟，闷着头抽了几口，说出了一句让战野意想不到的话：

“那，小蛋儿和哥一起走。”

“绝对不行。”战野说，“我这是逃亡！”

“我才不管什么逃亡不逃亡。”小蛋儿说，“哥你知道我懒得种地，啥农活也不想干，啥农活也不会干，只是跟了战哥才弄了点钱，又娶媳妇又养儿子的，在村里也算是有了点儿脸面，哥一走小蛋儿就又成懒汉一条了。哥你就带小蛋儿一起走吧，也让小蛋儿到外面闯荡闯荡，见见世面！”

从感情上说，战野很想带小蛋儿一起走，小蛋儿忠厚、单纯，可以做最铁的哥们儿，最死的死党，也是最好的伙计，不管做什么事情，小蛋儿都会是他最理想的帮手；理智地想，他又不忍连累小蛋儿，不忍让小蛋儿陪着自己一

不见，想念战哥。直到他们离开真宗阁，战野领着书生去住所的路上，书生才说了实话。问题还是出在书生喜欢嫖娼上，每次去周口必嫖一次甚至两次。常在河边走，哪能不湿鞋。终于有一次，正干到高潮时被"扫黄打非"的公安民警逮了个正着。本来说好"私了"的，罚款3000元作为惩处和保密费，不通知单位和家属。谁知，等书生交了罚款，他们还是打电话通知了大王村村委会，让村委会对书生好好地进行批评教育。书生在大王村也算是一个人物，原来还当过民办教师，挺斯文的一个人，这一下弄得斯文扫地了。书生觉得自己没有脸了，待在村里不好意思见人，决定离开一段时间，就想到了战哥。书生已经知道战哥此前犯了事，不在家里。书生琢磨，如果战哥还吃这一路的话，如果还在本省的话，那么跑到洛阳的可能性最大，因为就河南而言，洛阳的古墓最多，洛阳的古玩市场最为活跃；如果出省，则跑到山、陕的可能性最大。于是书生离家第一站就来到洛阳。洛阳这么大，到哪里找呢？自然首选古玩市场。如果战哥在洛阳的话，肯定离不开古玩市场。书生还真是有点儿料事如神了。

这样，战野、小蛋儿、大欢、书生就结成了一个盗墓团伙。因为战野的眼力最好，能力最强，经验最丰富，又诚信慷慨，自然而然地成了这个团伙的"大哥"。起始小蛋儿、书生和战野住在一起，后来担心人多容易引人注意，小蛋儿和书生又分别租了住房。平时他们四处分散，找寻古墓，一旦有了目标便聚到一起集体行动，"招高儿"的，"捣窑儿"的，"拱堂"的，倒也配合默契。为了奖勤罚懒，他们还有一个不成文的规矩，谁找到的墓藏，谁可以多得一份钱财。

胡丽本来不是团伙的成员，可是她太喜欢战野了，两三天不见战野就觉得没着没落，心里发慌。这样一来二去的，实际上也成了这个盗墓团伙的成员之一。

战野把回家的日子选择在农历七月初七。

小时候在院子里乘凉，母亲就指着天上的星星，给他讲牛郎织女的故事，哪一颗是牛郎星，哪一颗是织女星；牛郎星的两边各有一颗小星，那是他们的两个孩子，牛郎追赶织女的时候用扁担挑着他们的孩子；王母娘娘为了阻止他们相聚，用银簪在他们之间一划，便划出一条银河；可是牛郎织女的爱情感动了喜鹊，每年农历七月初七，便有成群结队的喜鹊飞来，用自己的身体在银河上架起一座桥梁，让牛郎织女相会。这便是人人皆知的"鹊桥"了。南阳出土的汉代画像石上，就已经有了牛郎织女的故事，说明这个美丽而古老的神话最少已经流传了两千多年！

不知道谷雨记不记得今天是七月初七，想没想到今天是牛郎织女鹊桥相会的日子；此时此刻，谷雨会不会就站在院子里，一边仰望着夜空中寄托着人间美丽情感的牛郎织女星，一边默默地思念自己呢？

战野拎着一个黑色的人造革提包，走在回家的路上的时候，就用这种美丽的想象，打发自己与家之间所存在的时空，希望这段时空尽快消弭，让他和谷雨紧紧拥抱，又希望这段时空多留驻一会儿，留驻这种相聚之前情真意切的思念的美丽。

农历七月的白天依然炎热，然而晚上已有些微微的凉意，毕竟已经立秋了。蝈蝈"吱吱哇哇"的叫声好像在演奏着回乡进行曲，秋庄稼即将成熟的气息弥漫四野。眯着眼睛的新月渐渐隐去，只剩下水灵灵的星星美丽着夜空，尤其是那银河岸边的牛郎织女星。对于战野来说，这个七夕的一切的一切都是美丽无比的。

夜间到家，这也是战野提前计划好了的。天亮前从洛阳出发，坐火车到郑州赶直达淮阳的长途汽车，到县城也就差不多天黑了，然后步行20余里，赶到家正好是夜深人静的时候。头一天下午胡丽说要去车站送他，他一口拒绝了。他不是不喜欢胡丽，他喜欢胡丽但并没有一点儿邪念。他的心全在谷雨身上，他对谷雨的感情是纯真的、洁净的，也是密密实实的、搀不进杂质的。

张许村静悄悄的，就连看家护院的狗们似乎也入睡了。战野家离南边的村口很近，又有夜色的掩护，所以并不特别担心被人发现，可还是放轻了脚步。家，就在面前了，战野能清晰地听到自己怦怦的心跳声。战野轻轻推了推大门，大门从里面插着。战野害怕惊动了邻里，没敢敲门，他走到院墙边的一棵树荫里，先把提包放到墙头，然后纵身跳了进去。

战野拎着提包走到堂屋门口，推了推，门依然从里面插着。

战野抬手正要敲门，抬起的手却忽然僵在了那里，左手中的提包訇然滑落。

他听到了一个声音，一个他最熟悉的声音，一个过去他最喜欢听的声音，一个在此时此刻他最最不愿意听到的声音：

——谷雨做爱时"咦唏哎呀"的叫床声。

他的头嗡嗡作响，好像浑身的血液都涌向头颅，好像有一个蜂群在他的头颅里旋飞；心脏剧烈地疼痛，针扎一样疼痛，刀割一样疼痛；愤怒，洪流一样的愤怒，波涛一样的愤怒。他想一脚把门踹开，闯进去……然而他克制住了自己，他不想看到那一幕。他坚定地站在门口，敲响了屋门。

屋里面顿时寂静无声。片刻，传出窸窸窣窣的声音，有点儿慌乱。灯亮了。有脚步声来到门口，迟迟疑疑问：

“谁呀？”

是谷雨。战野又敲了敲门。

门开了，他看到谷雨的神情既惊喜又慌乱。

“天哪！你咋回来了？你可回来了！”慌乱和惊喜让谷雨语无伦次。

战野一言不发，掂起地上的提包走进屋门，把提包放到当门的桌子上，在桌子旁边的椅子上坐下来。

“你，你吃饭了没有？我给你做饭吧？”谷雨跟到屋子中间，怯怯地停在那里。

战野点上一支烟猛吸，沉静地看着谷雨，仍然一言不发。

屋子里的空气冰冷冰冷的。

谷雨终于坚持不住，“扑通”一声给战野跪下了。

“战野，我对不起你，我没有脸和你说话。可你不在家，人家一直照顾俺娘儿俩，去年夏天咱如松发高烧昏迷不醒，大风大雨呼雷闪电的，是人家跑前跑后救了咱如松一条命呀！人家是咱如松的救命恩人哪！你又杳无音讯，我一个女人，你让我怎么报答人家，你让我拿什么报答人家……”

战野仍然一言不发。

这个时候，张天强从里间走出来，也“扑通”一声给战野跪下了，低垂着头。

“战野，我没有脸见你，我不是人，我明明知道‘朋友妻，不可欺’，可我……我他妈的不是人，我他妈的是畜生！”张天强看到门后墙角处有一把镰刀，起身拿过来放到战野手边，重新跪下来，说，“战野，出口气吧，你砍我几镰刀我的心里也许会好受一点儿，砍死也中，只要你能出这口气！”

他真想挥舞镰刀大砍大杀一通，砍死谷雨，砍死天强，然后砍死自己。可是他连看也没看那镰刀一眼，慢慢地站起身，慢慢地拉开提包的拉链，把提包中的东西一样一样地拿出来，放到桌子上：

“谷雨，这是给你的衣服和化妆品；这是给如松的衣服和玩具；这两万块钱是让你和如松平时花用的。天强哥——战野最后再叫你一声天强哥吧，谢谢你对谷雨母女的关照，这是我给你带的两瓶茅台酒，是朋友托朋友才买到的，战野本来还想和你好好喝一场……”

“战野……”

谷雨和天强都忍不住哭出声来。

战野不再看他们，走进西边女儿如松住的房间，点亮了灯。如松睡得很香，嘴角还挂着一丝天真的笑意。战野俯下身，捧着如松的脸颊亲吻她的额头，两滴苦涩的泪水无声地落到如松脸上。少顷，他直起身，步履坚定，沉稳地、义无反顾地走出女儿的房间，走出堂屋，走向院门。

“战野！”

谷雨和天强追出了屋门，声音里饱含着痛苦的忏悔和发自肺腑的乞求。

战野没有回身，没有驻步，他知道他必须马上离开，一刻也不能停留。

战野走出自己的家，走出张许村，终于忍不住失声痛哭起来。除了母亲辞世，四十年来，他还没有这样失声痛哭过。战野伤心到了极点。一个是他青梅竹马、相爱至深、终成眷属的妻子，一个是他两小无猜、亲比手足、忠诚无二的朋友；他绝对没有想到他和谷雨的爱情、他和天强的友谊会是这样一个残酷的结局。爱情背叛了他，友谊背叛了他，除此之外，还有更让人痛心的背叛吗？如今，他已经没有家了，40多岁却突然没有家了，家园成了他的伤心之地。他暗暗发誓，从今以后，永生永世不回张许村。

# 第十一章

## 1. 盗墓如期进行

“大地开发公司大地石材加工厂”奠基仪式，定于公元1992年1月12日，农历一九九一年腊月初八举行。

举行奠基仪式是龙阳镇曹书记提出来的，作为大地实业开发有限责任公司李予经理身份的战野，其实并没有想到要搞什么奠基仪式，他毕竟不是一个真的企业家。曹书记和战野通话说：我们还是要整一个奠基仪式，最好整得隆重一些，影响越大越好，届时邀请县领导参加，这样我们的企业就可以得到县领导的支持；不管你们公司什么时候动工，可是，奠基仪式最好在春节前举行，热闹、喜庆、吉利、祥和。并豪爽地说，奠基仪式花不了几个钱，鼓乐队、鞭炮、标语，包括宴请领导的费用、搭建施工墙的人力，镇政府全包了，你们大地实业开发公司只要提供石棉瓦等材料就行。战野心里暗暗高兴，说尊重曹书记意见，就按照曹书记的意见办吧，曹书记你看定在腊月初八怎么样？曹书记说腊八好啊，腊八，腊八，拉着你发！

战野心想，曹书记所以要整一个隆重的奠基仪式，一定是整给上面领导看的。所以要在春节前整，原因有二：其一是曹书记在给领导上年礼的时候，手上不是又多了一样冒着热气的“政绩”吗？其二是也许，也许，明年开春县里要调整、提拔一批干部，曹书记也在提拔的大名单之内，而曹书记已经提前获得了信息，所以急着要在春节前再整出一点政绩来。

整一个奠基仪式好啊，这样一来，这场戏就演得更加逼真了。

龙屏山环形的山岭下热闹起来了。山岭下，公路旁，用石棉瓦搭建起一道施工墙，有近百米长，墙内还搭建了两间简易房；中间是工地的大门，左边写着“千里之行，始于足下”，右边写着“安全施工，质量第一”。大门两边的施工墙上，扯起了两条巨型横幅，红布黄字，一边写着“热烈欢迎县领导莅临龙阳镇经济开发区指导工作！”一边写着“热烈庆贺大地石材加工厂奠基大吉！”大门上面还临时安装了两个大喇叭，一边一个。进大门前行几十米，浅浅地挖了一个象征性的小土坑，里边立着一块小石碑，石碑上用隶书刻有“奠基”二字，碑头顶着一块红布。

腊月初八，万里无云，蓝天高远，艳阳东升，是入冬以来难得的一个好天气。上午9时30分，十几辆小轿车从龙阳镇政府出发，驶向龙屏山下。

龙屏山下，锣鼓喧天，唢呐高亢，鞭炮齐鸣，秧歌队翩翩起舞，社火队狮跃龙腾；龙阳镇中学的学生提前穿上了过年的新衣，举着彩旗在奠基石碑前列成整齐的方阵，男同学在后，女同学在前，挑选出来的最美丽的十几名女同学站在前排正中，手中捧着鲜花；围观的群众里三层外三层的。领导们按照职务的高低，由中间向两边延展，在“奠基”的石碑前站成一排。领导前面是举着照相机、扛着摄像机的市县媒体记者。

一名英俊的男子和一名漂亮的女子，两个主持人并肩从侧后方走出来，在麦克风前站定，面带微笑。

女主持人声音甜润而清脆：“鞭炮齐鸣辞旧去，锣鼓喧天迎新来，龙阳镇提前迎来了明媚的春光。”

男主持人声音浑厚而嘹亮：“改革开放金光道，万民竞发奔小康，龙阳镇翻开了历史上新的一页。”

接着两个主持人同声宣布：“龙阳镇大地石材加工厂奠基仪式现在开始!”

为了让大地石材加工厂的奠基仪式更加隆重，曹书记特意安排马主任到县广电局，请了一男一女两个最好的播音员。然而马主任心里明白，曹书记的目的，主要是不想让田镇长出头露面主持这个奠基仪式。马主任把曹书记的意图偷偷地透露给田镇长，谁知田镇长不恼反笑，连说“这样好，改革开放嘛，这样好”，似乎正中田镇长下怀。

田镇长的高深莫测倒让马主任大惑不解了。

奠基仪式第一项，是美丽的女学生代表龙阳镇的未来和希望向领导献花；接着是龙阳镇党委书记曹大宋讲话；大地实业开发公司经理李予讲话；民众代表发言；邻乡乡政府的祝贺；县委领导重要指示。最后，在喧天的锣鼓、高亢的唢呐、齐鸣的鞭炮、翩翩的秧歌、狂舞的龙狮的喜庆热烈的气氛里，县委领导铲起第一锹土，郑重其事地撒在刻有“奠基”二字的石碑上。

此时，刻有“奠基”二字的石碑，正好坐落在那春秋古墓墓门的正上方。

龙屏山下热闹了半天又恢复了平静，留下满地的鞭炮碎屑和重重叠叠的脚印，还有近百米的施工墙和两间简易房。

“腊八祭灶年来到”，在中原农村，吃了腊八粥，过年的气氛就非常浓郁了。人们操劳了一春一夏一秋，该休整一下了，该闲散一下了，该娱乐一下了，该享受一下自己收获的果实了；牛们羊们猪们鸡们也该过年了，人们喂给它们的饲料也要比平时好一些，丰富一些；就连鸟们也要过年了，它们落到农家院落里和猪们鸡们共同进食的时候，人们也不再轰赶它们，喜庆祥和的年味儿已经无微不至了。

过了腊八，龙阳镇上的集市也就格外地热闹起来。一街两行摆满了摊位货物、衣服布料、水果糕点、鸡鸭鱼肉；家用电器、农具家具、炊具餐具、茶具酒具、小孩玩具；拖把扫帚、痰盂夜壶；花花绿绿的鞭炮烟花、香烛黄纸、元宝冥钞、春联门神、佛祖观音、老天爷、老灶爷、牛王爷、马王爷像……应有尽有，不应有的还有。熙熙攘攘，南来北往，人声嘈杂，人挨人，人挤人，人摞人，——大人们害怕踩着了孩子，便把孩子驮在自己的肩上。这种热闹的场景到腊月二十八达到了高潮。

战野偏偏就把他们"开工"的时间，定在龙阳镇最为热闹的腊月二十八日。

整个行动由战野统一部署，统一指挥。战野说，之所以定在腊月二十八行动，就是因为这一天是龙阳镇最热闹的一天，也是春节前最后一个大集；龙阳镇越是人多热闹，对于我们来说越是安全，这就叫"灯下黑"，这就叫出其不意。

尚未进入腊月，战野就开始思谋行动的具体时间和具体步骤了。他也想到了要在公路北边搭建一道施工墙，施工墙的作用不光是简单地遮挡人们的视线，最关键的是让他们"施工"的时候更像是施工。正在战野思考什么时间搭建施工墙合适的时候，他接到了曹书记"要整一个奠基仪式"的电话。战野嘴上说尊重曹书记意见，其实心里正求之不得，多谢曹书记的"配合"啊。

当然，战野不会喜形于色，他深知，这次行动责任重大，风险更大。奠基完毕从龙阳镇回到洛阳之后，他三天未出屋门，反复斟酌施工的具体时间、方法和步骤，从破土到打开墓室，从提取文物到交易完成，绝对不能出现一丝一毫纰漏。第四天，战野把书生、小蛋儿、大欢和狐狸召至一起，给每一个人分派具体任务。

狐狸：任务有二。第一，负责购买四套工作服，四顶安全帽，施工现场一律穿戴工地服装；第二，负责租借一辆专门拉货的面包车，换掉车牌，交由大欢驾驶。女人毕竟是女人，狐狸就不到施工现场了。

大欢：驾驶狐狸租来的面包车，腊月二十八天黑后赶到工地。估计这一坑出土文物量大，不宜在狐狸的古玩店存放，所以，大欢还要事前负责找好货物临时存放场所，要绝对安全的场所，最好是洛阳郊外废弃的仓库、厂房或者无人居住的房屋，再备一些包装用的纸箱之类。也就是存放一天。我负责通知买主作好提货准备，咱们定下地点后让他务必于腊月二十九日把货物提走。

书生和小蛋儿：事先租好一台挖掘机，腊月二十八日上午8时准时到达工地。最好在龙阳镇就近的市县租赁，其一因为挖掘机行驶迟缓；其二如果年后事发，也可以起到转移警方视线的作用。我驾驶狐狸的丰田7时50分赶到工地，负责现场指挥。白天完成挖土工程，晚上开墓起货，速战速决，天亮前离开现场。书生和小蛋儿还要负责善后工作，回填土坑，尽量延长被发现的时间。

战野最后强调说："兄弟们，我们的后半生可都押到这次行动上了。什么叫成败在此一举？这就叫成败在此一举！因此，兄弟们要绝对保密，小心谨慎，出不得半点纰漏。另外，要是真如我所料，这确是一座邓国国君墓，这个'坑'我们可能就挖大了，事成之后，兄弟们千万要隐身一段时间。万一有什么不测，你们就把责任统统推到我战野头上，就说你们是战野雇的小工，每人一万块钱，只管干活，其他什么都不知道，这样你们也就不会承担多少责任了。"

"那怎么行？"小蛋儿说。

"没这个道理！"狐狸说。

"有福同享，有难同当，咱谁也不是孬种！"书生、大欢说。

"你们心中如果有我这么一个大哥，就照我说的做。"战野口气平静却不容违抗，"别担心大哥，大哥自有脱身之策。"

腊月二十八日上午，龙阳镇的集市上人如潮涌，人声鼎沸，街头巷尾，鞭炮声不断，不时有"二起脚""火箭炮"之类在高空炸响。镇外公路上，一辆黑色的丰田小轿车由远而近，下公路驶进龙屏山环形山岭下的工地，停在用石棉瓦搭建的施工墙内。不一会儿，一辆庞大的挖掘机也开了进来。一身工装的战野钻出小轿车，走到刻有"奠基"二字的石碑前，头微微一点，说声"开始"，挖掘机便挥动巨臂，一铲下去，便把奠基石碑撂到了一旁……

中原农村，把正月初一叫作"大年"，把元宵节叫作"小年"。过大年的时候，说是可以休闲一下，其实人们并不能真正休闲。年前要打扫卫生，拆洗衣被，置办年货，杀猪宰鸡，煮肉蒸馍，炸丸子麻叶，包豆包饺子，一直忙到大年三十；除夕熬年，初一五更祭祖，然后是大拜年，给家里长辈拜年，给族里长辈拜年，给全村长辈拜年；初二开始走亲戚和待客，回娘家，拜丈人，看老舅，平常不走动的老亲过年了也要走一走，个别人家老亲戚多一走就走到了小年，所以农村有句话叫“走亲戚走到十五六，又没蒸馍又没肉”。到了小年，人们的精神上才真正轻松下来。上元夜，家家户户挂起红灯，点亮灯盏，孩子们也掂着灯笼，成群结队地沿街玩耍；正月十六，凡有社火队的村镇，社火队都出动了，踩高跷的，骑犟驴的，划旱船的，玩狮子的，舞龙的，还有扭秧歌的，打腰鼓的，他们先在自己的村镇表演一番，然后便到邻近的村镇串演。有时候两个村镇的社火队在村口碰到一起，便在打谷场上摆开阵势，像唱对台戏一样，各自拿出自己的高招绝活，分出来个高高低低。

今年正月十六，龙阳镇的社火队就和钱砦的社火队来了一场精彩的狮子对舞。

钱砦在龙阳镇的西边，是龙阳镇社火队串连演出的第一站。他们刚到钱砦村头，正好和准备到外村演出的钱砦社火队相遇，两个社火队互相拜了年，言语中有互不服气之意，便在钱砦的打麦场上拉开阵势，对舞狮子。钱砦村的男女老少都涌到村头观看。龙阳镇的社火队技艺略高，反客为主，把大部分观众吸引了过去。钱砦的社火队怎甘在自己的家门口丢脸，便使出了看家本事——母狮子下仔，母狮子打一个滚儿下一个小狮仔，打一个滚儿下一个小狮仔，又把多数观众吸引了过来。龙阳镇的社火队眼看要落败，灵机一动，一头雄狮“吼吼”叫着，扑到钱砦的母狮子身上调情并强行求爱。观众嘻嘻哈哈乐不可支。钱砦社火队的小伙子却恼羞成怒，狮子皮一甩要和龙阳镇的社火队打架，双方剑拔弩张，一触即发。龙阳镇社火队的队长见势，忙双手抱拳，深深一揖，说：“各位兄弟，是我们不对，大过年的，我们的狮子不该第三者插足，破坏人家的婚姻家庭，我在这里给你们拜年赔礼了！”于是双方才化干戈为玉帛，一笑了之。

下午，龙阳镇的社火队从东边的柿树坪归来，走到经济开发区施工墙外边的时候，一名队员突然想拉屎，看到封拦大门的几块石棉瓦被风刮倒了，便钻了进去，发现里面除了一个还没有完全填好的大坑之外，连一个人毛也没有。拉完屎出来告诉同伴，同伴说：“管球它哩！”那队员说：“整球几块石棉瓦搭猪圈羊圈不错，反正没球人管。”于是两人相约夜里去整了几块石棉瓦。这样一开头，没出三夜，工地上搭建施工墙和工棚的石棉瓦便被整了个干干净净。

## 2. 侦破与抓捕

最先发现问题的，还是镇政府办公室的马腾云马主任。

乡下风俗，除夕要恭请老天爷下界和老百姓一起过年，算是与民同庆与民同乐吧。过了正月十六，农村的年基本上算是过完了，正月十七一大早便在老天爷神龛前摆上供品，烧上三炷高香，燃放一挂鞭炮，焚化老天爷神像，就算是把老天爷恭送回天庭。

年过完了，镇里的干部也就陆陆续续地开始上班了。

正月二十二，马主任骑着自行车从这龙屏山下经过，感觉什么地方有点儿不对劲。什么地方不对劲？马主任也一下子整不清楚。肯定有什么地方不对劲！马主任放慢了车速，一边看一边想，忽然明白，是大地石材加工厂举行奠基仪式时，用石棉瓦搭建起来的施工墙没有了。怎么会没有了？马主任跳下自行车，走到搭建施工墙的位置，施工墙确确实实没有了，那两间用石棉瓦搭建的简易工棚也没有了，一块石棉瓦也没有了，连固定石棉瓦的角钢也没有了。连一点痕迹也没有留下，好像这地方从来没有出现过什么施工墙和简易工棚，"大地石材加工厂奠基仪式"依稀只是一场梦或者是一个幻觉，根本没有真实存在过。马主任再往前走几步，又注意到了那个未被填平的大坑，那似乎正是竖立奠基石碑的位置。

这是怎么回事？这到底是怎么回事？

马主任想来想去想不明白。

马主任就把看到的情况首先汇报给了田镇长，田镇长说马主任你赶快报告曹书记，这可是曹书记亲自抓的重点工程。于是马主任又赶紧去找曹书记。田乡长也不动声色地说给了其他镇干部。

曹书记听了马主任的汇报，皱了皱眉，说："是真的？"

"我刚从那里回来。"马主任说。

"去看看！"

曹书记披上大衣走出办公室，马主任急忙跟上去。曹书记和马主任刚走到乡政府大门口，田乡长也很及时地领着其他镇干部们窃窃议论着尾随上来。

一帮人来到龙屏山岭下的经济开发区。

果如马主任所说，施工墙和简易工棚不翼而飞了，连痕迹也没有留下来。大地石材加工厂"奠基"的基址上，现在是一个未被填好的大坑。谁也不知道这里到底发生了什么，是怎么回事。尽管田镇长早就料到李予这伙人结不出来什么好果子，其实也并不知道他们的真实目的，此时也是莫名其妙。战野他们第一次来龙阳镇“考察”的时候，尽管曹书记没有通知田镇长，田镇长还是看到了他们。你想，镇政府突然开进来一辆高档小轿车，怎么能瞒得过田镇长的眼睛呢？当他看到“李予经理”的时候，觉得似乎有点面熟。仔细回忆，想起小麦黄梢的时候，他骑着自行车从龙屏山下的公路上过，曾看到一个穿着屎黄色马夹、戴着遮阳帽的人举着照相机在那里拍照，觉得好奇就多看了几眼。也巧，中午有人请田镇长到街上吃饭，正好又看到了他，也算是又加深了一下印象。这个掂着照相机到处乱窜的人，怎么忽然就成了大地开发实业有限责任公司的经理了？因此，田镇长觉得，这件事情的背后一定藏有蹊跷。

曹书记阴沉着脸，郑重思考的样子。难道是上当受骗了？可他们能骗球什么呢？镇上一分钱不投资，出的只有地皮，可地皮他们无论如何也搬球不走啊，一分一厘也搬球不走。曹书记越想不明白，脸上就雾气腾腾的越发阴沉。

也许，也许是寒冬腊月人家没法施工，也没有派人留守，村民把石棉瓦偷走了呢？曹书记忽然想到这一点。也许正是如此吧。想到这一点，曹书记的心情稍稍轻松了一些。

正是曹书记在心里“也许”的时候，文管员大林看出了问题。他在尚未被回填的土中发现了石块和沙子，大坑中也有石块和沙子，石块大小不一，大如磨盘小如斗。仔细观察，大林又在地面的虚土里看到一个发绿的东西，走过去捡到手中，竟然是一个青铜器的残片。有几个人围上来看大林手中的东西。

“这下面是一座古墓，看来他们是来盗掘古墓的！”大林说。

干部们这才恍然大悟。恍然大悟后却又有点儿疑惑。这伙人又是公司又是办厂，又是考察又是签合同，绕了那么大一个大圈子，原来就是为了一座古墓，值得吗？便喊喊喳喳地议论起来。

“这伙人还怪球能咧，比他妈的孙殿英还能。”田镇长不冷不热地说，“什么大地实业开发公司，原来是开发地下古墓的。”

曹书记脸上的雾气更浓了，心里也一片灰暗。他之所以在春节前大张旗鼓地搞一个奠基仪式，就是为了来年开春县里调整提拔干部的时候，给自己的成绩簿上添加浓墨重彩的一笔。春节前他到县委书记家送年礼，非常郑重地向书记汇报了大地石材加工厂的奠基仪式，书记说他很有头脑，很有魄力。他觉得自己很有可能提拔副县长的，这下子泡球汤了，年礼也打球水漂了。

龙屏山古墓被盗事件由镇文管所、县文物局、市文物局逐级上报给省文物局。省文物局考古专家亲临现场，根据土层中的沙土、石块和大林捡到的青铜器残片上的纹饰，初步断定该墓是春秋时期的一座大墓，很可能是一位诸侯国国君的墓藏。如果盗墓贼不是使用了挖掘机，这种用沙石填充的墓藏是极难盗掘的，因为盗墓贼打盗洞时沙土便会塌方，沙土中的石块便会把他们闷在洞中。他们报请国家文物局批准，决定对这座被盗古墓进行抢救性发掘。

春季气候干旱，发掘工作进行得非常顺利，5 月下旬，发掘工作全部结束。

这是一座用沙石填充的规模宏大的木椁墓，虽经两千多年，椁室仍保存得相当完好。

墓藏南北向，墓口在耕土层下 0.6 米。墓圹呈长方形，南北长 17.2 米，东西宽 15.4 米，墓室深 14.8 米。墓圹圹壁自墓口以下至木椁顶部依次缩成阶梯状的四层土台。圹底南北长 11.9 米，东西宽 9.7 米。在圹底中央即主室椁底板下，挖有一个腰坑。斜坡墓道位于墓室南面，坡长 20.3 米。墓圹内的填土比较复杂，耕土层下依次为五花土、沙石、白膏泥，椁室内填有木炭。椁室顶部覆盖有一层苇席。揭去椁室盖板，呈现出前室、主室、右侧室、左侧室、后室、右后室、左后室共 7 个椁室。盖板和椁室皆为方木结构，榫卯套合得非常精巧严密。主室内放有棺木，棺木有内棺和外棺两重。外棺表面涂黑漆，内壁髹朱漆。内棺髹黑漆，外面皆绘有精美的彩绘。

看来这一伙盗墓贼非常有经验，他们不但对古代墓藏的形制了如指掌，甚至对陪葬品放置的大致规律也非常熟悉。他们从前室而入，盗取的主要对象是前室和右侧室的青铜器。然而，不知道是由于什么原因，他们对于主室的棺木、左侧室的车盖、后室的镇墓兽、左后室的床具和木俑、右后室的几案和陶器，几乎未动。

尽管已经经过盗墓贼的浩劫，考古工作者仍然从墓藏中提取了铜器、玉器、石器、漆器、瓷器、陶器等 1296 件文物。其中的联璜玉组佩、人首蛇身玉饰、玉虎、玉鸟等不少文物都非常珍贵。尤其是在清理回填土壤沙石的过程中，发现了六片青铜器碎片，加上大林捡到的一片，可以大致拼接成一个口径 34 厘米的铜盘形状。并发现了两处四个铭文，一处为“邓公”二字，一处为“永宝”二字，可惜两处铭文中间缺失了一片。从两处铭文间的距离和方位推断，整体铭文应该有 12 字，分三行排列。工作人员把回填的和墓中的沙土筛了一遍，也没有找到缺失的残片。

依据劫后残留的文物，虽然还无法知道墓主人的名字，但其身份可以确定为春秋时期邓国的一位国君。考古人员分析，青铜盘的残片所以在回填的沙石中发现，有可能是盗墓贼搬出来了大量器物，已经不在乎这个烂器，又随手扔进了正在回填的墓坑，器物也就碎成了几片，同时还有一个残片留在了坑外。

这座春秋时期的邓国国君墓，其形制却具有战国楚墓的某些特征，因此，考古人员推断，这应该是一座春秋中晚期的墓藏。邓国与楚国相邻，于公元前 678 年被楚国所亡，因此，这座墓藏的主人有可能是邓国即将灭亡之前的某一代国君。

特别值得提到的是，在墓藏的前室，发现十具完整的人体骨骼，分前四后六两排摆放，经鉴定皆为 15 至 22 岁的女性，专家分析她们应该是为墓主人殉葬的歌舞女。由此可以想象墓主人生前美女起舞、钟鸣鼎食的侈靡生活，也可以推断盗墓贼一定从前室中盗取了大量的乐器、食器、酒器等青铜器。此外，在主室中央的腰坑内，发现一具男性的骨骼和一具狗的骨骼，那男性则可能是墓主人的贴身侍从。这一切说明，在春秋时期的某些诸侯国，殉人的制度仍然没有完全被废止。

邓国，这个已经湮灭了近三千年的古国，留给我们的信息非常有限。明嘉靖《邓州志》有“夏，帝仲康封其子于邓”之说；商武丁分封诸侯，将其叔父“曼”封于邓地，建曼姓邓国。《春秋》有“鲁桓公七年，夏，谷伯绥来朝，邓侯吾离来朝”的记载；《左传》有“（鲁）桓公九年，巴子使韩服告于楚，请于邓为好，楚子使道朔及巴客，以聘于邓，邓南南鄙尤人攻而夺其币，杀道朔及巴行人”的记载；《史记》有“（楚）文王二年，伐申过邓，邓人曰楚王易取，邓侯不许也”“（楚）文王十二年，伐邓，灭之”的记载。在出土实物方面，有大清恭王府收藏的西周早期的“盂爵”，器身铭文中有“王令盂宁邓伯”之内容，记录周王派盂安抚慰问邓国国君之事；平顶山市出土的西周晚期的“邓公簋”，有“邓公作应嫚毗媵簋其永宝用”之铭文，显然是邓国国君给女儿做的陪嫁；在陕西张家坡的一座井叔家族的墓藏中出土有一件邓仲牺尊，上有“邓仲作宝尊彝”铭文，专家分析也应该是邓仲给女儿的陪嫁。这三件器物上的铭文说明，商亡之后，古邓国和西周王室的关系也相当密切，并和古应国、周室权贵井叔家族有联姻关系。除此之外，关于邓国的史料和出土文物都极为少见。这次邓国国君墓的被盗掘，大批文物的流失，对于研究古邓国及西周、春秋时期的历史文化，无疑是一个巨大的损失。

为了追回被盗掘的文物，让盗墓贼受到应有的惩罚，在对古墓进行抢救性发掘之前，省文物局已经报请省公安厅，成立了由省、市、县组成的盗墓大案侦破专案组，采用大地石材加工厂举行奠基仪式的日期定为“1·12”盗墓大案。因为案情重大，盗墓团伙的“大地实业开发有限责任公司”又是在省工商局注册，省厅直接介入侦破工作，由省公安厅具有一定文物知识的刑侦总队第三支队队长吴剑锋兼任组长。因为吴剑锋对大案要案的侦破率极高，已于1989年从周口调省公安厅工作，任刑侦总队第三支队队长。

吴剑锋率领专案组赶赴龙阳镇。作案现场除了模糊不清的挖掘机和汽车的辙痕之外，没有发现任何蛛丝马迹。然而，经过对案件发生始末进行详尽的讯问和调查，吴剑锋还是掌握了几条线索。尤其是在“奠基仪式”留下的照片上，吴剑锋一眼便认出，那个大地实业开发有限责任公司的经理李予，正是他负案在逃的老同学战野。可惜那个“奠基仪式”留下的图片和影像资料太少了，马主任认来认去，也没有找到盗墓团伙其他人的身影。

吴剑锋决定兵分五路：

一路在省会顺着“大地实业开发有限责任公司”和牌号为豫A－81908丰田小轿车这条藤，看能不能摸到瓜；

一路在附近乡村尤其是龙阳镇进行排查，寻找其同伙、线人或知情人；

一路查找作案时所用的挖掘机，再就挖掘机排查相关人员；

一路带着龙阳镇办公室马主任，到公安技侦大队给盗墓团伙的其他人画肖像；

一路到豫东战野的老家淮阳张许村，调查战野有没有在村里露面。

当吴剑锋在“奠基仪式”的图片上认出战野的时候，他的心理其实非常复杂，为他昔日的老同学、好朋友感叹和惋惜。战野是一个天资聪明，或者说是一个天赋极高的人，当年恢复高考制度的时候，如果战野报考了大学，那么，现在的战野会是什么样子呢？人的一生漫长而又短暂，关键的时刻也就那么几步。当你走到一个人生的十字路口时，你选择这一条路就可能通到天堂，你选择另一条路就可能走向地狱。他也隐隐地有一些后悔和自责。七年之前战野第一次犯案的时候，自己就应该缜密快速办案，将战野绳之以法了，然后再考虑私交，利用关系尽可能给老同学从轻量刑。那样的话，也许战野就不会走到今天的地步，不会给国家造成这么大的损失了，也许战野走的就是另外一条路了。当然只是也许，量刑是法院的事，因此那样做的后果也是不可预知的。其实，每一种做法的后果也都是不可预知的，人生，每一条路的尽头也都是不可预知的。

盗墓团伙其他四个人的肖像很快绘制出来了。吴剑锋把一张照片和四张肖像摆到一起，仔细端详。李予（战野）的情况他很熟悉，44 岁，与他同年；王森，男，与战野年龄相仿；乐天，男，约 40 岁；冯一，男，约 35 岁；蓝影，女，约 30 岁。吴剑锋清楚，这些姓名肯定都不是他们的真实姓名。不过可以肯定，李予（战野）是这个盗墓团伙的头脑人物。

其他四路刑侦人员也陆陆续续向吴剑锋汇报：

到战野老家张许村的刑警说，他访问了所有村干部和男女老少数十位村民，谁也没有看到过战野回村。

调查大地实业开发有限责任公司的刑警汇报说，其公司注册于去年 7 月 16 日，法定代表人李予就是犯罪嫌疑人战野，公司从来没有开张过，车牌也是套牌，看来他们成立公司本来就是幌子，目的就是为了盗掘这一座春秋大墓。

挖掘机所属的建筑单位也找到了，然而他们只是租赁，其他情况一无所知。

到龙阳镇和附近乡村排查的刑警回来说，只有龙阳镇一位古稀老人见过这个叫“李予”的人，李予当时的身份是省摄影家协会会员，说是来龙阳镇采风的，老人还留他在家中住了一夜。

四路人员的调查结果，对于案件的侦破没有多大的价值，也就是没有获得实质性的侦破线索。但是有一点可以断定，这个盗墓团伙的成员都不是本地人，而且离龙阳镇相当远，否则，前来龙阳镇踩点的李予，也就不会在龙阳镇那位老人家中住上一夜了。不过，由于语言的关系，他们应该隐藏在本省。

尽管没有获得什么实质性的线索，然而，对于侦破盗墓案件的老手吴剑锋来说，觉得要侦破这个“1·12”盗墓大案不会很难，只是工作量大了点儿而已。根据吴剑锋的经验，盗墓贼，尤其是多次盗墓的惯贼，他们或明或暗必然和古玩市场有关联，即便此次盗掘大墓因有所防范没有和古玩市场交易，此前也会有一定的干系。因此，只要拿着这五个人的照片和肖像，到国内具有一定规模的古玩市场明察暗访，一定会把他们找出来。

吴剑锋决定第一批首先深入郑、汴、洛、南阳、平顶山和许昌六市的古玩市场进行排查。

果然不出吴剑锋所料，不久专案组便在洛阳抓捕了化名为“蓝影”的胡丽（狐狸）和化名为“乐天”的欢联合（大欢）。之后，侦破组在抓捕冯元旦（小蛋儿）和王树生（书生）的时候，还是费了不少周折，因为狐狸和大欢只知道他们的老家在豫东周口地区，并不知道他们的具体地址。

专案组最终也没有抓到盗墓团伙的主犯战野。战野就像沙漠上的一滴水，无声无息地蒸发了。因为出土文物是战野单线联系的买方，追缴文物的线索也因此而中断……

## 3. 神秘艺术家

奔流艺术馆是一座设计精美的小楼，完全的古典式，琉璃瓦、青砖墙、飞檐挑角，外观颇似一座小型的天安门城楼。展厅的设计也很独到，曲径通幽，藏而不露，引人入胜。

“纪国宝雕塑艺术展”已进入布展阶段。纪国宝没有想到，如松在布展方面不但内行，而且别出心裁，她对这次雕塑艺术展的整体构思，竟然像一篇结构严谨的文章——凤头、猪肚子、豹尾。虽说传统，却也妙趣横生。如松说布展像写文章一样，开头要把人抓住，中间要内容丰富，结尾呢，结尾其实更为重要，精彩的结尾能让读者或怦然心动，或回味无穷，或浮想联翩，或陶醉于美。如果结尾不好，就像吃瓜子最后吃到一个臭的，会破坏和影响到整体的感受。纪国宝初见如松时那种感慨万千、悲喜交集、激动难禁、想抱着女儿痛快淋漓大哭一场的情感和心绪，如今已经转化成欣慰和自豪，为有如松这样聪慧有为的女儿感到欣慰和自豪。如松坚持把《操琴的说唱艺人》作为最后一件展品，说这样可以让人观后余音绕耳，三日不绝，并说，明天展出时还要送给纪先生一个惊喜。

晚饭后回到迎宾馆，纪国宝拿起服务员送来的当天报纸，翻到文化版，又看到了他的“雕塑艺术展”4 月 30 日开展的消息，还配有一幅图片。近日，省会各家媒体相继发布了这一消息，除了广播电台，其他媒体大都配发了图片。这种大张旗鼓的展前宣传反而让他忐忑不安，他觉得调子定得太高了。他非常担心展出后的效果，如果效果不好，那么展前捧得越高，他摔到地面上的声音也就越加响脆了。他的作品虽然多次入选过国际性的雕塑艺术展，但还没有举办过个人作品展。他之所以把自己的第一次个人作品展放到祖国，还是想让自己的作品得到国内文化艺术界及社会的认可，他毕竟是中华民族的子孙，他的血管中毕竟流淌着中华民族的血液，他的根毕竟在中国。十余年了，这次展览的作品可是他十余年汗水和心血的结晶啊！

14 年了。

14 年前的往事并不如烟。

14 年前的那个春节前夕，龙阳镇内，赶年集的人群如涌如潮；龙阳镇外，挖掘机的巨臂上下挥舞，他正指挥着书生和小蛋儿，对那座春秋古墓藏进行紧张挖掘。战野还是低估了那座春秋古墓的挖掘难度。要挖开耕土层和五花土层当然易如反掌，下面的沙石就很难对付了。尽管因年代久远沙土有些板结，可是石块大小不一，大的石头挖出一块就要费不少工夫。本来计划速战速决，入夜开始起货的，然而待清理完椁室前的墓道打开前椁室的时候，龙阳镇上已经鸡叫头遍了。入夜时大欢早已开着面包车从洛阳赶来，心急火燎地等着搬运和装载，此时已等了足足三个时辰。

不等椁室中的藏浊之气散尽，战野便率先进了前椁室，打开手电照了一周，椁室中的情景让他们全都惊呆了。

那是一种震惊、震撼和震慑。

尽管事前战野预测，这可能是一座诸侯王一级的大墓，可能会出土不少器物，然而还是远远超出了他的想象。这是一个前室和主室连通的大墓，前室隐约可见 10 具完整的骨骼，主室中央巨大的棺木却相当完好，墓主人的尸体不知是否也只剩下了骨骼。前室几乎摆满了青铜器，中间摆放着七鼎六簋，左侧是一排编钟、编磬，右侧摆放着壶、鉴、缶、尊……大大小小，琳琅满目，尤其是那些钟鼎大器，一个人根本无法搬动其中的一件。他们盗墓多年，一坑中能够出土三五件青铜器就算是收获颇丰了，哪里见过这么多国宝级的珍贵文物！

那一刻，谁也不敢再前进一步，甚至大气也不敢出，更不敢动手搬运，他们当真被震住了。

那一刻，让战野他们感觉到王者的威仪和尊严，即便是躺在陵寝之中，即便是在两千多年之后，那种威仪和尊严仍然让人心魄震颤。

那一刻，谁也不敢说话，墓室中当真就像墓室一样死寂了。

龙阳镇鸡叫二遍了。仿佛是龙阳镇的第二遍鸡叫把战野叫醒了，战野说："我说过发了这一座大墓，兄弟们就可以金盆洗手了，果然不错。"又大声说："时不我待，兄弟们赶快动手，先抬大器，后出小器。"

战野一边指挥，一边和书生他们一起动手，急急忙忙将前室中的青铜器搬运出墓坑，又进入右侧室搬出了一些豆、敦、鬲等青铜食器。大欢要打开棺木寻找玉器，战野不许，说时间紧迫，何况收获已经超出想象，就不要骚扰墓主人了。随后，战野指挥装车，先装大器，再装小器，同时让书生开动挖掘机回填墓坑。此时天色已大亮。匆忙中来不及清理，也顾不上清点数目，面包车和小轿车的后备箱全装满了，小蛋儿最后拿起一个铜盘，见是一个烂器，随手又扔回了墓坑。腊月二十九下午，他们赶到洛阳郊区一所无人居住的房子里，对这一坑青铜器进行简单的清理和包装时，才清点了数目，大至口径 50 多厘米的钟、鼎，小到口径十几厘米的豆、匜，总共 47 件。

战野已经提前联系好了一个绰号叫作“鲸鱼”的香港古董商。大年三十上午，交易完毕。为安全起见，鲸鱼装钞票用的是编织袋。他们哪里见过这么多钱，尤其是小蛋儿、大欢和书生，整袋整袋的钞票让他们紧张、激动得手足无措，不知道如何是好。战野给他们分了赃款，再次叮嘱他们，一定要小心谨慎，好自为之，切记不要大肆挥霍，自我暴露。

与小蛋儿、大欢、书生分手之后，狐狸问战野在哪里过年，战野说还能在哪，自己过。狐狸要战野和她一起吃年夜饭，大年初一她再去看望自己的父母。战野答应了。吃了年夜饭，两个人相拥在沙发上看春节联欢晚会，看着看着狐狸的小手便伸向战野的下身，摆弄战野的器物。战野忍不住，把狐狸抱到自己的大腿上，一边看春晚一边做爱。这一夜，战野紧紧地拥抱着狐狸，一刻也不想分开。战野心里清楚，过了这一夜，他就要在大陆上消失了，他可能这辈子再也见不到狐狸了。他早已决定盗了这一座大墓就洗手不干了，行动之前已经办好了护照和签证，并且已经和鲸鱼说好，春节一过就到香港找鲸鱼。

战野来到香港，化名纪国宝。可是在香港住了不到一个月就住烦了。他不喜欢香港的拥挤，不喜欢香港的热闹，更受不了香港人在大陆人面前的那种优越感。他找鲸鱼商量，说想换一个环境。鲸鱼问他想去哪里，他说想到一个地广人稀、风光优美的地方。鲸鱼便帮他选择了马来西亚，说马来西亚不但地广人稀、风景绮丽，而且华侨多，汉语是他们国家的第三母语，相对来说生活比较方便。鲸鱼帮他办好了相关手续，临行时又送给他 20 万美金，并豪爽真诚地对他说，什么时候用钱只管开口，因为他已经从他那里赚了很多很多钱。

他在马来西亚哥达巴鲁附近的一个小镇定居下来，醉心于泥塑艺术。他太喜欢中国古代的陶俑了，尤其是汉、唐时期的陶俑。虽然有六七年没有摆弄泥巴了，然而一摆弄起来很快就进入了疯魔状态。他已经别无他求，便把整个身心都投了进去，已经到了一种夜以继日、废寝忘食的地步。当他认为自己的雕塑艺术已经达到相当高的境界时，便请了一些著名雕塑艺术家尤其是华人雕塑艺术家聚会，参观自己的作品。艺术家们对他的作品称赞不已，然而，一个美籍华人艺术家说：“像，真像，太像了，大汉雄风，盛唐气度，简直就是汉唐时期的作品，作一作旧，甚至也可以让国内外的文物专家走眼了。”

这个评价像一盆冷水冷不防浇到了战野头上，而且是正在发热发烧的头上。他也知道美籍华人所说的“专家走眼”的故事，说的是故宫博物院和中国历史博物馆的某专家在潘家园古玩市场发现了一批北魏陶俑，动用重金买了下来，结果不久市场上又出现了同类陶俑，这才起疑，经追查，原来全是出自洛阳郊区的一位民间仿古艺人之手。

他要做一名雕塑艺术家，并不想做一名仿古雕塑艺人。

送走邀请的客人，他像疯了一样，把自己的作品一件不留统统砸碎，扔进了泥浆池。第三天他冷静下来，冷静下来之后开始周游世界。他周游了法国、德国、意大利、美国、墨西哥、印度、埃及、俄罗斯等20多个国家，参观了卢浮宫、冬宫、大英博物馆、大都会博物馆、埃及国家博物馆等著名博物馆；他观赏了世界古今大量的雕塑艺术精品，也观赏了大量流失海外的中国国宝级的文物精品。他有一种隐隐的负罪感，他想，这些中国文物精品中的一部分，大概也是通过像他这样的盗墓贼之手流失海外的。在香港，出于好奇，他参加了一次拍卖会，在拍卖品中，意外地看到了他从龙阳镇春秋墓藏中盗掘出来的一件大鼎，起拍价竟然是他卖给鲸鱼时的十倍。当初他去马来西亚时，难怪鲸鱼一出手就送给他二十万美金。

回到马来西亚，他开始阅读唐诗。他最喜欢读杜甫、李白、李贺，尤其是李贺。兴之所至，有时也诌上几句。

三年之后，他胸中的种种艺术形象已呼之欲出，这才又重新摆弄泥巴，一出手便不同凡响，达到了雕塑艺术的极高境界……

公元2006年4月30日上午9时，“纪国宝雕塑艺术展”准时开幕。

春老夏嫩，叶浓花藏，正是气候宜人时节。奔流艺术馆前，各色气球搭起了拱形彩门，8只巨大的红色气球悬在空中；12名模特一样的礼仪小姐侍立两旁，给莅临领导的胸前佩戴上鲜花；军乐队奏起节奏明快的乐曲，各级领导由中间向两边依次就位；等着参观雕塑艺术展的人们熙熙攘攘，簇拥在前边的广场上。

这情景让纪国宝不由想起14年前，龙阳镇龙屏山下的那个“奠基仪式”。日落月升，斗转星移，世事沧桑，一切已面目全非，一切又恍若昨日。纪国宝看着一个个领导站在麦克风前讲话，只看到他们满面春风，口开口合，却听不到他们在讲些什么。

在等待参观展览的人群中，有一个人物我们不能不提及一下，他就是公安厅刚刚晋升为刑侦总队副队长的吴剑锋。再干两年就该退居二线了，提拔一下也算是对这个老公安的肯定与褒奖。

吴剑锋是看到新闻媒体为这次展览大造声势的文章和图片，特意来参加开幕式的。图片上的作品让他倏忽想起20年前，他到张许村抓捕他的老同学战野的时候，在战野家中看到的形形色色的泥塑。从艺术档次上说，尽管二者高下悬殊，不可同日而语，然而其中国古老文化的气脉不但并未中断，甚至还息息相通。一种直觉导引着吴剑锋，让他非来参加“纪国宝雕塑艺术展”的开幕式不可。20年前他已经错了一次，如今不能再错了。他希望14年前他经手的“1·12”盗掘春秋古墓的大案，在他退休之前有一个了结。

剪彩之前的一个仪程是合影留念，如松和杨清泉强拉着纪国宝站在领导身边。就是在这个时候，吴剑锋认出了今天的雕塑艺术家纪国宝，正是他昔日的老同学、此后的盗墓贼战野。吴剑锋内心发出的第一声感叹竟然是：“好漂亮的一口胡须！”

军乐响起，两名礼仪小姐牵上来一条结有六朵绣球花的鲜亮的红绸带，五名礼仪小姐手捧精致的托盘依次登场，托盘中各放有一把剪刀；居中而立的五位领导各取一把剪刀，健步上前，把结有绣球花的红绸带剪为六段——“纪国宝雕塑艺术展”隆重开幕！

领导们率先步入展厅，等着参观的人们尾随在身后。

展出非常成功，这从参观者的目光中完全可以显现出来。参观的人非常多，展厅中却很安静，同伴之间的交流也把声音压得很低。在不同的展柜前，人们专注的目光中也显现出不同的内容，惊喜、惊奇、惊叹、沉思或震撼。不少人在拍照、摄像，从不同的角度拍照、摄像；且已经有人在询问作品的价位了。

纪国宝也感受到了展出的成功。如松和杨清泉拉着他陪同在领导身边，然而他的思绪却不由自主地游荡在展厅之外，游荡在他过往的人生之中。悲凉而坚强的母亲，童年时的谷雨和天强，被打成右派的公孙老师，和小蛋儿第一次盗墓的情景，被捆绑的孙晶瘫坐在墓室中的情景，跪在他面前的谷雨和天强，和女儿如松的最后吻别，一身风流的狐狸，漂泊海外的孤独和思念……在马来西亚的最后一段日子，他一心二心想的就是回国，回自己的家乡河南，回河南举办一次个人作品展。此刻他已经如愿以偿了，他的雕塑作品展不但举办得非常成功，而且意外地见到了他思念心切的女儿，让他欣慰的女儿。

然而，正是如愿以偿的此刻，他却并没有感到自己心中的欣喜和满足，反而有一点儿空空荡荡了。展出之后他该做些什么？到哪里去？老家是回不去了，他还是一个负罪之身，一名逃犯，连自己的女儿都不敢相认还能回老家吗？何况他还发誓永生永世不回张许村；狐狸、小蛋儿他们也该出来了吧，听鲸鱼说狐狸判得最轻；在国外他也非常想念狐狸，本来想展览一结束就到洛阳打听狐狸的消息，现在怎么一点情绪都没有了呢？

空空濛濛，混混沌沌，飘飘忽忽，他感到了空前的失重和迷茫。

他忽然明白，他其实已经失去自己的家园了。

他有点儿如在梦中的感觉，随着领导们时走时停，看着如松和杨清泉为领导解读雕塑作品，对其解读自己却不知可否。

这时候他们来到一尊叫作《生·活》的作品前。表现形式是一个猎人正与三匹恶狼殊死肉搏的场景：第一匹狼侧身紧咬着猎人的右腿，第二匹狼两只前爪陷进猎人的双肩，巨口利齿钳着猎人的后脑，第三匹狼扑击而上咬着猎人的左臂；腰围一张兽皮的猎人仍巍然而立，歪头梗颈死死咬住第三匹狼的耳朵，右手紧握一把短刀，曲臂凝力，刀尖直指第三匹狼的后背。

杨清泉对领导说："《生·活》主要表现人类生存的艰难，其观赏点在于作品的动感及人与兽的情态，让你仿佛不是在看一尊雕塑，而是身临其境，似乎野兽已经危及你的生命，让观者心惊肉跳；再看猎人的神情，痛苦万状中充盈着自信和坚毅，坚信自己能够杀死野兽而活着，这就是人类百折不挠、宁死不屈的精神……"

这一段话纪国宝倒是听到了。自己创作这件作品的时候是这样考虑的吗？似乎没有。他的作品大都是由打动、震撼自己的一种感受而升华出来的艺术形象，似乎并没有着意要去表现什么。伟大的作品是无法清晰解读的，正所谓"道可道，非常道"。一目了然的作品也可能是好作品，绝对不会是大作品。当然，无论什么形式的艺术作品，一问世就是让人们欣赏解读的。仁者见仁，智者见智。纪国宝忽然觉得杨清泉对《生·活》的解读倒也不错，仿佛杨清泉知道自己此时的心境，像一个智者意欲点化一个没有归宿的旅人。

现在，他们站到了《操琴的说唱艺人》面前。人们专注、肃穆，仿佛在瞻仰一位伟人的塑像。操琴的说唱艺人是一位失去双目的瞎眼老人，不用任何人解读，那穿透时空的古拙、那极度夸张又极度逼近真实的艺术感染力，已层层渗透人们的心灵。琴是河南民间说唱坠子书的胡琴。胡琴就是老人，老人就是胡琴，胡琴和老人融为一体，老人本身就是一曲亘古传响的民间音乐。

这时候，展厅里悠然响起了胡琴的乐曲。古朴、清纯、明净。曲谱似乎非常简单，操琴者也没有着意用什么技巧，然而，其琴声却是那么动听，那么悦耳。时而像大漠明月，星稀风静，时而像雨后青山，流翠滴珠。不，什么比喻都是无济于事的，都是拙劣的，只能回归到初始最简单的两个字：好听。这琴声让人陶醉。不，不是陶醉，是陶冶。它陶冶着人们的情操，洗涤着人们的心灵。

“真天籁之音也！”纪国宝听得呆了。

如松说：“我特意请来的‘操琴艺人’，也是我的恩人。我说过，开展的时候我要给纪先生一个惊喜。”

纪国宝说了声“谢谢小松”，便离开领导群，循着琴声走去。

在展厅的一角，他看到了那位拉琴的老人。老人前边放着一张桌子，桌子上摆放着茶水和削好的水果，桌子旁侍立着经理助理许小杏。令纪国宝惊疑的是，拉琴的老人竟然也是一位失去双目的瞎眼老人；更令他惊疑的是，拉琴的老人看上去非常熟识，其清癯的骨骼竟然与他作品中拉琴的瞎眼老人极其相似；只是两位瞎眼老人的神态相距甚远，仿佛是两种不同的人生境界。他作品中的瞎眼老人是饱经沧桑之后的感慨与苍凉，而面前的瞎眼老人则是大喜大悲之后的通脱与淡定。他忽然想到了自己被孙晶弄瞎双眼的父亲。父亲如果还活着，会是哪一种境界呢？纪国宝觉得自己的联想有点儿不着边际。怎么会不着边际？《操琴的说唱艺人》不就是来源于想象中的父亲吗？不就是想象中父亲形象的升华吗？

面对正在拉琴的瞎眼老人，纪国宝有了一种情不自禁的亲切感和亲近感。等老人一曲拉完，纪国宝走到老人跟前，双膝跪下，说：“老人家，晚辈这里叩谢了！”

老人伸手端茶，许小杏连忙端起茶杯递到老人手中。

“老人家，今天就是这位纪先生的雕塑艺术作品展。”许小杏说。

“不要谢，我拉琴是因为我一辈子只会拉琴。”老人说。

纪国宝长跪不起，说：“老人家，我周游世界，博览古今，自以为自己的经历和见识无人可及，自以为自己的聪慧和勤奋无人可及，自以为自己的雕塑艺术无人可及，今天听了老人家的琴音，才知道什么叫大音稀声、大巧若拙，才知道什么是艺术的至高境界，也才知道了自己的幼稚和无知。”

“起来吧孩子。”老人依然淡定若止水，停了一会儿，才说，“孩子，博览古今，周游世界，到头来，看山还是山，看水还是水。”

纪国宝心中怦然一动，老人的话语中隐含着禅机，难道是一种至高至纯的艺术境界吗？

其实，他早年曾经读到过这句话，他还读到过苏东坡内蕴类似的一首诗：庐山烟雨浙江潮，未到千般恨不消；到得还来别无事，庐山烟雨浙江潮。可是他怎么就没有与艺术境界联系到一起呢？

纪国宝起身的时候，只见一个身材魁梧的男人走到他面前，伸出右手说："老同学，还认识我吗？"

"吴剑锋。"

当纪国宝认出昔日的同窗好友，后来又曾经要抓捕自己的老同学吴剑锋的那一刻，奇怪自己一点儿也没有感到吃惊，忽然觉得，此时的自己，竟然也像瞎眼老人一样的通脱和淡定，同时也悟出了老人所说的"看山还是山，看水还是水"不仅是一种至高至纯的艺术境界，也是一种超凡脱俗的人生境界。

"还真有点儿认不出来了。"纪国宝说。

"是啊，近 40 年不见了。"吴剑锋说。

"38 年。"纪国宝说。

"展出非常成功。祝贺你，老同学！"吴剑锋紧紧握着纪国宝的手，好像手一松老同学又要从视野中消失一样，"中午我请客，咱们好好喝几杯，好好叙叙旧。"

"随缘。"纪国宝自己也没有想到会顺口说出这样两个字。

两个人肩并肩，手拉手，走出展厅，走出奔流艺术馆。

# 中短篇小说

# 品　　茶

县委宣传部部长上官楼到杭州出差，带回来一袋“龙井”名茶。此人重交情，弄到什么名贵东西从来不独自享用，便在星期六晚上约了几位好友到家中品茶。

上官刚把兼做书房的会客室收拾干净，文化馆馆长田学礼便进了门。这是一个谨慎得近于胆怯的中年人，中等个儿，窄窄的脸上架了副黑边眼镜。自从六五年大学毕业分到县文化馆，和上宫楼的私人关系一直不错。接着光临的是招待所所长赵磊。他的相貌用三个字可以概括：白、胖、圆。他是上官中学时代的同学，后来上官考上大学，赵磊当了炊事员，粮食紧张时期，赵磊常拿饭菜接济上官楼家，从此两人成了至交。第三个进门的是文化馆的创作员牛放。小青年刚从农村调到县文化馆不久，还带着乡下的土味，淳朴、拘谨中透着几分精明。他本不属于这个圈子，但因为在省报上发表了一篇小说，部长很看重的。

“诸位稍候，水马上就开。”上官楼虽是部长，却极平易近人，没有一点架子。他笑着招呼客人坐下，自己向厨房走去。

“部长，我来吧。”牛放觉得坐着没局，不如找点活干干。

“不忙，不忙，老何还没到呢。”田学礼说。

“谁说我没到?”

随着洪钟那样浑厚饱满的声音，昂首阔步走进一个人来。单听声音你也许以为这是一个彪形大汉，其实是一个精瘦矮小的老头儿。说是老头儿，其实也就 40 多岁，皮肤黝黑，满脸皱纹，虽长得老相，然而看上去却又是神采奕奕，精力过人。他姓何名畔，县文化局局长，要论品茶，这才是今天晚上的真正主角。

几个人同时欠身相迎。

上官楼看看手表，说：“迟到 5 分钟。”

“扣他奖金!”赵磊一拍肚子。

“要么，来段老何最得意的《收姜维》。”田学礼语后一笑，连忙去扶向下滑的眼镜。

“免了免了，下不为例，下不为例。”何畔哈哈一笑，算是表示歉意，然后在茶几左边的沙发上落座。他是上官部长家的常客，常客半个主，所以是很随便的。

何畔坐舒服了，一伸手从茶几上拿起一盒高级香烟，慢慢地启封，慢慢地抽出一支，在茶几上搓了两下，墩了两下，放在鼻子上闻了闻，含在嘴上又捻了捻，这才伸手拿过火柴，“嚓”，燃上。——这一系列动作是那样熟练认真而又缓慢。然后深深吸上一口，让烟味在口腹中回荡一会儿，身子向后一靠，把烟雾从鼻孔中慢慢地喷出。

上官楼拿出了那袋包装精致的茶叶。何畔接过来，很内行地看了看成色，只见袋子上印有“狮峰雨前，驰名中外”字样，下面落款是“中国出产”，止不住“啧啧”连声：“明前是上品，雨前是珍品，难得难得！”田学礼两手按在膝盖上，向前探出身子，伸长脖子。赵磊则扭动着肥胖的身体把脸凑上去。

“部长，水开了。”牛放从厨房走出来。

“好好，我来泡茶。”部长亲自在五只洗得干干净净的玻璃杯中放上茶叶，接过牛放手中的水壶准备冲茶。

靠在沙发上的何畔在眯着眼抽烟。烟和茶，是这位文化局长的两大嗜好，如果二者不可兼得，茶又胜于烟。眼看上官楼已把壶嘴对准了茶杯，何畔把手猛地一抬：“且慢！”

上官楼机械地停住了，水壶还高高地悬在茶杯上方。田学礼和赵磊也同时把脸扭过来，诧异地注视着这位煞有介事的小老头儿。

“看来上官部长不懂泡茶呀。”何畔接过部长手中的水壶，放到沙发旁边，又深深吸了一口烟，缓缓地往外吐，夹着烟的手慢慢地伸向烟灰缸，“茶叶种类不同，泡法也不一样。要泡红茶、青茶，特别是紧压茶，非用滚沸的开水不出香味。然而要泡绿茶，就不能这样了。‘狮峰雨前’是龙井的珍品，属于芽幼叶嫩的高级绿茶，这就必须把开水凉到70度左右再泡，而且不必加盖。否则，不但叶子会焖黄，其味也就香而不清、馥而不醇了。”

“嗬，还有这许多讲究？”上官楼笑着说，搓了搓手，“老何真不愧是品茶权威啊！”

“哈哈，新鲜。看来就像我们招待所做鱼，一个品种一样做法。”赵磊十指交叉抱着肚子。

“听君一席话，胜读十年书啊。”田学礼又去扶向下滑的眼镜。

牛放插不上嘴，眼睛一眨不眨，贪婪地听着，像听老师讲写作辅导课一样全神贯注。他是第一次听说，觉得新奇同时也感到自己的知识贫乏。

何畔呢，微微一笑，在烟灰缸中拧灭烟蒂，又把身子坐正："不光是水的温度，水的出处也很关键。《茶经》中有'其水用山水上，江水中，井水下'。常言说'龙井茶叶虎跑水'，就是这个意思。诸位都读过《红楼梦》吧，妙玉招待黛玉和宝玉时，泡茶用五年前收下的梅花上积雪之水，以至宝玉'果觉清醇无比，赏赞不绝'。这并非曹雪芹故弄玄虚，只是我们没有这口福，只好用铁管中的自来水罢了。得得，瞧我这嘴，老太太纺花，扯起来就没完。"

赵磊和田学礼正听得津津有味，见他忽然停住话头，一个劲儿催他往下讲。

何畔连连摆手："好了好了，泡茶泡茶。"

上官楼去掂水壶，何畔却已掂在手中，起身把放好茶叶的五只玻璃杯斟上。水壶三起三落，叫作"凤凰三点头"；七分杯，"茶七饭八酒满盅"——这是规矩。

"要说品茶，还是宜兴泥壶泡出来的味道醇厚。"何畔放下水壶，不自觉又接上了前面的话题，"不过，现代派品茶，不光是注意香、味，还讲究色、形，这就非玻璃杯不可了。特别是具有'色翠、香郁、味醇、形美'四大特点的龙井，一杯在手，观赏翠叶嫩芽上下浮动，品评着琼浆玉液清醇香味，那才叫别有一番情趣。"

说话间，何畔用拇指和食指端起一杯茶，举到眼前一看，不由得轻轻"啊"了一声，像惊呼又像叹息。

"好茶好茶，真正的一旗一枪。瞧这叶子！瞧这颜色！"

像揿动机器的开关，其余四人（包括部长在内）霎时把目光集中在何畔手中的茶杯上。果然，只见杯中水色清冽，浅黄透绿，在灯光的映照下更显得晶莹透亮；茶叶青翠嫩绿，不少一芽一叶，立如春苗破土，有沉有浮，沉浮交错，横生妙趣。

"果然好茶，果然好茶！"赵磊使劲儿扭动着身子。

"原来这就叫一旗一枪！"田学礼睁大眼睛，张着嘴巴，脸显得更窄了，像鱼脊。

"诸位请。"上官部长心里高兴，殷切让茶。

"请，请。"田学礼和赵磊各端着一杯。坐在角落里的牛放也拘谨地端起一杯。

口中说着"请，请"，他们却又不把茶杯往嘴边送，而是一齐把目光投向了何畔。那意思是很明白的——请何畔先尝。这也难怪，别说在座的就数何畔内行，整个县直机关谁不知道何畔是个茶博士？摆起茶谱，念起茶经，何畔能不住嘴讲上三天三夜。他不但能说出“龙井”有1200多年的历史，“红茶”始自明末清初，而且知道熏制“花茶”的主要原料有茉莉、玉兰、玳玳、珠兰、柚子等等。您想嘛，有何畔在座，连部长都谦让三分，田、赵怎么敢先呷上一口？至于牛放，自然更不敢轻举妄动了。

“诸位请。”何畔举杯相邀后，也不再客气。

他把茶杯慢慢地送到唇边，微微闭上了眼睛，鼻子轻轻地吸气，叫作先闻其香，然后噜噜有声地徐徐地吸上小半口，让茶水在嘴中停留片刻，轻轻下咽，啧啧细品，仍然闭着眼睛呈半睡眠状态。这期间，四个人都聚精会神地看着他，像看魔术师表演，仿佛从他嘴中马上会吐出一串彩绸或者飞出一只和平鸽什么的。

“果然名不虚传，我老何还从未喝过这么清醇的茶！”何畔身子猛地向前一倾，霍地睁开眼睛。此时，他目光炯炯，精神倍增，与刚才判若两人，好像恋人第一次约会归来；青年作者第一次发表作品；牌桌上的赌徒连和三把满贯一样。“名不虚传，名不虚传啊！”

田学礼和赵磊这才连忙把茶杯送到唇边。啜茶声。咂嘴声。颂扬声。“好茶好茶！”

“绿茶和其他茶叶不同，没有经过发酵和薰制，主要靠茶叶自身天然的香味，也就是一个‘清’字。”何畔又慢慢呷上一口，细细咽下，“高级绿茶，杯子未到唇边，清香先浸肺腑，及至啜入口中，清香早下肠胃，咽入喉下，顷刻间回肠荡气，满腹皆香，然后香味慢慢回升，即所谓余香满口，隔日犹存。”

几句话说得满座皆惊，真是妙语连珠，精湛之极。不饮三江春茶水，难得如此品茶经。这时赵磊忙又呷上一口，嘴中发出“滋儿滋儿”的响声，然后学着权威的样子，眯起双眼。少顷，放下茶杯，把双手放在肚子上慢慢向下滑，大叫一声：“真他妈好茶！”田学礼也再喝一小口，仔细品尝其中的滋味，果觉清醇无比，一扫腹中的混浊之气，颇有“心旷神怡，宠辱皆忘”之感。于是长长地舒一口气，整个身子都觉得舒服、熨帖。

听着别人发自内心的赞赏，上官楼心中也很舒服，连忙掂起水壶挨个续水。续到牛放跟前，看他面露笑容，只顾愣愣地听别人品评赞赏，杯中的茶水却一口未下，笑着说：“小牛，喝啊。”

牛放见上官部长亲自掂着水壶等着给自己添水，又激动又兴奋，忙不迭“咕咚咕咚”喝了几口。

“如何?”部长一边添水一边问。牛放由于喝得太快，并未品出什么味来。见部长问自己，便又放慢速度喝了一口。然而，他并没有何局长所说的“回肠荡气，余香满口”之感，反而觉得有点儿苦涩，而且这种苦涩的味道立即让他想起他们老家用柳叶泡的水来。在他们乡下有种风俗，每年端午节清晨都要采些嫩柳树叶儿，晾干后伏天泡水喝，说是可以去火生津，消炎解暑。对，正是这种味道。然而他又不敢断定。他于是又举杯细看，见那上下翻动的嫩芽嫩叶有不少果系柳叶，心中不禁生疑。

“味道还可以吧?”上官部长见他在细品，遂又问一句。

牛放本来想随便夸奖几句以敷衍，可是诚实的本性使他无论如何难以启齿，何况一种内在的隐隐冲动又让他不甘心把自己的新发现埋没了。要知道，这可是行家也没有觉察的啊！于是话出口时变成了这样：“上官部长，恐怕您是上当了吧?”

“什么?”上官楼不明他的意思。

“上官部长，这茶水味道苦涩，不少嫩叶形状细长，我看这里面搀有柳叶。”牛放说着又举起茶杯。

像是爆了一颗冷弹，室内温度骤然下降，四双眼睛八道目光同时射向了这个小青年。一个个吃惊的样子，好像坐在他们对面的青年是个怪物，是个宇宙人。这只是片刻。马上，人们便不屑地笑起来，好像一个不懂事的小孩儿说了一句傻话逗乐了父母那样地笑起来，笑得既开心又潇洒。

然而只有上官部长没有笑，反而显得更加认真了。他目不转睛地盯着牛放：“你，说什么？柳叶?”

“部长，您没看前几天的《新民晚报》吗？说是西湖附近有的妇女为了捞钱，把劣茶搀上柳叶，用印有‘龙井’字样的塑料袋包装，冒充名茶欺骗游客。晚报特意提醒游客不要上当。”

上官部长呆住了，像被牛放的冷弹冻在了原地，动弹不得。他心里很不是滋味，难道当真像冤大头一样受骗了吗?

“小牛，你胡说些什么？你懂茶吗?”文化馆馆长田学礼坐不住了。这一通胡言乱语不但要得罪部长，岂不也刮了何局长的面皮。

“老田，让小伙子说嘛!”何畔倒不计较，这时他已经放下了茶杯，又燃上了一支烟，动作还是那样慢悠悠的，“听这口气，小伙子一定对‘龙井’很有研究啰?”

“不不，我不懂……”牛放的脸红了，很尴尬。

“不必客气。”何畔顺手掂起装茶叶的塑料袋，慢条斯理地说，“那么，小伙子一定能说说这‘狮峰’所指和‘雨前’的含义啦!”

“我是不懂……”牛放越发难堪了。他是不懂。他刚刚从农村来到县城，哪里懂什么“狮峰”“虎跑”“明前”“雨前”啊！他最多只能分辨出茶叶和柳叶的不同来。

“什么叫绿茶？什么叫红茶？什么叫青茶、黑茶、窨花茶？”何畔追问，慢悠悠地喷着烟。

“我，我真不懂……”牛放无地自容了，两只手合在一起使劲儿地搓着。

“老朽还要请教。”何畔眯细着眼睛，节奏渐渐变快，“‘铁观音’产自何地？太湖的‘碧螺春’属于什么品种？武夷岩茶为何称为‘绿叶红镶边’？黑龙潭的毛尖为什么又叫‘女儿红’？”

“我，我……”牛放面红耳赤，手足无措，连话也说不成了。他恨自己阅历短浅，知识贫乏，人家谈的内容他连听也没有听说过。他懂什么？他最多只能分辨出茶叶和柳叶的不同来。

“老何，你就别再难为他了，小孩子嘛。”田学礼替牛放解围，因为小青年毕竟是他的下属。

这时候，上官部长的心情才慢慢缓和过来。看来小伙子是太嫩了，人家何畔品了半辈子茶，难道连茶叶和柳叶都分辨不出来吗？看来自己也并没有上当受骗，尽管这袋茶叶正是从一个妇女摆的小摊上买的。那妇女不是说“家住狮峰，货真价廉”吗？当时游人争购，他可是挤得一身大汗才抢到一包呀！

“哈哈！”坐在沙发上的何畔仰仰身子，宽宏大度地一笑，“快斟茶。这么难得的珍品不多喝上两杯可真是失之交臂了。”他见上官部长还掂着水壶站在那里，便起身上前接过？亲自给每个人斟起茶来。

“好茶好茶！”又是一阵啜茶声、咂嘴声和赞扬声。然而那气氛的热烈毕竟不如刚才了。

牛放坐着没趣，欲走不恭，只好陪着品下去。他又呷了一口杯中已经变凉的茶水，觉得越发苦涩难咽了。

……从部长家里出来，赵磊和牛放前头走了。田学礼等到只剩下他和何畔两个人的时候，悄悄地问：“老何，我心里也有点疑惑，这茶叶，到底是真还是假？”

“哈哈！”何畔很神秘很自豪地说，“从一开始我就知道是冒牌货！‘狮峰雨前’是难得的珍品，哪有这样包装的？况且产量极少，市面上也根本买不来。”

田学礼大吃一惊：“那你……”

“我说穿了，让部长的面子往哪儿搁?”

原载:《奔流》1984 年 5—6 合刊

入选:《小说选刊》1984 年第 9 期;人民文学出版社《1984 年短篇小说选》;原北京语言学校《研究生阅读材料》;匈牙利 NORAN 出版社 2009 年出版的《二十世纪中国短篇小说选》。

# 开 车 门

## 之一

开车门大有学问，很神秘很深奥。深奥神秘且称为一门学问你不肯信这不奇怪，朋友给我讲我也不信，可讲完我就信了。

当然是给领导同志开车门。

路达做了几次梦也不敢梦自己分到市政府，所以分到市政府后他就一直像在梦中。

路达的父亲和母亲都是纯种的贫下中农，家谱上寻根十代找不出半点瑕疵。上大学前路达是公社中学民办教师，一直不能转正。妻子是小学教师，端的却是公家饭碗。为了改变自己的生存环境，1978 年他报考大学，以全县总分第二名的成绩被录取。

上大学时他每路过市府门口，心里除了羡慕就是下意识发憷，不敢左顾右盼害怕那荷枪的警卫战士盘问他为什么左顾右盼，尽管他心里默诵着没有贫农便没有革命，若打击他们便是打击革命。那里是全市的大脑和小脑。直至报到时他来到市府大门还是怯生生的，老远又拿出分配信卡认真细看。他已经不止一百次认真细看了却仍担心看错。那梦似还未醒。

他被分到经济处。过去望而生畏的所在如今也有他一张办公桌。农家孩子，老实、忠厚、谦卑、干事不惜力气。早来晚走，打水拖地抹桌子洗痰盂他全包。不久就入了党。

因笔头也上得去，他被选为市长的秘书。来市府近一年，他懂得这个位置的重要。干好了说不定将来能步步高升当上副市长、市长。他的事业心迅速膨胀，希望既已从海平线冒出帆尖，大船的到来也就为期不远了。

马上就尝到了这位置的不凡。首先人事处长关怀到他头上了。“小路，你的两地分居问题该考虑解决了吧？”处长温和的语气既有组织的关心又有长辈的爱护。他很感动：“处长，谢谢您。我已经联系好了，就等下调令了。”“哪个单位呀？”“新建路小学。”“还当小学教员？算了吧。到市府来吧，管个材料档案什么的都需要人。”“不麻烦组织了吧。”“不能这么说，都是为了工作。”下班时碰到行政处长，和他边走边聊：“小路，爱人调来了吗?”语气同样饱含着组织的关心和长辈的爱护。“快了。”他说。“小路呀，写个住房申请吧。小树林的两栋楼马上就交工，三室一厅凑合了吧。”“处长，谢谢您。”这全是他过去不敢入梦的，得意时免不了仍有刘姥姥的惶恐，“处长，我就一个小孩，用……不了吧?”处长温和地一笑：“工作需要嘛。”

他腹中热腾腾的，喜悦和劲头从肚脐眼往外冒。他第一次坐进豪华型皇冠小轿车。看着从两边退去的骑车和步行的芸芸众生，陡然感到自身的价值，感到居高临下的优越，甚至已经有了对芸芸众生的悲悯，仿佛他不是市长的秘书而是市长本人。他暗下决心要用百分之二百的心思把工作干得让市长百分之二百满意。前途是光明的，道路是曲折的。我们的目的一定要达到，我们的目的一定能够达到。

一切都得心应手——唯有开车门例外。据说大脑指挥思维，小脑指挥行动。由此看来路达的小脑一定不健全，起码质量不高。他开关车门时间不准确，用力不适度，动作不协调。有时市长已到，车门尚未打开；有时市长尚离老远，他已开了车门，好像在催市长加油；有时轻了车门关不牢，市长只好打开重关；有时重了能重得让市长吓一大跳。多亏市长肚量大胸怀阔，又是刚从下面上来的，便一笑了之。有时还随便说句“你怕碰痛它啊”或“你在抵制日货啊”之类的小幽默放松他的神经。

开关车门有各种情况。如果领导没有急事，秘书便可从容：开后门，关照领导上车；关后门；开前门；秘书上车；关前门；车启动。如果领导有急事秘书动作要敏捷而精确：左手关后门的同时右手开启前门，秘书上车，车启动。这天，市长十点要赶到国际宾馆参加一个外事活动，九点五十才下楼。市长工作忙，时间都是按分秒计算的。下楼上车一分半钟，路途行车七分钟，留一分半钟进会场。一秒不能错后。这种情况下最能看出秘书开关车门的功夫。

果然路达手忙脚乱了。他急急打开后车门，又伸右手去开前车门，肢体成大字形正好挡死市长的路。他意识到错了之后心更慌。越慌越乱。市长刚钻进小车，他连忙关门，怕关不牢结果用力过重——最关键还不在用力过重，而是车门毫不客气地重重地拍在市长的臀部。这一次市长没有再幽默，面孔很沉。路达的笑定格一样僵在脸上，紧张和惶恐凉凉地顺脊梁沟和腹股沟下行汇于小便处，颤颤的，想尿。

因为他的笨拙耽误半分钟，小车开得飞快。他夹紧双腿坐着，意识里准备着下车开车门，下意识注意路边有无公厕。忽然发现汽车已驶进宾馆大院，忙伸手抠住车门的机关。为赶回那半分钟，未等车停住他就打开车门跨出去。惯性和紧张合谋捉弄他让他立脚不稳，摔在地上。这怕是继纳塞尔会见铁托时两国的礼宾司长都滑倒在大厅之后的又一奇闻。他狼狈不堪连忙爬起来去开后车门，就忘记伸出手遮挡门楣。也许是他的狼狈也使市长情绪受挫了，下车时车门偏偏碰了脑袋。市长也自觉难堪。路达想弥补一下，忙伸手在市长的头上揉揉，诚惶诚恐问："撞得……不重吧？"

市长没有理睬，径自踏上台阶。路达呆了一下，忙惶惶随上。

第二天，办公厅秘书长和人事处长找他谈话，肯定了他的工作成绩，并说他是位非常不错的同志，又说法制处人手不够，让他到法制处工作。他迷迷糊糊弄不清这是为了什么，想问没敢问，只是感到如坠入深渊一样的冰冷和失落，似梦醒又似入梦。

路达的爱人调来了，半个月还没有安排工作。他找到人事处长。处长和蔼地说各个科室都超编，实在不好安排，等等吧。半个月后他又去找人事处长。处长说还是不好安排。要么这样吧，她原来不是想去新建小学吗？你再联系一下。真不行咱们再想办法。

他很知趣，没有再找行政处长谈他的房子问题。他觉得自己对社会对人生的理解深刻了许多。他的心变沉了。他把迁客骚人般的失意埋入心底，工作依然非常卖力。他要从另一条路再上去。他已经闻到了一点权力的甜头。没有权力老被人拿捏，难受。

## 之二

金焕前年 50 岁。50 岁那年是金焕一生中最辉煌的顶点。金焕档案中工作履历一栏最简单。1953 年入伍，1960 年转业到市政府保卫处工作至今。

金焕可以说全身尽是优点，也可以说全身无一优点。不吸烟，不喝酒，不打牌，不下棋，不养花，不玩鸟，不开玩笑，不发脾气……金焕唯一的业余爱好就是给市长开车门。所以称"业余"是因为市长一般自有秘书随身，他开车门都是趁市长上班下班秘书不在的时候。

金焕第一次给市长开车门要追溯到 25 年前。做保卫工作，有很重要一项任务就是防止坏人破坏，保卫领导安全。那天上班时他走到办公楼前，正好看到市长的小车驶进大门，在楼前停下。旁边无人，他就上前两步替市长打开车门。市长向他笑着点点头表示感谢。他很受感动。市长身居高位还那么礼貌待人，那么和蔼可亲。他觉得温暖和荣幸。后来他又凑巧给市长开了几次车门，市长每次都笑着向他点头。那种温暖和荣幸感越加强烈。并有种想回味想重复的欲望，于是每天上班时间就有意识地候市长的小车。他觉得这样好的市长很值得为之服务。

这样过了一段时间，他风风影影听到一些说他“巴结市长”之类的议论。他心里有些波动。他也曾想过不再给市长开车门。可他实在舍不得放弃这种荣幸，再说，突然停止市长会不会觉得我对他有了什么意见？走自己的路，让他们说去吧！这么好的市长我不该为他效劳吗？我没有什么别的企图，我的心很纯净。他觉得。于是市长上下班时他照常为市长开车门。不过他不用再候了，他已经摸准了市长上下班的规律，差不多总是他刚刚到办公楼门口，市长的小车就到。

事情就这样，你越怕别人说别人越说，不怕别人说别人也就不说了。时间一长别人似乎都觉得给市长开门成了金焕工作中的一项内容。

后来换了新市长，他又给新市长开车门。后来市长变成了市革委主任，他又给市革委主任开车门，后来市革委主任又变回市长，他又给市长开车门。他就这样开下去，总共给七任市长（含市革委主任）开过车门。一直开到去年。毛主席教导说，一个人做一件好事并不难，难的是一辈子做好事。

虽说是业余的，金焕开车门的功夫却极精湛，已经达到任何专职秘书也达不到的最高境界，按文学艺术的说法叫“化境”。

前年金焕50岁。那天大暴雨，市长下车后他把一把伞全罩在市长头上，自己淋得透湿。市长很受感动。得知他半百之年还是个科级干事，就给人事处打招呼，给他安排了保卫处副处长。也未见他怎样高兴，仍一如既往给市长开车门。

春节前，保卫、法制等处人员会餐，都喝得晕晕乎乎的。金焕也破戒喝了几杯，脸红红的。最后大家出节目。谁都得出。唱歌唱戏讲笑话什么都行，哪怕钻桌子顶椅子学狗叫学驴叫也算过关。轮到金焕了，金焕说：“我……我实在什么都不会，就算了吧。”大家也都知道他什么都不会。这时，保卫处一个原来最有希望当副处长的葛大志认为金焕挤了他位置，悄声对新来的高峰说：“让他表演开车门。”高峰不知深浅，说：“金副处长表演个开车门！”有人向高峰使眼色，可高峰没破解其中内含，反而声音更大了：“欢迎金副处长表演开车门！”

本来非常热闹的场面顿时静下来，静得异样，静得玄乎，静得大气都不敢出。打人不打脸，骂人不揭短。人们不敢看又偷偷地看着金焕，等待着类似雷鸣电闪的爆炸性发作。

可是并没有什么爆炸性迹象。突然地静场让金焕觉得奇怪和不可理解。也许是大家对我的尊重。他想。"好，我给大家表演。水平有限，可能表演不好。"说着有些拘谨有些不好意思地走出来。然而一进入角色，金焕身上的拘谨马上消失了，变得红光满面，神采奕奕。

"车门谁都会开，可开好车门却大有讲究。"金焕边解说边表演，大方、文雅、洒脱不俗，"动作有敏捷和舒缓之分。该快时则快，快而不乱，该缓时则缓，缓而不拖。该快该缓，可以从领导的脚步声或者小车的车速上判断。如果领导脚步急促或小车车速很快，你的动作就该机敏而准确，拖拖沓沓要耽误领导的工作；如果领导脚步平和或小车车速较慢，你的动作就该大方而舒缓，急急忙忙会破坏领导的心情。再说神态，该庄重则庄重且不可轻佻，该微笑则微笑然而不可有半点媚态……"

人们先是奇怪，再是窃笑，后是惊愕。想不到平时连句囫囵话也不说的金焕此时竟有这样好的口才。

"领导性格有庄有谐，心粗心细不一。所以，你千万不要忘了伸手遮挡门楣，以免领导不小心碰了头。"金焕继续解说和表演，"万一领导碰了头，对领导最好的心理照料或者说最好的弥补办法就是佯装没看见，且忌伸手抚摸……"

人们哄堂大笑了。只有一个人没笑，就是坐在角落里的路达。他一直很专注，他万万没想到开车门竟有这么多规矩，这么多讲究，这么多技术含量。他想起了自己轻而易举失去的那么好的位置和机遇，追悔莫及，伤心不已。

这时金焕越发光彩照人，继续表演风雨中开车门。"为使领导身上不淋上半星雨水，你应该站在领导的上风头。"说着做一手擎伞一手搀扶领导状。人们哄笑声不绝。笑着笑着都不笑了，不知怎么都忽然觉得很心酸。

去年金焕死了，得的脑溢血，在医院躺了七天。他的妻子和女儿日夜守护着，全处的同事都到医院看望他。第七天夜间，神志不清的金焕忽然抬手做出向后拉又向前推的动作，同时脸上漾出微笑。他就这样微笑着离开了人世。

追悼会上保卫处处长致的悼词，罗列了金焕许许多多优点，就是没提他开车门。

原载《北京文学》1988 年第五期

# 乡　　事

## 一

在乡里坐着无事，吃西瓜吃得肚子膨胀，我就独自步出乡政府大院。今天背集，街上人很少；几处卖西瓜的摊棚，卖瓜人坐在棚下打盹。到处是西瓜皮。出村便被无边无际的绿野迷醉，不觉就走出了二三里路。

两块玉米田之间夹着一块花生地，给人一种河的感觉。绿的岸，绿的水，一窝窝花生秧横看竖看都像水的波纹，绿的波纹。水光潋滟，水波粼粼。锄地的农民离我20多步远，锄柄上的阳光闪闪烁烁，他那驾轻就熟的风格给我的印象仿佛不是在锄地，而是在撑船。我站在地头看着他撑到我面前。

农民小模小样的，还算白净。

我说："歇歇吧老乡！"

我突然冒出的声音把他吓了一跳，他愣怔了半天脸上才渍出了一丝含义模糊的笑。

我递上一支烟，他想接不接，还是接下了。

点上火，冒了烟。

我说："歇歇吧老乡！"

路南有谁家一处坟园，粗粗细细几棵柳树，浓浓淡淡几片阴凉。选定一处浓密的树荫，我先坐下来，他后坐下来。沙地很松软，稀稀疏疏长着狗狗秧儿、小猪草、牛蒡、节节草；一朵打碗花招引一只蜜蜂，蜜蜂离花朵约两寸远，不飞走也不落下，仿佛悬空定在那里，看不清翅膀嗡鸣似的振颤，却听得见振颤似的细微嗡鸣。

农民很拘谨，又像没有兴致和我聊天，就涩涩地坐着。然而，当我津津有味地吸完他让给我的一支劣质香烟之后，他的谈兴明显浓了起来。真没有想到，要和一个农民沟通感情，不是向他敬烟，而是肯吸他的劣质烟，这和城市正好相反。难怪乡里曹书记常常向村里的支书要烟吸。

家长里短地聊了一阵，也就了解了农民的情况。农民姓林，叫林自立，住小车赵村；老婆不争气，生不出儿子；大闺女17岁，小闺女15岁，两个闺女都长得不错；因为没有儿子，就想招一个养老女婿。我也告诉他我姓刘，叫刘雨点，在省作家协会工作，是来乡里搞党建的，已经来了一个多月了；要说我也算此地人，老家在南边，也就几十里远。

我感到脊背被太阳烤热的时候，才发现树荫已经移走了。看看手表，十一点半钟。我站起身，我说我该回乡里吃饭了。林自立一把拉住我。

他说："今儿晌午饭去家吃，要不你就是看不起俺！"

从他手上传导给我的涩拉拉的力度，我感觉到了他乡土式的诚挚和热情。我竟然没有推辞，我甚至答应得很豪气。

我说："好！今天中午吃老兄的。"

我跟着他沿着地头的土路向西走。将近正午的太阳晒得北中原热气蒸腾。走过一块玉米田，走过一块大豆地，林自立把锄交给我，自己拐进一块红薯地。看他在红薯地里蹲下来，我以为他要解大便，心说解大便怎么不进玉米田，就是大豆地也多少能够遮遮丑。我正想着，林自立从后边赶上来，几块幼红薯就像几只被逮住的正在哺乳期的小老鼠，可怜巴巴地躺在他的手掌里。

他说："让刘同志尝尝鲜。"

见小红薯刚刚成形，我就说："现在挖出来太可惜了。"

他满不在乎说："尝鲜也！听说城里有一道高级菜叫烤猪娃，小猪娃人家都杀了，咱吃几块小红薯都不中？"

正走着，听到身后"滴滴滴"有小车在叫唤，我和林自立闪到路边的时候，一辆红色"桑塔纳"就在我们的身边停住了。通讯员小张从车里钻出来，急得火烧火燎的。

"刘作家，曹书记叫你赶快回去！"

我有点为难，我对小张说："你给曹书记说，我吃了中午饭就回去。"

"曹书记说有急事。"小张说，"你要不回去，曹书记又该骂我不会办事了。"

小张汗抹流水的，急出几分可怜相，我知道我不回去他是不会善罢甘休的。在乡里当个通讯员也实在不容易，打水送饭，扫地拖地，冬天还要给书记倒尿盆，侍候亲爹亲娘恐怕也侍候不到这份上。我只有选择和小张一块回乡了。

我转向站在一旁的林自立，尤其注意到他手中的几块小红薯。我说：

“老林，真不凑巧，改天，我一定到你家里吃饭。”

林自立显得很失望，我甚至感觉到他眯着的眼睛中还有丝丝仇恨透出来。他是否以为我尽是跟他花花哨哨玩儿虚的，其实一点真的都没有？小车起步后，我探出身子向他挥手告别时，我吃惊地看到他的右手一扬，便有几条很有力度的弧线利刃一样前进在灿烂的阳光中，把夏日的蓝天都划破了。

我心头一凉。我知道，林自立扔出去的不仅仅是几块还带有奶腥的小红薯。

## 二

小车没有进乡政府，直接在乡政府斜对面的“杏林酒家”停下来。酒家门面不算大，也谈不上档次，但和乡里其他饭店比较，还算干净，因此乡里来了客人总是在这里招待。也许还有另一层原因，那就是开店的女老板虽年近四十，但俏，稍加装饰，仍然颇能调动乡村干部们的积极性。

已经迎候在门外的曹天福脸上笑笑的。

曹天福说：“水利局孙局长和江主任。”

我心里说就这急事呀，口中说：“曹书记，我不是说了，我们这次下来有原则：不准打牌，不准跳舞，不准陪客……”

曹天福依然笑笑的，用他独具个性的让客方法扶着我的后背就往门里推，同时打断我的话：“球也！什么叫‘原则’？‘原则’嘛，就是给咱留有一定的灵活性。”

我被推进一个雅间。曹天福把我介绍给水利局客人，再把水利局客人介绍给我，然后推推让让，到底把我推到了上座。孙局长大概饿了，想进展快一点，就谈吃。

孙局长说：“曹书记，上次在这儿吃的‘炸薯团’不错，还有其他风味小吃吗？”

曹天福很自信地说：“咱乡其他方面不行，就是风味小吃丰富多彩。”

孙局长说：“给咱介绍介绍。”

曹天福说：“当然首推‘凉拌杨花儿’也，‘甜甜的酸酸的娃哈哈果奶’，让你尝一口终生难忘。”

孙局长很高兴：“我吃过凉拌柳絮儿、凉拌槐花儿、凉拌榆钱儿，真还没有吃过凉拌杨花儿！”

说着女老板就袅袅婷婷进来了，左手托菜单平放胸前，右手小指无名指依次翘起，开放成一朵兰花。

曹天福把菜谱向孙局长面前一扔说："孙局长点。"

孙局长很内行的样子，张张扬扬说："我就点一个'凉拌杨花儿'！看看是不是尝一口就一辈子忘不掉！"

除了水利局客人，其余的人皆哄堂大笑，开心极了。老板娘两颊微微泛红，伸手就在曹书记腮上拧了一把。曹书记用手掌抚了抚被拧的地方，又在自己掌心很夸张地亲了一口，亲出很脆的响声，再掀起一次笑的高潮。

孙局长被蒙在鼓里，不知笑由何起。纪检冯书记趴在他耳边小声说："杨花儿就是这位女老板。"

孙局长猛然省悟自己着了曹天福的道儿，一时老脸没个放处，就用手指虚点曹天福鼻子："你这个曹操，你这个曹操，让我老孙变成了孬孙不是！"

我不得不承认曹书记这家伙看上去傻大笨粗，可就像秋天的石榴一样，外表粗拉拉的，剥开皮，晶晶亮亮酸酸甜甜一包鬼点子，乡土语言叫"一肚子咕咕妙"，几乎每次吃饭都能弄出一点通俗畅销而又鲜活如初的笑料来佐餐。

午饭后的天气热得更够味儿，孙局长害怕路上叫太阳烤熟了，想等凉快一点再回去。乡里没有招待所，曹天福只好招呼他们摸两圈儿麻将。先吃了一通西瓜，就支起摊子。刚开场不久，电话铃就没眼色地响起来。

孙局长不耐烦地说："别理它！"

曹天福还是一手码牌一手把电话筒摘下来，歪着头夹在脖子里，然后马上又把话筒拿好了，一只手示意他们别弄出响声来，然后"是是是""好好好"很恭顺地应答着。我马上意识到来者不善，绝对不会是孙局长之类的角色。末了，曹书记说："我立马就去。您放心王书记，我保证妥善解决好，不留后遗症。"

王书记是县委一把手。

曹天福向孙局长摊摊手："原谅我不能奉陪了。"

孙局长连忙说："我们也走，我们也走。"然后目光停留在墙角的一大堆西瓜上。

曹天福就招呼人往孙局长的车上搬西瓜。

"咕咕咚咚"地打发走了孙局长，曹书记叫上冯纪检，说马上去县委。我问我去碍事不？如果可以的话我也去。

李师傅刚把"桑塔纳"开过来，迎面一辆摩托车驰进乡政府，车上的光头青年一边停车一边叫曹书记。曹书记装着没听见，一缩身钻进了"桑塔纳"。

那青年忙抢上来拍车窗，曹天福连头也不摆过去，说："开车！"

"桑塔纳"恼怒地哼一声，像挨了一鞭的叫驴，一蹿就蹿出了乡政府。

## 三

叫上冯纪检一块去，不用问我也能猜个八九不离十，可我还是忍不住问曹天福。

我问："曹书记，什么事情这样急？"

冯纪检插言："前丁庄的农民状告支书丁国庆。"

"上访？"

"现在的农民越来越精了，胆子也越来越大了，他们上访不找信访局，不找反贪局，不找纪检委，直接堵书记。他们的信息也不知道怎么那样灵，今天下午书记办公会刚开始，就被他们一个不漏地堵在了会议室，把书记们一网打尽了。"

前边正在修一条高速公路，路基已经挖开，像横亘着一条浅而宽的干渠。我们进县城的公路和高速公路十字相交处的高架桥开始施工，路面被挖断，我们只好下路绕行。刚挖好的路基凸凹不平，颠簸得非常厉害。曹天福掏出手机，拨通一个号码。

"张飞，我是曹操，我正在去县城的路上。不是说让他们垫一条临时钢碴路吗？你给他们说了没有？说了两次了？那他们为什么不垫？球也！我看这样吧，你多带一些人，把他们的工具收了，让他们来求咱们。"然后挂断手机。

车绕回到公路上，又骤然加速，舒展的绿原像被利刃划开一样，"嗖嗖"地飞速向后边闪退。

进了县委大院，办公室副主任老庞就匆匆迎出来。老庞说："你们可来了。他们都在办公室，十几个也，已经喝了我八瓶开水了。"

冯纪检小声问曹书记还见不见县委王书记，曹书记说躲还来不及呢，还见！眼前最当紧的是赶快把人弄走。

我们随着老庞来到县委办公室。满地的烟蒂、烟灰和痰迹，房间里充满了汗酸味儿、鞋臭味儿、屁味儿和劣质烟草味儿。我数了数，坐的、蹲的、站的，总共 16 人。他们或漠然，或冷淡，或若无其事，我们的到来显然早在他们的预料之中了。

冯纪检走到一个灰头灰脸的农民跟前，低声说："丁老铁也，不是跟你说马上就研究你们村的问题吗，你们怎么又捅到县委了？"

丁老铁冷漠地一笑，很老练地把吸剩的黑烟头接到另一支黑烟上，掏、搓、弹、墩、接，一气呵成。我估计不透丁老铁的年龄，皮肤太黑，黑不溜秋像一团乌泥，额上横纹也深，能夹住几粒豆子。但精神头儿很旺，刚才笑的时候一个嘴角动一个嘴角不动。看样子丁老铁是他们的头人。

曹书记摸摸口袋，很失望的样子，之后笑笑地馋馋地走向丁老铁，在丁老铁肩上拍了一掌，粗腔大嗓说："我说老铁也，你这货不够意思，吸烟连个人也不让。给老曹一支烟抽抽！"

大概丁老铁什么都想到了，可就是没想到曹书记跟他来这一手，第一件事第一句话就是向他要烟吸。这一掌拍得猝不及防，一下子就拍垮了丁老铁的心理防线，拍得丁老铁心里头一时热乎乎的，竟有点不知所措了。

"曹书记你……你不嫌俺的烟孬？"

"孬个蛋孬？家常饭，粗布衣，知冷知热结发妻也！"

两军对峙的气氛就一下子缓解了，大有黑烟一点，带有干牛粪味儿的烟雾一冒就是一家人的意思。这个曹天福真是把当地农民的脾胃摸透了。曹天福向丁老铁要烟吸的时候，我曾隐隐地担心，担心丁老铁如果不给他们的书记掏烟，而是给他办个大长脸的话，这局面该如何收场？

我是多余担心了。曹天福吸着黑烟，唠嗑似的问他们什么时候来的，走了多长时间，路上热不热，等等。

曹天福说："你们相信我曹天福不？"

丁老铁说："相信。不过你得给俺们定个解决时间。"

曹天福说："时间由你们定。"

丁老铁说："三天以内。"

曹天福说："算不算今天？"

丁老铁说："不算今天。"

曹天福说："那不行，得算上今天。"

丁老铁说："算上今天其实就剩两天了，怕你们来不及处理。"

"你倒挺体谅我们。"曹天福说，"两天就够了。两天以内我曹天福要是解决不了问题，你们上市里、上省里、上北京，我都找车送你们。就这样定了。"

前丁庄的村民走了之后，曹天福说得去看望一下朱乡长，小车便开向人民医院。我还没见过朱乡长，只听说朱乡长是淇南乡的老乡长，已经送走三任书记了。在如何处理前丁庄支书的问题上，曹天福肯定要和朱乡长商量一下的，可闹了半天，我还是不知道前丁庄的村民状告支书哪一壶呢？我问冯纪检,冯纪检说农民告支书还能告什么?要么是作风粗暴欺压百姓,要么是乱摊派增加农民负担,前丁庄的支书是“两全其美”啦。

没想到一个县级人民医院环境还是挺美的。病房前边是一个小花园,绿荫下有一处凉亭,几处石桌石凳,每处都有人在乘凉。其中一人,肩背两处长着两个大瘤子,明晃晃的耀人眼目,就像两个大玻璃球,叫人好不奇怪。我从来没见过这种品质的肉瘤子,目光便自然地粘上去。而我们的冯纪检竟像发现了新大陆一样指着那老兄说:“那不是朱乡长?坏也坏也,你们看朱乡长长了俩啥玩意儿!”我们都看见了那两个玻璃体的大瘤子,脚步就不觉地加快了,走近了才看清是两个空罐头瓶,原来朱乡长是在拔火罐。又看见朱乡长旁边还坐着林副乡长。

“老朱也,你不是修底盘吗(朱乡长住院是割痔疮)?怎么背着两个这玩意儿?吓我们一跳!”

“老没成色,轴又坏了(肩周炎)。”朱乡长说。

互相“嘻嘻哈哈”几句,算是互赠的问候和见面礼,然后让座,递烟。几缕烟一冒,便开始切入正题,其他坐着的局外人也就很识趣地离开了。曹天福谈了前丁庄村民状告支书的情况,朱长贵很认真地听着,并不感到意外。

曹天福说:“这件事怎样处理特意来和你商量一下,听听你的高见。”

朱乡长说:“曹老板你自己处理就行了,来找我,多此一举,多此一举也。”

曹天福不再“嘻嘻哈哈”,话就说得很直白:“前几天小冯和王会计看过他们村的账目,问题确实不小。我打算把丁国庆拿掉。朱乡长你说也?”

朱乡长沉默了一会儿,把手中的烟拧灭,说:“这样不妥吧。刘作家是下来搞党建的,党建文件上不是说,‘以自我教育为主,以正面教育为主,以思想教育为主’吗?文件上是不是这样说的,刘作家?冯书记?林乡长?”

朱长贵先看看我,情况不了解,我自然不便插言。朱乡长又把目光移向冯纪检,冯纪检用手掌抹一把脸,仰头冲着树梢骂:“我操!该死的知了,尿我一脸。”朱乡长含意不明地一笑,把希望的目光楔进林副乡长面部,林副乡长知道自己必须接下这目光了。

林副乡长说:“要说也是,人家都是鞍前马后跟着咱们干的,出点问题说拿就拿掉了,会不会冷了其他村干部的心,影响他们的情绪?能不能拿出一个更妥善的处理办法?”

大家就抽烟。

冯纪检说:“曹书记,朱乡长,你们看这样中不?咱们不说拿掉,咱们来个民主选举。要是仍然选上丁国庆，上访的村民就无话可说了；要是选上别人，丁国庆也无话可说了。”

曹天福说：“这样好，还是年轻人脑袋瓜灵活。”

有风吹过，偶尔摇动树枝，就有阳光滑落在朱乡长肩背的罐头瓶上，就更加晶亮。我的目光老被这景观吸引，我看到被瓶口罩住的肌肉呈球面凸了起来，像发了酵一样。

## 四

从县城回来的时候，阳光已由午间刺目的银白变成傍晚鲜亮的杏黄，北中原更显得胸怀宽阔坦荡；不时有坟园进入视野又退出视野，树木繁茂，烟笼雾绕如蒸腾的灵魂。

车行到和高速公路十字交叉点，看到几个民工正在垫绕道的土路，心里说曹天福这种近于胡来的办法还当真奏效。

一路上我都在想，“上访”“告状”，这类事情应该归纪检书记处理，处理不了的再向党委书记汇报，怎么今天冯纪检似乎可有可无了？吃饭的时候我问冯纪检，冯纪检说乡里的事就这样，一把手不出面，我这个纪检书记屁大点儿事也解决不了。我问，是不是曹书记揽权？冯纪检说也不是，乡里的事就这样，村干部只认一把手，上边的领导只找一把手，我这个纪检书记不就成了骡子的家伙，看着挺大，关键的时候却硬不起来，也就当不了家伙使。

小车驰进乡政府大院，我一眼看见那个光头青年正抱着膀子守候在曹书记的门口。曹天福肯定也看到了，因为曹天福说：“操！小冯，你和刘作家休息一下，我到东赵岗还有点事。”等我和冯纪检下了车关上门，小车转头又驰出了乡政府大院。

我想曹天福一定在躲那个光头青年。我虽然到乡里时间不长，但还是能看出来曹天福是一个颇有魄力颇有胆识的人物，可他为什么要躲那个光头青年呢？冯纪检看看手表，说正是饭时，咱们去随便吃点吧。中午喝了点酒，这会儿并不觉得饿，但还是和冯纪检一块进了乡食堂。

等我们吃了饭从食堂出来，晚霞如火，西天边已红彤彤血成一片，东天边却有半圈月亮，白白的，薄薄的，又清纯，又淡雅。我又看到了那个光头青年。曹天福为什么要躲他呢？是个无赖？是个二杆子？我问冯纪检，认识那个青年吗？冯纪检说见过，不认识。我说走，咱们先到曹书记屋里坐坐。冯纪检迟疑了一下，还是随我去了。

喊来通讯员小张开了曹书记办公室的门，我们开门进门的时候，那青年走到一边。我猜想等一会他会进来。果然当我们杀开一个西瓜正吃的时候，那青年进来了。

青年问："曹书记没回？"

冯纪检"呜呜噜噜"说："没有。"

青年问："曹书记今天不回来？"

我上下打量那青年，不像个二杆子，也不像个无赖，他如此等待可真有耐性。我说："你有什么事情要找曹书记，我们转告他行不行？"

青年说："我再来，我再来。"

晚上开乡党委班子会，曹书记号召大家吃西瓜，然后亲自操刀，杀开了一个足有30多斤的大西瓜，瓤口极好。委员们却兴趣不大，一个个都有点消极怠工的样子。今年西瓜大丰收，太大了就酿成了西瓜灾。乡里开展"科技富民工程"，种西瓜也是工程中的一项。去年拿小北村、大北村做试点，初见成效，每亩收入三四千元。今年扩大种植面积，又增加了大车刘、朱岗、大吴湾、胡楼等九个村庄。西瓜长势喜人，遍地滚动着绿色的小太阳，县里还组织各乡的书记、乡长前来参观学习。谁知到西瓜大批量上市的时候，却贵贱卖不出去。刘寨、朱岗、胡楼等几个村支书就成车成车地往乡里送西瓜，面子上说是让乡干部吃西瓜，心里边是埋怨乡里盲目扩大种植面积，给乡里施加压力，促使乡里积极联系销路。于是，乡政府每个房间里都堆满了西瓜；于是，曹书记就号召乡干部和全乡村民吃西瓜，列举吃西瓜的种种好处。诸如西瓜不但含糖，含蛋白质，而且解渴、消暑、利尿，规定打麻将不许带钱，只能赌西瓜，点炮吃一块，点庄吃两块，庄扣每人吃四块。我曾经问曹书记，为什么不联系一下销往大城市？曹书记说，球也！那么多关卡，还不够交运输费和买路钱！

副书记副乡长们讲了各自分抓的工作，东西南北四个片的"片长"分别汇报了片上的情况。最后曹书记强调了两点：一是防汛工作，别看大太阳晒着，一个个热得像打铁似的，老天爷说变脸就变脸，大暴雨说下就下，太行山的山洪说来就来。尤其是东片，东见水、西见水、马固、油坊、冯村几个村子临着淇河，地势又低洼，千万麻痹不得。二是计划生育工作，咱们乡去年好不容易争了个先进，今年一定得保住，哪个片出了问题，我先把你们片长给劁了。

散会的时候暑热渐消，月光正好，草丛和豆架上，蝈蝈的叫声脆脆的滚成一团。大家到厕所站成一排小解，压力都很足，"哗哗哗哗"飞珠溅玉，月光中尿出一派"黄果树"的气势，尿臊中冒上来一股热烘烘甜浓浓的西瓜味儿。有人小声说，再这样吃下去，他妈的非吃出糖尿病不可。于是都笑。从厕所出来，曹天福笑着叫住我。

曹天福说：“和你商量个事。”

我问：“什么事？”

曹天福说：“今天晚上咱俩换个地方咋样？你到我房里睡，我去你房里睡。”

我问：“为什么？”

曹天福说：“作家嘛，体验生活嘛。”

我说：“你这个书记我可当不了。”

曹天福说：“球也！”

曹天福张开嘴打了一个很漫长的呵欠，伸了一个懒腰，大步走向我的房间。

我虽心有几分疑惑，也只好不很情愿地回到曹书记的办公室兼卧室。桌子上堆满了西瓜皮，还有几块吃剩的西瓜。我简单收拾了一下，正准备洗一洗睡觉，听到有脚步声响进门来，我抬头，看到了我今天已经看到两次的那个光头青年。

我说：“曹书记不在家。”

光头青年显然不相信，目光越过我探向里间。

我说：“曹书记不在家。”

光头青年就有点失望，迟疑了一下，从口袋里掏出一封信，说：“县纪委田书记让我给曹书记带了一封信，有重要事情，麻烦你一定尽快交给曹书记。”

我接过那封信，果然是县纪委的信封，上面写着“面交：曹天福书记。”

送走光头青年，我正在刷牙的时候，又有人敲门。我衔着牙刷打开门。来人脸很小，眼、鼻、嘴却很大，所以看上去就近似于没脸。由于这特色，我一下子就认出他来——前丁庄的支书丁国庆。丁支书（很可能两天之后就不再是支书了）手中掂着一个黑色的人造革提包，很尴尬地站在门口，进也不是，不进也不是。

丁支书张嘴一笑更加没脸：“嘿嘿，曹书记不在？”

我忽然明白了曹天福和我换房的用意。这个老奸巨猾的曹天福。

## 五

时不时就想起小车赵村的林自立。那涩拉拉的热诚，那失望中略带仇恨的目光，尤其分别时扬手一甩，空中便划出几道弧线，弧线明亮而有力度，把夏日的蓝天都划破了。我一定得去一趟小车赵。

夏日的夕阳永远美丽，尤其是夏日大平原的夕阳。夕阳的美不是在它的本身，而是它点亮了大平原的灵魂，升华了大平原的灵魂，使大平原的精神境界高不可攀。

从村东进小车赵，林自立家却在村西。一路问去，引来一身斑斑点点形色各异的目光，弄得我像被蚊虫叮咬一样刺痒难耐。林自立家院落很小，三间堂屋又矮又旧，和四邻高大的瓦房相比，就有点鸡藏鹤群的味道了，然而收拾得却很整洁，猪圈羊栏、鸡窝牛棚，各归其位，当院一棵枣树，树下支一张水磨石小桌子。这家中一定有一个勤快的男人和一个爱干净的女人。

迎接我的是一只黄狗。这是一只土著狗，个头不大却极凶相，身体伏地作引满待发状，恶恶地对我低吼。我进退两难时听到一个苍老的声音说："狗，回来。"黄狗便乖乖地回到靠西墙的一棵椿树下。这时我才看到椿树下还坐着一个头发灰白的老太太。我迟疑了一下，走到老太太跟前。她一动不动，面无表情，仿佛一件陈年旧事，仿佛一本发黄的农家历书。

我问："老奶奶，林自立呢？"

老太太说："俺哩鸡？找食儿吃也。"

我问："是林自立家吧？"

老太太说："鸡不上架？天不黑也。"

老太太耳聋了，似乎眼也盲了。我只好点一支烟，到猪圈前看猪，到羊栏前看羊；我看猪猪也看我，翘着嘴哼哼，我看羊羊同样扬起头看我，错开嘴咩咩。老太太依然一动不动，黄狗则狐疑地监视着我。好在时间不长林自立夫妇就从地里回来了，一人肩头扛一把锄头一捆草。我迎上去，不知该接谁肩头的草捆。

我说："老林，我来你家吃饭啦！"

林自立愣怔好一会儿，才认出我来，撂下肩头草捆，转身就走，口中说我打酒去。我追着说，你别麻烦，老林，我不会喝酒。林自立又转身，说看我瞎迷糊，你坐，你坐。进屋抱了一个大西瓜出来，放在当院的水磨石桌上，又进厨房拿刀。我迎过去接刀，说自己来自己来。林自立不和我争，说刘同志你别客气，交刀与我，就自顾出了大门。我呆立了一会儿，又把刀送回厨房。倒不是我客气，实在是没有一点吃西瓜的欲望了。

林自立媳妇果然是一个干净利落的女人，长得也好。我想她既然有那么大的闺女，起码快40岁了吧，却仍然线条鲜明柔润，岗是岗洼是洼，特别是她那怀揣两座小山丘似的胸脯，可以让任何男人眼冒火光，心跳不止。看她干活像舞台上的艺术表演，摘菜洗菜切菜绝对没有逗号或顿号，轻巧自如流畅若行云流水一般。我甚至不敢插手帮忙，我害怕打乱她行云流水似的节奏，害怕暴露出自己的笨拙。

我说："大嫂，我给你帮忙吧。"

林嫂说："不也不也，城里人哪能干这个！一会儿花妞就回来了。"

我说："大嫂，太麻烦你了。"

林嫂说："你能来俺家，真是天上掉铜锣，俺捡了个好大的面子也。"

说着院子里就有了声音，脚步的声音，放农具的声音，舀水洗脸的声音。林嫂喊，花妞！屋外应，就来。不一会儿花妞进来了。我想这就是林自立说的大妞了。闺女家家的，我不敢多看，仓皇瞄了瞄，感觉和她母亲的身条有点儿相似，只是更加健壮，肤色似乎没有她母亲白净，但更显得红润鲜活。林嫂说，没见过世面，见了客人也不打个招呼。花妞就对我一笑，反而笑得我十分窘迫。我听林自立说他家二妞比大妞长得好看，就想看一看二妞。直到吃饭的时候二妞才从乡中学放学回来。二妞果然比大妞长得苗条白嫩，然而在我看来却比大妞少了一点健康和丰润。

吃饭的时候天已经黑了，林自立也不能喝酒，我们就很随意。餐桌上除一盘炒鸡蛋外，其余都是刚刚从菜园采摘的时令蔬菜，番茄、辣椒、荆芥、豆角，新鲜无比，非常爽口。林嫂有时进来，站着说几句客气话，笑笑地看着我们吃喝，却不肯就座。农村风俗，妇人是不兴陪客的，我也就不多勉强。

我随便问："你们村的支书是谁？"

我感觉气氛冷了一下，也许仅仅是我的感觉。

林自立说："赵正中。"

我搜寻浅层次的记忆。我来淇南乡后曾开过几次村支书座谈会，也跑过一些村，大多数村的支书我都有印象，能够对号入座的却不是很多。

我说："是不是一个外号叫'老枪'的？挺高挺壮的，就是眼斜？"

林嫂说："不光眼斜，心也邪得很。"

林自立说："当着刘同志的面，你娘儿们家瞎叨叨个啥也？"

林嫂说："我瞎叨叨，你不瞎叨叨，你那样怕着他，敬着他，他还不是照样拿捏咱……"

林嫂的嗓音忽然就有些哽咽，泪水也止不住流下来。林自立有点儿不知所措了。

林自立说："刘同志，你看你看……"

对林嫂说："好吧好吧你说你说，你说够了我再来。"

对我赔笑："我先去给牲口添一些草。"

这个时候我才看出来，这个家庭的真正当家人不是林自立，而是林嫂。林自立一走，林嫂就落落大方地坐到我的对面，先给我赔不是，再向我敬酒，然后一边劝酒劝菜一边给我讲她家里的事情。

林嫂十八岁那年就嫁给了林自立。林家在小车赵是独门独户，又是一线单传，她攒着劲想给林家生个儿子，谁知一连生出两个毛丫头，第三胎让计划生育给"计划"了。咋弄也？总不能让林家绝后呀！唯一的办法就是招女婿。现在院子太小了，没地方盖房子，就想换一处大点的宅基地。可支书赵斜眼儿就是不给批。全村谁家的宅基地没有批？都批了，就林家一家不给批。赵斜眼儿说要批其实很容易，只要答应他说的那件事。不说你也知道是啥事！缺德事！赵斜眼儿说从她进小车赵，他看到她的第一眼的时候起，就想要她，非常想，非常非常想，非常非常非常想，非常地他趴在别的女人身上也得想着她，要不就不中。一次她在玉米地锄草，被他从后边冷不防撩倒了。她又推又咬，拼命反抗，他看她以死相拼，只好悻悻地走了……

林嫂眼泪汪汪地说："你别笑话俺，俺是看你是好人，才给你说这么多话。"

我说："你怎么知道我是好人？"

林嫂说："你要不是好人，你就不会到俺家吃饭。"

没有想到他们判断好人和坏人的标准竟是这样简单，这样朴素，我到他们家吃了一顿饭就吃成了一个好人，我甚至有点儿感动。我想，人家既然把我看成一个好人，我就要想办法给人家办一点好事。

## 六

丁铁梁提前来了。丁铁梁就是丁老铁，丁铁梁摇身一变成了前丁庄的支部书记了。前丁庄支部改选，丁铁梁得票最多，就是说丁铁梁推翻了丁国庆当上了村支书。

丁铁梁提前来是为了向乡里要钱，向乡里要钱是为了修村里的小学校。小学校的教室实在是不能再将就了，随时都可能会塌下来。

曹天福大光其火。

曹天福说："丁铁梁，你上台第一件事就是来要钱？"

丁铁梁说："我上台第一件事是要修小学校。"

曹天福说："修小学校你找我干什么？我有钱？我又没有开银行，我又不会印票子！我有钱？你前丁庄一年给我交几个钱？你丁铁梁还不如丁国庆，丁国庆起码没有找我要过钱，丁国庆起码没有把困难上交过！”

丁铁梁就拿出黑烟让曹天福吸。

曹天福说：“球也！一吸一嘴牛屎味儿。”

再补一句：“吸多了嘴能变成牛屁眼儿。”

丁铁梁就笑了。丁铁梁笑着说：“书记你不吸我自己吸。我吸了20多年了，嘴还是嘴，也没有变成牛屁眼儿。”

“曹书记，丁国庆知道自己要下台，现金变成了一把白条子，一分钱也没有留下来。让村民集资吧，丁国庆已经以修学校为名，向村民摊派过四次了。我们实在没辙了，才来找乡里想办法。”

曹天福说：“其他方面的工作乡里都可以支持你，除了钱。”

又说：“丁铁梁，俗话说新官上任三把火，你应该漂漂亮亮干成这件事，登台就来一个碰头彩，这样你脚跟就站稳了。”

办公室主任来叫曹书记开会，说是24个行政村的村长和支书，除了没来的其余的都到齐了。

会议室乱糟糟的。支书村长们大都敞着怀，有的干脆光着膀子；褪掉鞋，然后光脚蹲到凳子上；抠脚丫，吐痰，擤鼻涕，可嗓门笑骂，响亮地放屁；差不多人人嘴上都长长短短黑黑白白叼着烟，几十缕烟雾升腾着；屋顶的吊扇像一台功能不全的搅拌机，把烟草味儿、汗酸味儿、屁味儿、脚臭味儿不够均匀地通过呼吸道送进你的肺腑。第一次参加支书村长大会时我非常不习惯，觉得他们连乌合之众都不如，简直一窝地富反坏土匪狗汉奸。现在习惯了，习惯了就觉得他们其实每个人都有每个人的可爱处。他们之中多数人管理一个村基本上还是称职的。

曹书记讲话的时候，我用目光在全场里寻找着小车赵的书记赵正中，同时胡乱想着人的名字与体形相貌间的默合或滑稽处。比如丁铁梁长得铁头铁脑的，浑身一统铁乌色，名字就起得很贴切。可是像小车赵的支书赵正中就扯淡了，明明是斜眼，却偏偏叫正中。其绰号“老枪”就多少有点学问了。枪老了，总是瞄不准；也许另有其含义。因为他们之间开玩笑把男人的那东西也叫枪，不知是“老旧的枪”还是“老辣的枪。”

我看到了赵正中，他坐在阴面第二个窗户下。

我在考虑等一会儿该怎样说服赵正中。曹书记讲了些什么我基本上不知道，尽管他每次问我“刘作家你说对不对”时，我都旗帜鲜明地回答说“对对对”。

一散会，支书村长们就争先恐后地往外涌，互相打招呼，亮着嗓门开玩笑，吆吆喝喝进厕所，把水管开到最大，“哗哗哗”地冲脚冲凉鞋，一时间，乡政府大院里仿佛到处都塞满了支书和村长。

我回到党建办公室，杀开一个西瓜等着赵正中。赵正中倒也不客气，吃了几块西瓜，吐了我一地西瓜籽。他把最后一块瓜皮从窗户扔出去，扯过我的毛巾抹抹嘴，掏出一盒好烟，自己先抽一支，然后很大气地扔到我面前。

他说：“哪村的屌西瓜？不甜。”

他面向着我。他面向着我的时候目光是对着门的方向。

我说：“前两天去了一趟你们小车赵，是无意间散步散去的。”

他说：“怎么没有找我也？我家里可是有好酒。”

我说：“认识了你们村的林自立。”

他说：“是认识了林自立的老婆吧？”

他笑了。他笑的时候脸扭向窗外，他面向窗外的时候目光正好对着我。他笑得歪不叽叽的、骚不叽叽的、酸不叽叽的。

我说：“我找你有正经事。”

他说：“我是和你开玩笑。”

他又面对着我，他面对着我的时候目光又转向门口。

我对他谈了林自立家里需要宅基地的事。我说男到女家落户是婚姻法所提倡的，对落实计划生育政策，控制人口增长也有好处，何乐而不为呢？他说你说得非常对，只是，只是小车赵没有男孩的不只他一家，我是怕，是怕“凉粉摞鸡蛋，一碰乱动弹。”何况，何况……

我说：“何况什么呢？”

他说：“村民对他女人有点看法，说她在娘家就有相好，说她的大妞就不是林自立下的种。要说其实也没啥，漂亮女人嘛，刘作家你说是不是？”

他的脸又扭向窗外。他的脸对着窗外的时候目光又正好对着我。

我心里感到非常不舒服。你想想，他面向你的时候眼睛却看着别处，他面向着别处时眼睛却看着你，你心里能舒服？这不是乜斜的目光吗？这不是讥讽的目光吗？当然，我非常清楚这是我的错觉，事实并不是这样的，这是人家生理上的缺陷造成的，可心里就是不舒服。

我站起身，我站起身是想变换我们的相对位置。

他也站起身，他站起身是要向我告辞。

他说：“既然你刘作家说了，村里边还是要尽量考虑解决的。”

他走了，步子很雄健，从背后看，倒真是一条北中原哺育出来的男子汉。

# 七

县纪委书记田茂恩来了。上边的领导(主要是县市领导,省以上的领导难得光临)经常来,有时候一天能来两拨甚至三拨,吃也好拿也好,这都属于"正当防卫",上边千条线,下边一根针,上边那么多部委局办,那么多红头文件,千头万绪都要穿过这个乡级小针孔,让工作落实到大地上。不太一样的是纪委书记田茂恩到来之前没有打招呼,一般情况下,领导下来检查工作是要提前打招呼的。

气象部门预报,今年夏季降雨量超常,防汛任务艰巨,因此上边每次开会都要强调一下防汛工作,乡里每次开会也都要强调一下防汛工作。然而老天好像故意在和科学作对,近一个月来,别说是下雨连云彩都少见,天天艳阳高照、如火如荼、轰轰烈烈。这两天依然是晴天,气温却突然下降,三伏天竟有点凉气袭人的味道,淇河上游下了大暴雨。县防汛办通知,上午10点左右第一号洪峰通过淇南乡境内。

早点名之后,开了乡党委全委会,散会后曹天福要开车(他经常自己开车)上河堤,同时检查一下东见水、西见水等几个临河村庄的防汛工作。这时候,一辆黑色的"标致"驰进乡政府。曹天福烦烦地说不知又是哪路神仙下界了。当看到从黑"标致"中往外钻的是县纪委书记田茂恩时,曹天福就不再等田茂恩整体钻出来,很及时地把车开走了。

车开出淇南街,曹天福的手机就响了。曹天福一手扶方向盘,一手握手机,嗓门很高:"嗯,是我。什么?田书记来了?来了好也,来了说明县纪委关心我们的工作。我说小冯,好好招待田书记,你再找找朱乡长,中午多让田书记喝几杯。好,中午我尽量赶回去。"

曹天福关掉手机,很专注地开车。

我就想起了前些时那个光头青年,想起他让我转给曹书记的那封信。我揣度田书记的到来八成和那封信有关,就问曹天福。

曹天福说:"什么信?你说什么信?"

我说:"我亲手交给你的那封信,田书记给你的那封信。"

曹天福说:"你可没交给我过什么信。刘雨点同志,你是不是在编小说?"

我说:"7月19日晚上,你住我的房间,我住你的房间。一光头青年交给我一封信,县纪委的信,上写'面交曹书记'。7月20日上午8时,我把信交到了你手上。曹天福同志你想要赖吗?我可是每天都写日记的。"

曹天福哈哈大笑："看来是我记错了。瞧我这猪脑袋，一干二净给忘了也，一点影子也没了也。"

我也笑着说："还是让我记错吧，好让你去糊弄田书记。"

曹天福又是一阵大笑："不愧是作家，具有敏锐的观察力和丰富的想象力。"

从西见水开始检查，沿淇河一个村一个村向东进，路过一个村我们的车上就多一个村支书，开往最后一站东马固村时，车后边竟然挤了五个村支书。"桑塔纳"本来空间就小，挤得他们一个一个直叫唤。曹天福很恼火，走一路骂一路，因为他们大都没有把防汛工作当回事，好点的买了一些编织袋准备临时装土用，像西见水就连一点准备也没有。因此，这时候曹天福看着支书们被挤得叫唤很开心，故意忽左忽右急打方向盘，忽快忽慢专拣凸凹不平的路面跑，阴谋把他们的屎尿给挤出来。

10点半钟，曹天福领着六个村支书来到淇河边的时候，正赶上第一号山洪泻下来。混浊的河水无声无息，却眼看着得寸进尺地往上涨。河水中漂浮着杂草、灌木、玉米秆儿、青豆秧之类，患难与共似的连成一片或抱成一团。不一会儿，河道涨满了，先漫上河边的草地，又漫进河滩的玉米田。不足一个小时，原本十来米的水面宽成了几十米，颇有浩浩荡荡一泻千里的气概了。正午时分，河水不再上涨了，我们八个人站在河堤上，直到下午一点时才往回走。曹天福还是有点不放心，不敢直接回乡里，就拍东马固村的支书马有光的肩膀头。

曹天福说："想吃玉花的手擀面条也。"

马有光说："回家让玉花给你擀。"

早就听说马有光老婆的手擀面条是淇南乡一绝，今天总算是有机会尝一尝了。不想其他几个村支书都馋不叽叽地插了言。

一个说："我也想吃玉花的手擀面条也。"

一个说："我也想吃玉花的手擀面条也。"

一个说："我们都想吃玉花的手擀面条也。"

一个说："马支书，我们一起去，玉花受住受不住？"

马有光说："玉花受不住。她一看五个儿子一起来了也，还不高兴得死过去。"

一个说："活过来就轮流让我们吃蜜蜜（奶）。"

曹天福说："打嘴仗你们一个比一个有能耐，算什么能耐？能让村里致富才叫真本事。你们几个今天就免了，想吃玉花的手擀面条改天吃。回去就立即组织人上河堤，分班巡视，水火无情，马虎不得。今天我之所以把你们六个召集在一起，因为你们六个村的土地是连在一起的，不能一荣俱荣，却能一损俱损，无论哪一村出问题，受害的可是你们六个村。”

刚在马有光的家里坐下来，曹天福的手机又响了。曹天福打开手机说：“我是曹天福。我在河堤上。不是让你找一找朱乡长吗？找不着？关机了？那你陪田书记耐心等一会儿，我尽快往回赶。”

吃了马有光老婆的手擀面条，我们三个又返回到河堤上。看到河堤上已经有人巡逻，看到淇河水确实没有再上涨，“桑塔纳”才驰上回乡里的路。回到乡党委，纪检书记田茂恩果然还在耐心地等待着曹天福。

田茂恩笑得不大好看，显然肚子里憋着气。

田茂恩说想和曹天福单独谈一谈。

事后听说，冯纪检和我一离开，田茂恩就摆出一副很纪检的面孔，很纪检地说：“曹书记，咱们都是共产党员不？”

曹天福就笑笑地说：“你今天是怎么啦田书记，有什么事情就摊也，你还不了解我曹天福？”

“那好，我也最喜欢直来直去。”

田茂恩打开公文包，拿出一封信放到曹天福的桌子上。

是一封举报信，举报淇南乡党委书记曹天福向各村大量索取时令土特产，除自己享用外，还向县市领导行贿。单是今年瓜季，就已经向胡楼等村索要西瓜五千斤以上，凡是来淇南乡检查工作的领导，曹天福都要送西瓜。曹天福不但自己腐败，还腐蚀上面的领导干部，曹天福的恶劣行为严重地损害了党在人民群众中的威信，强烈要求上级领导查证落实，严肃处理。

落款是：淇南乡胡楼村村民。

院子里响进来一串“突突突”的马达声，像是一辆小“奔马”运输车。

曹天福很认真地看完了举报信，依然笑笑的。

曹天福说：“事实部分基本上不错，你看，墙角的西瓜就是村里送的。只是有些地方用词不当，有些地方不够准确。比如，把‘大量’‘凡是’这类词删掉，把‘向各村索取’改为‘有些村干部送或强送’，就比较准确一点了。”

田茂恩早就看到了墙角的西瓜。田茂恩点上一支烟，面部肌理就疏松了一些。田茂恩说：“我们县委一贯是爱护干部的，不会轻易处分一个干部。再说咱们的关系也还是不错的，所以呢，收到举报信后我就先来和你通通气，看怎样妥善解决一下，而没有直接派人调查，一派人调查，不管事大事小，对你曹书记的影响就不好了。”

院子里有人喊:“都出来抱西瓜!”接着走廊里响过来“腾腾腾”的脚步声。门被猛地推开,胡楼村村长胡景仁和治保委员胡闹一前一后闯进来,一人挟两个大西瓜,把西瓜放到墙角也不招呼一下就走,大咧咧一派老朋友的架势。

曹天福叫住他们。

曹天福说:“谁让你们送西瓜的?”

胡景仁说:“嗨,吃也!吃了总比烂了强。”

曹天福说:“好你个胡景仁,村长给乡里送西瓜,村民到上边去举报,你们合伙挖个陷阱让我老曹往里跳也!”

胡景仁一愣一愣的:“曹书记别开玩笑了,俺村的村民才不会干这种事。”

胡闹翻卷背心抹一把脸上的汗,说:“就是。俺村的村民还让俺们给乡里多送些。他们说:送!给龟孙们送!撑死个龟孙!谁让龟孙叫咱们种这么多西瓜,也不帮咱推销,吃也吃不完,卖也卖不掉!”

曹天福又想恼又想笑,恼不得又笑不得地看着两个村干部出了门。此地老百姓对一些看不惯或深恶痛绝而又无可奈何的事情,其仇恨态度,往往表现为调侃的(也可以说是恶毒的,视语气而定)语言表达形式,譬如一谈起社会上的吃喝风,他们也会说:叫他们狠吃!吃死个龟孙才好也!撑死个龟孙才好也!最终曹天福也没有恼也没有笑,起码没有显露在表情上。

曹天福说:“田书记你都看到了,我没有向村里索要,他们送西瓜的目的是给我们施加压力,是对我们不满,是想撑死我们。”

田茂恩笑了。

田茂恩说:“刚才我就说了,我这次来只是想和你曹书记通通气,打个招呼,也顺便看看托你曹书记的事办得怎么样了。”

曹天福迷迷瞪瞪的:“托我办的事?啥事?”

“不就是安淇化工公司的事,经理是我的表侄子,要不我会管这淡闲事吗?人家辛辛苦苦赚几个钱也不容易,你们地税所一家伙就要人家交六万五,黑得很也!”

曹天福往自己头上狠拍一巴掌,好像拍西瓜,大有一拍两半的样子,惊惊乍乍说:“瞧我这脑袋瓜,怎么忘得一点影子也没啦!我这就问问地税所。”接着拿起电话,“嘀嘀嘀嘀”按了一阵,“喂喂喂喂”嚷了一通,最后做出一副无辜样子,无可奈何说:“操!这一次怕是不行了,下一次我一定让地税所关照一下你的表侄子。真是对不起也田书记。”

田茂恩脸上的笑意就凝固了，一凝固就有点冷冷的寒光透出来，这种变化跟水结成冰给人的感觉差不多。

## 八

雨终于下来了，

县纪委“关于西瓜问题”的调查组也下来了。一行三人，组长和我同姓，都叫他刘组长。这是淇南由公社改乡以来第一次进驻调查组，也就颇有反响。也许是我敏感吧，我发现经常不干工作的一些干部忽然积极了，一些原来沉默寡言的干部谈笑风生了，一些原来与曹天福很亲近的干部忽然和曹天福保持距离了。曹天福倒是满不在乎，也没有给他们接风。对待上边的人，不到“杏林”吃上一顿这怕是第一次。

朱乡长本来已经上班了，调查组一来就又回家休养了。朱乡长解释说：“调查组早不来晚不来，偏偏我一上班他们来了，好像调查组是我弄来的一样，还是避避嫌也。”

雨不下不下，下起来就摆出一副打持久战的架势，“哗哗啦啦，哗哗啦啦”，偶尔停歇一会儿也是为了积蓄力量，以利再下。大院里积了一层水，开一片水花，水花败了结出水泡，大大小小的水泡随着水的流向漂浮，不时地破灭又不时地生成，让人体味生命之短暂无常。曹天福要去小车赵村，我就想到了林自立的宅基地，不知赵老枪批了没有，所以提出来和曹天福同去。

气温很低，我加了一件夹克衫也不感到暖和。

“桑塔纳”在雨中穿行的情状让我联想到潜水艇，或者水底的一尾红鱼。雨刮器刮来刮去也刮不清眼前的雨水，透过一层水汽，原野上的庄稼氤氲成了茫茫一片绿雾。

我说：“这雨!”

曹天福似有意又似无意，说：“刘作家你都看到了，下面的工作不好干。只要你认真去干，就有人和你捣蛋。现在把毛主席的话反着理解了，‘世界上怕就怕认真二字’，所以共产党的干部谁都不敢认真了，一认真就麻烦。都不认真了，就你自己认真，人家就觉得你有病，觉得你是个傻屌。”

我说：“你怕什么？通过调查组调查，不正好可以还你一个清白吗？”

曹天福淡笑：“刘雨点同志，你是幼稚还是老练？谁都知道，它可以还你一个清白，也可以泼你一身污水，还可以毁掉你的前程。”

说话间汽车就进了小车赵，我让曹书记在村中心停一下，我说我先去看一个熟人，然后直接去村委。曹书记看看我，目光中有一点诧异。我没有解释。

黄狗真聪明，只见过一面就记住了我，很乖地向我摇尾巴。

林自立在堂屋当门编草筐，林嫂坐在门口亮处做针线，两个闺女都不在家。见我冒雨前来，林自立很激动，又是接雨伞，又是搬凳子。林嫂对我笑了笑，我感觉她的笑容很忧郁。林自立让给我一支黑烟，说了几句这场已经下了三天的雨，之后就找了个借口出去了。林自立这人有意思，故意把老婆单独留给我，风格倒是挺高的。同时，我也再一次感觉到林嫂在这个家庭中的权威性。

我已经感觉到他们家的问题不但没有得到解决，恐怕连一点进展也没有。我问林嫂，果然林嫂苦笑着摇了摇头。

林嫂说："别替俺们操心了。赵斜眼儿的心邪得很，也硬得很，俺不答应他，他不会批给俺宅基地的。"

我无话，有点惭愧，心里就愈加恼得很。恼赵斜眼不是个东西，不是个玩意儿，什么党员，什么支书，简直是他妈的流氓无赖，简直是他妈的恶霸地主！恼赵斜眼不给我面子，你一个村支书连国家的正式干部都算不上，多大的官呀，大不了一个地头蛇！我要是有这个权，非他妈的拿了你不可！我当然知道我没办法对付赵斜眼，别说我，就是曹天福，就是县里，要拿掉赵斜眼也得掂量掂量。因为赵斜眼不只是在搞女人方面有魄力，在工作方面也有魄力，尤其是村办企业搞得有声有色，特别是饮料厂出产的一种枸杞饮料，说是滋阴壮阳，市场上供不应求。在淇南乡，小车赵是唯一一个免除村民上交提留款的村，而且在办学、修路、农田水利诸方面都是淇南乡的脸。不只人要脸，小至家庭，大至国家，中间包括各级政府各个单位都是要脸的，乡自然也是要脸的，淇南乡也不能没有脸。

林嫂说："要说，俺也不是什么金枝玉叶体，俺也没把俺的身子看得多金贵，只是和赵斜眼，俺实在不情愿，俺看见赵斜眼就恶心。要是俺看中的好人，俺就是把身子给他也没啥。"

我的耳朵很正常，绝对不会是幻听，真真切切是林嫂说的话，就在我们两人相对而坐的情况下，就在连阴雨把我们隔成了小天地的环境中。我当时的心态很难说准确，三分尴尬？三分紧张？四分激动？也许激动更多些。第一次见面林嫂不就说我是好人吗？此时此刻我的脑细胞活跃得就像闪烁的霓虹灯，我能听到我的心像擂鼓一样"咚咚"跳。只要我一句话或者一伸手，这女人就向我打开吗？就会发生一段"廊桥遗梦"式的艳遇吗？小心这会不会是一个陷阱，或者叫作美人计？不不不不！不可能，他们对你一点这样的必要都没有。你你你你你这次下来可是搞党建的，党建可没有这内容……

我努力让自己从春梦一样的境况中醒过来，我扭脸向门外看雨，看无休无止“哗哗啦啦”的雨，看雨中的枣树，看枣树下的积水，看水泡是怎样生成的，又是怎样破灭的，等一颗动如脱兔的心静下来之后，才又看林嫂。林嫂端端庄庄坐着，手中的针线活绵绵密密，看上去平静如水，清纯如水，她刚才说那番话时也是平静如水的，既不动情，也不羞涩。她那平静如水的神态让我想到黄河游览区“黄河母亲”的塑像。

林嫂停下手中的针线，说要给我擀瓜菜面条吃。我说不用了。我说我是和乡里曹书记一起来的，我得去村委会；我说宅基地的事，我还是要尽力帮忙的。林嫂说，你对俺家好，俺只有心领了。

曹天福和赵正中在村委会等我，在场的还有村长和会计。我一到大家就上车。村干部们坐他们的“奥迪”，我仍然坐曹书记的“桑塔纳”。我问去哪儿，书记说去吃饭。我连忙把林自立家需要宅基地的事给曹书记说了，又宣传男到女家落户的伟大意义。我的宣传还没有结尾，“奥迪”已经把我们带进了他们村办的枸杞饮料厂。陪我们吃饭的除了同来的村干部，又加上了厂长和会计，满满当当八个人。

我知道曹天福能喝酒，但从来也没有见他像今天这样豪饮过，来者不拒，碰杯必干。村干部厂干部个顶个都是酒布袋，不一会儿墙根就摆了四个空瓶。打开第五瓶的时候，赵正中问厂会计钱都准备好了吧，厂会计举举椅背上的黑皮包，说全在这里了。赵正中集中六个小茶杯，这第五瓶正好倒满六杯酒。赵正中起身面向我，我一阵紧张，忽然明白他面向我的时候目光其实看着曹天福，果然他自己面前留三杯，另三杯端给了曹天福。

赵正中说：“曹书记，赵正中敬佩你的为人！”

曹天福说：“一万块钱才一杯酒，不多也。”

两只杯碰得“当”一响，赵正中说了声“先喝为敬”，“滋儿”一声一杯酒就吸进去，倒转杯一滴酒也没有滴下来。曹天福一仰脖子也喝下去一杯酒。两个人你一杯我一杯就喝下去一瓶酒。赵正中拿过厂会计手中的黑皮包递给曹书记，说：

“曹书记，三万块全在这里了。”

曹天福说：“赵老枪，我今天来还有一件事要你帮忙。”

赵正中说：“曹书记今天外气也！”

曹天福说：“林自立家的宅基地你批了算球也……”

赵正中斜着眼睛对我笑一笑，那笑容在嘴角淡一下就又隐沉进去了，然而，我还是感觉到了他笑中隐含的浓烈的酸味和苦味：刘作家你可真有本事也，你三下两下就赢得了一个好女人，可我想要她想了18年！你无非是随意玩玩尝尝鲜，可我是从骨头缝里喜欢她！只要我天天能搂着她睡一觉，摸一摸她的大“蜜蜜”，我这个屌支书算个球，就是死了也值也！

赵正中说：“只要刘作家和我喝干三杯酒。”

他又打开一瓶酒，像刚才一样又倒满六茶杯，站起身，面向村长，他面向村长的时候目光正好看着我。在他说倒酒却没有掂酒壶而是又再开启一瓶的时候，我的心就开始发毛了，这时候他那目不转睛的斜眼在我看来无异于一孔黑洞洞的枪口。真的，当他举起酒杯说一声“刘作家，赵正中我先喝为敬了！”接着一饮而尽的时候，我真的想到了死。喝酒喝死人已经不是一例两例了。我们单位就有一个。像我这样一个二两酒就能撂翻的人，一口气喝下去半斤酒，谁能够保证我不死？

我说：“我我我我真的不能喝酒。”

我把求救的目光转向曹书记，我想我当时的目光一定很可怜。

曹天福说：“赵老枪！”

赵正中只把斜眼准准地罩着我，一动不动站着。手中的杯子倒举，滴酒不剩。

曹天福无奈说：“刘作家，我没办法帮你了。”

我被逼到了死角，我没有退路了。我说过的话我不能再吞进去，我毕竟是一个男人，我毕竟是一个真正的男人。一股英雄豪气忽然间贯满我的胸膛。我想，那些视死如归的英雄好汉，一定都是在这种没有退路的情况下英勇就义的。

我喝下去了面前的三杯酒，颇有点英勇就义前的悲壮。

“你刘作家是好样的，我赵正中赵老枪赵斜眼是狗球乌龟王八蛋！”

朦胧中，我还能看到赵正中斜眼中的泪波涌动；混沌中，我还能意识到他的泪不会是为我的豪气所感动，一定是为他自己疯狂地渴望得到一个女人却得不到而伤心。肚腹中翻江倒海般的难受催促我踉踉跄跄跑出餐厅，我的口腔和食道构成了救火车上的高压水龙，胃囊中已经变味的酒水汤菜喷射而出。在“哗哗啦啦”的雨中，我先是弯着腰，随后蹲下去，呕吐不止，晕晕眩眩看着雨水把我面前的秽物稀释，冲走。曹天福一帮人跟出来，把我扶进去，扶着我漱口，喝茶，后来又把我扶进汽车。在躺进汽车之前，我就进入了一种似醒非醒的境界，我能够依依稀稀记得当时乱糟糟的场面，依依稀稀记得赵正中趴在桌子上“呜呜”地痛哭。

昏昏冥冥有天无日坐车如乘船。汽车刹车,我几乎从座位上栽下来,还是轧死了一只鸡。村民黑压压涌上来。我说有规定的轧死鸭赔,轧死鸡不用赔的。村民说你就是轧死了一只鸭。我看看地下果然是一只鸭。我说刚才还是一只鸡怎么变成一只鸭了?是你们偷梁换柱。村民们就推我,还"一二三、一二三"地喊着号子。我被他们推醒了。

我感觉我的身体一荡一荡的挺舒服,我慢慢睁开眼睛,慢慢辨识出自己是睡在汽车里。车身伴着"一二三、一二三"的号子声像秋千一样簸荡,号子声溶在铺天盖地的雨声中显得很遥远。汽车陷进了一个泥坑中,听声音像有七八个村民在推车。我想我应该下车,就是不能帮忙,起码减轻一些重量,就想坐起来。这时我才感觉到肚腹中空空荡荡的难受,脑袋一动就一扎一扎地疼,好像里面睡着一只小刺猬。我问李师傅,这是在哪儿呀?

李师傅说是在前丁庄村头。

好在汽车很快被推出来了。曹天福一身泥水上了车,又招呼支书村长他们也上来。丁铁梁说不坐,就几步路,反正已经淋透了。

汽车开进了前丁庄的小学校。其实根本不能说开进去,因为土垛的院墙已经倒得像遗址。七所房子有六所已经极破旧,特别是最后面的两所,墙根的砖被雨销风蚀得陷进去,手一抠就会落下一撮碎末末,房顶上杂草从断瓦间长出来,又把断瓦埋进去,在这样的雨中竟然没有倒塌实在是一个奇迹。室内的情景更不忍目睹,正在上课的女教师戴着草帽,面前破旧的讲桌上放着两个接漏的脸盆;学生有的戴着草帽,有的穿着雨衣,为了避开漏雨坐得乱七八糟的。

曹天福对刚刚赶到的支书、村长和会计说:"马上停课搬出去。能找一个安全的地方上课更好,找不到就暂时放假。"

丁铁梁说:"先搬到村委会。"

曹天福把手中的皮包递给丁铁梁,说:"这里是三万块钱。你让会计给我打个借条,就写'今借到小车赵村委会现金三万元整'。再不够你们自己想办法。"

回去的路上,曹天福歪着脖子死睡,"呼噜"打得气势恢宏。无边无际的雨声覆盖着北中原,紧一阵慢一阵,时而"噼噼啪啪",时而"哗哗啦啦",时而"轰轰隆隆",大气磅礴,和曹天福的鼾声组成一曲雄浑的交响乐。

从车内的反光镜里,我看到曹天福嘴角的口水扯得很长很长,像胶水一样很有粘连性。

## 九

淇河水很大，但一直没有出现险情。雨下到第七日终于停歇下来。乌云时开时合，有点想放晴的样子，偶尔露出久违的太阳，金光普照，给人的感觉又新鲜又亲切。

只是气温依然低得反常。

星期五下午，市委党建领导小组和县委组织部召开党建工作汇报会，散会的时候天又阴了。

黑云压城，雨星如雾。曹天福亲自开车来县城接我。曹天福说咱们乡条件太差，生活太苦，委屈作家了，今天晚上咱们改善改善生活。我知道曹天福所谓改善改善的内容，我说算了吧，你看这天，我总觉得今天夜里有可能出事。曹天福说天怎么啦？天阴得再重也不会塌下来。

曹天福已经在“东坡酒楼”订好了一个雅间。雅间很大，一边作餐厅，一边是迪厅，套间里面是休息室。我原想曹天福约请的还有其他客人，没想到我们一坐下曹天福就让侍应小姐上菜。我们两个人坐在这么大的雅间里就显得格外空洞无物，大而无当。面对这种大而无当的奢侈，我心里隐隐滋生出一种不安和愧疚，就吃也吃不出滋味，喝也喝不出乐趣。曹天福仍然有说有笑，对侍应小姐说小白，来陪刘作家喝两杯。我忙说不用不用。白小姐说曹书记你不知道我不会喝酒？曹天福说你去叫小黄过来。白小姐出去不一会儿又领来一位小姐，自然是黄小姐了。看这架势饭后一定还要唱歌，还要跳舞，要不曹天福订这么大一个雅间干什么？我的心里愈加不安。咱无钱无权，还没有被小姐“三陪”过，弄不清楚这样子叫不叫“三陪”。黄小姐之后又进来一个很像酒楼经理的男人，曹天福一介绍果然是经理。经理说，曹书记俺们又是老同学，又是老战友，刘作家一定要玩好玩痛快，今晚上算是兄弟我请客。

经理的几句话让我心安了一些，再加上两位小姐长得都还算有点味道，又小鸟依人，跳舞的时候喜欢小猫一样往你怀里偎，不一会儿，我所剩的那点心理障碍就在这音乐和舞步中彻底融化了。

若不是淇河有险情，我们绝不会十点半就往回返的。10点半钟，曹天福接了一次手机，便立即向两位小姐和酒楼经理告别。我们走出酒楼的时候，天穹若熔铅欲坠，大风无声无形，却有千钧之力，一排排大树像被一种无形的重物压着，静止成一律的倾斜状态；雷声“轰轰隆隆”又沉又闷，似被密封在云中，似被压抑在地下。我闻到了腥风血雨的味道，我体验了天塌地陷的前奏。

一路几乎无话。茫茫无边的黑夜中，在大自然沉下脸来的时候，我们的“桑塔纳”更显得微不足道，就像一粒小小的甲壳虫，两道灯光就是它的触须。忽然一道闪电，把天空和大地映成刺目的紫色。我第一次看到这种紫色的闪电。紫得让人心寒胆战。雨，下起来了。雨来得并不暴烈，但雄浑沉实，遒劲有力。大地“轰隆隆轰隆隆”地震动，“桑塔纳”像在无数条皮鞭的抽打下挣扎着前进。

曹天福用手机要通了乡派出所。当我们回到乡党委大院的时候，派出所所长和四名公安已经坐在他们的“警面包”里等着了。曹天福让我回房间休息，说他们得去对付他妈的洪水了。在这样的风雨之夜，躺在温暖的被窝中，听着窗外的风声雨声入眠，真乃人生一大享受。然而我还是决定放弃这一享受和他们同往，这种人生体验不是随便能够遇到的。

“警面包”冲破风雨在前边开道，“桑塔纳”紧随其后。我是第一次经历这种事情，心里难免有几分激动和紧张。我不明白曹天福为什么要带上警车和公安，我们是防汛抗洪的，又不是去侦破案件或者抓捕罪犯的。然而当我们赶到东马固村界的河堤时，我便明白了曹天福的用意。

从西见水村开始，沿淇河河堤东进，逐村察看，当我们赶到东马固时天已经放亮，灰蒙蒙可见雨流如注，天和地水汪汪一片混沌。

放眼淇河，洪流滔滔，不见边际，在隐约可见的漂浮物中，麦秸垛就像水泡一样顺流而下。水面距堤面不足半米，洪流拍岸，浪花已经溅上堤面，然而竟然没有人在加固加高河堤。河堤上乱糟糟的，村民们有的在堤上，有的在水中，推的推，拽的拽，正在奋力打捞洪水从上游冲下来的箱柜梁檩。村支书马有光喊喊这个，叫叫那个，指挥不动一个村民，看到我们，就像受人欺辱的孩子见到了爹娘一样呜呜大哭。

马有光哭着汇报说：我们村有个老根爷，今年已经 95 岁，说还没见淇河开过口，因此村民们对防汛工作根本就不重视。今天黎明，从上游冲下来一根好大的房梁，我不让人去捞，可大马猴弟兄四个硬是下水捞了上来。曹书记你也知道大马猴四兄弟是东马固的光棍，谁都不怕也。你们看就是那一根，起码值五百块。村民们一看，个个都红了眼，会水的都纷纷下了水……

“操他妈！”曹天福恶狠狠骂了一句，让派出所所长拉响了警车上的警笛。警笛声冲破“哗哗啦啦”的大雨声和“轰轰隆隆”的洪水声，像厉鬼一样把水中的村民揪上了河堤。马有光把他们喊到了一起，请曹书记讲话。

曹天福登上一个不知谁打捞上来的大木箱，居高临下说：“你们看看洪水涨到了什么地方？睁大眼睛看清楚一点！你们竟然还有心捞水中的东西。这水中的东西是哪儿来的？是大水冲毁了上游的村庄，冲毁了他们的家园，冲走了他们的财产家业。现在你们再不加固加高河堤，你们自己的家就要被冲毁了，下游的人就要捞你们家的东西了，你们竟然还有心捞别人家的东西！听说你们村有个老根爷，说是活了95岁也没见淇河开过口，那是他小时候不记事。县志记载，他出生那年淇河就决了口，方圆百余里房屋倒塌，死人无数。现在是什么时期？紧急时期！特殊时期！你们都看到了，公安和警车都在这里，谁要是不服从指挥，立即逮捕，谁要是搞破坏活动，就地枪毙！关所长，把家伙亮出来让他们看一看。”

关所长掏出手枪，向着蓄满雨水的天空连开三枪，“叭叽——叭叽——叭叽”，枪声立马湿淋淋浸成水音儿。

曹天福接着说：“我曹天福也没有这个权力，也没有这个胆量，这是特殊时期上级的特殊命令。现在我宣布：第一，无论谁捞出来的东西，无论捞出来的什么东西，任何人不准据为己有，以后有人来认领就物归原主，无人认领一律给村学校。第二，从现在开始，大家务必同心协力对付洪水，加固加高河堤，不许请假，更不许无故离开，饭由村委统一安排。第三，各村民组清点一下人数，如果不齐，由公安人员陪同回村叫人，谁敢不从，立马押上警车！”

曹天福停顿一下，问：“有没有人不服？”

没有人敢不服。

曹天福大步走下河堤，带头扛起了第一个沙袋。东马固几百号村民沿河堤散开，装的装，扛的扛，没有人说话，一个个干得都很卖力。

我一直觉得曹天福这一次的讲话是信口雌黄（往好处说也可以叫随机应变），后来我问他，他哈哈大笑说，什么县志记载淇河决口，什么特殊时期特殊命令，球也，都是我现编现卖。你不知道，刘作家，这里的老百姓吃硬不吃软，你和他们讲道理，他蹬着你的鼻子上你的脸，你吓唬他们一通，他们才会老老实实服从你。你们整党建党不让我们作风粗暴，球也，真要是和风细雨，你啥也弄球不成。

## 十

持续了十几天的低温降雨天气过去后气温有所回升，只是再也没有大热起来，就像一个年富力强的人大病一场，阳气受损了。然而秋庄稼该成熟的还是要成熟，无非是早几天迟几天罢了。比如大片大片的玉米林，腰间硬邦邦的大棒槌就一日日饱绽，满嘴的红胡子干成了黑褐色；比如一株株修直挺拔的高粱，穗子也开始红了，先是少女思春式的不好意思的羞羞答答的红，忽然就火焰一样一朵朵红透了，迎朝阳，送夕阳，热热闹闹烧红了北中原。

我没有想到林自立媳妇会跑到乡政府大院来找我。

头天晚上县纪委“西瓜问题”调查组的大刘、小杜和小周拉着我打了一夜牌，中午又喝了两杯酒，一觉睡到了四点半，感觉真幸福。调查组除了大刘在县纪委工作，小杜和小周都是从其他部门临时借调的，而大刘也是个明白人，他压根儿就没打算调查出个什么子丑寅卯来。这样时间不长我们就混成朋友了。翻翻身又懒懒地闭上眼，脑袋里什么也不想，脑袋里什么也不想的时候真幸福。

这时候林嫂敲响了我的门。我没有想到会是女人来找我，更没想到是林嫂。我的刚才还是一片空白的脑海中忽然就浪花涌溅，想入非非，种种层次的可能性成为诱惑你前进的航标灯，像妖精一样富有魅力。我只穿着一件短裤，我慌慌地穿衬衣的时候我甚至想林嫂可能会从身后拥住我，我甚至品味着林嫂那饱满的乳房贴在我后背时的滋味，我甚至有意放慢穿衣动作等待着。我当然知道各种可能性其实都是不可能发生的，当我穿好衣服转过身来的时候，只会看到林嫂静静地站在门口，眼角和嘴角浅漾着亲切祥和的笑。

林嫂说：“俺妞她爹是个窝囊菜，让他请个客人也请不到。”

林自立上午来了，说他们家的宅基地终于给批了，说他们家的宅基地要了几年也要不下来，多亏我从中帮忙才批了，因此特意请我去吃饭。倒不是我不想去林嫂家里吃饭，我一贯觉得吃这种谢饭非常没意思，再加上中午确实有事情，就没去。

我说：“我中午确实离不开。”

林嫂说：“今天晚上去。”

其实我仍然不想去，可是我竟然抵不过林嫂的诱惑力，我竟然说不出一句婉言谢绝的话。

林嫂说：“叫不叫支书、村长？”

我去不去呢？不去什么都不说了，要去呢当然是不想叫支书和村长，多叫一个人就多一份应酬，多一份客气，多一份微笑，挺累的。何况，我一想到赵正中斜着眼睛看人的情状就觉得别扭；何况，赵正中的酒量和喝酒的方式实在叫人害怕。一想到赵正中，上一次呕吐的痛苦滋味马上就从肠胃翻上喉头。

看我迟疑，林嫂说："不叫了吧。"

我说："林嫂……"

林嫂说："我先走也。"

我没有谢绝可是我也没有答应啊。林嫂竟然就走了，林嫂竟然一点也不担心我不去，太自信了啊。我点上一支烟，想想刚才的情景，林嫂语气轻轻的，其力量怎么就像下命令？你在市里什么样的饭没吃过？什么样的女人没见过？为什么这样没成色？难道是久居乡里久未和妻子相聚的缘故吗？

我又看了一会儿书才走出乡政府，在路上有意走得很慢，有时还站下来，尽情欣赏北中原醉人的秋色。

率先迎接我的是黄狗。林自立正在夕阳下杀鸡，见我进门，举着一把血淋淋的刀冲我笑。我听到一串类似豫剧乐队中敲边鼓的声音，一定是林嫂在厨房切菜，只有林嫂才能切出玉盘丢豆子一样好听的声音。和林自立说了几句话，我就走进厨房。我喜欢看林嫂做饭，林嫂的厨房似乎就是舞台上的布景。她那种意到手到、虽动犹静的操作实在叫人赏心悦目。

林嫂说："坐那给我烧火吧。"

我说："我不会烧火。"

林嫂说："好烧。人要实心，火要虚心。"

我便坐下烧火，浓烟从灶口汹涌而出，立时充满了厨房。

林嫂说："你不是在烧火，你是在熏獾也！"

这顿饭林嫂是有准备的。林嫂到乡里叫过我后又到集市上割了二斤肉，买了金针菇和鱼罐头。有鸡有肉有鱼，在农村请客已经是够隆重够气派了。人熟了，便不再讲究"女人不上桌"的风俗了，林嫂和林自立一块陪我。林自立一再说我帮了他们的大忙，林嫂则把一个"谢"字留到了送我回去的乡路上。我说叫两个闺女也一起吃吧，林嫂说她们在看电视，不用管她们。黄狗卧在我的身边，我每次摸它，它都伸出舌头舔我的手作为回报。我们慢慢地"滋儿"酒，散散淡淡地谈一些节气年景豆棚瓜架上的话题，倒让我体味出一种融融的农家乐趣。

酒喝得恰到好处，头脑懵懵儿的，脚下轻轻儿的，思想飘飘而不远行。林嫂要送我，我说不用不用，林自立说让她送送你吧，乡下的夜路不好走，不像城里有电灯。我再说不用不用时，林嫂已在前面先走了，黄狗颠儿颠儿地跟在她身后。

我追随着林嫂的身影出了村，和林嫂保持十几步的距离。

月至中天，要圆未圆，该是农历的七月十二或十三吧。月光朦朦胧胧，落在皮肤上已微有凉意。月光下的原野若淡烟笼罩，蝈蝈的叫声“叮叮当当”，一粒一粒如金豆子一般。林嫂放慢脚步等我，黄狗跑过来蹭蹭我的裤子，跑过去蹭蹭林嫂的裤子，又跑到前面领路。

林嫂说：“今年多大了？”

我说：“48。”

林嫂说：“你骗我。”

我说：“真的48。”

林嫂说：“比俺大12岁，可看上去倒像比俺小。你们城里人面嫩，不像俺，三十多岁就成了老太婆。”

我说：“你也不见老，像30出头。”

林嫂说：“你骗我。”

黄狗从前边跑回来，蹭蹭林嫂的裤子，又蹭蹭我的裤子。我总觉得要发生点什么，一定会发生点什么。我的有点朦胧的意识依稀超前进入了一种生理体验，北中原的月夜太美了呀！北中原的田野太美了呀！高高的玉米林实在诱人呀！

契机是一辆小汽车给送来的，伴着令人心跳的惊险。

前方横亘的从乡里通向县城的公路上开过一辆小汽车，开到路口时拐上我们脚下的这条路，迎着我们而来，距我们不到一里远近，灯柱摇摆颠动仿佛在捕捉什么。毫无疑问，这辆小车不是乡里的就是村里的，不管是乡里的还是村里的，他们都可能认出我来。而我所处的环境呢？夜、月光、原野、高高的玉米林、一个男人和一个女人，这种种富有诗意的条件只能构成一个别无选择的毁灭诗意的结果，我感觉到我和林嫂所处的环境十分险恶。

正当我心跳如兔隐身无术的时候，林嫂拉住了我的手，一缩身就钻进了路边的高高的玉米林。林嫂把我领上了一条更为险恶的路，然而似乎也是一条别无选择的路。我们屏息静气地蹲在高高的玉米林里，看着小车的灯光晃晃悠悠地移过来。这时候最危险的因素来自黄狗，这条平时很精明很懂事的黄狗，关键时刻却冒起傻气来，它无比勇敢地迎着小汽车冲上去，并且愤怒地吼叫着。好在小汽车并未理睬它的勇敢和愤怒，灯光慢慢远去了。

当危险离我们远去的时候我发现林嫂紧紧地偎着我。我一动也不敢动，我开始闻到了林嫂身上的气味，一股泥土的气味，一股豆花的气味，一股青玉米的气味，一股成熟的高粱的气味。诗意去而复返，我的心又开始在诗意的氛围中骚动。

林嫂说："害怕不？"

林嫂说："俺也害怕也，你摸摸俺的心。"

林嫂解开扣子，拿起我的手放到她的胸脯上。第一次见到林嫂，我就为林嫂拥有的胸脯而惊叹和沉醉，然而那毕竟隔着一层衬衣，我还是没有想到林嫂的乳房竟然这样的饱满和硕大。

我说："林嫂。"我的声音干哑战栗。

林嫂说："俺一个乡下女人，没有办法报答你的大恩大德，你要是不嫌弃，就要了俺。"

我周身热血如沸，心如奔马，我把双手都按到了林嫂的乳房上，脸也贴了上去。就在这一刻，我的头脑忽然冷静下来。我忽然觉得玉米林里到处都是窥视的眼睛；也许林自立一直在暗中监视着我们，我看到了林自立善良却卑琐的眼睛；也许赵正中已经派人埋伏在我们周围，他那么粗鄙那么刻骨铭心地爱和恨着林嫂，他能不对我们的行为倍加留心吗；我看到了妻子女儿责备的眼睛；我看到了同事们不屑的眼睛。眼睛们说：搞的什么党建？搞了一个村妇！

在各种目光的逼视下，我的揉搓着林嫂乳房的双手停住了。慢慢地，依稀升华出一种俯在母亲怀中的感觉，说不清为什么，我的泪水涌出来，浸湿了林嫂的乳房。

我轻声说："林嫂，已经足够了，谢谢你林嫂。"

在后来的日子里，每当我回忆起这一次如梦如幻的经历时，便会有两种互相矛盾的心绪同时纠缠着我：一种是我很理智，我很高尚，我保住了林嫂玉璞般的身子；一种是我很自私，我很卑怯，我辜负了林嫂纯朴的情愫。

林嫂也流了泪，林嫂很安静，林嫂轻抚着我的背，说："这里，就当是你的老家，你啥时候想来，就来吧。"

有句公认的警语叫"英雄难过美人关"，可我过了。

所以我想我不是英雄。

## 十一

来时曹天福亲自开车接我来，走时曹天福又亲自开车送我走。走时的路还是来时的路，走时的路并非来时的路。来时满眼都是水汪汪的绿，玉米还没有出穗，高粱正在拔节，一眨眼，夹道的青纱帐就荡然无存了。初冬的原野就像是集贸市场散了集，因为格外的辽阔而显得苍凉和萧条。

曹天福车开得很平稳。

“什么时候在城里待腻了，就来咱乡里住一段。”

“是要来，一定来。”

我望着车窗外隐退着的大地，很是留恋，留恋这里的土地，留恋这里的人，留恋林嫂，甚至包括好色之徒赵斜眼儿，因为我原本就是北中原大地的儿子。

曹天福说：“听说市委组织部的郭部长是你的同学？”

我说：“不错。郭树林。”

曹天福似乎有什么话想和我说。其实从一上车我就觉得他有话想和我说。我看他一眼，他的目光直视前方，很专注的样子。右前方，一小块高粱地进入我的视野，这是谁家的高粱怎么现在还不收获呢？走近了才看清原来是一片空空的高粱秆儿，高粱穗早被主人杀去了。这些无穗的高粱秆，好像一下子卸去了责任感，悠闲地站在平原上，轻轻摇摆着干叶子，看上去轻松自在又潇洒。

再看曹天福，神态依然很专注。

我说：“曹书记，是不是有什么事情想找郭部长？”

曹天福点了点头，又摇了摇头。

曹天福说：“原本是想请你给引见引见的。刘作家你都看到了，这乡党委书记真不是人干的。自己还人模狗样地掂着手机，坐着‘桑塔纳’，其实上上下下都没有把你当成什么东西看。苦咱不怕，累也不怕，最难受的是没有人真正理解你，没有人真正体谅你。现在的村民可不是过去的社员了，过去的社员都是向阳花，现在的村民可是酸枣刺，动不动就上访，就告状，就举报。上边的骂你作风粗暴像土匪，下边的骂你鱼肉乡里是匪徒。可你骂谁？你只能窝在中间受夹板气。”

“桑塔纳”在那片高粱秆儿旁边停下来。曹天福边下车边问我尿不尿一泡。我也下了车，并排向高粱地里走。

曹天福一边解裤子一边说：“所以，一听说郭部长是你的同学时，就想着让你给帮帮忙，不求升迁，只求动一动。”

我说：“那好办，今天咱们就先去市委组织部，看看我的部长同学在不在。”

曹天福说：“不，现在我已经改变主意了。”

我问：“为什么？”

曹天福说：“倒不是我的思想觉悟忽然提高了，而是忽然觉得这样做很没意思。何况，宁为鸡头不做凤尾也，再怎么说我也是这一方的土皇帝。”

我说：“倒也是。就像这片无头的高粱秆儿，看上去轻松悠闲又自在，实际上它们站在这里已经没有什么意义了。”

曹天福说：“不愧是作家，高粱秆儿也能琢磨出道理来。我可想不了这么深。”

“桑塔纳”又平稳地跑起来。也许是放下了一件心事，曹天福的神态明显比刚才轻松自如了。

我这时又想到了林嫂，想到那天夜晚月光下高高的玉米林，我发现我确实是喜欢林嫂的，我走后赵老枪会不会继续为难她？

我说：“求曹书记一件事。”

曹天福说：“直说也。”

我说：“还记不记得小车赵村的林自立？这人做人太窝囊，曹书记对他家关照点儿。”

曹天福说：“看来赵老枪所言非虚也，眼虽斜看得还是挺准也！”

我的心里就有点虚。

曹天福说：“昨天我开车去小车赵，找赵老枪要几件枸杞补肾茶，说是要送给你刘作家。赵老枪酸不溜溜地说刘作家是得补补肾，刘作家和林自立的媳妇‘大蜜蜜’干上了，肾还能不虚？我说球也，瞎扯！赵老枪赌咒发誓说，我要是冤枉他叫我来世托生成一头驴，还是一头斜眼驴。”

“你别听赵老枪瞎球扯！”我一急也冒出一句粗话。曹天福哈哈大笑，猛然加速，“桑塔纳”几乎飘起来。

原载《作品》2004年第4期

《中篇小说选刊》2004年第4期选载

# 美丽情感

杜鹃鸟的叫声飘忽不定，远了、近了、近了、远了，似乎它永远在飞行，永远在流浪，永远在啼叫。母亲说这是因为杜鹃鸟没有家的缘故。

杜鹃鸟又飞来了，啼叫着从故乡飞来，从童年飞来，从梦境飞来，又啼叫着飞回故乡，飞回童年，飞回梦境……

## 一

狗碰家的几十棵桃杏树就是我们村唯一的果园了。

桃花开时春光明媚饱满。杏花尽谢，小杏如青豆，柳丝蕊蕊，嫩叶若新眉。几只乌鸦落进翠绿的麦田里，只露出墨点似的头颅一敲一敲顺麦垄行进，又扑隆隆飞起。远处的黄河大堤一派氤氤氲氲烟烟雨雨的样子。

也正是小杏树小桃树破土的时节。

我和圪针、丢打、眉豆结伴，到狗碰家的果园里找刚刚出土的小杏树小桃树，找到了就宝贝似的移回家。我们都梦想有自己的果树，都梦想有自己的果园。

"雨点儿！"

有人叫我。我一抬头，看到了水杏。

水杏是狗碰春节才娶的新媳妇。水杏的名字也不叫水杏。狗碰新婚时泥鳅哥他们去听房，半夜里床上有响动，听见狗碰说："你身子真白，真香，就像熟透的大水杏。"泥鳅哥他们憋着笑都要把肺叶憋炸了。响动一会儿，又听新媳妇说："下去吧你，糠货！"泥鳅哥他们再也憋不住，都笑趴下啦。于是他们都把新媳妇叫"水杏"，把狗碰叫"糠货"。

我们不敢把狗碰叫糠货，我们都害怕狗碰那双牛蛋眼。我们却敢把新媳妇叫水杏，因为新媳妇骂我们也是笑着骂，骂得我们挺舒坦。

水杏长得又白嫩又水灵，街里走两趟，把我们村的大闺女小媳妇都比成了驴粪蛋儿。

这时水杏穿着一件葱绿色棉布小夹袄，正笑吟吟地站在一棵花朵半开的桃树前。那棵桃树沾了光，出奇的鲜艳明媚了。

“小雨点儿，过来，给你一棵小桃树！”

她手里果然拿了一棵小桃树，树根包在一团搦紧的湿土里，我跑过去伸手要，她就高高地举起手逗我。

问我：“还叫我水杏不？”

我说：“不叫了。”

“再叫是啥？”

“鳖！”我毫不犹豫说。

她滴滴地笑出了声。我抢过她手中的小桃树扭头往家跑。捧着那棵小桃树就像捧着自己的果园，就像捧着一朵五彩缤纷的梦。

我把那棵小桃树栽到了我家院子里。精心地培土，浇水，蹲在旁边看着一窝水慢慢地洇下去。转天早上，第一件事就是去看那棵小桃树，小桃树尖尖的小叶子支棱棱顶着水珠。中午再去看，小桃树却蔫蔫地垂下了头。不管我怎样不愿意让它死，小桃树还是很快死去了。

我好失望。

我挖出那棵死掉的小桃树，发现没有根。原来，那不是一棵小桃树，而是桃树枝上刚抽出来的嫩芽，嫩芽的下部包上一团湿土，活脱脱便是一棵刚拱出地面的小桃树。

我经常用这种方法骗别人，水杏却用这种方法骗了我。

小麦微微黄梢儿的时候，杏子开始从树冠的浓绿中跳出来，有的发黄，有的透红，有的泛白。泛白的品种最好，就是狗碰说的大水杏。先是一枚一枚，再是一串一串；先是向阳的树梢，不几天就满树皆是，在初夏的阳光下闪闪烁烁，馋得我们咕咚咕咚咽口水，喉咙眼儿里往外伸抓钩。

这时节，狗碰便在果园里用麦草苫搭起小庵，日夜守望，比看他的媳妇看得还紧，我们一靠近果园，他就像轰狗一样轰赶我们。

我和圪针、丢打、眉豆躲在果园西边的柳树行里，等待机会。一只杜鹃“咣咣咣咕”地叫着从我们头顶飞过去，声音嘹亮、饱满、高亢、孤独。杜鹃叫声的四个音节能模拟很多内容，如“光棍扛锄”“大麦先熟”“豌豆偷树”“光均大户”……我们孩子有时却把杜鹃的叫声模拟成了骂人话。

我们找不到偷杏的机会，就商量骂狗碰。

我学杜鹃鸟叫：“咣咣咣咕！”

圪针、丢打、眉豆接上喊：“光日狗碰！”

“咣咣咣咕！”

“光日狗碰!”

我们又恨狗碰又怕狗碰,觉得他又恶又狠又抠,连“灰脖子”啄下来的烂杏也不让我们捡。

多亏当时桑葚也熟了,多少分散了果园对我们的诱惑力。谁家的场边地头有母桑树我们一清二楚。我们爬到桑树上,沐浴着五月灿烂的阳光,嚼着红紫透黑又甜又酸的桑葚,听着杜鹃嘹亮激越的叫声由远及近,又由近及远。

南风从黄河大堤上扑下来,热烈地拥抱亲吻无边无际的麦田,小麦就幸福无比地呻吟、喧闹,激动出一波一波汹涌澎湃的浪潮。于是我们的村子里就日夜洋溢着小麦新娘子一样浓郁的芳香。

收麦这几天是我们偷杏的绝好时光。狗碰要上地割麦子,只好把他瘫痪的老爹背进果园。狗碰爹只能看住大人,却看不住我们孩子。狗碰爹很难发现我们,就是发现了我们也没办法追我们,最多可嗓门叫骂:“驴日的摘几个快滚吧,弄断了树枝叫狗碰打断驴日的腿!”或者:“想吃杏叫恁妈夜里找我换,犯得上偷!”

狗碰爹对我们无能为力。

然而,今年替狗碰看果园的不是狗碰爹,而是水杏。

水杏手中拿着一张鞋底儿,边纳鞋底边在草庵旁走来走去。我们从草庵另一边向果园靠近。刚到园边,水杏就发现了我们。我们有点难为情,哄叫一声跑开了。

然而浓郁的杏香像磁石般吸着我们,让我们欲罢不能。我们借柳树行掩护绕到果园南边,探头监视水杏。等水杏走到草庵北面时,我们就迅速钻出柳树行。可是,我们刚溜到果园边上水杏又及时地发现了我们。

这样的情节重演了几次,我们就有点儿沮丧。圪针说:“俺们骂她吧?”我说:“中。”

我领骂:“水杏哩牙——”

他们接:“是蒜瓣儿!”

我喊:“水杏哩眼——”

他们接:“琉璃蛋儿!”

我喊:“水杏哩头——”

他们接:“是尿罐儿!”

“恁娘哩个脚,我叫你们孬!”水杏大怒,向我们跑几步,一扬手不知把一个什么东西向我们砸来。

我们扭身就跑。那东西不偏不倚正好砸在我的脊梁上，慌乱中也没感觉怎么疼。就听水杏在我们背后滴滴咯咯笑得像水鸡儿一样欢快。

我们不跑了。转回身，见水杏仍然欢笑不止。我用目光寻找砸中我的是啥东西，却看到地上有一个又黄又大的杏。我连忙捡起来。

水杏笑够了，又拿杏砸我们。我们就一呼隆去抢杏。圪针抢到一个，丢打抢到一个，只剩眉豆没有。我们等水杏再砸，她却不砸了。眉豆眼巴巴地瞅着我们三个手中的杏，我到底还是把自己的那个给了眉豆。

我还想让水杏砸我们。我想起泥鳅哥他们听房的事，就和圪针、丢打、眉豆咬耳朵。

然后我喊："下去吧你——"

他们接："糠货！"

我再喊："下去吧你——"

他们接："糠——货！"

这一下水杏真恼了，她扬着鞋底飞快地向我们扑来。我们回身急跑，还没跑上几步，我就被她像鹰抓小鸡一样捉住了。我拧身蹬腿用劲挣扎，她两手掬紧我，把我提进果园中的草庵，一把把我按在草苫上。我的屁股很紧张，等着接鞋底。鞋底倒没有打下来，她的手却伸进了我的胳肢窝又抓又挠，说："蛋子儿大点儿就恁孬，我看你还孬不孬？"

我想憋也憋不住，叽叽嘎嘎大笑，笑得泪眼婆娑，笑得天昏地暗。

"糠货，糠货，我看看小雨点儿是不是个糠货！"她说着手又滑进了我的开裆裤，捉住了我的小鸡鸡儿。又说："嘻，也是个糠货！"

大人们常掏我的小鸡鸡儿，这没有什么。可是，难道"糠货"还和小鸡鸡儿有什么关系？"糠货"的意思不是"没力量""没本事""不中用"之类吗？

我的感觉突然很奇特，小鸡鸡儿蓬蓬勃勃一挺一挺想尿尿。

水杏倏然抽出手，在我屁股上拍了一巴掌，说："蛋子儿大点儿就恁孬，快滚吧！"

她白嫩的脸蛋儿上有两朵红晕在洇开。我爬起来就跑，她又一把抓住我，从草庵的角落里端出一小筐被鸟啄落的杏，一边往我口袋里装，一边说："往后想吃杏就找我要，别偷偷摸摸的，丢恁丈母娘哩人。"

从这天起我再也不骂水杏了，不光我不骂，也不让圪针、丢打、眉豆他们骂。我对水杏产生了一种像对我姐姐对我妈妈那样的亲情。不同的是我在姐姐和妈妈面前极随便，在水杏面前就有点儿扭捏和羞怯。

我不好意思找水杏要杏吃，也不好意思再到果园里偷杏吃。直到狗碰家的麦子全部运回打麦场，水杏不再看果园了，我们才又打起果园的主意。就这样我还是觉得有点对不起水杏。

狗碰家的打麦场紧挨着果园，狗碰就一边在打麦场干活一边看管果园，他的那一对牛蛋眼尖得很。

我们躲在柳树行的背后。落日软软的，像一枚熟透的巨大的红杏，也把柳树行和我们涂上了五月红杏的颜色。麦子都割完了，只剩下一望无际的麦茬地，在夕阳下像银针一样闪烁。杜鹃的叫声更加悠远和空灵。

狗碰在打麦场上筛筛簸簸，始终面向着果园。天麻子眼儿时，狗碰冲圪囊堆撒一泡尿，又抱起石磙边的瓦罐喝水。大概是没水了，他提着瓦罐走向井台。这是个好机会。我们留下眉豆放哨，我和圪针、丢打猫着腰溜进了果园。

我爬树爬得快，当我已经爬到一棵杏树的老母杈上时，圪针和丢打才刚刚爬离地面。就在这时我们听到眉豆发出了警报——杜鹃鸟的叫声："咣咣咣咕，咣咣咣咕，咣咣咣咕！"

叫声很急促。圪针和丢打溜下来就往柳树行里跑。我的一条腿刚迈下老母杈，已经听到了狗碰奔跑的咚咚脚步声和阴沉、饱满、威慑力很足的叱骂声。

逃跑已经来不及了，我只能铤而走险，急忙缘着一根粗枝出出溜溜往上爬，藏到了杏树浓密的树冠里。

狗碰追了几步，冲着柳树行恶骂几声，又站一会儿，转身往回走。我想，等他回到打麦场，我就可以偷偷摘上一兜杏，偷偷溜下树，偷偷溜走。谁知狗碰回到果园却不走了。他又回头看看那片柳树行，就靠着旁边的一棵杏树坐下来，慢慢悠悠地吸旱烟。

我暗暗叫苦，抱紧树枝一动也不敢动。

霞光在西边暗下去，黄昏从东边漫上来。我听到圪针、丢打、眉豆在南边那片坟地学杜鹃叫。他们在呼唤我。浓厚的暗绿包裹着我，我无法看见果园以外的情景。就连眼前那一枚一枚的红杏也失去光泽，慢慢模糊慢慢融化到暗绿之中了。

我的心平静了些，已经能够闻到熟杏的浓香了。

天无微不至地黑下来，透过浓密的枝叶，我只能看到狗碰烟袋锅中一明一灭的火光，我还能残缺不全地看到西边天空一钩弯弯的细细的杏黄色的月牙儿。

"雨点儿——回家吃饭了！"

我听到了妈妈在村子里喊我。一声、两声、三声。我也听到了圪针、丢打、眉豆的妈妈们喊他们回家吃饭。然后，我就听到圪针、丢打、眉豆他们模拟杜鹃鸟的叫声由村南的坟地向村子里飘移，最后消失在村中。

我感到了孤独。我幼小的心灵第一次感受到了什么叫孤独。

一道手电的光束一闪一闪地游移而来。我听到了水杏的声音："哎！你回去吃饭吧。"

"嗯。"狗碰应一声，"你可警点儿心，那帮鳖子可刁了。"

"雨点儿——死哪儿去了小雨点儿！"妈妈还在喊我回家。

狗碰一走我就没有危险了，可我还是不敢下来。我是不好意思下来了，我有点儿羞于见水杏。

水杏就拿手电从下往上顺着树枝照，不几下我就被手电的光束逮着了，我成了小画书上被神光罩住的孙猴子。——到现在我也不知道水杏怎么就算准了我就藏在果园的树冠里。

"雨点儿，快下来！恁妈都快急死了。"水杏轻声说，有气恼也有责备，但仍掩不住一股暖融融的亲切感。

我羞得脸上发烧。

我下到树半腰时水杏把我抱了下来。她灭了手电，把我揽在怀中，说："我不是给你说想吃杏就找我要吗？为啥还偷？"

"我，我……"我找不到理由，憋吃了半天才憋吃出一句话，"我怕你胳肢我。"

水杏轻声地咯儿咯儿笑，说："胳肢有啥好怕哩？我赔给你，给你胳肢我吧。"

我待着不敢动。

"胳肢呀！"水杏说，抓住我的手放到了她衣服的前襟下。

我的手触到了她的皮肤。她的皮肤比我妈妈的皮肤更柔润，更光滑。这感觉让我冲动，我的手一下子就捂在了她的蜜蜜上。她的身子轻轻地战栗了一下，然后就平静了。她把我搂得更紧一些，嘴唇轻轻地压在我的前额上。

我是妈妈的老儿子，三岁才断奶，已经六岁了，每天夜里还要摸着妈妈的蜜蜜睡觉。妈妈的蜜蜜软不拉塌，像个没装满水的皮袋袋，水杏的蜜蜜却像个白面大馒头，又暄润又饱满。此时我觉得水杏简直比我妈妈还美丽，还可亲，还神圣。我想到了在"耶稣迷"家那个罗锅儿小老头传道时讲的圣母。我紧紧地偎在水杏怀里，摸着水杏的蜜蜜，闻着水杏胸脯的暖香，幸福地闭上了满含泪水的眼睛。

"好了。快回去吧。恁妈一定要急死了。"她轻轻地说，轻轻地摇摇我，"我去给你摘一兜大水杏，往后再别当小偷了。"

我睁开眼睛，看到了西边天幕上那一钩弯弯的细细的杏黄色的月牙儿。

我一蹦三跳地跑出果园，我衣衫的两个兜儿里都装满了大水杏。为防止它们跳出来，我用两只手紧紧捂着。我觉得我是这世界上最幸福的孩子了，我的身子轻飘得就要悬浮起来了。

然而我刚出果园就迎面撞上了狗碰。

狗碰不问青红皂白，一把抓住我，几乎把我提了起来。我拼命挣扎，却像鹰爪下的小鸡一样白费力气。他一个不剩地掏走了我口袋里的大水杏，然后恶狠狠骂道："小王八羔子，我叫你偷！"

我没有看到狗碰是怎样挥动手臂的，我的左脸上已切切实实地挨了一掌。我被打倒在地上，有咸咸的液体从嘴和鼻子里流出。我的半边脸又胀又木。似梦又似非梦，我看到手电的光束跳动着向这边奔来，听到水杏急促的喊声："是我给雨点儿的，是我给雨点儿的杏……"

水杏和狗碰大闹了一场。

来年杏树快要开花的时候，水杏跑了。她说是回娘家，一去五天不归。狗碰去接她，才知道她是跑了。

水杏跑的前一天给我送来了比大拇指还粗的两棵小杏树和两棵小桃树。那天我正在我家新辟的果园里看守果树，她拿着四棵小树来了。她一边很精细地帮我栽一边和我说话。

"小雨点儿，去年我用桃树上的芽儿当小桃树骗你，是逗你玩哩。"

我说："我知道你是逗我玩儿哩。"

过了一会儿，问我："小雨点儿，我要是走了，你想我不?"

我说："想。"

"等你长大了还想我不?"

我说："还想。"

"等你大学毕业当了干部还想我不?"

我说："还想。"

她在我额头上亲了一下，就走了。那天她穿的还是那件葱绿色棉布小夹袄。

## 二

我家终于要有自己的果园了。这是我梦想了两年的事。春节前爸爸把家里的一头猪卖了,拿出一部分钱买了 20 棵小杏树和 20 棵小桃树。

那天晚上,狗碰掏走了水杏给我的杏,一巴掌扇得我鼻口流血,我趁水杏和狗碰吵闹的时候,爬起来跑了。

我不敢进家,独自蹲在我家院外土墙下。这时才感到半边脸霍霍地疼,摸一摸肿得老高。哥哥出门时才发现了我,哥哥说:"那不是雨点儿吗? 妈妈到处找你,你死到这儿干啥? 还不快回家!"我不吭也不动。哥哥拉起我,推推搡搡把我弄进院子,弄进堂屋。

妈妈恶骂着抬手要打我,看到我满脸血污手就没有打下来。"你脸上怎么了?"妈妈忙把我拉到油灯下,忽然颤着嗓子说,"是谁把俺打成这个样子? 是谁!"哥哥这才发现我挨了打,立时大怒:"是谁? 你给哥说是谁?"这时我才呜呜地哭了。爸爸阴沉着脸,把烟袋锅在鞋底上磕得嘭嘭响:"哭啥哭? 你给我说清楚到底是咋回事!"我不说,只是哭。"我去问圪针去!"哥哥一跺脚出去了。爸爸吼着逼问我:"哭,哭,就会哭,没成色! 你不说清楚就不能吃饭!"妈妈打来一盆水给我洗脸,说:"你先别逼孩子好不好?"

那天夜里,哥哥到底找狗碰恶打了一架。

我没有吃饭就睡了。刚躺下一会儿,水杏来了。就听外屋妈妈说:"他嫂,来就来了,还端一馍筐杏干啥?"水杏说:"给雨点儿哩。俺家那货不通人性,大婶别跟他一般见识。"妈妈没有说话。水杏问:"雨点儿呢?"妈妈淡淡说:"睡了。"水杏便走进里屋,用手电照了照,把手轻轻地放到我前额上。我闭着眼,眼泪从眼角往下淌。我听到外间爸爸又把烟袋在鞋底上敲得嘭嘭响。

一觉醒来,外间还亮着灯。听见妈妈说:"这事儿就算了吧,小孩打打皮松长哩快。再说狗碰也是个孝子,单门独户哩,怪不容易。"爸爸把烟袋吸得嗞嗞响。狗碰家是外来户,狗碰爹年轻时是我四爷家的佃农,硬是靠苦挣苦做,省吃俭用,买下了"张绝户"十亩地,又辟了一个果园,土改时差一点划成富农。妈妈说狗碰娘就是叫他给使死的,又把自己早早地累成了残废。

"他爸,要不咱家也种一个果园吧,省得孩子看着人家的眼馋。"妈妈又说,"再说,树小的时候也不耽误种地,树大了结果了也就能卖钱了。听说狗碰家每年能卖上二三百块钱呢,要不狗碰哪能娶上媳妇!"

爸爸终于吐口说:"试试吧。"

我家的果园就辟在村南边，紧挨着我家的打麦场。场边上有一棵老椿树。往西二百多步就是狗碰家的果园。

栽果树那天，眉豆、圪针、丢打都来了。我们争着帮爸爸和哥哥扶树苗，争着到井台上抬水，给果树浇水。我和眉豆抬一个水罐。路上眉豆问我："雨点儿，结了杏叫我吃不?"

我说："不叫你吃叫谁吃?"

"结了桃叫我吃不?"

"桃也叫吃。"

于是眉豆昂首挺胸，手在额头一抹，甩下一串汗珠，两个屁股蛋儿一错一错走得越发带劲。

去年冬，眉豆妈来我家串门儿，和妈妈坐在堂屋门口太阳光里做针线。我和眉豆过家家，并排跪着拜大地，两位老人看了咯儿咯儿笑。妈妈说："将来以后，就让恁家眉豆给俺家雨点儿做媳妇吧!"眉豆妈说："中啊中啊!"从那天起我就觉得眉豆是我媳妇了，对眉豆格外好。眉豆呢事事听我的，似乎也把自己当成了我的小媳妇。

眉豆又问："叫圪针、丢打吃不?"

"也叫。"我说，想想又说，"你说叫就叫，你说不叫就不叫。"

眉豆说："叫他俩少吃点儿。"

我说："中，叫他俩少吃点儿。"

春风一越过黄河大堤，就没遮没拦地吹过来。原野一日绿似一日，看一眼就能染绿人的眼睛。我家的小杏树和小桃树也在这春风中吐出了翠绿翠绿的嫩芽。西望狗碰家果园，杏花谢了桃花又开，红红火火，热热闹闹，然而在我的眼中，还抵不上我家小杏树小桃树上的一粒嫩芽一片嫩叶，何况水杏又走了呢。

一天，我和眉豆、圪针、丢打正在我家的果园里玩"星星过月"，村东头的小扔、刺猬、丫妞和小蕊儿来了。他们一副满不在乎的样子。特别是小扔和刺猬，伸手就要揪小桃树上的叶子吹叶笛。

我急忙喊："别揪!"

他们便没有揪下来。小扔赖不叽叽地说："谁揪了? 摸摸也不叫摸?"

我说："摸也不叫摸。"

眉豆说："就是，摸摸就不长了。"

"摸摸都不叫，啥主贵东西?"小扔说着招呼刺猬、丫妞和小蕊儿，"这里没意思，咱们去狗碰家的果园里玩!"

他们就朝狗碰家的果园走。要走出我家果园时，小扔和刺猬还是顺手一人揪了一片树叶子。我追过去，他们一呼拢跑了。我就冲着他们的脊背骂：

“小扔哩头，是个球，一砸砸住刺猬个猴！”

圪针、丢打、眉豆就齐声附和：“小扔哩头，是个球，一砸砸住刺猬个猴！”

我们一骂，小扔、刺猬、丫妞、小蕊儿他们就站住了，扭转身，和我们站成两军对阵的架势。小扔领头冲我们骂：

“圪针哩鞋，烂半截，一套套住雨点儿哩爷！”

刺猬、丫妞、小蕊儿也齐声附和：“圪针哩鞋，烂半截，一套套住雨点儿哩爷！”

丫妞是个烂眼圈儿，眵目糊老擦不干净。小蕊儿是个鼻涕虫，一会儿滋溜钻进去，一会又悄悄爬出来。我就揭她俩的短处：

“丫妞哩眼圈儿红丢丢丢呀——丢！小蕊儿哩鼻涕吸溜溜溜呀——溜！”

小扔就揭丢打豁子嘴的短处，也捎带上骂眉豆：

“丢打哩嘴，三三三三三，三呀——片儿！眉豆哩屁股，两两两两两，两呀——瓣儿！”

小扔竟然毫不顾惜地侮骂眉豆，我非常恼火。自从我把眉豆当做我媳妇，我就见不得任何人欺辱眉豆。

我声调提高八度喊：“吃罢饭，去摘花，一拐弯，日小扔哩妈！”

圪针、丢打、眉豆也声调提高八度：“吃罢饭，去摘花，一拐弯，日小扔哩妈！”

小扔也声调提高八度喊：“吃罢饭，去赶集，一拐弯，日雨点儿哩姨！”

刺猬、丫妞、小蕊儿也声调提高八度：“吃罢饭，去赶集，一拐弯，日雨点儿哩姨！”

“日小扔哩妈！”

“日雨点哩姨！”

我们两个军团的对骂就升了级，由巧骂俏骂变为恶骂臭骂，由曲溜拐弯变为直来直去。姑爹娘舅，祖宗八代，胡日乱掘，乌烟瘴气。边骂边做下流动作，一步一步往中间凑。最后一个对一个用膀子互相撞对方，骂一句撞一次，很有节奏感。

“羊要吃小杏树啦！”眉豆忽然喊。

回头一看，果然有两只羊已走近果园。我急忙不顾一切向回跑，小扔他们便在后面发出纵狗撵兔子的“呕吓呕吓”声。

我的心灵已经被拴在我家的果园里了。吃饭想着果园，睡觉惦着果园，梦也总是做成绿色的或粉红的，柔柔的像彩色丝绸一样在果园的一棵棵小杏树小桃树间萦绕、穿行。我天天守在我的果园里。我得看着我的果园，不能让小孩撅了树枝，不能让牛羊啃了树皮。圪针和丢打经常来陪我，而眉豆就和我天天形影不离了，吃了饭不是我去找她，就是她来找我，一块蹦蹦跳跳到果园。

来年，我家的小杏树和小桃树差不多全都试花了。

有天早晨，当我第一次从小杏树的枝头发现了才绿豆大的花苞时，我简直高兴得要发狂了。我飞奔回村，把我的发现告诉了妈妈、爸爸、哥哥，也告诉了眉豆、圪针和丢打。

天气乍暖还寒，麦苗刚刚泛青，黑老鸹和花喜鹊在麦田里起起落落；柳树林一抹淡绿，新芽才麦粒大小如一粒粒翡翠趴在柳丝上。这时候春意已经在小杏树的枝头一展芳容了。豌豆大的骨朵儿不几天就绽出了红唇。三朵五朵，十朵八朵。水杏送我的两棵小杏树上开得最多，一棵 26 朵，一棵 30 朵。西边狗碰家的果园峥嵘繁华，一片粉白。然而，我却觉得他家的春光远没有我家的春光动人，真正的春光在我家，狗碰家的春光已经长老了。我家的杏花是嫩生生尚未出嫁的小闺女，他家的杏花是儿女绕膝的老娘们儿。

第一朵杏花是开在水杏送我的一棵小杏树的枝头的。我和眉豆一上午都舍不得离开那棵小杏树。

“眉豆，这朵杏花美不美?”

“美，真美!”

“摘下来给你戴头上吧?”我假装伸手要摘。

“别，别，你别!”眉豆惊惊乍乍说。

“你不喜欢?”

“喜欢。喜欢才不叫你摘。”眉豆极认真，“你摘下来它就死了!”

“其实我也舍不得。”

“我就知道你舍不得”

“那我可真摘了啊!”我又把手伸上去。

“你敢，你敢！你敢摘了我就走!”眉豆火烧火燎说，眉毛一挑一挑，小嘴噘成个花骨朵儿。

我细看眉豆，眉豆长得更白嫩更甜润了。我说：“眉豆，你长大了一定像水杏一样美。”

杏花开了，杏花败了，小杏胀破杏花雌蕊的肚子青溜溜地躲在杏叶下；桃花开了，桃花败了，小桃也胀破桃花雌蕊的肚子毛嘟嘟地藏在桃叶间。乖呀，试花的小杏树小桃树全都结果啦！我和眉豆连数了三遍，小杏 99 枚，小桃 136 枚，总共 235 枚。

我和眉豆找了两条旧席，搭了一个半人高的小庵，我们钻进小庵，觉得世界上所有的房子都没有我们的小庵好，天安门金銮殿也没有我们的小庵好。

杜鹃鸟又飞来了。杜鹃鸟似乎总是在天空飞着，飞过来飞过去永不停歇，沿途播下一路高亢而又孤独的叫声，却很难看到它的影踪。听妈妈说，这是因为杜鹃鸟没有家的缘故。

杜鹃鸟飞来的时候小麦就黄了梢儿，小麦黄梢儿的时候杏也就快熟了。

尽管我家的果园才结了 99 枚杏和 136 枚桃，我和眉豆却比守护一笔巨额财富还要尽心尽力。我们扎了两个麦草人，戴上英雄帽，手执红缨枪帮我们看守果园，又做了两把弹弓，团了一堆泥丸儿，用来对付飞进果园的花喜鹊和灰脖子。

我家打麦场边的那棵老椿树上搭了六个灰脖子窝，整天落一树灰脖子，叽叽喳喳吵闹不休。灰脖子啄杏最在行，它们又聪明又大胆，它们一眼就看穿了麦草人的真面目，光天化日之下竟敢落在麦草人的头上拉屎。

得迫使它们大迁徙。

我找来圪针和丢打，我们仨每人腰里别一根柳杆子，抱着树干往上爬。

老椿树是最难爬的一种树，树干又高又直，树皮又光又滑。我们刚爬离地面，树上的灰脖子就开始“干啥？干啥！干啥干啥！”地叫，警惕地在枝头跳来跳去。我一迈上老母杈，满树的灰脖子便愤怒地大叫着向我俯冲，就像电影上老日的轰炸机。我举着杆子乱挥乱舞，眉豆在树下也开始用弹弓向灰脖子射弹丸儿。她倒射得挺准，第一颗弹丸儿就射中了圪针的屁股。圪针“哎哟”一声便从树半腰滑下来，肚皮也被蹭破了。眉豆笑得一屁股坐到地上，弹弓也扔到了一边。灰脖子对我的攻击越来越猛烈，我挥舞着杆子，等待丢打爬到我身边。我们只有联手来对付这群发了疯的灰脖子，由丢打掩护，我来戳掉鸟窝。

我的柳杆子刚触到一个鸟窝，却听到母亲在下边喊：“雨点儿！你干啥呀小雨点儿！”

我向下看，只见母亲牵着我们家的黑犍子，扤着半笆斗麦子，大概是去眉豆家磨面路过这里。我说：“灰脖子光叨杏！”

母亲喊:“你给我下来！雨点儿你给我下来！”

我说:“灰脖子光叨杏!”

母亲喊:“那是灰脖子的家呀！你戳它们的家坏良心呀！你快给我爬下来!”

母亲一声连一声地喊,一声高似一声,颇有点儿痛心疾首的样子。我和丢打只好扔了柳杆子,一先一后往下爬。

没办法,我们只有更加经心地看护我们的果园。

谢了这一季杏和桃,我和圪针、丢打就都上学了。眉豆也想上学,可因为年龄小没有报上名。我上学也不专心,老想着果园,想着眉豆。放了学或者星期天,我仍然和眉豆泡在果园。眉豆很羡慕我能上学念书,拿着我的课本让我教她。眉豆很聪明,课文教两遍就能背下来,背得比我还好。

眼看着一棵棵小杏树小桃树比赛着生长,眨儿眨眼睛已有胳膊般粗细了。可是就在这时候,爸爸妈妈嘴角和眉梢的欣慰和喜悦换成了忧虑和茫然,我的心灵间也罩上了一团阴影。那一刻终于来临了,一觉醒来,系着我心灵的果园就不再是我家的果园了。

记得那天寒潮未退,春风还不敢随意翻越黄河大堤,人们都还穿着棉袄。春天就已在柳丝上摇曳,在杏树枝头喧闹了。我家的杏树上再不是去年试花时的三朵五朵十朵八朵,每棵树已有几百上千朵,欲开未开,犹如红唇,先锋花朵则已在寒风中勃然怒放了。我哭着求妈妈:“咱不入社,咱家的果园不入社!”妈妈摇了摇头不说话。我又哭着求爸爸,爸爸重重地叹一口气便闷下头吸烟。新过门的嫂子把我揽在怀里,一边给我擦眼泪一边劝我:“好雨点儿,入社是叫咱走社会主义哩,是叫咱过‘楼上楼下电灯电话’的好日子哩!”

我清楚地记得,那天晚上我家的黑键子挣脱缰绳从社里跑了回来。爸爸掬了一捧麦子喂黑键子。黑键子泪汪汪地不肯吃,老用嘴往爸爸身上蹭。爸爸又牵它往外走,黑键子哞哞叫着不肯走,缰绳挣得直直的。妈妈在后面赶,用巴掌拍黑键子的屁股,黑键子就用尾巴扫妈妈的脸。

等他们出了院门,眉豆拉拉我的手说:“走,俺们去把果树移回来!”

月亮像过年时妈妈包的饺子,小小的贴在天幕上;星星不多,疏疏落落非常遥远。果园里很静,小席庵半边黑黢黢半边亮闪闪,两个麦草人不知道人间发生的事情,依然在月光下忠实地守卫着。杏树枝头的花苞花朵依稀可辨,月光中浮动着清淡的寒香。西南边坟地老柳树的轮廓阴森可怖。“咕嗷咕嗷——!”忽然传来一声夜猫子凄厉的怪笑,眉豆吓得一头拱到我怀中。

我也吓得头皮发麻，硬撑着说："别怕，咱们咒它！"我俩便一起小声念："夜猫子，你别笑，恁家死了亲姥姥！夜猫子，快走吧，恁娘在家吊死啦！"

我们好不容易才挖出了一棵小杏树。回村的时候，眉豆扛着铁锹，我扛着小杏树。刚走到村口，迎面过来一个人影。我拉住眉豆回身就跑。那人大喊一声："干啥哩？"便追上来。

我和眉豆被抓住了。抓住我和眉豆的那人叫二眼。这个好吃懒做的穷光蛋当时正是干部眼里的大红人，带头入社的积极分子。

爸爸因此在群众大会上挨了批。

我大病了一场，发高烧，吃啥唠啥。昏昏沉沉中，我老是看见我家的果园，一会儿一片浓绿，一会儿一片粉红。果园忽然着火了，我和眉豆在大火中间跑，跑着跑着不见了眉豆，我就扯着嗓子大叫……我醒了，出了一身透汗。眉豆正站在我的床边，紧紧地拉着我的手。

眉豆几乎天天来陪我。我的病见好了，眉豆就给我唱小曲儿：

弯弯腰儿，直直腰儿，

看见娘家哩柳树梢儿。

蜷蜷腿儿，伸伸腿儿，

搂着新娘子亲个嘴儿……

病好后，我和眉豆去看已不再属于我家的果园，便觉得有几分凄凉和萧条。杏花落了一地。桃花刚含苞，枝头已有了被折断的痕迹。回来时正好遇到狗碰，狗碰瘦得像一条病狗，阴晦的脸上只剩下一双牛蛋眼。

我忽然不再仇恨狗碰了。

## 三

一晃30年过去，刘雨点已经成为一个小有名气的作家。往事如烟早该淡化了却淡化不开，我反而愈来愈频繁地梦见儿时故乡的果园，梦见水杏，梦见眉豆。

果园其实早已不复存在了。刚入社时社里倒是派人看管了两年，"大跃进"时就荒废了。此后的果园人刨人砍，羊吃羊啃，十不存一。狗碰家的果园下场更惨，为"赶英超美"让"钢铁元帅升帐"，全放倒烧了土高炉。

眉豆也早已离我而去了。那是我考上重点高中的第二年，寒假回去，就听到眉豆自杀的事。眉豆中午收工后又到西大洼里割草，被看青员二眼糟蹋了。眉豆夜里就投了井。在我们家乡的那个年代，女孩子出了这种事是没脸见人的。可我总觉得眉豆也是为我保持贞洁而死的。我离家时眉豆曾偷偷给我做了一双鞋，鞋旮旯里还塞了两块钱。眉豆是闺女不能入老坟，孤孤地埋在东北地乱葬岗上。那一年眉豆17岁，死时还给他父亲穿着孝。

只剩下落不明的水杏了。

今年麦罢，圪针来省人民医院看病，拐到我家。言谈中我不觉提起了童年的果园。圪针说狗碰家又种植了一个果园，不光有杏、桃，还有梨和苹果。去年已经挂果了。狗碰和水杏老两口天天守在果园里。

“水杏？你是说水杏?”我连忙问。

“水杏又回来了，你不知道?”

圪针说，早年水杏是跟一个小锔匠跑到了河东，就是当年经常到我们村锔锅锔盆的那个小锔匠。因为水杏长得太漂亮，村里的年轻人都看着眼馋心痒，又觉得水杏是跟人跑来的，一定杨花水性，就想打她的主意。小锔匠出门做生意不放心，就在她的脸上划了一刀，破了相。前几年小锔匠死了，她的儿女都对她不好，她的日子很难过。狗碰听说了，一连跑了几趟，到底把水杏接了回来。他们又收养了一个没爹没娘的孩子，三口人天天守在果园里，日子过得还不错。

我想，明年杏树开花时节我应该回一趟故乡，看看故乡的果园，看看水杏，看看眉豆。水杏不会破相的，她永远是我心中美丽的圣母；眉豆一个人住在乱葬岗，一定很孤独。

原载《河北文学》1992年第7期

# 少　年　时

主编找到我，说豫北黄河岸边有一个南刘庄，村支书名字叫陈萍，思想解放，率先实行责任制，带领村民发家致富，村里已经出了不少“万元户”，问我愿意不愿意前去采访，写一篇报告文学。

南刘庄？陈萍？这不是我少年时代的同学吗？

我欣然同意，甚至有点激动，有点迫不及待。当然，其原因不是因为陈萍是我的同学，而是因为在我故乡的黄河岸边，储着一串串我少年时野果子一样酸酸甜甜的、亮晶晶的故事……

## 一

夕阳西下，鲜红欲滴，巍巍颤动着漂浮在黄河水面，空阔的水面像熔金一样凝重，沉稳。

我一个人在黄河岸边徘徊，有点惆怅。向西走，我拖着长长的影子；向东走，长长的影子拖着我。

我是不是在寻找？

采访任务已经结束，该见的亲人已经见过，儿时的伙伴已经别过，可我仍然迟迟疑疑不忍离去，总觉得还有一件心事牵牵挂挂，未结未了。

那么，我是在寻找？

脚下铺着野花和青草。终于，我看到几株青草抽出了毛茸茸的鹅黄色的草穗儿。我走过去揪下一穗儿，举到眼前。嫩嫩的草穗儿变得透明了，映出一个红彤彤的柔和的太阳。于是，我读到了一首诗，诗的节奏和韵律缫丝一样抽出我如蚕茧一样盘结的思绪……

我明天到底去不去见她？

东天边升上一片月亮，白白的，没有光。这情景好熟悉。

## 二

隔着几片油绿的小麦和金黄的油菜花，陈萍站在村头喊我。她是喊我回去吃饭的。

堂屋，酒菜已摆好。酒是故乡的“陈桥御”。菜不丰盛，但极新鲜。水灵灵的豆角、绿莹莹的韭花、油炸虾米、凉拌芹梗，中间一条一斤多重的黄河鲤鱼。我和她的男人刘玉合相对而坐，她自己打横。快四十岁的人了，她的脸上还没有皱纹，只是比20年前黑一些，皮肤粗糙些。

陈萍高擎酒壶，壶嘴垂下一根透明的线。每人一杯斟满，陈萍带头举起酒杯：“干！”

我不会喝酒，再加上心情不畅，三杯落肚，便觉脑袋胀胀的，晕晕的。

“刘雨点，吃了我的黄河鲤鱼，得答应我一件事。”陈萍又掂起酒壶给我满上。

我茫然地看着她，觉得她的声音很遥远，好像不是她发出的。

她呵呵一笑，说：“别害怕，我只是求你看在老同学的份上，别给我在报刊上瞎吹。”

噢，她是怕我报道失实。

“如今事情邪，报刊电视上越捧，越臭；越批，越香。大活人，让你们一吹，非吹死不可。”她又咯咯笑起来，然后突然止住，“雨点，说实话，南刘庄虽然个体小企业搞得不错，可并不像外边传的那样神，有几家困难户照样不能温饱。”

“真的？”我问她的丈夫刘玉合。

刘玉合递给我一支烟，含笑点点头。是拘谨还是文气，还是拘谨加文气，使他具有一种典型的乡村民办教师气质，

陈萍一边劝酒，一边笑着说：“你明天最好也去看看那几家困难户，全面了解嘛。”她老是笑。我此时很讨厌她笑。我没有回答，又抿了一口酒。

她却依然笑：“雨点，去看看吧，也许你会有意外的收获！”

我突然觉得她的笑中含有不怀好意的揶揄和幸灾乐祸的嘲弄。

“不。我明天另有安排。”我说。

“有什么安排？想见见乔莹珠是不是？”她单刀直入，干掉一杯酒，又仰脸大笑，笑得又野又怪。笑完，嘴角明显露出一种不屑的鄙夷的神情，“我说的对不对，小雨点儿？哈哈，不会错。保险不会错。你的心思瞒不过我。当年瞒不过，现在仍然瞒不过！”

一语破的，倒弄得我很窘，像个偷嘴吃时被人抓住了手腕的孩子。笑又笑不得，恼又恼不得。脑袋一涨一涨的，脸也烫得厉害，一定很红。这个陈萍，事情已过去20多年了，她对乔莹珠难道还抱有那种极深的成见吗？

点燃那支烟，避开陈萍，我问刘玉合："她生活得还好吧？"

刘玉合摇摇头："日子不大好过。"

我愈加怅然，但尽量不形于色。

"哈哈，果然如此。"陈萍又插进来。她眯起眼，似乎故意夸张嘴角那鄙夷不屑的神色，"20 年了，还念念不忘吗？去吧，去看看你那个才女加美人……小雨点儿，你可真是个情种啊！"

她说着，笑着，一仰脖子又吸干了一杯酒，再高高地擎起酒壶给自己斟满。我发现她真能喝酒。这哪是我记忆中的陈萍？看来社会已重新塑造了她。当年她是我们班的团支部书记，天天找同学谈心，张口毛著呀雷锋呀，闭口祖国呀理想呀……

陈萍确实是喝多了，我也远远喝过了量。

## 三

躺到床上，我那本来已经昏昏沉沉的头脑反而格外地清醒了。心口扑通扑通地跳，脑袋也随着一涨一涨地疼。数数、背诗、意守丹田，什么办法都用了，可就是不能入睡。酒的效能模糊了眼前却清晰了遥远。我又看到了那嫩茸茸的透明的草穗儿，又读到了那首诗。诗的节奏和韵律导引着我的思绪，起起浮浮飘到了遥远遥远的少年时代。少年时！劝君莫惜金缕衣，劝君惜取少年时……

考入重点中学那年我 16 岁。营养不良，又瘦又矮，穿着条土布大裆裤子，留了个黑白分明的壶盖头，一蹦能抖落一身土气，一身穷气。父亲三年前得"浮肿病"去世了，50 多岁的母亲和哥哥硬是撑着供我读书的。他们差不多全靠野菜充饥，把省下的粮食让我带到学校。我可怜母亲，一次，我说我不上学了，母亲竟伤心得哭了一场，气得哥哥揍了我一顿。因此，穷尽管穷，我学习是肯下功夫的。

清清楚楚记得那个春日的上午，预备铃响过，我取书时意外地发现了奇迹，我的桌屉里放了一个白白胖胖的馒头。压着一张纸条，写着："我吃不完了，请帮帮忙。"

谁这么好心？我猜来猜去怎么也猜不出来。

从那次起，每天早饭后我的桌屉里都放着一个馒头。

别看一个馒头，在那粮食紧张的年代，对于我这个饥肠辘辘的穷小子来说，简直是活命之泉。这个人是谁呢？我一定要弄清楚，将来好报答人家的大恩大德。

一天下了早自习，同学们都一呼拢钻出教室拥向食堂，我则半道上悄悄绕到教室后边，隔着窗户向里注视。在同学们都还没有从食堂回来时，一个女同学走进教室。难道是她？当真是她！只见她径直走到我的桌子前，很利落地掀开屉盖又合上，然后回到她自己的座位坐下，翻开一个歌本小声哼起来。

啊，乔莹珠，这个全班同学（包括女生）选出来的美人！——不是用选票，而是用眼睛，她的美丽是写在每个男同学和女同学眼睛里的。瞧她那娉娉婷婷的高挑身段，那少女尚未成熟的微微隆起的胸，那白皙中微透红润的嫩嫩的瓜子脸，那蛾须一样细而弯弯的眉，那沉思时长且密且黑且向上翘起的睫毛慢慢合上又一下睁开的神韵，都给人无限的遐思和神往。她不但长得美，学习也是我们班的尖子，每次考试总在全校的前三名之中（我曾决心赶上她，可总不能成功）。特别是作文，无论构思立意，她每次总能别开生面，读来令人耳目一新。省人民出版社编的《中学生作文选》就选过她两篇。不少老师都预言她将来一定能成为一个了不起的女作家。

我的纯净的心泉一下子被搅乱了。这是怎么回事？难道……绝对不可能！我强制自己不去胡思乱想，然而各种念头还是像一群兔子那样腾跃而出……

入校那天，我背着个旧土布床单裹着的行李卷儿，遇到的尽是轻蔑的、讥讽的、嘲笑的目光。我不知去哪儿报到，又不敢开口问人。她落落大方地走过来了。“你也是新生吧？我领你去报到。”她看着我，长且密且黑且向上翘起的睫毛慢慢地下合又抬起，然后启齿一笑，“我是城郊公社的，叫乔莹珠。你呢？”我呢？我完全像个呆子一样跟在她后边……

此刻，我心里有一种甜蜜温馨的强烈感觉和一种潮涌似的冲动。站久了怕被人发现，得快点离开。可是转身却看到体育课代表刘玉才正远远地站在一棵树下向这边痴望。见我转身他也连忙转身，原地起跳摸了一下头顶上方的树叶，然后大模大样到操场角上盘双杠去了。

他是不是发现了这只应该属于我的秘密？我有点担心。

因为知道了是乔莹珠放的馒头，那馒头的价值就非同寻常了。我舍不得把它轻易吃掉，时不时偷偷捧在手里轻轻抚摸。直到上晚自习的时候，我才悄悄地一点一点地开始吃，每掐一点放到嘴里都要含上半天，嚼上半天，然后才细细地下咽。像蜜汁拌过一样，那香甜一直流到心里，又顺着血脉流遍全身。我哪里是在吃馒头，我是在品味一种纯洁的情感！

我正颤巍巍地享受着，陶醉在一种暖融融的情境中，陡然觉得有一股灼人的目光落在我的后背上。我一惊，慢慢地小心地斜过目光去，只见坐在我侧后方的刘玉才正用忌妒的目光盯着我，看来他全知道，也许比我还先知道是谁放的馒头。我的嘴停止了吮吸式的翕动，其滋味也似乎不那么香甜了。

他会不会从中坏事？会不会把这秘密张扬出去？这种事情在同学中传开一定会被误解，会被弄得满城风雨。不，他不会说。我了解刘玉才。他是南刘庄的，我是北刘庄的，两村相距不远，中间隔着一条黄河大堤。我们从小就是同班。后来事实果然证明我是虚惊一场，反而让我看穿了他的心底——他也喜欢着乔莹珠。

我总想找个机会对乔莹珠表表自己的感激之情。一次星期六回家，我远远看见她穿着件枣红布衫走在前面。她家住东郊乔寨，我们本可以走同一段路的。我鼓了鼓勇气赶上去。然而快到她身边时又慢下来。她却发现了我，在一丛柳棵子旁站下来等我。

我们同路了，但仍保持着一定的距离。我心慌意乱，半天，没边儿没沿儿地冒出这么一句："我，都知道了。"

"知道啥？"她顺手在路边的柳棵子上掐下片柳叶，含在嘴里。

"馒头，是你在我桌屉里放的。"

"我还当是啥秘密呢。"她稚气地一笑，用含在嘴里的柳叶吹出画眉鸟婉转的叫声，一副若无其事的样子。

她很轻松，我很紧张；她恬静自如，我却心潮翻涌："你……心真好。将来……我一定报答……"

"你说什么呀？你！"她停下了，先是有点儿吃惊地看着我，接着又一笑，密密的眼睫毛慢慢地向下合。那神韵真叫人入迷。

"你家里困难，我家里宽裕些，帮助你一点儿还不应该吗？"

她像个小观音一样纯净无瑕。我不应该胡思乱想。可是我已经不能自已了。17 岁，17 岁正是青春冲动的年华啊。体育课、课间操，我的视线总不自主地跟随着她。随便看到一群女生，我也会在她们之中寻找她的身影。她的座位在我后边，因此我进出教室总是走后门。我每星期为她写一首诗，写在我一直舍不得用的那个日记本上，那是我第一学期得的奖品。

## 四

当时正开展学雷锋活动，陈萍带着我们到郊区生产队"做好事"。我的目光正盯在前边女生中的乔莹珠身上，猛听有人喊我："刘雨点！"

好像扒手掏包时被人发现了一样，我的心不由一颤。回头看，叫我的正是团支部书记陈萍。她已离开队列，我的一颗心越发收紧了。

陈萍长得说不上漂亮，但虎虎势势圆圆胖胖的挺耐看。她正直、无私、热情，不遗余力地协助班主任工作，同学中间一出现什么问题就及时向老师报告。因此不少同学讨厌她，背后喊她“狗腿子”。我倒觉得她挺不错，就是有一点，她对乔莹珠有偏见。她不止一次在我面前说乔莹珠只专不红，不注意改造世界观；说她过于讲究穿戴，怕脏怕苦，有小资产阶级思想。

她把我喊出队列。我知道她又要找我“谈心”了。她是一有工夫就找同学谈心的。我有点儿心虚。难道她看出了我对乔莹珠的心思？在中学时代是绝对不许可谈恋爱的。我紧张回忆我平时的举止是不是有什么地方过了头，出了格。我觉得没有。

“对团支部的工作有什么意见吗？”她总是爱这样开头。

我摇摇头。

“那，对我个人呢？”

我摇摇头。

担心是多余的。她没有谈这方面的事。只是说我以后应该多关心集体，多做好事，那意思好像是说我在学雷锋活动中不够积极；又说我政治上要求进步不够迫切，应该又红又专，不能只专不红。末了，她从口袋里掏出一沓饭票，递给我。

“你家经济困难，支部对你关心不够，我这个支部书记应该做自我批评。这饭票是我们几个凑起来的，请你收下吧。”

心里一阵热热的，可我还是连忙谢绝：“不用。我的粮食够吃，能吃饱。”

“收下吧。”她的态度非常诚恳，“常说一代同学三代亲，互相帮助是应该的……”

“真的够吃。要没其他事，我走了。”我急忙追赶前边的队伍去了。当时的我竟莫名其妙地觉得，如果再接受她的帮助，就有点儿对不起乔莹珠了。

生产队长让我们帮助平整土地，主要是挖土和抬土，陈萍上来挑了一个最大的土筐。别人都不情愿和她抬，她呢，目光在人群中一睃，落在了乔莹珠身上。乔莹珠稍一犹豫，便走过去抬起了杠子的另一端。

也许美丽的姑娘都娇嫩，乔莹珠是女生中极纤弱的一个，陈萍为什么偏要找她抬呢？刚抬几趟，乔莹珠脸也红了，汗也出了，脚步也乱了。而陈萍却故意昂首阔步，趾高气扬。

抬第六筐时，我装了个平筐便停下铁锨。

“装呀，你！”陈萍不走。

我装两锹，又停下来。

陈萍瞪我一眼，夺过铁锹三五下就垒成一个小山包，然后把锹递给我，转身招呼乔莹珠抬筐。我心疼乔莹珠，把铁锹向旁边狠劲一插，冲着陈萍说："咱俩抬！"然后去接乔莹珠手中的杠子。

然而，乔莹珠尽管身体娇弱，性情温柔，可那娇弱和温柔中却也不乏执拗和刚强。她死抱着杠子头不放，脸涨得通红："别人能抬，我也能抬。"

第二天课外活动，陈萍让我出黑板报。我从小爱画画，五岁时父亲就教我写字，字也写得不错，班上写写画画都是我干。陈萍总爱给我搭下手，把黑板擦得干干净净，然后就站在一旁歪着头看，兼递个粉笔什么的。"字也棒，画也棒，雨点真是个小能豆！"她这样夸我。可我并不高兴，我讨厌"小能豆"这称呼。陈萍大概也感觉到了，再没这样叫我，而夸我"内秀"。我仍然不高兴。既然说"内秀"，一定是"外不秀"。我长得不好看是事实，然而事实有时也不想让别人说。我少年时的自尊心是极强的。后来陈萍再不夸我，只是歪着脑袋在旁边欣赏。

陈萍已把黑板擦净在等我。这一次我发现她脸色不好看。果然，我一到她便提起了昨天抬筐的事："你以为我是故意为难她？要她的好看？我是帮助她。你看她只想成名成家，满脑袋小资产阶级思想，不改造世界观行吗？"

帮助人有这样帮法？我真想顶她几句，然而幸好没有顶她。不久之后，我干了件窝囊事，命运便完全操在她的手里了。

## 五

我很想要乔莹珠一张照片。她没有答应，但也没有拒绝。我知道她才洗印的相片就放在她抽屉里，便偷偷地拿了一张。

照片放在我胸前口袋里。中午在食堂买饭，掏饭票时竟把照片带了出来。照片在空中飘了飘落在离我两步远的地方。我忙不迭去捡，可是已被陈萍捡到了。她拿到手中一看，脸色陡变，把照片往口袋里一塞便快步走了。

完了。我的心猛往下沉，头却涨得笆斗般大。这个"小狗腿子"，自习堂同学们放个响屁她都恨不得汇报给老师，何况这样的大事。等待着我的会是什么？警告？记过？留校察看？勒令退学？丢人现眼，身败名裂；理想的破灭，母亲的眼泪……

我耷拉着脑袋不敢看人，迈着沉重的双腿像个罪犯一样走回教室。整个下午我坐在座位上一动未动。我等待着，等待着班上开会，等待着学校开会，等待着校领导宣布："为了教育本人和全体同学，给刘雨点……"

一天，两天……我提心吊胆，度日如年。一看见老师进教室就想着可能是叫我的。奇怪，已经过了五天，竟然没有动静。陈萍呢，这几天脸色一直很难看，见了面就用轻蔑的、鄙夷的眼光斜我。看来她是不会善罢甘休的。是她捏着这张王牌故意折磨我的神经，还是教务处正在研究给我的处分？

第六天晚自习时，陈萍让我跟她去一趟。看来是要"执行"了。我错了。她把我叫到大操场，阴着脸把那张照片摔到我面前，一句话没说便扭身走了。

我给搞懵了。

她没有告发我。我不知道她为什么独独对我高抬贵手，开了绿灯。只是从此以后她不但不再找我"谈心"，连话也不屑和我说了。

难关虽然渡过了，然而我的学习成绩却直线跌了下来……

## 六

月亮升高了，房间里变得明亮起来。酒劲差不多已经下去了，可是我仍然辗转反侧，未能成眠。我披衣下床，走出门。朦胧的月色把一座座院落、一栋栋瓦房润染成一个灰黄色的梦。已是暮春天气，小南风却还带着微微的寒意。好静啊。

隐隐传来"呜呜"的声响，似松涛，似风暴。那是从我儿时就听惯了的黄河沉沉的鼾声。这声音引着我走向村外。油菜已经结籽，梢儿上的小花仍然散发着清香。记得这里过去是一片沙滩，沙滩上满是蚁虱为捉蚂蚁设下的大大小小的圆锥形陷阱；现在却全是平展展的麦田，这当然是老同学陈萍的政绩了。

明月伴我沿着小径走向黄河岸边，走向我傍晚徘徊的地方。

此时此地的黄河并没有"天上来"的磅礴气势。水面极阔，水流看上去很沉稳。月光在水波上一闪一闪，像熔金。这情景似曾相识……

中学时代剩下了最后一个学期，班上的气氛格外紧张起来。到了"刺刀见红"的时候了。12 年寒窗在此一搏。考好了，便可"朝为田间郎，暮登天子堂"；考砸了，就要回乡当一辈子"贫下中农"了。

我拼命学习，可是成绩总上不去。"爱和炭相同，燃烧起来得设法叫它冷却，让它任意燃烧，那它就会把一颗心烧焦。"我默诵着这些名言，然而课堂上思想照样开小差，晚上照样失眠。

也许把事情挑明会好些，成则成，不成则死了这条心。不久的一件小事更增强了我的勇气。

晚自习时，我和乔莹珠研究一道物理题。我那支老掉牙的钢笔很不争气，它弄得我手上全是墨水，还毫不客气地屙了一摊。她很利落地抽去我手中的笔，把自己那支新笔递给我："用这支。"

我很为难："那你……"

"我还有一支。"她说。

夜间，我把那支钢笔就放在我的唇边。

一定要向她表白我的爱情。还是星期六回家的路上。我拿不准该怎样开口，心跳得厉害。她呢，对我还是那样亲切。

就到岔路口了。

"快……毕业了。"我极艰难地开了口。

"是呀，快毕业了。"她恬静地一笑。

"莹珠，我……"我憋得喘不过气来。

她密密的睫毛慢慢抬上去，吃惊地看着我："雨点，你这是怎么啦？"

"莹珠，我……我们将来永远在一起，好吗？"我不敢看她，一颗心提到嗓子眼儿。

"你说什么？"

"我，爱你！我可以为你献出一切！"对于一个自信心不足的高中生来说，说出这句话差不多需要全部的勇气和力量。

她睁大了眼睛看看我，又把目光转向路边的柳棵子，喃喃地说："这是不可能的。我喜欢你，但……这是不可能的。绝对不可能的。"

仿佛，我的心一下子被摘去了，半天才感到了剧烈的疼痛。我真想趴在地上大哭一场。

"雨点，千万别胡思乱想，咱们还像原来那样相处，不挺好吗？"

我的心酸楚楚疼得厉害，四肢发软，我快要瘫倒了。哎，不自量力，自作多情！

我极痛苦，自己都觉得自己可怜。有时便在痛苦中做出种种猜测。她拒绝我是不是因为看上了别人？这个人是谁？刘玉才？他可是仪表堂堂，学校每次开运动会总是大出风头，多少女生为他拼命鼓掌加油，多少女生的目光粘在他"掷铁饼者"一样健美的身坯上啊。而且，他也确确实实爱着乔莹珠。在乔莹珠不注意的时候，他也经常走神儿地看她。她是不是看上了他？不可能。他尽管爱她，可又好像怕她，躲她，连一句话也不敢和她说。

他也只有体育好，其他功课都很一般，语文更不行。乔莹珠不会看上他。那么，其他人呢？追求她的男生还大有人在呀……

日子真难熬啊。多亏不久就用不着我在这闷葫芦里痛苦猜测了。一个偶然的机会，我终于发现了她的全部秘密，可我万万没想到那躲在幕后的情敌竟然是他！

## 七

由于苦闷，我晚饭后经常毫无目的地跑到郊外。如今我还清楚地记得那个暮春的黄昏，如血似的一点残阳把护城河的河水染成了胭脂色。在环城公路上我看到一个熟悉的身影，我一眼便认出那是乔莹珠。天已经快黑了，她一个人到郊外干什么？一种内在的引力促使我跟了上去。

在我离她还有四五十米的时候，她拐上了一条柳棵子掩映的小道。我也跟着拐上了那条小道。像变戏法一样，当我快要赶上她时，她的身旁却已经有了一个男子。那男子高高的身材，从背影上看很漂亮，也很眼熟。我马上认出来了，是县文化局创作组的韩谷。

我像根木橛子一样揳在原地了。这才是对我最厉害的一击。半月前她虽然拒绝了我，可我心里总还存有一线希望，尽管那希望像秋天的游丝一样细微，一样飘忽不定。我有时考虑，她所以拒绝我，也许因为中学时代不是恋爱的时候，害怕影响我的学习，也许她还不了解我那颗她已占去的心……如今，我那游丝一样缥缈的希望也顷刻间化为泡影。

韩谷是我们县唯一在省报刊上发表过诗歌、散文的青年，还是县篮球代表队的主力。去年“五四”青年节，县直代表队和教工代表队在学校操场进行篮球比赛，他大显了身手。比赛结束，从教室旁边路过，他肩头搭着外衣随意地浏览教室墙上那一块块用彩色粉笔勾画的黑板报。那是为纪念“五四”而出的，各班都有。韩谷看着看着，目光突然停留在一首诗上不动了。那正是我们班的板报，那首诗正是我亲手抄上去的，作者正是乔莹珠。诗的最后一段直到20多年后的今天我还能记得一字不差——

咱们来交个朋友吧，
在你烦恼或者忧伤的时候。
随我一起去享用静谧的林间吧。
在那野花点点的小径上漫游，

揪一把毛茸茸的鹅黄色草穗儿，
编一只胖乎乎的翘尾巴小狗儿。
这时刻呀，朋友，
什么烦恼，什么忧愁，
便会从你的心灵上悄悄溜走。
友情呀，
友情在你脉管中甜甜地酿——
——友情是蜜；
生活呀，
生活在你的前边汩汩地流——
——生活是酒！

韩谷站在乔莹珠写的那首诗前，吟诵数遍，赞不绝口。又专门找语文教师了解她的情况，并把这首诗推荐给了省报（省报不久就刊登了）。后来，学校请韩谷给我们进行“理想教育”的时候，他又提及这首诗。再后来，乔莹珠就经常找他请教写作上的问题了。

可我原先还是没有想到她会爱上他，韩谷少说要比她大上七八岁。唉唉，现在我才发现我好蠢哪！人家两个已经在小树林约会了，可我还像傻瓜一样蒙在鼓里。

正想转身离去，可头脑中突然跳出一个虽然不能叫卑下但绝不是高尚的念头，我想亲眼看看他们到底发展到了什么程度。我知道这样做是自己把痛苦嚼碎再咽到肚里，可是就此离去我心里也不会好受。

太阳已经落下去了。天空还是亮闪闪的，钻天杨的树梢像是镀了一层金。东边天空有一片月亮，白白的没有光。一切都像梦境。

我利用柳棵子的掩护悄悄跟着他们。又走了几十步的光景，他们拐进了一行柳棵子深处。

韩谷一边走一边不时弯腰揪那地边的嫩茸茸的草穗儿。不一会儿便揪了一把，然后递给乔莹珠，轻轻地说：“露儿（我记得非常真切，他叫她露儿而不是珠儿），我揪了一把毛茸茸的鹅黄色草穗儿，请编一只胖乎乎的翘尾巴小狗儿。”乔莹珠甜甜一笑，接过那把草穗儿，抽出两根，两手（那双手我只敢偷偷地看从未敢碰过）先是一挽，然后续添缠绕，十指灵巧地动作，一只小狗儿就编成了。支着耳朵，翘着尾巴，生动，传神。她拿着那只毛茸茸的小狗儿在韩谷的脸上蹭着，竭力做出吓人的表情，轻声嚷着：“咬你咬你咬你，汪汪汪！”那样子看上去越发天真动人。韩谷盯着她看了片刻，猛一下把她紧紧地搂住了……

瞬间，我感到我不复存在了，我消失了，我像小人鱼一样化为泡沫了。当我又感到了我仍然存在的时候，我心中胀满的已不单单是痛苦是忌妒而又添加了沉重的愤恨。韩谷你，你怎么可以这样？她是一朵娇嫩的花呀！她是一滴纯净的水呀！她是一朵洁白的云呀！她是天使，她是仙女，她是我心中的小观音呀！我可是从来连她的手也不敢碰一下，要是碰一下她的手我觉得就是对她的亵渎呀！

田野的黄昏静得要死呀。雾，慢慢地上来了，淡淡的，偎着大地偎着柳棵子偎着他们俩。那片白白的月亮开始发光了，照着大地照着柳棵子照着他们俩。韩谷久久地搂着她，手轻轻抚摸着她的后背她的头发她的脖子慢慢移向她的胸部。她把它拿开了。那手又伸过去。她没有再坚持。但我能感觉出她的身子在簌簌发抖，脸色也一定由潮红变为苍白。那只毛茸茸的草穗儿小狗儿掉到了一边。他开始解她胸前的纽扣了，一颗，两颗……

我的心号啕大哭了。我闭上眼，两手死死地捂着脸，眼泪从指缝间向外漫溢。我不知道我为什么哭泣，不知道是为乔莹珠还是为自己抑或既是为乔莹珠也是为自己。

我为乔莹珠而哭。你为什么要这样？为什么不爱惜自己不珍重自己的童贞？什么娇嫩的花呀纯净的水呀洁白的云呀却原来并不纯真并不洁净。我为自己而哭。两年来，为了每天的那一个馒头，我付出了多么惨重的代价啊。我有一种受骗之感。一个并不贞洁的女子用每天的一个馒头骗取了我的心，骗取了我童贞的纯洁的炽烈的全部感情。恨她吧，鄙视她吧，忘掉她吧……

## 八

记不清我是怎样回到学校寝室的。天已经黑透了。同学都去上晚自习了，寝室里只有我一个人。我没有开灯。泪水打湿了我的枕巾。我不知道自己躺了多久，也许是 20 分钟，也许是两个小时。从枕头的最里层掏出我为乔莹珠写的全部情诗，在黑暗中读了一遍，然后装入口袋。

我又一个人出了东关，顺着环城公路漫无目的地向南走去。我不知道等待我的是什么？我不知道我要走向哪里？

我不知道我将走向哪里？
道路，
抑或充满阳光，抑或布满荆棘；
前方，
抑或是伊甸园，抑或是炼狱。
我不管，我全不管，
我只管向前走去，
向着天际那颗迷人的小星……

这不是我为她写的第一首情诗吗？诗虽稚嫩却蘸着我的心血。我抬起头在天际寻找那颗绿宝石一样晶莹的小星。没有找到。也许是我泪眼模糊的缘故；也许是月光太亮了；也许……也许那颗小星在我的心中无声地陨落了……

月色朦胧，一条暗灰色的巨蟒横在我的眼前。啊，黄河大堤。大堤的斜坡上是一行行、一丛丛的柳棵子，中间夹有一株株的桃李树。去年柳绿花红时，陈萍带队到这里陈桥村参观赵匡胤兵变时的“系马槐”。看完系马槐自由活动，我找机会和乔莹珠在这桃李树和柳棵子之间待了一会儿。我们并没有谈什么，只是感叹大自然的魅力。当时感到这就足够了。回到学校，我又偷偷写下一首情诗——

叮咚儿，叮咚儿，
我心中流出一脉清澈的小溪；
叽咕儿，叽咕儿，
画眉鸟轻唱着飞入我的梦里。
蓝天呀，
为何这样明丽？
小草呀，
为何这样嫩绿？
还用说吗，还用说吗，
因为你身边有一位娇艳的
小仙女……

如今，小仙女安在？画眉鸟安在？小溪还能歌唱吗？不，我的心泉已经干涸了，枯竭了。我从口袋里掏出我用心血为她写的全部情诗，从另一个口袋里掏出火柴。一朵橘红色的火苗孤魂野鬼一样在我的面前跳荡，好一会儿，慢慢小下去，最后只剩下一圈圈火星在余烬上游移。我是在为我死去的灵魂送纸钱吗？随着最后一点火星的黯然熄灭，我的心田成了一片废墟，我的身体成了一个躯壳。

我默然站了良久，又默然走下大堤，孤魂野鬼似地走向黄河。黄河呜呜咽咽地轻声呼叫着，在月光下闪着粼粼的光斑，像数万条水蛇在扭动。还是光屁股的时候，就在你浑浊的激流中学会了"狗刨式"，两只脚"扑通扑通"击出生活进行曲欢快的节奏。那日子是多么无忧无虑，多么令人向往呀！人啊，为什么要读书？为什么要长大？为什么要有七情六欲……要是一辈子能保持童年的心理该多好啊！

"刘雨点，你……你想干什么？"

谁？谁在喊我？声音因胆怯而微微发颤。是现实还是幻觉？我停下了脚步。

"你不能这样！你……"

我扭回身，面前站着的竟是陈萍。她怎么来啦？她来干什么？她在跟踪我吗？她以为我要投河自杀吗？我想过自杀吗？没有。我只不过觉得心里难受、空虚才来到这里。

我不希望这时候有人来打搅我，不管她是什么书记。一股无名火冲上来，我简直怒不可遏。然而当我转过身和她那惊惧关切的目光相遇时，我竟不由扑簌簌流下泪来。我体会到，此时此刻的我是多么脆弱，此时此刻我受伤的心真正需要的是同情，是安慰，是体贴，是温暖，是爱……

"雨点，生活中需要爱情，可爱情并不等于全部生活。何况，中学时代就为此烦恼，你不觉得过早了吗？"

"你说什么呀，我不过……随便出来走走。"我偷偷抹去溢出来的眼泪。

"别骗我了，我全知道。回去吧，咱们一边走一边谈。"她说完转身在前边走了。

我犹豫了一下，在后边慢慢跟上去……

……我的情绪渐渐稳定下来，学习也有了起色。就在这个时候，发生了一件震动全校的事情。

班上的气氛突然变了，同学们都在仨一窝俩一伙窃窃私议，好像在偷偷地传着一件玄妙的新闻。我还发现他们都不再和乔莹珠说话，见了她就躲得远远的，好像她是一个麻风病人，身上带有可怕的传染病菌。乔莹珠呢，像鲜嫩的小花遭了霜打，突然间变得萎缩了。她消瘦了，脸上的红晕没有了，眼眶里总是泪汪汪的；怕见人，怕和人说话，一天到晚坐在自己的座位上发呆，发怔。

这样的局面持续了一个星期，学校召开全校师生大会。会上，学校领导宣布了一个决定：因为乔莹珠违反校规，勒令其退学。

当天，乔莹珠就离校了。就在她离校的那天她仍然没有忘记在我的桌屉里放上一个馒头。

她离校时的情景惨极了，孤零零的没有人接，没有人送。只有刘玉才远远地默然地目送着她。记得第二天正好又是“五四”运动会，刘玉才情绪极其反常，像丢了魂一样。百米跨栏，他起跑晚了，就玩命地追，结果中途摔伤了。除了我之外恐怕谁也不知道这个全校第一号“运动健将”到底为了什么。

因为临近毕业，乔莹珠被勒令退学这件事引起的轩然大波很快就平静下来了。然而我却怎么也忘记不了。尽管我一直在心里发誓：“忘掉她忘掉她她不值得你爱”，可是，每当我早饭后坐到自己的座位上掀开桌屉的时候，便马上会记起乔莹珠来……

## 九

夜露很凉。月亮已移向西天，风，静止在河面上。浑黄的河水也像凝住了。村子里传来了第一声鸡啼。寒意袭来，我不由得打了两个寒噤。

我站起身向村里走去，思绪却仍然无法收拢。毕业考试我考了全班第一，第一志愿报的北京大学。谁知马上就要升学考试的时候学校却宣布停课了，批“三家村”，揪“牛鬼蛇神”，斗“走资派”，大串连，武斗，夺权……一闹腾就是十年。这期间我侥幸当了工人，直到1977年秋恢复高招，才又考进大学。天各一方，再也没有听到乔莹珠的消息。

天快亮的时候，我总算睡着了，直到陈萍来喊我吃早饭才醒来。因为失眠，我的头还在隐隐作痛。

饭后小坐，刘玉合递给我一支烟，我就燃上，并不怎么去吸。似乎都没有什么话好说。我的思绪仿佛还在遥远遥远的少年时没有返回。现在怎么样啊，乔莹珠，你这个不幸的女子。我不再犹豫了，我今天一定要去看看她，不管陈萍持什么态度。

我抬头看着陈萍，说：“陪我一块去看看乔莹珠，好吗？”

“还是你自己去吧，她又没有往我桌斗里放馒头。”一提乔莹珠，她的嘴角又露出了那种鄙夷不屑的神情，但毕竟没有昨天晚上那样放肆了，“不是老同学不奉陪，我去有很多地方不方便。计划生育小分队正在动员他们结扎，再不结扎，准备对她家实行经济制裁呢。”

我没有再强人所难，何况我内心还是有点想独自去的。我向村西头走着，一路上想象着见到她时的情景。

我的心沉沉的，深处却有一种隐隐的冲动。20 年了啊。当初尽管对乔莹珠产生过反感并极力要把她的形象从我心中抹去，可是时间和事实证明那是枉然。20 年来，对于第一个撞开我心灵上爱情之门的乔莹珠总不能忘怀，以至于婚后还经常梦见她。所以一说要回故乡采访，心中便立即跳出想见一见她的念头。这绝不是怀有什么不可告人的目的。究竟为什么，说不清。也许只是想见一见。

自从乔莹珠被勒令退学后，我就再没有见过她，只是偶尔听说过她的一点情况。

她父亲在村里是个耿直的很有威望的人，觉得女儿给他败坏了门风，丢了脸，声言非打死她不可。她母亲就把她送到县城她大姨家。因为这件事，韩谷在文化局也受到取消党员预备期的处分。好在他们依然相爱着，准备着结婚。

可是韩谷在省城工作的父亲死活不同意他们的婚事。他母亲亲自赶来，说只要韩谷和乔莹珠结婚，她就死给儿子看。他父亲也全力以赴活动，软硬兼施恩威并用，很快把儿子调回了省城。

这一次的打击对乔莹珠来说远远超过上一次。她的自尊心一下子被摧毁了。她觉得自己真的成了一个失了身的女人，一个不洁净的女人，一个被遗弃的女人。天天茶饭不思，痴痴呆呆地哭。她大姨也不想留她，就把她介绍给一个供销社的干部。比她大十几岁，刚刚死了老婆。她哪里敢挑剔，就匆匆忙忙结了婚。第二年生下个女孩。她丈夫心胸狭窄，老是怀疑不是他的孩子，经常揍她骂她羞辱她，她都忍了。可后来她丈夫还是和她离了婚。正在她走投无路的时候，回乡当了民办教师的刘玉才听说了，毅然把她接到了南刘庄……

## 十

一个女子失了身，当真就不纯洁或者起码不完美了吗？这种观念本身是不是一种心灵的欠缺？一种心灵的不纯洁不完美呢？

刘玉才就住在村头第二家，记得院墙根有棵老枣树。上小学时经常从他家门前过，总是睁大眼睛看着地面，巴望树上能落下两颗红枣来。在我童年的记忆里，他家有三间高大的新瓦房，很气派（当时那样的房子在全村找不出两三家有）。可是现在，不知是因为我人长大了呢，还是因为四邻盖起了更高大的新瓦房，他家的那三间变得又矮又小，而且破烂不堪。房顶的瓦垄落满了尘土，长满了绿苔、瓦松和狗尾巴草；砖墙也裂了缝，下面的砖被风雨侵蚀得陷了进去，稍上边的起有一层白白的盐硝。

我跨进了这座没有安大门的被雨水冲得豁豁牙牙的土墙院子。

院子里很脏，到处都是禾秸、树叶、草屑和鸡屎。一个穿得又脏又破的女孩儿正在喂鸡，手中端着一个破瓢。圈里的猪"哼唧哼唧"直叫。一个中年妇女端着个瓦盆，一溜小跑地从厨房出来，嘴里骂骂咧咧的："叫啥叫？再叫，看杀不了你！"一扭脸又看到了鸡群里的两只"生产白"，于是急忙弯腰放下瓦盆，抓起一根秫秸秆儿"呕哧呕哧"轰起来，又顺手给了那女孩一巴掌，张口就骂："死妞，眼叫鹰叼了，没看见那是人家的鸡！"

那女人中等个子，衣服破而且脏；头发好像没有梳过，乱蓬蓬的，脑后的发髻松弛下来；脸孔黄瘦皱瘪，像骷髅上蒙了一张皮；眼睛干涩无神，稍一皱眉便扯成三角形。

我一眼便认出这就是我要见的乔莹珠。一点不错。这就是当年楚楚动人的全校第一号才女乔莹珠，这就是我少年时爱得发狂如今仍在怀念的乔莹珠，这就是当年那个水灵得像出水芙蓉一样的乔莹珠。生活的雕刻刀是多么严酷无情啊，它三两下就把一个如花似玉的姑娘变成了一个干巴巴的邋遢女人。在这个乞丐似的村妇身上哪儿还有一丝一毫乔莹珠的影子！可是没有吗？我又为什么一眼就能认出她来？

一朵娇嫩的鲜花枯萎了，一切美好的记忆顷刻间被毁灭，我心中维纳斯的塑像也在这一瞬间轰然倒塌了。我怅然若失，心里苦不堪言。她发现了我，呆滞地看着我。我兴味全无，正想转身离去，可她说话了，连声音也是沙哑干瘪的。

"你找谁？"

"我……"我觉得自己很难堪，"你认不出我啦？咱们……是老同学呀！"

她蹙起眉头，眼睛又揪成三角形。

"我是刘雨点。"

"刘雨点？"她在回忆。

"忘啦？在县一中时，你天天在他桌斗里放馒头。那时他又瘦又矮，留个茶壶盖头……"

"噢!"这一下她想起来了,那干涩的眼睛竟然亮了许多。然而当我庆幸她终于认出了我的时候,她眼中的亮光又倏然不见了。反而显得更加冷漠,既没问我在那儿工作也没问我怎么来到这里。

"到屋里坐吧,喝点水。"她说。

一阵哀伤和委屈油然而生。也许她眼中的亮光只是我的错觉,她根本没认出我。也许她在认出我的一瞬间忆起美好的少年时并唤起她的自尊,而眼下的低下处境却根本无法维护那自尊,于是便对我更加冷漠。我明白了,她根本不需要看见我,我也根本没必要来。

"不不不,在院子里挺好。"我连忙说。

她这种态度,我怎么能进她的屋。再说屋子里也一定脏乱得不会有地方可坐,何况还要喝水,这样脏的女人那碗也不会洗干净的。

"我回咱这儿出差,顺便看看老同学。"我说。

"那中。"她再不让我,回身向屋子里大声喊,"她爹,搬个墩儿出来。"

我的视线又转向屋门口,想看看这个"她爹"目前的状况。想当年,他尽管学习一般,可体育却是全校首屈一指的。黑黑的皮肤,校运动会上衣服一脱就露出满身肉腱子,在追求乔莹珠的同学中,他无疑是最健美的。

尽管我把他的现状想象得够惨了,现实却仍然大出我的意料之外。走出屋门的竟是一个弯腰弓背的瘸子,而且瘸得非常厉害。走路一侧楞一侧楞,一只胳膊差不多触到地面。胡子拉碴,灰眉乌嘴。已经是暮春了,却还穿着件油光光的中式黑棉袄。

这是不是生活在捉弄人?他怎么会变成这样?他那轩昂的器宇呢?他那强健的身板呢?他那漂亮而有力的长腿呢?

"坐吧,同志。"他把手中一个用白蜡条编的矮凳子放到我面前,笑了笑,笑得迟钝勉强又可怜,"您是上边抓计划生育工作的干部吧?您看我这腿,不要个儿子将来谁养活俺……"

"他不是……他是……"乔莹珠先向刘玉才,又转向我,"你叫……啥来着?"

"我是刘雨点。"

我突然感到强烈的屈辱和伤心。她是真的记不得我还是假装记不得我呢?

"刘同志,乡下和外边不一样,你们,就抬抬手……"刘玉才还要乞求。

我不知道我胡乱应酬了句什么,便仓皇地狼狈地逃走了……

## 十一

这算怎么回事？一定是我弄错了，一定是我找错了人。一定。我把我碰到的情况向陈萍讲了一遍，她却不以为然地笑了。

“错不了，她就是你梦中的小美人。她男人一定是把你当成了上边的干部，以为去动员他们结扎的。除了抓计划生育工作的，谁也没进过他们家的门。”

“他们怎么会弄到这种地步呢？”我对少年时梦幻的追忆和追忆的梦幻彻底破灭了。我真不该去见她。

“怎么不会呢？”陈萍反问我。

我点燃一支烟，默默地抽。

“这也是自作自受。”陈萍给我简单叙述了他们俩的情况，“当初，刘玉才回乡后还算混得不错。当了公社中学的民办教师，又和前任大队支书的闺女定了亲。很有希望转正的。可不知怎么听说乔莹珠离了婚，就请假进了县城。那货也不知怎么鬼迷心窍，放着一个排排场场的闺女不娶，偏去接回来一个大破鞋，还有一个带犊儿妞。”

“对不起，也许我的话会刺伤你。可你知道，在学校时我对乔莹珠的印象就很坏。”

“当时，我是大队团支部书记，坚决反对他这样做。不光是我，他父母兄弟亲戚朋友都反对。可他拗得很，谁的话也不听。到底和支书的女儿退了婚，到县城接回了乔莹珠。他们结婚时全村没有一个人傍边。就这，刘玉才在全村人心目中的地位和价值一下子跌下来，跌得连惯偷刘二闹都不如。前任支书恨死了他，他不但失去了转正的机会，连民办教师也被撤换了。”

“全村人都不理他们，他们也不理全村人。那些年，计划生育不紧。乔莹珠一连生了四个妞，还要生，非要生一个小子不成。你知道，责任制之前，咱黄河湾穷得叮叮当当，鬼不歇脚。村里差不多人人都是‘贼’。只要是公家的东西，能偷就偷，能拿就拿。一个冬天的夜里，刘玉才也到大堤坡上偷树，谁知树倒时不小心砸断了脚。当时又不敢去医院，就是敢去也没有钱，他家连点煤油灯的钱也没有。就这样落下了残疾，而且越来越厉害……”

越来越强烈的同情怜悯心理在促使我自省，促使我自责。你为什么非要去看望乔莹珠呢？除了因为怀念，你心里有没有想炫耀一下自己地位的想法呢？哪怕只是一个念头！

我沉痛又迷惘。刘玉才这样做算不算是一种殉情？过去我一直认为我是最爱乔莹珠的，可是在乔莹珠带着一个孩子又名声很臭的时候，我会不会像刘玉才那样继续爱她？会不会像刘玉才那样毅然决然做出那样大的牺牲而和她结合？我？显然绝对做不到。当我发现她有污点（当时确实认为是污点）的时候，我不是就极力让自己去贬低去恼恨去诅咒去忘记她吗？

我半天没有说话，身子也一动不动。眼睛木木地盯着从窗棂射进来的几束光柱。这之间的反差太大了，当年，她的各门功课都比我好得多，她的地位和成就本应该在我之上……

"雨点，你，不舒服吗？"陈萍关切地把手掌贴在我的前额上。我感到了她手掌的潮热。

我仍一动不动，良久，说："陈萍，说心里话，你现在还认为，她当时讲究穿戴和企望成名成家的做法是资产阶级思想吗？"

"现在——"陈萍从我额上拿开手掌，犹豫了一会儿，才说，"就算这些没什么，可上中学就谈恋爱而且发生关系，这总不是什么光彩的事情吧！"

我仍然木木地坐着。少年时代生活的大潮从遥远遥远的地方扑上来，又退下去，又扑上来……少年时乔莹珠那美丽动人的形象也似这大潮一样忽然涌在我的眼前，忽然又退得很远很远。我又记起当年我亲手抄在黑板报上的乔莹珠的那首诗，竟然缓慢深沉地极动感情地吟哦有声：

咱们来交个朋友吧，
在你烦恼或者忧伤的时候。
随我一起去享用静谧的林间吧，
在那野花点点的小径上漫游，
揪一把毛茸茸的鹅黄色草穗儿，
编一只胖乎乎的翘尾巴小狗儿。
这时刻呀，朋友。
什么烦恼，什么忧愁。
便会从你的心灵上悄悄溜走。
友情呀，
友情在你脉管中甜甜地酿——
——友情是蜜；
生活呀，
生活在你的前边汩汩地流——
——生活是酒！

我不再说话。陈萍也不再说话。

我听到我的心在低声哭泣。也许是我那沉痛的情绪感染了陈萍,她那顽固地嵌在嘴角的鄙夷、轻蔑的神情彻底消失了。

我突然觉得,正是这首诗引导着乔莹珠一步一步走向她自己的悲剧。要不是这首诗,她怎么能认识韩谷?要不是认识韩谷,她怎么能在爱情的漩涡里陷得不可自拔?才华,到底是福还是祸?爱情,到底是鲜花还是陷阱?这就是冥冥中不可把握的命运吗?

窗洞透过来的光束在向我和陈萍的面前推移。可以隐约辨出一只蜘蛛在窗洞上结网的影子。可见,生产责任制以后,这原来的大队办公室已经非常冷落了。

"唉!"陈萍忽然长长地叹了口气,说,"小雨点儿啊——"

我把目光转过去,等着她对我说什么。

可她却把目光移开去,良久,说:"咱们回去吃饭吧。"

## 十二

我决定下午就离开南刘庄。然而,就此一走了之我又觉得心里不是滋味。可我住下来又能为乔莹珠做些什么呢?

中午饭吃得非常沉闷。陈萍给我斟第四杯酒的时候,我用手势止住了她,她也就放下了酒壶。饭后,刘玉合又给我递烟,我接过来放在了桌子上。

陈萍很忧伤地看着我,说:"小雨点,就走吗?"

我点点头。

我总觉得似乎还有什么事情没有了结,似乎还有什么想说的话没有说完。

走吧。

登上黄河大堤,我执意不让陈萍开车送我。我想自己走一走,反正离乡政府也就几里路。

我们握手告别。陈萍久久地握着我的手,久久地盯着我。我忽然觉得她忧郁的眼睛中有一种企盼的光:"小雨点儿,还有什么话要说吗?"

我犹豫了一下,终于说出我一直想说又不知该不该说的话:"陈萍,对乔莹珠,你能不能……我是说,你是支书,能不能帮帮他们……"

她有点失望。我们就这样握着手,默默地站着。过了一会儿,她低声说:"小雨点儿,你放心走吧,我尽量帮助他们就是了。"

我用力握着她的手。

她依然看着我，目光中有依恋，有伤感，也有惭愧和内疚："她和韩谷谈恋爱的事，是我报告老师的。可我并不知道他们发生了关系，结果到教导处一吓唬，她全说了。"她回避开我的目光，声音再低下去，"当然，当时如果我知道，更会说的。"

她此时态度极真诚，真诚得几乎感动了我。如今还说什么呢，她的一次小报告竟然毁了乔莹珠(岂止乔莹珠)一生的前途和幸福。从学校团支书到村党支部书记，她把黄河滩的沙漠变成了绿洲，却把乔莹珠心灵的绿洲变成了沙漠。可是似乎又没有理由责备她，客观地说这也不是她的错。

沿着大堤走了很远，回头看还见陈萍在那里站着。和来时的心情截然相反，我觉得惆怅，觉得郁闷。少年时的故事有了结局，没想到的是结局如此沉重。假如20年前的乔莹珠没有过早恋爱，或者陈萍没有告发乔莹珠，或者学校没有勒令乔莹珠退学的话，她现在的处境会是什么样子呢？假如20年前乔莹珠爱上的不是那个韩谷，而是我，那么我现在的处境又会是什么样子呢？

我想了很多很多。

黄河大堤如巨蟒蜿蜿蜒蜒，不见头尾，堤坡上的柳棵子翠绿欲滴。在大道的旁边，在那星星点点的野花之间，我又看到了一株草穗儿，一株毛茸茸的鹅黄色的草穗儿，娉娉婷婷立在春光之中，那种并不被诗人和小说家所看重的草穗儿，那种嫩嫩的在阳光下好像透明的草穗儿。我慢慢地走过去，默默地站下来，心头蓦地生出一种奇异的感觉，仿佛我正肃立在自己亲人的坟茔前一样……

# 蝈蝈

## 一

人行如水，车行如水。一个腰驼如弓的乡下老农从这千篇一律的背景中脱颖而出，一拱一拱走得非常生动。这身影很熟识，走近些就认出来果然是我大哥。

大哥身体还挺硬朗，只是腰弓得越发厉害，也更见老了，整个体型和肌肤仿佛是用沧桑岁月掺和着黄河岸边的泥色、风色、日色雕塑而成。

大哥带来了乡下的季节：西瓜、甜瓜、嫩玉米。果实的个头、色泽、香味，仿佛都在证实大哥的勤劳。

大哥带来了一只蝈蝈儿。蝈蝈儿真嫩，绿莹莹若一颗俏色翡翠。笼子用细细的高粱莛儿做成，拱檐挑角，玲珑精致。大哥知道我从小就喜欢养蝈蝈儿，喜欢听蝈蝈儿的叫声，所以每次夏季进城从不忘捉一只嫩蝈蝈儿给我带来。

大哥的亲情让我心里甜得发酸，让我更感到了世事的无情，于是就有几分伤感。这些日子，就是回到家里，面对亲人，我依然摆脱不开一场官司罩在我心头的那团阴影。

天气很热，大哥的布衫全被汗水溻透了。妻子接一盆水，让大哥到卫生间洗洗，又拿出我的一件衬衣，让大哥换上。我杀开一个西瓜，让大哥吃，大哥不肯吃，大哥说天天守在瓜园里，吃瓜吃烦了。大哥大老远从乡下背来，是让他的兄弟、弟媳、侄女尝鲜的，自己绝不肯吃一口。西瓜很甜，很甜，确实很甜，我和妻子、女儿都说西瓜很甜。大哥笑了，笑容含着老人的拙朴，透出童子的天真，闪烁出北中原乡土的光泽。

下午，大哥执意要走，妻子怎么也挽留不住。走就走吧。大哥为人太老实，太忠厚，自从家里铺上地毯，大哥总是借口乡下农活忙，当日来，当日走，从不留宿。我知道，大哥是不习惯，害怕留下来睡觉睡脏了我家的被单，吐痰吐污了我家的地毯。走就走吧，近来心情太坏，真害怕无意间怠慢了大哥。

大哥生活的意义和乐趣全在田园和农舍。

## 二

送大哥上了长途汽车，看着汽车像热昏了头一样喘息着启动，由慢而快，渐渐消失在夏季的阳光中，空落落的感觉填实了胸腔。

然后去上班。热，无风更热。汽车的喇叭一声一声，一声一声，长短不齐，干燥聒耳，路旁的树木一副蓬头垢面困顿萎靡的样子。我骑车骑得很慢，因心情沉重而心不在焉，过十字路口时差一点被一辆轿车撞了。司机似乎骂了一句什么，我没有听清。

到作协大院已是下午四点。办公室小黄正要骑车出门，看到我后又跳下车，神秘兮兮地问："刘老师，听说你那儿出事了？"我反问："谁说我那儿出事了？"小黄又神秘兮兮地一笑，骑上车走了。把自行车推进了车棚，又碰见组织部长孙铁英。孙部长叫住我，问："雨点，听说你那儿出事了？"我脑神经一激灵，敏感到一点什么，勉强笑笑，说："是有点事。"孙部长用关心爱护的口气说："雨点，你刚提副主编不久，办事要谨慎一点，懂不懂？""谢谢你，孙部长。"我点点头。我意识到，在作协大院，这件事恐怕已经是无人不知无人不晓了。

编辑部在办公楼的二楼，主编老马在终审稿件，没有抬头，用报丧一样的声调说："餐餐啤酒厂又来人了。"

老马又说："这一段，编辑部的其他事情你先放一放，集中精力处理这件事情吧。雨点，难为你了。"

其实老马不用交代，这件事情该我负责。我不下地狱谁下地狱。

"谁来了？还是那个麻脸姚厂长？"我问。

"同来的还有他们聘请的律师。"老马从台历上拿起一张名片递给我，"还是要索赔经济损失120万，我说他们敲诈，他们说不行就诉诸法律。"

我拿起电话，要通了"诗人文化公司"，我要再核实一下事实。

雷半诗很快就来了。

看相貌，这是一个说不上精明的年轻人。当初美编吕宋领他来，第一眼我就觉得他恐怕不适合办什么文化公司。雷半诗出过一本诗集，自称半个诗人，所以笔名"半诗"。由于吕宋一再作保，我和老马几经商量，觉得他也是文化圈里的人，总不至于欺骗我们编辑部吧，这才答应他的"诗人文化公司"以每年上交两万元的条件，"挂靠"在编辑部名下。雷半诗说，如果你们不放心，刘雨点老师可以兼任诗人文化公司总经理、法人代表。

出了事我才知道，这个法人可不是好当的。

我说："半诗，餐餐厂的姚厂长到底给你打没打那个电话？具体什么时间？你接电话时都有谁在场？你仔细回忆一下。"

"根本不用回忆，我记得非常准确。时间是4月8日上午8时，我正要去印刷厂发稿，接到姚厂长打来的电话，说他们厂销售科的电话号码最末一位数由3改为8，还说为了这一位阿拉伯数字他们交了300元选号费。马老师、刘老师，我以人格担保，公司的人也可作证。"雷半诗信誓旦旦，"4月8日，是我特意选定的发稿日期，取'发'谐音；餐餐啤酒厂电话号码末位数也是改为8——发，所以我就记得特别清楚。"

我担心是他编出一套情节为自己开脱。

我强调说："半诗，今天就咱三个关着门说话，你一定要实事求是。"

雷半诗说："我要有一句假话，就不是人生的。"

老马沉吟良久，说："看来这确实是一个阴谋。"

"绝对。"雷半诗愤恨得咬牙切齿说，"绝对是姚麻子精心设置的一个陷阱！他妈的姚麻子。"

## 三

老马参加党组扩大会了，办公室就剩下我一个人。

我翻遍了所有的抽屉和抽屉里的所有，找出了我的同学录、同乡录和所有积存的名片，准备一件一件一条一条研读，试图通过大海捞针式的挑拣，框定出在这件事情上对我有用的人选。起初目的非常明确，可是看着看着，竟然不知不觉地漫游在朋友与往事之中了，尤其是外地久未见面的同仁或朋友：曾凡华，解放军报编辑，1987年曾一起神游神农架，玩得非常愉快；胡鹏，明天出版社编辑，1990年结伴西游，在敦煌差一点和人家打一架……这一些名片，一张就有一段让人怀恋的往事，一张就是一个值得回味的故事。

要不是梦月进来打断我，也许我会一上午都徜徉在往事的烟云里，忘却眼前的烦恼。

我说："想找找关系，可不知不觉就走了神儿，游山玩水去了。"

我靠紧椅背用力向后仰，用力伸懒腰，之后点上一支烟，深吸一口，把一股浓烟对准梦月的红唇吹送过去。梦月没有躲闪，在烟雾朦胧中梦月笑了笑，把烟雾轻轻拂开去。

梦月说："你看看这一篇稿子。"

我不想看。我说："老马说这一段不要我看稿了，要我感情专一地去对付那个姚麻子厂长。"

梦月笑出了声，又忙抿住嘴。梦月说："你这个见谁爱谁的情种，啥时候感情专一过？"停停，又说，"这篇稿子说不定对你专一的感情有用处。"

我俯身看那篇稿子，稿子上附一页我们编辑部的小信笺，信笺上的铅笔字竟然是我的手迹。

我已经记不起这件事情了。我翻过信笺，看到文章的题目是：《听雨》，作者的名字叫"潘婷"。潘婷——我一下子想起来了。倒不是想起了这个人，因为我根本不认识也从来没见过这个人，而是想起南柯转给我稿件时的情景。当时，我一看到"潘婷"这两个字，立刻联想到电视屏幕上的一则广告，看到了一头流动的亮泽飘柔的秀发，闻到了一股香喷喷的洗发水的味道。

我不知道这篇稿件里会有什么奥妙，用眼睛问梦月。梦月只笑不答。我翻到最后一页找作者的通信地址，这一看心脏就噗噗通通跳得很厉害。原来潘婷就在餐餐啤酒厂职教科工作。直感告诉我，不管成与不成，这里面一定有文章可做，梦月拿着稿子找我肯定也是这个意思。梦月真是个有心人。

梦月说："今天我正准备遵照你的指示退稿，写信封时，'餐餐啤酒厂'这几个字突然就跳了一下，跳亮了我的眼睛。餐餐啤酒厂，这不是正在敲诈我们的那个餐餐啤酒厂吗？"

这应该是个好兆头，但愿天不灭曹。我问："写得怎么样？"

梦月说："达不到发表水平，但从谋篇到语言还都颇有点儿灵气。"

我心说很好。层次高了用不着你去辅导，而没有一点灵气就会点不透，拨不亮，也不大可能执著地喜爱文学，真是一位恰到好处的文学女青年。

## 四

南柯是一位青年诗人，是我的文友和牌友，原在东海区文化馆工作，如今调到了文艺出版社。是通过南柯找潘婷，还是我直接和潘婷联系？通过南柯联系自然一些，我直接找潘婷有点儿唐突。然而，南柯是个好色之徒，通过南柯联系，这小子肯定要问我目的何在，而我暂时还不想让朋友们知道我面临的这场官司。还是我直接找她吧，就我和女性接触的经验而言，唐突的形式似乎比自自然然更有魅力，更出效果。看似怪事，其实不怪。人们，尤其是青年男女，对自然相识大都觉得习以为常，而对意料之外的相识，则视作天意，视作缘分，格外珍惜。

我拿起话筒，准备直接给潘婷打电话——

刘雨点，此时我忽然觉得你其实很卑鄙，很可恶，你难道没有意识到你的所作所为是在算计一个无辜的女子吗？

可你觉得你无非是在寻找一种可能性，无非是在寻找一种对付卑鄙阴谋的可能性，并没有意识到自身的卑鄙。你很快拨通了潘婷的电话。

你说："请找一下潘婷小姐。"

"我是潘婷。"声音安静，音质纯净，听上去相当悦耳。

你说："我是《新荷》编辑部的刘雨点。"

因对方无语，你又重复了一遍："我是《新荷》编辑部的刘雨点。您通过南柯转来的散文我看了。喂，听得见我说话吗？喂喂，您听得见吗？"

"刘老师，你是刘老师？你真是刘雨点老师？"

潘婷声音不大，依然安静，然而只要你细心一点，就感觉出这安静的声音有一点微微发喘，发颤，你断定这是那种感情经过克制仍然掩饰不住的激动。你最想达到的就是这种效果，你心中暗喜，语气变得轻松随便。

你说："你散文写得颇有几分灵气，《新荷》月刊准备留用，只是有几个地方需要修改一下，是给你寄回去还是你来一趟？"

"我当然希望当面听听您的指点，如果您不怕打搅的话。"潘婷说，"刘老师，我现在就去吗？"

你很得意，有一种猫捉到老鼠时的得意心理：现在就来，挺急。潘婷小姐，刘雨点当然不会让你现在就来，刘雨点也当过文学青年，刘雨点是过来人，刘雨点很清楚你此时迫不及待的心理，刘雨点先让你尝一会儿迫不及待的滋味。当然，刘雨点也不会让你等很长时间，因为刘雨点也迫不及待地想认识你。

你说："这会儿不行，上午我必须把要发的稿件看完，下午吧。哦对，下午还有一个编委会，大概得一个多小时。你几点下班？最好别影响你工作。要么你五点半来吧，我在编辑部等你。"

## 五

你不由自主地想，潘婷会是一个什么样的女孩儿呢？

你想抽烟，然而烟盒已经空了，你捏扁了扔进了废纸篓，然后在老马的文具盒里拣了一支阿诗玛（老马不抽烟，把作者让的烟都放在文具盒里），点燃，出门，下楼。

你在作协大门口的小店里买了一盒烟。

你这会儿不想回办公室，想透透空气，就很随意地顺人行道向西走。对潘婷的想象断断续续：潘婷会是一个什么样的女孩儿呢？

我知道你很喜欢女孩儿，一般男人都喜欢女孩儿，这似乎无可厚非。让我奇怪的是，面对着赔偿 120 万巨款的困境你竟然还有这种风月心情。

你想象，潘婷一定有一头美丽的流动感极强的闪着新鲜光泽的弥漫着米兰型香味的披肩长发；潘婷，拥有健康，当然亮泽，那么，她一定健康、修直，健康修直得就像我们北中原上的一株红高粱；由此你又想到北中原青年诗人冯杰的诗句：在中原你没有必要写诗/因为任意一株修直的高粱/在这里/都要比你的灵感高出那么一穗或两穗/红红的/使你永远望尘莫及。

奇怪，你凭什么总是把潘婷想象成一个健康美丽的女孩儿，她为什么不可能像她的厂长一样，长着一脸可圈可点的大麻子呢？

一个年轻人的喊声中断了你的想象。年轻人喊一声“刘老师”。又敬烟，又点火。你抽着年轻人敬的烟。回答着年轻人“忙不忙”，“最近有没有新作大作”之类的问话。等年轻人走后，你愣在了那里。你想了半天，到底也没有想起来在哪里见过这个年轻人。

你此时忽然觉得自己好像是一个被惊醒了的梦游人。你感到了热，就看到自己正站在大太阳底下，难到刚才和那个年轻人就站在这火焰一般的阳光下谈话的吗？现在可不是做梦的时候。你转身往回走，想你现在即将面临的一场难以招架的官司，差不多是一场灭顶之灾。结识潘婷，说破了这实际上是一种算计，是一种走着看着并不一定能够成功的算计。叫不叫卑鄙现在还不便鉴定，不能叫高尚你是心中有数的，而你却想入非非了。在灭顶之灾中竟然想入非非了。你不由又联想到了一个掌故，大军阀阎锡山操练军队，口令：立正！向右看齐！军人却齐刷刷地来了个向左看。怎么回事？原来左边走过来一个花枝招展的女人。军令如山，女人如什么？

## 六

潘婷可能是美人，也可能是丑女。你却认定你即将见到的潘婷即便不是一个标准的美人，起码是一个招人喜爱的女孩儿，不然的话，她的那一篇散文不可能写得那么水灵灵的鲜嫩。

你坐在办公室里静候着你的想象。

高跟鞋叩击地板的声音清晰地从走廊里传来。

高跟鞋的声音清脆、纯正、节奏适中，明净，没有杂音、噪音、涩音、邪音，不高低参差，不拖泥带水。这是那种身材亭亭玉立、两腿匀称修长、小脚板凹脚心的女子走出的脚步声。大胖子走不出来这样怡神悦耳的脚步声，罗锅背走不出来这样怡神悦耳的脚步声，罗圈腿走不出来这样怡神悦耳的脚步声，大平脚走不出来这样怡神悦耳的脚步声。

首先断定，潘婷有两条美丽非凡的腿。

就在你屏息静听这悦耳的脚步声时，悦耳的脚步声在门口止息，轻巧的敲门声传了进来。随着你的一声“请进”，作用为安全防卫及内外有别的“门”便被打开了。

果然有两条美丽非凡的腿，果然是一头流水样秀发，果然如红高粱亭亭玉立，脸蛋儿是那种小巧型的、甜甜的，非常有味道。

你忽然觉得眼熟，依稀在哪儿见过。

女子有一种安静的美，亭亭玉立在门口，说：“我找刘雨点老师。”

“我是刘雨点。”你竟然暂时忘记了罩在你头顶的阴云，进入了一种风清月朗的心境。

“我是潘婷。”

“请坐。”你看看表，“您来得非常准时。”

潘婷在你的对面坐下来，有点儿拘谨的样子。你点上一支烟，从抽屉里拿出潘婷的那篇散文，你知道，此时让潘婷摆脱拘谨的最好办法就是和她谈文学。

你发表过相当数量的小说散文，出版过长篇，又有十年文学编辑经验，给潘婷辅导一篇散文自然是小菜一碟。

人们都下班了，办公楼很静，一束橘黄色的光芒斜射进来。

你说：“你的艺术感觉确实不错，不少语言水灵灵的，像露珠，只可惜缺少一束光芒把这些露珠照亮，这束光芒就是这一篇文章的灵魂。”

潘婷静静地坐着，静静地听着，脸上有一种痴痴的表情，眸子中却始终有一朵火苗在闪烁，在跳动。

你和潘婷下楼的时候夕阳只剩下半个，红色成了天空的主调，橘红、柿红、桃红、杏红、玫瑰红、万紫千红。潘婷站在作协大院的红光里，说：“刘老师，我从上初中就读您的作品，只要能见到的，每篇必读。我最喜欢您的短篇《龙井茶》，我现在还能从头到尾背下来。您信不，刘老师？”

潘婷静静地站在作协大院的红光里，依依不忍离去。

你确信你在潘婷静如秋水的眼睛中看到了那种景仰、爱慕的情感之火光，感觉潘婷就像飞入你网中的一只小鸟。你很兴奋，也很心疼。你判断得不错，两个月之后，潘婷给你谈起过今日的感受：“那天晚上的晚霞真美，我从来没有见过那么美丽的晚霞。当时我觉得一定是上帝特意专为我们两个人布置的氛围。那一刻，我是多么不愿意离去，也不愿意让你离去，我们就在那美丽的晚霞中，站着、坐着、走着，怎么着都行，怎么着都行，只要我们两个在一起。”而此时的你尽管明明感觉到了潘婷的依恋之情，却认为应该立即分手了。只有立即和潘婷分手，才能更有把握地把潘婷抓在手中，这就是当年人人皆知的不塞不流、不止不行、不离不即的矛盾论。

## 七

这两天晚上，妻子老给我唠叨她们单位的人和事，说得烦恼的时候恨不得躲进深山老林人迹不见的地方削发为尼，说得气愤的时候又恨不得立即枪崩了那给她气受的某某人。我不愿意听，但却不能不听。一个女人，受了委屈不向自己的丈夫诉说又能向谁诉说？真要去向别的男人诉说的话，那麻烦可就大了。妻子不知道她的男人在单位遇到了更焦心更棘手的事。女人和男人不同，女人有了烦恼或受了委屈一吐为快，男人则往往把痛苦或烦恼深埋在心底，独自去享受。所以在一般家庭，丈夫对妻子单位的人和事往往了如指掌，反之就不一定了。

多亏了大哥送来的一只蝈蝈儿。

阳台上涂着一片奶油似的月光，室内的摆设依稀可辨。我仰躺在床上，左耳朵听妻子世事污浊艰难的唠叨，右耳朵听蝈蝈儿石间清泉般的歌唱。天各一方，清浊分明。妻子的枕边话语渐渐地模糊、模糊，蝈蝈儿的叫声则越来越清爽、清爽。月光在蝈蝈儿的叫声中摇晃、扩展、弥漫、无边无际、无边无际；月光茸茸，像雪白的绵羊一样咀嚼出北中原夏日的草香。

一条斜插豆地的小路。大哥背着一箩头草走在前面，我跟在后面，一手拿着两把小铲，一手拎着一只蝈蝈笼。从后面看不到大哥的身子，只看到小山一样的草箩头。快走出豆地的时候我绕到大哥的前边，要大哥歇一会儿。大哥说不累。我就缠大哥：“歇歇嘛，歇歇嘛。”大哥只好放下草箩头。我说：“哥，你闻闻啥味?”大哥吸吸鼻子。我说：“这豆地肯定有野甜瓜。”大哥笑了：“又是野甜瓜，又是野甜瓜，这是大伯家瓜园的瓜香。”

我当然知道是大伯家瓜园的瓜香。刚进豆地，这瓜香就像一缕丝线通过口腔咽喉把我的肠胃系住了，让人摆脱不开。瓜香被日光烤得透熟，热雾般一阵浓似一阵，一块密密的高粱地都阻隔不住。

大哥不说走，也不说不走；我不说不走，也不说走。我一手掂蝈蝈儿笼子，一手挠脖子里刺恼人的痱子。蝈蝈儿的叫声笼盖绿野，就连我笼子里的蝈蝈儿也不甘寂寞地加入了大合唱。大哥终于说:“你顺大路走,在前面柳棵子里等我。”“哥!”我有点忐忑不安。我又想吃瓜又怕大哥被擒,大哥是我心目中的英雄,只要我高兴,天下没有大哥办不到的事。然而,我更知道大伯的瓜不是好偷的,就是一只苍蝇飞到瓜园里,也休想逃过大伯的眼睛;那块高粱地要是紧挨着瓜园也好办一些,中间还隔着一块花生地,花生地是连一条狗也埋伏不了的。

大哥成竹在胸地说:“叫你走你就走,像没事人一样朝前走。”

我走上大路,顺大路走过高粱地头,走过花生地头,走过大伯的瓜园,装得没事人一样。一走进大哥说的柳棵子,我就急不可耐地躲进去,从柳条的缝隙间注视着大伯的瓜园。

不大一会儿,大哥也从大路走来,光着膀子,布衫拎在手中。一走过高粱地,大哥便捏着布衫的领子在头顶上悠,一直悠,悠得布衫就像直升机上面的螺旋桨。走到大伯瓜园边上时,大哥悠着的布衫不小心脱手,布衫像大鸟一样飘落到大伯的瓜园里,大哥连忙捡起布衫,依然在头顶悠着,不慌不忙走上大路。

我很失望地等到了大哥,然而,大哥像变戏法一样从布衫里拿出一个甜瓜递给我。还是甜到边的“十道狸”,想一想就流口水的“十道狸”。我抱着甜瓜使劲吸了几下鼻子,又递给大哥:“你掰。”大哥不接:“你吃。”我说:“咱俩伙吃。”“我尝一口就行。”大哥扒在甜瓜上咬了一口。我举着甜瓜不放下来:“那你再咬一口。”大哥只好又咬了一口。

“沙沙……”大伯在笑,大伯不知道什么时候已来到了我们跟前。

大伯真讨厌,由于豁嘴漏风,嗓子沙哑,笑起来沙沙沙沙地响,就像蜈蚣在身上爬一样叫人难受;且走路像狐狸,一点儿声音也没有。我忙把甜瓜藏到身后,大哥羞愧地低着头,脚丫子挖着地上的沙土。大伯右手点着大哥的脑袋:“你这个鳖子想蒙你大伯?你这个鳖子毛还没扎就想蒙你大伯?你这一招是跟谁学的?是不是跟你四叔?你问一问你四叔是不是我教他的?毛还没扎就想蒙你大伯!沙沙!”

大哥憋着气一声不吭,我也憋着气一声不吭。“好了好了,别肉着个脸给我对尿泥了,快回家喂脑袋吧。”大伯左手从背后伸出来,手掌上也托着一个十道狸甜瓜,“给你个鳖子,大伯知道你疼你弟儿,偷一个甜瓜肯定自己不吃,给你弟儿吃。大伯是看你这么小就知道孝顺父母疼爱兄弟,才免打,赏你这个甜瓜的,不过,可是下不为例了。”

忽然就觉得大伯不怎么讨厌了,就连那沙沙沙沙的笑声也有了一点儿亲人味……

## 八

餐餐啤酒厂把我们告到了东海区人民法院。

传票是星期二送到编辑部的。这一天天气格外晴朗,因此也热得出奇,早晨七点就逼人出汗。接到传票我并不吃惊,我知道我肯定要被送上经济法庭的,无非是早一天晚一天而已。人世间,不能左右自己命运的人占大多数,一厄运罩头时,你就像一条被按到了红案上的鱼,蹦也蹦不脱,滚也滚不掉,是清蒸是红烧你都不能选择。我也比较平静,宝剑悬在你头上时你会无比恐惧,一旦落下来你也就只有伤痛没有恐惧了。

我拉上雷半诗一起去法院,因为雷半诗是这场纠葛的直接当事人。经济庭在四楼,签发传票的审判员名叫杜玉洁,书记员叫曾向东。房间里已有三拨人。审判员和书记员正在听一拨人谈情况,我们进去时他俩连眼皮都没抬。看来经济庭的生意挺红火。轮到我们时,杜法官简单地问了一下情况,就让我在一本卷宗上签名,给了我一份原告起诉状的复印件和两份委托书,说:“15 日内写好答辩状。”然后又忙着接待另一桩案件的有关人员了。

我和雷半诗坐在门口的连椅上,看那份复印的《民事起诉状》。

民事起诉状

原告:东海餐餐啤酒厂。

地址:东海北路 9 号。

法定代表人:姚为民,东海餐餐啤酒厂厂长。

委托代理人:周清臣,黄河律师事务所律师。

被告:诗人文化广告公司。

地址:建国路 7 号。

法定代表人:刘雨点,诗人文化广告公司总经理。

诉讼请求:

1. 要求被告退回广告定金 10 000 元。

2. 要求被告赔偿原告经济损失 1 200 000 元。

事实与理由:

今年 1 月 6 日,被告诗人文化广告公司副总经理雷半诗,手持电信局的许可证明,到东海餐餐啤酒厂联系印刷本市最新电话号码簿的广告业务。按照被告提出的广告价格,原告愿出 30 000 元在号码簿前面的彩色插页上，登半页篇幅的广告，并先付了10 000元定金，余款在广告按原告要求印出后付清。双方定有广告合同。5月底出版发行。然而，在电话号码簿的彩色插页广告上，被告却把原告销售科的电话号码2269983错印成2269988，即末位3错印成8，虽然只错了一位数字，却极为严重地影响了原告产品的销售。原告在7月召开的全国糖酒订货会上签订的供销合同，比去年全国糖酒会上签订的合同下降40%，仅此一项，原告的纯利润损失就达1 200 000元以上。原告曾多次要求被告赔偿经济损失，均遭被告拒绝。因此，原告只有向人民法院起诉，请求维护合法权益。

此致

东海区人民法院

原告：姚为民

委托代理人：周清臣

回去的路上，雷半诗恨恨说："日他个亲妈，我早晚得收拾了这个姚麻子。"我苦笑说："晚收拾不如早收拾，早收拾了也不会打这场官司了。"雷半诗就说："好吧刘老师，我就听你的，回去我就呼我黑道的哥儿们，哥儿们叫他三更死，量他难过四更天。""拉你的鸡巴倒吧！"我冒出一句粗话，"我可替你负不起这个责，你也没这个熊本事。你要有这个熊本事，也快不在这人世间受苦受累了。"

不知是不约而同，还是有约而同，几乎编辑部所有的人都聚集在主编室等候我。这是一件大事，这是一件几乎关系着编辑部生死存亡的大事，编辑部人员自然都极为关注，然而越是关注我心里就越不是个滋味。当然每个人关注的程度和目的都不尽相同，我自认为心里也明白个八八九九。我把餐餐啤酒厂的起诉状递给老马，老马看后递给了一编室主任梦月，梦月看后递给了二编室主任刘自知，刘自知看后递给了三编室主任金小玉，这样一个接一个传下去。最后老马说："这件事要内外有别，内部咱们要团结，要一心，对外就不要乱讲了。"

人们陆陆续续回各自的编辑室去了，只剩下我和老马两个人的时候老马说："事情终于临头了，也好，经历经历也好。"

咕噜噜噜电话铃响。我拿起话筒，一耳朵就听出是我们的主管副主席高国风，他那嗞啦啦的嗓门让你的耳朵极力躲避又无处藏身。高副主席说："让老马来一下，你是小刘？你也一块上来吧。"

我和老马上了三楼，进了高副主席办公室，高副主席劈头就问："听说一个啤酒厂把你们给告了，情势还很严重，到底是怎么回事？"

我苦笑着看看老马，老马苦笑着看看我。

老马不大自信地挺挺胸，表示出一种虚弱的胆气。老马说："不错，我们昨天接到了法院的传票，今天去法院拿回了对方的诉状。"老马看看我又说："雨点，你把情况给高主席谈一下。"

我别有所指说："恐怕高主席已经知道得非常清楚了。"

高副主席就有些不高兴。高副主席说："情况党组当然知道一些，你总不会认为党组知道一些情况是听了人家的小报告吧。"

我说："我不是那意思，我是说作协大院恐怕无人不知无人不晓了。"

高副主席更不高兴："既然已经到了这种程度，你们怎么连只言片语的情况汇报都没有？"

老马一个劲给我使眼色。其实人家高副主席口口也都叼在了理上，我只好把这场官司的起因从头到尾叙述了一遍。

高副主席听后沉吟良久，方说："120 万，正好是咱们作协一年的经费。官司要是打输了，别说你们编辑部，就是整个作协也承担不起。你们二位可千万马虎不得。"

此时此刻，我才真正体验到什么叫沉重，什么叫压力。

下楼的时候老马走在我前边，我从上面看，忽然发现老马头顶上的白发已不少，脊背也很驼，脚步很迟滞。不会是我的精神作用吧。我忽然想到，我会不会在楼上还是一个身强力壮的中年人，下楼后就成了一个白发苍苍的小老头？

## 九

我做了一个似梦又似非梦的梦。

听着蝈蝈儿清脆的叫声，我进入了一种似睡又似非睡的朦胧状态时，叫声固定成一个细弱单一的音符，如一豆亮光镶嵌在我的脑际。渐渐，我也有了一种被镶嵌起来的窒息感，我用力挣扎也动弹不得。我想我是被魇住了，挣扎也无济于事，睡吧，安安静静睡吧，睡熟了痛苦也就解除了。

蝈蝈儿发出了一声惊惧的颤音，就像被公鸡啄了一嘴惊逃时的颤音。我看到窗户上两个黑影晃了一下。有贼！我一动不动想该怎样对付他们，我想起几年前我在青海塔尔寺买过一把藏刀，八寸长，牛角柄，就放在梳妆台右边抽屉里。我悄悄地从妻子身上爬过去取刀，妻子哼哼着像猪一样睡得很熟。之后又听了一下动静，我想他们一定藏在窗台下面。我看到阳台上站着两个公安人员，其中一个是姚麻子。我恍惚记起姚麻子是调到了公安局，我也恍惚记起我是曾经打死了一个人。我原来准备逃走的，我怎么还在家里睡着呢？姚麻子说你逃不掉，然后嘴笑得一歪一歪。我对准姚麻子的肚子就捅了一刀，手感就像捅在棉花包上一样。我又一连捅了许多刀，噗噗有声，姚麻子死是死定了。我准备逃回屋里再说，却见屋里的灯已经亮了，灯光下站着许多公安人员。我很笨拙地翻上阳台栏墙，背后有人抓住了我，但我还是挣脱跳了下去。我飘飘落地，拼命奔逃，腿极疲乏，迈不动步，需要借助手攀物体的力量向前跃进。为了逃生，我东躲西藏，恍恍惚惚逃到了乡下，草垛间、高粱地、柳树丛……然而不管逃到哪里也摆脱不开公安人员的追捕。我这时想到我一定是在做梦，不用跑了，睡吧，安安静静地睡吧，只有安安静静地睡着了才能解脱疲于奔命的痛苦。

当然，只有当我真正醒来后我才确认了我是做了一场噩梦。我先是朦朦胧胧醒来的，这时我还不敢认定我是做了一场梦，也许我现在正在做梦，疲于奔命的逃亡才是我真正的现实生活。

我坐起身子来证实我的醒来，我摸摸妻子，妻子实实在在地睡在我的身边。阳台上，蝈蝈儿的叫声湿漉漉地沾上了夜露。

这时我感觉到不被人追捕的生活该是多么幸福！然而，人的一生却总是在追捕和被追捕中度过。

## 十

下班的时候梦月喊住我。其时我刚跨上自行车，阳光火烧火燎着我的肌肤。

梦月说："中午到我家吃饭。来了两位客人，你来陪一陪。"

我说："不行，今天实在没情绪。"

"去了保险叫你来情绪。"梦月说，"带上你们和啤酒厂签订的合同书，带上他们的起诉状。"

如此说，梦月的这两个客人肯定不是一般的客人。我扎下自行车，重又上楼去拿合同书和起诉状，顺便给妻子挂了个电话。

梦月家的两位客人都在35岁左右。就他们两个比较，一个高大些，一个矮小些，其实身材都在一米七零以上。高大些的慈眉善目像一尊佛，矮小些的精明聪慧像一只狐。梦月互相介绍时，我感觉梦月很像一个干练的商品推销员。慈眉善目的名叫郑刚，梦月大学的同学；精明聪慧的名叫王天成，第一律师事务所律师。王天成，这个名字有点印象，猛然想起前年那一场轰动全城的民告官的官司，王天成作为原告的律师很出了一阵风头。梦月可真有办法，不知道通过什么关系就认识了这么有名气的一个大律师。

梦月稍坐就到厨房帮助丈夫做饭去了。闲聊了几句，我迫不及待地就面临的这场官司向他们请教。

王天成很专注地听我叙述案情，还提出了几个问题让我补充细节，然后看了我们的广告合同书和餐餐啤酒厂的起诉状。王天成说话字正腔圆，声音不高，然而音质浑厚，快慢缓急抑扬顿挫中似乎含着音乐的旋律和节奏，颇具感染力。

王天成说："这份合同是一份残缺的合同，合同第三条规定，如果乙方没有如期出版或未能保证印刷质量，甲方不但不再向乙方付款，乙方还要退回甲方的一万元定金。除此之外，合同中并没有其他经济赔偿之说。怪不得在起诉状中，周清臣律师仅仅提到了广告合同，却并没有列举合同中的内容。"

我说："如此说，这份合同对我们有利？"

王天成说："当然对你们有利。"

"那么，我们能不能打赢这场官司呢？"

"就目前你所谈情况及所能列举的证据而言，你们打不赢这官司，无非是赔多赔少而已。"王天成话锋一转说，"除非你们提取到证据，即他们电话通知你们更改电话号码的证据，可这证据你们恐怕不可能提取到。"

我心里说那可不一定。

我试探问王律师愿不愿做我们的代理人，聘请费用得多少。王天成说得两万多元。又说你们其实不用正式聘请，节省一点开支。梦月端上来四个凉菜，张罗摆筷子斟酒，于是我们边喝边谈。我请教王律师该怎么办。梦月插话说咱们杂志社可以聘请王律师为咱们的法律顾问，王律师就理所当然应该替咱们打官司，这样就省去了交给律师事务所的聘请金。王天成说法庭辩论其实只是一个形式，打官司的关键环节不在法庭之上，而在法庭之下，不在法庭之内，而在法庭之外。你要从哪几点进攻对手才能奏效，你要提防对手从哪几点进攻，这些都要把握得非常准确。还有代理词要写得有理有据，材料准备必须充分，提取的证据必须完备有力，所以说法院开庭之时其实胜负已有定数了。做不做法律顾问以后再议，先顾问一次这场官司自信还是合格的吧。

阴云中如果能透出一线阳光，那一线阳光就显得格外亮丽。和王天成的这番谈话使我的心情轻松了许多。梦月的丈夫做好了菜，也坐下来陪我们喝酒。大家谈得很投机，酒也下得很顺。渐渐都有了酒意，话也就格外的稠了，而且每句话从口中出来都带上了酒的味道。

## 十一

热烘烘地睡了一觉，醒时凉席上已积了一摊汗水。到卫生间冲了一个凉水澡，刚点上一支烟，就接到了潘婷打来的电话。

潘婷的那篇散文改得不错，你已说通老马，从正在校对的十期稿件中抽下来一篇，把潘婷的散文挤了上去。

耳朵还未贴上听筒，你就听出是潘婷的声音，甚至未拿起话筒你就感觉到是潘婷的电话。

潘婷说："刘老师，我是在公用电话亭给你打电话的。我先打电话给编辑部，梦月老师说你在家里。刘老师，这会儿能出来一下吗？"

你故作矜持问："有什么事吗？"

从个人感情来说你很喜欢潘婷，从眼前的处境来说你很需要潘婷，因此不管潘婷找你有没有事，不管你自己手中有没有事，你都会立即去见潘婷的。

潘婷说："刘老师，你说你从小就喜欢逮蝈蝈儿，养蝈蝈儿，喜欢听蝈蝈儿的叫声。我现在在延安路和广东路的交叉路口，我在这里看到了一个卖蝈蝈儿的，我想让你帮我买一只蝈蝈儿。"

你想，是因为我喜欢蝈蝈儿潘婷才喜欢蝈蝈儿的，还是潘婷和我一样热爱大自然呢？

你说："我马上就到。"

你还没有忘记给妻子留下一张字条，说是有要事，晚上可能不能回来吃饭。

尽管已是下午5点，太阳依然余威犹在。你一时不能适应强烈的阳光，眯缝着眼睛，车也骑得舒舒缓缓。尽管你心理上恨不得立即就见到潘婷，但你在行动上却控制得恰如其分。你尽量让你的头脑保持清醒，保持冷静，你的行动的目的不是去猎艳，你有更为重要的事。你肩负着非同一般的特殊任务，你扮演的角色有点类似苏联的色情克格勃。因此，在你每次即将见到潘婷的时候，你既有一种感情上的激动，又有一种强烈的卑鄙感和犯罪感。因此，你不能让潘婷完完全全地看到你的真面目，只能让潘婷看到你的一张假脸，或者叫有真有假的复合脸。

广东路是一条有名的绿化路，两边一树树高大的法桐枝叶繁茂，在空中相互交叉重叠，形成一条绿色的涵洞，阳光只能偶尔从倾斜的叶面上滑落，滴滴答答，细细碎碎。快到延安路的十字路口时，你看到了潘婷。潘婷的小坤车扎在人行道上，潘婷背着一个小皮包立在旁边。今日的潘婷依然是长发披肩，宽松的红色真丝短袖衫束在白色的一步裙内，露出两条穿着肉色丝袜的修直的长腿，潘婷也看到了你。

潘婷叫你："刘老师。"

你滑车到潘婷面前，两腿撑地并未下车。你问："卖蝈蝈儿的呢？"

潘婷一边推车下人行道，一边说："在前面。"

你和潘婷骑车穿过十字路口，前进约有百米，你便听到了蝈蝈儿们的叫声。你立即感觉到了清爽的田园情调。几百只蝈蝈儿的叫声融汇成潮，就像夏风吹过北中原浩翰的绿野，绿色的波浪汹涌澎湃。在一条小街的街口，你看到了一担像两座小山一样的蝈蝈儿笼和那个卖蝈蝈儿的乡下人。蝈蝈儿笼是那种用高粱篾编成的最简易的笼子，橘子大小，刚能容下一只蝈蝈儿。倾斜的阳光被雪亮的高粱篾笼子反射折射出密集的光点，闪闪烁烁，炫人眼目，和广东路上的浓荫形成强烈的反差，把蝈蝈儿们的大合唱烘托得更加轰轰烈烈。

这一刻，你的心中忽然掠过一丝悲悯。这些大自然中的自由的小精灵，绿色的小歌手，被人们捉住装进连转身都很困难的笼子里，运到钢筋铁骨利欲熏心的城市换取金钱，这和天真无瑕的乡村少女被拐卖进花巷青楼有什么两样吗？

你不敢让这一悲悯在你的心灵中停留，你不敢。

你反而想这位满脸泥色的乡下人谋生也不容易。

你问了蝈蝈儿的价格，然后开始给潘婷选购蝈蝈儿。你一边挑选蝈蝈儿，一边给潘婷讲解关于蝈蝈儿和如何挑选蝈蝈儿。

你说：蝈蝈儿在乡间叫"蚰儿"，有的地方也叫"叫哥哥。"

你说：看到了吗？蝈蝈儿腰部那对短翅叫"鞍儿"，因为部位和形状很像马背上的马鞍，乡下人的想象力真是非凡。

你说：蝈蝈儿那清脆悦耳的叫声其实不是从它嘴里发出的，而是靠它腰部那对短翅磨擦发出的。因此，准确地说不应该叫唱歌，而应该叫奏鸣。挑选蝈蝈儿首先就要看它腰间的短翅是否在不停地磨擦，因为我们买蝈蝈儿主要是听它奏鸣的。蝈蝈儿也有"勤"和"懒"之分。

你说：辨认蝈蝈儿的老嫩主要看它的颜色，尤其是脸部的颜色。嫩蝈蝈儿脸部呈鲜嫩的绿色，光泽亮丽，老蝈蝈儿脸部发青发灰，暗淡无光。这实际上和分辨人的年龄大小是一个道理。

你给潘婷选了两只翠绿翠绿的嫩蝈蝈儿，潘婷要付钱，你也要付钱。我猜想，你肯定要借争来争去的机会握住潘婷的手，享受一会儿女孩小手的柔润，你利用类似的办法曾经握过不少女孩的手。最后当然是你付钱，每当出现这类情景，最后当然总是你付钱。

你选的两只蝈蝈儿果然争气，当你正在付钱的时候，它们就在潘婷的手上"吱吱吱吱"地欢叫起来。

## 十二

你和潘婷不约而同地顺广东路向北走，悠悠的，一时无话，仿佛都在专心致志地品味蝈蝈儿的音乐。这当儿太阳徐徐西沉，其色泽由橙黄而橘红。浓荫遮蔽的广东路已提前进入了黄昏，因此，偶尔露进来的光束就格外亮丽动人。

你说："咱们去吃点什么呢？"

潘婷说："随便吃点什么吧。"

你们开始留意街边的饭馆了。第一家名叫"小雅小吃"，你们进去了，又很快出来了，你们觉得名不符实，一点儿不雅。第二家名叫"东坡酒楼"，你们进去了，又很快出来了，你们看到了一个醉汉正想闹事。第三家你们根本没进去。因为你们刚刚拨开花花绿绿的塑料吊帘，一只绿头大苍蝇驱逐机一样嗡嗡叫着俯冲而至，先撞着了你的鼻子，又醉汉一般撞到潘婷的前额上。

你说："咱们去吃点什么呢？"

潘婷说："随便吃点什么吧。"

于是你们相对笑了好一阵，最后你们在街头的小吃摊上吃了两个麻团和一盘炒凉粉，算是应付了这一顿晚餐。

晚霞的残红尚未褪尽的时候，东方的天空就贴着多半片月亮，薄薄的、白白的、淡淡的，当夜色弥漫开来月亮开始发光的时候，城市已被五颜六色的灯光照亮，月亮就依然显得苍白、无神无采。

你说："月亮不属于城市。月亮属于乡村，属于田园，月亮是乡土诗，月亮是田园牧歌。月亮走不进城市，月亮在城市已经被人们遗忘了。"

潘婷也有同感。潘婷说："城市不但使月光平淡苍白，城市简直是月亮的切割机，城市把月光切割成零零碎碎的几何图形，使月光丧失了原本的浩瀚和温柔。”

你们谈得很诗意，两只蝈蝈儿给你们伴奏：时而独奏，时而合奏，时而二重奏。

潘婷说：“真想去沐浴田园的月光。”

你说：“我与你同行。”

你们骑上自行车飞一样向郊外疾驰，因为你们原来所处的位置差不多已在城市的边缘，所以你们不一会儿就出了城区来到了北郊。你们下了大道，走上了一条土路，在一条不大的水渠旁边扎住了自行车，你在渠埂上坐下来，潘婷乖乖地坐在了你身边。你轻轻哼起一曲民谣，一曲故乡关于月亮的民谣，两只蝈蝈儿热情洋溢地为你伴奏。潘婷的样子又乖又安静。

潘婷说：“刘老师，蝈蝈儿为什么不停地叫呢？”

你说：“这是它们在呼唤异性，它们和人类一样需要情爱。”

潘婷不再说话。潘婷又乖又安静的样子让你心动。

郊区，其实称不上真正的田园，然而这里的月光就已经相当美好了。在这里，月光像稻花一样香味弥漫；在这里，月光像稻芒一样轻吟浅唱；在这里，月光像情人一样能够熨平你心中的沟沟坎坎，排清你胸中的污浊之气，让你心平气和，让你静静入梦。

潘婷说：“刘老师，给我讲点什么吧。”

你说：“讲点什么呢？”

潘婷说：“讲讲你们的北中原，讲讲你们的黄河岸边，讲讲你们乡下的季节，讲讲北中原夏季的绿野和你与蝈蝈儿的故事。”

这些都是你最亲切的故事，最怀恋的故事，这些故事就像你珍存的佳酿老酒一样，越品越有味道。你看着天空那轮半圆的月亮，心里酝酿了一个小小的阴谋诡计。

你说：“那是60年代初的一个夏季，我小学毕业，还没有接到初中的录取通知书。一天中午，我在我家的自留地看瓜园。田野极静，静得能听到远处黄河的呜呜声。西边的柳棵丛里有一只蝈蝈儿在叫，那两年饿死了很多人，连蝈蝈也骤然减少了，田野里很难再听到蝈蝈儿的歌唱。我蹑手蹑脚地走过去，静静地立在柳丛中寻找。我终于发现了那只蝈蝈儿。柳丛中长了一株很高的狗尾巴草，那只蝈蝈儿就趴在狗尾巴草的草穗上。我伸出两手从两边缓缓前移，正要以迅雷不及掩耳之势合围，忽然感觉有凉津津滑溜溜的东西压在了我的脚面上……”

你清晰地感觉到潘婷的身体在向你的身体靠拢，你想，此时潘婷的脚面上一定也爬上那种凉津津滑溜溜的感觉了。

你说："我低头一看——"

潘婷的手已颤颤地紧紧地抓住了你的手臂。

你说："是一条擀面杖粗细的大青蛇。"

潘婷轻轻叫一声，像条大青蛇一样钻进了你的怀里。潘婷那种凉津津滑溜溜的感觉一定是爬遍她的全身了，因为你对潘婷的肌肤最初一刹那的感觉也是凉津津滑溜溜的。

潘婷缩在你的怀里又乖又安静，然而她那青春的芳香强烈地鼓荡着你，她那富有弹性的肉体女妖一样诱惑着你。你像服下一剂春药，你感觉你自己就像一座就要喷发的火山。此时你的头脑却又格外的清醒，清醒得就像一个面对政敌的政治家。

## 十三

早晨上班的时候我发现天阴了，还阴得挺重，风也丝儿丝儿地凉，有点像要下雨的样子。

有一段时间没有下雨了，城市的脸很脏很脏。地面上有一层浮尘，汽车一过浮尘就借势扬威，和汽车的油屁混杂，迷人眼目，污人肺腑；汽车又多，速度又快，空气中就总是悬浮着雾一般的灰尘。灰尘使树叶失去了亮泽，使花朵失去了艳丽，树木花草全都灰眉乌嘴蔫儿叭叽的打不起精神。因此，城市很需要一场大雨，洗一洗满身满脸的灰尘和污垢了。

在省府路中段，我又看到了那个精神病人。他身穿蓝色前进装，左臂戴着一副破旧的"文革"时代的红袖章，"红卫兵"三个字依稀可辨。他迎着我的面走来，像每次看到他时一样，他口中很有节奏地反反复复地重复着一句话："万岁、万岁，毛主席万岁！"春夏秋冬，上班下班，我从这条路上走了十余载，每次看到他时他总是反反复复地重复着这句话，一刻不停。我眼看着他的步态越来越迟缓，腰弓得越来越厉害，嗓音越来越沙哑。这地方有不少人认识他，据说，他也有沉默不语的时候，然而只要你在他跟前说一声"万岁"，那么就像你接通了电动机的电源，或者按了一下录音机的开关，他立即又会不停地喊起来。

有人用同情的目光看着他。

有人用悲悯的目光看着他。

其实这都大可不必。也许，他觉得他是这个城市中生活得最有信仰因而最幸福最充实的一个；或者，不应该是我们用同情和悲悯的目光看他，而恰恰是他应该用同情和悲悯的目光看我们。

昨天晚上回家又是很晚，我害怕惊醒妻子，小心翼翼地开门，尽量不弄出响声。好一会儿没有开开，我以为插错了钥匙，抽出来看看，没错。再开，仍然没有开开。再抽出来看看，确实没错，我确信是妻子从里面上了保险。我举手敲门，半道上又把手缩了回来。我得冷静下来想想。是妻子发现了我和潘婷的特殊关系？这不大可能，我每次和潘婷的约会都非常隐蔽，选择的地点都是离我家很远很远，离妻子的单位也很远很远。是因为这一段我总是归家很晚妻子不高兴了？也不大可能，妻子很贤惠，也很通情达理，单单为此绝对不会拒我于门外。

如此处境我竟然还会想到“僧敲月下门”的典故，该死。

我摸出一根烟，打火机嚓一声跳出火苗时，门，出乎我意料地从里面开了。

门开得有些突然，我还没有准备好怎样对待这件事。我毕竟有几分心虚，故而不敢生气，又怕妻子窥出我心虚故而也不能赔笑，如此，我的表情就很难到位。

我多余注意自己的表情了，妻子根本没有开灯，我背部向后一靠碰上门，摸索着换上拖鞋。

妻子不语。适应了屋子里的黑暗后，朦朦胧胧看见妻子坐在客厅的沙发上。

过了一会儿，妻子长叹一口气，说：“真不想给你开门，可是不开门又能怎么样呢？”

妻子说话囔囔地带有鼻音，注释妻子刚刚哭过，看来问题确实有点儿分量。妻子说话声音不高不急，没有要闹的意思。妻子爱面子，别说现在夜深人静，就是白天和我吵架也从不大喊大叫，连哭也是低声饮泣的。

妻子说：“去年秋天上峨眉山，一个老道给我算命，说我‘荷花色艳，莲子心苦’。当时不以为然，现在仔细想想，人家说得真是再准确不过了。”

我不能顾左右而言他了。我在妻子的旁边坐下来。

我说：“你今天是怎么了？”

妻子说：“难道我的命真就这么苦吗？”

我说：“到底是怎么回事？你这样憋在心里能不苦？为了什么你也得让我心里清楚，你又不是不了解我。如果是我错了我认错，如果是误会也得给我一个解释的机会，你也不至于窝在心里发酵了。”

妻子又小声哭起来。我到卫生间拿来一条毛巾，妻子不接。

妻子说："你都干了些什么你心里最清楚。你们单位人人都知道，恐怕你也只能瞒我这个傻瓜了。"

肯定是有人给我妻子说了些什么。

我的估计果然不错。原来我不在家的时候，有人给我妻子打了个匿名电话，说："为了你的幸福和你们家庭的幸福，提醒你留心一点儿你丈夫的行为。"

妻子终于说出这一原委的时候我一点也不吃惊，一点儿也不生气，甚至觉得合情合理，就像我写小说写到这里就非要出现这一情节一样合情合理。我松了一口气，心也放到了实处。好心的匿名者并没有抓到什么真凭实据，否则他就不只单单为我们家庭的幸福着想了，他就会提醒党组织为我的个人前途着想了。

我只好给妻子讲了我面临的这场官司，为了这场官司我才去接近餐餐啤酒厂的一个女孩儿。妻子一时被120万元的巨额数字吓住了，整个心都担在了我身上。妻子进了一趟卫生间，就把那个好心的匿名电话丢到了马桶里，冲进了下水道。

## 十四

明天是向法院交答辩状的最后期限。

答辩状是我写的，这是一个完全陌生的领域，虽然写过上百万字的文章，却连写答辩状的格式都不知道，因此在动笔前我请教了律师王天成，写完后又请他过了目。王天成说答辩状其实不重要，关键是法庭辩论和代理词，而法庭辩论和代理词靠的是证据和法律条文，法律条文是现成的，所以关键的关键还是取证。按照梦月事前的交代，我把我出版的一本小说集和一部长篇签上名字请"王天成先生雅正"，王天成又好意提醒我，也送一套书给经济庭杜玉洁审判员。王天成说社会上对作家还是很尊重的，你送她一套书她在判决这场官司时只会对你们有好处，不会对你们有坏处。

老马看了答辩状，稍作沉吟，说："是不是有点儿太简单了？"

我说我已经请教过王天成律师，并把王天成律师的看法说给老马。老马说我也不懂，既然如此那就这样吧。

我又问老马能否聘请王天成做我们杂志社的法律顾问，老马说你刚才就提到王天成，是不是前年因为那场民告官的官司而轰动全城的王天成？我说就是那个名声很大的王天成。老马连说不可不可不可。

老马开始在他面前的文具盒里给我挑选香烟，边挑选边解释说："王天成是怎样出名的？王天成不是靠打赢官司而出名，恰恰相反，王天成是因为打输官司而出名的。听一位朋友说，社会上，人们都很敬仰他，佩服他，但打官司的又都不肯请他做代理人，为什么？原因很简单，因为官方并不喜欢他。”

我接过老马的香烟正要点火，同时想，老马识途靠的是经历和经验，甚至于惯性。我这样想时窗外的天空忽然变得很暗，很暗，暗得就像夜间，暗得令人惊讶。然后是一道耀目的闪电，一声惊心的炸雷，一片嘭啪的雨点，这几个段落连接紧凑，一气呵成。

我起身到窗前看雨的时候办公楼因雨引起了一阵小小的骚动，肯定不少人都和我一样挤到窗前看雨了。好长时间没有下雨了，这一段热得破格，人们早就盼着来一场大雨浇一浇这恼人的燠热。雨点落到地上像枚枚铜钱，把地面铺满，眨眼间又消隐了。水花水沫形成的一层浅雾笼罩了地表，若光波一样缥缈游走。越过大院围墙，我看到有人影在大雨中狂奔，有车影像大鱼一样在马路之河中游动。

老马也站到了窗前。

老马说："听说王天成是很有才能，也很有正义感，只是，只是……"

老马不愧是老马，老马考虑得很对，老马不说我就疏忽了这一方面的因素，而当今中国，这一方面的因素恰恰不容疏忽。和梦月商量一下，只好让王天成当一个幕后操纵者了，事后付给王天成一些劳务费。

这种形式老马肯定会同意的。

## 十五

物极必反，这道理很精辟，既适合人事也适合大自然。一场大雨煞去了秋老虎的淫威，真正的秋意飘飘然而至了。夜间赤身躺在床上，小风被纱窗筛滤成丝儿丝儿的凉，舔得人由表及里多层次的舒服。

蝈蝈儿的叫声响亮、激越、圆润、饱满，叮叮当当有金玉之声；细品，像北中原熟透的累累果子在无风的枝头摇落，像北中原金秋禾场上的颗颗豆粒追随着石磙在阳光下弹跃。

今夜，我又听着蝈蝈儿的叫声朦胧入梦；今夜，蝈蝈儿的叫声又牵着我的梦，就像乡愁系着游子，就像磷火负着鬼魂，就像悠悠的云载着细细的雨，飘呀飘，飘向北中原，飘回黄河北岸我的故乡，降落在那个遥远的歉收的秋季。

该到县城一中报到了，可我的学费还没有凑齐。

父亲病故后，大哥成了家里的掌舵人。大哥刨倒了宅基上的一棵榆树，拉到集上卖钱给我缴学费。那是一棵尚未成材的小榆树，是几年前我和大哥一块栽下的小榆树。父亲一病就是两年，为了给父亲看病，宅基上的大树早已卖光了。我帮大哥刨树的时候心里很难受，我知道大哥心里也很难受，砍树根的时候我差一点哭出来。

我说："哥，我不想上学了。"

大哥吃惊地看着我，我低下头，不敢看大哥。大哥说了一句话让我终生难忘。

大哥说："哥再难也要供你上学。"

大哥借了一辆架子车，拉上那棵榆树赶集去了。我一边帮母亲捋枝头的榆叶，一边轰赶抢食榆叶的鸡。谁家的一头小猪不远不近地看着我们，一动不动，一副不敢近前又舍不得离去的可怜样子。那个年代，榆叶可是绝大多数农家难得的食品。

晚上，我去和小伙伴们告别。圪针和丢打没有考上中学，眉豆上学晚两年，该读五年级。我们坐在村东头的禾场上，看着天上密密麻麻的星星，竟然没有多少话说。今后，恐怕我们很难在一起尽兴地玩耍了。

回到家里的时候东屋亮着灯，是不是嫂子从娘家回来了？嫂子什么时候从娘家回来了？大哥自己在家里从不点灯的。明天一早我就要到县城上学了，正好去和嫂子说句话，也算是和嫂子告个别。

我走到东屋门口的时候，无意间拾到了嫂子一句话，嫂子的这句话仿佛具有定身魔法的效用，把我的身体和思想一同定在我家东屋门外的星光下。

嫂子说："我也不跟你吵，我也不跟你闹，你咬个牙印儿，到底分不分家？"

大哥说："分了家，俺娘咋办？谁供雨点儿上学？"

嫂子说："这我不管。连饭都吃不上，谁还顾得了那么多！"

大哥说："不分。"

嫂子说："不分咱就离婚。"

大哥说："离就离。"

嫂子说："不分咱一天也不过，明天咱就去公社打离婚证。"

大哥说："后天去，明天雨点儿开学，后天去。"

那天夜里，我站在我家东屋门外的星光下，心里黑洞洞的，没有一星一点儿亮光。脑袋像被人打肿了，又木又涨，腿软得像面条儿，我悄悄往北屋走的时候几乎支撑不住我瘦小的身体。

那天晚上，13岁的我就切切实实地感受到了人生的艰难和沉重；那天晚上，哥嫂的对话像烙铁一样永生永世烙在了我的大脑，直到现在我还在想，如果那天晚上我不去东屋，大哥和嫂子为什么离婚对我来说将永远是一个谜。那个年代"孝"字在北中原破落的农家小院里几乎就不存在了，媳妇骂公婆已经成了家常便饭。嫂子却不是这样，嫂子过门几年了还没有吵闹过，也没给过母亲和我脸色看，所以我心中一直对嫂子充满了感激和尊重。那天晚上她把她自己的形象全毁了，她骗取了我的信任，她毁了我大哥的幸福，我恨她，我鄙视她，不管和大哥离婚后嫁到了哪里，我的恨和鄙视将永生永世随着她，永不宽恕。大哥对我的亲情和恩德我永生永世也报答不了。当然有时我也想，我那么恨嫂子是不是为了减轻我自己的心理负担？大哥离婚的根本原因难道不正是为了我吗？

我虽然小，但我已经懂事了。我当然不能让大哥为了我付出一生的幸福。

第二天早上，母亲把我要带的馍装好，喊醒我起来吃饭。我肉肉磨磨怄着不肯吃，拿了一把铁锨跳进猪圈出猪粪。母亲说雨点儿你快点吃了，趁凉快走吧。我说妈我不想上学了。母亲叹口气，说不想上学你得和你哥商量。

大哥下早晌回来，见我在出猪粪，就有点吃惊。

大哥说："雨点儿你咋还没走？"

我说："哥，我真的不想上学了。"

大哥说："净说傻话。咱妈将来就指望享你的福哩，你不上学会中？"

又说："快出来洗洗吃饭，吃了饭趁凉快开路。"

我决定不上学了，就肉呀肉，吃饭也吃得很慢。等大哥上工走了，我就挎上篮子拿一把小铲儿下地割草。今年天旱草稀，十斤草一个工分，我割草手快，割一天也差不多能顶一个劳动力了。

村子近处的草都让人割光了，我走得离村子很远。我正在割草时，听到不远的豆地有一只蝈蝈儿在叫。我正犹豫去不去逮这只蝈蝈儿，一抬头看到大哥正大步流星向我走来。大哥的身体抖动着，脸都变了形，我从来没有看到过大哥还有如此一副模样。

我站在那里不动，我吓呆了。

大哥手一抡便把我打倒在地，接着我便分不清是拳是脚雨点般砸在我的身上。大哥一边打一边吼："谁让你割草的？谁让你割草的？"

我在雨点般的拳脚中清醒过来，钻心的疼痛反而坚强了我的意志，我像一只被逼到墙角的愤怒的猫："我不想上学，我学不会，我就是不想上学！"

大哥的拳脚越来越重:“咱爹死时的情景你都忘了?咱爹死的时候一直合不上眼,一直等到看到了你的录取通知书,咱爹才合上了眼,你都忘了?”

我反正是横下了一条心:“你打吧,你狠劲打,你打死我我也不上学!”

大哥忽然住了手,大哥抓住我的两肩把我从地上提起来,扶我站稳,扑通就跪在了我面前。

大哥说:“小雨点儿,哥给你跪下中不中?哥给你跪下中不中?”

我哇哇大哭起来,我紧紧抱住大哥:“哥,我去上学,我现在就去上学。”

30 年过去了。30 年,在人生旅途中算得上漫漫长路了。30 年把大哥由一个英俊的青年变成了一个腰弓背驼的老人。母亲去世后,大哥连一个可以说话的人也没有了,然而,无依无伴的大哥却无时无刻不在惦念着他远在城市的已过不惑之年的弟弟,希望他的弟弟前途远大,一生幸福。

## 十六

酒量就是肚量,酒品就是人品,酒风就是作风,这话也不知道是哪个王八蛋发明创造的,我坚定不移地相信,凡是像我这样不能喝酒的人都会同意刘雨点的意见,把这句话的作者叫作王八蛋。你想想这话往桌面上一摊,谁愿意承担鸡肠鼠肚人品不好的名声?那就晕着头喝他娘的喝吧。

豪华的逍遥宫雅间里坐着五个人,刘雨点做东,雷半诗出钱,杜玉洁是客,王天成、梦月作陪。五个人围着一个磨盘大的桌面,大杯小杯大碟小碟,中间是小丘样叠放的菜肴。刘雨点再一次举起酒杯。贪得无厌,坐吃山空——这两个成语在刘雨点的头脑里像喝醉了酒一样摇摆摆、摆摆摇站立不直;闭着眼喝,黑着心吃,早晚会把党的肉吃完,把国的血喝干——这些话在刘雨点心里像水中的倒影一样愤愤地涌动欲出不能。刘雨点再一次举起酒杯。

刘雨点再一次举起酒杯时说:“咱们就能者多劳吧,再平均主义你们就找不着我了。”

实际上早已找不到真实的刘雨点了,作为真实的刘雨点的我已经游离于刘雨点的身体之外了。

杜玉洁说:“恐怕不行。你请我来喝酒,又不陪我喝酒,你说得过去吗?”

没想到这位女法官如此能喝,喝白酒跟喝白水似的。旁观者清,据我观察十个八个刘雨点也喝不过这位女法官。我悄悄劝刘雨点千万不可和人家挺酒。刘雨点听从了我的劝告,因为我和刘雨点毕竟是密不可分的一个人。

刘雨点说:“我也不能让你多喝酒,你是法官,喝糊涂了判案还不净判糊涂案吗？那不正应了人家说的‘糊涂得像法院’这句话了吗？”

刘雨点你真是喝多了，诙谐你也得诙得是地方，这种话岂能当着法官说？好在杜玉洁笑笑的根本不在意，我的心这才放下来。

刘雨点抽出一支烟刚刚放到嘴上，服务小姐就上前按燃了打火机。刘雨点凑前点烟时盯上了小姐的手，这小妞儿脸盘子不咋样手倒真白嫩，亲一下或者摸一下那滋味一定挺不错。

我连忙提醒刘雨点，你今天请客是为了官司可不是为了这小妞儿的手。这顿饭也该结束了，王律师不是说了吗，人家杜法官最喜欢的是跳舞。

刘雨点说：“法官女士，酒今天就喝到这里吧，咱们上楼玩一玩。”

杜玉洁说：“好吧，今天跟作家学一学。”

刘雨点说：“今天我喝得过量了，照顾不周你可得原谅我。”

逍遥舞厅不大，布置格局很别致，中心是舞池，北面是卡拉OK显像小屏幕，其余三面是围着沙发的小矮桌，每张桌子上有一盏仿蜡烛样子的小彩灯，整个色调宛若晚霞未尽的黄昏，静谧而柔和。

服务小姐引着五人围拢一张小桌子坐下来，另一位随即送上了瓜子饮料口香糖。平时拘谨内向的刘雨点这会儿有酒精在肚子里壮着胆，一派放荡不羁样子，屁股还没坐稳，就拉着杜玉洁进了舞池。

对于“酒后吐真言”“酒后露真相”之说，我觉得并不完全准确。对于有些人可能是这样，对于另一些人则恰恰相反。前一种情况是平常由于种种原因碍口不便或者不敢说出实话真话，于是借着酒精的魔力一吐为快，即便有得罪人处，人家也会因为你是酒后而原谅。后一种情况则是用酒色来化装遮脸好进入要扮演的角色，就像演员登上了舞台，进行精湛的表演来感动别人或者诱别人进入圈套，以达到预期的目的，周瑜导演的群英会就是典型一例。

刘雨点基本上属于后一种人。

其实仔细想想，只要是借酒，不管是前者或后者，不管是玩真的或是来假的，都含有表演的味道，只是真真假假成分比例极难辨别或根本无法辨别而已，正如现在，我也无法准确认定酒前酒后的我哪个是真哪个是假或者哪个较真哪个较假是一样的道理。

刘雨点搂着女法官杜玉洁在舞池中旁若无人地旋转。刘雨点忽然觉得很滑稽，这个将要审判我的女法官现在却被我搂在怀里，完全听从我的指挥、调度和摆布，这情节有点儿小说化。刘雨点有一种创造小说情节的冲动和愉悦感，于是就很娴熟地跳出许多花样来，随心所欲地摆弄这位女法官。

女法官杜玉洁被刘雨点摆弄得很高兴，连连称赞刘雨点跳得好，说刘雨点不愧是作家，连跳舞也跳出了一股作家味。

我暗想刘雨点这小子这会儿被酒精熏得很清醒，他懂得普天下女人其实都是喜欢男人摆弄的，就像男人都喜欢摆弄女人一个样。刘雨点在不喝酒的时候就显得很糊涂，和女人跳舞时总是拘拘谨谨的放不开，其结果总是让女人失望和扫兴。

杜玉洁说："平时当事人请客我极少去，害怕判案受影响。"

刘雨点说："看来王律师的面子还真不小。"

杜玉洁说："主要是看了你送给我的那部书。你对现代家庭的了解很透彻，见解很精辟，特别是人物的心理描写很真实，读完后就想和你聊一聊。"

我写的这部长篇小说叫《人境》，简言之，这部书写了一对情人各自都有一个和睦的家庭，男主角把妻子和情人两个女人安置得很得体，女主角也把丈夫和情人两个男人安置得很到位。女法官能欣赏这部书，说明她的心里也不安分，敢不敢红杏出墙是另一回事，起码对家庭外的诱惑颇向往。

刘雨点说："如此说咱们算是有缘分，这场官司靠你关照了。"

刘雨点你失误了，这话有前半句就足够了，我真恨不得抓起后半句再塞回你的喉咙里。这时候不应该谈官司，这时候谈官司就显得很功利，这时候你只要把女法官摆弄得高高兴兴舒舒服服就什么都有了，半句不要谈官司。这就叫不谈之谈，不谈之谈乃谈之最高境界也。

果然杜玉洁说："缘分是缘分，官司是官司，两码事。"

刘雨点说："无缘难相逢，有缘便是情，玉洁你可不能大义灭情哪。"

刘雨点意识到了失误，只好用大胆的玩笑来补救。

杜玉洁说："到时候再说吧，关照也只能在法律界限的范围内。"

刘雨点说："这个我知道，比如我犯了流氓罪，应判 1 年至 4 年……"

杜玉洁说："什么罪不能犯，为什么偏偏要犯流氓罪？"

杜玉洁哏儿嘎、哏儿嘎地笑起来，笑得富富态态的身体一抖一颤的，刘雨点就感到左肩一沉一沉地有压力，忽然又觉得杜玉洁哏儿嘎、哏儿嘎的笑声像驴叫，越品味越像。

我觉得你刘雨点补救的效果基本上还可以。

## 十七

你和潘婷的交往越来越频繁了。你的计划很周密，步骤很清晰。你觉得你投入的感情已经很富足了，然而离你想到达的目的尚不知有多远。

我居高临下把你看得更清楚，我觉得你投入更多的不是感情而是心机。我觉得潘婷就像一条难得的鱼，你分阶段用细腻的感情搓成线，用热烈的感情铸成钩，用甜蜜的感情凝成饵；或者说潘婷就像一只罕见的鸟，你先把她诱入了一片神秘的充满童话色彩的大森林，又在森林的深处布下了一张迷宫似的网。这条鱼或者说这只鸟的经济价值你我心里都清楚。钓到钓不到这条鱼，或者说捕到捕不到这只鸟，现在就看你关键时刻的智慧和运气了。

现在你刚刚来到潘婷的单身宿舍，也是第一次来到潘婷的单身宿舍。因窗户向西，落日的橘红把房间里挤得满满当当，又被窗外的树枝摇得闪烁不定。你打电话问潘婷的蝈蝈儿饮食可正常？身体可健康？潘婷说我不告诉你，我要你亲自来看看我的蝈蝈儿，你还没有来过我的宿舍呢。

这时候，蝈蝈儿的叫声稳健、雄壮，亮着淬火后的钢蓝色的光泽。

潘婷说："以后每年夏季我都要买两只蝈蝈儿，刘老师你信不？"

你说："我信。"

潘婷说："我觉得我不是在听蝈蝈儿唱歌，我觉得我是在和大自然进行心灵的交流，这种美妙的感觉我简直找不到语言来表达。"

你的目光先是变得非常纯净，然后又变得非常复杂。我知道那是你心理变化的映象。你难得遇到了一个知音，你的感觉和潘婷的感觉真是点点相通，滴滴相溶，你简直不忍心去算计一个像大自然一样真纯美丽的姑娘。

潘婷说："我写了一篇散文《蝈蝈儿》，现在还不敢拿出手，等满意了再请刘老师赐教。"

你走到窗前，凝视着正在夕辉中振翅高歌的两只蝈蝈儿，神情压抑忧郁。

你叹息一声，说："做一个人真还不如做一只蝈蝈儿！"

潘婷不知道你怎么了，静静地走到你身边，手搭在你肩上。你拿起潘婷的手轻轻抚摸，潘婷就小羊一样很乖地依偎着你。

走廊里响来高跟鞋由远移近敲击地板的嘚嘚声，潘婷离开你回到床上，你燃上一支烟，等待鞋音由近及远地敲过去。

你说："到外面走走吧。"

你先自己下楼了。你知道女孩儿出门前都要照照镜子换换衣服装扮一下。你没有等她，你不想和她同行，你们的关系你不想让潘婷单位的任何人知道，尤其不能让潘婷单位的领导知道。当初为了拉广告你和雷半诗曾经陪潘婷单位的领导喝过一次酒，你最担心万一被他们看见你，因此你尽量不到厂里找潘婷。

潘婷换上了一件艳丽的红上衣，下身配一条墨绿色的牛仔裤。潘婷的打扮又一次让你想到咱们北中原上的一株修直的红高粱。

你们默默地走着。你看着天空暗淡的晚霞无声地在黄昏中消融。你很少说话，就是在潘婷说话的时候你也很少插言。我知道你是在营造一种氛围，营造一种沉闷压抑的氛围，营造一种适合你构思的情节发展的氛围，就像舞台上根据每一场戏的剧情而设置的布景一个样。实际上，我以为这种氛围你早已营造好了，就存在你后台的仓库里，单等剧情需要的时候搬上前台摆放一下也就可以了。

现在你就等着潘婷自然入戏了。

潘婷说："刘老师，你今天有心事。"

你用叹气表示认可。

潘婷说："还不是一般的心事。"

你说："如果处理不好，也许我会身败名裂。"

潘婷被你的话吓住了。潘婷停下脚步，看着你，幽幽的目光被惊扰。

潘婷说："什么事这么严重？刘老师，能告诉我吗？"

你惨淡地笑笑，右手揽了一下潘婷的腰肢，继续肩并肩向前走，没有目标地向前走。黄昏初至，临街店铺灯火辉煌，唯有路灯暗淡。

你说："现在还不行，过一段一定告诉你。"

潘婷说："希望我能够替你分担一点忧愁。"

拐过街角，有一家卡拉OK歌舞厅。潘婷说我想为你唱支歌。你连歌舞厅的名字也没看，就买了两张票。大概是时间太早的缘故，歌舞厅里空荡荡的一个人也没有。服务小姐走过来问你们要点什么，你给潘婷要了一听椰子汁，给你自己要了一听杏仁露。

潘婷为你唱的一支歌是《水手》。你没有想到潘婷唱流行歌曲唱得那么好，如果她改行唱歌说不定也会走红的。潘婷歌唱时感情真纯自然，不张扬，不做作，就像石间的溪流寄情于汩汩的声音。当唱到"他说风雨中这点痛算什么，擦干泪不要怕至少我们还有梦"的时候，你觉得潘婷的情感就像乡间小雨，点点滴滴连绵不断地滋润着你干渴的心田；在潘婷忧而无怨伤而不悲的歌声中，你依稀看到了咱们北中原上风雨中的劲草和折断的树干上抽出的新芽。你为潘婷唱了一首《小芳》。你的感情也很真挚，尤其当你唱到"谢谢你给我的爱，今生今世不忘怀，谢谢你给我的温柔，伴我度过那个年代"时，你竟然不由自主地流了泪。我看到潘婷也被你感动得流下了泪。

你的真诚也触动了我。你知道我为什么要用"触动"而不用"感动"这个词。我相信你此时此刻确实动了真情，你的眼泪也是真情的眼泪，不是鳄鱼的眼泪。然而让我再从另一个角度来看看你。你毕竟正在扮演一种角色，所以触动了你的真情，是因为你的处境的确不妙，此时的剧情和生活中的真实正好重叠在一起了，你正在扮演的角色正好是你本人，你的眼泪使你要营造的氛围比生活中的真实还要真实。因此，从这一角度看，你的眼泪与鳄鱼的眼泪其实有异曲同工之效用。

## 十八

当第一批人进来时你们起身走出了歌舞厅。你觉得应该把潘婷从刚才的氛围中引领出来了，因为你构思的情节是一波一波向前推进的。

你说："谈点别的吧。"

潘婷说："谈点别的吧。"

你说："都说目前企业状况不景气，你们厂的情况怎么样？"

你的口气淡淡的，我猜测你是在用淡入的手法，试探性地向前推进你的计划，你的计划能否成功其实你心中一点儿把握也没有。

潘婷说："我们厂的情况还可以，但也明显没有前几年红火了。"

你说："为什么？"

潘婷说："大概你也知道，我们的餐餐啤酒一投产就被评为省优部优，因此非常走俏，供不应求，正像广告上说的那样，'餐餐喝餐餐，餐餐好胃口'。谁知接着就出现了大量的假冒产品，把我们餐餐的牌子给砸了。一些不了解真相的消费者把我们的广告词改成了'餐餐喝餐餐，餐餐倒胃口'。你说气人不？"

你说："假冒伪劣产品是市场经济的大害。"

你心中却偷偷地暗自高兴，于是我预感到你及时准确地捕捉住了一条信息。好你个姚麻子，你们厂销售量大幅度下降的直接原因是由于假冒产品，你没有办法对付假冒产品，却心狠手辣地设置了一个"电话号码陷阱"，拿我们文化广告公司来当替罪羊，企图从我们这里捞一把来弥补你们的损失。这才是他妈的黑狗吃屎，白狗遭殃，儿子犯罪，老子挨打。

你觉得这条信息在面临的官司中对你方极为有利。我提醒你不要高兴太过，可以说"有利"，不一定"极为"，因为这毕竟是软件而不是硬件，只能为法庭判案提供参考而不是铁证如山。要确认餐餐啤酒销售量下降的真实原因，需要法庭做大量的调查取证工作。你想，目前法庭的经济案件堆积如山，要他们去做详尽的调查取证工作可能性不大。当然这也要看你的运作技巧，运作到位了，有时候软件也能当硬件。你漫不经心地和潘婷谈着餐餐啤酒厂，有一搭没一搭，有头无绪，散散乱乱的如一片野草，而你的神经则像一条警犬在这片散乱的野草间嗅来嗅去。如果不是潘婷谈起，你还不知道“餐餐啤酒厂”的前身就是“文化大革命”期间赫赫有名的“向阳春酒厂”。当时，向阳春酒厂是企业界“斗批改”的先进典型，是工业学大庆的模范单位。面向工农兵生产的“向阳春”牌白酒，价廉、度高、劲大、过瘾，覆盖市场，几乎无人不知，无人不饮，尤其是市民和搬运工，开口闭口就是“向阳春”。二十世纪七十年代末“向阳春”开始走下坡路，进入八十年代走上了绝路。随着生活水平的快速提高，人们对这种劣质白酒已经不屑一顾。市民们寻开心取乐，编了几句顺口溜，很是诙谐：

向阳春，中龟孙，
喝不两口头就晕。
晕着头，找厂长，厂长说：
你说哩，算个球，
是酒喝了都上头，
不上这头上那头。

潘婷说当时厂里贷款已上千万，工人开不下来工资，上头调谁来都不肯来，都不愿意接手这个烂摊子，没办法只好借改革这股风实行招聘。姚厂长原来是封丘县一个搞建筑的包工头，用自己的五十万资金作抵押，当上了厂长。姚厂长一上任就改了厂名，废弃“向阳春”，推出“餐餐”牌啤酒，不到两年就还清了贷款。

我预料到你的心理又变得很复杂。原来你认为姚麻子只是一个老于阴谋心黑手毒的人，对付这样的人可以不择手段也问心无愧，没想到他还是一个有胆有识的开拓者和企业家，没想到他还有这么一段救厂救民于水火的经历，这无疑影响了你恨之不死的感情，更让你没想到的是姚麻子竟然也是咱们北中原人。咱们北中原人讲义气，重乡情，尤其是出门在外非常抱团儿，一人和外人打架其他人往往也会出手相帮。

这一次没想到咱们自己和自己打起来了。

## 十九

老马打来电话，说兄弟编辑部的两位同人前来组稿，你来陪一下吧。我说我这会儿在法院，我待一会儿就过去。

老马一向对工作兢兢业业，业务能力也让人钦佩，就是不喜欢外交，一般拉个广告接待个客人这一类工作都是由我出面。像今天接待外省前来组稿的同人无非是帮忙安排一下住处，联系一下作家，请吃一顿饭，买一下车票，基本如此。我们到外省组稿，人家基本上也是这样接待的。

和客人互相谈了本编辑部的情况，经费困难，纸张涨价，订户不多，等等，实际上等于互相诉苦。我到一编室把梦月叫出来，让她去安排中午的便宴。梦月问吃什么标准，我说高了咱消费不起，低了咱又怕寒碜，中档吧。近一点儿，免得再要车。梦月说那就去“休闲酒家”。我说好，你再给刘自知和金小玉说一声，让他们俩中午一起陪客。

出作家协会大院，西行约二百米就到休闲酒家。大红地毯铺到门外迎接客人的脚，礼仪小姐站在两旁迎接客人的脸。玻璃壁缸里养着活蛇活蛙，生猛海鲜；旁边是一个长方形的铁丝笼，笼子里圈着十几只活鸽子。鸽子们有站有卧，神态娴雅、安静，目光温柔祥和地看着进进出出的客人。

我的心灵深处忽然有一种说不清楚的滋味，就像湖底睡醒了一条大鱼，大鱼蠢蠢欲动，迟早要浮出水面溅起浪花。

鸽子在鸟类中可以说品质优秀，出类拔萃。它飞行快、耐力强、坚忍不拔，同时性情忠实、敦厚、娴静、温柔、祥和，因此，人类用它来作为和平的象征，称“和平鸽”。而此刻，老板把它们养在酒店的笼子里当然不是用它们来象征和平的。

我就不由地多看了它们几眼。我发现有一只鸽子我似曾相识，那只鸽子两头黑中间白，脖子上的羽毛微微泛紫。我的心里动了一下，我知道我心湖深处的那条大鱼彻底睡醒了，要拍打着鳍尾浮上水面了。

我让梦月负责点菜，梦月就让每个人先点一个。女招待最后核对菜单时我听到有一样油炸鸽翅，没注意刚才是谁点的。我说：“去掉油炸鸽翅，换成生吃全虫，提高一点档次。”他们当然不会知道我为什么要换这道菜。我感觉到客人挺高兴，因为客人连连说：“简单点儿，简单点儿。”

那一年的冬天因为吃不饱肚子就格外冷，被后来称作“三年自然灾害时期”。“三年自然灾害时期”，这种提法很科学，只是到现在我也不知道当时究竟发生了什么自然灾害，愈是不知道发生了什么自然灾害，就愈是感到这种提法很科学。

快到春节的时候，一场大雪严严实实地覆盖了北中原，禾场的草垛几乎成了鸟儿们觅食的唯一去处了。我和圪针、丢打、眉豆等几个小伙伴躲在生产队的牛屋里，伸出一排脑袋目不转睛地盯着禾场上的干草垛，因为在干草垛边上我们每人都支着一副套鸟的“称子”。

一群“灰脖子”站在草垛顶上喳呀喳呀地叫，它们精得很，蹦来蹦去谁也不肯带头下来，就轰的一声飞走了，我们很失望。过了一会儿，又飞来一只鸽子斜着身子在禾场上空盘旋，冬日的阳光在它的翅膀上滑来滑去。冬天鸟儿凑群儿，像这样的孤鸽很少见。然而，在我们不指望它落下来的时候那只鸽子却落在了草垛旁边。

我们的目光就都绷直了。忽然，那只鸽子仿佛变成了一条活蹦乱跳的鱼，“波啦啦波啦啦”拍打着翅膀就是飞不走，溅碎的阳光零乱闪烁。它被我们的“称子”套住了。

我们冲出牛屋，向禾场狂奔，都希望那只鸽子被套到了自己支的“称子”里。我感觉到了那只鸽子应该属于我。

我抱着那只鸽子，由于高兴和激动，心口扑扑扑跳得很欢。小伙伴们前前后后地簇拥着我。眉豆伸手摸一下，又伸手摸一下。这是一只非常漂亮的小鸽子，两头黑，中间白，脖子上的羽毛黑透亮紫。小伙伴们七嘴八舌给我出主意，有的建议烧烧吃，有的说应该炒炒吃。还是丢打有经验，因为丢打曾经逮住过一只灰脖子，丢打说：“还是煮煮吃好，煮一锅汤，这样你们一家人过年就都能吃上肉菜了。”

大年三十那天，大哥磨快了刀，我从小鸡篓里抱出了那只鸽子。鸽子的羽毛柔暖滑润，感觉很舒服，鸽子的神态安静祥和，鸽子的目光温柔纯净。鸽子仿佛不知道它就要被宰杀，直到我把它递向大哥的时候，它的目光仍然是那样安静祥和，温柔纯净。它的目光融化了我的恶念，我不忍心吃它了。

我说：“哥，不杀它了吧。”大哥怔了一下。我说：“哥，你看看它的眼睛。”大哥看了看，举刀的手放下来。我知道在我和大哥的心里悲悯已经战胜了屠刀，而且是饥肠辘辘下的屠刀。大哥说：“过年你不想吃肉了？”我说：“反正是不杀它了。”

梦月碰碰我，说：“开始吧？”我看看桌面，凉菜已经上齐了，就示意老马：“开始吧。”于是老马就率先举杯，对远道来的客人表示欢迎；客人也举杯，对主人的热情招待表示感谢。编辑部不富，不敢大吃大喝，就是二吃二喝，这一顿饭恐怕也不低于五百元。这和我清苦的童年相比，也足以形成一个不大不小的反差了。

那只鸽子成了我的亲密朋友。上学它要送我，放学它要接我；我写作业，它会静静地卧在桌角，有时会站在我的肩上用嘴角蹭我的脖子和脸蛋。

听说鸽子可以送信，我走亲戚就带着它，每次它都能安全地飞回家中。

春天，我大姐和外甥从克拉玛依回来了。大姐夫在克拉玛依当石油工人，大姐算是随工家属。他们想着老家是产粮区，不管怎么说粮食也会多一些，没想到老家的情况比他们那里还困难，所以没住多久就准备返回去。我外甥想把我的鸽子带走让它往家送信。我知道他们要去的地方很远很远，坐火车七天七夜还到不了，中间还隔着大山大河大沙漠。我说："那么远，它能飞回来吗？"我外甥说："能飞回来。只要是信鸽就能飞回来。"我外甥虽然是我外甥，可其实他年龄只比我小一岁，虽然他的年龄比我小一岁，可因为他有一个工人爸爸，就比我见多识广。尽管我非常害怕他把我的小鸽子弄丢了，可最终抵御不了那种好奇心理、探密心理和探险心理对我的诱惑，到底还是让他把我的小鸽子带走了。

他差不多等于把我的灵魂带走了。那一段时间，我一直像丢了魂，天天盼着我的小鸽子飞回来。10 天过去了，20 天过去了，一个月过去了，两个月过去了，我的小鸽子一直没有回来。是中途迷路了？是饿死渴死了？是被老鹰抓走了？还是被我的外甥宰吃了？我后悔死了，千不该万不该，不该让外甥把我的小鸽子带走。就在我要绝望的时候，有一天我放学回家，忽然看到我的小鸽子正站在水缸边的脸盆旁，一扬脖子一扬脖子地喝水，当时我的眼泪就下来了……

梦月又碰碰我提示我向客人敬酒，我就站起来向客人敬酒。菜大概上得差不多了，转盘上满满当当的，盘子上还架着盘子。我感觉到我的心理很反常，我忽然担心什么时候会不会再来一个"三年自然灾害时期"，万一再来一个"三年自然灾害时期"，我们还能不能安全地度过去。

父亲就是死在了那个"三年自然灾害时期"。父亲病得奄奄一息了，大哥用独轮车把父亲送到了公社卫生院。医生用食指在我父亲肿得熟亮的腿上一按，就按下去酒盅大的一个坑，半天不能复原。医生把大哥叫出来，悲凉地说："让你爹临走前吃一顿饱饭吧，别做鬼了还是个饿死鬼。"大哥哭着求医生，医生叹一口气，说："什么病，其实是极度缺乏营养，让他吃点好的兴许还有救。"吃点什么好的呢？连红薯渣榆树皮都吃不上，还能有什么好的呢？唯一能够办得到的也只有杀掉我的小鸽子了。不管是为了救父亲的命，还是为了让父亲不当饿死鬼，都只能牺牲我心爱的小鸽子了。或许能够侥幸救父亲一命呢！可是父亲说："算了吧孩子，一只鸽子也救不了爹的命，就不要再害性命了……"

这一顿饭吃得很不专注。因为我心头始终有一种难言的滋味，因此吃进去的东西就觉不出一点儿滋味，甚至我都不知道我都吃进去了一些什么。我想我一定把客人怠慢了。

出门的时候我又看到了那只两头黑中间白的鸽子，它依然安静祥和地看着食欲旺盛或者酒足饭饱的食客，安静祥和地等待着屠刀。我掏出十元钱要买那只鸽子，酒店老板大度地说老关系，奉送了。我捧着那只鸽子走出休闲酒家，张开手，那只鸽子却站在我的掌上不肯飞去。我用劲把它抛向空中，它才迟迟疑疑地飞走了。同事和客人嘴上都说我放生行善，大慈大悲，菩萨心肠，但是我想他们内心可能会说我是一个神经蛋。他们不知道我是在赎罪，不知道我是在为我曾经杀死过一只可爱的小鸽子而赎罪。

以后的一段日子，我的眼前老是出现我童年的那只小鸽子，我的目光仍然不敢与它温和纯净的目光对视，我感觉我的放生赎罪，就像祥林嫂虽然捐了门槛，身子仍然不洁一样。我并非第一次进休闲酒家，也并非第一次看到那些被囚禁在笼子里的鸽子，为什么往日就没有这种感触呢？为什么单单这一次触开了我的记忆之门呢？直到我又一次见到潘婷时，这种“为什么”才由我的潜意识里圆亮如珠地浮上表层。

## 二十

有一场官司压着，国庆节也没有伸直腰过，节后一上班梦月就告诉我，法院准备十月十五日开庭。我一听就发毛，没有拿到证据，开庭不会有我的好果子吃，而要在十天内拿到证据，我也实在没有把握。好在，我想杜玉洁法官所以在正式通知之前先通过王天成透给我们是对我们的有意关照，看我们准备好了没有，没准备好还有个变通的余地。我应该打个电话过去首先对她的这番好意表示感谢，套一套近乎，说一说困难，把开庭日期尽可能地往后拖。中国人讲感情，讲面子，如果面子大，感情深，有时候甚至可以把法律淹进去。我把拿起来的话筒又放下去，我得考虑一下怎样才能和杜玉洁拉得感情近一点。首先是怎么称呼。社会交际中，“同志”已经很少有人使用了，太正统，太规范，本身就具有很强的原则性。分析女性心理，一般都希望自己在男性眼中年轻一点儿，漂亮一点儿。那么就称呼“小杜”或者“玉洁”。小杜还是玉洁？称小杜偏重于亲切，称玉洁重于亲近。小杜？不行，她那么胖壮的身材和“小”字放在一起本身就是一种幽默，她要误会我是在幽默她就不好说清楚了。看来我只有称呼她玉洁了。我拨通了她的电话。

我说：“你是玉洁吗？我是刘雨点。”

“刘雨点？哪个刘雨点？”

杜玉洁的口气干直板硬，我酝酿了半天的感情色彩瞬间凝固了，感觉从头发梢一下凉到了脚趾盖。如果不是这场官司，如果不是这120万，不管对方是谁我都会毫不犹豫地挂断电话，并且永远不再联系。可偏偏对方就是由于这场120万的官司而居高临下的法官，喷一脸唾沫星儿也得当成甘霖，忍辱含垢也不敢出一口大气。

我说："《新荷》杂志社的刘雨点。"

"噢，是刘作家。"对方的口气活软了一点儿，但仍在公事公办范畴，"我正要通知你开庭的日期。"

"谢谢您的关照。"我说，"不过十五号开庭太紧张了，能不能再缓一缓？"

"已经研究定了的，不好更改。再说，我们有规定，没有特殊情况，一般案件不能超过三个月。"

"那就请您……"

我说不下去了，因为对方已挂断了电话。

我在心里狠狠地骂，骂得很村野，有些话不好意思记录在此污人眼目和心灵。我又想到那天晚上这位女法官很随和，很家常，很富有人情味，跳舞跳得热汗津津，气喘吁吁，该说的时候也是说得没遮没拦，该笑的时候笑得趴在我怀里哏儿嘎哏儿嘎跟驴叫一样，今天怎么就能下床不认说变脸就变脸了呢？

我的情绪坏极。一是我咽不下这口气。我试图强咽下去，可咽下去后那口气就在肚腹中膨胀发酵，带着难闻的气味冒上来。二是如此这般，这场官司还有个屁的打头，身败名裂的结局就在眼前。

我点上一支烟，串到梦月办公室。人在这种时候最需要友情，需要朋友一双友谊的手，需要朋友一颗温暖的心，我发现我自己其实是非常软弱的。

梦月说："你的脸色很难看。"

梦月问："什么事值得你生这么大的气？"

梦月在我夹咒夹骂的叙述中了解了事情的全过程后，梦月就笑了。

梦月说："我给你讲个从前有座山的故事。我有一个关系非同一般的朋友，中学同桌，下乡同村，大学同班。大学毕业后他分到了市政府，早就是人事局长了。一次我路过市人事局，想顺便找他聊一聊。有几个人正和他谈一件什么事。他见我进来，也不起身相迎，依然一副官脸，十足官腔。一直等到房间里只剩下我们两个人时，他才摘下面具，换上一张人脸，亲切如初。我说他，你整天装腔作势不觉得累？我要是不了解你，我会扭头就走，而且永远不再见你。他说梦月呀你不在官场你不知道，有些人还就认你这个架子，否则就说你不像个当官的，就不尊重你，就不拿你当回事。这就像舞台上文臣的帽翅，武将背靠上的四杆旗，既威武又表示一种身份。其二也是一种盾牌，让人不能靠近你。我们干人事工作的来找的人太多，要没有一个盾牌，你简直就没法正常工作。我说你这工作我一天也干不了，简直是活受罪。他说要不人家骂我们‘人事干部不是人’，我们自己也调侃自己‘是人不来干人事’……”

人事干部不是人，是人不来干人事。文字安排得有点意思。这要是作为一副对子的上联，要对上下联还真得费点心思。

梦月说：“我们老同学多年，交情半辈子，在他的办公室他尚且如此德行，你和杜玉洁多少关系，你还指望她在办公室和你称兄道弟？何况法院比人事局更需要威严。舞厅是舞厅，法庭是法庭。杜玉洁要是在舞厅也摆出一副执法的面孔那还不把你吓跑了？杜玉洁要是在法庭上也趴在你怀里笑得哏儿嘎哏儿嘎跟驴叫一样那还不整个乱了套？”

梦月这一个假设把我逗笑了，尽管是烦恼中的笑。

梦月说：“至于她一时没有想起刘雨点是谁，这更没有什么奇怪。咱们省名不见经传的业余作者哪一个不知道刘雨点，可是你记他们记住几个？送你一条烟一瓶酒或者请你吃一顿饭的人你能记住他们的名字吗？”

我忽然发现梦月很善于做思想工作，不讲大道理，善用比较学，深入浅出，讲得趣味，对比贴切，如果在过去的年代当个政工干部一定是好样的。其实这一点你已经不止一次地领教过了，每当你遇到烦恼或者心态失衡时，你不总是爱找梦月坐一坐聊一聊，聊着聊着就不知不觉化解了吗？

我说：“这件事还是劳驾你出面吧。”梦月说：“好吧，这件事由我来办。但是你思想上得有所准备，恐怕推迟也推迟不了多长时间。”

这时编务孔令书送来了新出版的十期杂志。我拿起一本，翻开目录，又翻开内文，看了看潘婷那篇两千余字的散文。我回想起我发表处女作时的那种喜悦心情，我想潘婷拿到这期杂志也一定会非常高兴的。

我说：“你给潘婷打个电话让她来拿样书吧。”

梦月说：“你打不好吗？”

“你打，来了多给她几本。”我说，“我想在家休息两天。这一段太累，累得简直让人受不了。”

梦月抿嘴一笑。我不知道梦月为什么要抿嘴一笑。

## 二十一

不出我所料，下午潘婷就把电话打到了你家里。潘婷在电话中没说什么，只说让你在家等着，她马上就来看你。

你想有所准备，想想也没什么可准备，无非还是布置一种氛围。把头发弄乱一点，弄出一副不堪重负疲累倦乏身心交瘁的样子。其实，从刚才潘婷有些焦虑的口气里你相信潘婷已经进入这种氛围了。

现在潘婷来了。潘婷手中掂了几斤橘子和一串香蕉，从橘子和香蕉的个头色泽看那肯定是市场上最好的。

如果是一出戏，那么今天下午已经演到了最关键的一场，或者叫压轴戏。你既是导演，又是演员，刘雨点，我在看着你怎样推进情节。我清楚，你也清楚，成败如何恐怕就看今天下午的演出效果了。

你拿了几个橘子准备到厨房去洗，潘婷无声地接了过去。就是在这时候，你发现潘婷那安静的神态和纯净的目光极像你童年的那只小鸽子。你忽然明白了，这一段时间你为什么老是想起那只可爱的小鸽子。

潘婷给你剥了一只橘子，然后又给自己剥了一只。

潘婷说："刘老师，你为什么不告诉我？"

你很敏感，你知道潘婷已经了解了一些情况，但你不知道潘婷究竟了解多少。你没有说话，你想听潘婷说下去。

潘婷说："梦月老师都告诉我了。原来我也听说我们厂和一家文化广告公司要打一场官司，谁会想到就是和你们编辑部。梦月老师说这场官司实际上都压在你一个人身上，说你为了这场官司都急病了。刘老师你早就该告诉我了。"

你从心里感谢梦月援手，佩服梦月精明。你不好开口对潘婷说的话梦月对潘婷说了，你还没来得及铺垫的梦月替你铺垫过了。梦月就像一个优秀的剧务，为你这场戏摆好了布景，施放了烟雾，造好了气氛，拉起了大幕。更让你满意的是，这些工作由梦月来做比你自己来做其效果不知要好多少倍。

你说："潘婷，实际上这件事情我早就想告诉你，不但想告诉你，还想求得你的帮助，尽管你几乎不可能帮助我。可是……"

潘婷等着你说下去，你却长长地叹了一口气，不说了。

潘婷说："刘老师你说吧，也许我能够帮助你。"

你说："潘婷，我真没有勇气说出口。"

潘婷说："刘老师，看来你是不信任我。"

你点上一支烟，抽了几口，仿佛下了很大的决心。

你说："潘婷，你还记得我给你打的第一个电话吗？就是让你修改稿件的那个电话，我想你一定不会忘记。我所以给你打那个电话就是想认识你，而想认识你的目的就是为了这场官司。你不要吃惊潘婷，你听我说下去。你那篇散文卢小叶转给我我就交给了梦月，梦月提上来，我看写得不错就决定留用，事后也就忘记了。直到要发十期稿件的时候，我才忽然注意到我们竟然还有一个作者在餐餐啤酒厂。当时尽管你们厂还没有起诉，但是我已经预感到这场官司在所难免。你明白吗潘婷，其实你的那篇散文不用修改也可以发表的，我之所以让你修改就是想认识你。"

在你诚恳的叙述中，我发现你很精巧地篡改了一个情节。你说潘婷的那篇散文在让她修改之前已经决定采用了，而事实是你为了认识潘婷更准确地说是你为了这场官司才决定采用那篇散文的。你我都知道这一点至关重要。如果这一点你实话实说，那么不但会大大刺伤潘婷的自尊心，更为重要的是，有可能因为这一块虚假的基石而毁掉潘婷心目中的文学殿堂，潘婷就会把你看成一个真正的卑鄙小人。如果是这样，别说什么官司不官司了，这一臭烘烘脏兮兮的污点很可能成为你和潘婷关系的句号。

你还不傻，你一般不会犯这样的弱智的却又是原则性错误。

潘婷的神态有点迷茫和难以置信。潘婷说："不不，刘老师你提的修改意见让我口服心服，画龙点睛般让我那篇小文焕然生色。"

你问："这场官司的前前后后梦月给你讲了没有？"

潘婷说："讲了，只是，我觉得，姚厂长似乎不是那种人。"

你说："潘婷是你太善良了，你还不了解世事的复杂和险恶。世界上只有你想象不到的事，没有不可能发生的事。"

你一支烟抽完，又点燃一支，接着往下说。

"潘婷，我知道，你只是餐餐啤酒厂的一个一般干部，姚厂长给我们广告公司打那个'要求更改电话号码'的电话时，你不可能在场。也许，姚厂长根本就是在任何人都不在场的情况下，才打那个电话的。如果这样，别说是你，任何人也没有办法拿到他打过这个电话的证据。因此我费尽了心思，我甚至连求你出什么样的证言都想好了：你有事到厂长办公室，姚厂长正好打那一个'要求更改电话号码'的电话；我甚至也为你想好了退路，事后就想办法把你调到我们编辑部，因为如果你出了那样的证言，就绝对不能再在你们厂待下去了。然而在咱们的交往的过程中，你的善良和纯净仿佛时时在审视我的灵魂，在净化我的灵魂，这种卑鄙的想法我无颜向你启齿。尽管我也想，好人和坏人其实都有卑鄙的一面，不同的是坏人用卑鄙做武器进攻别人，而好人用卑鄙当盾牌保护自己。我无非是在用卑鄙的手段来对付一个卑鄙的阴谋，为什么老是自我谴责呢？其实让我无颜启齿的更主要的原因不在这里，而是我在算计一个纯洁善良的姑娘，我在伤害一个纯洁善良的姑娘，我在亵渎一个纯洁善良的姑娘，我的想法是在给一个洁净如玉的心灵涂上一片污渍。因此我想，官司打赢打输就随它去吧，我宁愿自己身败名裂，也不能去伤害一个美好的心灵，我宁愿自己下地狱，也不愿意失去你的信任和友情。”

潘婷一直没有说话。你感觉到了潘婷内心情感缠结，纷乱如麻。对于纯真善良涉世不深的潘婷来说，这件事实在是太突然太复杂太沉重了，正像一个天真烂漫的儿童一觉醒来，忽然发现自己置身在一个阴森恐怖虎狼出没的大森林里一样。一时半会儿潘婷不可能理出头绪，更不能作出判断。但是在潘婷纷乱的思绪中有一点已经开始明确了，这一点也是你想要达到的效果，那就是你的真诚也让潘婷感动。这期间你一直握着潘婷的手。这时候潘婷把另一只手也放到了你的手上。你点上一支烟。你让潘婷沉静了一会儿，然后才又缓缓接下去叙述。

你说：“潘婷，这一段你总让我想起我童年时代的一只鸽子……”

你把你那只鸽子的故事极富感情地讲给了潘婷。当讲到你为了生你养你的父亲不得不牺牲你心爱的鸽子的时候，当讲到你牺牲了你心爱的鸽子仍然未能幸免童年丧父的悲剧的时候，你看到了潘婷眼睛中的滢滢泪光。潘婷泪光滢滢地靠着你，脸部偎在你的肩上。这情景把你自己也感动了。你觉得心疼。

你说：“我一直有一种负罪感，是我杀死了那只可爱的小鸽子。那本来是一只自由自在的小鸽子，是我用套子把它捉到了家中。可它为什么不飞走呢？它要是飞走就好了，它要是飞走就好了。”

潘婷静静地偎依着你，真像你童年的那只小鸽子。

潘婷说：“刘老师，你是一个真真实实的人，真真实实的好人。我一定尽我所能地帮助你。”

你说：“潘婷，我给你讲了我童年时代那只鸽子的故事，你难道没有领会其中的含义吗？那只小鸽子为什么不离开我飞走呢？它要是飞走就好了！”

“这可能就是平常说的缘分。那只小鸽子和你命定有这一段缘分，它命定要为你作出牺牲。你刚才不是提到你打给我的第一个电话吗？当我接到那个电话的时候，我就感觉到我的平淡的生活可能要发生变化。我们注定要在这种背景下相识，这也是缘分。”潘婷幽幽地说，“那只小鸽子找到了一个真正的好人。如果需要的话，我也会像那只小鸽子一样做出牺牲的。”

你轻轻地抚摸着潘婷的头发和肩背，轻轻地。

你说：“那只小鸽子要是飞走就好了，飞进纯净的蓝天，飞进迷人的大自然，自由自在……”

这时候你觉得你的预期目的已经基本达到了，你其实是用一块一块局部的真诚布置了一个整体的弥天骗局。天底下只有我了解你此时的心情，你的心中其实并不好受，甚至极不好受。你的计划即将成功的窃喜基本上被你自惭自责的负罪感完全淹没了。你在算计一个善良的姑娘，你在亵渎一种纯洁的情感，你又杀死了一只可爱的小鸽子，你觉得自己是一个真真切切的卑鄙小人。你在心里赎罪般默念，潘婷，我一定一辈子对你好，一辈子把你当作我的亲妹妹甚至亲女儿，一辈子亲你疼你保护你，不允许任何人伤害你。

## 二十二

10 月 26 日上午 9 时开庭。

刮了一夜秋风。天亮的时候，秋风才歇息在黄叶零落的树梢上。天气骤然变凉了，我加了一件毛衣还感到肌肤有些发紧。一夜之间，树叶几乎落尽，陡然透亮了大片大片的蓝天。遍地都是树叶，尤其是马路的两边，厚厚的差不多铺有半尺深。“生如夏花之绚烂，死如秋叶之静美。”绚烂的夏花是一种人生境界，静美的秋叶也是一种人生境界。

为了今日的法庭辩论，听着窗外萧萧秋风我几乎一宿未眠。对于打赢这场官司，可以说我已成竹在胸了。然而毕竟是第一次上法庭，心理上仍然有些紧张。为了松弛一下神经，我更为有意地欣赏遍地的落叶。

我骑着自行车，专拣树叶多的地方轧。我喜欢秋叶沙啦啦啦沙啦啦啦的声音，那是秋叶在轻吟浅唱，那是秋叶唱给秋天的歌。这熟透的声音能复苏我的记忆，诱我回到童年的秋季。大秋收净，北中原天高地阔，我便跟大哥到原野小树林里扫落叶，在沙啦啦啦沙啦啦啦伴唱声里，一篓子一篓子地往家背，攒上结结实实的一垛，等到冬天大雪封门的日子，或烧锅或喂羊，弄得满头满脸都是干树叶的香味。

秋叶进了城市则受到了冷落，成为城市的垃圾，清洁工把它们当成了负担。清洁工往往把它们堆在墙根墙角，就地点燃，熏得大街小巷烟雾弥漫。

你度过了你有生以来最为沉重难熬的一段日子。这20天里，潘婷几乎天天给你打电话，让你放心，让你不要着急，说她一定能想办法帮助你。可我知道你不可能不着急，开庭的日子一天天迫近，就像绞索已经套上了你的脖子。直到昨天你就要绝望的时候，潘婷终于送来了她的证言。拿到了潘婷的证言，就等于拿到了打赢这场官司的判决书。这是你从一开始就渴盼得到的救命符。然而，你看着这一张渴盼已久的救命符，却痛苦地流下了泪水，痴呆呆的一言不发。我了解你此时的心境，你挣脱了压在你身上的一座墓碑，却背上了一座更为沉重的十字架。我知道你尽管工于心计，却不是那种心黑手狠的人，你还算是一个有良心有道德的人，可是从现在起，你还敢理直气壮地说你是一个有良心有道德的人吗？你为了打赢这场官司，像你童年套住了那只小鸽子一样，你成功地算计了一个姑娘，在她纯洁的心灵上涂上了一个污点。你又想起在歌厅你为潘婷唱的《小芳》，你骗了“小芳”的感情，然后假惺惺地唱“谢谢你给我的爱，今生今世难忘怀。谢谢你给我的温柔，伴我度过那个年代”。你我都清楚，此时的潘婷也正在鲜艳的痛苦中浸泡着。对于潘婷来说，一辈子都会有一个难以摆脱的阴影追随着她。无论何时何地，只要她想起这张伪证，她的良心就会簌簌战栗。

潘婷一走，你就拿着这一纸证言找到了老马，直到老马答应一定尽全力把潘婷调进编辑部时，你才良心稍安。

## 二十三

离东海区人民法院还有几十米远，我就看到我们编辑部和广告公司的20余人在法院门口站着，老马、梦月、雷一鸣、吕宋，就连平时老巴望我倒霉的刘自知和金小玉也没有缺席。看到他们一个个来得那么早，齐刷刷地站在10月26日这个寒冷的秋天等我，我的心里止不住一阵阵发热，甚至感动。这时我的理智就激烈地反对我，你感动什么？如果不是你费尽心机拿到了这一纸证言，他们有几个会来陪你受审？你孤军奋战了几个月，除了梦月，有谁真心帮助过你？如果你官司打输了，有些人恐怕比现在更高兴！我的感情却很大度，别小肚鸡肠，对己，记恶勿记善；对人，记善勿记恶。

昨天下午，编辑部和广告公司都知道我拿到了这一至关重要的证据，真真假假都挺兴奋。大家除了在电影电视上，谁也没有亲临其境地见识过法庭审案，于是一哄而起，都说明天咱们陪刘雨点一块上法庭，为咱刘头儿壮行助威，也感受感受法庭的气氛。

看看手表，8时45分。20余人簇拥着我果然颇有声威。10月26日8

时45分，我率领着我们编辑部的全体同仁庄严地走进了东海区人民法院，这将成为一件大事载入我们编辑部的史册。我们庄严地上楼，庄严地来到了经济庭。在这个庄严的进程中，我的脑际忽然掠过了一个有点奇特的想法，他们的集体行为使我失去了一个成为单刀赴会型的孤胆英雄的机会，随后又觉得这想法有点儿可笑。

20余人一站就是半间屋子，惹得办公室的人都好奇地看我们。杜玉洁法官今天还算给了我面子，她把她的目光从一本案卷上举起放平，就看到了我们的群体，先是怔了一下，然后认出了我。她没有笑，但也没有板起面孔。

杜玉洁说："我刚才还在给你打电话，一直没人接。"

我说："可能我们已经出门了。不是今天9点开庭吗?"

杜玉洁说："都是你们的人?"

我说："都是。"

杜玉洁说："又不是打架，来这么多人干什么?"

我说："壮壮声威嘛。再说都没有经历过这种场面，就都想来看看。"

杜玉洁说："今天不开庭。"

法庭不是很郑重很严肃的地方吗？怎么说不开庭就不开庭了？我有点吃惊，同时也有点失望。这场官司已经折磨了我好几个月已经折磨得我焦头烂额精疲力竭。原来希望拖下去是万般无奈，现在已证据在手，我当然希望了结得越快越好。何况我还有一个"夜长梦多"的担心。如果潘婷发生动摇，身败名裂的结局仍然要落在我的头上。同来的20余人都不知又有了什么新情况，便小声猜测议论起来。

杜玉洁说："你让他们先回去，我需要和你单独谈谈。"

我只好让老马他们先回去，我说我一会儿就回去向他们通报情况。他们都为白跑了一趟而扫兴，很不情愿地出去了。

杜玉洁请我在她对面的椅子上坐下来。

杜玉洁说："餐餐啤酒厂要求撤诉。"

这可真是一个出我意料的新情况，一个令我真正吃惊的新情况，一个令我真正求之不得的新情况。我的内心喜悦得战栗，喜悦得压抑不住。潘婷的证言我还没有交给法庭，一是来不及，二是开庭时突然出示更能够出奇制胜。现在好了，简直太好了！潘婷的证言既不必要交给法庭也不必要出示了，官司一了，我就可以悄悄毁了。这样，潘婷就不必为了这一纸伪证而良心不安了，也不会陷身于一个无地自容的难堪处境了。同时，我稍一思索，刚刚迸发的亮丽的喜悦很快又暗淡下来。他们为什么要撤诉？明明可以打赢的官司他们为什么要撤诉？是不是潘婷出证言的事他们已经知道了？只有这一点才具备迫使他们撤诉的威力，只有这一点。除了这一点，别的任何旁证对于他们都构不成实质性的威胁。

我问："他们为什么要求撤诉？"

杜玉洁说："他们可能是了解了你们的情况，觉得他们赢了你们，你们也没有这么大的赔偿能力。他们说他们不指望你们的赔偿，他们说他们自信能够靠自身的能力弥补损失，发展企业。可是，我觉得这似乎不是他们要求撤诉的真实原因。如果是这样，他们何必当初呢？再说，就目前的情况而言，打完这场官司，他们多少还是能够得到一部分赔偿的。"

我想杜玉洁的感觉很对，这绝对不会是他们要求撤诉的真实原因，他们肯定是知道了潘婷为我们出了证言这件事，肯定。但是法庭并不知道。

杜玉洁说："按照规定，只要被告交了答辩状原告就不能再撤诉了。但是这毕竟是你们两家的事，所以想听听你方的意见。"

我连考虑都不用考虑。

我说："我们没有意见，同意他们撤诉。"

走出经济庭的时候你感到不正常的轻松，轻松得心虚，或者说根本就是心虚，心虚得无所适从。一场折磨你几个月的官司就这样轻淡了结了吗？一场几乎把你压垮的官司就这样轻淡了结了吗？你会不会是在做梦？你在朦胧状态时，经常做一些似梦又似非梦的梦，你会不会是又在做这种似梦又似非梦的梦？会不会你下楼时绊上一跤或者到大街上谁喊你一声，这场梦就会醒来？醒来后你的心情会因为这场好梦而变得更加暗淡和凄凉？

老马他们十几个都没有走，都在法庭大门口等我，见我出来都围了上来七嘴八舌问我到底发生了什么事。我虚弱地说，完了。他们都很吃惊，情态、目光和口气中充满了气愤和同情，充满了担心和关心。怎么会完了？咱们不是拿到铁证了吗？到底是怎么回事？他们要判案不公咱们就上诉！对，刘头儿，上诉！你的意识忽然闪跳到了另一件事情上。一次，你的一位朋友讲到了生吃猴脑的情景。首先是选猴。饭店老板领着食客到关押猴子的笼子前让食客自己选猴。猴们惊慌地缩在一起，尽量地隐藏自己，目光惊恐悲凄地向食客作揖、流泪、乞求食客慈悲为怀，放过自己。然而一旦食客向某只选定的猴子一指，其余的猴子就会欢呼雀跃，争先恐后地将被选中的猴子推到食客面前。我暗吃一惊，刘雨点你胡思乱想到哪里去了？你的心理太阴暗了。大家不是都对你很好吗？不是都在担心和关心你吗？尤其是梦月，跑前跑后为你费了多少心思？

我说："我是说整个结束了，人家餐餐啤酒厂撤诉了。"

这情况也出于他们的意料之外，静了片刻之后，他们才似乎醒过神来。老马连连说，这就好了，这就好了。雷半诗高声说姚麻子这个王八蛋是害怕他们官司打输了连诉讼费也整个搭进去，这个王八蛋孬种了！我狠狠地瞪了雷半诗一眼，真想扇他一个嘴巴子。雷半诗感觉出了我的情绪，马上改口说，今天中午我请客，去逍遥宫，来他个一醉方休。大家一听说去逍遥宫都挺高兴，说就应该半诗个王八蛋请客，折腾来折腾去还不都是因为你个王八蛋。

20 余人跨上自行车，颇有声势地穿行在 10 月 26 日上午这个深秋的时空里。

## 二十四

半道上我悄悄地离开了这个小集体。我的心中也似这深秋一样空空荡荡，却没有这份儿明净。我哪儿也不想去，也无处可去。

我回到家中，点上一支烟，便靠在沙发上。我的心中依然空空荡荡。我什么也不去想，我觉得很累，很累，又累又孤独，累极了，孤独极了。

这时我听到了阳台上蝈蝈儿的叫声。蝈蝈儿的叫声也是又累又孤独，落寞、迟滞、苍老、间断，"知——知——"，就像一个龙钟的老人上楼梯，上一个台阶喘一口气，上一个台阶喘一口气。这一段压力太大，我几乎把我的蝈蝈儿忘记了。

我起身走到阳台上。我看到原本如玉雕一样透明翠绿的嫩蝈蝈儿，如今整个变成了铁锈色，目光浑浊似两团灰雾。蝈蝈儿叫了一夏一秋，它满怀着青春的激情，用这如诗如歌如音乐般的叫声呼唤情侣。它劳而无功地呼唤了一夏一秋。现在，它的叫声已不能表现出如火如荼的热烈和激越，然而执着仍在。岁月可以使之变老，夺其生命，却不能易其执着。

这只变成铁锈颜色的老蝈蝈儿，让我联想到了孤独一生的老单身汉，让我想起了我的大哥，于是一种恻隐之心油然而生。因为我爱听蝈蝈儿的叫声，大哥把这只蝈蝈儿从它出生的绿色田园带到这灰色的城市，囚在这监狱似的笼子里，度过了孤独苍凉的一生。现在它已经老了，快要死了，就让它回到它的田园吧，就让它死到生它的田园吧，就像叶落归根，就像人死后灵魂也要回到自己的故乡一样。

我掂着蝈蝈儿笼子走出家门，骑上自行车。我当然无法把它送回我们的北中原，我只能把它送到郊外的田园里。

我在城市的大街上拐来拐去将近一个小时，终于骑出了市区，摆脱了喧闹的市声，然后拐上了一条土路。庄稼收割净尽，大地格外辽阔。各种树木的叶子都落完了，唯有一棵柳树仍然叶子浓郁，一团老绿。中学生时代常写关于理想的作文，当时有一句话很时髦：要做高山岩石之松，不做河旁湖畔之柳。现在看来是冤枉柳树了，其实柳树也是有很多优点的，它平易、随和、温柔，不经意间就会成为你的朋友。

前边有一条水渠和土路十字相交。我依稀觉得这地方有点儿熟悉，就想起和潘婷到乡下看月光的那个晚上。就是这个地方。路是这条路，渠是这条渠，树是这些树，只是田里的稻子不见了，见到的是板结的土地和纵横整齐的稻茬。往事清晰又模糊，如昨又如隔世。

我在那天晚上我和潘婷放车的地方扎下自行车。渠埂下边长着曾经葱郁葳蕤过的草丛，现在已经干枯焦黄。我选择了一处还残留着绿意的草丛，打开笼子，把老态龙钟的蝈蝈儿放上去，然后在我和潘婷曾经坐过的地方坐下来。我看到蝈蝈儿动作迟滞地缓缓地爬到一根草莛上，面对空空荡荡的田野，竟然又吃力地磨动小翅喘息般地叫起来，声音苍老但依然执着。

我闭上眼睛，幻想夏日原野那无边无际的浩瀚的浓绿……

我看到潘婷向我走来。潘婷上身穿一件火红色毛衣，下身穿一条墨绿色的牛仔裤，亭亭玉立，使我再一次想到了我们北中原上修直的红高粱。我痴痴地看着她走来，不知道这是幻觉还是真实。潘婷在渠埂下边站住，目光很忧郁。

我百感交集："潘婷！"

潘婷说："刘老师！"

我说："你怎么来了？"

潘婷说："我的蝈蝈儿死了。"

我看到了潘婷手中掂着的蝈蝈儿笼子。

潘婷说："我的蝈蝈儿死了。我想把它葬在田园，让它的灵魂安息在田园。"

我走下渠埂，走到那丛还残留着绿意的草丛前。我挖了一个小坑，接过潘婷手中的蝈蝈儿笼子，打开，把蝈蝈儿的尸体放进去埋好，又堆了个小坟。

然后我们走上渠埂，在我们曾经坐过的地方偎依着坐下来。

## 二十五

我们忘记了空间和时间，就那么一直无声地坐着。太阳缓慢地移向西方，然后在自己酿成的血云间缓缓下沉。

我说："潘婷，我对不起你。"

潘婷没有说话，一动不动地偎依着我。

我说："潘婷，我已经和老马说好了，一定把你调到我们编辑部。"

潘婷说："不用。刘老师，你知道姚厂长是我的什么人吗？姚厂长是我的亲舅舅，我是姚厂长的亲外甥女。再说，我就是想去我也不去，否则，我就是别有用心别有所图了。"

我很吃惊。潘婷为了给我帮忙，不惜得罪自己的亲舅舅。我不知道说什么好，我感到了语言的苍白无力。

"刘老师，你别为我担心，我心里其实很平静。我先是劝我舅舅撤诉，说杂志社穷得很，就是打赢了官司人家也没有钱赔。舅舅不干，我说你不撤诉我就给他们出证言。我出证言还是为了逼舅舅撤诉。"停了一会儿，潘婷又说："有一点我本来不想告诉你。可是我也得对得起我舅舅，我不能让你们认为我舅舅不好，我舅舅绝对不是你想象的那种心阴手黑的人。其实，在这件事情上，我舅舅根本没有设置过什么陷阱，我舅舅根本就没有打过那个通知更改电话号码的电话。"

我极为震惊。我相信潘婷的人品，潘婷不会说谎，潘婷没有必要说谎。雷半诗这个混蛋到底还是骗了我，他自己出了错误又嫁祸于人。我浑身燥热，脑袋里嗡嗡的如蜂巢，我感到我的声音又混浊又嘶哑。

我说："那你，为什么还要出那一张证言？"

潘婷说："我答应了你的事，我就一定要办到。"

潘婷始终很安静，声音也是静静的。

"刘老师，你看那一片云！"

潘婷的安静也感染了我。我放眼向西方望去，太阳沉下去的地方正升腾起一片淌血似的云，凝紫流红，美得悲凄，美得让人心碎。

原载《莽原》1996年第1期

# 沙　　岸

春天，黄河极瘦、极缓，像一个长途跋涉的老人，那一处处冒出水面的沙滩是他身上的老人斑。老人已经走过了漫长漫长的路，还要无止无休走下去。河岸是一片望不到边的沙地。没有丘陵，没有起伏，单调乏味。所有的绿意仿佛都集聚在坟场的杨柳树上。有一处坟场颇为壮观，几十棵杨柳洇洇如云，烟笼雾罩。一阴阳先生路经此地，驻足感叹，说想不到这百里沙地竟藏有如此氤氲风水，此家将来必出高官无疑……

## 一

日近正午。无边的沙岸阳气蒸腾，白晃晃刺眼。坟地的杨柳新翠欲滴，如烟如梦。布谷鸟的叫声像布谷鸟一样从头顶飞过，四个音节又如它下的卵一般浑圆饱满。

金老大在种瓜。背着阳光像背着一盆暖烘烘的炭火，浑身已小汗津津。年轻人已换夹衣，孩子们光腚的都有，金老大却还捂着他那油囊囊的黑土布棉袄。老大有老大的道理，春捂秋冻。病了还得自己受，谁也替不了你。老大种得极认真。腰背发木，两腿酸麻。真想躺在沙窝里舒坦舒坦，可老大信奉一个真理：种瓜得瓜。一定要赶在午饭前把瓜垄种完。

隔地身晃晃荡荡走来金老二。金老二 40 多岁，又高又瘦，骨架像几根劈柴棒组接而成，螺丝松动，所以走路总晃荡。他站在老大对面，饶有兴味看老大种瓜。有顷，说："大哥，不歇会儿？"

老大没抬头。他早看到了老二那双趿拉着的破鞋和破鞋后筋脉暴突的大脚。

老二在他面前磨磨蹭蹭隔瓜垄蹲下。拔去垄背上两棵刚冒头的刺刺芽，说："大哥，歇会儿歇会儿，赶死哩！"

这老二来干啥？苍蝇趴花蕊，采蜜不采蜜，繁蛆不繁蛆。老大心里很烦。没事给狗挠蛋去！

"种完了你？"老大挪一个窝。

“没哩大哥。”老二也挪一个窝，保持和老大面对面位置。又拔去两棵刺刺芽。

“那还不趁这墒快种？”

“是得快种。可是——”老二把一片刺刺芽叶子放嘴里嚼，乜一眼老大粗瓷碗中用湿布蒙住的瓜种，“大哥抽根烟，大哥。”

“得趁这墒。”

“那也不错这根烟。”老二掏出香烟抽一支递过去，“给大哥，好烟。”

老大忽然警觉起来。一个劲地大哥大哥大哥，还给烟，老二这是想干啥？

“吸吧吸吧。”老二的手并不缩回，心里暗笑，还捏住半边装紧哩不是？我操。

老大仍不接。为人处世，小心设防；我不坑人，人也别坑我。这是老大的立身之本。

老二把烟扔过去，老大把烟抛过来。又扔过去，又抛过来。

“那玩意儿没劲。”老大掏出自己的旱烟，很过瘾地吸两袋。抬起身活动活动麻木的腿，别着胳膊捶捶酸疼的腰。鼻孔痒得难受，连忙仰脸对着太阳，银箭一样的光芒晃得他闭上眼，很响亮地打了个喷嚏。顿时眼前流星追月，大地像喝醉酒一样摇摆。渐渐星月隐去，眼前仍是烈烈的阳光。布谷鸟的叫声由远处跳荡着传来。他把目光扯远。沙粒像金子一样闪烁。黄河凝滞了一样沉稳。地平线氤氲缥缈。又把目光慢慢拉回，最后落在他们金家的老坟上。老坟地杨柳洇洇，笼罩着紫气。阴阳先生说金家将来要出大官，不知出在哪支哪门？但愿应在我老大后辈身上。这辉煌的希望使他暂时忘却了腰酸腿麻。

金老二没有把烟让出去，也无所谓。自己点燃一支，叼在嘴上。双手抱膝前后晃悠，眯起眼睛研究着金老大。

老大仍在痴痴地凝望老坟。先父有眼，我是老大，我遵照您老人家的临终嘱咐为咱这一门出过大力。

他们弟兄四个。老五是妞，称小妹。爹死时小妹 3 岁，老四 7 岁。他 20 多岁，刚成家不久。他记得清清楚楚，那年钢铁元帅要升帐，他正在牲口屋前边禾场的土高炉大炼钢铁。娘来喊他，说爹要不行了。他慌慌忙忙跑回家。爹是肺结核，已经躺了半年。爹流着眼泪叮嘱他，一定要把弟妹照护大，尽到他做大哥的责任。

其实爹不说他也要管。他是老大，他不管谁管。长兄比父，责无旁贷。

尽管他知道那担子是多么沉重，以后的日子有多么艰难。

那时候都自顾不暇，谁顾得了他。没人帮他也没人能够帮他。他靠自己也只有靠自己。野菜树叶凡是能填肚子的他都拼命往家搂。他硬是咬牙撑起了这个家。不但把他们一个一个养大了，还供老三老四读了几年书，给他们娶了媳妇。尽管老四是拿小妹换的亲，那也是没有办法的事。

老二仍然双手抱膝晃悠，眯着眼颇有耐心地研究老大。

老大的腰腿已不那么酸麻。他净净鼻涕，又开始种瓜。见老二还原封不动蹲在那里，冷冷看他一眼。

没想到弟兄四个正式分家时，老二老三却合伙坑了他。家里一共八间房子，六间是三个弟弟成家陆续盖的，两间是爹留下的老屋。老屋缺檐少角，砖被销蚀，残破不堪，东山墙还裂了缝。都不想要老屋。他想要下又感到实在太亏，犹豫不决。老二老三提出抓阄。抓阄就抓阄，听天由命。老四不参加，因娘提出要跟老四，都同意老四住两间新房。老二老三对他非常亲热，异口同声让他先抓，说他是大哥，操劳半世。他这时真希望自己抓到老屋。他随手捏一纸团。打开一看写的正是老屋。他心平气和住下，一点不觉得吃亏。事隔一年才有人透给他，原来老二老三欺他老实疙瘩不识字，三张纸上全是写的老屋。他竟一点没有伤心。他觉得自己忽然大彻大悟一下子看透了人生，看透了世界。过去的几十年算是白活了。他发誓要凭自己的本事超过他们。

老二又引燃一支烟，把烟头摁进沙地。好像老大是件稀奇古玩，他研究不透又玩味不够。当然，真要是件古玩他根本就无兴趣欣赏也无能力欣赏了。他在耐心地有步骤地达到自己的目的。他刚才和老四打过赌，赌注是一盒彩蝶烟。带嘴儿。

“我说大哥，年前让你上县开会，你干嘛不去?”老二慢悠悠说。

“我不能蛤蟆垫桌腿硬撑。”

“咳!”老二做声做色，“我说你傻吧你非说你精细，别人争都争不到手。”

老大不说话也不抬头，认认真真种瓜。正午的太阳把影子清晰地拓印在他眼前。一只布谷鸟又从头顶飞过，饱满的声音由近而远。老二仍不走。始终和老大保持脸对脸位置，就像两只抵架的羊。

“大哥，我算服你。我走南闯北吃的西瓜成车皮，全没大哥种的瓜甜。难怪县长说你是西瓜大王。”

老大胡子撅撅，似笑又似非笑。

老二继续说：“不服不行。地挨地一样土性，一样挑垄，一样上粪，就大哥种的最大最甜。不服不行。”

老大胡子又撅撅，嘴角轻轻在动，眼角隐约有了笑纹。对种瓜这行，老大非常自信也非常自豪。这无边沙岸没人能和他比。县长也确实亲自吃过他种的西瓜。

我操总算挠到了你的痒处。老四我得赢你一盒彩蝶烟，老二想。抓住时机，得抓住时机，啥事都不能错过时机。老二脸上笑着，伸手揭开老大碗中蒙着瓜种的湿布，说：“嘿嘿，大哥，我看大哥这瓜种……”

老大连忙把瓜种盖好，警惕地把碗挪到老二够不着的地方。

老大挪一个窝。老二连忙也挪一个窝。笑脸看着不笑脸。

“这么回事大哥，我去年瓜种留少了，就差两趟。不种吧，垄沟都挑了怪可惜。我看大哥这瓜种用不完，想匀点。就两趟，用了了的。”

老大脸上的纹路死去刹那，又活泛起来。嘿儿嘿儿嘿儿地笑出声：“老二，这没啥。不就是点瓜种吗？”

老二脸上笑容暗淡刹那，又鲜亮起来：“嘿嘿，大哥，我就知道你会给我，你不会不给我，老四偏说你不会给我。你看这老四。”

“就怕这瓜种剩不下。”老大笑眯眯地看着老二，“要剩下我一定给你。你先回老二。别老陪我蹲着受罪。剩下来我送到你家里。不就是点瓜种？这没啥真没啥。”

老大的笑容拉得很远。老二脸色顿时灰灰。半天才喊出声“大哥”，腔调少盐缺醋。老大太绝。他没想到。他原想女人给狗吞介绍过对象，虽说没成，老大也该给点面子，所以才和老四赌上一盒彩蝶烟。老大种瓜动作格外慢下来，慢得让人抽筋。老二忽然感到两腿酸麻。

“老二你先回，别老蹲这陪着受罪。剩下我一定给你送去。”老大说。

“那中大哥。”老二也觉尴尬，双手按膝站起身。晃几步，想想，又晃回来，想想，复晃晃地拖着疲惫的影子慢慢走远。

“喀”一声老大吐出一口浓痰。浓痰骨碌碌滚动团成一个小小的沙球。冲老二的背影笑笑，不觉加快了动作节奏。

种完最后一趟瓜，老大揭开碗中湿布看看，瓜种确实剩下不少。老大慢慢站起。四周渺无人迹。原野一望无际。日已过午。沙粒耀眼。布谷鸟的叫声如在梦中。

老大站了一会儿，忽然用瓜铲在背垄间敏捷地异常迅速地挖好一个一尺多深的坑，将剩余瓜种一粒不留倒入，用土填平。老大拍打拍打手上沙土，满意地无声地笑笑，又望望自己家杨柳葱郁的老坟，捡起粗瓷碗拐拉拐拉向村里走。

这就是金老大。土褐色，瘦筋脸，头发稀疏灰黄，尖下颏上粘一撮小麦根须样胡子，眼帘上串有沙粒状密密小瘤。整体看瘪瘪缩缩像只风干的鸡。

金家老坟里杨柳丝丝，嫩草破土，几朵小野花蓝得透紫。金老二头枕他那双烂去后跟的破鞋，靠着不知他哪一个爷奶的坟包躺着。大腿压住二腿，悠哉闲哉地听着时远时近的布谷鸟叫，透过扶疏鲜绿的柳枝欣赏两片洁净的白云。白云悠远，绫罗一样慢慢擦拭蓝天。蓝天越发蓝得纯净。有时微风抚开柳枝，日光洒他一脸，他就很舒服地闭上眼睛。

他很有耐心地等待着。轻轻吹口哨，翘起的大脚丫一点一点打拍子。不时仄起上身瞄瞄，终于看到老大开始往回走。于是很有礼貌地目送老大瘦小的身影溶进远外朦胧一团的村子。

老二坐起来，老二站起来，老二拿起两只破鞋"噗噗"拍几下然后趿拉上，老二拍拍屁股上的沙土，老二解开裤子想尿一泡忽然想起阴阳先生说的话，害怕熏了祖宗破了风水，于是重新系好裤子憋住，老二弯腰拿起他的瓜铲和瓷碗，老二晃荡晃荡走出老坟走向老大的瓜地。

他很容易找到老大深埋瓜种的地方，骂一声"老绝户头"，就动手很小心地挖开沙土。

## 二

金老四出生那天夜里暴雨倾盆，雷鸣电闪。他娘梦中看到中堂挂的老虎从画中跃出，蹲在当门对着门外长啸不止。醒来肚子开始阵痛。老四落地虎头虎脑，哭声洪亮。出满月他娘给他算了一卦，算命先生说老四必是一员虎将，小则团长旅长，大则军长司令。所以他娘最疼老四，寄希望于老四。老四果然争气，长得脸方颏圆，肩宽脖短，肉滚滚颇有将军风貌。可惜连续三年没参上军，生生埋没一员将才。

发生那件事时老四刚吃过晚饭，正考虑过剩精力今晚用到啥地方。暮色灰蒙，少数星星已在岗位上露面。西天边尚有一抹暗淡的残红。柴草燃烧的香味在慢慢消散。如风起青萍之末，从金老三大门外传出一声长长女腔："哎——"直直如光束先细后粗也如光束将街筒照亮。尾处猛一滑抖出抑扬顿挫："谁薅了俺家瓜苗，龟孙兔孙王八孙叫他断子绝孙……"

没啥稀罕的。老三女人开始骂街。大凡骂街，都是选择在晚饭将尽未尽时。此时男女老少都在家中，人们不像早饭午饭后急于下地干活。这就保证了两点：第一收听率最高，就像电台电视台的新闻联播；第二可以不慌不忙骂，从容不迫尽抒情怀。从第一声叫板老四就听到了，并没引起他的兴趣。老四女人在厨房洗碗，问“是不是三嫂”，他“嗯”一声。

“谁薅俺的瓜苗，叫他正头顶长疮，脚底板流脓，从上到下一点一点烂……”声音站立一会儿，然后走向十字街。

平常骂街一般无人接腔。只有拾钱的，没有拾骂的。骂者一骂常常三四个钟头直至声嘶力竭。瘾大的明日再骂。可今天刚骂到食堂门口，食堂女人就走到街心两手叉腰威风凛凛拦住老三女人。

“骂你自己哩，都骂你自己哩！叫你烂叫你烂，稀巴巴地烂……”食堂女人也高腔大嗓。

老三女人有了对手，马上精神抖擞：“骂你哩就是骂你哩你烂你烂稀巴巴巴巴巴巴烂……”

村里顿时沸反盈天，把黄昏的寂静全轰到了野外。两个声音初时如两把小号二重奏对吹一来一往，顷刻密不透风，你缠我裹互相扭结一团团向四面八方滚动。污言秽语，不堪记录。不少人从家里涌出，孩子挤在前边生怕漏掉一个细节，女人们有的劝解有的挑拨，有的看似劝解实为挑拨。男人们远远地站在暗处抽烟，偷偷欣赏，乡村无娱乐，权当看戏了。

金老三身在大门里心在大门外耳朵像天线一样矗着，听到食堂女人和自己女人开吵心里暗喊一声：“糟！”有点后悔刚才没有把女人拦下。女人说：“老实人好欺，老实马好骑。不骂，不骂他今天薅你一趟明天薅你十趟，今天尿你脚上明天尿你头上。”他心里其实三分虚，老实人好欺不老实人照样有人欺，老实马好骑不老实马照样有人骑。俗话的道理其实没有多少道理。可他嘴上却说：“就是。去，去骂他个龟孙。”不让女人站出来骂一圈似乎也不好收场。下午在瓜地盘瓜的大老爷儿们那么多，都知道他家的瓜苗被人薅去一趟。不让女人骂一圈会丢掉脸面，脸面比什么都重要，脸面是不能不要的。人家会说他草鸡肉头没蛋子儿。心里有些怕把事情闹大可看来偏偏要闹大。

叫骂声高一声低一声敲他耳鼓。他不知该怎么办。这时声音变得复杂，细听更慌。他的大妞和食堂的妹妹也已接上头。这是农村吵架的规律。女人开场；孩子帮腔；如果实在难分难解的话，男人最后才站出来亮相，也算兵对兵将对将吧。他很慌乱，就像没有经验的演员登台前那种慌乱。他想起老四。

老四就到了。老四本来想去狗蛋家打牌或找大孬喝酒。他成天觉得无聊。他站起身使劲扭动几下腰肋，出门看见女人在门外站着。女人说：“三嫂和食堂家的吵起来了。”他说：“娘儿们吵架，爷儿们也插不上嘴。”女人说：“还是去看看好。我也去。”他就朝老三家走，并没想去干啥。他们弟兄四个他身体最壮，肉浑浑一骨碌子力气。上学时成绩极差，不爱用脑。回来跟大孬学倒卖东西，赔多于赚，只好罢手。夏天捞鱼，冬天打兔。打到了就找大孬喝酒。三个哥哥中他和老三处得最好。他没结婚时三嫂爱给他补补连连。他头个对象和他蹬后三嫂又在她娘家那村给他找到一个。尽管是换亲，他还是感激三嫂。

看到老四，老三心里踏实许多。双方的叫骂混杂胶着。两兄弟蹲在门口抽烟。老四女人在劝。对方说她拉偏架。她也就帮嫂子吵。

“吵球？”老四问。

“谁薅我一趟瓜，你三嫂骂，就吵起来。”老三说。

他们抽烟。抽得狠，烟头一替一下亮。那边乱成一锅粥。女人们好像开打了。

“我去看看。”老三站起来走过去，心里呼嗵呼嗵跳。人群里，自己女人正和食堂女人扭在一起，互相抓着头发。自己女人没有食堂女人力大，被食堂女人把头摁下去。老四女人拉不开。他心疼自己女人头脑一热抢上去把食堂女人一把推开，对自己女人喊：“回去，都给我回去！”食堂女人踉跄一下拼命嚎叫：“你大男人打人家女人你还算狗球男人……”

老三想说句“谁打你啦”但没说出口，食堂已站到他面前。“好你金老三，到我门上打我女人！”说着就是一拳。他来不及想啥就和食堂对打。也不管啥部位，也不管打着没打着，四只拳头瞎捣一气。打着打着扭到一起，被食堂夹住脑袋压在身下。他觉得屁股像鼓面一样被擂着。想挣扎已无力气。忽然身上一轻，他觉得食堂像大鸟一样飞出去。他又想到老四。

老四分开人群进来，一声没吭，抓住食堂后脖领就扔出去。食堂的脑袋“嗵”一声撞到旁边砖墙上。他跟过去照食堂的脸上身上又是几拳。食堂的身子软软地瘫下去。

一场风波基本结束。尾声是食堂女人嘶哑的脏骂和嚎哭……

回去时谁也不说话，似乎都忌讳再提刚才的事。到老三家大门口，老三女人说：“进来坐坐。”老四说：“回去睡。”

老三躺在床上睡不着。屁股肉暄，早不疼了。却睡不着。心头压着一块乌云。想想此事后果，刚才对老四的感激之情减去大半。食堂不会善罢甘休。食堂的二叔是村长。关键是食堂薅他瓜苗不是没有一点道理。老四不知把他打得咋样？这个老四打人也不会打，该像他打我那样打他屁股。

他瞪瞪女人:“哎。老四要把他打伤咋办?”

女人也没睡着,说:“他不也打你了。”

“可我没有伤。”

“打伤活该他受。”

“他受?说不定得出钱。”

“出钱?一分钱也不出。”

他不再说话,心里越发埋怨老四。

明日中午,支书和村长一块来到老三家。老三知道大事不妙了。支书对他说食堂住院了,又说要调查事情起因。

“谁薅了俺地里瓜苗,我一骂,她就不依我……”老三女人抢着说。

“你滚!”老三把女人吼出去,连忙给支书村长搬凳子,递烟。自己靠门扇蹲下。

支书说:“食堂承认薅你一趟瓜苗。他说你种地种得太下三儿。”

“我也没种到他地里。”老三愁眉苦脸说。

“是没种到食堂地里。”支书抽口烟,不紧不慢说,“上午我们去丈量了。你那趟瓜种在地界上,这样地界就要往北挪,也等于占了食堂的地。”

“他不会和我说,也不能薅呀。”

“这话没错。”支书看看村长,村长示意还是他说,“我们认为,你种地太靠外,首先是你不对;食堂不该薅瓜苗,这是他的错;你发现后没找村干部却让女人到他门前骂,这又是你不对;至于打起来就很难分清责任了。这话你同意不?”

“是他打了我。”老三说。

“食堂被打掉两个牙,鼻子出血,眼睛青肿。还一直头疼,可能是脑震荡。”支书说。

“是他打了我。”老三有点慌,“我没打他。”

支书笑笑:“食堂说是你家老四。今天也和你商量一下,费用怎么出?要是有后遗症怎么办?”

老三更慌:“我没打他,一下也没打他。”

支书又笑笑:“你意思是让老四承担?”

老三低着头,不说话。支书和村长走后,他仍低头靠门扇蹲着。他实在作难。费用让老四出他觉得老四冤枉,老四完全是为他老三打了人。老四出等于替他出。让他老三出他更觉得冤枉,他一下也没打。他出等于替老四出。到底是谁替谁出?他翻来覆去想。这可是钱!数目肯定还不会小。

他不想出钱。他又不想得罪老四。他觉得老四人不错，对他够意思。不像老二，别说帮他打架，边也不傍，面也不照。唉，咋办？我该咋办……老三想得发傻发呆。

老三样子委琐，表面看像个爱贪小便宜没啥头脑的人，其实最爱动心思。虽不像老二狡黠聪敏、诡计多端，有时却思虑出大的智谋。

十天后，支书和村长把几张单据送到老四家中。有整有零288元4角，还不算以后安牙。支书说鉴于在起因上食堂也有一定责任，将来安牙费让他自理。

老四无话可说。他虽粗莽却不是蛮不讲理的人。他知道他理屈。那天晚上回家后女人就埋怨他："你把他拉开算了，干嘛下手？"她也预感到后果可能不妙。"还不是你让我去的。"他说。"我也没叫你打人。"她说。"要不是看三哥吃亏我能下手？"他说。

他蹲着。他女人站着。支书村长早走了。他蹲着。他女人站着。谁也不说话。

老四觉得心里烦躁。他主要不是怕出钱。他不太在乎钱。他觉得老三不够意思。老四认死理。去跟大孬从山东弄来大葱在集上卖，税务所收三毛临时税，他说交过了。人家要票据，他翻翻口袋说丢了（真丢了）。人家不信，要他重交。他宁愿这天不做生意也不再交。大孬替他交他还把大孬骂一顿。要是老三为他打伤人他决不让老三出一分钱。老三不够意思。是我老四瞎了眼。替这样人打架不值。窝囊。

他女人终于憋不住，说："都你逞强，这下可好……"

"嚷啥？不就二百多块钱！"

"你多有钱不是？"她说，"你是为三哥打了人，按说这钱得他出……"

他腾一下站起来，往外走。

"去哪？"她问。

"你少管。"

他直奔大孬家。大孬讲义气，他最看重大孬，高兴不高兴都爱找大孬喝酒。他和大孬一杯一杯直喝到傍晚才晕头鹅一样回家。进茅厕撒泡尿，出来时抬头看见了老三。

他不理老三。

"四弟，"老三笑一下，笑得很可怜，"我听说支书把食堂的医药费单据拿这来了？"

他在院中小凳子上坐下。老三跟着。"四弟，把单据给我吧都给我。"

他睁着醉眼大惑不解地看着老三。

“四弟,你是为你三哥才打伤人,你三哥咋能让你出钱。把单据都给我吧四弟,你三哥一分钱也不能让你出。”老三说。

老四胸中豁然一畅,一天来郁结的懊恼烦躁之气霎时消尽,脸上肌肉也松开了:“三哥,你坐你坐。”

老三靠槐树蹲下。

“三哥,有你这句话就够了。老四架打得值。钱出得值。嘿嘿……”他竟舒心地笑起来,“三哥,这钱我出。我打人我出钱。无论如何我出钱。”

“四弟……”老三嗓子哽咽,忽然抱着头呜呜哭了,“你三哥活得窝囊呀四弟。争,争不过人家,打,打不过人家,老受人强食。你三哥没本事呀四弟!这回你替我出了气我就感激不尽了,咋能再让你出钱?把单据给我,一分钱不能让你出……”

老三一哭,老四也一下动了感情:“三哥,别说了。亲兄弟哩说这干啥。以后谁强食你还找你老四。”

“那你把单据给我!”

“三哥,你知道老四的脾气。这次就成全了你老四。”

走出老四家门时老三悔恨交加。老四是好人。我一开始就应该实心实意出钱。我的心黑了我他娘真不是东西。他后悔死。他刚才抱头痛哭也确实动了真情。后悔之余忽而又有些后怕,要是老四真把280多块的单据给他他可咋办?

亲不亲,财帛分。老四是好人。

## 三

天大旱。望断双眼寻不到一片云。太阳像腾腾大火每天把这片沙地从东向西细细烧烤不放过一寸。远处的黄河滩像死鱼肚皮泛着白光。天蓝得丑恶。能听到沙粒的噼啪爆裂声。正是西瓜坐胎时。瓜叶荡满沙尘,因缺乏水分可怜地蜷缩着,任火蜘蛛在上面结网。遍地拳头大小的西瓜弃婴一样渴盼死亡早点降临。旋风卷起插天的巨大沙柱从黄河滩幽幽而来,日本鬼子一样在庄稼汉的瓜田里来回扫荡,把坐有瓜胎的瓜藤垂直拔起又抛落。

完了。这季西瓜完了。庄稼汉们愁眉苦脸又无可奈何,又要让国家倒贴了。

这是旱魃来了。黄脸旱魃。50年来一次。老人们睁着迟滞灰蒙的眼睛摇头。

沙岸不成小麦，主要指望大秋特别是花生和西瓜。受灾国家可以救济，可他们不想再吃国家救济，没脸再吃国家救济，他们已经吃救济十几年，土地责任制后才翻过身。他们盼望下雨，张开焦渴的心盼望下雨。

老天就是不下雨。

金老三从县里买回一部抽水机。人们涌到金老三院子里，试探着将来能否用用，每个人眼睛里都闪烁着一点微弱的希望。金家兄弟除去老大都来了。特别是老二，像主人一样跑前跑后张罗安装。老二年轻时在外边混过十几年，学过木工开过汽车懂点机器，绣主席像成风的年代他自做过绣花针卖。平时谁家缝纫机自行车老鼠夹子之类坏了找他，搭上几支好烟几句好话，他还真能捣鼓好。也算村上能人之一。

水泵安在地头那眼机井上。过去井口上水泵柴油机都有，生产队管理不善，常坏常修常修常坏，根本没有发挥作用。责任制时被肢解分到各户。水泵安装主要靠老二老四。老二有技术，老四有力气。安好一发动，随着柴油机咚咚的欢叫泵嘴便呼呼喷出水柱。一群孩子争抢着把手脚伸过去。沾到水的小草不一会儿就舒展开了绿叶。

许多人都想用水泵。老三放出话：让用。都让用。祖祖辈辈一个村住着能不让用？咱也不能多要钱，收个高价油钱和使用费，一亩地算 60 块。人多的事，咱只好一碗水端平，不分远近亲疏都一样对待。

老三考虑有四户需要特殊照顾。首先是支书和村长。和食堂打架后他们没给他穿小鞋，买水泵之前他去找他们，他们很顺利答应让他用公家机井。当然就是没那场事也不能向他们要钱。再就是老大。分家时和老二合伙坑了老大他一直后悔，一直觉得欠着老大。他不比老二。爹死后老二就在外边混，不欠谁啥，连女人也是从外边带的。他老三却得到过老大不少照顾和庇护。这几年他想与老大和解可老大一直不原谅他。这次是个机会。再就是老四。和食堂打架多亏了老四，还让老四赔进去 200 多块钱。人，心不能太黑了。

却独独排除了老二。老二太奸猾。合伙坑老大的事就是他说出去的，明明他出的主意却安到我头上。和食堂打架他隔墙住着来看看都不来。这会儿跑前跑后对我亲热还不是看我买台水泵，还不是想沾光浇浇他的瓜地？这次得好好拿捏拿捏他。老三想。

晚饭时老二端着碗来到老三家。安装水泵他确实出了不少力。他想老三一定会主动提出把他的两亩西瓜浇浇。

“坐吧二哥。”老三也在吃饭，“这有豆豉。”

老二凑过去就豆豉吃，说："今夜开始浇？"

"浇。"老三说。

"两夜能浇完？"

"能。"老三说。

老二有些失望。老三总不提他浇瓜的事。是装傻还是没想到？又蹲一会儿，到底忍不住，试探着自己提出来。

"三弟，我那二亩瓜……"

"你咋不早说？"老三似呆似傻中猛然省悟，"你看你看，我也把这事忽视了。前面已排下20多户，二哥你看这咋办？"

老二一下恼得心头冒火星，想把手中饭碗砸到老三那委琐的柿饼脸上。他仿佛看到饭碗在老三前额裂成碎片，老三正血头血脸往后倒。忽视了，把我忽视了，操他妈我跑前跑后慌得小辫朝前，忙得脚打屁股蛋子把我忽视了，你老三故意臊我脸皮，把钱看得比爹亲！

他二话没说站起身走出老三家。不用你的水泵还能把人饿死！冷下来想想，60块浇一亩要说也值。今年天旱西瓜肯定卖好价，一亩瓜斗好能弄千把块。算球反正没指望了。前边已排下二十几户，到那时再不下雨，瓜秧早能当引火柴了。我操！

回到家里，女人说刚才食堂来了。食堂说不光是村长支书浇地老三不收钱，老大老四也不收钱，还都排前边浇。一听这老二更气得咬牙切齿。支书村长咱比不了，一家兄弟也两样对待，我和你们不一个爹还是不一个娘，独独拿捏我？

老二已没食欲，扔下饭碗蹲在当院狠狠吸烟。慢慢不那么气了。人不能生气。要认真生气生不完的气。哪一天大大小小没几件事让你生气？都生气还不把人气死？怒伤肝气伤肺。不值。周瑜不是让诸葛亮气死了？王朗不是让诸葛亮气死了？司马懿要生气也得气死。可司马懿人家不生气人家聪明，司马懿不出战，诸葛亮送人家一套女人衣裳，人家不但不气还穿起来试试合不合身，人家太聪明了。动心计不能动肝火。我老二一直是靠动心计生存的。想到这里老二一切释然，悄悄笑了。

是夜，金老二又来到他们家的老坟地。靠一坟包躺下。挪挪身子躺舒坦些。仰面朝天，头枕破鞋，大腿压二腿。杨柳树上结满星星，闪闪烁烁。夜在他身边流动。沙土散热快，凉飒飒挺美。偶尔从黄河滩过来的风还带着燥热和泥腥味。有只蝉在树上叫，声音干燥沙哑。想找块坷垃砸一下半天没摸到，全是细沙。也就随它。操。

醒来，已是下半夜。觉得很清爽。原野静极。嘣嘣嘣的柴油机声和汩汩的流水声越加清晰聒耳。这声音使老二心神局促不安。他爬起来，把鞋掖在腰间，走出老坟地便弓下腰，侦察兵一样偷偷向那撩拨人的声音处摸去。

蹲下来仔细听听，机井旁没人。柴油机的嘣嘣声摄人心魄。老三一定在瓜地看水。为防万一，从口袋里掏出备好的两粒石子择其一向水泵投去。"当"一声脆响。确实没有人。老二的心一下提到嗓子眼儿并且挂到了弹簧上。他敏捷地蹿上去，在柴油机上摸索一阵，柴油机恼怒地喘息几声，安静下来。四周突然一片死寂。老二顿觉毛骨悚然。"怦怦"的心跳声比柴油机声音更大。腿肚子不禁一下一下地软。恍惚间，老三正叫骂着举锹向他冲……他涨出一身冷汗，急忙弯腰兔子般顺地沟猛跑……

明日，老二听到人们很亢奋地传着一条新闻，老三买的抽水机还没用上一夜就坏了。老三一大早骑车上县请人修，没有请来。

老二只眯眼笑，扛起一把锄头下地。辽阔的沙岸上，老远就看见机井那儿或蹲或站围着不少人，像一窝求雨的蚂蚁。他们一定在陪老三叹气或说些同情话，他能揣摩他们此刻幸灾乐祸的心理。

他趿拉着鞋晃晃荡荡走过去。老三面向黄河滩蹲着，委琐的柿饼脸像死了秧的瓜蛋子。

他笑嘻嘻问："三弟，日头还没晒热地皮哩咋就停机了？"

老三不说话，一口一口吸烟。他心疼。他是经过反复慎重思虑才横下心买这台水泵的。他原来算准肯定能赚一笔。

老二又问："都苦楚着脸，咋啦这是？"

"坏球了。"有人说一句。

"坏了？夜儿不还挺好使吗？"老二很吃惊，转而愤愤，"现在这些产品，真操他妈！动不动实行三包，全国首创，创他爹那球！"骂完又问，"咋不找人修？"

"人家顾不上。"又有人说。

"顾不上？那是出钱少。现在人对钱比对他爹都亲。"老二也蹲下吸烟。

老三面向黄河滩蹲着。一声不吭。阴着脸吸烟。吸烟。闷闷的。

走两个人。又走两个人。

抽完一支烟，老二站起身绕着死牛一样的机器拖沓拖沓走一圈，又拖沓拖沓走一圈，踢踢机座，"这熊玩意儿，不知和东风车的发动机是不是一道劲？"

老三仍一动不动蹲着，脸色阴沉。

老二又拖沓拖沓转一圈，又踢机座："嗯，差不多。大概差不多。"

"能不能修？"人堆中有人问。

"我可不敢。万一捣鼓坏了，三弟讹上我，我可赔不起。"说完离开机座抱着膀子抽烟。

老三苦笑了。天不助我。本想拿捏拿捏老二，谁想拿捏住自己。他呆呆起身走向老二，掏出上县时买的那盒好烟，抽出一支："二哥，你就帮帮忙吧。"

老二大度一笑："三弟说哪去了。能修我还能不修？老二不是那种认钱不认人的货！"

老三知道这话中滋味。觉得脸面挂不住，真想掉头走开。却忍了。不能因小失大。装痴装傻吧，脸面才值几个钱。

"抽烟二哥。是好烟。"他笑笑说。

老二用手一挡："不忙。我再看看。没把握可不敢硬下手。"

"先抽支烟嘛。"老三把烟硬塞到他手上。

老二勉强接住，却不点。拖沓拖沓一圈一圈绕机器走。这看看，那摸摸。

老三小心陪着："你一定得帮这忙二哥。"

"兄弟哩，还能不帮忙，三弟你说是不是？"老二拍拍手上灰，伸手要老三手中烟头引火，"不过三弟，这活丢日子长了，真有点不敢下手。"又把烟头还老三。

老三说："二哥你只管修，修不好拉倒，要修好你那二亩瓜让你浇透，再别说钱。"

老二一手夹烟抱膀，淡淡一笑："老二再穷也不会在乎那点钱。这样吧三弟，钱我照拿，能让你二哥提前使唤就中。"

"二哥你这不是打我脸吗？别再提钱，说不要就不要。"老三说，又把老二拉开几步，放低声音，"顺序也好说，支书村长浇完就挨你。咱水泵架在人家井口上，不敢得罪哩。"

"算了算了，这都是小事。还是看看机器。"老二摆摆手，不慌不忙走向柴油机，"能修好是你老三福气，修不好也别说你二哥没能耐。"

老二拿着螺丝刀和扳手，松松这里，紧紧那里，捣鼓一阵。让老三发动。老三用力猛摇却发动不起。"还挺麻烦，我操！"老二嘟哝一句。又捣鼓。拔下几根管子，再安好。又让老三发动。老三一摇，柴油机咚咚咚欢叫起来。

老三很感动，把整盒烟慷慨塞给老二。

修好机器的第六天晚上轮到老二浇瓜田。他早早吃过晚饭，用毛巾兜了两个卷子馍，扛把铁锨去瓜地。没有一丝风。天气十分闷热。汗像油一样腻在身上挥发不去。老二发动了机器。天黑实了。老坟的柳树上蝉在憋憋吃吃地叫。没有月亮。星空低低地盖在头顶。反正四周无人，有人也看不见。老二索性脱得赤条条一丝不挂，扛把铁锨在瓜地跑来跑去看水。

估摸有半夜时分。突然一阵凉风让老二舒服得想叫。风势迅速变猛。抬头看，浓黑的乌云马群一样正从东北方齐刷刷压来，顷刻间淹没大半天星星。还没等老二愣怔过来，眼前扯开几道火龙似的闪电，照得四周幽蓝幽蓝(一瞬间他看到老坟里弯腰弓背的杨柳树)，紧跟着“喀喳喳”一声炸雷，铜钱大的雨点噼里啪啦砸下来。

老二光着腚抱起衣服就跑。没忘到井口慌慌张张关掉柴油机。大雨隆隆作响铺天盖地浇下。顺着老二的腚沟和腿间那一嘟噜往下淌。他张着嘴像鱼一样呼吸。反正是个淋，老二索性不跑了。他用衣服抹拉一下脸上雨水，龇牙咧嘴仰天大骂：“我操你妈！早不下，晚不下，偏……”下半截话被大雨噎回肚里。

## 四

老三大病一场，一躺就是俩月。病好能下地时西瓜已要罢园了。

谋事在人，成事在天。一场大雨浇碎了他赚钱的美梦。那时他心里就很不舒展。钱花了有物在，今年不赚明年赚。他想。反正每年冬春十有九旱。再说他的瓜地毕竟早得几天水，长势比谁家的都好。可是没过几天他还是躺倒了。

病得厉害时他做了一场梦(似梦非梦)。他躺着并没睡着，忽然就动弹不得。眼前昏昏冥冥非昼非夜，两个似人非人的白衣人要带他走。他知道是勾命的无常鬼。我就要死了吗？他害怕得要哭。无常鬼领他在灰灰蒙蒙雾中走。他看见了他们家的老坟，他还隐隐约约想起风水先生说的话。老坟变成黑黢黢一片。迎面又碰上他女人。女人好像不认识他。迷迷糊糊来到阎王殿。两边立着牛头马面(忽而又像是本村人装的)。阎王爷说你做过的亏心事太多，来世托生头驴吧。他一迷糊就成了一头驴。拉着架子车，他女人牵着。他又看见了他们家雾沼沼的老坟。迎面过来老大和老二。老大说这驴咋恁像老三？老二扳扳他的驴脸说可不就是像。他斜眼找女人，女人不见了。老大老二也不见了。又见老四走过来。他怕老四再认出他，低着头拼命跑。他喘不上气,像要憋死。老四在后面喊,三哥你咋啦三哥……他醒来那一刻还能听见自己“嗯嗯哦哦”的挣扎声。睁开眼看见老四正坐在他床前。

女人说要去瓜地薅瓜秧,薅了再种一茬红萝卜。他说他也去。女人牵来驴,套上架子车让他坐。回来拉瓜秧和草。他就想起这场梦。他不坐。他说他想走走路,遛遛。

他慢慢走出村。树上的蝉在叫。像喘气,像呻吟。一只蝉从树上栽下来,在路边拼命扑棱翅膀,想飞飞不起。他站下来痴痴地看了半天。该死了。这“知了”该死了。谁也逃不脱一死,只不过早一天晚一天。他忽然想到死,于是满脑袋尽是死。

路两旁长着大豆、玉米、红薯,最多的是花生。蛐子在豆地“吱吱哇哇”比赛似的叫。谁家一片高粱,秆儿瘦瘦的,穗子很散,是做笤帚炊帚的那种。立秋了,立秋三天遍地红。他才40出头,腰已有些驼。啥都得死。他想。大豆得死。玉米得死。花生得死。蛐子别看你叫得欢也得死。高粱怪红火不几天就得杀你。越红火离死越近,越红火越活不了几天。

他看到了他们家的老坟。老坟里的树绿得发黑,还不见秋意。这比梦中清楚得多。梦中老是雾瘴瘴黑黢黢一团。那是我的归宿。阴阳先生说我们家要出高官。我小儿子今年10岁,老师说他挺聪明。哪个位置是我的?如果按“携子抱孙”埋法,我应该在爹的右边。中间空出老大老二的位置。他隐约看到一个新坟。坟头灵幡飘飘。那下面埋的就是我。

过去老坟就看到了瓜地,也看到了黄河。河水正盛,呜呜地吼。盛极必衰,到冬天你就吼不动了。全村的瓜田都在这大沙岸上,连成漫无边际一片。瓜正“喷”时,遍地都是绿莹莹的西瓜,瓜棚一架连一架很是威武。这才几天,已是瓜谢藤枯、一片萧条。不少地块已薅去瓜秧种上萝卜。瓜棚也一架一架拆去,剩下的几架也像没娘孩子般凄凉。

他走到时女人正撅着屁股武武地薅。瓜秧扔在一起,小瓜蛋子扔一起。驴在架子车边啃草。这头驴是他前年买的,又犟又能干,都说他买得值。女人也又犟又能干,也买得值。那时花钱真不算多,也就是一头驴的价钱。是老大张罗给买下的。他喜欢女人,也喜欢驴 。自从那场梦后他总觉得他和驴有一种说不清的模模糊糊的类似兄弟间的情感。

隔过食堂和老四家的瓜地是老大的瓜地。老大瓜棚没有拆,瓜秧薅去一半留一半。论种瓜,全村人都服气老大。老大种瓜,一半早一半晚。早要很早,晚要很晚。都能卖高价。你摽着他和他同时种也赶不上他。你没他那技术。他让瓜啥时坐胎就啥时坐胎，说坐啥位置就坐啥位置。不服不行。现在老大那半块地的西瓜还星罗棋布的。

他看到了老大。老大也看到了他。

“下地了老三?”老大说，“过来坐坐。”

“好吧大哥，我一会儿过去。”他说。

他绝没想到老大会和他打招呼。他简直不敢相信。他激动得眼睛潮潮的，要掉泪。这几年他一直想得到老大原谅。为得到老大原谅他甚至到了巴结讨好的地步。可老大对他一直冷若冰霜不理不睬。初夏大旱时他主动到老大家让老大用他的水泵浇瓜，老大却说不用。不用你的水泵。我还不起你的人情。那时他想老大大概这辈子也不会原谅他了。

不原谅算球。谁离开谁都能活。我何必老低三下四去讨好你。他这样想。可是那种想和老大和解的念头却愈来愈强烈。他自己也闹不清是怎么回事，人这东西有时是说不清楚。

其实也能说清楚。和老四正相反，老三生下像耗子。他娘生他时难产，折腾一天一夜，谁知他就耗子那么大点。爹娘都不待见，也想不到他还可以长成人。只有大哥对他好，领着他玩，给他东西吃。许多事情都模模糊糊恍若隔世了，有一件事情却让他终生难忘。他 14 岁那年，大食堂还没散，天天饿肚子。他偷掰了队里七穗玉米。被看青的二麻看到，一直撵到家里。大哥说不是我弟偷的，是我偷的。二麻说那好。叫来民兵营长和几个民兵，押着大哥游街。七穗玉米挂在大哥脖子上。一边四穗，一边三穗。他很想去替大哥却没勇气。只会哭……唉，分家时真不该和老二合伙坑大哥，也怨女人当时一直嚷嚷千万不能要老屋。

他久病无力，薅不动，就先用镰刀把瓜秧根斩断。女人从另一头很有气势地迎过来。有两棵瓜秧上还结有人头大的西瓜。瓜还未熟，一个麻纹，一个条纹，翠绿可爱。他舍不得薅，想把这两棵单独留下。他觉得瓜未熟薅秧和人未老杀头一样。女人薅过来，说：“留着咋犁地？薅了算了。”他说：“能犁。薅了可惜。”“薅了算了。”女人说着就把那两棵瓜秧薅出来，快得他都来不及拦阻。他大怒。过后他也非常吃惊怎么会来那么大火。他骂一句脏话，抱着其中一个西瓜就向女人砸去。

没有砸住他女人。女人也愣了。她根本没想到他会发火，更不会想到他会发那么大的火。女人愣怔片刻就抽抽咽咽哭了，说：“这两年你老找事儿，我哪对不住你了你老找事儿？妞、小都给你生了都给你养大了。你躺两个月，家里活地里活都撂到我一个人身上。我跟驴一样干活你还老找事儿，我还不如一头驴……”

他的气一下就泄了(不是消了)像烂皮球一样泄了。他不应该发火。他也不知道怎么忽然就发了火。他看看那头驴。驴还在那吃草。他又看看女人。人活着时不见得如一头驴。驴头脑简单,不会有忧愁和烦恼,不会为许多事操心。吃草干活,高兴了就高腔大嗓叫几声。

看看太阳,太阳正接近老坟地的树梢,光线已近橘红,他把镰刀扔到架子车上,叹口气走向地头,从地头慢慢向老大瓜棚走。老大的瓜棚非常正规。一棚一庵,棚为遮阴,庵为挡雨。一张小床上卷一条土布被子,床头地下放着一个麻皮西瓜。

“老三,坐,坐。”老大说。

“大哥,坐,坐。”老三说。

老三靠棚桩蹲下。老大靠床腿蹲下。老三穿着布衫。老大光着被晒得黑明的脊梁,活像只涂了油的烧鸡。

兄弟俩都觉得很生分,很难堪,找不到话说。老大瞅瞅床头地下那个西瓜。他昨天就看见老三下地了。老三萎萎缩缩的,腰也弯了,脸色蜡黄蜡黄,老三垮了。他忽然觉得老三非常可怜,这一瞬间消除了对老三的所有怨恨。刚才,他毅然摘了个西瓜,如果老三来就杀开让老三吃。这会儿老三来了他又犹豫了。西瓜不大,约九斤。一斤两毛五。两块两毛五。

老三脸色很暗淡,夕阳照着也泛不起光彩。他很想和老大说些亲近的或表示悔过的话,却根本说不出口。

“大哥,看来我是活不长了。”老三说。

老大忙说:“老三,别胡思乱想,人吃五谷杂粮,谁能没个杂病?”他又瞅一眼那个麻皮西瓜。犹豫着。

夕阳通红通红的,大地在红色中变暗。老三看着即将沉没的太阳,说:“我不会活多长了。我好像感觉到我快该走了。真的大哥。”

老大看着老三,好像不认识。老三病一场咋就成这样子?他是被病压倒了。

“老三,我看你脸色比昨天好。你在一天天见好。想开点老三,别胡思乱想。”老大说。

“大哥,我不怕死。早晚也得死。怕也没有用。谁都得死。”老三说。

“是都得死。那活着也得好好活呀。”老大说。九斤。两块两毛五。给不给老三吃?

“人得死。驴也得死。知了也得死。高粱也得死……”

"你今儿咋啦老三？老是死死死的。"他觉得老三在说胡话。

老三痴痴地面向西方。通红的夕阳抖了一下沉没在他们家老坟背后。老三的脸上陡然暗下来。老坟的背后像着了火，树木的轮廓镶上了金边。

老三仍痴痴的，说："谁都得死。除了死。"

"你说啥老三?"老大说。

"除了死不会死。死是永远不死的。"老三觉得自己想通了一个很深奥的道理。老大莫名其妙地看着他，悠远而模糊。他怀疑老三是不是在发癔症。

老三突然像从梦中清醒过来，觉得自己很可笑，就暗淡地笑了，"瞧我都说些啥?"站起身朝自己瓜地看看，女人和驴不知啥时候都走了。只剩下一块空荡荡的白地。

"我也回，大哥。"他说。

老大终于果断抱出那个九斤重价值两块两毛五的麻皮西瓜，说："老三，吃块瓜再走。"

"大哥，我胃寒，不敢吃。"说完就弯着腰慢慢走了。

老大心里猛一轻松。老三不能吃，不是老大不让吃。立秋前西瓜性暖，立秋后西瓜性寒。这没错。老三胃寒是不能吃。他抱着两块两毛五看着老三一点点变小的背影，觉得老三今天反常、古怪、不可思议。他老大可没工夫想啥死不死的。种瓜，卖钱，争心劲，这里边其乐无穷。他看着这片渐渐模糊的沙地，觉得自己就要和沙地融为一体了。

## 五

晚上，明月当空，一架架瓜棚朦胧可辨，一行行西瓜闪着微弱的绿莹莹的光。原野上弥漫着绿叶的清幽和西瓜的甜香。夜雾起来了，从瓜秧里，从庄稼地，从坟地杨柳间，丝丝缕缕向外弥漫，瓜棚成了一叶叶小帆。

老四沿地界肉滚滚走来。赤脚光膀，中段一条大裤衩子。肩扛一杆渔舀，手掂一只塑料桶。到老三瓜棚边停下，说："三嫂，替我照看一下瓜田。"

"又去舀鱼?"老三女人说。老三有病，晚上都是她和小儿子看瓜。

"玩呗。"老四说。

老四走到黄河边，在一陡岸处站住。下游不足百步处已有一人在舀鱼，看那劈柴似的瘦高身架像老二。果然传来老二的声音。

"四弟刚来?"

"刚来。"老四懒懒说。老四没解裤腰，从下面裤腿里掏出家伙毫不客气对着河水撒一泡尿。点支烟衔在嘴上,开始舀鱼。

东方,河的尽头,大半轮月亮升到空中。像刚在浑黄的河水里浸过,湿漉漉的,下部还在向河面滴水,滴成一轮不圆月。河面豁然变亮,粼粼水波明灭。月影被水波摇碎,从虚无缥缈的远方拉过来,拉成一条光路。

老四两臂分得很开,紧紧握定舀杆,拧动腰身,一下一下舀着,胳膊和肩胛的肌肉来回滚动。每一次都把沉甸甸的希望注入舀网,每一次起舀时那希望又从网孔漏去,再把希望贯注到下一舀入水时。这样反复一百余下,舀舀落空。

"四弟,斗住没有?"老二在下游问。

他烦老二,可总得说话:"没有。你呢?"

"斗住一条。不大。就二斤来重。"

老四觉得心里很不是滋味。点上一支烟,抖擞精神,舀得更加卖力。月亮渐渐升高。辽阔无际的水面更加明亮。洪水咬岸,噗唧有声。老四又舀百余下,仍然一无所获。渐渐有些乏累。

"四弟,斗住没有?"老二又问。

"没有。"他很不想回答地回答。

"我又斗住一条。不大,还是二斤来重。"

球,斗两条鱼有啥了不起?值得恁兴!老四忽然升起一股无名怒火,过去对老二的不满也一瞬间都在胸中集聚。

老娘病故,弟兄四个对足一千六百块钱为娘办丧事。老二自愿管账。丧事下来,棺材、送老衣、孝布、棺罩纸活、菜烟酒、电影、客棚、经斑、楼上(响器)。各种用项合计要1300多块钱。还剩余200多元。老二想独吞。其他项用钱都是死的,只有在菜烟酒上做手脚。谁知大意失荆州。他让一个摆摊卖烟酒的给开张200元的单据,答应给那人一些好处。不巧那人是舅舅村的,认出了他。不但没开还传了出去。办完丧事弟兄四个到舅家受累(受累:土语、民俗。母亲过世,殡后第三天兄弟们到舅家让挑剔孝与不孝)。老舅当着众人面骂他一顿……

黄河鲤鱼可不是那么好斗的。要不还会那么名贵?名贵主要就是稀少,难斗。物以稀为贵嘛。生意经第一句就是"你无我有"嘛。遍地都是还名贵个球!

黄河鲤鱼确实难捞。水浑鱼少,河底变化无常,无法张网捕捞。此地一直沿袭着两种古老方式。浅滩水缓处用"罩子"罩,陡岸急流处用"舀子"舀。那收效当然极低也偶然,多靠碰运气。

老二也点上一支烟，在桶旁蹲下，伸手逗弄，让两条鲤鱼在桶里泼剌剌溜圈儿。月亮越升越高，悬在浩渺雄浑的河面上。

老二又绰起罾子。

罾子在水中匀速移动，突然手感有一重物入网，扯得他向前一栽差点落水。他的心也猛地往上一提悬在嗓门。他竟一时不知咋办好。慌慌张张往岸上拉罾子，觉得腿脚软软要离地面，浑身使不上半点力气。

网中物拧动一下，他觉出那实实在在肉滚滚的分量。毕竟不是新手。他尽量稳定情绪，凝聚力量，身子稍向后倾斜马步下蹲。后臂下压，前臂上抬，罾子徐徐上升。一条圆浑浑硕大的鲤鱼猛一翻身，扇子似的尾巴“剌啦”一甩，又潜入水中。他看清了鱼的金子般黄灿灿的身子，看清了鱼的火焰般红彤彤的尾巴。这一刹那惊心动魄的一幕他永生不忘：浊流徐徐分开，跃出一条硕大的鲤鱼，红尾金身，照亮河面。鲤鱼翻身入水，浊流又徐徐合拢。

此刻，像第一次看到女子的裸体，极度的兴奋和恐惧使老二激动得目瞪口呆，几乎窒息。旋即心跳如鼓，血浆奔涌，周身打战。他要占有她，他怕失去她，他要把她拥在怀中亲她吻她抚摸她。

鲤鱼逆流而上。他拽不住。被拖着在岸上跑。

天哪，他还从没见过这么大的鲤鱼。镇静关键是镇静。他抓紧罾柄，用尽全身力气死命拖住。他稳住脚跟，一步一步慢慢往岸边拉。拉到岸边时再不敢用力。他害怕鲤鱼再次反抗而挣向河心。人和鱼僵持着，展开一场拔河赛。

因为鱼的拖拽，他离老四又近了些。他在考虑叫不叫老四帮忙。如果能独自把鱼弄上岸最好不叫老四帮忙，他知道他们的兄弟关系并不融洽。问题是他独自恐怕弄不上岸。他没有一点把握。弄不好就猫咬尿泡一场空。还非得叫老四。他压低嗓音喊，好像怕惊动那鱼。

“四弟，快过来帮一下忙！”由于激动紧张他的嗓子已变了调。

老四恼火又丧气。丧气是因罾罾落空，连鱼毛也没斗住；恼火是因老二故意炫耀他斗住两条鱼。正恨恨想老二奸猾处，又听到老二变腔走调的颤颤的叫声。他猜老二是斗住一条大鱼。他越发气恼。

老四过去谈过一个对象，那妞比他现在的女人好看。他那时真不该得罪老二。其实也就是在公开场合和老二开个玩笑，说二嫂难看，说二嫂冬瓜不是冬瓜葫芦不是葫芦，说二嫂一提一扑蹋趴到身上都不带硬的。后来他的对象不再是他的对象成了别人的对象。再后来才知道是他二嫂又偷偷给那妞介绍一个比他强的。乡下三里五村没有不透的消息。以后他再没谈成对象。害得他拿小妹去和别人换女人。尽管小妹也挺满意那小伙儿，他还是觉得自己比别人矮一头……

这边，老二死死拖住罾柄，能感觉到鱼在罾里挣动。只要鱼在挣动就行，鱼窝在网中用不上力气。月亮高悬。浑浊的河水在面前汹涌。他的两脚深深陷进沙地。人和鱼在拼力拔河。

他越来越感到心虚力怯，害怕网中鱼万一跑掉。老四怎么还没来？没听到？

“四弟快来一下四弟，我斗住一条大鱼！”他又喊，声音稍大了些。他觉得鱼的力量在增大，“快来帮我一把四弟！”

他看到老四跑过来，肉滚滚像条狗鱼。

“大鱼？”老四问。

“大鱼。快帮我拉四弟。”老二说。

老四站到老二对面，和他错开身子，抓住罾柄。

两人一起往外拉。眼见着罾网一寸一寸地出水。忽然，那条大鱼在网中腾身向上一蹿，硕大的金灿灿的身子再次在水面上一闪又没入浊流，用全部的最后的垂死的力量向河心挣。

老四看得眼都直了。

他们又往外拉。罾网一寸一寸地出水。移动脚步时，老二不慎踩住老四脚面。老四“哎哟”一声，脚下就势一歪将老二别倒，自己也丢掉罾柄倒在地上。

老二还死握着罾杆，他感到一股巨大的力将他拖走。“快抓住……”他一句话未喊完，“扑通”一声连罾子带人已被拖进汹汹的浊流。

惊慌失措中他喝进几口泥水，呛得头晕眼花。这时候啥也顾不得了，只想急急游向岸边，沙岸松软，攀附不住。老四抢上去伸出胳膊一下子把他提上岸来。

老二双手抹一把脸上泥水。忽然两腿微屈哈腰站实做相扑状，紧握拳头，恶狠狠瞪住老四，恨不得一口把他吞下：“你！”

老四也马上如法相效，紧握双拳狠狠瞪住老二：“你！”

“你他妈老四！”

“你他妈老二！”

“我操！”

“我操！”

两人谁也不动。四目相对，相持不下。

明月皎皎，万古常照；黄河滮滮，万古长流。在这恢宏古老无始无终的黄河沙岸上，老二老四像两只争食的短命的小螳螂，恶狠狠对峙着。

相持有五分钟，老二忽然松开拳头，“嘿儿嘿儿”笑了。说：“老四，咱们过去的目红眼绿恩恩怨怨这次就算了了。”

老四也松开拳头：“老二，了不了在你。”

“了了了了。”老二说。

“了了就了。”老四说。

老四走了。老二心中一片空空茫茫。他怔怔地看着粼光闪烁的河面：浊流徐徐分开，跃出一条硕大的鲤鱼，火尾金身，照亮河面，鲤鱼翻身入水，浊流又徐徐合拢……

定神看只有明月照着渺无边际的河面。

他忽然觉得很没意思。人生在世很没意思。你争我斗你算计我我算计你很没意思。大千世界很没意思。一切的一切都很没意思。他觉得很累。歇了一会儿，掂起自己的塑料桶走到河边，要把那两条鲤鱼放回河中。想想又觉得没啥必要。掂着水桶晃晃荡荡向自己的瓜地走。从一种境界进入另一境界，从古老大河回到现实人生……

## 六

金老大果然有心劲。秋罢盖起一所二层小楼，玻璃窗、水泥地，非常漂亮。不但压倒他的三个兄弟，在全村也是数一数二。他凭的什么，他全凭两只手和一股心劲。儿子狗吞的媳妇也说定了，春节就娶过门。

然而事到临头却出了点麻烦。女方是农村的“解放型”姑娘，不知怎么听说未来的公爹是村里出名的老抠。别说和外人就是自家兄弟间也处不好。姑娘害怕过门后被人小瞧了，提出彩礼多少都行但事情必须办得大大方方排排场场热热闹闹。第一婚宴不能小气，本家本族的都要请到；第二唱三天大戏，让全村人都一块高高兴兴。颇有点按自己性格改造未来公爹的意思。

金老大处世，拔一毛利天下而不为，也不拔天下一毛而利自己。我不沾你，你别沾我。你饿死别想吃我一口饭，我渴死决不喝你一口水。儿媳说的第一条虽说也和老大处世原则相悖，毕竟好办些。估计不会赔。谁来赴宴总不至于俩肩膀头拾个嘴，多少能不送点礼？关键是第二条。大把钞票花在全村人身上这无疑是炒了老大的心肝肺让全村人下酒。

“这不是笸斗扣住脑袋自充大头吗？”老大央求媒人，“你去说说，她要啥咱买啥还不中？就是别花这冤枉钱。”

媒人去了。媒人回了。媒人说：“人家啥也不要就要这两条。不答应人家不过门。”

老大没了路数。狗吞个鳖子也倒戈相向，和未过门的媳妇结成同一战壕里的战友，对他施加压力。老大无奈。只好咬牙挨这一刀。

婚礼这天晚上，老大家中热闹非常。猜拳行令的吵嚷声高高低低，小楼被抬到空中像轿子一样起伏。除去孩子女人不上桌，本族的男人来了近百口。摆了十桌。专门请了厨倌儿做菜。果如老大所料，来的都送了礼。老四老三礼最厚，一人封50元。老二封20元。狗吞掌壶新媳妇捧杯先挨桌敬上一圈酒。老大无论如何不入席，喝了两盅就回他的老屋。老三不喝酒。老二老四都是海量，狗吞就让老二老四照看席面，让大家喝好。

农村喝酒狠，每次不灌倒人不算喝酒。你缠搅我，我缠搅你。一个说你辈儿高该敬你一杯，一个说你年轻该偏上一杯。一个说你能喝你是海量，一个说海量不海量比你强点儿，于是不服，便一杯一杯对饮或猜它九九八十一枚。已经有人喝得东倒西歪胡言乱语。老三提前离席回家了。大孬又来找老四要酒。老四到里屋取酒，酒箱已空。又去老屋找老大。不一会儿气呼呼空手而归。老二见老四没拿来酒还乌嘟着脸，就猜到了原因。凑过来小声对老四说：“四弟，你让狗吞两口再给大家倒一轮酒吧。”老四说：“没酒了还倒个球！”“啥？没酒了？”老二很吃惊，“这老大真是，让咱俩关照席面，这不是办咱俩的难看？”老四脸拉得更长。老二说：“四弟，你还是叫狗吞侄子来给大家倒酒，看他咋说？”老四虽没头脑还是懂得老二的用意，起身去叫狗吞。

狗吞老实并不窝囊，大大方方领着新媳妇进来。发现没酒了，问老四：“四叔，咋不去拿酒？”

“你自己到老屋拿去。”老四还阴着脸。

狗吞去老屋拿酒。新媳妇站着挺没趣，也在后面跟着。狗吞进屋就问：“爹，酒呢？”

老大在里间床上靠着，说：“不是都搬到新楼了？”

狗吞不敢看身后的新媳妇，自己又窘又气变了脸色：“新楼就一件。不是说好买两件吗？”

“20多瓶还不够？”老大说。

“你，”狗吞感到胸口憋得难受，又不好发作，“我说我买，你非要你去买，你……你叫我咋办？”

新媳妇也变了脸色，转身回新房了。

老大这才有点慌。他原想一件酒根本用不完。就是不够又有啥？酒嘛，多了多喝。少了少喝。他一辈子没搭过酒摊，想不到酒多酒少还会出啥问题。他不明白。

“爹，你，你丢我的人你!”狗吞推着自行车就走，头也不回，“怪不得人家叫你老抠!”

他更想不到儿子对他发这么大火，说出这么扎心的话。儿子过去也顶撞他但从来没伤过他的心，以致他不敢相信这是事实。愣愣怔怔半天反应不过来，就像突然受伤当时一刻并感不到疼痛。等他感觉到阵阵心疼时儿子已推车走了。

他无声地哭了，老泪汹涌地流止也止不住。他也不想止。老伴和闺女都在厨房帮厨，老屋就他一人，就痛痛快快流一流。我没明没夜累死累活干我为的啥？我吃舍不得吃穿舍不得穿我是为了谁？还不是为了这个家兴兴旺旺红红火火？还不是为了给你个鳖子成个家留下点家业？我死了又带不到老坟地？你鳖子因为几瓶酒就这样伤我的心还能指望你养老送终？你鳖子吃吧喝吧董吧把这几个钱董完你就好受了。他竟“喝儿喝儿”地哭出声。老子也不干了。从明天起不干了。老子也吃也喝也董把这个家董败去球!

老大第二天就睡了个懒觉，尽管没睡着也没体味到懒觉的舒服。直到老伴喊他吃饭才起床。想起夜儿晚儿子的话心里还隐隐难受。吃过饭他一句话没说就去南场里看戏了。哼，老子花钱请的戏老子不看谁看。

南场里人山人海。三里五村的都来了。和本村有亲戚的远道客昨夜就住亲戚家。戏台上紧锣密鼓正敲谎台儿。那些生意人狗鼻子真灵，卖衣帽鞋袜布匹之类的已支起一架架布篷，卖烧饼油条水饺的也砌起了一排排简易锅灶。这些人挣钱都挣疯了，大年下也不歇几天。

老大抄着手站在人群后面。站着站着就站不住了。不是腿疼而是心疼。不是又想起夜儿晚上狗吞的话而是因为眼前的场面。这都是他的血汗钱哪！有的人在他的钱中享受，有的人在他的钱中赚钱。他看不下去。他忍着心疼往回走。一边考虑怎样才能把这些钱捞回来。捞回一点是一点。

家里一个人没有，大概都去看戏了。他吸了两锅子烟。屋里屋外找出几领旧箔和几条破席，用麻绳捆好，然后站在大门口向街上望。他看到老四从北边走来。迟疑一下，还是打了招呼。

“老四，去看戏？”

“看戏。”老四说，“你不去？”

“我不爱看，不爱看。”老大说，“老四，耽误你一会儿，帮我写俩字。就俩。”

老四马上想起夜儿晚上的酒席，心里还有些不快。他觉得这老大抠也抠得不是路，再抠也不能在这事上抠。多亏狗吞去把小卖部的人喊醒又推回来一件，才没大丢人。他还是跟在老大后面走进老屋。

老大递给老四一根烟，到里屋大床席子下面拿出两张包过点心的粗黄纸。

“就俩字。一张写个‘男’字，一张写个‘女’字。”老大说。

老四莫名其妙：“写这弄球？”

“你写，你写。你只管写。”

“没有笔墨我写球？”

“笔墨？你等等。你等等。”老大出去一会儿又进来，手里拿着从厨房灶灰里扒出的一小块木炭，“就用这吧。将就将就。”

老扒灰。老四脑瓜中不知怎么就联想到这句骂人话，不由撇嘴笑笑。他接过木炭写好字拍拍手上灰走了。老扒灰。

老大把这两张粗黄纸很仔细卷起用一截纸绳扎好。把刚才捆的破席旧箔用把铁锨背起，又拐拉拐拉出了门。

老大重又来到南场里时，戏早已开演。人们只顾看戏谁也没注意到他。小商小贩在扯开嗓门叫喊，好像在和台上演员比赛。老大在人群后边放下旧箔和破席。四下打量一阵，选定空场的两个角，很认真但并不很费事地竖起旧箔和破席，搭成两个简易茅厕。然后各贴上一张粗黄纸。由于不认字，把“男”字贴倒了。又从家里担来两只空粪桶放在男厕门口。

看着几男几女争先涌进他刚落成的茅厕，老大掏出烟袋面南蹲下。冬天的原野还原了本来面目，一马平川的白沙，空旷、苍凉、乏味。一眼能望到辽远起伏的黄河滩。坟场里的树木光秃秃的，寂寞、孤独。老大却爱这白沙爱这坟场爱这黄河滩。他觉得他就属于这白沙这坟场这黄河滩。他只属于它们。它们也只属于他。他吸了两锅子烟，站起身，腋窝下夹上铁锨，慢吞吞走向黄河滩。“瓜，无饼粪不沙，无大粪不甜。”他这样想着，又细一点预算，“三天大戏下来，这人粪尿估摸也值一二百块……”心里觉得舒展多了，熨帖多了。

此时戏正演得热闹。

老四站在人群里看戏，想尿尿又舍不得出来，直憋到转场间才挤出人群。正考虑到哪去解手，一眼看到场角新竖的茅厕。连忙跑过去，对粪桶撒出一泡长尿，顿觉身心无比轻松无比舒畅无比幸福。心说他妈的风格还挺高精神文明做好事。可惜把个“男”字弄了个头朝下。忽又觉粗黄纸和字迹都挺熟，想想就想起刚才老大让他写字的事。可不就是那两张粗黄纸，就是自己的大手笔。原来不是做好事，是想占点屎尿便宜。老四不由想到老大平日为人以及夜儿晚差点没让他喝好酒。心里顿时一阵厌恶。只两脚把那两只粪桶蹬倒，尿水横溢正好堵在茅厕门口，这下谁他妈也进球不去了。

老四觉得挺过瘾，撇嘴笑笑，又挤回人群里看戏去了。

## 七

清明节。天气晴暖，细风飕飕。布谷鸟又在时远时近地叫。金家四兄弟说好一块到老坟地上坟。金老大走在前边，金老三金老四居中，最后出村的是金老二。一人扛一把锨，拿一子黄表纸。

金家四兄弟很注重孝敬祖宗。每年元宵夜送灯，清明节添坟和十月一（古历）送棉衣，他们都很认真，很重视。对阴阳先生说过的话，他们信与不信程度不同，心中却存着一线虚无缥缈的希望。这希望因宏大更显遥远陌生，几乎没有鲜明灿烂过，却也不愿斩断和放弃。

老大将到老坟地时看到食堂正从老坟里走出，心里马上觉得极不舒服。他平日最讨厌人家到他老坟地大小便。却也杜绝不了，这一片沙地冬春很少避人处。恼也没办法。他看着脚下，小心地走进老坟。走到他父母坟边时，一眼看到父母的坟前有一大摊屎。像盘起来的一条蛇。那位置不偏不倚，正好如摆放供果一般。粪便和脚印都很新鲜，肯定是食堂无疑。金老大平日最不爱惹事，这时也压不住怒火。气得瘦脸变形，身上直抖。一边大骂食堂的祖宗先人，一边跑出老坟喊老三老四和老二。

“你们还不快来，不得了了可是不得了了！”老大举着两只拳头抖抖地吼叫。

老三老四加快脚步跑过来。

老大呼天抢地骂：“我日食堂他老先人，他不该干这缺德事……”

“大哥，咋回事大哥？”

“他，他个驴日的……”老大说不出话，把老三老四拉到父母坟前。

老三老四也火冒三丈。他们觉得这是食堂加在他们头上的奇耻大辱。

“敢肯定是食堂干的？”老四问。

“我刚见他从这儿出去，不是他是谁？”

“我毁了他龟孙！”老四要找食堂算账。

还是老三有些头脑,拉住老四:“别踩掉这些脚印。咱们顺脚印找。真是他他想赖也赖不掉。”

他们不能不气。食堂欺人太甚。食堂用心太狠。不但侮辱他们父母,还要破掉老坟风水。沙地上脚印非常清晰。来回两趟。像两根链条直通食堂瓜地。

老三比较胆小。他非常恼恨,又担心把事情弄过。他想起去年和食堂打架让老四赔进去二百多块医药费。他问老大:“大哥,咱咋收拾他?”又拉拉老四:“四弟,要下手捡捡地方。虽说他二叔已经不是村长了。”

“是不是村长我也不怕。这次是他龟孙找事儿。”老四对父母感情最深。食堂糟践死者也是糟践生者。球食堂竟欺侮到我老四头上了。

食堂这时已经发现他们气势汹汹扑来。知道事情不妙。他刚才正蹲着种瓜,小腹鼓胀下坠。四处看看没有看到金家兄弟,就走进金家老坟。去金家老坟本来只是解手并无解手之外的用心。正要蹲下一眼看到他们四兄弟父母的坟,马上就想到去年老四加在他头上的屈辱。你老四让我受辱,我让你爹娘吃屎。这念头在他脑际只一闪,再没想啥就走过去拉下那摊大便。他也明知死人是不会吃屎的,可他就那样拉了。他也并不是为了报复。他非常清楚这不可能达到报复的目的。最多只能算报复心理驱使下的开玩笑和恶作剧。

他们兄弟三个越来越近。食堂心头一阵阵发毛。他有些懊悔。有一刻他真想站起来逃跑。当然他绝不会逃跑。问题也不在跑过初一跑不过十五。他食堂也是条有头有脸自尊心极强的男子汉。他蹲着仔仔细细种瓜,全当没看见,心里仍然发慌。男子汉遇到危险并不是不害怕,而是能不能硬撑和能不能硬撑下来……

老四已抓住食堂的后脖领把他提溜起来:“你龟孙干的好事!”

食堂猛一甩挣脱开,和他们站成面对面,手中握着瓜铲:“你们干啥?你们别仗人多强食人!”

老大舞着拳头往前蹦:“强食人?是俺强食你还是你驴日的强食俺?”对阴阳先生风水之说老大信得最忠实。他家正日日红火,他相信那遥远的希望正在临近。

老三在一边指手画脚:“把他拉过去再说!”

老四又上去抓住食堂前胸。老大在后边推。老三把他手中的瓜铲夺下丢到地上。食堂一路挣扎着,被他们推推搡搡拖着走。周围种瓜的人都立起身看他们。食堂挣扎到他们老坟地已筋疲力尽,被老四掀倒在坟前。

“这是不是你屙的?”老四问。

食堂站起身。他没办法否认,有些理屈。说:“我不是有意的。”

老二也来到了。他平日和食堂关系不错,这时也翻了脸:“你你,我操你娘你这不是糟践人吗你!”

一群半大孩子围上来看热闹。成年人知道这事难管不好往近前凑。沙地一望无际。布谷鸟的叫声由远而近又由近而远。白日高悬。黄河悠悠东去。大自然对金家老坟的奇耻大辱不屑一顾。

食堂说:“我又不是有意的,我铲走不就中了。”

“铲走? 没那么容易!”老四说,挥拳打去。

食堂躲闪着。

老三总怕老四打坏他。忽然想出一个最能雪耻又不用担心再付医药费的好办法。对老大说:“真该让他吃了。”

老大也觉得这办法再好不过,大声说:“老四,别打他,让他吃了。让他驴日的吃了!”

老四停住手,说:“那好食堂,老子今天一下不动你,你吃了咱算两清。”

“你们这是强食人? 咱到乡里去说理。”食堂脸色陡变,转身就走。

老四抓住食堂往他父母坟前拖,食堂拼力想挣开。老大老三抓住食堂的另一只胳膊。老二虽恼恨,心想有他们也就够了。又不好袖手旁观,也在后边有一把没一把地推。

“你们打吧,你们打死我都中,你们不能这样糟践人!”食堂挣不脱,被架到坟前,便破口大骂。一句话没骂完,连鼻子带嘴被摁到那摊大便上。

食堂被呛得几乎昏过去,半天喘不上气。哕出一片秽物。哕完后抓起一把铁锨要和他们拼命。铁锨没砍到他们身上便被夺去。老四又一拳把他打倒。

食堂不依不饶闹腾到晌午错。直到有人找来村干部。村干部不想来又躲不过。他们唯一的办法是先把食堂拉回家。

谁也没有想到,食堂当天夜里竟上了吊。

食堂的女人和爹娘哭得死去活来。找村干部,找乡干部。乡司法助理把事情经过原原本本向县里汇报。第二天,一辆吉普车开进村里。县公安局来人调查情况。也分别找金家四兄弟谈了话。

他们要带走老四。

全村男男女女老老少少几乎都涌到老四家门前,站了黑压压一片。场面颇有些壮观。老四女人抱着不足半岁的孩子哭哭啼啼相送。老大老二老三站成一排。老四大义凛然，不怯不颤，回头一笑，颇有虎将风度。说：“他们吓球不了我，咱有理。食堂他龟孙找事儿。再说又不是咱勒死了他，是他自己要死。他们能吓球我？”老大说：“四弟，你只管去。他们要是断案不公平，我就上省里告他们，上中央告他们。”老二老三说：“四弟，家里的事你放心，有我们来照应。”

吉普车开走了，钻进它自己荡起的一团团沙尘里。街口黑压压的人群久久不散。最前面站着老大老二老三和老四的女人。老四女人怀中抱着孩子。孩子没哭，虎头虎脑很像老四，不知道有没有希望出息成金家将来要出的大官……

原载《中国作家》1988年第4期

# 高　　手

孔老四十岁当上处长，六十岁还是处长。自觉政绩不错。孔老不吸烟，不喝酒，不钓鱼，不养花，唯一的癖好是饭后茶余到街心花园观棋。观而不弈，无胜无败，无喜无怒，修养成鹤发童颜，仙风道骨。时间久了，棋盘上的各种高招绝技、阴谋杀手、圈套陷阱，尽皆谙熟。有时看双方棋艺悬殊太大，便给失利者指点几步，失利者无不茅塞顿开，反败为胜。于是会聚在这里的棋迷们都尊他为高手。

一天晚饭后，日光斜照，余热未散，晚霞未成。孔老摇一把雁翎扇，悠悠然来到街心花园。一群人重重叠叠围成浑厚的一圈，伸长脖子如长颈鹿一般。孔老凑上，目光如锥竟插不进去。他拍拍一小伙子肩膀，问："谁和谁?"小伙子扭头一看，大喜，松出一口气，说："这下好了，孔老来了。"众人一听，都如身释重负一般，忙两边让开。孔老趋前，见是本土棋王老钟正和一面生的中年汉子对弈。老钟执红子，中年汉子执绿子。红帅已被兵困皇城，虽不一招即死，却也命在旦夕。故老钟眉头锁紧，目光凝结棋盘，中年汉子坦然自若，左手心玩健身球一样玩着两枚棋子，极熟练。孔老手摇羽扇，观透棋局，说："舍炮杀士。"老钟看了一会儿，犹犹豫豫照办了。中年汉子落士杀炮干脆利索。孔老说："进马。"老钟不再犹豫，因为他已看出对方如果不撤车逼马，就有一步高调马死棋。中年汉子果然撤车看马。红帅遂解围。之后过程中孔老又点拨两步，老钟竟然赢了中年汉子。

中年汉子手中依然玩着两枚棋子，面色却不大好看，对孔老挑战地一笑，说："我想向这位老同志请教一局。""是我多嘴了。"孔老歉意一笑，又谦虚说，"对不起，我向来不下棋。"中年汉子说："您刚才几步够绝的，怎么说向来不下棋呢?"孔老说："我是向来不下棋。"中年汉子咄咄逼人："那就请老同志破例赐教了。"孔老执意谦让，众人早已不平，纷纷怂恿："孔老，您就和他下一局。"孔老说："不下不下。"然而众人早已替他摆好棋子，不由分说簇拥他坐在中年汉子对面。"晚辈就先走了。"中年汉子说着已架起当头炮。孔老迫不得已，只好上马为应。才走几步，已觉局促如辕中之驹，继之破绽屡出，先丢一炮，再折一车，不到十分钟，红帅已受靖康之辱。众人还以为孔老欲擒故纵，先礼后兵，就有人说："好汉不赢前三局。"可是孔老此时却已面如死灰，汗迸如豆，艰难一笑如哭，起身踉跄就走。

回到家中，孔老很是沮丧。心想：我观那人棋艺并不算高明，老钟当时已黑云压城，我略加指点老钟，老钟便赢了他，可我亲自上场怎么会惨败如此呢？夜不成眠，静卧繁思，忽然大彻大悟，心明如镜。转天毅然写了退休报告。然后离开闹市，搬到西郊上街区居住。

依然爱观棋，不论在什么场合见到有人下棋必驻足观之。不觉十年。孔老越加出神入化，目光一扫便宏览全局，细察秋毫，棋观十步之外。偶尔给人点拨几步，对方不论是怎样高手，必败无异。但绝不与人对弈。上街区的象棋爱好者都把他奉为棋仙。这日，省青年象棋冠军到区俱乐部辅导象棋，孔老自然前去观看。冠军名叫寇克，年轻有为又虚心好学。寇克和一青年表演赛时，孔老拈须站在青年身后。当青年处于困境时，孔老只说了一步棋就令寇克惊羡佩服之至，忙恭聆尊姓大名。孔老含笑不答，飘然而去。寇克问那青年，青年说大家都称老人棋仙，并不知老人名字。寇克怎肯放过这样好的机遇，打听到孔老住处，备下厚礼，登门请求赐教一局。孔老笑容可掬地一口回绝。寇克不肯罢休，学技心切，长跪不起。孔老无奈，叹一口气说："你若心诚，三日后再来。"

好不容易熬过三日，寇克急急登门。大门紧锁，久叩不开。问邻居，说孔老已经搬家。问搬到了何处，邻居摇头一笑，关上房门。寇克怅然痛惜，连说："异人，异人！"

孔老隔窗看寇克走远，拈须而笑。

原载《小小说选刊》1989年第11期

# 散文随笔评论

# 1. 思念并未随时间而逝

小时候,我是一个记事很早的孩子。最初始的记忆是,一排穿着草绿军装的士兵在我三大伯家的屋后列队集合,母亲和三大娘在和当官的不知说些什么,我和堂兄不敢近前,趴在二叔家的窗棂上偷看;还有在我家堂屋,本族哥哥刘景林一边和我父亲闲话,一边把驳壳枪里的子弹一颗一颗退出来,一丝不苟地擦拭。那应该是新中国成立前后的事情。我是 1947 年出生,当时最多也就两三岁吧。

最多的当然是关于母亲的记忆。比如我跟母亲一起去我姥姥家,我不想走路,非让母亲抱着,母亲不抱,我走到一片芦苇塘边就赖着不走了,母亲害怕发生什么意外,只好把我抱了起来;比如一次在大伯家的打麦场,母亲正和婶子大娘们闲聊,好像提到了我,我就从后边抱着母亲的头像摇拨浪鼓一样摇,母亲照我的光屁股就是一巴掌,打得我哇哇大哭。在我的记忆里,这是母亲第一次打我,也是唯一的一次。春天里跟着母亲到我家南地摘金针,夏天里跟着母亲到东地瓜田四周摘豆角,这应该是我稍大一点的事情了。记忆最深的就是跟母亲到磨道推磨了。家乡的磨道大多是在住房的屋山盖一间草屋,里面盘一盘石磨。农闲的时候可以套牲口拉磨,农忙的时候只能人推了,推磨的也就多是女人和孩子。20 世纪 90 年代,《散文选刊》曾经选过我一篇散文《磨道回响》,写的就是小时候我跟着母亲推磨的事情。

母亲晚年的时候神智糊涂了,身子还算硬朗,我回老家看她,她总是先拉着我的手哭,可是过一会儿就不知道我是谁了。听大嫂说,母亲经常一大早起床,在院子里喊我的小名:“铁头,走跟我去推磨!”或者:“铁头,走去东地摘豆角!”母亲依然很勤快,一会儿也闲不住,碗一丢就扤着篮子下地给牛羊割草,可是经常忘记回家吃饭,害得她的大孙子一到饭时就漫天地里找奶奶。

大概是有一些事情无处诉说,只能讲给孩子听的缘由吧,只有我和母亲单独在一起的时候,母亲偶尔会给我讲一些我出生之前的一些事情。有一年过蝗虫，蝗虫像乌云一样飞来，所有的庄稼被一扫而空。父亲推着独轮车到豫西贩粮食，母亲背着我二哥牵着我大哥去要饭。大哥太小走不动，只好把大哥自己撇在家里。母亲背着二哥一出门，四岁的大哥便站在门口，眼巴巴地盼着母亲归来，一次母亲回来得太晚，大哥把嗓子都哭哑了。母亲还说起有一次我姥爷过生日，家里没有钱买糕点，母亲便炸了一篮儿油馍去给姥爷祝寿。姥爷家在清河集，清河集是有名的集镇，豫剧祥符调的发源地。姥爷家是镇上的大地主，路东路西几进院子，全是青堂瓦舍两层楼房，屋脊上蹲着瑞兽鸱吻。姥爷一见母亲拿的东西，脸立刻黑了下来，说了一句"我就烦吃油馍"，便不再理睬母亲。母亲扭身就走，发誓就是要饭，也要隔过我姥爷家的大门。果然，第二年黄河发大水又淹了我们家，我们家在清河集村外搭了一间窝棚暂时栖身，母亲就在集上要饭却从不进我姥爷家的大门。母亲说的这些事情也许只是说说而已，却会潜移默化影响我的一生包括我的人品人格。

我一直不明白，我的母亲，一个大官僚地主的闺女怎么会嫁给我的父亲。我 13 岁的时候我父亲就去世了，是 1960 年连病带饿去世的。我几次想问我母亲都没好意思开口。然而，从我本族哥哥刘景林的口中我还是捕捉到了一些蛛丝马迹。刘景林民国期间就走南闯北，见多识广，他说我父亲的爷爷在开封做官，而且为官清廉，去世的时候就留下来三间杂货铺，之后就逐渐没落了。我之所以相信刘景林的话，还因为，我们村当时只有两个文化人，一个是我本族叔叔刘清臣，另一个就是我的父亲刘清心，刘清臣从军在外，村里只有我父亲一人。我父亲毛笔字写得非常清秀，每到春节前，几乎全村人都到我家让我父亲写春联，而春联的内容大多是唐宋诗人的名句。

后来，我姥爷因为嗜赌挥霍了大部分财产，又和五个儿子分了家。这反而成了一件好事，土地改革的时候只有我姥爷、姥姥划成了地主分子，我的五个舅舅家都是中农。从我五六岁开始，每年夏天瓜熟季节，我几乎都住在我姥爷、姥姥家里，准确地说是住在舅舅们的家里。清河集的瓜远近闻名。舅舅家的瓜园都在黄河岸边，有几个表兄弟又和我年龄相仿，我们一起从这一家的瓜园吃到另一家的瓜园，一起钓鱼摸虾，一起到黄河里洗澡，天天玩得痛快淋漓。那时的姥爷已是晚年，给我留下的印象是落寞沉静，并不像母亲说得那样不近人情。舅舅、妗子和十几个表兄弟表姐妹们对我和母亲一个比一个好，一个比一个亲，现在回忆起来还让我心里觉得暖融融的。

我特别善于爬树，再高再滑的树我都能爬上去，攀枝登干一直爬到禁不住人的地方。清明前上树捋榆钱，小满后上树捋槐花、摘桑葚，小伙伴们谁也没有我爬得高。母亲并不禁止我爬树，只是叮嘱我要小心，别从树上摔下来。然而，对于我上树掏鸟蛋母亲就干预了。

村南有我们家三亩地，地北头是我们家的打麦场，场边有一棵老椿树，“灰脖偷”在树上搭了一个窝。“灰脖偷”学名叫作灰喜鹊，大概是因为它爱偷东西吃，老家人送它一个不雅的名字叫“灰脖偷”。初夏的一天，我发现一只“灰脖偷”在给窝中的小鸟喂食，小鸟们叽叽喳喳地张着嘴嚷叫。我约了一个小伙伴上树掏鸟窝。鸟窝搭在树梢上，而椿树树枝太脆不敢爬得太高，我们便一人带一根木杆子，准备把鸟窝捅下来。我刚爬上老母杈，就被一只“灰脖偷”发现了，它警惕地大叫：“干啥——干啥！”这叫声好像是报警和求援，几十只“灰脖偷”立即从四面八方飞过来，一边愤怒地大叫，一边像战斗机一样向我们俯冲。小伙伴挥舞着杆子对付疯了一样的鸟群，我则一手举着杆子继续往上爬，一步一步接近鸟窝。

我冒着鸟群的围攻就像冒着枪林弹雨，正当我把鸟窝捅得摇摇欲坠的时候，不巧我母亲正好从树下路过，便仰着脸冲我大喊：“铁头小，你给我下来！那是灰脖偷的家呀！”我说：“我想养一只小鸟玩儿。”母亲说：“灰脖偷气性大，你养不活，尽是害性命！你快给我下来！”可我舍不得前功尽弃，还是不顾鸟群的围攻和母亲的喊叫，把鸟窝捅了下来。我从树上下来的时候，母亲正蹲在摔散了的鸟窝旁边，手中捧着一只奄奄一息的小鸟。母亲看到我从树上下来，捡起地上的木杆子就要打我，我一溜烟跑进南边的麦地。

天黑透了我还不敢回家，一直躲在大娘家的磨道里，大娘发现了我才把我送了回去。母亲的气已经消了，母亲说：“往后再别干这种事了，灰脖偷，好歹也是一条性命呀。”

现在回头看一看，我上小学的六年真所谓是“日新月异”又“瞬息万变”的六年。“互助组”“合作社”“反右”“人民公社”“大跃进”“大食堂”，一年一个台阶，然后直线跌落，进入了三年饥荒时期。

“大跃进”那年我 11 岁，上小学四年级，许多事情已经记忆非常清晰了。年轻力壮的男劳力都被调去“大炼钢铁”了，像我这样大的孩子，也要跟着妇女老人一起下地干农活。为了“跑步进入共产主义”，有时候半夜还要被叫起来加班加点。那年秋季其实收成很好，因为没有劳力，许多庄稼都烂到了地里。

为了“赶英超美”“让钢铁元帅升帐”，除了必需的农具，家里不许私藏一点铁制的东西，最响亮的口号是“家里藏颗钉，等于藏个美国兵”。我把家里旮旮旯旯的铁东西都找出来，让母亲上交。那天夜里，我发现母亲把我家的一口小号铁锅埋到了院子东墙的墙根下。我吓坏了。作为“大地主家的闺女”，母亲本来就是被重点监视的对象，不止一次被大队支书在群众大会上点过名。我害怕被大队干部发现了，害怕母亲被批判，被斗争，缠着母亲非让母亲把铁锅挖出来交上去不可。母亲拗不过我，只好当着我的面把埋好的铁锅又挖了出来。四年之后，中央在北京召开了7000人大会，实行“三自一包”，不合时宜的大食堂被解散了。各家的铁锅菜刀之类早已被“大炼钢铁”的土高炉化成了一堆废铁碴，需要从新购置。然而，母亲却变魔法一样在我家的院子里挖出了铁锅、菜刀还有锅铲。现在回想起来，母亲还是颇有一点胆识、颇有一点先见之明的。

1960年是我小升初的一年，也是我父亲去世的一年。那一年我二姐带着四岁的女儿从玉门油田回来探亲，加上我侄子侄女，家里有三个孩子。食堂的定量是每顿饭大人一个窝窝头，小孩半个，再小一点一楞(四分之一)。每次打饭回来，三个孩子都眼巴巴地盯着馍筐里的窝窝头。母亲便把自己的一个窝窝头掰给她的孙子一块，掰给她的孙女一块，再掰给她的外孙女一块。为了孩子，母亲已经顾不上躺在病床上的父亲了。父亲是病死的，也是饿死的。父亲是7月去世的，没有看到我的初中录取通知书，如果父亲能看到我的录取通知书，也许临走的时候会得到些许安慰。

当时我们公社就一所中学，叫作封丘四中。学校位于公社所在地黄陵集，离我们村八里地。我一个星期回来拿两次馍。我的定量是每天7两，食堂称出2斤1两面，给我蒸9个窝窝头让我带到学校，一顿饭一个窝窝头。开始是杂面的，红薯面的，后来什么面也没有了，每天只能吃到7两红薯渣。

也许我本来就是家里的老圪塔，也许母亲从我身上看到了一点家族的希望，自从我上初中后母亲就对我特别关心起来，母亲说：“在家处处好，出门步步难哪。”母亲自己吃柳絮野菜，把一口一口省下的馍晾成馍干；剥花生种时剩下的秕花生也留下来；麦收、秋收的时候跑一二百里到京广线以西拾麦子，拾谷子，拾黄豆。说是去拾庄稼，也是去要饭。找一个善良的人家住下，白天拾庄稼，饭时去要饭，晚上把拾得的一点庄稼去秆去皮，运气好的时候差不多也能落半斤粮食。母亲要到的好一点的馍也舍不得吃，晒干了积攒起来，回来时和拾得的粮食一起带回家。就这样，我几乎每次从学校回来拿馍，母亲都能给我另外准备一点食品让我带回学校，让我饥肠辘辘的肚子能够稍微充实一点儿。

初中三年，母亲就对我发过一次脾气。

那是一个星期六，老师都到县城开会去了，下午就放学了。我回到村里的时候街上静悄悄的，尽管是大白天却看不到一个大人，一副饥荒年代的景象。再往前走，远远的，看到几个半大孩子围在一起好像在争吵什么。这时候，其中一个孩子看到了我，叫了一声："铁头哥回来了！"于是那几个孩子推搡着一个孩子向我走来，好像我是他们的江湖老大，等着我解决什么问题一样。我看清楚了，他们为首的孩子叫秋成，比我还大一岁。被推搡的孩子不是我们村的，有十来岁，怀中还抱着一只黄母鸡。"咋回事？"我问。"他偷人家的鸡，到咱村卖！"秋成说，"他们东乡人可会偷鸡了，用一根长线拴一只铜蚂蚱，鸡一吃就跑不掉了。"秋成说得有鼻子有眼儿的。我问外乡孩子："在哪偷的鸡？""不是偷的！"外乡孩子说。"那是哪来的？""是俺家的鸡！""你还嘴硬？"我说着就给了外乡孩子两个耳光，秋成也趁机把那只鸡夺了过去。"就是俺家的鸡，俺家逃荒打这里过，俺娘让俺进村里把鸡卖了。"外乡孩子哭了，哭着向村外跑去。

早有好事的孩子把这件事情告诉了我母亲，我还没有回到家母亲就迎面过来了。"你打人家孩子了？"母亲劈头就问。"他偷人家的鸡！"我说。我的底气有点不足，此时我也不敢断定，那只鸡，百分之百就是那孩子偷来的。"你咋知道人家是偷的？""秋成说的！""退一百步，就是那孩子真偷了鸡，你也不能打人家，第一人家比你小几岁，第二人家是外乡人，你这不是仗势欺人吗？坏良心哪你！"我低下头一声不吭，我知道这件事我干得太鲁莽了。"鸡呢？"母亲又问。"西头秋成抱走了。"我说。"赶紧去，先把那外乡孩子追回来，再去把鸡要回来还给人家！"母亲说。

我顺着孩子跑去的方向追到村外，哪里还看得到那孩子的影子？我垂头丧气地回到家，母亲一看就知道我没有追上那孩子。母亲语重心长说："人哪，没啥别没良心，坏啥别坏良心。对外乡人，能帮一把的就帮一把，帮不上也就算了，可说一千道一万也不能欺负人家。你还小，不知道出门在外的难处啊！"

这件事情铭刻在我心里几十年，也让我愧疚了几十年。那个外乡孩子如果还健在的话，如今也已是年逾花甲了。真对不起啊，在这里，我向您谢罪了。

人这一辈子，有时候运气好一点，有时候运气差一点，运气随时局而变，这就是时运了。比如我，1963 年初中毕业的时候时运就不错，正赶上郑州一中被定为省重点，面向全省招生，我还就侥幸考上了。按照录取通知书上的要求，户口和粮食关系一下子转到了郑州，对于一个穷苦的农村孩子来说，真有点“朝为田间郎，暮登天子堂”的意味了。要知道，当时农转非有多难哪！1966 年高中毕业的时候时运就差了，就要高考的时候来了个“文化大革命”，大学关了门。两年后，作为知识青年到信阳地区罗山县双楼大队下乡，之后又到郑州铝厂当工人。好在十年“文革”结束后，1977 年恢复了高招，尽管晚了 11 年，我毕竟圆了自己的大学梦。

读高中时还有寒暑假回家和母亲相聚，参加工作后的探亲假就是来去匆匆了，再加上我二姐随丈夫从玉门调到大庆油田后，母亲还要去大庆给二姐看孩子，去一次就是一两年，这样一来，我想念母亲的时候，就只好拿出母亲的照片看一看。

这十来年期间，和母亲一起生活较长时间的有两次，加起来大约一年有余。

第一次是我作为知青在信阳地区罗山县农村插队的时候。尽管我每次给母亲写信都说我在异乡生活得不错，可母亲还是放心不下她的老儿子，便独自从豫北到豫南来看我。那一年母亲已年逾花甲。尽管路途不足千里，可始点和终点都是偏远的农村，交通非常不便，这对一个不识字的农村老太太来说实非易事。我一接到母亲要来的电报，便立即和同学张忠义拉着架子车到县城去接她，一路上担心母亲会不会搭错车，会不会走丢了。我低估母亲了，当我们赶到罗山汽车站的时候母亲正从出站口往外走。看到儿子气色不错，母亲也露出了舒心的笑容。母亲在我们知青组住了半年多，知青组的几个同学对我母亲都很好，母亲也把他们当作自己的子女，天天为我们扫地做饭，刷锅洗碗，生活得非常开心。

第二次是 1976 年，那时候我在郑州铝厂当工人，我的大女儿已经一岁多了，母亲是来给我带孩子的。我们在家属招待所住了一间 12 平方米的小平房。厂家属招待所主要是供家属来探亲临时居住的，6 排小平房，每两排中间装有公用水龙头，旁边空地上有一个土垛的露天公共厕所。当时厂里“一头沉”的老工人很多，老婆带着孩子从农村来探亲，一般来说住下就不走了，这样时间一长，每一间平房基本上都已各有其主，我们能住上一间已经很不容易了。我们也像邻居一样，顺着小平房的屋檐向前伸出两米余，接上一小间简易房子，大约有 6 平方米。门左边地方小，放手提式蜂窝煤炉子和案板，门右边地方大一点，放一张单人床，母亲就睡在这张床上。

能到她的老儿子“家”给老儿子看孩子，做饭洗衣，母亲别提多高兴了。在我的记忆里，那是母亲最开心的一段日子。女儿很乖，不用她怎么操心。母亲本来就爱干净，家里地方又小，每天都要扫几次地，门里门外干干净净，锅碗瓢盆洗得锃亮锃亮，码得整整齐齐，再盖上干净的抹布。母亲已年近古稀，精气神儿却很足。家里的活儿不够干，还要帮助岳母家拆洗被子棉衣。如果说和母亲有一点争执的话，也全是因为吃饭。那年月无论买什么都要票证，买面自然也要，而且粗粮、细粮搭配供给。母亲蒸馍老是蒸两样，让我们吃白面馍，她自己吃粗粮馍。我和妻子让她吃白面馍，她坚决不吃，还态度强硬地说：“我就喜欢吃粗粮。”左邻右舍都有农村来的大嫂大妈，母亲闲下来就和她们唠家常，相处得非常融洽，有时候邻里有什么隔阂她还会从中劝解。一次，最前排平房的两个妇女因为五毛钱吵得不可开交，谁劝也不听。母亲回家后心情不是太好，自言自语说：“人哪，把钱看大了，人就小了。”

大学毕业后我被分配到《妇女生活》编辑部工作，两年后又调到《奔流》编辑部。老婆孩子还在上街区，我一直住单身宿舍，没有办法把母亲接到我的身边。

自从我结婚，妻子每月都会给我母亲寄 5 元钱，我不知道母亲是怎么花用的，但是我却知道，我每次回家探亲给母亲带的糕点母亲是怎么“享用”的。我一般都是早晨从郑州动身，下午到家。母亲一见我总是先端详一番，然后忙着给我煮鸡蛋，做好吃的。晚饭后就会打开我带回去的糕点，先给她的孙子孙女每人分一块，再给大人分一块，自己也尝一块，之后就开始她的“爱心之旅”了。她拿出两块，把其余的封好，再把拿出来的两块包好裹上手绢，起身出门。我问她去干啥，她说：“东院你大娘眼瞎好多年了，啥好的也没有吃过，怪可怜的。”不一会儿母亲回来了，又包上两块拿起来往外走，我问她又给谁送，她说：“你大奶身体不好，给她送两块去。”就这样，一天，两天，直到送完为止。我知道母亲做得没错，可心里还是有点不大舒服，就说：“我是给您买的，可您都让人家吃了。”母亲心平气和，似安慰又似开导地说：“自己吃了填坑，人家吃了扬名。”

我无话可说。别看母亲不识字，有时却能说出既富于人生哲理又饱含人品道德准则的格言一样的语言，这些语言生动鲜活，我没有从别人口中听说过，也没有从书本上看到过。

1988年年底，我终于在纬四路分到一套房子，面积虽不算大，却是三室一厅的格局，把母亲接过来也够住了。而且还是一楼，很适合老人居住。然而，这时候，母亲却已经去世将近两年了。

我考上郑州一中之后，村里人都说母亲将来能享我的福，亲戚也都说母亲将来能享我的福，然而，母亲为我们辛辛苦苦操劳了一生，我却连好好伺候母亲几年都未能做到。这成了我心中永远的痛。母亲离开我们已经27年了，我对母亲的思念却一直不绝如缕，经常梦到母亲。

母亲晚年信了基督教，安葬时却依然用的是传统葬礼。送盘缠那天晚上，打开棺盖让亲人最后瞻仰母亲遗容，母亲平静安详，面色如初，好像睡着了一样。同样信奉基督的二哥说："你看咱妈的面色多好，咱妈这是上天堂了啊。"

原载《莽原》2015年第4期

## 2. 花是主人

丁亥年重阳期间，随中国著名作家代表团到八朝古都开封采风，适逢开封市第25届菊花花会开幕式。我曾在河南大学就读4年，之后又多次去开封，却总是错过花开时节，还没有观赏过久负盛名的开封菊花。

今秋气候偏冷，大多菊花尚未盛开，然而对于我来说，正是赏花的最佳时节。花朵欲开未开，正如十六七岁的少女，才是真正的花季，给人以遐想，给人以信念，给人蒸蒸日上的朝气，给人好日子还在后边的希望。当然，菊花即便凋零，也可以让人欣赏其"菊残犹有傲霜枝"的气节。

菊花之于中国，文字记载已有3000多年历史。而开封人尤其钟情于菊花，养菊、爱菊、赏菊，历史悠久，形成了独树一帜的菊文化。唐代已开始品种培育，大诗人刘禹锡就有"家家菊尽黄，梁园独如霜"的诗句。宋代品种更多，《东京梦华录》有这样记载："九月重阳，都下赏菊，有数种。其黄白色蕊若莲房曰万龄菊，粉白色曰桃花菊，白而檀心曰木香菊，黄色而圆者曰金铃菊，纯白而大者曰喜容菊，无处无之。酒家皆以菊花缚成洞户，都人多出郊外登高。"百姓集菊于市，自发进行赛菊，这种民间赛菊活动一直保持到现在。1988年，第三届全国菊花展览在杭州举办，共设奖29项，开封菊花获奖22项，7个品种获金牌，各家媒体纷纷报导：古都开封名贵菊花专机抵杭，棵棵硕大娇艳，盆盆怒放潇洒，大有盖压群芳之势，君不观开封菊花将是终生遗憾。

在古都开封，作为官方举办的菊花展览我不知道始于何朝何代，我只知道"中华民国"张钫（张伯英）任河南省建设厅长（当时省会在开封）时就举办菊展。上世纪八十年代的一个阳春，我到鄢陵县姚庄采访，一位年逾古稀的老人，给我讲了他在开封禹王台当花工时亲历的一段往事——张钫与菊展的往事。

鄢陵县姚庄，人称姚家花园，传说从周朝鄢国时就开始种花，见于"经传"也有五百年的历史了，《鄢署记闻》上就有"西乡姚庄编户皆艺花"的记载。

老花工当年是名副其实的小花工。他 16 岁就外出当花工，开始在鄢陵县农业局，后来在开封“禹王台”公园。禹王台据说是为纪念大禹治水修建的，又因为这里是春秋时代的大音乐家盲人师旷抚琴吹乐的地方，所以也叫“古吹台”。台上有“三贤祠”，唐朝大诗人李白、杜甫、高适曾在台上相聚吟诗。

当时的禹王台公园属于建设厅领导，厅长张钫非常喜爱菊花，每年重阳节期间都要在禹王台公园举办菊花展览。

大概是“民国”二十年前后，为了重阳节菊展，公园栽培的菊花特别多。有根栽的，有籽种的。大的小的、圆的扁的、长的方的花盆就用了几万个。当时的小花工姚成把它们排成“方阵”，以便于浇水施肥和整枝整型。

在圆形花盆的队列中间，有一棵菊苗长得分外与众不同。怎么说呢?当你老远走过去，它就像鸡群之鹤“呼”一家伙就跳到了你眼睛里。这一方阵都是籽种的。别的菊苗才刚刚破土，那棵菊苗却已经拔地而起，有三五片叶子在春风里摇头晃脑了。那叶子也非一般菊叶可比，不光是显得厚大，颜色也特殊，墨绿，有光泽，叶背没有白膜。

小花工特别喜欢这棵菊苗，觉得它原来占据的那个圆形灰陶花盆显得很不相称，就抽空儿到土街选购了一个精美的紫砂胎的方形花盆，把那棵菊苗移栽进去。那一年，为了培育这棵菊苗小花工真是下了大工夫。

由于它长势太猛，小花工便提前掐了顶。第一次分杈便出了七个头。等这七个头长到一拃多高的时候，留下正中一枝，其余的又掐了顶。小花工准备把它修整成“繁塔”一样的造型，三层花，正中那枝如蛟龙出水。而且名字也早早起下了，就叫它“独占鳌头”。

进入阴历九月，各种各样的菊花就陆续开放了。秋花不像春花那样富丽堂皇，争艳斗奇，然而却清新飘逸，潇洒恬淡，别有情致，就是闻一闻那满园子一缕缕略带药味的清香，也叫人顿生飘飘欲仙之感。

小花工最喜欢、最精心培育的那棵与众不同的菊花终于开放了。它整株花有一人来高，下面一层有筛口大小。小花工企望它开出一朵精美绝伦的真正“独占鳌头”的菊花。然而它的花色花型却让人大失所望。你一定没有见过那么难看的花色，青不青、蓝不蓝、紫不紫、白不白、黄不黄、灰不溜秋，死人脸一样，要多难看有多难看。花形更次，每朵有三五枚花瓣，又粗又长，一律向下耷拉着。最上边的一朵也只有六瓣，像个挂在树枝上的猴子。

重阳节那天，禹王台公园菊展正式开幕。菊花品种之多和形式之隆重比起现在开封的菊展也不逊色。提前七天闭园进行布展，门外是用各色菊花编成的一个大花篮；门内花池正中用三种颜色的菊花编成一横匾：黄边，白底，中间是紫色的“秋魂”两个大字。路两边全排满了各色品种菊花，什么“玉楼春晓”啦，“火焚绣楼”啦，“二龙戏珠”啦，“白素贞”啦……

小花工也让那盆令人失望的菊花参加了展出，因为它毕竟费了他不少心血，何况草木一秋，花也有灵性呀，云想衣裳花想容，哪棵花不想美丽呀？当然“独占鳌头”这个名字是不能用了，又根据它的色形随便起了个“猿猴坠枝”。

重阳节早上正准备开园，园长找到了小花工，说是今天厅长张伯英要来赏菊，问还有啥不妥的地方没有，并让小花工领着他再亲自查看一遍。园长一眼便看到了那盆叫人丧气的死人脸似的菊花。

园长亲自和小花工抬起了那盆菊花。可是抬到哪儿去呢？那盆菊花又沉得要命。一抬头看到了不远处有个厕所，便径直走过去，把它放到厕所门口也就无伤大雅了。

上午，园长和六七个体面人物簇拥着张伯英赏菊。小花工因为随时准备充当解说员的角色，片刻也不敢远离。

一路行来，张伯英兴致很高，时而高谈阔论，时而朗声大笑，间或夹杂些古人咏菊的诗句。讲到妙处，众人便赞不绝口。别说，张伯英还真是懂菊赏菊的内行。

看完菊花，张伯英要去小解。从厕所出来，张伯英突然发现了那盆“猿猴坠枝”。他手摸着下巴，端详了一会儿，又左右细看，突然冲我们的园长大声说：“你是怕俺张钫要不是？就这一盆好花你还藏到了这里！”

园长一下子没弄清是怎么回事，愣了一下，结结巴巴地说：“厅长，这……这花太难看了，我是怕厅长见了……”

“俺偏要了！”他回头喊他的随从，“给我抬走！”又从腰里掏出十块现大洋给小花工，“拿去打壶酒喝！”

就在两个随从上前搬花的时候，其他人也都围上来观赏：

“真是盆好菊花！”

“厅长真好眼力！”

“我还是第一次看到这么漂亮的菊花……”

听到别人称赞，张伯英喜形于色，朗声一笑：“哈哈！别说你们，俺老张也是第一次见这品种。你们看——”他走上去指着最上面那朵花说下去，“谁见过这种颜色、这种形状的花？谁见过这么粗的花瓣？你们看这六大瓣，有头有脑，有胳膊有腿，连他妈的尾巴都不少，货真价实的猿猴坠枝。不说花形花色，连叶子也他妈与众不同……”

消息传开，汴京城不少有头脸的人物纷纷到张伯英家赏花，于是，“猿猴坠枝”成了风靡一时的名菊。

二十世纪末，我到洛阳市新安县参观千唐志斋博物馆，才知道千唐志斋原来就是张公馆的后花园。张钫张伯英虽然在当时政界只当到了河南省代理主席，但在国民党中也是一个颇有影响的人物，尤其是他给我们留下了珍贵的价值连城的千唐志斋。他收藏的1419块墓志铭，真实生动地再现了大唐300年的文治武功，是比史书更真实的历史。张钫不愧当过建设厅长，他建造的千唐志斋古朴优雅。我去参观的时候正是春季，园中百花盛开，未进馆室，首先看到的是宽大的影壁墙上的八个楷书大字：“谁非过客，花是主人”。我想，张钫先生建成这座千唐志斋的时候一定也是百花盛开（抑或菊花盛开，因为张钫爱菊，园中一定栽满了菊花），于是挥笔题写了这八个大字。是啊，历史上成千上万的帝王将相已如过客远去，我们也将如过客远去，人生苦短，只有花开依旧，只有花是永远的主人。

此时此刻，我流连于古都开封的龙亭公园，信步于熙来攘往的人群中，观赏名满天下的开封菊花，不觉联想到开封市民钟爱菊花养育菊花的悠久历史，并由今天的菊展联想到20世纪初叶张钫举办的菊展，联想到已成为千唐志斋博物馆的张钫的后花园。

于是张钫先生题书的八个大字就跃然而出：谁非过客，花是主人。

原载《莽原》2008年第2期；《人民日报》2008年3月12日刊发时题为《古城名花》

# 3. 当了一次猿猴

乙亥年晚秋，20多位散文家笔会于王屋山。我虽然也写过几篇散文，却不敢冒称散文家。我随散文家们进山除了充当一个“组织者”角色，主要是想换一换空气。在城市待久了，都想换一换空气，何况王屋山正秋色诱人呢。

瞻仰了唐代阳台宫，参观了千年银杏树，饮了不老泉清凉的泉水，欣赏了愚公移山处的王屋红叶，二日，一行人游兴更浓地进了九里沟。

九里沟却又别具洞天。其时已是十月将尽，层林尽染，九里沟独独苍翠清幽。一口气登上通幽亭把一百单八级台阶踩在脚下，竟然没有气喘心跳。接下来是一段曲折迂回的山路，山路和山泉相依相伴，相互缠绕；两边山坡蓊蓊郁郁；偶尔一声鸟鸣如一粒珍珠滴落。游者二三四五，自由组合，渐渐拉开。我和邓万鹏边走边聊。

随着山路陡转，突然一树红光把一面山坡照亮。我们的眼睛也亮了。那是一棵柿子树，王屋山深秋的柿子树，火红火红的柿子树，鲜红鲜红的柿子树。柿子树从万绿丛中脱颖而出，把一面山坡都照亮了。

表达此时的情怀要么是呻吟，要么是一声淋漓尽致的长啸。我和万鹏不用交流，就互相感觉出对方对山野情味的贪婪了，于是不约而同地加快了脚步。

绕过正面的陡崖，我和万鹏离开山道，钻进山坡上的树林。树非大树，却也遮天蔽日，密不透风。树林在我们的身前打开，在我们的身后合拢。我们看不见那棵柿子树了，我们只能拨开树丛，大致朝着柿子树的方向前进。

我们还是很准确地找到了那棵柿子树。

打量一下树形，便准备爬树。万鹏说：“你心脏有病，我来吧，你在下面接着。”心脏不好不宜登高，这是人人皆知的，可我偏不在乎。我说：“还是我上，我小时候最会上树，可以称行家。”我们当然谁也不想放弃一次融进自然的机会，谁也不想放弃一次撒一撒野的机会，何况，亲手从树上摘下的烘柿和从别人手中接过来的烘柿喝到口中，其味道其感觉是截然不同的。

我们双双爬上了柿子树，我们的动作竟然都挺利落。

红丢丢的柿子已经近在眼前了。这是一种纯粹的红，一种纯净的红，一种山野林莽长就的红，一种阳光雨露孕育的红，鲜且透亮，每一个柿子里面都像是点着一支小蜡烛。我们每人摘下一枚烘柿，掰去柿蒂，放到嘴边轻轻一吸，一股清凉甘甜的汁液就淌进了肚腹，人就整个化掉了。

这才叫原汁原味，世间再没有比这更新鲜更干净的水果了。市场上的水果，不管是经没经过二道贩子的手，都已经染上了脏兮兮的金钱味道，至于那些自称原汁原味的果汁果茶，更是连提都不要提起。

此时此刻，我们的头脑极其简单，我们的心中明净空灵。喧嚣的尘世已经被我们踩在脚下了，我们飘飘欲仙，我们此时此刻唯一的欲望是选择最红最大熟得最好的柿子。我们感觉我们不仅是已经返老还童，而且正在返祖，我们仿佛变成了两只正在缘木取果的猿猴。直到我们准备下树返回时，我们才重新进化成了人类，有了俗世的思维，我们想，我们应该折几枝带回去，让朋友们也尝一尝新鲜。我们没有多折，在大自然面前，我们不能过于贪心，得留一些给大山，留一些给大山中的鸟儿，留一些给大山中真正的猴子，留一些给像我们一样贪婪着山野情味的后来人。

因为我们少有的愉快，脚步也就少有的轻松。万鹏拎着一簇果实累累的树枝，感慨万千地说："学林你说这柿子树，结的果子咋就这么甜哩!"乍一听，这一句话说得似乎很幼稚，细想想，竟有穷其不尽的层层疑问并且隐喻着人世的大道理。同是一座山，同是一面坡，根须扎于同样的泥土，枝叶披戴同样的日月星辰，为什么有的树结果有的树不结果，为什么有的树结的果又香又甜而有的树结的果又苦又涩呢……

原载 1996 年 5 月 29 日《郑州晚报》

# 4. 野狼榆

丁丑秋月，省作协理事会于遂平，我有幸二上嵖岈山。其实，对于嵖岈山而言，用“上”“登”甚至“攀”字都不准确，只能用一个“爬”字，真正地爬。天下名山无数，真正需要爬的不知还有何山。嵖岈山被称为天下一绝，这也是绝中之一景吧。南山与北山，需要手脚并用的“绝境”约十余处。尤其是北山，从“别是洞天”到“玉皇洗脸盆”的途中有一洞，宽和高仅容一人爬过，而下面却纵卧着一块鱼脊状大石。要过此洞，身体需要匍匐在大石上，两腿还要分开，像蜥蜴一样小心向前蠕动，真叫我们这帮作家斯文扫地了。

因为我是二上嵖岈山，和第一次上山的心情和感受自然不尽相同，少了一分迫不及待和贪婪，多了一分内心体验和从容。对沿途的景点名胜观赏之余，更对山上的一草一木格外留心。从“桃花洞”上去，左侧有一峰（其实是一巨石）拔地而起，直捣蓝天，其壁陡峭，不可攀援。壁上横生一树。导游告诉我们，那是一棵树龄已 600 多年的“野狼榆”。

我站在峭壁下，仰望这棵横生的野狼榆。它虽已生长 600 多年，却并不算大，但枝干凌空，遒劲有力。时令已是秋季，且是大旱之年的秋季，山下原野上的庄稼尚且因大旱而焦黄枯死，但这棵老树除了几支原有的干枝外，依然苍然如绿云，竟看不到一片黄叶。几乎没有树干，几百年抵御狂风暴雪的经验，使根部形成一个不规则的半圆形球体，就像蚂蝗的吸盘紧紧地吸在岩壁上，和岩壁融为一体一色，分不清是树根还是岩石。

孤独的老树，你怎么会出生在这陡峭的岩壁上，你又是依靠什么生存了 600 多年，历经千千万万严冬酷暑雨雪风霜雷电，纵观历史变幻，俯视人世沧桑。

我想到了 600 多年前的一场大风。对于历史，那是一场无关紧要也无须查实的一场大风，然而对于你老树，却是决定你命运的一场大风。那场大风一定是在冬季，因为只有冬季才会有那样的大风。那场大风刮得天昏地暗，飞沙走石，野生植物的种子也都被吹到了天空。那是一个偶然，一粒种子被那场大风镶嵌在这座石壁上的一个小小的缝隙中，于是就决定你一生必须孤独地艰苦卓绝地守望在这座岩壁上(如果你最终飘落在一块肥沃的原野上,那么你的一生就是另一种样子了)。你无法改变自己的命运,你无能为力,你别无选择。翌年春季,雨水充沛(也许是一个干旱的春季,那样,你的幼年就更加苦不堪言了),你就在这个小小的石缝中悄悄萌芽了。你萌芽之后才发现自己竟然出生在这样一个恶劣的环境中。没有兄弟姊妹,没有伙伴,没有邻居,没有同类;没有可供你扎根的土壤,没有可让你吸食的水分和营养。你哭泣,你绝望,你甚至痛不欲生,然而最终你还是面对现实勇敢地顽强地活下来了,而且活了600多年还并不见老(称你老树仅指你的年龄而言),活成了一个奇观。

我无法知道你的根扎进岩石要用多少力量,也无法知道你从岩石中吸食水分和营养的手段。树根可以扎进岩石吗?岩石中有可供树根吸食的水分和营养吗?我原本不信,现在我信了,因为有你的存在。然而,你的根虽然可以扎进岩石,也不会深远,岩石中即便有水分和营养,也极为贫乏。你已经生长600多年的身躯并不庞大就是证明,你身躯上残留的几支干枝更是证明。

导游说,每到干旱缺水的冬季,这棵树上就会死去一枝或两枝,以保证其他树枝活着和来年春天发出新枝。

这是一棵树吗?这简直是一个物质贫困却精神充实的家庭,这简直是一个生存在恶劣环境中却精诚团结生生不息的民族。

老树无知,我却宁愿这样去想象。

原载1997年11月17日《河南日报》

## 5. 守望健康

前几年到宁夏参加中国作家协会的一个工作会议,期间进行文化采风,参观了一座佛、道、儒三教一体的寺庙,看到一幅书法作品,字一般,内容却极好:放下是人生最大的幸福,健康是人生最大的财富。寺庙的名字早忘记了,这一句既有禅意又有人生格言味道的语言却留在心中。升官发财从不奢望,健康还是要追求的。正是为了这两个字,戊子年荷月,我和家人来到了位于汝州温泉镇的河南省工人温泉疗养院。

汝州温泉镇历史悠久,因有温泉涌出而得名。温泉镇始建于西汉初年,时名广成苑,又称温汤;隋朝时设温泉屯;唐朝时名温塘,亦称汤王街;金正隆六年,更名温泉街。据《后汉书》《新唐书》《资治通鉴》《金史》等史书记载,历史上曾有十帝三后21次驾临此地,沐浴"温泉神汤",留下了一系列名胜古迹;历代的文人名士也纷至沓来,留下了脍炙人口的文章和诗篇。

传说轩辕黄帝曾从新郑出发,经禹州、襄城,到温泉沐浴,并向广成子请教养生之道,其住过的小山就是现在的銮驾山。西汉文帝刘恒之母薄姬太后前来沐浴神汤,如今的薄姬庙村就是她当年的行宫所在地。唐太宗李世民于公元637年二次驾临温泉,命人于镇北十里建"清暑宫",宫南设随从官员的住所,即如今的官庄村,清暑宫则因五代时梁太祖朱温也曾住过,故亦叫梁古城,至今尚有遗址。《旧唐书·则天皇后本纪》记载:"圣历三年(公元770年)腊月戊寅,幸汝州温汤。甲戌,至自温汤。"这是武则天第三次幸临(前两次随唐高宗李治,此次已称帝),在汝州温汤停驻56天,武后池、八卦楼是她当年洗浴和大宴群臣之处。八卦楼又名流杯亭,相传武后让群臣围池而坐,把绑着羽毛的酒杯放在池中,泉涌杯移,漂到谁面前谁便一饮而尽,并赋诗一首,歌舞升平,结为《流杯亭侍宴诗集》。到了宋代,大文学家欧阳修到温汤游流杯池,欣然命笔为《汝州温汤流杯亭侍宴诗》作跋;一代名相范仲淹的儿子范纯仁在襄城任知县时到温泉游浴,留下"山前阴火煮灵源,昔日曾临万乘尊;历尽兴亡皆如此,不随世俗变寒温"的诗句;明代汝州知州张政,亦留有盛赞温泉神汤的诗作:"曙色初分日上迟,泉温水滑暖生肌。"

1957年，河南省工人温泉疗养院在这里落成，千古温汤成了广大人民群众康复、疗养、度假、健身的绝佳场所，著名作家姚雪垠、李准、张一弓，奥运冠军邓亚萍，歌星毛阿敏等都曾到此游览洗浴。温泉神汤为多少患者治好了顽疾，让多少病人恢复了健康。著名诗人贺敬之曾在疗养院洗浴月余，情之所发，留下《歌汝州温泉》长诗："泉水疗我半生疾，春风减我世风愁。四方来此多劳者，早非旧时尽王侯……"

这是一座园林式的疗养院，花红草绿，老树成林，水清鱼跃，曲径通幽。清晨，和家人在院中散步，遇见院长许思来。他递给我一张名片，背面印着他的人生格言：健康是人生最大的幸福，朋友是人生最大的财富。这句话好熟识，于是就联想到宁夏那座佛、儒、道一体的寺庙中的格言，二者何其相似乃尔。既然是疗养院院长，当然是医疗、养生专家，一见面便大谈健身之道。谈着谈着，便和我5岁的小外孙比赛倒退着跑步。小外孙为争第一，跑得急，一屁股摔到地上，哭了起来；院长也一屁股坐到地上，逗小外孙，说："你看爷爷摔倒了都不哭。"近50岁的人了仍童心未泯，依然纯真得像个孩子，真让我钦佩，让我感动。

许思来1983年河南医学院毕业来到河南省工人温泉疗养院，第二年任副院长，一干12年，1996年任院长，又是12年。正如他的人生格言一样，他同古老的温泉神汤一起，同河南省工人温泉疗养院一起，接待着四海朋友，守望着人们的健康。

原载2008年8月5日《大河报》

# 6. 磨道回响

学龄前就开始和母亲一起推磨了。

推磨不用学，双手扶磨杠小腹抵紧向前用力就行。可那时我太小了，别说用腹部，连胸脯也没有磨杠高，只能用手推还需要举起来。也没有谁硬让一个孩子去推磨，我是看母亲有时候一个人推磨太吃力，就死缠活缠要和母亲一起推。母亲拗不过，只好给我另别一根小磨杠，说是帮着母亲推，其实根本用不上力。推磨有句口头禅，“头遍轻，二遍沉，推第三遍累死人。”推头遍时母亲走得快，我只能扶着磨杠跟着跑。后来一年一年长大了，才真正成了母亲的小帮手。

几十年过去了，我对故乡磨道的记忆既遥远，又清晰。磨道多是生活比较富足的人家才有，一是自家磨面方便，二是为了攒粪。在住房的山墙上接一间小屋，麦秸顶，土坯墙，经风吹雨淋又破又旧，破旧出一种古老的安详与亲切，宛若靠在屋山上晒太阳的老人。磨道一般不安门，实用面积约一丈见方，正中间用砖礅架一木制磨盘，磨盘上置两扇石磨。围绕磨盘，经过人和牲口天长地久周而复始地踩磨蹭压，形成一圈深深的凹槽，这便是“磨道”了。

磨道也隐含着人生之道。人生小磨道，社会大磨道。人一生负重，正如推磨，人一生做工也好，务农也好，为文也好，从政也好，结婚，生育，殊途同归，生生死死，各人走完各人的圆，正如麦哲伦绕地球的航海旅行，始点便是终点。只不过人们在具象的小磨道推磨，磨出的仅是小麦、黄豆、玉米等各类面粉，而人们在抽象的大磨道推磨，创造出了巨大的物质财富和精神财富。故乡的祖先把磨房叫做磨道，真是既准确又富有哲理，细想想，这其中蕴含了多少说不清道不尽的人生况味。

也许是往事如酒年代愈久远味道愈清醇的缘故吧，这种单调累人的活似乎并没有令我生厌。每逢推磨，总是母亲挓着粮食拿着零碎用具走在前边，我则头顶着簸箩在后面跟着，像一个会走的大蘑菇。磨道里光线很暗，房顶坠满了粘着面粉的灰嘟噜，房檐的蜘蛛网也粘着面粉，网线就显得很胖，四个墙角堆积着不很新鲜的和陈旧的牲口粪，浓烈的混合着牲口屎尿臊臭味的面粉的浊香味格外好闻。我尤其喜欢在秋雨连绵的日子里推磨，房檐挂着的雨帘隔断了外面湿淋淋的秋寒，磨道里简直成了一个温馨无比的安乐窝，热烘烘的臊臭味和面粉的浊香味就更显得暖人心肺了。如果是晚上推磨就热闹了，父亲和哥哥都来推，母亲负责箩面，我就拿着小鞭子跟在哥哥后边“嘚儿嘚儿”地赶，跑累了就裹着父亲的大夹袄拱到簸箩架下，听着母亲“呼嗒呼嗒”的箩面声越来越遥远……

1958 年大跃进，吃食堂，不再推磨了。食堂解散的时候我已在公社上初中。学校离家 8 里路，每星期回家背两次馍。记得是 1962 年冬天的一个星期三，我回到家时天已经黑透了。每逢星期三晚上母亲都是做好饭等着我，那一天家里都黑灯瞎火的，推推门，门搭着。隔壁的堂弟告诉我母亲到大娘家推磨了。我赶到大娘家，母亲和嫂子正在扫磨底。原来姐姐托人给母亲捎来了二升麦，母亲为了让我能带上花卷馍就赶着磨成了面。那一天母亲很晚很晚才睡觉，我也很晚很晚才睡觉。花卷馍蒸出来了，母亲高低不舍得尝一口。我拿着一个馍硬让母亲吃，母亲无论如何不肯吃，还冲我发脾气，说：“我说不吃就不吃，我就不好吃花卷馍。”我也气坏了，冲着母亲吼，“你不吃我也不吃！”吼着“腾”地把馍摔到地上。母亲一下子愣了，过了一会儿才慢慢地把馍拾起来，吹着上面的土，含着两眼晶莹的泪花花，吹净后又慢慢地放进我的馍袋里……

母亲去世 7 年了，享年 81 岁，算得上高寿了。在我童年的记忆里，母亲总是在磨道里忙碌着。母亲去世前两年已经神志不清了，听嫂子说，母亲经常一大早起床，在院子里喊：“铁头，走去推磨！”

在我的故乡，20 世纪 70 年代已经普及了电磨。石磨作为农民生活锁链中的一个关键情节已经进入历史，磨道便也荡然无存。物也遥远，事也遥远，忙忙碌碌，我也逐渐地淡忘了。直到 1990 年 8 月，我和高旭旺、易殿选、胡鹏四人结伴西行，在敦煌民俗博物馆看到了一盘石磨，才把我对磨道的遥远的记忆清晰地拉到了眼前，我便情不自禁地抱起了磨杠。

便有了我推磨的一幅照片嵌进我的影集。

便有了这篇文字。

原载 1994 年第 6 期《河南画报》

《散文选刊》1994 年 11 期选载

# 7. 梦回千年

一个白衣男孩儿把一盏点亮的河灯放入水中，河灯逐波而去。夜色朦胧，河灯渐行渐远，隐隐约约，似有似无。它要把我们引领到哪里？一个奇妙的梦境？一个绮丽的世界？还是一部尘封的历史？

在静静的期待中，一曲婉约凄美、愁绪百结的音乐由远而近，乐声萦绕，水面亮出一朵巨大的菊花。菊花在迷蒙的水雾中随波逐流，花瓣徐徐开放，晶莹剔透；花瓣盛开时，作为花蕊的12个窈窕绰约的宋代美女，纱裙长袖，翩翩起舞，流光溢彩，如梦似幻。歌声响起："春花秋月何时了，往事知多少。小楼昨夜又东风，故国不堪回首月明中……"（这是亡国的南唐后主李煜发自肺腑的哀叹。一个王朝的衰亡必将昭示着另一个王朝的崛起。）乐声忽强，斜后方的两座城楼骤然间光芒万丈，金碧辉煌，城楼上数百面大旗翻卷，如潮如浪。（一幅兴盛的皇家气派，与水雾中朦胧远逝的"故国不堪回首"形成强烈鲜明的反差。）

——这就是清明上河园大型水上实景演出《大宋·东京梦华》的序幕《虞美人》，一个如梦如幻却又蕴含着世事哲理的绝妙开篇。

开封市为什么要兴建清明上河园？清明上河园为什么不惜投入一亿三千多万巨资打造《大宋·东京梦华》？不知有汉，何谈魏晋，溯流回源，我们不能不提到北宋画家张择端举世闻名的艺术巨作《清明上河图》。

《清明上河图》是一幅反映市俗生活的历史艺术杰作，它通过对北宋都城汴梁清明时节郊野、河道、街市形形色色的市俗生活的细致描绘，生动地揭示了北宋汴梁的繁荣景象，对北宋的社会文化作了高度的艺术概括；作为历史现实主义的艺术杰作，《清明上河图》在艺术技巧上取得的成就是多方面的，整幅画作规模宏大，结构严谨，人和物的远近、疏密、动静、简繁，在画家的传神之笔下表现得形神毕肖，无微不至。在笔墨技法上，则兼取了"界画"的工致准确和"写意画"的淋漓活泼，以工代写，以写润工，使其画作典雅堂皇，百读不厌，美不胜收。

作为一幅艺术珍品，《清明上河图》的经历非常坎坷，它曾五次进入宫廷，四次被从宫中盗走，辗转流离，多灾多难，能够完好无损地流传至今，实属不易。首先收藏《清明上河图》的是北宋宫廷。金兵南下，攻破汴梁，混乱中此图被人盗出皇宫，第一次流落民间。元朝，《清明上河图》再次入宫，为皇家所有。元末，宫内一装裱匠巧用调包之计，用临摹本替换真品偷出宫廷，卖入民间。明朝嘉靖年间，权相严嵩大肆搜罗珍奇，《清明上河图》又落入严府，后严嵩权败家业被抄，此图第三次入宫，然好景不长，不久又被太监冯保从宫中盗走。明亡清兴，此图辗转数人后第四次入宫，藏于紫禁城延春阁。1911 年，大清灭亡，逊帝溥仪以赏赐为名，将宫中的重要文物偷运出宫，《清明上河图》即在其中。1945 年，东北解放，溥仪和随身所携的珍宝一同被俘，《清明上河图》被安然无恙地保留下来，现藏于北京故宫博物院。

尽管《清明上河图》现藏于北京故宫博物院，实际上它却成为今日开封的一张名片，一个文化窗口，一种文化资源。正是这幅幸存的名画，让我们准确具象地了解了北宋都城汴梁的街市风貌、河运情况和当时人们的市俗生活。如何把这得天独厚的文化资源转化为文化旅游产业？在形容游人心情惬意时，不是有一句话叫“人在画中游”吗？于是策划、筹建、动工，由一张名画走进了一座名园——清明上河园。清明上河园开园以来，果然游人如织，络绎不绝，正是“一朝步入画卷，一日梦回千年”。

开封乃中国八大古都之一，历史文化非常丰厚，最具代表意义的恐怕要数北宋文化了。从赵匡胤陈桥兵变“黄袍加身”，到金兵掳走徽钦二帝“靖康之耻”，历经 166 年，《清明上河图》及以其为蓝本修建的清明上河园，内容再丰富，也难以诠释整个北宋文化。为了进一步开发开封的文化资源，让人们较多地了解千年之前的北宋文化，为了创建更加精美的景区并打造标志性品牌，让游人得到美的享受，清明上河园不惜重金，像干将、莫邪铸剑一样，精心打造出了大型水上实景演出《大宋·东京梦华》。

“宋词”和“唐诗”一样是中国古代文学史上的一个里程碑。《大宋·东京梦华》大型水上实景演出，分四场六幕，以八阕经典宋词的意境渐次展开，利用景物和声、光、色的无穷变幻，营构起动静交错、深远莫测的恢宏场面，尽量丰富地表现北宋王朝的历史及其文化。其构思策划独辟蹊径，新颖精致，别有洞天，具有强烈的艺术感染力和极高的审美情趣。

《大宋·东京梦华》大型实景演出的序幕《虞美人》，其意境和蕴含前边已有描述。大宋王朝结束了五代十国的分裂局面，开创了一个长达 160 余年的太平盛世。实景演出的第一幕《醉东风》，表现的便是北宋都城汴梁太平盛世的繁华景象。

纤夫们节奏整齐、铿锵有力的脚步声和号子声由远而近，由近而远，汴河漕运的船只往来不绝；按照《清明上河图》建造的汴梁街市店铺鳞次栉比，市民进进出出，饮酒，品茶，谈生意；街头河畔，各色行人，熙来攘往，儿童嬉戏，僧侣化缘，商贩引车卖浆，艺人舞枪弄棒，唢呐声里，鞭炮齐鸣，娶亲的队伍穿行其间；“东风夜放花千树，更吹落，星如雨……”上元之夜，火树银花，灯如海，人如潮，街市上，宝马雕车香满路，汴河中，歌声舞影醉花船。

《大宋·东京梦华》大型实景演出的第二幕，则是选用了苏轼的《蝶恋花·花褪残红青杏小》和柳永的《雨霖铃·寒蝉凄切》的文学意境，表现大宋王朝太平盛世的婉约情怀……

总体而言，大宋王朝是一个繁盛的王朝，科技的王朝，文学的王朝，艺术的王朝，婉约的王朝；因而，大宋王朝也是一个开明仁慈的王朝。北宋王朝科技进步，出版了《梦溪笔谈》《统天历》等诸多科技著作，毕昇的活字印刷被誉为中国历史上的四大发明之一，医学上的“针灸铜人”也是首创于宋代；制瓷工艺也达到了一个高峰，产生了汝、官、钧、哥、定五大名窑；在文学艺术上诞生了苏轼、欧阳修、黄庭坚、米芾、张择端等一批大师级人物以及柳永等婉约派词人，就连宋徽宗赵佶本人也是一个造诣颇深的画家和书法家。说大宋王朝开明仁慈，当然是和其他王朝相对而言。大宋皇帝尤其是开国之后的前几位皇帝，基本上都能够做到勤于政务，体恤民心。到第四位皇帝宋仁宗赵祯时，王朝的政治、经济、文化达到鼎盛时期。他恭俭仁恕，宽厚大量，启用了包拯、范仲淹等不少贤人志士，以至于他“驾崩”之时，朝野俱哀，“京师罢市悲哭，数日不绝，虽乞丐与小儿，皆焚纸钱哭于大内之前”，甚至当讣告送到辽国，“燕境之人无远近皆哭”，就连辽国皇帝耶律洪基也握着使者的手哭道：“四十二年不识兵革矣！”遂将仁宗送他的御衣“葬为衣冠冢”，岁岁祭拜。

然而，大宋王朝也是一个“文治”有余而“武功”不足的王朝，在大宋王朝统治的300余年间（包括偏安一隅的南宋），夏、辽、金、蒙屡犯国土，边关战争几乎连年不断。

赵匡胤“陈桥兵变”“黄袍加身”被拥立为皇帝之时，命令部下安抚后周君臣，不许杀人，不许扰民。军队回师京城，基本上做到了军纪严明，秋毫无犯，既和平获取了政权，也最大限度地争取了民心。

赵匡胤开国立号，史称宋太祖。在平定了反叛，征服了南唐，政局基本稳定之后，赵匡胤吸取本人“黄袍加身”及前朝兵变频仍之鉴，于是上演了史上有名的“杯酒释兵权”这一幕。他两次宴请石守信等军功大将和王彦超等各镇节度使，声泪俱下地劝说他们释去兵权，罢镇改官，买良田，置美宅，终其天年。赵匡胤开国之初就把军权、人权、财权集于中央，也确立了大宋王朝“扬文抑武”的基本国策。这种“扬文抑武”的国策也基本上贯彻、落实到了整个大宋王朝。武将地位低下，文人地位拔高，文臣看不起武将，更不屑于从军。

这样一来，虽然消除了地方割据的内忧，却酿成了边关吃紧的外患。大宋王朝虽有军队百万，然而在对夏、辽、金的边关战争中，不说是屡战屡败，实在是败多胜少。宋真宗景德元年，辽国入侵。当时宋王朝经济繁荣，国力强盛，多数大臣仍然主张议和，以宰相寇准为首的少数人主战，并最终说服宋真宗御驾亲征。双方战于澶渊，宋军获胜。然而，宋真宗赵恒却决定就此罢兵，并签订了“澶渊之盟”，以每年向辽纳白银十万两、绢二十万匹来换取与辽的和平。这也是宋王朝用向辽纳贡的方式换取和平的开始。在对待外族入侵的问题上，“议和”成了大宋王朝的主导方向，延续到南宋。宋仁宗时有一员名将狄青，他骁勇善战，征西平南，屡建战功，官至枢密使，终因名望过重引起朝廷猜忌。以仁厚出名的宋仁宗明知狄青是忠臣，但最终还是听从了宰相文彦博等文臣的劝谏，将其罢官出知陈州，致使一代名将忧愤而死。这也是大宋“扬文抑武”宗旨的具体落实，只是没有太祖的“杯酒释兵权”高明而已。其实，狄青还不是大宋王朝下场最悲惨的名将。南宋高宗赵构和宰相秦桧为了与金兵议和，竟然以“莫须有”的罪名杀害了抗金名将、民族英雄岳飞，更是卑劣之极了。

太祖开国所立“扬文抑武”的基本国策，一开始就为繁荣昌盛的大宋王朝埋下了隐患，这种隐患与时俱进，与日俱增，最终成为王朝灭亡的一个重要因素。《大宋·东京梦华》大型实景演出在表现大宋王朝繁荣、繁盛、婉约、繁华的同时，这种“隐患”就像“阴转晴天”时的影子一样，随着剧情的发展逐渐显现出来。例如第三幕《齐天乐》中周邦彦的《少年游》：“锦幄初温，兽烟不断，相对坐调笙，低声问，向谁行宿？城上已三更……”这和序幕《虞美人》中的“故国不堪回首月明中”相呼应，同样昭示着一个王朝的末日。

大宋王朝的第八位皇帝徽宗赵佶，酷爱艺术，擅书画，他的画作有藏于故宫博物院的《听琴图》《芙蓉锦鸡图》，藏于台北故宫博物院的《文会图》《腊梅山禽图》等；他建立了皇家“宣和画院”，令下属编纂的《宣和书谱》《宣和画谱》等书籍对研究中国美术史有相当大的贡献；他还别出心裁地把作画列入科举升官的一项科目，留传下来许多佳话。比如一次他以《深山藏古寺》为考题，多数人画的是层层叠叠的大山有一座寺院，或者露出大殿一角，然而夺得头名的画作上却没有任何建筑，只有一个和尚在山溪间挑水。宋徽宗虽然在艺术上造诣颇高，然而作为大宋王朝的一代帝王极不称职。他崇信道教，贪图享乐，不理朝政，当金兵大举入侵时无法应对，急急忙忙把皇位传让给儿子赵桓。赵桓登基，是为钦宗，改元"靖康"。他即位后立贬蔡京、童贯等人，重用李纲抗金。可不久又听信"议和"派谗言，罢免李纲，向金求和。金国趁此机会于靖康二年渡过黄河，攻克大宋都城，俘虏徽宗、钦宗二帝及官员、嫔妃上万人北上，囚于五国城(今黑龙江依兰)，是为"靖康之耻"。

《大宋·东京梦华》用抗金名将、民族英雄岳飞《满江红》的悲壮境界，把大型实景演出的气氛推向了高潮。"怒发冲冠，凭栏处，潇潇雨歇，抬望眼，仰天长啸，壮怀激烈……"

硝烟弥漫，战马嘶鸣，硝烟中兵将汹涌，枪如林，刀如霜，战旗猎猎；战舰驶来，隆隆的炮声撼天动地，腾起的水柱蔽日惊云，水中翻卷着血红的波浪……这场景让时光倒流，倒流至西湖歌舞、中原浴血的公元1140年。"靖康耻，犹未雪，臣子恨，何时灭……"顺昌大捷，郾城大捷，岳家军收复西京洛阳，前锋直抵朱仙镇……

花非花，雾非雾，夜半来，天明去，来如春梦几多时，去似朝云无觅处。惊现于眼前的大宋王朝又随着历史的烟云悠悠远去；王朝兴衰，任人评说，可是它留传下来的灿烂文化却与日月同在，当然它留给我们的还有无穷无尽的想象和思索……

原载2009年9月4—5日《大河报》

# 8. 钓鱼

面包车下了大道，拐上一条土路。刚下了一场透雨，土路上也没有浮尘。晚秋的风确是好风，像冰镇啤酒一样让你神清气爽，周身舒泰；晚秋的树也很潇洒，枝叶删繁就简，疏疏朗朗，风来时轻歌细吟，风去时沉静安详；几片白云纯净高远得像公主的情感，偎依着同样纯净高远的蓝天。已经过了秋收季节，裸露的土地等待着主人下一次的播种；路边堆放着焦黄的玉米秆，偶尔看到一片已经被杀了穗儿的高粱，一身轻松地消闲在秋天的原野上。

朋友杨军几次约我到他家的鱼塘里钓鱼，一直没有成行。钓鱼我当然非常喜欢，既能陶冶性情，又可强身健体。想当年我在郑州铝厂当工人，便经常跟着师傅去钓鱼。那时候是钓野鱼，一般去荥阳水库，也去过汜水。第一次跟师傅去钓鱼够惨的，只钓到两条柳树叶大的小白条，却被毒辣的阳光晒脱一层皮。最丰收的一次是去荥阳水库，一上午钓到九条鲫鱼，条条都有小半尺长。

杨军曾经是一位文学爱好者，我当编辑时发过他的两篇短文，遂成为朋友。那时候他生活勉强温饱，现在富起来了，不过我想大概也富不到哪里去，因此一开始有点不忍心去钓人家的鱼。谁知完全弄颠倒了，杨军说他家的年收入轻轻松松也是我工资的好几倍。这样我心里就坦然了，于是便张罗去钓鱼，心安理得地去钓鱼，多约上几个朋友，狠狠地钓他一家伙。然而，不是有这事，就是有那事，不是你有事，就是他有事，一拖再拖拖到了秋罢。

车过一条水渠，路旁边出现一个村庄，两条狗汪汪叫着从村庄里冲了过来，杨军从车窗里伸出脑袋，吆喝一声："叫啥叫！"两条狗就一下子改变了态度，欢欢地跳，摇着尾巴跑在前边，还不时地回头表示欢迎。汽车再拐向北，慢慢地进了村庄。

我的童年时代和少年时代都是在农村度过的，对农村感情很深。眼前的农村和我记忆中的农村是大不相同了。变化最大的是房子，那种传统的贫穷人家的土墙茅屋和富裕人家的青堂瓦舍已经看不到了，而是被钢筋水泥建筑代替了。多是二层楼模式，下面三间，上面两间，留一间的平台晒粮食；红砖墙院子，有的盖有琉璃瓦门楼，有的没有盖门楼。

面包车在杨军家的大门口停住。一下面包车，首先热烈欢迎我们的就是那两条狗，狗闻过我们之后又欢欢喜喜地在前面带路。门楼下堆着一堆刚打下来的稻子。鸡们很有风度，绅士一般对满院的稻谷似乎不屑一顾。圈里面坐着黑白两头猪，一副脑满肠肥的体型，一副"事不关己，高高挂起"的自由主义处世态度。

杨军热情地让我们先进屋歇一歇。我说不歇了吧，趁这会儿凉快，我们还是先去钓鱼吧。杨军说也好也好，那就先喝点饮料。说着就进屋搬出来一箱健力宝，一听一听地分发给我们。

杨军家的鱼塘在村东 500 米左右。四口大方塘组成一个规规矩矩的"田"字。周围栽有柳树，枝条袅袅，有的地方已垂至水面。天蓝水绿，一片"半亩方塘一鉴开，天光云影共徘徊"的意境。只是不时有大鱼打漂儿，泼刺刺溅起一片散碎阳光，漾起的波纹犹如缜密的逻辑思维，一圈一圈地扩展开去。

在草地上逮了几只青头大蚂蚱作钓饵，选了一处遮阳的柳荫，舒舒服服坐下来，整理好钓具，调好浮子，装好钓饵，甩钩入塘。至此，除了钓鱼线，便另有一条无形的线，一端同样连着浮子，另一端则通过眼球这个滑轮，悬着一颗警觉的颤巍巍的心。

起始，浮子上下颤抖不止，这是小鱼在拱饵，不必理睬。浮子这样颤了一会儿，忽然静止下来，一动不动，好像水下万物皆无；冷不丁浮子被举起放平，倏忽箭一样无声隐没。这都是眨眼之间的事。随着浮子的隐没，我的心悬到了嗓子眼，似乎张口就要跳出。这是一条大家伙。我筋筋一提，让鱼钩钩实，手感极沉。大概鱼感到了疼痛，想快速游开，带动鱼线划水发出了"肉儿——肉儿——"的响声，鱼竿随之弯如满月。我还没有钓住过这么重的鱼，也不知道大鱼带动鱼线划水竟然还能发出如此"肉儿肉儿"的声音，一时竟有点不知所措。不过我知道这时候绝对不能猛烈甩竿或拉线，否则，不是竿折就是线断，常说"一斤鱼，十斤力"，鱼在水中力量是极大的。这时候必须耐心地"遛鱼"，等鱼没劲了再慢慢把它拖上岸。

我开始因势诱导地遛鱼，一边诚心诚意地相劝："我亲爱的鱼，你千万不要往远处游，就在近处游一会儿吧，也不要急速快游，要慢慢地游。"鱼果然使劲，并没有拼命与我作对。我遛了好大一会儿，估计鱼也该累了，我又好言相劝，劝它游到我的身边，它也就半推半就地游了过来。乖乖，有七八十厘米长，起码四五公斤重。

中午自然少不了一顿丰盛的酒宴，餐桌上除了两个时令蔬菜，就全是鱼了。杨军知道我不能喝酒，不纠缠我。我的几个朋友喧宾夺主，当仁不让，红脖子涨脸地和杨军猜拳行令。我干坐着也没意思，便信步走出杨军家的大门。

快到村口的时候，我意外地看到了一栋破旧不堪的房子，墙壁被风蚀雨浇得斑斑驳驳，而且有一道纵贯上下的裂缝，房顶也有几处陷了下去，和周围整洁的楼房相比，简直就是一群高官富贾中间蹲着一个畏畏葸葸的乞丐。房屋的主人是一位早已过世的老人？或是居家迁到了城市？我不由自主地向那栋破房走去。

其实，吸引我走过去的恐怕不是那栋破房，而是屋山旁边放着的东西——两个石磙和一套石磨。在过去，这可是和农民的生产和生活息息相关的东西。尽管它们早已过时，早已被时代所遗弃，可是我看到它们仍然感到十分亲切，就像看到了久未见到的乡亲。我想，用不了多少年，再想看到这些东西就只有到民俗博物馆了，而孩子们即使到了民俗博物馆，也不会知道此物为何物了。

原载 1998 年 8 月 7 日《河南日报》

# 9. 唐青花瓷片

星期六喜欢逛古玩市场的“地摊儿”，有六七年了吧。古玩市场的古玩绝大部分不古，一开始买的基本上都是新仿，或者叫假货。俗话说“吃一堑，长一智”，买着买着，就买出了经验，也买出了眼力。所以说经验和眼力都是用钱买出来的。在古玩界，起始阶段花的冤枉钱就叫作“交学费”。当然，要想快一点儿丰富经验和提高眼力，最好经常和高于自己的藏友、专家交流，算是拜师吧。一开始认识国家文物出境鉴定河南站站长、文物专家夏志峰先生的时候，我说我买假东西就花了多少多少钱，夏志峰一听笑了，说“你交的那一点学费完全可以忽略不计”，然后举例说某某某某，买一件假货就花几万、十几万、几十万，甚至上百万。我听了心理上觉得格外的释然，甚至有那么一点儿幸运感和优越感。原来人家交的学费比我多得多呀，我交的那一点学费完全可以忽略不计呀！看来，人要保持一个好心情，就要与不如你的人相比，不要和强于你的人相比。真理也。

已经是过去的事情了。现在，只要不粗心大意，一般不会再上当了。古玩市场上的器物，是真是假，老远一看，基本上就能断出个八八九九。

去年晚秋的一个星期六，在古玩城四楼的“跳蚤”市场，我看到了两片唐代青花瓷片，一片是点瓣花朵纹，一片类折枝柳叶纹，“大开门”的东西。卖瓷片的是巩义人。其实，我并没有见到过唐代青花瓷，更没有上过手，可我还是一眼就认准那绝对是唐代青花。这就是在真真假假中泡出来的经验和眼力。唐代的器物我倒是有几件，比如唐花釉执壶、唐三彩胡人牵马俑等，就是没有唐青花。别说唐青花器物，连瓷片也没有。想买下来，问了问价钱，最低 1200 元。觉得贵了，心想无非是两片瓷片，无非作一个标本。就放弃了。

回家的路上就有点儿后悔，尤其是在见到鉴定站的专家陈敏之后就更后悔了。陈敏说，你应该买了；陈敏说，当年她参加古代陶瓷进修班的时候，授课老师拿了一片唐青花瓷片，只让学生轮流观看，连摸一下都不行的。可见唐代青花，即便是一片瓷片，也是非常稀少珍贵的。

青花瓷器，以钴料为着色济，釉下彩，素静典雅；青花瓷器，始兴于元代，盛行于明清，直到今日。尤其是景德镇窑的青花瓷器，元代之后在制瓷业内几乎独领风骚，被称为“国瓷”，其影响之大遍及海内外。然而世界上最早的青花瓷器，则是唐代郑州巩县（现巩义）窑烧制的。也就是说，唐代巩县窑烧制的青花瓷是其名副其实的老祖先。

1983 年，扬州唐城遗址曾出土一批唐代青花残片，经研究确定为河南巩县窑烧制的瓷器。从出土的青花瓷片看，唐青花的白釉白度不高，一般白中泛黄；内壁满釉，外壁一般足部露胎；釉层较薄，有流釉现象。瓷片标本有碗、盘、壶、罐、枕等；其纹饰有流云、卷云、卷草、花叶、藤蔓、点瓣小花等。丹麦哥本哈根博物馆收藏的唐代青花罐上饰有鱼纹，美国波士顿博物馆收藏的一件唐代青花瓷器上则饰有人物纹。在唐代的制瓷业，巩县烧制的青花瓷无异是一种创新，正是这些青花瓷，为后世元、明、清青花瓷器的辉煌打下了坚实的基础。

此后再逛“跳蚤”市场，就特别留意唐青花瓷片。可是那个卖唐青花瓷片的却再没有出现，颇有点“神龙见首不见尾”的意思。直到今年八月的一个星期六，终于又在古玩市场看到了几片唐青花瓷片，然而已经记不清是不是去年那个卖家了。这几片唐青花虽然没有去年那两片唐青花精美，也算是满不错的，且价钱也比较便宜，当然无论如何也要买两片了。回来让朋友欣赏，朋友果然也说挺好，并嘱我再碰到了也给他买两片。

于是每次逛古玩市场，继续留意唐青花瓷片，然而直到今天，再也没有遇到。不过倒是见到过几次卖假青花瓷片的。也不全假，半真半假；瓷片是真，青花是假；瓷片确是巩县窑烧制的唐代白瓷，青花却是现在做上去的青花。有的一眼便可以看穿，有的做得还不错，几乎可以乱真，难怪不少人掏钱购买。终于忍不住，凑上去问：多少钱一“骗”？回答说：一片 45。倒不很贵。

两个多月了，朋友所托之事还没有办好，只能继续努力，相信总会有一天和真正的唐青花瓷片再一次谋面。

原载《老人春秋》2010 年第 1 期

# 10. 养眼

前不久，和许昌藏友刘向阳、周口藏友孔少青结伴到沈丘，看能否淘到什么东西。少青说："老海刚开一古玩店，咱去看看。"我问："老海？哪个老海？""去年咱们去过他家，他还送你一件东西。"原来他呀！一个很豪爽很大气的家伙。去年第一次到他家，见桌子上放一小黑碗，上手看看，是宋元时期北方窑口仿建窑的兔毫盏，仿得不好，但很"开门"的。我问老海多少钱？老海手一挥说："送你了！"第一次见面，怎好要人家东西。我掏一张大票给他，说占你便宜，他还是三个字：送你了！

一进老海古玩店，老海便认出我，热烈地握手，递烟，泡茶，像久别重逢的老友一样。聊得投机，老海便热情高涨，说："我家有一样东西，是件奇物，已经收藏多年了，舍不得卖，也不示人的，今天让你们看看。"我们当然高兴，搞收藏的如能看到精品珍品，乃生活中一大乐事。

在店里买了几样东西，遂随老海回家。老海住独院，一幢小楼。老海上楼，我们在客厅等待。老海下楼了，看着下楼的老海，我们的眼睛霍然一亮，不由全体起立。当然不是因为老海，而是因为老海捧着的一件东西。那东西似龙、似虎、似狮、似辟邪、似天禄；似而非似，夸张变形，却又生动传神，蓄势待发，一看就知道是汉代的造像。更吸引人的是器物红色的釉色和釉光。汉代红釉我见得多了，可从未见过这样的红。似火焰？似阳光下的石榴花？这才称得上鲜艳夺目！真要拿古今瓷器的釉色比较，也只有近似于近年中国红瓷业有限公司创烧的"中国红"了。可中国红的红釉用料是比黄金还要贵重的稀有金属钮，且必须在1450℃的高温下才能烧制成瓷，2000年前的汉代怎么能烧出这样的釉色呢？

我们轮流上手鉴赏。器物上的釉厚但不匀，缩釉流釉较多。细看竟然还有几处窑变，有的地方变成了典型的汉绿釉，有的地方变成了典型的汉黄釉，真奇物也。中国陶瓷史上最早的窑变始自唐代，最具代表性的是河南鲁山段店窑烧制的唐花釉，也称唐钧。据我所知，晋代青瓷就已经出现了窑变，我就收藏一件带有月白窑变班的晋代青釉瓿。看了这件器物，我们是否可以把窑变现象提前到汉代呢？

如果借助于窑变现象，那么，汉代陶瓷竟出现如此奇异釉色就可以这样去理解：鬼斧神工，偶然一得，非人力可为也。

老海说，他总是把这件器物放在床头，每天不看上几眼就不能安然入睡。是呀，这样的器型，这样的釉色釉光，的确养眼。

原载2008年1月18日《大河报》

# 11. 童话

晚饭后我领着女儿到室外散步。刚下过一阵暴雨，雨的气息、树的气息和湿土的气息让人想起田园。天光时开时合，乌紫乌紫的云块和晶亮晶亮的霞光互相争斗又互相烘托着。蝉又开始鸣叫，先是一只两只试探性轻唱，别的蝉一和，蝉声便集体嘹亮起来。

女儿很不安分，忽前忽后，间或躲起来再突然出现，想吓唬我。人行道上，散步的多是家长带着孩子。不少家长和孩子一起在树旁和树干上很专注地寻找，有的还备有手电。女儿问我：爸爸，他们在找什么呀？我回答说：他们在找童话。

——找童话？

——找童话。

我这么回答并不是欺骗女儿，此情此景已经把我带入了一种童话的氛围，童话的境界。我生在农村，童年的记忆始终伴随着我，在夜深人静时就悄悄潜入我的梦。夏日傍晚，夕阳把田园染得金碧辉煌，我和小伙伴钻到村边树林里捉"爬扯"，——不知道为什么，我们家乡把脱壳之前的幼蝉叫"爬扯"，捉幼蝉叫摸爬扯。"日头落，狼下坡，逮住老头当窝窝，逮住小孩儿当汤喝！"我们这样叫着，却不怕被狼逮住，因为我们家乡的大平原上根本没有狼，狼对于孩子来说只是一种神话中的吃人的野兽。直到霞光消尽，天黑透了，爹妈扯着嗓门喊吃饭时我们才归家。我们几乎每人都能捉到几只甚至十几只爬扯，妈妈把爬扯用火烧一烧或用油煎一煎，那可以说是我童年所能吃到的味道最好的食品了。

近日报纸上登载，说幼蝉不但有镇惊悸、消食积的药物作用，而且其蛋白质含量极高，一只幼蝉的营养价值能顶多少多少鸡蛋云云。我想，眼前这些领着孩子捉幼蝉的家长大概也都看过这篇文章了。

女儿说：爸爸，咱们也找童话好吗？我说好。于是我们也加入了摸爬扯的行列。

我们还真捉到了一只。这是一只刚拱出地面的爬扯，下半个身子还在拇指粗的洞穴里。我制止女儿不要惊动它，我知道它一旦缩进去就非得把洞穴挖开才能把它捉出来。它露出脑袋停了一会儿，然后前爪探了两探，下半个身子便也挣出了地面。

回到家里，把这只爬扯放到茶几上，告诉妻子让她明天清早把爬扯煎熟给女儿吃。

这时女儿给我提出了一连串的问题：爸爸，爸爸，爬扯在地下吃什么呀？爸爸，爸爸，爬扯在地下怎么呼吸呀？

别看我从小就摸爬扯，对它的生长过程却几乎一无所知。为了满足女儿的好奇心，我立即动手翻《辞源》，翻《辞海》，翻《不列颠百科全书》和有关书籍，终于查到点滴资料：——昆虫纲，半翅目，同翅亚目，蝉科。卵产在木质组织内，幼虫一孵出即钻入地下（一说大暴雨把卵冲入地下）。幼蝉吸食多年生植根中的汁液，成长极为缓慢艰难，一般要经过五次蜕皮，需几年甚至十几年才能长成。长成的幼蝉夏季黄昏或夜间钻出地面，爬到树上，黎明前脱壳成蝉……我的心突然震颤了一下，让我刹那间想了很多很多。大不过拇指的幼蝉的成长竟然需要几年甚至十几年，还要蜕皮五次，这大概比任何动物的孕育成长都更艰难。幼蝉蛰伏在地下，默默地一点一点地生长，历尽艰辛，吸取营养，积蓄能量，为的什么？为的是一朝长成，钻出地面，金蝉脱壳，一飞冲天，一鸣惊人，度过自己虽然短暂却辉煌灿烂的一生！

然而，这些不幸的幼蝉刚钻出地面便被人类捉住，便要成为人类盘中的美味了。

刚才我还把我儿时摸爬扯的情景作为美好的童话回味，这一想就变得很丑恶，很残忍，我（我们）曾经扼杀了多少只幼蝉的生命，毁掉了多少只幼蝉的锦绣前程啊！

这时那只爬扯在茶几上不停地爬。爬扯大概知道自己已经成为人类的俘虏，并即将成为人类盘中的美味，于是匆匆忙忙地爬，仓皇逃命，却不知是白费力气，爬行半天人类只需举手之劳就又把它捉回原处。可它依然不屈不挠一次一次地爬，企图摆脱这危险的处境。

我的心头不由生出一丝悲悯，说不清是为了蝉类还是人类。

原载《都市》1997 年第 5 期

# 12. 白云烟雨

汽车沿连霍高速向西行驶。天，说变就变了，刚才还花花搭搭的天空已被乌云封了个严严实实。初始时只是零星小雨，时下时停，走着走着就下大了，且摆出一副持久战的架势，到伊川时马路上的积水已经像小河一样流淌了。我的心情有点儿阴郁，有点儿惆怅。16年前，我同诗人们攀登白云山玉皇顶之时，其天气状况几乎和今天一模一样。

也许，正是为了昔日的记忆，我才决定重上白云山的。

时在1996年夏天，河南省诗歌学会在白云山举办诗会，会后安排攀登玉皇顶。清晨天气却变了，浓云压顶，宾馆对面的山峰间黑云蒸腾，就像西游记中描绘的妖雾一般，如此天气当然不宜登峰。快到中午时乌云渐开，露出了一片纯净的蓝天，时不时地还阳光灿烂。午饭后又准备登山，诗人们朝着小黄山散淡而行，欢声笑语如山花绽放。要观赏沿途绮丽风景，自然要选择小黄山一线。不时有三五人离队，到小黄山脚下时还有18人。刚攀登不久，天又阴了，且有零星小雨飘落，于是又有一批人选择了放弃。继续前行者剩下9人：高金光、董林、杨吉哲、冯杰、汗漫、朱欣英、吴小妮、我和我12岁的女儿。

小黄山坡度较平缓，走起来并不太累。只是天公不作美，刚翻越一架小山，豆粒大的雨点突然而至。高金光和吴小妮转身就跑，义无反顾。杨吉哲、汗漫也想下山，犹犹豫豫时雨又及时地停了下来。小黄山贵在景色天然，我们沿着前人踩踏出来的羊肠小道，在茂密的森林间蜿蜒穿行。然而老天似乎在故意捉弄我们，钻过“贵人弯腰”，雨又下起来了，而且再也没有停下的意思。雨丝绵绵，不绝如缕。此时估计已行程过半，再回头已经没有什么必要了。何况，董林、朱欣英和我一开始就是决心要登上玉皇顶的，当然还有我12岁的女儿，一路上又说又笑，兴奋的心情溢于言表。

道路越来越湿滑，越来越难行。一道沟壑横在两峰之间，宽两米许，沟壑上用茶碗粗的木棍并排摆放出一米宽的通道，算是“桥梁”。右侧生有箭竹，左侧则是万丈深渊。为了安全，左侧一米高处又横架一木棍，算是“护栏”。我对董林等四条汉子说了声“照顾好朱欣英女士”，便牵着我女儿小心翼翼地率先走过去。刚走出几步，就听见后边朱欣英一声尖叫。我急回头，只见汗漫头朝下悬在空中，朱欣英抱着汗漫的一条腿按压在护栏上。“快，快帮小朱！”董林、冯杰、杨吉哲连忙上前，和朱欣英一起把凌空倒悬的汗漫拉了上来。

好险！我惊出一身冷汗。如果不是朱欣英眼明手快，汗漫一旦坠入深壑，恐怕就要失去一位优秀的诗人了，那么，作为省作协负责人的我不就成了千古罪人吗？我很后怕，也很后悔，不由自责：你已经是50岁的人了，怎么还这样不稳妥？怎么还执意在这样的天气里率众登山？提前放弃的人是英明的，当机立断的高金光、吴小妮也是英明的。

雨渐渐大起来，哗哗啦啦下个不停，小路的坑洼处积满了水。也就是下午3点多钟，可小黄山的原始森林中却好像夜幕将临。小路还常常分叉，让我们必须痛苦地做出选择，因为既没有路标，也无人可问，就连可供参考的信息也没有一丝一毫。走迷了路怎么办？我心头的阴影越来越重，比黑幽幽的天空还要阴沉。尽管嘴上不说，我想其他几位诗人的心情也不轻松。只有我的小女儿兴趣不减，偶尔看到路边的一个塑料袋便会兴奋地大叫：“爸，爸，这里有人来过！”直到走近一块兀立的状若蹲兔的巨石，我的心情才有所好转，因为巨石上用红漆写着“玉兔拜月”四字。看来我们脚下的道路没有走错。

接下来的道路更加险峻。下了一道石坎，又是一道沟壑。沟壑宽约四米，上面并排架着两根碗口粗的树干，应该叫作“双木桥”吧。桥上半人高处同样架着一根木棍作为“护栏”。树干又湿又滑，再加此前的教训，我们是断然不敢在这双木桥上行走了，只好一个一个骑坐在双木桥上，伏下上身，一点一点地爬行过去。雨，终于停了下来，可是凌厉的山风又起。我们本已乏累不堪，饥渴难耐，被雨水和汗水湿透的身子怎经得住这凌厉的山风，一个个冻得嘴唇乌紫，浑身打战。爬上一个山包，看到了一块孤零零的圆形巨石，那应该就是传说中的“飞来石”了。在飞来石的南侧，我们休息了一会儿，也想暂避一下风寒，然而山风难避，上下牙齿依然像敲边鼓一般“嗒嗒嗒嗒”响个不停。

过飞来石，下一陡坡，看到了一处用蛇皮布搭起的简易房。一种久违的亲切感、安全感和归属感立刻充满了胸间，犹如很久找不到家的游子忽然看到了自己的家门一样。蛇皮房里住着一位卖食品和饮料的山民。问了山民，才知这里就是玉皇门，距玉皇顶只有20分钟的路程了。

从玉皇顶下山走的是另一条路，这条路多为人工开凿，比走小黄山近上一倍还多，只是远不及小黄山的原始味道。

下得山来，远远看到宾馆经理和一帮诗人在山门外迎接我们。他们已经等候很长时间了，他们一直在为我们担心。我心中一热，雨中登山的一切艰辛，一切疲累，一切惊险，一切忧虑和恐惧，便随风而散，化作一首优美的长诗，永远留存在我的心头，也萦绕在白云山之间。

原载《时代报告》2012 年增刊

# 13. 文豪与儿童

前年秋天，带着我五岁的女儿游紫荆山公园，回家时看到路边一辆汽车正在启动，却总启不动，车头一颤一颤老熄火。女儿问我："爸爸，这辆汽车怎么老打嗝呀？"

女儿是凭她极有限的词汇和对生活的直觉问出这句话的，然而却无意识地运用了拟人和借喻的修辞手法，其新鲜、生动、形象，可以说已经达到了文学语言的高层次。当时我不禁想到了文学前辈钱钟书先生在《围城》中对汽车启动时的一段精彩描述："这辆车久历风尘，该庆古稀高寿，可是抗战时期，未便退休""它开动之际，前头咳嗽，后面泄气，于是掀身一跳，跳得乘客东倒西撞……"

文学家用"咳嗽"比喻老旧汽车发动时的声状，孩子用"打嗝"比喻抛锚汽车发动时的声状。于是我就想，文学家与儿童之间是否有什么相通之处呢？

引我写下上面文字则是因为昨夜读阿尔贝·加缪的《不贞的妻子》，其中又有一段汽车在沙漠中启动时的精彩文字："发动机咳嗽一声，又咽气了。启动了半天，发动机好歹转了。司机猛踩油门，汽车嗷嗷直叫，打了个响嗝，总算上路了。"

真是巧得很，我五岁女儿的语言竟然与中外两位大文豪的语言不无相似相同之处。五岁的孩子最多认识"上中下人口手"，当然不可能读过钱钟书先生和加缪的作品。于是我再次想，文学家与儿童之间是否有什么相通之处呢？

钱钟书先生驰名中外，一本《围城》译成十几种文字；阿尔贝·加缪是世界著名作家，诺贝尔文学奖 1957 年得主。一个五岁孩子不可能有他们的智力和思维，放在一起谈论似乎荒谬。然而他们的语言如此相似却是事实。这是偶然巧合吗？绝不。只要你仔细留意一下，几乎每个孩子都有可能无意识地运用"拟人""借喻""通感"等修辞手法，说出一些初听稚嫩滑稽细想活蹦乱跳的文学语言。例如一个朋友的孩子看到了洒水车，便大叫："爸爸，快看汽车撒尿了!”另一个朋友的孩子要饼干时则说:“妈妈,我要一个胖胖的饼干。”等等。

因此我想,文学家和儿童之间还是应该有相通之处的。其中有自觉的相通,也有不自觉的相通。

追求真善美是文学艺术本质相当重要的一个方面,而人类的纯洁天真恐怕莫过于儿童了。于是文学艺术便会自觉不自觉地被这种纯真诱惑,所以说文学家艺术家都有童心。岂止是文学家艺术家,其实每个人都时不时地多多少少地被童心诱惑着,这种童心趋向年龄越大越明显,我想这便是心理上的“返老还童”了。

回到文学语言上讲。

文学语言最忌因循守旧,那些约定俗成的非常准确的词汇和成语往往会把文学形象弄得模模糊糊,黯然失色,生气全无。文学语言需要新鲜、需要活力、需要跳动,于是就需要不断地创新,需要不断地违反原有的语言习惯。

在这一点上,某些文学语言便与儿童语言不自觉地吻合了;进一层也可以说文学语言自觉地去吸取了儿童语言的精华。因为儿童逻辑思维极差,既不懂语法,也不懂修辞,他们只是凭直觉凭形象说话,他们的语言最能打破墨守成规的语言习惯,无意识地创造出鲜活形象的语言。正如把汽车发动说成“汽车打嗝”,把汽车洒水说成“汽车撒尿”。从一个角度讲,儿童凭着他们极有限的生活阅历和直觉,把自己不熟悉的事物一下子拉进了自己熟悉的生活之内,使之亲切形象;从另一个角度讲,这种语言又完全违反了正常的语言习惯,把毫不相干完全错位的事物通过“通感”巧妙地连接起来,让人耳目一新。

当然儿童也只能偶有创造,并非随便一句都有价值的。

原载1991年12月1日《郑州晚报》

# 14. 让人心头一动时

尊敬的郭昕女士来电话，想让我就 20 年前获奖的一个小小说《高手》写篇创作谈。我这人作品不多，却长篇、中篇、短篇、小小说都写，小小说也就十几篇吧，指定谈不出来什么名堂，读者也没必要当真。

20 世纪 80 年代，是新中国文学创作的一个高峰，什么伤痕文学，反思文学，寻根文学等等，连同国外一股脑涌进来的各种现代派手法，热闹得很。南丁时任河南省文联主席，在宜人避暑的信阳鸡公山租下一栋小楼，一租十年。每年夏季，省文联各编辑部、各协会，可以组织作家、艺术家分期分批上山，举办笔会，进行创作。我当时是《奔流》编辑部小说组组长，自然每年要上山的。

应该是 1988 年夏天吧，作为《奔流》小说创作笔会的组织者，我再一次登上鸡公山。那一届笔会都有哪一些作家上山我已经记不清楚了，然而，许昌的小说作家刘向阳和时任《百花园》主编的王保民，我是绝对不会忘掉的，因为获奖小小说《高手》的“灵感”，正是来自这两个人身上。

我们文联租住的一号楼地理位置极好，清风习习，穿廊而过。王保民和刘向阳在走廊下棋，我拿着一把纸扇站在旁边观战。王保民渐渐占了上风，且优势越来越明显。刘向阳盯着棋盘苦苦思索，王保民玩着棋子轻松自在。像在社会上人们往往同情弱者一样，观棋者也往往站在劣势的一方去思考。我忽然看出一步好棋，就说：“向阳，有一步好棋……”“学林你不能说，不能说！”王保民不容我说完，就把我的话拦腰斩断了。

就是在这个时候，我的心“怦”地动了一下，或者说跳了一下，或者说有一点火花在我的大脑里“霍”地闪了一下。立时，我的大脑细胞快速活跃起来，思维就像夜空中忽然炸开的一弹礼花，五彩缤纷，光束流动。于是，我信心十足地说：“保民，我有了一篇小小说，保险能获你们的征文奖。”其时，《百花园·小小说选刊》正在举办一个小小说大奖赛。

结果，名为《高手》的小小说不但获得了《百花园·小小说选刊》的征文奖，还获得了 1989 至 1991 年度全国小小说奖。

在当时心头怦然一动的那一瞬间，我都想了些什么呢？——我如果把我看到的那一步好棋说出来会有什么结果呢？刘向阳会不会转危为安甚而转败为胜呢？如果刘向阳转危为安或者转败为胜的话，王保民会不会找我下呢？我能战胜王保民吗？当然不能，谁不知道王保民是电子脑袋瓜，就凭我那两下子，哪里是王保民的对手，就是刘向阳我也下不过的。可是为什么我能看到一步刘向阳没有看到的好棋呢？

至此，内含还是很简单的。然而，一篇好的或比较好的小说，尽管只是一篇1000多字的小小说，如果只是承载一个简单的道理，那未免太寡淡太浅薄了。接下来就是怎样塑造一个鲜活的人物，怎样把人生哲理和人生经验融于人物和情节之中，或者说怎样富于作品尽量多的信息，以让人在阅读中得到美的享受，阅读后又能感到余味无穷。

思绪是在那一瞬间被激活的，基础是在那一刻筑建的，血肉则是随后丰满的。

小小说和中长篇小说不同，一个鲜活的细节或者一个新颖的念头足矣。我没有刻意去写小小说，大多是生活中的一个细节，一句话，或者看到某人某事偶发的一个念头，只要能让我心头一动，那基本上就是一篇小小说了。当然，由于每个人的创作经验、文学素养、审美取向不同，其选材谋篇的方法也各有路数，正如到同一片海滩，未必拣选同样的贝壳。

原载《小小说选刊》2011年第6期

# 15. 孤独的跋涉者张一弓

张一弓任河南省作家协会主席的时候，我任副秘书长，也可以说，是张一弓极力举荐我到作家协会的。当时是1993年春季，此前我在《莽原》任二编室主任。一弓长我12岁，是老师，是兄长，更是朋友。

张一弓1935年生于开封，其父张长弓是河南大学中文系教授，母亲是高中语文教师。抗日战争爆发，童年的张一弓与父亲随河南大学逃避战乱，迁徙到南阳、洛阳山区，直至陕西，曾与当时已成名的诗人苏金伞为邻。新中国成立之初，在开封高中写作比赛中，16岁的张一弓获第一名，学校介绍其到《河南大众报》工作，被称作"记者娃娃"。1956年，张一弓入党，同年《河南大众报》并入《河南日报》，张一弓也随之到《河南日报》工作。1959年，《牡丹》杂志发表了张一弓的短篇小说《母亲》，谁知一篇小说竟给张一弓带来了一场政治灾难，被省委定为"鼓吹资产阶级人性论，反对无产阶级阶级论"的大毒草，受到《河南日报》的点名批判；还有报刊批判其"为右派母亲的母爱唱赞歌"，因为此前张一弓的母亲已被划成"右派"。当时张一弓患"肺空洞"疾病，在肺结核医院口鼻喷血不止，病情危急，其记者部主任到医院和张一弓谈话："还没有给你戴帽子嘛，经不起考验嘛……"张一弓忍受不了漫长的思想工作，在肉体和精神的疼痛中，张一弓竟然说出一句让主任惊得一跳的话："你给我一根烟抽吧！"不久出现了饿死人的"信阳事件"，才中止了这场批判，让张一弓侥幸逃过一劫。"文化大革命"一开始，他被关进"牛棚"，遭受批斗，之后又成了省委书记刘建勋、纪登奎所赏识的"秀才"而被任命为《河南日报》社副总编、河南省委办公厅副主任。"文革"后又垂直跌落，先是被"隔离审查"，然后被下放到登封县卢店公社任革委会副主任。

我认为，这一次政界的跌落对于成就张一弓为著名作家至关重要。其一，这次跌落使张一弓亲身参加了以实行联产承包制为其主要标志的历史变革，亲身经历了我国农村"大锅饭"的解体并向商品经济的过渡，再加上他丰富的人生经历和30年记者生涯的积累，使他体内岩浆般的文学才华得以喷发；其二，是更加坚定和增强了张一弓顽强的意志和不凡的毅力。我总觉得张一弓是一个打不垮的人，就像拳台上一个优秀的拳击手，每次被打倒都能在读秒中顽强地爬起来，揩一揩血迹，重新投入战斗。

被隔离审查期间张一弓就自学英语。审查来审查去没有审查出任何问题，刚一解除审查，张一弓就写出了《犯人李铜钟的故事》。该作寄至《收获》，《收获》拟定发在1979年年末的6期，然而河南有关部门却不同意发表（当时发表作品还要调查作者情况）。《收获》编辑把作品送到《收获》主编、中国作协主席巴金手中，巴老认为《犯人李铜钟的故事》是一篇难得的好作品，果断拍板，《收获》于1980年1期发出。正是这篇作品发表后，张一弓被迅速下放农村。张一弓就是张一弓，年逾不惑的张一弓顶住压力，出手不凡，一批反映农村变革的优秀中短篇爆响文坛。

初识张一弓是1984年。

那时候张一弓还住在省委二区，青年作家郑彦英也住在省委二区，我就是在郑彦英家里第一次见到张一弓的。当时张一弓已经是轰动文坛的著名作家，《犯人李铜钟的故事》《张铁匠的罗曼史》《春妞和她的小嘎斯》，连续三届获全国优秀中篇小说奖，《黑娃照相》获全国优秀短篇小说奖。评论界认为《犯人李铜钟的故事》开社会主义悲剧之先河，称李铜钟为中国的"普罗米修斯"。我是恢复高考制度后的第一届大学生，在学校时就读张一弓的作品，并和同学议论，觉得其作品现实主义手法又不乏浪漫主义气韵，风格大气磅礴，笔力雄健，情节跌宕，人物耸拔，极富思想力度、道德力度和艺术力度。也听说过一些张一弓大起大落的经历，想象张一弓一定是一条汉子，一见果不其然。张一弓长得不能说非常高大，但身材魁梧，肩宽腰细（现在腰粗了），有一种英雄气质和武林侠风。有一段日子，张一弓、郑彦英、齐岸青、邢军纪、曾平、我等七八个文友经常聚会，形成一个未名沙龙的文学沙龙，曾被戏称为"小作协"。张一弓是我们的老大哥，豪爽慷慨得很，到饭店，进舞厅，从不让我们掏钱。

之后，郑彦英、曾平到武汉大学上学去了，齐岸青忙于经商，邢军纪到北京军艺，当然也不乏其他原因，聚散无常，也是必然。朋友聚散一杯酒，那段日子不再有。只有我一成不变地在《奔流》当编辑室主任，与一弓交往日深，往往一瓶酒一碟菜坐到深夜，谈文学，谈经历，谈事业，谈人生。一弓人豪爽，饮酒也豪爽，量不算大却碰杯必干。我不让他多喝，他有时便不再喝，有时兴致正浓便和蔼可亲地求我："我再喝一杯好不好？只喝一杯。""我再喝一杯好不好？最后一杯。"这时的一弓全身充满了孩子气。一次我们在蓝天饭店，一弓喝得不少，饭后去舞厅跳舞。我说："一弓，我看你喝多了，骑车骑慢点儿。"一弓说："没事，不信咱俩赛赛车。"说着箭一样向前冲去，我忙不迭在后面追赶。当我追上一弓的时候，一弓正两腿夹着自行车前轮，一丝不苟地矫正车把。后来我拿这件事情笑一弓，一弓却一点记不起来。当然，有时我们也争论，甚至动真格地吵架，但事后总能和好如初。

张一弓这一阶段的作品尽管轰动文坛，毕竟不是无可挑剔，比如就有"思想大于形象"的评说。一弓本人对自己的文学成就也不满意，思索变化，追求创新，创作出了中篇小说《孤猎》《野美人与黑蝴蝶》等作品。这些作品脱开了现实主义的创作手法，具有浓厚的象征意味，由对农民的意志、愿望、感情、理想的体现，转向对人的命运和整个人类意识的深层探讨。

可惜的是张一弓的这种变化和探索中断了。我觉得，张一弓当上了河南省作家协会主席，不能不是这种创作中断的一个重要原因。

从一弓的作品中就可以感觉出来，一弓是一个历史使命感、社会责任感和道德感极强的作家。一弓当上了省作协主席就全身心地投入进去，力图改变作协经费不足的现状，力图为河南文坛多做一点事情。于是就在既没有经费也没有编制的情况下创办了综合性文学月刊《热风》。其时创办《热风》无非两个目的：一是社会效益，一是经济效益；一是给广大文学爱好者开辟一片园地，一是挣点钱再投入河南的文学事业。用一弓的话说，就是给作协养一只小母鸡，让其下一个个新鲜的、营养丰富的鸡蛋。谁知正赶上文学期刊发行大滑坡，再加对经济市场缺少经验，《热风》一投入市场就陷入了困境。我也是切身体验者之一。《热风》创刊于 1992 年 10 月，一弓任主编，易殿选任副主编。一弓 9 月去泰国，易殿选 10 月去美国(易殿选至今未归)。临阵易帅，一弓让我去负责。一弓身在国外，心系《热风》，一个国际长途就是个把小时。来年春季一弓回国，看我已是身心疲惫，便让我到作协，把一副重担全放到了自己肩上。一弓说："我不下地狱，谁下地狱？"

一弓表现出了自身的英雄气质和侠义风范，承担起一种神圣的社会责任和历史使命，却由此中断了自己正在思变求新的文学创作。

虽然烟云峥嵘，却已经都是往事了。1996 年张一弓已经退下来，由河南省作家协会主席变成了名誉主席。

文学创作是中断不得的，一旦中断，接续上来就需要重新寻找语言感觉，重新进入状态，这就需要一个过程，何况，文学观念也在随着改革开放的进程迅速发展着，变化着。一弓又是一个欠不得别人人情并守信至诚的人。《热风》创办时，一弓之所以去泰国，是一个对《热风》有过支持的人请他去给正大集团写报告文学，一弓答应了人家。答应了的事情就要兑现。一弓在退下来之后，又拿出了很多的时间和精力，整理几年前因操劳《热风》而顾不上整理的采访正大集团的录音磁带，终于写成并出版了长篇纪实文学《正大集团创业史》，兑现了自己的承诺。由于如上原因种种，一弓有很长一段时期没有叮当响的大作问世，编辑记者们便也渐渐地疏远了一弓。出于职业的需要，编辑记者们总是被当红的作家所吸引，这也无可厚非。

我一直认为张一弓是一位不会被命运打垮的拳击手，张一弓不会一直沉默下去。那一时期张一弓很少出门，几乎谢绝参加任何社会活动。张一弓在阅读，在思索，在准备，在寻找新的感觉。一次我在省文联家属院碰见张一弓，就问："一弓，开写了吗？"一弓说："写了一点东西，但我还不想拿出来，是水就叫它放臭，是酒会越放越香。"

这就是张一弓。

我觉得，张一弓自身有一种孤独感。这种孤独不是来自近年来少了读者、记者和编辑们的追随和簇拥；不是来自他多年来的独身生活；不是指他近年来几乎拒绝参加任何社会活动而独往独来。这种孤独感似乎长期伴随着张一弓，似乎是与生俱来。这是另一种意义上的孤独。我猜想，每一个大家是不是都会有一种孤独感？孤独的旅途，孤独地行走，孤独地跋涉，孤独地探险。只有这样才能够独辟蹊径；只有这样才能够独有发现；只有这样才能够创作出独具一格的大作品。一哄而上或者一溜儿小跑追随别人是成不了大器的。

前文曾提及张一弓的《孤猎》，这部中篇小说始发《天津文学》，虽然被《小说月报》选载，但并没有在文坛和社会上引起重视。我个人却非常看重这一部作品。这是一弓在经过一段调整、沉淀、思索之后写出来的一篇新作，它无论在题材内容和写作手法上都与此前的作品不同。《孤猎》采用象征手法，关注的不再是具体的社会现实，而是人甚至人类的命运。可以说，这是一弓在文学创作道路上的一个重大转折，从这篇作品中可以窥视出一弓此后的创作走势。

"太阳西斜的时候，猎人又望见了那个孤独的村庄。它沉闷地静卧在一个狭小的山坳里，显得苍老而神秘。掩盖着村庄的年迈的柿树，像是人类刚进入铁器时代就用第一炉铁水浇铸出来的老人，粗大的鼓凸着疖疤的树干，弯曲地伸向天空的树枝，都是深黑色的，黑得沉重而彻底，黑得人心里都觉得沉甸甸的。"孤独的猎人走来了，这个孤独的猎人"已经活捉了二百几十几、也许是三百几十几只豹子，从来不下诱饵，不挖暗坑，不用铁叉、火铳，全靠他自个身上长出来的力气和勇气，再加上自个脑瓜里生出来的智谋与机灵"。

蛮荒的山野，苍茫的黄昏，孤独的猎人。孤独的猎人品味着孤独，享受着孤独，同时也寻找着孤独。

孤独的猎人有着顽强的意志和毅力，他一生孤猎，为人类除害，然而最终却因为得不到人类的完全理解而被人类所抛弃。在一次与狼群的拼杀中，由于得不到村民们的支持和援助，最终悲怆地倒下了，只留下了一只紧握匕首的拳头。当然，他也不是被整个人类所抛弃，还有一个男娃儿“嗵地跪下，捧起那个拳头，哭了”。

猎人是一个强者，是一个英雄，但猎人并不是一个完人，猎人也会犯致命的错误。小寡妇菊花深深地爱着他，他也深深地爱着菊花。然而，当他陷入与小寡妇菊花的恋情之后，却又深深地陷入了虚伪的自责自愧和自惭形秽，他因为觉得自己受到了兽类的嘲笑而不敢面对兽类，因此放过了那只凶残狡猾的豹子，从而给菊花和整个山村招致恐怖和灾难。可见，猎人之所以得不到村民们的理解、支持和援助，最终在狼群中悲怆地倒下来，猎人自己也应该负有不可开脱的责任。

《孤猎》发表后，有人说张一弓笔下的猎人就是写他自己。是不是写他自己我不知道，我也没有问过一弓，不过我觉得，一弓那种孤独的意识已经弥漫在作品之中了。

张一弓在孤独地行走，在孤独地跋涉，在孤独地寻找——这是我的感觉，我自从产生这种感觉至今起码有10年了吧。这10年之间张一弓不是没有发表、出版作品，比如创作了一个电视连续剧；比如出版了长篇纪实文学《正大集团创业史》；比如出版了散文集《飘逝的岁月》，这些作品都没有引起多少反响。于是有人觉得张一弓已经是强弩之末，不会再写出什么大作品了。我当然不这样认为，我认为这些作品只不过是张一弓在跋涉与寻找过程中的副产品，比如在戈壁滩上拣到一块硅化石或者在大海岸边发现一枚唐冠贝，这根本不是张一弓寻找的初始或者说最后目的，张一弓寻找的应该是丰富的宝藏和用什么办法开采冶炼这宝藏。

如果你看过张一弓的长篇小说《远去的驿站》，你就会知道张一弓究竟在寻找什么了。

在经历了孤独的、漫长的、艰难的跋涉之后，2002年5月，张一弓出版了他的第一部长篇小说《远去的驿站》。

我之所以说《孤猎》是张一弓文学创作历程的一个重大转折，是因为感觉或者说预感到张一弓在寻找和探索新的写作手法和新的题材领域，感觉或者说预感到张一弓不会再去写《张铁匠的罗曼史》《春妞和她的小嘎斯》

《赵镢头的遗嘱》等类型的作品了，尽管那一批作品使他一举成名并蜚声文坛。这当然不是对过去作品的否定，而是一次新的跋涉和追求。

如果说张一弓的《孤猎》在写作手法和内容题材上与他此前的作品截然不同的话，那么，在其富于悲剧意识的、大起大落的、封闭式的谋篇布局方面并没有多少变化。《远去的驿站》就不同了。《远去的驿站》不但在写作手法和内容题材上，就是在整体结构、人物塑造诸方面，都呈现出了一种崭新的面目。可以说，在思变求新方面，《远去的驿站》比《孤猎》更进了一步。

“我的记忆是一个奇迹。我能清楚地记得，父亲是怎样把母亲娶回来的。”

这开篇的第一句话极妙而且至关重要，可以说它决定并统领了一部23万字的长篇小说的写作手法和气韵。张一弓用这样一句超越现实的、神秘的、新颖的开头，以一种“我”童年记忆的视角，引领着我们进入了他的家族，然后又像串门似的，引领着我们到他大舅家，到他姨父家，去了解他们的家庭，认识他们的家庭成员。在他和他的亲戚家里，有清末的举人和接受“西学”的绅士；有早期的职业革命家和他们的同路人；有教授、洋博士和不那么循规蹈矩的私塾先生；有浪漫的薛姨和多情的婉儿姨等等。张一弓不再像过去那样煞费苦心地去编织故事，而是让“他”的家人和亲戚们自觉地走进故事，各自去扮演各自的角色。故事是自然的、开放的，由此使故事的意蕴更具有拓远性和张力。又由于运用了童年记忆的视角，使历史超越了历史，使作品更富于艺术的魅力。

《远去的驿站》已获长江文艺出版社“九头鸟”文库丛书大奖、国家图书奖和中宣部五个一工程奖，并入围茅盾文学奖。收获是丰硕的，张一弓付出了很多，我想也很累。毕竟年龄不小了，张一弓还会一如既往地孤独地跋涉、孤独地寻找吗？我想，还是让张一弓自己来回答。

张一弓曾经写过一篇随笔叫《想念奥蒂》。奥蒂是一员世界短跑名将，也是一员老将，39岁仍然驰骋在田径场上。在一次大赛失利时，电视播音员惋惜地说，在以后的田径场上，也许不会再看到奥蒂身影了。然而不久，在另一个强手如林的国际赛事上，奥蒂又夺得银牌。张一弓在文章结尾时写道：“他宁静而亢奋地写着那个长篇，时有奥蒂的身影如褐色的闪电从眼前掠过，不是拿了银牌的奥蒂，是那个有点儿犯傻、有点儿执拗、有点儿孤独、也有点儿悲凉的奥蒂。她跑着，怀着39岁的自信，能跑出什么样子就是什么样子地跑着，不需要荣耀，也不需要悲悯。她跑着，只是为了和自己赛跑。”

原载《时代文学》2004年第6期

# 16."种植声音"的李佩甫

李佩甫说:文学是一种声音,一种用生活种植、以血肉喂养的声音。我在平原上撒下"声音"的种子,一行行种下去,期望着能够种出一片"声音"。我知道,世间已有千千万万的声音,也许我的"声音"很微弱,但我对自己说,种下去,这是平原的"声音"。

细细想来,这段话里包含了许多个李佩甫。

一个是善于思考的李佩甫,一个是对文学有其独特理解的李佩甫。写小说的李佩甫在不写小说或者文思滞涩的时候,爱绕着文联大院散步,一圈一圈地散步,一边散步一边思考;或者抽着烟立在窗口,定定地看窗外的树叶,仿佛叶绿叶黄间含有许多值得研究的深奥哲理。什么是文学?世界上有很多大牌的文学家和理论家论述过,李佩甫却并不去认同,而是经过自己的思考,认为文学是一种声音,是作家使用文字形态对世界发出的声音。记得20世纪80年代在许昌召开的刘向阳小说研讨会上,李佩甫就提出来"思维就是语言"的见解,当时我和孙方友还与佩甫争论,认为"思维的轨迹才是语言"。后来想佩甫还是对的,佩甫思索问题深刻,省去了很多过程,一家伙就戳到了本质上。

第三个是不太自信、不敢骄傲的李佩甫,然后是几乎与前者对立的对文学非常执著、非常自信的李佩甫。有时候佩甫写成一部小说,却并不给编辑部投寄,因为对自己的作品拿不准。一次我问佩甫这一段什么的干活,佩甫说写了一个中篇,不咋样,在家里扔着。后来许建平去佩甫家,佩甫又说写了一个中篇,不咋样。这个中篇就是写乡村民办教师的《豌豆偷树》。后来这个中篇发出后打动了很多读者,被多家书刊选载,获《中篇小说选刊》优秀作品奖。佩甫为人谦虚、真诚,名气再大也不忘自己姓甚名谁。这让我想起佩甫的中篇小说《田园》,七爷教导研究生杨金令说:"金令,有句话你得记住,不管走到哪里,不管干多大的事儿,你都得记住,你是狗剩儿。啥时候都是狗剩儿。"然后无数遍地问杨金令:"记住了?"杨金令无数次地答:"记住了。"我感觉李佩甫是真的"记住了"。当然,佩甫骨子里还是非常自信的。

佩甫不属于那种靠聪明写作的人，主要是靠自己对文学的执著追求。佩甫的《红蚂蚱，绿蚂蚱》发表时，我读了非常喜欢，向佩甫表示祝贺，进而以“顿悟”和“苦修”为话题对文学进行探讨，佩甫有一句话我至今仍然记得清清楚楚。佩甫说：“顿悟”的永远打不败“苦修”的。

再就是一个热爱故土、有着浓郁乡土情结的李佩甫。正如佩甫自己所说：在时间中，我的平原已是瘢痕累累，颍河水也越来越瘦了，可这毕竟是我的平原、我的河流。佩甫是一个社会责任感和社会道德感很强的作家，佩甫的作品，主旋律也好，多样化也好，颂扬也好，批判也好，都饱含着对故土的热爱，饱含着对其所塑造的人物的热爱。读他的长篇小说《李氏家族第十七代玄孙》《金屋》，包括其引起强烈反响的新作《羊的门》，有这种感觉；读他的中篇小说《红蚂蚱，绿蚂蚱》《无边无际的早晨》《黑蜻蜓》《豌豆偷树》《田园》，这种感觉就更加强烈。1995 年年底在北京召开了一个“河南新时期小说创作研讨会”，在会上著名评论家张炯说：过去我没有读过李佩甫的作品，这次一读，可以说我的灵魂深深地被震撼了。他笔下所写的文英老师和农村孩子王小丢，还有那位吃百家奶长大的县长李治国和善良、拙朴的老村长三叔，都血肉丰满，有棱有角，可谓笔酣墨饱，字里行间渗透了作家对人物的深切关爱。当时的中国作协书记处常务书记张锲感触更加深切：我为李佩甫作品里的那种崇高感动得滔滔痛哭过。

自然，这许多个李佩甫还是一个李佩甫，一个会写好小说的李佩甫。

李佩甫不但会写好小说，电视连续剧也做得热热闹闹、红红火火，连连获奖。有的人不读小说，可差不多人人都看电视。有的人不知道李佩甫，可说起电视连续剧《颍河故事》《平平常常的故事》《艰难岁月——红旗渠的故事》，不敢绝对说家喻户晓，我想凡是有电视的地方可以说几乎是家喻户晓了吧。当然我是说在中国。

李佩甫小说做得质量很高，电视剧也做得质量很高，但作为佩甫的朋友，我觉得佩甫生活的质量却不够理想，不像他的作品那样血肉丰满，而是有点干、有点瘦。尤其是过去，佩甫几乎是不交际、不打牌、不唱歌、不跳舞。记得 80 年代很兴跳舞那阵儿，佩甫却拉都拉不进场。勉强拉进了舞场，因害怕踩住女士的脚，也是弓着腰低着头看着地面，那架式不像是跳舞，而像是摔跤。当然现在跳舞这一关佩甫已经闯过了，不但会跳了，还能跳出一些花样来。但还不敢唱歌。佩甫，过去你老爱说写个稿，挣个钱，搭个“的”，吃个肉，现在已经是搭“的”一溜风了，你还老拘拘谨谨干什么，写作之余，到歌厅吼两嗓子对你的身心健康会大有好处的。

还是回到题目上来，愿李佩甫在他热爱的平原上种植出一片繁茂的青青绿绿的“声音”的森林。

原载《教育时报》2000 年 1 月 5 日；

《人民政协报》2000 年 5 月 18 日转载

# 17. “民间艺人”张宇

张宇，小名憨子，自称“民间艺人”。

在我看来，张宇活得比较随意、轻松，自在洒脱，有点我行我素的味道。比如我等几十几的人了，大都不愿意让别人知道自己的小名，可张宇就坦坦然然地说他的小名叫“憨子”，有时候文章就干脆署名“老憨”。再如时下一些作家都把自己的作品往高雅处说，往形而上处说，可张宇却反其道而行之，说自己是“民间艺人”。其实一个人的作品黑字写在白纸上，你说高雅就高雅了？是黄铜就是黄铜，是黄金就是黄金，把黄铜吹成黄金唬一唬外行还可以，唬内行是唬不过去的。20世纪80年代，张宇的小说《活鬼》轰动文坛，就有人说张宇是活鬼，张宇听到后也就一笑了之。张宇处于这种状态之时显得尤其可爱。

张宇善于自我调侃，善于一笑了之。我一直认为善于一笑了之的人一定活得轻松自在，一定身心健康，一定能够长寿，所以我一直想学会一笑了之，竟不太容易。

爱好广泛，也是张宇活得自在轻松的一个方面。

首先是爱好盆景。有一段时间，张宇经常一大早起来，骑一辆破自行车到西郊市场上买树根，买树桩，结交了一帮摆弄盆景的朋友。一次因为买盆景，被一辆摩托车撞得飞出去，休克半天才醒转来，倒也没有伤筋动骨。张宇命大呀。好了之后依然去买树桩，弄盆景。现在，张宇的阳台上全是盆景，有的还真不错。张宇送过我一盆黄杨，可惜我当时的住房没有阳台，冬天又见不到一丝阳光，我把它养死了，辜负了张宇一片心意。再就是爱好看足球，差不多算得上一个球迷了。给《郑州晚报》侃足球，侃得头头是道，还蛮像那么回事。张宇喜欢马拉多纳，记得1990年夏天在鸡公山看世界杯，德国队和阿根廷队决赛，因为我希望德国赢，我们俩差一点吵起来。张宇看足球，重过程，不重结果。张宇也爱下下棋，打打牌，也是重过程，不重结果。张宇打牌爱斗牌，不大注重输赢，输了赢了都一笑了之。因此，我和张宇打牌，一般赢的时候多，输的时候少。这些年张宇又爱上书法了，自己写写，自己挂挂，自己看看，自己乐乐，挺好。如今张宇门口还贴着自书的对联，上联：居莽原哼南腔北调，下联：栖东园话传奇文学，横批：民间艺人。（注：张宇任《莽原》《南腔北调》杂志主编，夫人陈静在《传奇文学选刊》工作）。大胆给张宇自撰的对联改一个字，上联首字“居”改为“过”，对仗“栖”是否更好一些？何况，“花是主人，谁非过客”？

张宇很狡猾，张宇很真诚。比如你拿一篇习作给张宇看，张宇有时也会说“挺好，挺好”，这时你千万别都当真，张宇不一定说的是真心话。我猜想他可能是感到和你进行文学对话有困难，或者不想打击你的积极性。不信你让张宇写一篇评论看（如果张宇肯写的话），张宇写成文字说你的作品好那才是真好，不好他是不会写半句好话的。说话可以玩点儿虚的，文字可是硬头货。张宇的文字是心灵生长的，金贵得很，很少有假家伙。

张宇为什么能写出那么多好小说，我想这不能不是主要因素之一。文学需要真诚，需要真情实感。越是好的作品越是难以隐藏自己，也就是说越是袒露自己越是能写出好的作品。张宇有时候简直就是把自己剁开切碎糅进了作品，怎么能不好？

张宇早些年的小说，我最喜欢中篇《活鬼》《一笑了之》《没有孤独》，长篇《晒太阳》。张宇很真诚地说：“我这个人底子薄，和别人一块儿奋斗怕比不过，有时就想投机取巧。于是当不少作家同行对写政治反感之时，我却来了兴趣。”于是认同为“写政治文化”，我并不这样看。“政治文化”是个什么概念？人不可能脱开生存环境，而政治本来就是生存环境的一部分。抛开社会生存环境只能是一种逃避，逃避现实。关键是写政治环境中的人，而不是用人宣传政治。以上所举作品（当然不止这些）都是写人的，写人在政治环境中的生存状态、心灵历程、性格和命运，且语言灵动幽默，人物活灵活现。用一个“政治文化”能涵盖得了吗？

长篇小说《疼痛与抚摸》是张宇写作历程中的一个变化、一次超越。视角似第一人称又非第一人称，情节似重叠却又变化无常，语言如水流动，或如潮奔涌，让你感觉不是写出来的而是涌出来的。读后让人耳目一新，而又难以言说清楚。人民文学出版社将其作为“探索者丛书”第一辑推出，不是没有道理的。

张宇自称自己“老憨”，认识张宇的人都知道张宇非但不憨，而且非常精明；张宇自谓“民间艺人”，同行朋友谁也没有把他当作民间艺人看。窃以为这是张宇的一种生活智慧、一种生活艺术，不愿意“木秀于林”。张宇曾自书自挂一幅书法，叫“鸡立鹤群”，与此同义也。改郑板桥一句话，“难得一憨”。

其实，难得一憨也是一种聪明。张宇，不知道你认同否？

要写好张宇很难，何况用这样的短文。不过，要了解张宇有一个捷径，那就是认真读张宇的作品。张宇的才华和能力，张宇的胆识和真诚，张宇的智慧和算计，都隐含在张宇作品的字里行间了。

原载《教育时报》2000 年 1 月 22 日；

《人民政协报》2000 年 5 月 25 日转载

# 18.《融入尘世》的田中禾

田中禾写了一篇不错的散文，叫《融入尘世》。田中禾是河南省文联副主席，属于有资格坐小车的阶层，然而他更喜欢别人称他“作家”，很怀恋过去骑自行车的日子。“对于一个骑自行车的人，世界是亲近的，直感的，它美丽，开朗，热闹，有着明确的方位和丰富的色彩。道路给你方便，给你自由，你想停就停，想转就转，想走就走。”而在小车里，“世界被太阳膜罩在漠然的色调里，我被钢铁包围，不再感受到人群的热闹和亲和。人就这样被现代化文明孤立，物化，逐渐丧失掉鲜活的人世。名望、身份和地位将一个人从他生活在其中的生动活泼的人群中剔除出来，让一个有血有肉的生命枯萎在祭坛上”。这是田中禾《融入尘世》中的文字。

这里说的“尘世”我把它加上引号，当然是指平常人平平常常的生活，因为职务再高也不可能成仙成佛，超凡脱俗。

我相信这是中禾发自心灵的话语。中禾不但是一个执著追求文学品位的作家，也是一个极力想在纷纭复杂的社会环境中，永葆鲜活人生和纯真人性的作家。

中禾说，我活着就是为了写作。这句话我深信不疑。中禾上小学时已才情初露，能写能画；11 岁就开始写一部长篇小说，就敢于对当时出名的作家甚至世界名著《红楼梦》《唐璜》指指点点；在郑州七中上学时就出版了长诗《仙丹花》；毕业后考上兰州大学，为了体验生活，为了当作家，竟然中途退学，而且未经家里同意，自作主张把户口落到郑州郊区。我还没有听说过有谁有胆魄敢于作出这样的抉择，可见中禾对文学的执著和自信。

人生的旅途是变化无常难以预料的。此后 20 年，中禾走过的道路可谓曲折、坎坷。当过农民、教师，“文化大革命”遭遇冤案，出狱后成为无业流浪者。为了生活，到湖北给人家画毛主席像，跟着剧团给人家画布景、伴奏、写剧本，(中禾现在唱起豫剧还是有板有眼，有声有色。)在街道工厂当过厂长，直到 1980 年平反后才算有了正式工作。当然，在那个年代，不少人都有过坎坷经历，与众不同的是，不管生活怎样对待中禾，中禾总能够用积极、乐观的人生态度对待生活，这一点实在让我羡慕。

我读的中禾的第一篇小说叫《山这边》，发在1985年第10期《奔流》上，后来中禾将其收入《落叶溪》系列。小说文笔简约、灵秀，却又蕴含丰厚，把南阳旧县城文化氛围中的人物写得栩栩如生、呼之欲出。那其实是一个中篇的素材，甚至可以说是一个长篇的素材，中禾却把它凝练成了一个短篇。《山这边》还不是《落叶溪》系列中最好的，难怪《落叶溪》系列一问世就引起了海内外文化界的广泛关注。一位美国评论家认为其“注重意境，讲究笔墨，是改造本土小说成功的范例。”我在《奔流》编中禾的第二篇小说叫《椿谷谷》。《椿谷谷》没有引起文坛关注，我却认为这是一个富有艺术魅力的好短篇。在乡村诗意情调伴奏下，中禾不动声色地写出了人性的压抑和抗争，读来让人内心隐隐作痛。

中禾对文学执著，激情充沛，重理论修养，又阅历丰富，因此，其《五月》获第八届全国优秀短篇小说奖只不过是“种瓜得瓜，种豆得豆”的事。

《匪首》是中禾出版的第一部长篇小说。这部着眼于民族文化环境和人性状态的文化小说，以审美价值和艺术创新为追求。富于寓意的人生故事，特色鲜明的民俗，散文式的语言，具有印象主义色彩的意境，象征主义的表现手法和崭新的结构形式，使这部长篇小说具有很高的艺术品位。《匪首》是中禾长期艺术追求的一个结晶、一次超越，也可以说是继《五月》之后，中禾创作道路上的又一个高峰。

就在这时候中禾当上了河南省文联副主席，成了河南文艺界的领导者之一。“要毁掉一个作家，最好的办法就是叫他当官。”这句话是谁说的记不清了。中禾会不会被毁掉呢？

此后的中禾具有了两种身份、两种角色，一个是省文联副主席田中禾，一个是作家田中禾。应该说，中禾的头脑还是比较清醒的，他并没有把自己的领导身份看得太重，仍然把自己看成一个作家，也因此老是进入不了领导的角色。在需要扮演领导角色的一些场合他往往忘记自己的身份，随意指点江山，激扬文字，且言语率直，不掖不藏，甚至有点“童言无忌”。这就是中禾，当你在文学观念、文学创作方面和中禾进行交流的时候，他会把自己对文学的理解和创作经验毫无保留地谈出来；他喜欢别人和他争论甚至争吵，吵完之后朋友还是朋友，绝对不会因此伤了和气。

中禾大概也意识到了这一点，才写出《融入尘世》这样的散文。中禾当上省文联副主席后又在《人民文学》《钟山》《上海文学》等刊物发了不少作品，品位也颇高，并且正在经营一部长篇。由此看来，作家田中禾似乎还没有被毁掉。

田中禾原名张其华，文坛知者不多。其华自幼丧父，由坚韧、慈爱的母亲抚养长大。其母姓田，“田中禾”——我猜想也含有不忘慈母养育之恩的一层意思。尽管和中禾是朋友，却没有问过此事，因此我说“我猜想”。

原载《教育时报》2000 年 2 月 12 日；<br>《人民政协报》2000 年 5 月 11 日转载

# 19. 段荃法登上“天棚架”

段荃法随和、谨慎，少有是非，是个好人。荃法前两年得了一场病，动了一次手术。看到荃法气色越来越好，而且重又操笔写作，我们都为他高兴。

荃法每天下午爱到老干部活动室下棋，棋艺不能算精湛，主要下一个兴趣、下一个心境。下棋之前必然是先拐到作家协会，翻阅一下当天的报纸。这时候，我便从抽屉里拿出香烟，问荃法："来不来一支？"荃法便笑笑，有点犹豫不决："再吸一支？"就再吸一支或半支。荃法说，自从他手术后，妻子陈莲菊对他看得很紧，不让他再吸烟，每次回家还要闻一闻他身上有没有烟味。莲菊嫂子请原谅，如果你闻到了荃法身上有烟味，那可能是在我这里给染上的，你不要怪荃法，我应该是罪魁祸首了。

荃法吸烟也是不紧不慢，烟雾飘开，散散淡淡。于是我想，荃法和农民在场边地头、老槐树下、天棚架上聊天的时候，大概也是这种样子。

"上了天棚架，拉呱喷闲话"，这是荃法的系列短篇小说《天棚趣话录》的题记。这一系列由40个短篇组成，每篇或三五千字或七八千字不等。1986年秋动笔，陆续在《奔流》《人民文学》《中国作家》《上海文学》《小说家》等刊物发表，结集出版后荣获河南省第二届文学艺术优秀成果奖。无疑，《天棚趣话录》是段荃法文学创作上的一次超越，沉寂多年后段荃法的作品又成为文坛的热门话题。

《天棚趣话录》，田园诗一样的书名。夏秋的豫南原野，金黄浓绿中竖起一架天棚，天棚分两层，第一层离地面两米左右，铺着木板草席用来坐人，顶层铺上树枝谷草用来遮阳挡雨。天棚架是农民用来看瓜果看庄稼的，也成了他们小憩、聊天、沟通交流信息的最佳场所。段荃法登上天棚架，在和农民一起抽烟、一起拉呱喷闲话的同时，感到身心一阵清凉。因为天棚架上无墙阻隔，八面来风都可以自由出入，烦躁之气停留不住，于是段荃法的心静了下来。心静之后发现视野更开阔了，看到的不再是一株一株具象的庄稼，而是无边无际从近至远或从远至近漾来漾去的绿波，绿波之上流动的是阳光和遥远的地平线。

上段文字当然是我的联想，然而用来注释段荃法这次超越的过程，我想还是比较准确的。

单从文字上看，《天棚趣话录》读来风趣幽默，无矫无饰，如风行水上，自然成文，似乎段荃法登上天棚架，是一件轻轻松松的事。然而再看字背的内涵，比较荃法原来的作品，你就会发现《天棚趣话录》的创作变化之大。荃法的这次超越确实来之不易。尤其是对于荃法来说，已有的创作经验反而使他付出更多的时间、精力和心血。

荃法是新中国建立后涌现出来的第一批作家，也是我省土生土长的作家。荃法虽然 15 岁就参加了工作，成了一名国家干部，但经常下乡驻队，在农村摸爬滚打，农村生活经历丰富，对农村怀有深厚的感情。荃法 19 岁开始发表作品，"文革"前已经出版了两本小说集。1963 年，一篇《状元搬妻》让文坛刮目，掐指算来，当时荃法也只有 27 岁，可谓如日东升，少壮有为。

正当荃法少壮有为时，"文革"开始了。荃法在劫难逃，被打成"反革命"。现在听来，原因和结果都像是天方夜谭，当时竟然合情入理。荃法出版的两本书，一本《雪英学炊》，一本《雪路》。雪当然是白的，毛主席号召又红又专，走红专道路，你却举着白旗，走白专道路，不是反革命是什么？荃法参加过全国第一次青创会，保留着周总理接见代表时的一张合影。这本来是荃法的荣誉，人家却解释为反革命混进了革命队伍，而且和总理站得那么近，危险呀！多亏揪出来得及时呀！在荃法被关进小院失去自由的那段日子，不断有熟人朋友自杀的消息传来，荃法便回忆背诵杰克·伦敦的《热爱生命》，以驱除死的念头。

作为历史，那一页已经翻过去了，可以不再提及，然而荃法的少壮时光却赔了进去。当文学艺术的春光随着思想解放的深入越来越明媚的时候，荃法自然高兴，然而随之而来的还有迷惘。他发现，原来的文学观念已经过时。对于挚爱文学的人来说，这种迷惘是莫大的痛苦。荃法需要变化，需要自我否定，需要从原有的先入为主的圈套里挣脱出来，需要重新找到一条路，找到一条只属于自己的崭新的路。荃法读书，思索，和青年作家交流，吸取新鲜的营养和空气。

经过一番艰难痛苦的蜕变，荃法终于重新找到自己。《天棚趣话录》系列一发表，立刻引起文坛广泛关注。《毛毯》《恩人》《洗衣女》等多篇作品被《小说选刊》《小说月报》转载，《人民日报》《文艺报》《河南日报》等多家报刊发表评论，称其"每篇小说都是一个文化寓言""把历史与现实融合在一起，在相互观照中透视出民族精神、民族灵魂的某些侧面""许多篇幅达到了以笔之微妙写生活之微妙双重微妙的境界”。

《天棚趣话录》之后，又几年未见荃法发表小说了，只读到他精美的散文、随笔。当然，荃法动了一次手术是一个原因，不过我觉得这不是主要原因。我想，荃法可能又在思创新、求变化，荃法是从天棚架上走下来了。天棚虽好，毕竟不能长久住下去，荃法又在找一条新的路子，在找一个新的去处。

原载《教育时报》2000 年 3 月 11 日；
《人民政协报》2000 年 6 月 1 日转载

# 20. "且把花甲当花季"的何南丁

作家何南丁曾经任省文联党组书记、主席。我们对何南丁都很尊重，但是我们从来不称他"书记"或"主席"，也不喊他"先生"或"老师"，我们都是只叫他的名字：南丁。

让那么多人不称呼职务只叫名字，能够做到这一点其实很不容易，个中意味我想无需再浪费文字了。

我们尊重南丁，不只是因为南丁对河南新时期文学艺术的繁荣和发展做出过突出贡献，也不只是因为田中禾、李佩甫、张宇以及我等一批作家、编辑都是南丁在任时调进文联的。我想主要还是为人处世的问题。只有理解和尊重别人，才能得到别人的理解和尊重，这条简单的道理其实并不简单。

随便说一件小事。我是 1984 年暮春调进《奔流》当编辑的。是年夏，齐岸青到编辑部找我，说一个朋友（某刊的文学编辑）来河南组稿。大概是因为虚荣心吧，我们想让文联派辆车接接站。在作家协会找到当时任文联主席的南丁。南丁没有说一句话，掏出钢笔，头一晃一晃地在一张纸上写了几个字递给我们：请办公室派车。这件小事本来不值一提，可又值得一提，因为此前我并不认识南丁，我对南丁的第一印象，从此便清晰地留在脑子里。原来南丁是这样一个小老头，有晃脑袋的习惯，字不错但很草。

再说一件小事。1993 年 2 月 27 日上午，张宇接到南丁一个电话："张宇，今天是什么日子你忘了没有？"张宇说："什么日子？"南丁说："你忘记了我可没有忘记，今天是苏老 87 岁寿辰，蛋糕我已经在泰隆订好了，一块到医院给苏老祝寿吧。"其时南丁已经从党组书记的位置上退了下来，他没有要车，骑着自行车和张宇一起途经泰隆面包房拎上生日蛋糕，到人民医院高干病房，陪苏金伞老人共同度过了一个愉快的上午。

后来听说南丁年轻时帅得很呢。舞场上马靴一登，风流倜傥，歌声也颇有魅力，还是美声唱法。他才情横溢，新中国成立前夕，18 岁的南丁从上海华东新闻学院毕业就来到河南工作。24 岁发表的短篇小说《检验工叶英》，多家报刊转载，被人民文学出版社、中国青年出版社、外文出版社出版作品集时选用，并被编入人民教育出版社出版的高中文学课本，令文坛注目。次年发表的《科长》也引起了强烈反响，这是真正的“反”响，因为《科长》一面世便遭到了批判。“文革”前南丁出过两本小说集，1955 年出版《检验工叶英》，1957 年出版《在海上》。我想，《在海上》应该是 1957 年上半年出版的，因为接下来南丁就被打成“右派分子”了。“右派分子”南丁先在伏牛山区后在大别山区进行劳动改造，在大别山区改造时专司给食堂担水。近年在娱乐场合我们爱让南丁唱大别山民歌，那当然是南丁劳动改造期间的收获了。

十一届三中全会以后，南丁重新焕发了创作激情。中篇小说《尾巴》《新绿》，短篇小说《拉车歌》《亮雨》《勘探者的梦》《山上的小屋》《打柴记》等一篇接一篇发表。我是而立之年才迈进大学门槛半道出家搞文学创作的，当时读南丁的第一篇小说叫《旗》，感觉南丁的文笔非常漂亮，让我获益匪浅。然而，正当南丁的创作势头如浪潮刚刚涌起时，南丁又接受组织安排，当上了省文联主席。组建专业作家队伍，创办刊物，召开青创会，筹备文学院，设立文学艺术创作基金等等，许多事情等着要办。正如南丁自己所说：“由于文学界的社会活动较多，我不得不放下自己的文学创作，我实在没有这么大的精力。”

作为省文联主席，南丁已经完成了自己的历史使命；作为作家，按照南丁的文学素养和才情，我觉得南丁的创作成就还应该更辉煌些。当然，是客观原因两次中断了南丁创作的大好势头。第一次是挨整，第二次是当官，一贬一褒，两次原因截然不同。第一次中断了 20 年，第二次中断了 8 年。28 年，人生能有几个 28 年的大好时光？因此，我对省文联主席南丁充满敬意，也常常为作家南丁感到惋惜。

且慢。

南丁是一个不服老的人。的确也不见老。我 1984 年进文联时南丁就是这个样子，16 年过去，南丁几乎没有变化。南丁的体力很棒，我们每次在一起爬山，南丁都要登到顶峰。南丁的心态也很年轻，他说，我总觉得人生好像刚开头，有滋有味的生活刚开头，还有许多事情要我去做。“且把花甲当花季”，瞧这话说得，又一句南丁语录。南丁退下来后发表了不少精美的散文、随笔，结集《水印》，即将和读者见面。南丁还构思了一篇长篇小说，大概也该动笔了吧。

前两年，作家蒋晔采访南丁时，南丁有一段话非常动人：“我和新世纪的约会早就定好了，转眼间那约期就要到了，我要做些准备才好。和新世纪约会，我该做些什么准备呢？看来，该健壮些，该丰富些，该充实些，该漂亮些，该可爱些，让新世纪喜欢我。我要像少年那样向东方奔跑而去，我要去拥抱新世纪的第一缕曙光，我要去拥抱新世纪的年轻的太阳，我要去亲吻新世纪那红润娇艳的脸庞。”现在，新世纪已经曙光初露，南丁，看你的了！

原载《教育时报》2000 年 3 月 25 日；

《人民政协报》2000 年 6 月 22 日转载

# 21. 城市作家杨东明

当我要写一写杨东明的时候，我有点儿为难，迟迟未敢动手，直到编辑打电话说要来拿稿，我才老老实实坐在了电脑前。很感谢《教育时报》为我开了《河南文学星空》这样一个栏目，逼着我写点儿东西，免得我一味堕落、虚度时光。

其实我和杨东明也是朋友，所以有点儿为难，是因为我看了王颖女士为刚出版的《杨东明小说自选集》作的序。王颖是杨东明的妻子，我和杨东明再熟悉，也不可能赶上王颖，王颖的文章写得又很精彩，我还怎敢去写？有了，何不厚着脸皮把王颖的文章顺手拈来两段，既省心又传神，妙哉妙哉！

王颖说：生活中的杨东明是一个容易被解读的人，是一个不设防的人。有口无心，真诚坦率，敏感而又急躁，听觉、视觉、感觉都异常敏锐，些微的动静就能使他做出夸张的反应，连思维和语言都呈跳跃式。

王颖说：他高兴时啰里啰嗦，废话连篇，手舞足蹈，跃跃欲试，作精作怪。不高兴时就像一只焦躁的猴子满地乱转。干活很努力，但多半是为了玩儿。比如什么东西坏了需要修理，他首先想到的不是修，而是鼓捣一下。大到电视机、电脑，小到门锁，为此没少挨骂。但如果真捣鼓好了就会面带得意之色吹嘘一下，至少是三五天之内念念不忘。如果不幸挨了骂就会唱"到哪里去找这么好的人"，很臭美。

王颖说杨东明属虎但猴气十足，反应灵敏，动作迅捷。王颖还把杨东明比作一种动物叫"犹豫"，它很敏感，一有风吹草动就爬到树上去观望，无事便又下来，下来上去，反反复复。

"犹（豫）"也是猴属。王颖在短短的一篇序言中，竟然三次说到猴，于是连题目也自然产生了：《猴气十足杨东明》。想想，觉得作为题目不太雅观，还是改成《城市作家杨东明》吧。

说杨东明是城市作家，有两层意思。一是杨东明生在城市，长在城市。在河南作家队伍尤其是中年作家队伍中，生在城市长在城市的作家不多，在现任河南省作家协会主席团八名成员中，也只有杨东明一人。二是杨东明的创作题材以城市生活为主，即便有极少的农村题材、军旅题材的作品，也离不开城市生活和城市人物。在河南，专写城市题材的作家并不多见。就此两点，杨东明差不多算得上一个“珍稀动物”了。

我这样说一点没有“物以希为贵”的意思，恰恰相反，我觉得在全国文坛，对杨东明创作的关注还远远不够。

也从两个层面来谈论这个问题。

首先是数量。杨东明是一个高产作家，步入文坛20余年，勤奋执著，心无旁骛，已发表近百个短篇、30多部中篇，结集5本，出版长篇小说7部。这样高产的作家在全国文坛也并不是很多。

然后说质量。杨东明的小说，有不少都已达到了相当高的文学品位。早在20世纪80年代，在中篇小说《走出旧货店的模特儿》《孤独的马克辛》中，杨东明就用不无幽默、诙谐和略带感伤的笔法，塑造了叶宾宾和马克辛这种在文学画廊中独一无二的典型形象。其情节结构，时空转换，也像杨东明的品性一样，灵动、跳跃，形成了杨东明自己的独特风格。如果说叶宾宾、马克辛这些典型人物形象还有些单纯的话，那么，杨东明在90年代发表的《五号警戒区》《金奖出演》等中篇，人物性格就复杂了。在这些作品中，杨东明更注重对社会问题的解剖和对人性的开掘，在作品内涵和人物塑造上，都更进了一个档次。长篇小说《拒绝浪漫》的出版，是他勤奋耕耘中的又一个新成果，也可以说是反映我国文坛在这一题材领域的一个新收获。在《拒绝浪漫》中，杨东明成功地塑造了楚枫这样一个城市改革家的人物形象。他在情感上颇具浪漫情怀，但为了适应市场经济的残酷竞争，他在行动上却拒绝浪漫，用冷冰冰的利害目光看待浪漫，甚至利用浪漫来创造经济效益。他是一个知识分子，但又比同行的知识分子“技高一筹”；不但会技术，还会权术，善于利用官场和文坛来驾驭市场；为了经济效益，为了成功，他不怕水浑，甚至不怕脏污。比起此前杨东明作品中塑造的典型形象，楚枫这个人物的心理更加复杂了。

无论是创作产量还是文学品位，杨东明都算是很不错的了。那么，为什么全国文坛对杨东明的创作仍然关注不够呢？我想，一竿子插到底说吧，这大概与杨东明的性格和人生经历有关。杨东明敏感，极富创作灵性。但杨东明喜动不喜静，动则易浮，静则易沉，而文学创作又是需要沉静下来的。随着年龄的增长，相信杨东明的作品会愈来愈辣。再就是杨东明的人生道路比较平坦，缺少大起大落、大喜大悲、大苦大难。缺少这种种体验要写出震撼人心的作品就更不容易。

我是瞎想，不可当真，何况杨东明最不喜欢别人对他指指点点。

时报编辑又来电话催稿，就此打住。打住之前我再做一个新书预告：杨东明的长篇新作《性爱的思辨》即将由《中国作家》全文推出。能在《中国作家》刊登长篇小说，本身就说明了杨东明的创作水平，请注意阅读。

原载《教育时报》2000 年 4 月 5 日

# 22. 时运未济老张斌

老张斌并不老，非但不老，精气神儿还旺得很呢。不知他为何在自己的名字前冠以一个“老”字。今年他还写了一篇文章《谁叫我老作家我就跟他急》：“老，不属于我。就是比我小一二十岁的张宇们，李佩甫们，甚至李洱们都老了，成了老爷子了，我也不会老！”有点自相矛盾了不是？

老张斌口才好，讲话明快、幽默，还善于煽情，颇具魅力。在去年召开的“中原突破：文学豫军长篇小说研讨会”上，由于研讨时间太长，弄得大家很疲倦，主持会议的王鸿生便把老张斌请上台。老张斌一开口便笑声满场，一下子调动了大家的情绪。

老张斌最喜欢喝啤酒。20 世纪 80 年代初，张斌（当时还未冠以“老”字）还在汲县工作，当时啤酒尚未流行，小小汲县更无啤酒上市。想啤酒想很了，便找理由去北京，约上《人民文学》的王朝垠，骑着自行车上街，拎上一壶啤酒，称上半斤鸡爪，痛痛快快地饱喝一顿。那年月，能就着鸡爪喝啤酒，对张斌来说真乃人生一大乐事。现在喝啤酒当然用不着进京了，各种品牌的啤酒充斥市场，老张斌算是如鱼得水了。去年夏季的一日清晨，老张斌穿着大裤衩子，掂了一件啤酒回家，到楼门口滑下来一瓶。“砰”的一声，啤酒瓶像炸弹一样炸开，“弹片”炸断了老张斌腿上的静脉血管，顿时血流如注。门卫、邻居赶来，掐的掐，扎的扎，鲜血仍然咕嘟咕嘟地往外冒，直到急救车喘着气开来，李佩甫把他送进了医院。

爱喝啤酒挨了啤酒炸，你看看老张斌背不背？

运气这东西有时候你不能不信，要不，怎么还会有“时乖命蹇”“时来运转”“官运亨通”等等许多这方面的成语呢？

当然，我说老张斌时运未济，不是指这种区区小事。也不是指官运，因为老张斌不在官场。也不是指财运，因为老张斌不在商场。老张斌身为作家，是个文人，因此我只说他的“文运”。

青年时代的张斌才情并茂，初试身手是一首短诗，发在 1957 年《齐齐哈尔日报》上。结果出人意料，一首短诗换来了一个右派，这首短诗可真有分量。这已经不是简单的文运了，因文惹祸，因文运株连到了人生命运。20年后又是一条好汉，张斌重操如椽巨笔，抒写人生。1979年右派问题刚刚平反，他就在《人民文学》发表了两万多字的短篇小说《青春插曲》。1981年，《人民文学》所发的第一部中篇小说就是张斌的《柳叶桃》。张斌，一下子引起了全国文坛的关注。第二届全国短篇小说评奖，按照评委的票数，《青春插曲》是榜上有名的，结果却因为"作为短篇小说文字过长"被撤了下来。第三届全国中篇小说评奖，《柳叶桃》所得的票数又是遥遥领先，最后又未获奖，原因说是那一届"写小人物命运的篇目太多"。似乎是雨水和土地错过了季节，应该丰收的年景却不能丰收。

你说说张斌的文运背不背？

获不获奖并不能完全说明一个作家的创作水平，这话确实不错，然而作为作家，谁不想拿一个全国大奖？

此后，张斌曾到平顶山市任文联副主席，再调到省文联当专业作家。80年代末到90年代，也就是从张斌自称"老张斌"之后吧，短篇小说《故乡故事》、中篇小说《蔷薇花瓣》、长篇小说《一岁等于一生》等等，老张斌的作品又进入了一个新境界，或者说老张斌的创作又出现了一个高潮。

这一时期，老张斌作品的突出特色，是用感觉化的语言呈现出的新鲜的、水漉漉的诗意。老张斌喜欢回河北乐亭的故乡，故乡很美，绿野、果园、海水、沙滩。老张斌在对童年的回忆中找到了一种感觉，这就是把事物的瞬间状态呈现出新鲜如初的诗意。土老法的木鱼声在晚风中时亮时暗，像风中蜡烛。葡萄叶子在晨风中像小河一样轻柔地舒展波动。青草和虫子驮着露水。盍巴睡得一脸雾色。——系列短篇小说《佛岛诗情》，就是老张斌追忆故乡童年的典型之作。

长篇小说《一岁等于一生》是一个真实的故事，是一个把不幸变成幸福，把痛苦变成温情的故事，读来让人泪下。漂亮的龙儿来到人世就患有先天性心脏残缺的绝症，对于龙儿的亲人们来说，这样的事实太残酷了。是放弃龙儿的生命以减少他的病痛，还是让龙儿活着并让他在短暂的生命中享受到尽量多的爱和亲情，让龙儿的一岁等于一生，出于对生命的热爱，他们选择了后者。我读老张斌的《一岁等于一生》，有一种诗与音乐的感受。仿佛日暮黄昏，一个老人细语着关于生命的故事；仿佛日暮黄昏，听一首以爱为主旋律的古典乐曲，深邃、忧伤、温暖、优美。小说结尾时用了大卫王在爱子夭折时所说的一句话："总有一天我会到他那儿去的，他却再也不能到我这儿来了。"既表达出了他面对龙儿之死无奈的唯一的慰藉，也表达出了他关

走进现实社会并能够适应改革大潮的作家。早在1995年年底举办的“河南新时期小说创作研讨会”上，郑彦英就说：“不管作家们处于什么状态，现实生活依然在那里丰富着多彩着，商潮澎湃，一些企业破产，一些企业生机蓬勃，人们的观念也日新月异。这些，都需要走进生活，真正地走进，而不是采访式的参观。”

又是影视公司经理，又是灵宝市副市长，又是《三门峡日报》总编辑。而且，郑彦英每干一样事情，总是十分投入，事件、稿件、版面、电话、会议，这些事务的繁杂程度可以想象。如此，作为作家的郑彦英还有精力进行创作吗？真有点让人难以置信，郑彦英非但还能不断地发表、出版作品，而且文学品位也在不断地提高。这可不是每一个作家都能做到的。

郑彦英算得上一个高产作家，搬上屏幕的影视作品不说，已出版长篇小说三部、小说集六部。其中篇小说《太阳》获《萌芽》优秀作品奖，《石胡笳》获《中篇小说选刊》优秀作品奖。

郑彦英还是一个既能写农村题材又能写城市题材的作家。

郑彦英出生于陕西省礼泉县，19岁入伍才离开养育他的故乡。因此，他的早期作品多以陕西秦川道农村生活为背景，如《秦川情》《太阳》《石胡笳》《秦腔》等，可以归为“西风”系列。这一批作品品格粗犷遒劲，情节大起大落，人物结结实实，确实有西风的劲道。郑彦英1981年转业走进郑州。郑彦英进城进得是时候，正赶上思想解放、改革开放的大潮。随着对城市的了解，尤其是经过90年代对市场经济的亲身体验，郑彦英逐渐把笔锋由秦川道转向了城市。

对于郑彦英来说，这种转变不仅是创作题材上的转变，和“西风”系列比较，其语言风格发生了很大变化，也可以说更加成熟了，差不多每发表一篇都能产生一定的反响。中篇小说《上亦难，下亦难》《盆景》《遥远的东方有一片地》发表之后便被《中篇小说选刊》选载，《小说四题》被《小说月报》选载，《烟溪童话》被《中华文学选刊》选载，《老秘》被《小说选刊》选载。在这一批作品中，我很喜欢《烟溪童话》。也许这并不是郑彦英的得意之作，我觉得《烟溪童话》体现了一个作家的艺术感觉，语言青绿湿润，颇富有诗意。

《石瀑布》是郑彦英在豫西挂职期间创作并出版的一部长篇小说，几位文学家已有评论。尽管舒婷不是评论家，不是小说家，而是一位诗人，但我还是比较赞同舒婷的直感（我认为是直感）：“故事虽然曲折却脉络分明；人物貌似深沉机诈，仍然有几分天真；语言朴素无华，却乡土气十足。写着写着，郑彦英终于丧失作家立场，不忍过分鞭挞他拿捏出的众生相，顺水推舟布置了一个‘大团圆’结局。”我觉得某些方面郑彦英又回到了他的“秦川道”。

在《石瀑布》结尾处，水长流有一段内心独白：“自己朝思暮想当作家，现在是真真正正的作家了。但是，在林连长、李广汉、林明珠面前，自己又算得了什么呢？”

“真正的作家是渺小的。他们这样的作家才是伟大的！”

不知道这是不是郑彦英自己的看法？

原载《教育时报》2000 年 6 月 10 日

# 24. 温和的文学评论家孙荪

孙荪是孙广举的笔名。换一种说法，孙广举是孙荪的注册商标，孙荪是孙广举的文学品牌。

在 20 世纪 80 年代的一次文学作品研讨会上，张宇曾戏说河南的文学评论界有“一个菩萨三尊佛”。一个菩萨是指省文联的王鸿生；三尊佛是指郑州大学的教授鲁枢元，河南大学的教授刘思谦，河南省作家协会副主席、省文学院院长孙荪。当时的孙荪任省社科院文学研究所所长，43 岁就已经是国家人事部命名的“国家有突出贡献中青年专家”了。

广举（我这样称惯了，还是称广举吧）爱读书，会读书。孙氏藏书非常丰富，40 多平方米的书房，两壁书柜，满满当当全是书。广举说：世上什么东西最大？我的答案是书。世上最广阔的是海洋，比海洋更广阔的是天空，而比海洋和天空都要广阔的是人的心灵，能够包容这一切的，是书。学海无涯，人生苦短。广举引用的俗话更加形象：人生七十古来少，前除幼年后除老，中间只有不多时，还有一半睡着了。古人都说寒窗苦，广举却言读书乐，古今中外书籍，广举读过多少部已不可数。书田菽粟皆真味，心意到时文自工，读着读着，广举就把自己读成了一个评论家。

广举搞文学评论是从研究李凖开始的，而研究李凖，又是从研究李凖创作中的教训着手的，发表的第一篇重要文章是《论〈大河奔流〉的教训》。然后以李凖的代表作长篇小说《黄河东流去》为主，对李凖的作品进行了系列研究，在全国报刊发表了十几篇很有影响的系列文章。后来结集为《李凖新论》（与余非合著）出版，获河南省政府第一届文学艺术优秀成果奖。李凖是新中国建立后河南具有代表性的作家，从李凖开始研究，也叫“擒贼先擒王”吧，进而把视野扩展到河南的农村题材小说、乡土文学，乃至河南新文学，发表的评论文章结集为《让艺术的精灵腾飞》，并和其他中青年专家共同编纂了《河南新文学大系》。

广举是一个评论家，也是一个作家。也可以说，广举为了使自己成为一个更好的评论家，又把自己整成了一个作家。广举认为，搞文学评论需要记住两个字，一个是“懂”，一个是“通”。懂，就是要懂得文学艺术的基本规律，懂得人生的方方面面；通，就是通创作。缺乏创作的实际体验，所写的评论文章，常常不免隔靴搔痒，或者是从理论到理论不着创作之边际。广举说：我在困惑中深切地感到，一个好的评论家最好能有创作的实践。广举就决定一试散文，竟然出手不凡。1981 年在《北京文学》发表的散文《云赋》，当年被选入中学语文教材。如今广举已写了 100 多篇散文，出版有《鸟情》《瞬间解读》两本散文集。

由于这个“懂”和“通”，再加上广举为人心气平和，在文学评论这个行当，广举便形成了自己的文章风格，形成了自己独特的艺术个性。在广举的评论文章中，没有那种理论家的架势和教科书的套子，而是用自己的方式、自己的话语，说自己的感受；或者就像和作家和读者进行那种无拘无束的聊天式的思想交流。广举又是一个作家，作家最能够理解作家，因此，广举搞文学评论，便同时有了评论家和作家双重的立场，即使是批评，也往往是采用委婉的批评方式。广举说：我不像一些评论家那样，非常苛刻。我不反对人家那样做，但我不愿那样做。作家一旦受到伤害，如果想不通，就可能在很长一段时间内影响其创作情绪。

所以，我称广举为“温和的文学评论家”。

在文坛，广举是一个温和的文学评论家，对子女，广举是一个温和的父亲。广举的家庭，文化气氛非常浓郁。广举和他的儿女，不仅是父子父女关系，也是朋友关系。他们之间的文化交流是双向的，他们之间的对话是平等的、经常的、热烈的，有一种文化沙龙的氛围。因此，广举的四个子女整体素质都比较高，在工作中都找到了自己比较满意的位置。这一点，让不少了解广举家庭的人羡慕。这当然与广举的个人素质有关，也与广举的成长经历有关。

广举有一篇散文叫《红椅子》。广举上小学时，每次大考的最后一名，校长要亲自饱蘸朱笔，在其名下粗粗地画上一竖一拐，看上去极像一把红椅子。坐上“红椅子”，无疑是学生也是家长最丢脸的事。广举上学第一年就坐上了这把“红椅子”。回家见到爷爷，广举哭了。爷爷没有骂他，而是让他把他的大字本（广举大字写得好）拿来。爷爷一页一页翻着，说这一撇写得如刀裁，这一点点得像桃子，等广举眼睛里有了一点笑意，然后指着一个“心”字说：“这个‘心’字写得不好了，那中间的一点，不要太靠上，也不能太靠下，不能偏左，也不能偏右，要点在正中间，就像你念书，心要放在肚子中间，安心，专心，不能歪到这边，斜到那边，净想闲事。上学时就得把心收回来，不能老想着喂狗养鸟、捉鱼摘瓜。心一乱，书上的字就跟着飞了。”此后，广举不但再没有坐过“红椅子”，而且每次考试都能取得好成绩。

我看，广举的爷爷也可以当一名业余教育家。

原载《教育时报》2000 年 7 月 5 日

# 25. “老杂拌儿”陈铁军

“杂拌儿”是一盘菜，把下水、萝卜、莲菜等杂七杂八的切碎了拌在一起，加上葱、姜、蒜汁等作料，点两滴香油即可，用来下酒很爽口的。但是，在“杂拌儿”前边加上一个“老”字，味道就完全变了，内涵也完全变了。大家都知道这不是一个好词儿，与“老杂碎”“老杂鱼”都是一样的意思。其实，“老杂拌儿”，只不过是我们人为地把一种菜变成特指一种人，我当然也可以再变成特指别的什么。比如陈铁军大肚子里装的杂七杂八的知识，就是老杂拌儿；比如陈铁军发表的杂七杂八的作品，也是老杂拌儿；比如陈铁军刚刚出版的一部以系列故事组成的长篇小说，书名就叫《老杂拌儿》。

我这么一说陈铁军就不会对我有意见了，读者也不会把陈铁军当成老杂拌儿了。

20世纪80年代初就听说西郊有一个青年工人，才二十郎当岁就在《丑小鸭》杂志上发小说，而且还写得挺不错。这个二十郎当岁的青年工人就是陈铁军。当时省会文坛差不多人人都知道陈铁军，当然不单是因为陈铁军在《丑小鸭》发表了一篇小说，还因为传说陈铁军打了日本人。话说某一天，陈铁军和他的几个弟兄正在郑州大学门前的一个饭馆吃酒，进来几个日本人，围着另一张桌子坐下来。老板也许出于对远道客人的礼节，也许有点崇洋媚外的意识，也许觉得日本人金钱的大大的有，总之对他们就服务得特别周到，比如他们比陈铁军几个来得晚，上菜却比给陈铁军几个早。陈铁军几个就看不过，一个弟兄就端了一茶杯酒去和日本人赌酒，人家不赌，那弟兄就泼了人家一脸酒，于是就打起来。老板向着日本人，一招呼，厨师、服务员就掂着菜刀什么的一块儿上。陈铁军几个乘着酒兴，大打出手，不但打了人，连饭馆也给砸了。其结果几个人统统被刑事拘留，陈铁军被关了三个月，差一点儿就成了劳教犯。后来我问陈铁军这件事是不是真的，陈铁军说：咋不是真的，我的手指头就是那一次被砍伤的。说着就让我看他小手指上的那道疤。陈铁军说：当时就是爱国热情加上二杆子气，当时太年轻了，现在想一想觉得其实很幼稚。

正儿八经地认识陈铁军是1994年，在新密由省作协举办的河南省青年文学创作座谈会上。陈铁军对我的第一印象说我长得像林彪，我对陈铁军的第一印象是长得活像个“黑社会”。头大肚圆，又黑又胖，再加上他差点儿成了劳教犯的传说，还有他大咧咧口无遮拦的粗话，你说他像不像一个“黑社会”？

当然了，陈铁军非但不是“黑社会”，而今还出息成一个颇有点名气的青年作家了。陈铁军只不过在表层上把自己弄得很“杂拌儿”，内在的陈铁军完全不是这回事儿。陈铁军其实外粗内细，对待工作尽职尽责，对待朋友古道热肠。只要是朋友相托，不管是大事小事，他都会放到心上，都会很认真地当回事。

陈铁军是一个非常勤奋的作家，虽爱喝酒，但从不因嗜酒而误事，每天总是按时起床投入工作或创作。已发表小说百余万字，其短篇《有种打死我》被《小说选刊》选载，中篇《大爷》《老杂碎》被《中篇小说选刊》选载，长篇小说《老杂拌儿》也已由河南文艺出版社作为“过瘾小说”系列推出。

也许陈铁军有着顽固的平民意识和平民立场，不管别人对他的作品褒也罢、贬也罢，他总是坚持着自己的创作风格，写平民百姓的事，让平民百姓们读。陈铁军不搞意识流后现代什么的，也不玩儿深沉，因为要让平民百姓读，作品首先就要有趣味，好读。陈铁军的小说故事性强，人物和情节富于传奇色彩，结构基本上平铺直叙，语言则大多采用市井平民语言，鲜活、生动、亲切、幽默、机智，甚至有点粗鄙。尽管陈铁军没有刻意去追求，但作品中时不时就会流露出强烈的批判意识，或者寓含着人生的智慧和哲理。比如《有种打死我》，批判意识就挺强烈，人生人性方面的寓意也蛮深刻。

且不去解读陈铁军已经发表过的作品，单是来看一看陈铁军很重视的一个小说细节，便可知陈铁军创作选材之一斑。前几天我们一块儿吃饭，陈铁军说：“我有一个很不错的细节，你们帮我想想咋能写成一篇好小说。过去有一个掌刑的衙役，打板子的技巧特高。用布条在板子上包一块砖，可以把砖打碎了布条却不烂；用布条在板子上包一块豆腐，可以把布条打烂了豆腐却不烂。”一听就知道又一篇奇人奇事也。你瞧陈铁军肚子里的货色，我说他大肚子里装的知识就是“老杂拌儿”不算离谱吧。不过，我在这里披露了，你可不要把这个素材用了去，否则，如果陈铁军状告你侵权，如上文字就是证据。

陈铁军说他喜欢读古代演义之类的白话小说，这我可以想象得到，从他发表的作品也可以看出来。陈铁军认为过去的文人底子厚，能有小说留下来的，随便一个都比现代文人的语言功夫好。这我就不能苟同了。由于科举制的原因，要说文言文，古代文人可能都比现代文人强，要说白话文，那就不好相比了。陈铁军，我倒是建议你读一点文坛所说的高雅文学，东方的西方的都读一点。别误会，我并不是劝你往“高雅”靠，正像我觉得搞“纯文学”的也应该读一点金庸是一回事。

它山之石，可以攻玉也。

原载《教育时报》2000年7月15日

# 26. 善用细节的杨稼生

杨稼生20岁开始发表小说，21岁与人合并出版小说集，22岁出席全国首届青创会，23岁紧赶着被打成右派。青年右派杨稼生被贬进深山，就在深山里兢兢业业植树，认认真真种竹。22年过去，树也茂盛，竹也茂盛，杨稼生植出了青青绿绿一片风景。45岁走出大山，便不再写小说，只写纪实散文。20年后的今天，杨稼生又在文坛植出了青青绿绿一片风景。

就说细节的应用。我是写小说的，深感细节的重要，有时候，一个好的细节就可以成就一个短篇。而杨稼生的记事散文，几乎篇篇都有一个或两个不错的细节，有的精短散文就是一个细节拓展而成——

汽车摇呀摇……大娘在我臂弯上睡着了。口涎，滴落我手臂上。我那衫袖洁白，可被她尘汗混搅，那么醒目，污了一片。从她头底下抽掉我的胳膊吗？啊，她太困倦了，没看见吗？她蓬松的发际，还粘挂着秋忙的尘糠呢……我希望她快快醒来；但却害怕她睁开眼后的尴尬。于是，我也闭上眼睛，佯作入梦，算计着：无论她什么时候睁开眼，我都不能醒来，即是说：她醒来的时候，我全然不知。

这是杨稼生散文《大娘睡熟了》中的一个细节。短短200字，把大娘的身份、睡态，以及“我”的心理和心计写得有声有色，也把对大娘的一颗关爱之心表现得无微不至。

在杨稼生的散文中，《怜》是比较长的一篇；有4000字，曾经我首发于1985年《奔流》，其中一个细节至今我还记得清清楚楚：“我”家和二楼他张姨家吵了架，因他张姨不堪入耳的烈性秽语而互不理睬。他张姨守寡，没有工作，带着自家外孙女的同时，还给别人带着一个男孩。一辆童车里脸对脸坐一男一女两个孩子。一次他张姨不在家，“我”的儿子手中拿着一个苹果上楼回家，经过童车时抛着苹果逗孩子——两个孩子一齐伸出手来，儿子没有犹豫，慷慨托出苹果：“给！”然而那苹果却是放进小男孩手中了。那小女孩的手久久没有放下……那小女孩举在空中的小手，在我眼前，在我心中，落不下去了。

这个细节很有艺术感染力，那小女孩举在空中的小手在我心上也落不下去了。

“我”总觉有愧于心，选了三个上好苹果，洗净晾干，趁他张姨不在，趋身童车，给两个孩子一人一个苹果，又背着小男孩，把第三个苹果悄悄装进小女孩的兜里。“我”心才平复。像这样的细节在杨稼生的散文中俯拾皆是，有的富有艺术渗透力，有的具有艺术打动力，使杨稼生的散文充实，本真，生活味道浓郁，哀婉动人，把善良、悲悯、感怀的情调表现得让人心颤。

原载《河南日报》1999 年 3 月 6 日

# 27.《河南大学的青青子衿》张清平

继长篇纪实文学《林徽因》《林巧稚》之后，张清平又出版了新作《河南大学的青青子衿》。

张清平是个才女。她的才华不是那种火花四溅、天马行空的才华，而是那种含蓄清秀、端庄静美的才华。

我和张清平是同学。作为恢复高招的第一届大学生，她读河大中文系，我读河大历史系，同在一座教学楼。晚自习时间她爱到我们教室读书，就坐在我后边，总是静静地来，静静地去。尽管我的一个短篇小说的女主角曾借用过她的相貌，当时却并不知道她叫张清平，更不知道她那么有才情，因为我们从未说过一句话。20 世纪 90 年代，在《教育时报》工作的她约我写一写河南的作家，并给我开了《河南文学星空》栏目，我们才真正相识，才知道那个坐在我后边酷爱读书的中文系的小女生叫张清平。仍然不知道她那么有才华，直到世纪之交的某一天，她送给我一本沉甸甸的大书《林徽因》，读了让我吃惊不小：真人不露相呀！

仍如当初那种静静的印象，张清平在静静地写作，短短几年，已经出版了三部大书。《林徽因》就应该获河南省文学艺术优秀成果奖的，低调的张清平并没有申报，这个奖就延缓给了《林巧稚》。

此时，张清平的新作《河南大学的青青子衿》就放在我的面前。在这部书中，张清平采用了历史、事件、人物交相融合、交相辉映的写作手法。史中有事，事中有人，人为其事，事成其史，师生的命运和学校的命运浑然一体；既有《老河大的记忆》那种百年变迁跌宕起伏的宏大叙事，又有《当年的先生》诸如樊粹庭、李白凤等人的生活场景和生活细节。文字隽永秀美，叙事张弛有节，感评简约有度。

让人感慨最多的是学校近百年的艰辛坎坷、兴衰荣辱以及与学校命运息息相关的师生。

东临古老雄浑的巍巍城墙，北倚古香古色的天宝寺铁塔，后周国子监，北宋国子监，清朝的贡院，相继在这里更迭。1912 年，河南大学的前身留学欧美预备学校就建立在这片渗透、搏动着千年文脉的土地上。之后几经更名，留学欧美预备学校于1930年发展为河南大学。抗日战争时期，河南大学被迫迁到豫西山区。“数度迁徙中，河大师生饱经磨难，颠沛流离。学校在艰难中进取，薪火相传，弦歌不断。”“雄厚的师资，务实、高效的机构，河南大学在二十世纪三四十年代声名远播，”1942年，国民政府行政院批准，“省立河南大学”改为“国立河南大学”。

1952年，在全国高校院系调整中，河大农学院独立为河南农学院，河大医学院独立为河南医学院；次年又一次调整，河大水利系调往武汉大学，畜牧兽医系调往江西农学院，植物病虫害系调往华中农学院，行政学院独立为河南行政学院。事情仅过三年，河南大学再次被一分为二，院本部改名为开封师范学院，二部改名为新乡师范学院。短短4年，河南大学支离破碎，由一所声名远播的综合性大学沦落为一所地方性师范院校。

时也，势也，说不清，道不明，留给千千万万学子与河南人民的唯有感慨和叹息。

俱往矣。

人未死，魂尚存。河大的务实进取精神尚在，河大的重德敬业风气尚在。1977年恢复高考制度以来，河大迅速苏醒和复兴，1984年河南省委决定恢复河南大学校名。如今，河南大学已拥有24个学院，67个本科，50多个硕士、博士学位授予点，三万余名师生，正在昂首阔步地朝着一流大学的目标迈进。

同为河大的莘莘学子的我，感谢张清平奉献出的心血，她在出版这部优秀的纪实文学的同时，也让我们更深一层地了解到母校百年的荣辱坎坷，认识了那么多同样荣辱坎坷栩栩如生的前辈。

原载《大河报》2008年6月30日

# 28. 告读者语兼自画像

《河南文学星空》这个栏目开有半年多了，十多位作家朋友被我请进来和读者见了面，或者说我从河南这片灿烂的文学星空摘了十几颗星星下来，让读者近距离一睹他们各异的光彩。当然了，由于我个人的观察能力和表达能力有限，语言到位不到位，准确不准确，也很难说，如觉写得不好，只有请读者朋友、编辑朋友、作家朋友原谅了。

说明一点。我这个角色工作很忙，又不善于见缝插针，很难有时间进行采访。因此，我所写的这十几位作家，基本上都是我身边的作家、我熟悉的作家、我最方便下笔的作家，我这样说，一是写谁没写谁，先写谁后写谁，绝没有半点厚此薄彼的意思，更与孰高孰低孰影响大孰影响小没有半点关系；二是河南文学界确实群星灿烂，且不说"南阳作家群"等省会之外的众多作家，就是省会的作家，也只是写到了一少部分，这样一说，实际上已经称不上"河南文学星空"了，叫做"河南文学星空之一角"倒还比较准确。

《教育时报》的编辑同志打电话说："读者、我和我的同事、我们的领导，都很喜欢你的文章，既然要告一段落，你总得给读者说点什么吧。要不，你就写一写你自己作为结尾吧，读者也很想了解一点你的情况。"

我明知道这是编辑在有意表扬我，想让我高兴，可我心里依然有点沾沾自喜，就像接到读者朋友的表扬电话一样。这说明我有虚荣心。这倒也不奇怪，人嘛，谁没有一点虚荣心。好吧，既然说了，我就冒着"表扬和自我表扬相结合"的风险，说一说我自己吧。

刘学林先生其貌不扬，最明显的特点是瘦，一米七的个子才50多公斤，一副灾荒年劳动人民的身架。虽不能说骨瘦如柴，也已经差不到哪里去了。改革开放以来，生活水平空前提高，人人都吃胖了，以致"减肥"成了热门话题，就刘学林不见动静，所以说刘学林的一张瘦脸很不为社会主义争气。当然这也怪不得刘学林先生，比如他每当听到"你怎么又瘦了"的问话，心里就不太舒服，而每当听到"好像比过去胖了一点儿"的话，心里就暗自高兴，这说明他还是很想吃胖的。

可以说，刘学林走上文学这条道路，完全是“半路出家”。刘学林出生于封丘县农村。1963年，郑州一中首次面向全省招生，刘学林很侥幸地考取了。1966年6月初，在离升学大考不足一个月的时候，开始了“文化大革命”。当时的教育局长对郑州一中特重视，亲临传达精神，先是说停课一星期，一星期到了又说两星期，两星期到了又说一个月。后来，教育局长又去郑州一中是被押解着，戴着很高很高的帽子，也就不再说停课复课的事情了。“大革命”信马由缰，一发而不可收。不可收也得收，毛主席他老人家又一挥手，说：“知识青年到农村去，接受贫下中农的再教育，很有必要。”于是刘学林就和他要好的几个同学一起，唱着“语录歌”，到罗山县王湾村插队落户了。刘学林本就出生在农村，干农活很老到，也很卖力，总是拿最高工分，直到1971年被招工招进了郑州铝厂。

粉碎“四人帮”之后就进入了1977年。刘学林掐指一算，已是而立之年。30年哪，怎么说过去就过去了？30岁了，总得干点什么吧。干点什么呢？写写小说怎么样？就试着写小说。

是年秋恢复高考，考上河南大学（当时为开封师院）历史系，第二年春入校。入校前写过两个短篇，都未能发表。入校后写的第一篇小说叫《今天真快乐》，发表在《河南文艺》上；第二篇小说《纳“新”记》，发表后入选《河南三十年短篇小说选》一书；第三篇小说《爱妞儿》，发表后引起争论，被《作品与争鸣》选载。于是刘学林信心大增，就一篇一篇写下去。当时大学生发表小说的不多，别人还把刘学林当成个人才，刘学林自己也觉得自己是个人才，别说，毕业时几家杂志社还真是争着要人。

刘学林先后在《妇女生活》《奔流》《莽原》做编辑和编辑室主任期间，不少作者拿着稿件到编辑部，觉得稿件不能发表主要是没有熟人。当然不是那么回事。说一件小事，你就知道当时的刘学林对文学界无知、幼稚到了什么程度。刘学林的第一篇小说寄出后收到的是一张铅印的采用通知，第二篇小说寄出不久，收到阎豫昌先生一封信，夸他小说写得好，语言鲜活，并说有机会到编辑部坐坐。刘学林不知道“阎豫昌”何许人也（后来才知道是颇有名气的散文家），便为怎样回信发愁。又不认识人家，该怎么称呼呢？征求同学意见，班长柳建国说：“这有何难？就称‘老阎’嘛！”刘学林回信时当真就称“老阎”，不知道刘学林是愣还是傻。当然，后来刘学林对阎豫昌先生一直尊重有加，不敢忘怀。

那一时段，刘学林发表了几十个短篇、几部中篇，影响较大的要算《品茶》吧。《品茶》一发表，中央人民广播电台便配评论播出，甘肃电视台改为电视剧，韩英先生改编为广播剧获全国二等奖，《小说选刊》选载，入围第七届全国短篇小说评奖，入选人民文学出版社《一九八四年短篇小说选》一书，入选北京语言学院《研究生阅读教材》。后来又出版了两部长篇小说，加入了中国作家协会。

1993年春，刘学林调河南省作家协会任副秘书长。老秘书长王秀芳退居二线后，刘学林开始主持工作。事务繁忙，接待应酬，起草文件，由于工作需要，还写一点散文随笔，本来就没有多大才气的刘学林小说就写得更少了。今年在《作品》发了一个中篇《乡事》，侥幸被《中篇小说选刊》看中，第四期选了个头题，这真是对刘学林先生莫大的也是及时的安慰，起码表明刘学林先生还在勉力写小说，还在坚持，还没有放弃。

原载《教育时报》2000年9月6日

# 后　　记

张云鹏先生让我整理一下自己的作品，计划列入河南大学出版社的“新人文”书系，我当然非常高兴。其一“新人文”是一套反响很好的书，其二河南大学是我的母校，我的文学创作生涯也是从河南大学起步的。

少年时我的家中很穷苦，没有梦想过当作家。1960 年我 13 岁时，父亲连病带饿卧床不起，没有等上看到我的初中录取通知书就撒手西去了。那是我一生中最饥饿的日子，在我的散文《思念并未随时间而逝》、中篇小说《少年时》《蝈蝈》中都有那一段生活的影子。好在我时运不错，初中毕业时正赶上郑州一中被定为省重点全省招生，我侥幸考取了，连同户口和粮食关系一起进了郑州。不幸的是高考前夕开始了“文化大革命”，两年后作为知青下乡插队，又进厂当工人，直到 1977 年秋天恢复高招才又考进了河南大学。

我是 1978 年春季入校的，作为“老三届”的我已经 31 岁了。初进校时我们班的程民生、周喜中、陈书栋、宋贵喜、王建民等都在尝试写小说，是同学也是文友。我的课余时间大致两件事：一是钻阅览室，二是铁塔公园散步。我发表的第一篇小说《今天真快乐》就是沿铁塔湖散步时构思的。第一次拿到稿酬当然挺高兴，和程民生上街买了一只“马豫兴”烧鸡一瓶酒，以表庆贺。在校期间共在《奔流》《萌芽》《百花园》发表了 7 篇小说，其中，《纳“新”记》入选《河南三十年短篇小说选》，《爱妞儿》引起争议，入选《作品与争鸣》。

不过，这 7 个短篇我没有选进“新人文”书稿的“中短篇小说”部分，一是容量所限，二是想尽量挑拣自己比较满意的作品入选。诸如《品茶》，一发表即被中央人民广播电台配评论播出，被《小说选刊》选载，收入原北京语言学院《研究生阅读教材》和人民文学出版社《1984 短篇小说选》，并被改编广播剧、电视短剧，获《奔流》佳作奖，21 世纪初又被译为匈牙利文，入选匈牙利 NOYAN 出版社出版的《二十世纪中国短篇小说选》；中篇小说《乡事》被《中篇小说选刊》头题选载，获第三届河南省文学艺术优秀作品奖；精短小说《高手》获全国小小说优秀作品奖和征文奖；中篇小说《蝈蝈》被《小说选刊》向读者推荐;中篇小说《沙岸》在《中国作家》发表,其副主编杨志广来信说:“没想到你的语言这么清新优美。”当然,我更希望读者喜欢这些作品。

关于书稿的“散文随笔评论”部分,说一下对河南作家的一组评介文章。2000 年,《教育时报》给我开了一个专栏,约我评价河南的著名作家。当时我工作挺忙,所以主要拣选自己接触最多、最熟悉的作家依次评介,依次发表,并没有一个谁先谁后的写作计划。这一次结集出版,是按原发时间的先后编排的,只有写张一弓的例外。2004 年,《时代文学》开了一个《名家侧影》栏目,6 期为张一弓专题,约我写一篇 7000 字左右的评论,题为《孤独的跋涉者》。这一篇是根据原载《教育时报》的那篇重写的,自然分量重一些,所以放到了前面。另外,《善用细节的杨稼生》与《〈河南大学的青青子衿〉张清平》,是在《河南日报》与《大河报》发表的,因手法相似,也编进了这一系列。这一组文章当时反响挺好,《人民政协报》《作家文摘报》对评介何南丁、张一弓、田中禾、段荃法、李佩甫、张宇等人的文章进行了转载。

长篇小说《鬼境》则是我的一部新作。我喜欢收藏,开始时上当受骗自然是免不了的,也就是常说的交学费。吃一堑长一智,在文物市场泡久了,也结交了一些文物界的朋友,慢慢的,眼力也就练出来了。双休日,经常下去,市、县、乡,直到村民的家里,认识了不少文物贩子,也认识了一些盗墓贼。过程中自然少不了人物和故事。朋友们觉得我既有这方面的知识和见识,又有这方面的生活,建议我写一写这方面的故事。我也觉得自己应该写一写这方面的故事。只是,文学是人学,是表现人生的,曲折的故事和人生命运环环相扣,作品才更有意义。而且,文学作品中的人物、情节和立意更应该出新,我一时还没有找到出新之处。直到有一天,朋友领我去见一个已经“金盆洗手”的盗墓贼,在他家中的所见让我眼前一亮,才觉得这部作品可以动笔了。

在《鬼境》的创作中,有一些资料性的文字参考了赵富海先生编著的《老郑州·民俗圣地老坟岗》,华博先生编著的《中国盗墓》,在这里特向他们表示谢意。尤其是我的作家朋友、也是我的老兄赵富海,一听说我在查找老坟岗新中国成立前的资料,立刻把自己刚出版的《老郑州·民俗圣地老坟岗》给我送了过来,让我感佩不已。

感谢张云鹏先生、陈林涛先生和为这本书付出心血的朋友!

2015 年 11 月 1 日改定于和和堂